Elizabeth Chadw… ingtaine de romans historiques t… plus de dix-huit langues. Elle a remporté de nombreux prix et a été reconnue comme l'une des meilleures autrices de romans historiques de ces dix dernières années par la « Historical Novel Society ». *Aliénor d'Aquitaine : L'Été d'une reine* est le premier volet d'une trilogie consacrée à cette femme hors du commun.

De la même autrice :

Aliénor d'Aquitaine :
1. *L'Été d'une reine*
2. *L'Automne d'une reine*
3. *L'Hiver d'une reine*

Guillaume le Maréchal :
1. *Le Chevalier d'Aliénor*

CE LIVRE EST ÉGALEMENT DISPONIBLE
AU FORMAT NUMÉRIQUE

www.editions-hauteville.fr

Elizabeth Chadwick

L'Été d'une reine

Aliénor d'Aquitaine – 1

Traduit de l'anglais (Grande-Bretagne) par Alain Sainte-Marie

Hauteville

Hauteville est un label des éditions Bragelonne

Titre original : *The Summer Queen*

ISBN : 978-2-38122-183-0

Bragelonne – Hauteville
60-62, rue d'Hauteville – 75010 Paris

E-mail : info@editions-hauteville.fr
Site Internet : www.editions-hauteville.fr

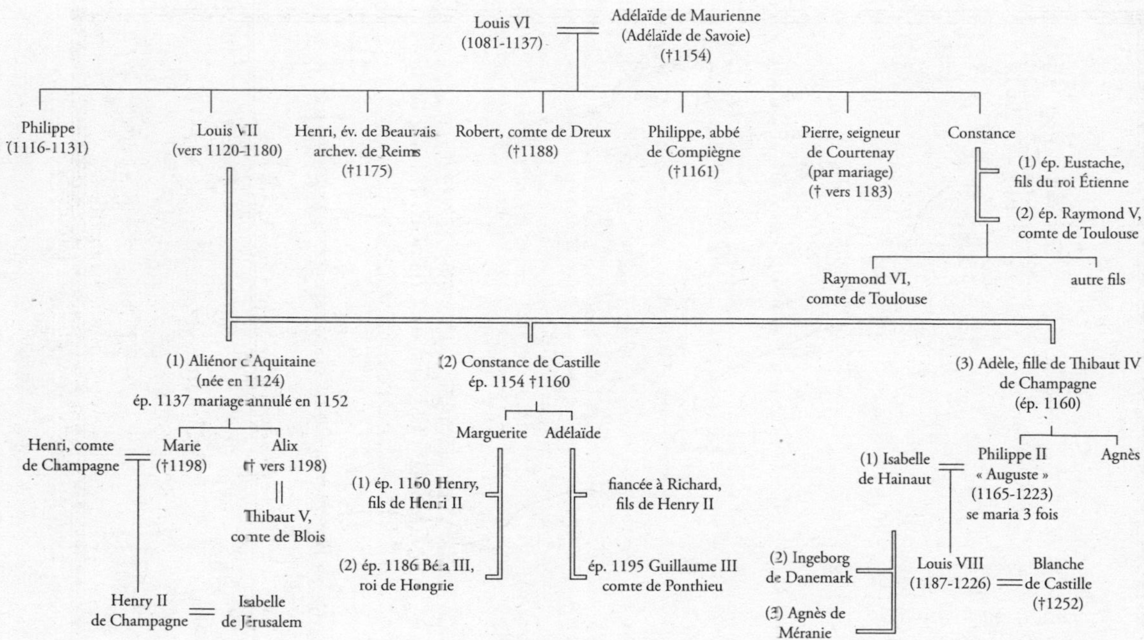

Arbre généalogique de la famille de Louis VII

Itinéraire de Louis VII et Aliénor
lors de la deuxième croisade
Mer du Nord
ANGLETERRE
Londres
Rhin
Elbe
Vistule
Varsovie
POLOGNE
PRINCIPAUTÉS
RUSSES
Dniepr
EMPIRE
Francfort
Mayence
Saint-
Denis
Metz
Worms
Spire
Paris
Clairvaux
Ratisbonne
Passau
Klosterneuburg
VIENNE
Buda
D'OCCIDENT
Loire
Nantes
Vézelay
FRANCE
HONGRIE
Golfe de
Biscaye
Poitiers
Lyon
Pô
Venise
Belgrade
Danube
Toulouse
EMPIRE
Mer Noire
Rome
Mont
Cassin
Tusculane
Potenza
CORSE
Porto
Barcelone
CASTILLE
Sofia
Adrianople
Constantinople
Nicée
BYZANTIN
SULTANATS
SELDJOUKIDES
Euphrate
Lisbonne
SARDAIGNE
Athènes
Smyrne
Laodicée
Konya
Éphèse
Mt
Cadmos
Antalya
Édesse
Séville
EMPIRE
ALMORAVIDE
Palerme
SICILE
Alger
Tunis
CRÈTE
Alep
Antioche
CHYPRE
Mer
Méditerranée
Damas
Tyr
Acre
Césarée
Jérusalem
Ascalon
Itinéraire de Louis VII
Tripoli
0
500 Km
Nil

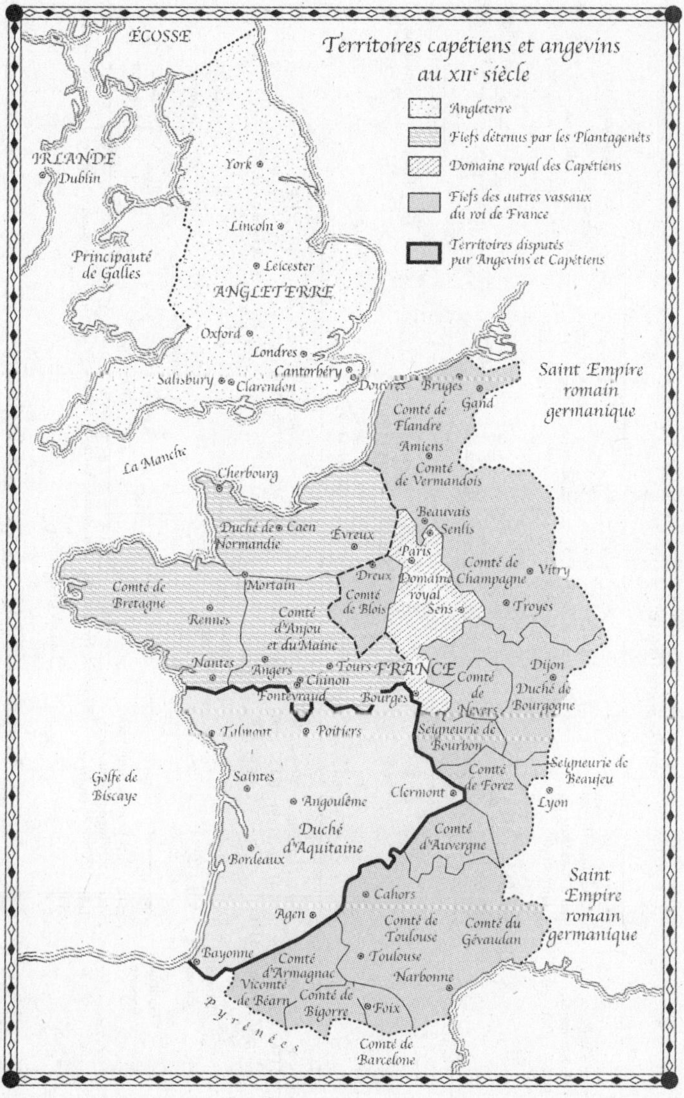
Territoires capétiens et angevins au XIIe siècle
Angleterre
Fiefs détenus par les Plantagenêts
Domaine royal des Capétiens
Fiefs des autres vassaux du roi de France
Territoires disputés par Angevins et Capétiens
ÉCOSSE
IRLANDE
Dublin
York
Lincoln
Principauté de Galles
Leicester
ANGLETERRE
Oxford
Londres
Cantorbéry
Salisbury
Clarendon
Douvres
Bruges
Gand
Saint Empire romain germanique
Comté de Flandre
Amiens
Comté de Vermandois
La Manche
Cherbourg
Beauvais
Senlis
Duché de Normandie
Caen
Évreux
Paris
Comté de Champagne
Vitry
Comté de Bretagne
Mortain
Dreux
Domaine royal
Comté de Blois
Sens
Troyes
Rennes
Comté d'Anjou et du Maine
Nantes
Angers
Tours
FRANCE
Chinon
Fontevraud
Bourges
Comté de Nevers
Dijon
Duché de Bourgogne
Talmont
Poitiers
Seigneurie de Bourbon
Seigneurie de Beaujeu
Golfe de Biscaye
Saintes
Comté de Forez
Clermont
Lyon
Angoulême
Duché d'Aquitaine
Comté d'Auvergne
Bordeaux
Saint Empire romain germanique
Cahors
Agen
Comté de Toulouse
Comté du Gévaudan
Bayonne
Comté d'Armagnac
Toulouse
Narbonne
Vicomté de Béarn
Comté de Bigorre
Foix
Pyrénées
Comté de Barcelone

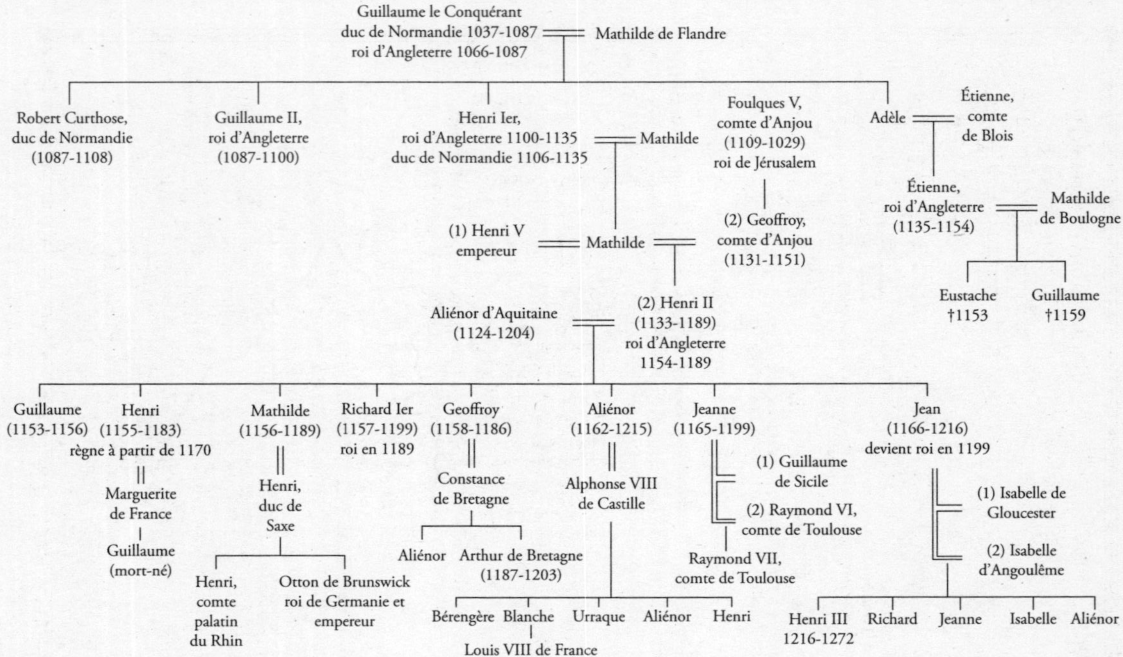

Les rois normands et angevins d'Angleterre

Les comtes de Poitou, ducs d'Aquitaine

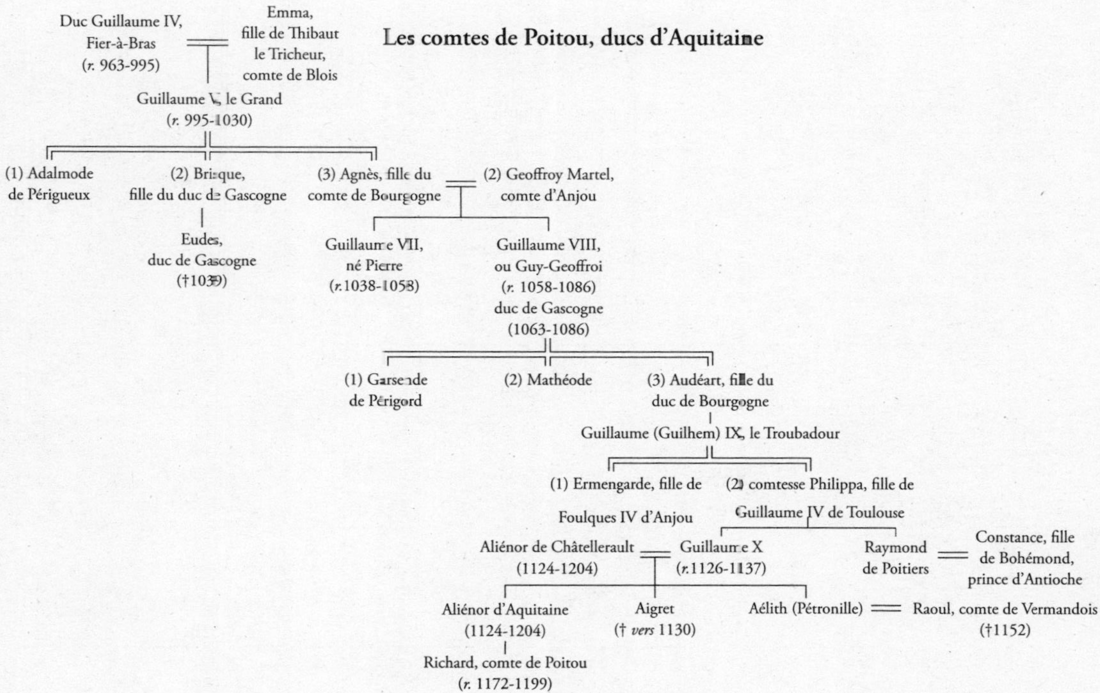

Chapitre premier

Palais des comtes de Poitou, ducs d'Aquitaine,
janvier 1137

Aliénor se réveilla avec l'aube. La grande bougie laissée en veilleuse la nuit durant était presque entièrement consumée. Par les volets fermés lui parvenait le chant des coqs qui, juchés sur leurs perchoirs, les murs et les tas de fumier de la citadelle de Poitiers, réveillaient ainsi ses habitants. Roulée en boule sous les draps et les couvertures, Pétronille dormait, sa brune chevelure formant une masse sombre sur l'oreiller. Aliénor descendit du lit en prenant soin de ne pas déranger sa jeune sœur, qui était toujours bougonne lorsqu'on la réveillait de trop bonne heure. En outre, Aliénor désirait profiter de ces quelques instants de solitude. Ce n'était pas un jour ordinaire, et une fois que le vacarme et l'affairement auraient commencé, ils n'arrêteraient plus.

Elle enfila la robe qui l'attendait pliée sur son coffre, glissa ses pieds dans des souliers souples en cuir de chevreau, souleva le loquet d'une petite ouverture dans le volet et se pencha au dehors pour humer l'air frais du matin. Une brise légère chargée de rosée lui apporta les effluves familiers de feu de bois, de pierres rongées par l'humidité et de pain frais à peine sorti du four. Tout en tressant ses nattes de ses doigts agiles, elle admira les lambeaux charbonneux, nacrés et dorés qui striaient l'horizon à l'orient, puis elle recula en émettant un soupir.

Discrètement, elle prit sa cape à la patère et sortit sur la pointe des pieds. Dans la chambre attenante, les servantes s'éveillaient à grand renfort de bâillements et peinaient à ouvrir les yeux. Rusée comme une petite renarde, Aliénor passa sans se faire remarquer d'un pas léger et silencieux, puis elle descendit par l'escalier à vis de la grande tour Maubergeon, qui abritait les quartiers privés du palais ducal.

Un jouvenceau à moitié endormi disposait des panières de pain et des pichets de vin sur une table à tréteaux installée dans la grande salle d'apparat. Aliénor chipa une petite miche chaude et sortit. Les lanternes continuaient de briller dans quelques chaumières et dépendances. De la cuisine lui parvint un bruit de marmites qu'on entrechoque et la voix d'une cuisinière qui tançait un maladroit pour avoir renversé du lait. Ces bruits quotidiens signifiaient que tout allait pour le mieux, même à l'orée d'un grand changement.

Aux écuries, les palefreniers préparaient les chevaux pour le voyage. Ginnet, son palefroi pommelé, et Morello, le poney à robe luisante de sa sœur, piaffaient dans les stalles. Les chevaux de bât étaient déjà attelés, et les chariots attendaient dans la cour de transporter les malles jusqu'à Bordeaux, à cinquante lieues de là. Aliénor et Pétronille y passeraient le printemps et l'été au palais de l'Ombrière, au bord de la Garonne.

Aliénor donna du plat de la main un morceau de pain frais à Ginnet et caressa la tiède encolure grise de la jument.

— Papa n'est pas obligé d'aller jusqu'à Compostelle, se plaignit-elle au cheval. Pourquoi ne reste-t-il pas prier avec nous ? Je déteste quand il s'en va !

— Aliénor !

Elle sursauta et, rouge de culpabilité, se retourna pour se trouver face à son père, dont l'expression disait clairement qu'il l'avait entendue.

Guillaume X, duc d'Aquitaine, était un homme de grande taille. Ses tempes formaient deux taches grisonnantes dans ses cheveux châtains. De profondes pattes-d'oie s'étiraient en éventail depuis le coin de ses yeux ; son visage, émacié, était creusé d'ombre par des pommettes taillées à la serpe.

— Un pèlerinage est une marque sérieuse de fidélité à Dieu, rappela-t-il d'un ton grave. Cela n'a rien de commun avec une quelconque vadrouille décidée sur un coup de tête.

— Oui, papa.

Elle savait que ce pèlerinage lui tenait à cœur, qu'il était nécessaire au salut de son âme, mais elle n'avait quand même pas envie qu'il parte. Son père avait changé ces derniers temps, se tenant davantage sur la réserve et paraissant décidément plus accablé. Aliénor en ignorait les raisons.

Lui relevant le menton, il dit :

— Tu es mon héritière, Aliénor. Tu dois te conduire comme il sied à la fille du duc d'Aquitaine, non comme une enfant boudeuse.

Révoltée, elle se dégagea. Elle avait treize ans. Cela faisait un an qu'elle était en âge de se marier. Elle se considérait comme une adulte, même si elle avait toujours grand besoin de la sécurité que représentaient, pour elle, l'amour et la présence de son père à ses côtés.

— Je vois que tu m'as compris, fit-il remarquer, le front strié de rides. En mon absence, c'est toi qui régneras sur l'Aquitaine. Nos vassaux ont prêté serment de te confirmer à ma succession, et tu te dois de faire honneur à leur loyauté.

Aliénor se mordit la lèvre inférieure.

— J'ai peur que vous ne reveniez pas… J'ai peur de ne plus vous revoir…, lâcha-t-elle d'une voix tremblante.

— Oh, mon enfant ! Si Dieu le veut, bien sûr que je reviendrai.

Il l'embrassa tendrement sur le front et ajouta :

— D'ailleurs, je ne suis pas encore parti. Où est Pétronille ?

— Encore au lit, papa. Je l'ai laissée dormir.

Un garçon d'écurie vint s'occuper de Ginnet et de Morello. Le père entraîna sa fille dans la cour où les premières lueurs grises du jour le cédaient à des teintes et des couleurs plus chaudes. Il tira doucement sur sa natte épaisse et dorée comme le miel.

— À présent, va réveiller ta sœur. Ce sera une grande fierté pour vous deux que de pouvoir proclamer : « Nous avons suivi à pied une portion du chemin des pèlerins de Saint-Jacques. »

— Oui, papa.

Elle le regarda longuement sans ciller avant de s'éloigner à pas mesurés, le dos bien droit.

Guillaume soupira. Son aînée serait bientôt une femme. Elle avait poussé comme l'herbe en été, ces dernières années, et ses hanches et ses seins commençaient à se dessiner. Elle était de toute beauté. La voir ainsi exacerbait sa peine, car elle était encore trop jeune pour le destin qui l'attendait. *Que Dieu leur vienne en aide à tous !*

Pétronille était réveillée lorsque Aliénor revint dans la chambre. Elle s'activait aux préparatifs de voyage, rangeant ses colifichets préférés dans un sac de toile légère. Floréta, leur nourrice et chaperon, avait tressé les cheveux bruns de Pétronille en y entremêlant des rubans bleus avant de les ramener en arrière, mettant en valeur la douce inflexion de ses pommettes lorsqu'elle se tenait de profil.

— Où étais-tu ? s'enquit Pétronille.

— Nulle part. Je suis allée me dégourdir les jambes. Tu dormais encore.

Pétronille tira sur le cordon du sac et remua les pompons aux extrémités.

— Papa dit qu'il nous rapportera des crucifix bénits du sanctuaire de Saint-Jacques.

Comme si les crucifix bénits pouvaient compenser l'absence de leur père ! songea Aliénor, mais elle n'en dit rien. Malgré ses onze ans, Pétronille était encore, à bien des égards, une enfant. Malgré leur proximité, les deux ans qui les séparaient revêtaient souvent l'aspect d'un gouffre. Aliénor remplaçait leur mère défunte auprès de Pétronille tout en assumant son rôle de sœur.

— Et quand il reviendra, après Pâques, nous ferons une grande fête, n'est-ce pas ? Hein, dis ? lança Pétronille en cherchant quelque réassurance de ses grands yeux bruns.

— Bien sûr que nous ferons une grande fête, assura Aliénor.

Et elle prit sa sœur dans ses bras, puisant elle-même du réconfort dans cette étreinte.

Vers le milieu de la matinée, le cortège ducal se mit en route pour Bordeaux après une messe célébrée en l'église des pèlerins de Saint-Hilaire. Pour l'occasion, les murs avaient été ornés du blason à l'aigle des seigneurs d'Aquitaine.

Des lambeaux de ciel bleu délavé trouaient les nuages et des éclaircies aussi soudaines que passagères décoraient de vifs éclats les harnachements des chevaux et les sequins des ceinturons. La suite ducale s'étirait le long de la route tel un feston d'arc-en-ciel rehaussé du miroir argenté des éclisses des armures, des riches nuances carmin, violet et or des robes luxueuses et du pâle mélange de fauve et de gris des serviteurs et des rouliers. Tout le monde allait à pied, y compris le duc Guillaume. Il était convenu que, le premier jour, tous parcourraient ainsi les six ou sept lieues qui les séparaient de Saint-Sauvant, où ils passeraient la nuit.

Aliénor marchait en cadence, tenant la main de Pétronille d'un côté et soulevant sa robe afin qu'elle ne traînât pas dans la poussière. Parfois, Pétronille sautillait ou sautait à cloche-pied. Un jongleur se mit à chanter en s'accompagnant d'une petite harpe, et Aliénor reconnut les vers de son grand-père Guillaume IX, duc d'Aquitaine, qui s'était fait une réputation pour ses mœurs légères. Nombre de ses chansons parlaient de sexualité et dérangeaient les oreilles chastes par leur verdeur, ce qui les rendait impropres aux veillées ; mais celle-ci était tout particulièrement plaintive et envoûtante. Aliénor sentit un frisson lui parcourir l'échine lorsque le jongleur entonna :

No sai cora.m fui endormitz,
Ni cora.m veill, s'om no m'o ditz ;
Per pauc no m'es lo cor partitz
D'un dol corau :
E no m'o pretz una fromitz,
Per Sant Marsau ![1]

Le père marcha un moment à leur côté, mais, son pas étant plus allongé, il les dépassa progressivement, les laissant en compagnie des dames de la maison ducale. Aliénor le regarda s'éloigner, les yeux fixés sur la main qui serrait son bâton de pèlerin. Il lui sembla que sa chevalière la défiait de l'éclat bleu foncé de son œil de saphir et souhaita ardemment

1. *J'ignore quand je m'endors,*
Ou quand je m'éveille si on me laisse dans l'ignorance.
J'ai bien failli avoir le cœur brisé
Par la douleur :
Mais peu m'importe
Par saint Martial !

qu'il se retourne vers elle. Hélas, l'attention du duc était toute à la route qui s'ouvrait devant lui. Elle eut le sentiment qu'il prenait volontairement ses distances et que, d'ici peu, il aurait complètement disparu, ne laissant derrière lui que ses empreintes dans la poussière afin qu'elle marchât dans ses pas.

Elles furent rejointes par Geoffroy de Rancon, seigneur de Gençay et Taillebourg, mais cela ne suffit pas à rendre sa bonne humeur à Aliénor. Cet homme à l'épaisse tignasse châtaine, aux yeux enfoncés d'une sombre couleur noisette et au sourire facile qui approchait de la trentaine lui mettait pourtant d'ordinaire le cœur en fête. Elle le connaissait depuis sa plus tendre enfance, car il était fils d'un des grands vassaux et capitaines de son père. Son épouse était morte deux ans plus tôt, mais il n'avait pas encore repris femme. L'existence de deux filles et d'un fils, nés de ce lit, indiquait qu'il n'avait pas un besoin urgent d'héritiers.

— Pourquoi cet air morose ? s'enquit-il en tournant la tête. Vous allez achever d'assombrir le ciel avec cette mine renfrognée.

Pétronille gloussa, ce qui lui valut un clin d'œil de la part de Geoffroy.

— Ne dites pas de sottises ! rétorqua Aliénor en rejetant la tête en arrière, avant de s'éloigner à grandes enjambées.

Geoffroy régla aussitôt son pas sur le sien.

— Dites-moi ce qui ne va pas.

— Rien, assura-t-elle. Tout va bien. Pourquoi quelque chose n'irait-il pas ?

Il posa sur elle des yeux emplis de considération et dit :

— Peut-être parce que votre père s'en va à Compostelle et qu'il vous laisse à Bordeaux ?

La gorge d'Aliénor se serra.

— Bien sûr que non ! repartit-elle d'un ton cassant.

Il secoua la tête.

— Vous avez raison. Je dis des sottises. Mais me pardonnerez-vous et me permettrez-vous de marcher quelques instants à votre côté ?

Aliénor haussa les épaules, mais finit quand même par hocher la tête, non sans réticence toutefois.

Geoffroy prit sa main puis celle de Pétronille.

Au bout d'un moment, et presque malgré elle, Aliénor avait recouvré sa bonne humeur. Certes, Geoffroy ne pouvait prétendre à remplacer son père, mais sa présence lui donnait du baume au cœur. Ce fut avec un courage renouvelé qu'elle poursuivit sa route.

Chapitre 2

Bordeaux, février 1137

Assis près du feu dans une chambre située tout en haut du palais de l'Ombrière, Guillaume X, duc d'Aquitaine, considérait d'un œil fixe en se massant les côtes des papiers auxquels il ne lui restait plus qu'à apposer son sceau ducal.

— Sire, êtes-vous toujours décidé à entreprendre ce voyage ?

Le duc leva les yeux vers l'archevêque de Bordeaux qui réchauffait son grand corps osseux. Celui-ci paraissait corpulent sous ses habits doublés de fourrure. Bien qu'ils ne fussent pas toujours du même avis, le duc et Geoffroi du Louroux étaient amis de longue date, et Guillaume avait élevé ce dernier au rang de protecteur de ses deux filles.

— Oui, répondit Guillaume. Je veux me réconcilier avec Dieu tant que j'en ai encore le temps, et Compostelle est une destination relativement proche pour cela, me semble-t-il.

Geoffroi lui jeta un regard trouble.

— Le mal va en empirant, n'est-ce pas ?

Harassé, Guillaume poussa un soupir.

— Je me rassure en me disant que de nombreux miracles ont lieu au sanctuaire de Saint-Jacques. Et je prierai pour qu'il m'en échoie un. Mais, en vérité, je fais ce pèlerinage pour le salut de mon âme, non dans l'espoir d'une guérison.

Il se pinça l'arête du nez et ajouta :

— Aliénor est fâchée contre moi parce qu'elle pense que je peux tout aussi bien assurer le salut de mon âme à Bordeaux, mais elle ne comprend pas que je ne serais pas purifié si je ne choisissais pas la voie la plus ardue. Ici, on me traiterait avec indulgence parce que je suis le seigneur. En allant par les chemins avec ma besace et mon bâton, je ne serai qu'un pèlerin parmi les autres. Tous, nous paraissons nus devant Dieu, quel que soit notre rang sur Terre. Je dois faire ce pèlerinage.

— Mais qu'adviendra-t-il de vos terres en votre absence ? s'enquit Geoffroi avec inquiétude. Qui gouvernera à votre place ? Aliénor est à présent en âge de se marier, et même si vous avez fait prêter serment à vos capitaines de respecter son autorité, tous les barons du duché vont se ruer, qui pour l'épouser, qui pour la donner à son fils en mariage. Déjà ils vous rôdent autour dans ce but. Cela n'a pu vous échapper. À commencer par Rancon. Il a observé un deuil sincère après le décès de sa femme, je le reconnais, mais je le soupçonne d'avoir des raisons politiques de ne s'être encore point remarié.

— Je ne suis pas aveugle, rétorqua Guillaume dans un accès de douleur au côté qui lui fit l'effet d'un coup de poignard.

Il se servit une coupe d'eau de source d'une cruche posée là. Il n'osait s'aventurer à boire du vin ces temps-ci. Il ne parvenait à garder qu'un peu de pain sec et quelques aliments douceâtres, lui qui, autrefois, avait eu un appétit d'ogre !

— Voici mon testament, lança-t-il en poussant les feuillets de vélin vers Du Louroux. Je suis pleinement conscient du risque encouru par mes filles et d'à quel point la situation porte en elle les germes de la guerre, aussi ai-je fait de mon mieux pour arranger les choses.

Il ne quitta pas l'archevêque des yeux tandis que celui-ci prenait connaissance du document. Sans surprise, il le vit hausser les sourcils.

— Vous confiez vos filles au roi de France, fit remarquer l'ecclésiastique. N'est-ce point là un aussi grand péril ? Pour les protéger des chiens enragés, ce sont les lions que vous invitez !

— Aliénor, elle aussi, est une lionne, répliqua Guillaume. Elle est de la race de ceux qui sont nés pour relever ce genre de défis. Je l'ai élevée à cette fin, et elle est très douée, comme tu le sais parfaitement.

Esquissant un geste vague de la main, il ajouta :

— Mon plan n'est pas sans failles, mais il est plus sûr que d'autres pouvant paraître plus prometteurs au premier coup d'œil. Tu es en contact avec les Francs par l'intermédiaire de l'Église, et tu possèdes la sagesse et l'éloquence requises. Tu as été un excellent précepteur pour mes filles. Tu as leur confiance et leur affection. Au cas où je mourrais, je les recommande à ta garde afin que tu veilles à leur sécurité et assures leur protection. Je sais que tu agiras au mieux pour elles.

Guillaume attendit que Geoffroi, une moue aux lèvres, eût achevé de relire le testament.

— C'est la meilleure solution. Je me suis trituré les méninges jusqu'à m'en donner la migraine. Je confie mes filles, et donc l'Aquitaine, à Louis, roi de France, parce que je le dois. Si je donne Aliénor à Rancon, je condamne mon duché à une sanglante guerre civile. Que mes vassaux obéissent à mon sénéchal mandaté par moi est une chose ; il en irait tout autrement s'il était promu au rang de duc consort d'Aquitaine.

— En effet, Sire, convint Geoffroi.

Guillaume fit une grimace.

— Il nous faut également compter avec Geoffroy d'Anjou. Il lui tient fortement à cœur d'unir sa maison à la mienne en fiançant son fils à Aliénor. Il a abordé le sujet l'an dernier, tandis que nous faisions campagne en Normandie, et je l'ai remis à sa place en lui disant que j'y réfléchirai quand son bébé aura quitté les langes ! Si je meurs, il pourrait fort bien sauter sur l'occasion, et cela aussi serait un désastre. Dans cette vie, il nous faut consentir des sacrifices pour le bien de tous. Aliénor le comprendra.

À ces mots, il fit une piètre tentative pour conclure par une plaisanterie :

— S'il faut que les raisins soient foulés au pied, c'est encore à Bordeaux qu'on fait le meilleur moût ! s'exclama-t-il.

Mais aucun des deux amis ne rit.

La douleur donnait à Guillaume la nausée. La longue marche depuis Poitiers avait rudement éprouvé ses forces chancelantes. Par Dieu, qu'il était exténué, et qu'il restait encore à faire !

L'inquiétude ne quittait plus Geoffroi.

— Cela empêchera sans doute vos gens de se battre entre eux, mais je crains qu'à la place ils ne se retournent contre les Francs, l'ennemi désormais commun.

— Pas si leur duchesse est également reine. Je m'attends à ce que des troubles éclatent dans les habituelles contrées, et l'on ne peut éviter quelques mesquines chamailleries, mais je ne crois pas que nous ayons à redouter une franche rébellion. Je m'en remets à tes talents de diplomate pour maintenir le navire à flot.

L'archevêque tira sur sa barbe.

— Est-il prévu que d'autres que moi posent les yeux sur ce document ?

— Non. Si ce n'est que j'enverrai un messager de confiance en apporter une copie au roi Louis. Mais nul besoin de l'ébruiter pour l'instant. Si le pire devait arriver, il te faudrait en informer immédiatement les Français et protéger mes filles en attendant leur arrivée. Pour l'heure, je te confie la charge de mettre ce testament en lieu sûr.

— Il sera fait selon votre souhait, messire.

Jetant un regard inquiet à son ami le duc, l'archevêque ajouta :

— Dois-je demander à votre médecin de vous apporter une potion pour dormir ?

— Non, répondit Guillaume, le visage soudain crispé. J'aurai très bientôt plus que mon soûl de sommeil.

Geoffroi quitta la chambre ducale le cœur lourd. La fin approchait pour Guillaume. Il n'en avait probablement plus pour longtemps. Certes, il parvenait à cacher la vérité à son entourage, mais l'archevêque le connaissait trop bien pour s'en laisser conter. Il restait tant à accomplir ! Aussi était-il peiné que leur œuvre commune restât inachevée, tel un motif de tapisserie jamais terminé. Les réalisations à venir ne concorderaient jamais avec les efforts qu'ils avaient déployés et risquaient même de les faire échouer.

Geoffroi fut pris de compassion pour Aliénor et Pétronille. Sept ans auparavant, elles avaient perdu leur mère et leur petit frère, tous deux emportés par une fièvre des marais. Et voilà qu'elles étaient en passe de perdre aussi leur père. Elles étaient si vulnérables. Guillaume leur assurait par testament un avenir qui promettait d'être glorieux, mais l'archevêque regrettait que ces demoiselles fussent si jeunes et que leur fougue n'eût point encore été modérée par l'expérience. Il n'était pas pressé de voir leur nature enjouée être corrompue et ternie par la grossièreté du monde, même si c'était inévitable.

Aliénor enleva sa cape et la posa sur la chaise de son père. L'odeur et la présence du duc étaient encore palpables dans la pièce. Il avait tout laissé en l'état pour se rendre à la cathédrale dans sa robe de pénitent en laine ordinaire, chaussé de simples sandales et la besace remplie de pain noir. Ses filles l'avaient suivi en procession pendant quelques lieues avant de retourner à Bordeaux avec l'archevêque. Pétronille avait jacassé pendant tout le trajet, comblant le vide de sa verve et de ses gestes vifs. Aliénor, elle, avait chevauché en silence et, une fois arrivée au palais, s'était retirée dans la solitude.

Elle déambula dans la chambre, touchant à tout : l'aigle sculpté sur le dossier de la chaise paternelle, le coffret en ivoire qui contenait des bouts de parchemin, la petite corne en argent accompagnée du pot où le duc rangeait sa plume et ses stylets. Elle marqua un temps d'arrêt devant son manteau bleu pâle doublé de fourrure d'écureuil. Un poil roux détaché du reste luisait sur l'épaule du vêtement. Elle en souleva un pan dans lequel elle enfouit son visage afin de s'imprégner de son odeur, ce qu'elle n'avait pu faire lors de leur dernière rude et rugueuse étreinte au bord de la route, car elle avait été très en colère contre lui. Elle s'en était allée sans se retourner sur le dos de Ginnet. Pétronille, au contraire, avait serré très fort leur père avant de le quitter sur de gais au revoir au nom d'elles deux.

Les yeux d'Aliénor devinrent brûlants de larmes. Elle les sécha dans l'étoffe du manteau. Son père ne resterait absent que jusqu'à Pâques, puis il rentrerait. Il s'était absenté de nombreuses fois auparavant, encore l'année précédente, pour aller guerroyer en Normandie avec Geoffroy le Bel, comte d'Anjou. Et les risques encourus avaient été tellement plus grands que sur une route de pèlerinage !

Elle s'assit sur la chaise, posa les mains sur les accoudoirs et se mit dans la situation de la régente d'Aquitaine prodiguant arrêts et sages instructions. Depuis sa plus tendre enfance, on l'avait élevée de manière qu'elle sache raisonner et gouverner. Les leçons de filage et de tissage – ces nobles occupations féminines – avaient seulement servi de décor à la grande affaire qu'étaient l'instruction et la réflexion. Son père aimait à la voir vêtue de beaux habits et parée de magnifiques bijoux. Il approuvait les passe-temps féminins et l'expression de la féminité. Mais cela ne l'avait pas empêché de la traiter comme le fils qu'il avait perdu. Elle avait souvent chevauché à ses côtés lors des déplacements de la Cour à travers les vastes étendues de l'Aquitaine : des contreforts des Pyrénées au plat littoral de l'ouest – avec ses marais salants fort lucratifs entre Bordeaux et le port débordant d'activité de Niort ; des vignobles de Cognac et des forêts du Poitou jusqu'aux collines du Limousin, à ses vallées luxuriantes au fond desquelles coulaient de nombreuses rivières, et à sa campagne où il faisait si bon galoper. Elle l'avait assisté tandis qu'il recevait les hommages de ses vassaux, dont bon nombre étaient agressifs, querelleurs et âpres au gain, mais qui reconnaissaient néanmoins la suzeraineté de son père. Elle avait assimilé ses leçons en observant sa manière de traiter avec eux. Le langage du pouvoir ne se limitait pas aux mots. Il se traduisait en termes de présence et de pensée, de gestes et de moments opportuns. Il lui avait montré la voie tout en lui donnant les moyens de rayonner de sa propre lumière. Pourtant, ce jour là, Aliénor se sentit entourée d'ombres.

La porte s'ouvrit, et l'archevêque entra. Il avait échangé sa mitre de cérémonie contre une modeste calotte de feutre et sa magnifique chasuble contre un habit brun ordinaire serré à la taille par une simple ceinture nouée. Il portait sous le bras un coffret en ivoire sculpté.

— Je pensais bien vous trouver ici, ma fille, commença-t-il.

Aliénor éprouva quelque amertume mais n'en dit rien. Elle pouvait difficilement ordonner à l'archevêque de Bordeaux de disparaître. D'ailleurs, dans sa détresse, elle était tentée de se raccrocher à lui, comme à un père de substitution.

Il posa l'écrin sur la table à côté de la chaise d'Aliénor et en souleva le couvercle.

— Votre père m'a demandé de vous remettre ceci, annonça-t-il. Sans doute en avez-vous gardé un souvenir ?

D'un soyeux molleton blanc, il fit surgir un vase en forme de poire taillé dans le cristal le plus pur et ciselé en nid d'abeilles.

— Il a dit que ce vase était comme vous : unique et inestimable. Lorsque la lumière le frappe, il rehausse la beauté de toutes choses alentour.

Aliénor fut émue.

— Je m'en souviens, en effet, mais je ne l'ai plus revu depuis mon enfance.

Ils savaient tous deux – mais n'en soufflèrent mot – que sa mère avait reçu ce joyau de son père en cadeau de mariage. À la mort de celle-ci, le vase était allé grossir le trésor de la cathédrale de Bordeaux, d'où on ne l'exhumait qu'en de très rares occasions.

Elle prit le vase entre ses mains et le posa délicatement sur la table à tréteaux. La lumière qui entrait par la fenêtre traversa le cristal et se réfracta sur la nappe blanche en une infinité d'éclats d'arc-en-ciel en forme de losanges. Aliénor fut stupéfiée par cette explosion inattendue de couleurs. Des larmes naquirent dans ses yeux et sa vue se brouilla au travers de cet autre prisme. Elle ravala un sanglot.

— Allons, ma fille, assez pleuré, lança Geoffroi en contournant la table pour la prendre dans ses bras. Tout ira bien, je vous le promets. Je suis là. Je veillerai sur vous.

C'étaient mot pour mot les paroles qu'elle-même employait à l'usage de Pétronille, même lorsqu'elle n'y croyait pas elle-même. C'était comme un pansement sur une blessure. Cela ne guérissait pas du mal mais le rendait plus supportable. Elle appuya la tête contre la poitrine de l'archevêque et donna libre cours à son chagrin avant de se reprendre et de reculer. Le soleil frappait toujours de tous ses feux la surface du vase. Elle coupa le rayon lumineux de sa main et observa la farandole des coloris vermillon, bleus et pourpres sur l'écran de son poignet.

— Sans la lumière, la beauté demeure cachée, fit remarquer Geoffroi. Mais elle est toujours là. Tout comme l'amour de Dieu ou d'un père, ou encore d'une mère. Souvenez-vous-en, Aliénor. Vous êtes aimée, que vous le voyiez ou non.

La troisième semaine après le dimanche de Pâques, le temps tourna au beau et se réchauffa. Tandis que par une douce matinée de printemps le soleil montait dans le ciel, Aliénor et Pétronille, accompagnées de leurs suivantes, emportèrent leur ouvrage dans les jardins du palais. Des musiciens interprétaient une délicate mélodie à la harpe et à la citole, célébrant par leurs chants le printemps, le renouveau et les amours non réciproques. L'eau retombait en gerbes bruissantes dans les fontaines de marbre, et leur refrain invitait à une suave somnolence dans la tiédeur dorée.

Ces dames, enhardies par l'absence de la nourrice Floréta, retenue par d'autres obligations, pépiaient à qui mieux mieux, à l'image des moineaux qui gazouillaient dans les mûriers. Mais leur impudent badinage irritait Aliénor. Elle n'avait aucune envie d'être mêlée à des ragots. Elle se fichait de savoir qui faisait les yeux doux à qui et si le bébé qu'attendait la femme du sous-intendant était celui de son mari ou bien le fruit de sa liaison avec un jeune chevalier. Aliénor se souvenait que, lorsqu'elle était enfant, la maisonnée de sa grand-mère maternelle à Poitiers avait été le foyer bouillonnant de semblables rumeurs, tout aussi triviales que nuisibles. C'était pourquoi elle détestait les entendre circuler. Sa grand-mère, Dangereuse de Châtellerault, avait été la maîtresse de son grand-père, non sa femme. Il avait vécu avec elle au vu et au su de tous, faisant fi de toute opinion hormis la sienne, et les accusations de comportement immoral n'avaient pas manqué. Une fois que les racontars étaient lancés, rien ne pouvait plus les arrêter. Une réputation pouvait être défaite en quelques instants par l'entremise d'une poignée de commères malintentionnées.

— Cela suffit ! s'exclama-t-elle de toute son autorité. J'aimerais écouter la musique en paix.

Les dames échangèrent des regards et firent silence. Aliénor prit une tranche de poire confite sur un plateau et enfonça ses dents dans la chair sucrée. C'était sa confiserie préférée, et elle avait pour habitude de la dévorer sans retenue. Sa douceur intense la réconfortait, et le fait de savoir qu'elle pouvait en manger à son gré lui donnait un sentiment de puissance. Pourtant, son mécontentement n'en fut pas amoindri ; car à quoi servait-il d'avoir le pouvoir de faire cesser les commérages mesquins des servantes et de savourer des sucreries ? Ce n'était là que de la poudre aux yeux. Quelle satisfaction pouvait-on retirer d'un pouvoir aussi dérisoire ?

Une de ces dames entreprit de montrer à Pétronille comment broder, en utilisant un point bien particulier, de délicates pâquerettes. Aliénor laissa de côté son propre ouvrage de couture et alla faire une petite promenade dans le jardin. Une sourde migraine lui enserrait les tempes, sensation que renforçait l'étreinte de son diadème. Son flux menstruel s'annonçait, et elle avait mal au ventre. En outre, elle ne dormait pas assez, son sommeil étant perturbé par des cauchemars qu'elle avait oubliés au réveil mais dont l'impression rémanente lui donnait la sensation d'être prise au piège.

Elle fit halte près d'un jeune cerisier et effleura d'un doigt léger les fruits encore verts. Au retour de son père, les cerises seraient d'un rouge sombre tirant sur le noir. Elles seraient charnues, sucrées et mûres à souhait !

— Ma fille…

Deux personnes seulement l'appelaient ainsi. Elle se retourna et aperçut l'archevêque. Avant même qu'il n'ouvre la bouche, elle devina ce qu'il s'apprêtait à lui dire. L'expression troublée et emplie de compassion de son visage laissait deviner le pire.

— J'ai de mauvaises nouvelles, lança-t-il.

— C'est au sujet de mon père, n'est-ce pas ?

— Mon enfant, vous devriez vous asseoir.

Elle le regarda droit dans les yeux.

— Il ne rentrera pas, est-ce bien cela ?

L'ecclésiastique parut déconcerté mais recouvra bientôt son aplomb.

— Ma fille, je suis navré de vous annoncer qu'il a trépassé lors du vendredi saint devant Compostelle. On l'y a enterré au pied de Saint-Jacques.

D'une voix éraillée, il ajouta :

— Il est auprès de Dieu à présent et libéré de ses souffrances. Sa santé était mauvaise depuis quelque temps.

La douleur submergea Aliénor avec la violence d'une lame de fond. Depuis le début elle soupçonnait que quelque chose n'allait pas. Mais personne n'avait jugé bon de la tenir informée, son père moins que tout autre.

Geoffroi lui remit la chevalière ducale surmontée d'un saphir.

— Il vous a fait envoyer ceci et vous demande de faire de votre mieux, ainsi que vous l'avez toujours fait, et de tenir compte des conseils de vos protecteurs.

Elle considéra la bague et se souvint de la dernière fois qu'elle l'avait vue briller au doigt de son père, le jour de son départ. Il lui sembla que le monde s'écroulait, emportant dans sa chute tout ce qu'elle avait cru être stable. Relevant la tête, elle tourna son regard vers sa sœur, qui se trouvait à l'autre bout du jardin. Celle-ci riait à une plaisanterie de servante. Dans un instant le rire de Pétronille mourrait sur ses lèvres pour être remplacé par le chagrin et les larmes, tandis que son monde aussi volerait en éclats. Aliénor savait qu'il lui serait encore plus pénible de voir sa sœur malheureuse que de gérer sa propre souffrance.

— Que va-t-il advenir de nous ? s'enquit-elle, s'efforçant de se montrer pragmatique et adulte, malgré l'incontrôlable tremblement de sa voix.

Geoffroi referma la main d'Aliénor sur la chevalière.

— Nous veillerons sur vous, n'ayez pas d'inquiétude. Votre père a laissé de solides dispositions testamentaires vous concernant.

Il fit mine de l'étreindre avec compassion, mais elle s'écarta en serrant les dents.

— Je ne suis pas une enfant ! s'exclama-t-elle.

Geoffroi laissa retomber ses bras le long de son corps.

— Mais vous êtes encore si jeune… Votre sœur…

Il s'interrompit, tournant ses yeux vers l'assemblée des dames.

— Je l'annoncerai moi-même à Pétronille, lança-t-elle d'un ton ferme. C'est à moi de m'en charger.

L'ecclésiastique acquiesça malgré l'inquiétude qui se lisait sur son visage.

— Comme vous voudrez, ma fille.

Aliénor, flanquée de Geoffroi, rejoignit sa suite.

Après que les servantes se furent inclinées devant l'archevêque, Aliénor les congédia et s'assit à côté de sa sœur.

— Regarde ce que j'ai brodé ! s'exclama Pétronille en brandissant son ouvrage.

Un angle du mouchoir était couvert de pâquerettes. Un nœud doré en figurait le cœur.

Le regard ardent, elle ajouta :

— Je l'offrirai à papa quand il rentrera !

Aliénor se mordit la lèvre inférieure.

— Perrine…, commença-t-elle en la prenant par le cou. Écoute, j'ai quelque chose à te dire.

Chapitre 3

Château de Béthisy, royaume de France, mai 1137

Louis, qu'on avait arraché à ses dévotions, pénétra dans la chambre de malade de son père située au dernier étage du château. Les volets grands ouverts laissaient entrer une brise légère par une fenêtre à double ogive d'où l'on voyait un ciel bleu printanier. De l'encens brûlait dans des coupelles disposées sur plusieurs guéridons répartis çà et là. Hélas, le parfum ne parvenait pas à recouvrir la puanteur du corps gonflé et déjà pourrissant du roi. Louis eut un haut-le-cœur en s'agenouillant au chevet du mourant pour lui rendre les hommages d'un fils. Puis il réprima un tremblement de peur lorsque le moribond posa une main sur son crâne en signe de bénédiction.

— Relève-toi ! ordonna Louis VI, dit le Gros.

Le futur Louis VII, dit le Jeune, s'efforça de maîtriser son angoisse. Le corps de son père avait beau n'être plus que boursouflures, ses yeux bleu glacé comme l'acier, bien qu'au bord de l'agonie, n'en continuaient pas moins d'exprimer l'intelligence et la volonté d'un chasseur, d'un soldat et d'un roi redoutable. Louis le Jeune était toujours sur la défensive en présence de son père. Il était ce cadet d'abord destiné à la charge ecclésiastique puis enlevé, au décès de son frère survenu lors d'un accident de cheval, à ses chères études à Saint-Denis pour devenir l'héritier du trône. Dieu en avait voulu ainsi, et Louis savait que son devoir était de servir Dieu, quels que fussent ses décrets. Toutefois, gouverner n'était pas chez lui une vocation, ni, assurément, le résultat d'une préférence de ses parents.

Sa mère se tenait près des tentures, à la droite du lit, les mains jointes devant elle, une moue convenue aux lèvres qui signifiait, comme toujours, qu'elle était plus avisée que son fils qui ne connaissait rien à rien. Elle était flanquée sur sa gauche de plusieurs proches conseillers du roi. Parmi eux figuraient les oncles maternels de Louis, Guillaume et Amédée, sans oublier Thibaut, comte de Blois. En les voyant ainsi réunis, Louis sentit croître ses appréhensions.

Son père renâcla à la manière d'un maquignon mécontent d'une bête qu'on lui présente mais qui sait qu'il va devoir s'en contenter.

— J'ai une tâche à te confier qui fera de toi un homme, lança-t-il.

— Sire ?

Louis avait la gorge nouée, et sa voix de fausset trahit sa nervosité.

— Une affaire d'engagement matrimonial. Suger t'expliquera. Contrairement à moi, il a assez de souffle dans les poumons pour cela ; de plus, il adore s'écouter parler.

Le roi fit signe à Suger d'approcher, et le petit abbé de Saint-Denis aux yeux d'écureuil se détacha du groupe, tenant un rouleau entre ses doigts fins et ne goûtant guère, visiblement, le royal sarcasme.

« *Engagement matrimonial* » ? Louis n'en crut pas ses oreilles.

— Messire, commença Suger d'une voix de miel, mais le regard sincère et franc, nous avons de grandes et importantes nouvelles à vous annoncer.

Suger était non seulement l'un des plus proches confidents du roi, mais également le protecteur et mentor de son fils. Louis l'aimait plus que son propre père, pour la raison que Suger l'aidait à trouver un sens à la vie et comprenait ses difficultés.

L'abbé poursuivit :

— Guillaume d'Aquitaine a rendu l'âme au cours d'un pèlerinage à Compostelle, Dieu ait son âme.

Suger se signa et reprit :

— Avant de se mettre en route, il a fait envoyer son testament au roi votre père, le mandant de veiller sur ses filles au cas où il viendrait à mourir. L'aînée a treize ans et est en âge de se marier. La cadette a onze ans.

Le roi se redressa du mieux qu'il put contre l'amas d'oreillers et de traversins qui soutenaient son corps flasque.

— Nous devons saisir l'occasion, lança-t-il dans un sifflement nasal. L'Aquitaine et le Poitou agrandiront le domaine royal et accroîtront notre prestige au centuple. Nous ne pouvons permettre qu'ils tombent entre d'autres mains. Geoffroy d'Anjou, c'est à craindre, se ferait un plaisir de s'emparer du duché à la faveur d'un mariage entre son fils et l'aînée d'Aquitaine. Or, cela ne doit arriver sous aucun prétexte.

L'effort qu'il avait dû fournir pour parler le laissa tout violet et au bord de l'apoplexie. Il trouva néanmoins la force de faire signe à Suger de poursuivre.

Ce dernier se racla la gorge, puis il enchaîna :

— Votre père souhaite que vous conduisiez une armée jusqu'à Bordeaux aux fins de protéger la région et d'épouser l'aînée. Elle vit actuellement au palais de l'Ombrière. L'archevêque de Bordeaux, son protecteur, vous y attend.

Louis chancela, comme s'il avait reçu un coup de poing à l'estomac. Il savait qu'un jour il lui faudrait se marier et engendrer des héritiers, mais il avait toujours envisagé cela comme une obligation un peu fâcheuse dont il devrait s'acquitter dans un avenir lointain. Et voici qu'on lui annonçait qu'il devait épouser une jouvencelle sur laquelle il n'avait jamais, de sa vie, posé les yeux et qui était originaire d'une terre dont les habitants avaient la réputation d'être des jouisseurs aux mœurs légères.

— Je veillerai à ce que ces jeunes filles soient éduquées selon nos coutumes, intervint sa mère, consolidant par là sa propre autorité dans la suite des événements. Cela fait de nombreuses années qu'elles n'ont pas reçu les attentions d'une mère ; ainsi bénéficieront-elles de conseils avisés et d'une instruction adéquate.

Le sénéchal du roi, Raoul de Vermandois, fit un pas en avant.

— Majesté, je vais donner l'ordre de procéder immédiatement aux préparatifs.

Ce cousin germain de Louis le Gros était un autre proche conseiller qui avait autrefois été écarté du pouvoir. Huit ans plus tôt, il avait perdu un œil durant un siège et portait depuis lors une pièce de cuir sur son orbite cave. C'était un vieux soudard qui ne décevait jamais son seigneur sur les champs de bataille. Il se doublait d'un courtisan au charme certain qui plaisait beaucoup aux femmes, son bandeau ne faisant que renforcer son prestige auprès de la gent féminine.

— Hâtez-vous, Raoul, ordonna le roi. Le temps presse.

Levant un doigt en signe d'avertissement, il ajouta :

— Nous ne devons pas lésiner sur le faste et la libéralité. Les Poitevins accordent de l'importance à ce genre de choses, et nous devons conserver leur bienveillance à tout prix. Que les oriflammes flottent au sommet de vos lances et que vos heaumes soient ceints de ganses ! Veillez, pour l'heure, à brandir des présents, non l'épée.

— Sire, je m'en charge instamment.

Sur ces mots, Vermandois sortit en s'inclinant dans un déferlement d'étoffes somptueuses qui rappelait le déploiement d'une voile.

Louis s'agenouilla pour recevoir à nouveau la bénédiction de son père, puis il parvint miraculeusement à s'échapper de la chambre fétide avant d'être obligé de vomir. Il n'aspirait pas à prendre femme. Il ignorait tout des jeunes filles, excepté que leurs formes caressantes, leurs gloussements et leurs pépiements le révulsaient. Sa mère n'était pas de celles-là ; elle avait une poigne de fer ; mais il n'avait reçu d'elle aucun amour. Toute l'affection qu'il avait reçue en ce monde venait de Dieu, mais à présent celui-ci semblait vouloir qu'il se marie. Sans doute était-ce pour le châtier de ses péchés. Il s'y résignerait donc de bonne grâce.

Tandis que les serviteurs s'empressaient de remettre de l'ordre dans la literie du roi, Suger reparut auprès de son protégé.

— Ah, Louis, Louis…, dit l'abbé en prenant le jeune homme par les épaules dans un geste réconfortant. Je sais que c'est inattendu, mais telle est la volonté de Dieu, et vous devez vous y soumettre. Il vous accorde une grâce insigne, ainsi qu'une jeune fille qui a presque votre âge pour épouse et compagne. C'est véritablement une occasion de joie.

Louis se calma sous l'influence apaisante de Suger. Si telle était la volonté de Dieu, alors il s'y soumettrait, de son mieux.

— Je ne connais même pas son nom, fit-il remarquer.

— Je crois que c'est Aliénor, messire.

Louis articula en silence le nom d'Aliénor. Ce nom avait la saveur d'un fruit étrange, inconnu. La nausée le reprit.

Chapitre 4

Bordeaux, juin 1137

Ginnet donnait de l'encolure tandis qu'Aliénor chevauchait à la même allure que l'archevêque Geoffroi du Louroux. Tout comme sa jument, elle avait envie de se lancer à bride abattue. C'était sa première sortie depuis longtemps. De surcroît, elle était toujours sous bonne garde, du fait que le monde attachait désormais beaucoup de valeur à sa personne. Ce matin-là, l'archevêque s'était porté garant de sa sécurité. Ses chevaliers, sans relâcher leur vigilance, restaient un peu en retrait afin de leur ménager quelque intimité propice à la conversation.

Dans les deux mois qui avaient suivi la mort de son père, le redoux printanier au sud de la Loire avait cédé la place à un été torride qui avait transformé les cerises vertes des jardins du palais en beaux fruits mûrs d'un noir luisant. Son père gisait, retranché des vivants, dans son tombeau de Compostelle, tandis qu'elle-même errait dans les limbes de l'expectative. Héritière détenant, de par sa naissance, le pouvoir d'influer sur le cours des destinées, son autorité ne s'étendait pourtant pas au-delà de son cercle étroit d'intimes. Quelle influence une fillette de treize ans pouvait-elle réellement exercer sur les hommes qui détenaient les clés de son avenir ?

Ils parvinrent en terrain découvert. Aliénor donna du talon dans les flancs de Ginnet, lui laissant la bride sur le cou.

Geoffroi força l'allure en conséquence. Un nuage de poussière pareil à de la fumée blanche s'éleva sous le martèlement des sabots sur la terre recuite par le soleil. Le visage battu par le vent chaud, Aliénor emplit ses poumons de l'odeur corsée du serpolet que foulait à toute allure la jument. Elle se laissa aveugler par la lumière crue de l'été et, pendant quelques instants, ses soucis se dissipèrent dans cette euphorie équestre et dans la conscience d'être en vie, son sang affluant dans ses veines à la manière d'un ruisseau qui chante. Tout ce qui l'avait nouée, étouffée, se desserra pour libérer une énergie formidable aussi brûlante et rayonnante que l'astre du jour.

Enfin, faisant tournoyer sa monture, elle fit halte devant une statue romaine érodée qui se dressait sur le bas-côté. Puis elle se pencha en avant pour flatter l'encolure ruisselante de sueur de Ginnet. Son père lui avait parlé des Romains. Voilà mille ans, ceux-ci avaient conquis l'Aquitaine et s'y étaient installés. Leur langue était le latin, celle-là-même dont se servaient à présent les clercs et qu'elle avait apprise en même temps que le français en usage dans le Poitou et au Nord. Ce français-là différait grandement de la *lenga romana* de Bordeaux.

La statue levait le bras droit en l'air à la manière des orateurs et scrutait l'horizon de ses yeux de marbre blanc dépourvus de pupilles. Du lichen doré en étoilait le plastron ainsi que les galons de son *cingulum*.

— Nul ne sait qui elle représente, lança Geoffroi. L'inscription a disparu. Nombreux sont ceux qui ont laissé leur empreinte sur ce sol, mais à leur tour ils reçurent la marque du lieu. Les gens d'ici n'apprécient guère qu'on cherche à faire d'eux des bêtes de somme.

Aliénor se redressa sur sa selle. Elle prenait peu à peu conscience d'être la duchesse d'Aquitaine, à la manière d'un dragon qui s'éveille et s'étire, et dont la force fait l'orgueil de sa race.

— Je ne les crains pas, répliqua-t-elle.

Le vif éclat du soleil accentua la profondeur du pli qui se creusa à la racine du nez de l'archevêque.

— Vous devrez faire preuve de prudence, néanmoins. Une duchesse avisée en vaut deux.

Après un moment d'hésitation, il ajouta :

— Ma fille, j'ai une nouvelle à vous annoncer, et je vous demanderai de m'écouter attentivement.

Aliénor fut aussitôt sur ses gardes. Elle aurait dû se douter que cette chevauchée n'avait pas pour unique but les plaisirs de l'exercice !

— Quel genre de nouvelle ?

— Par amour et souci pour vous et pour ses terres, votre père a envisagé dans son testament de grands desseins pour vous.

— Qu'entendez-vous par « de grands desseins » ? Pourquoi ne pas m'en avoir parlé plus tôt ?

La peur et la colère bouillaient en elle.

— Pourquoi mon père ne m'en a-t-il pas avisée ?

— Parce que toute chose doit mûrir avant de porter ses fruits, répondit gravement Geoffroi. Si votre père était revenu de Compostelle, il s'en serait lui-même ouvert à vous. Il eût été inconsidéré d'aborder la question avant que tout ne soit en place, mais le moment est venu.

Il se pencha vers Aliénor et posa une main sur la sienne.

— Votre père souhaitait pour vous un mariage qui fît honneur à votre personne et à l'Aquitaine, tout en vous hissant jusqu'aux plus hautes dignités. Il désirait également la sécurité et la paix pour vous-même et vos gens. Avant de partir, il a demandé au roi de France d'assurer votre sauvegarde. Dans ce but, il a arrangé un mariage entre vous et Louis, son héritier. Un jour, vous serez reine de France et, si Dieu le veut, à l'origine d'une dynastie de souverains dont le royaume s'étendra de Paris aux Pyrénées.

Aliénor reçut la nouvelle comme un coup de massue et posa un regard médusé sur son protecteur.

— C'est une occasion formidable ! assura Geoffroi en scrutant le visage de sa protégée. Vous ferez germer les graines que votre père discernait en vous et recevrez une couronne en récompense. Une alliance entre le royaume de France et l'Aquitaine rendra nos deux États bien plus puissants qu'aujourd'hui.

— Mon père n'aurait jamais fait cela sans m'en parler !

Sous la stupeur d'Aliénor sourdait un atroce sentiment d'avoir été trahie.

— Il se mourait, mon enfant, rappela Geoffroi avec tristesse. Il lui incombait de prendre les meilleures dispositions possibles à votre endroit, et celles-ci devaient être gardées sous le sceau du secret jusqu'à ce que l'heure soit venue.

Elle redressa bien haut la tête.

— Je ne veux pas épouser un prince franc. Je veux épouser un homme d'Aquitaine.

Il lui pressa la main, et Aliénor sentit son anneau épiscopal s'enfoncer dans sa chair.

— Vous devez me faire confiance, ainsi qu'à votre père. Nous avons fait pour le mieux. Si vous épousiez un homme de votre propre duché, cela occasionnerait des rivalités et conduirait à une guerre fratricide. Louis arrivera dans quelques semaines, et vous serez unis dans la cathédrale. La cérémonie se déroulera avec toute la dignité et la distinction requises, selon le vœu de votre père ; et vos vassaux viendront vous rendre hommage et vous jurer allégeance. Car vous êtes un parti très convoité, vous risqueriez d'être enlevée si vous alliez vous marier à Paris.

Aliénor frémit. En écoutant l'explication de l'archevêque, elle eut l'impression qu'une pierre tombale se refermait sur elle. Elle essaya d'articuler des paroles de refus, mais aucun son ne sortit de sa bouche.

— Ma fille, avez-vous entendu ? Vous serez une grande reine.

— Mais… personne ne m'a demandé mon avis ! Tout a été décidé dans mon dos.

La gorge serrée, elle ajouta :

— Et si je refuse d'épouser le roi de France ? Et si… et si je veux en épouser un autre ?

L'ecclésiastique posa sur elle un regard empli de compassion, bien que sévère.

— Cela ne se peut. Ôtez-vous cette idée de l'esprit. Il est approprié et juste qu'un père choisisse le mari de sa fille. N'avez-vous pas foi dans le bien-fondé de ses jugements ? N'avez-vous pas foi en moi ? La décision est sage, et pour vous et pour l'Aquitaine et pour le Poitou. Louis est jeune, bel homme et instruit. Ce sera un mariage illustre, et tel est votre devoir.

Il semblait à Aliénor que l'on essayait de l'enterrer vivante, l'exilant à jamais de la lumière et de la vie. Il n'était venu à l'idée de personne de l'aviser des changements à venir. Tout se passait comme si elle n'était rien autre qu'un colis précieux qu'on se passait de main en main. Quel avantage avait-elle d'hériter s'il lui fallait remettre sur un plateau son duché aux Francs ? Elle se sentait peinée et trahie. Son protecteur lui avait caché la vérité pendant tout ce temps, et son père, alors même qu'il prenait congé d'elle pour la dernière fois, avait nourri cette ambition. Autant passer sa vie à manger des fruits confits en écoutant des ragots imbéciles !

Faisant faire demi-tour à Ginnet, elle l'éperonna et s'oublia momentanément elle-même dans la brusque accélération de la jument. Lorsque celle-ci commença à fléchir, Aliénor ralentit l'allure, sachant que même au triple galop, elle n'échapperait pas à la destinée qui lui était imposée par la tromperie de ceux en qui elle avait mis toute sa confiance.

Cette fois, Geoffroi l'avait laissée partir seule devant. Ce fut donc sans lui qu'elle s'arrêta sur la route poussiéreuse pour se perdre dans la contemplation des lointains, telle une statue romaine au socle envahi de lichen. Dans la bouche de l'archevêque, ce mariage était une véritable aubaine, mais elle en doutait. Elle n'avait jamais caressé le rêve de devenir reine de France. Assumer le rôle de duchesse d'Aquitaine était son devoir le plus sacré et le seul qui importât à ses yeux. Lorsque, dans l'intimité, elle se laissait aller à rêver mariage, c'était Geoffroy de Rancon, seigneur de Gençay et Taillebourg, qu'elle voyait à ses côtés. Elle imaginait alors que, peut-être, le galant pensait à elle sous le même jour, bien qu'il n'en eût jamais rien dit.

Le cœur lourd, elle fit faire un nouveau demi-tour à la jument et alla rejoindre son protecteur. Chemin faisant, il lui sembla que les ultimes vestiges de son enfance retombaient en pluie d'étoiles dans son sillage avant de disparaître dans la poussière.

De retour au palais, Aliénor se rendit directement dans la chambre qu'elle partageait avec Pétronille. Elle se changea afin d'être présentable pour le repas, malgré son manque d'appétit et son estomac noué. Elle se pencha au-dessus de la vasque en cuivre et s'aspergea le visage d'eau froide parfumée. Ses traits, qui s'étaient momentanément contractés sous l'effet de l'intense chaleur, se détendirent.

Pétronille s'assit sur le lit et se mit à effeuiller une pâquerette en chantonnant faux. La mort de leur père l'avait heurtée de plein fouet. Au début, elle avait refusé d'admettre qu'il ne reviendrait pas, et Aliénor avait dû supporter la violence de sa colère et de son chagrin, parce qu'elle était la seule sur qui Pétronille pouvait épancher sa souffrance. Elle commençait à aller mieux à présent, mais restait encline aux crises de larmes et aux humeurs moroses, ce qui la rendait encore plus irascible qu'à l'ordinaire.

Aliénor tira les tentures du lit afin de les isoler des femmes de chambre. Celles-ci seraient au courant bien assez tôt ; si elles ne l'étaient pas déjà, au train où allaient les commérages de Cour. Quoi qu'il en fût, elle désirait annoncer la nouvelle à Pétronille en privé. S'asseyant à côté d'elle, elle écarta les pétales épars.

— J'ai une nouvelle à t'annoncer, commença-t-elle.

Aussitôt, Pétronille se raidit. La dernière fois qu'Aliénor lui avait annoncé une nouvelle, il s'était agi d'un malheur.

Faisant en sorte de parler tout bas, Aliénor poursuivit néanmoins :

— L'archevêque dit que je dois épouser Louis, l'héritier du trône des Francs. Il assure que papa avait pris des dispositions avant de… avant de partir.

Pétronille la considéra avec un regard vide, puis elle donna une pichenette à la tige d'une pâquerette qui s'envola.

— Quand ? s'enquit-elle froidement.

— Bientôt, répondit Aliénor avec une grimace de dégoût. Il est en route.

Pétronille garda le silence et se tourna de profil, apprêtant les nœuds en dentelle de sa robe.

— Là, laisse-moi voir…, commença Aliénor en tendant une main.

Mais Pétronille l'écarta d'une tape.

— Je peux le faire toute seule ! s'exclama-t-elle d'un ton sec. Je n'ai pas besoin de toi.

— Perrine…

— Tout ce que tu veux, c'est t'en aller et m'abandonner. Comme tous les autres ! Je ne compte pas pour toi. Je ne compte pour personne !

Aliénor reçut ces paroles comme un coup de poignard.

— Ce n'est pas vrai ! Je t'aime énormément. Crois-tu que je me serais moi-même choisi un tel destin ?

Les deux sœurs échangèrent des regards emplis de peur et de rage.

— Crois-tu que cela ne me perce pas le cœur et ne m'effraie pas ? Nous ne pouvons compter que l'une sur l'autre. Jamais je ne te retirerai mon affection.

Pétronille hésita, puis, cédant à l'une de ses sautes d'humeur, se jeta dans les bras d'Aliénor, la serrant avec force et versant moult larmes.

— Je ne veux pas que tu t'en ailles…

— Je ne m'en irai pas, assura Aliénor en caressant la tête de sa petite sœur en pleurs.

— Jure-le !

Aliénor fit le signe de croix.

— Je le jure sur mon âme. Je ne laisserai rien nous séparer. Viens, maintenant.

Reniflant et le visage mouillé de larmes, elle aida Pétronille à défaire le nœud qui l'ennuyait.

— À quoi… à quoi le roi de France ressemble-t-il ?

Aliénor haussa les épaules et essuya ses larmes.

— Je ne sais pas. On le destinait à l'Église jusqu'à ce que son frère aîné trépasse. Ainsi aura-t-il au moins quelque instruction.

Sachant par ailleurs que le père de Louis était affublé du sobriquet de Louis le Gros, elle ne put s'empêcher d'imaginer son fils sous les traits d'un jeune homme gras au teint terreux. Elle poussa un soupir.

— C'était le souhait de père, et il devait sûrement avoir ses raisons. Notre devoir est d'obéir à sa volonté. Nous n'avons pas le choix.

Chapitre 5

Bordeaux, juillet 1137

Dans la chaleur abrutissante de ce début juillet, les préparatifs de réception du futur marié et de son armée avançaient bien. On apprit à Bordeaux que Louis avait atteint Limoges le 30 juin, à temps pour la Saint-Martial. Il avait reçu l'hommage du comte de Toulouse et de barons du Limousin venus lui faire allégeance, la nouvelle du mariage s'étant répandue en Aquitaine comme un feu de forêt. Désormais accompagné des vassaux d'Aliénor, le cortège des Français avait entamé la dernière portion du voyage.

De la cave au grenier, Bordeaux se préparait à recevoir Louis. Les hôtelleries furent balayées et ornées de banderoles et de guirlandes. Des charrettes de victuailles furent acheminées dans la ville depuis la campagne avoisinante, en plus des bovins et des moutons que l'on mena à l'abattoir. Les couturières s'escrimaient sur des toises et des toises de drap d'escarlate aux pâles reflets d'or, confectionnant une robe de mariée digne de leur nouvelle duchesse et d'une future reine de France. La traîne était ourlée de plusieurs centaines de perles, et les manches tombaient des poignets jusqu'aux chevilles. Elles étaient ornées d'agrafes décoratives qui servaient à les fermer afin qu'elles ne gênent pas la marche.

Au petit matin d'une journée brûlante, Aliénor se rendit à l'église pour y confesser ses péchés et s'en faire absoudre.

Au retour, ses servantes lui firent revêtir une robe damassée couleur ivoire, dont on avait serré fermement les lacets du corsage afin de souligner sa silhouette gracile. Une coiffe ornée de pierreries trônait au sommet de son crâne, mais ses épaisses nattes aux reflets de miel tressées de fils d'or restaient visibles. Ses ongles étaient recouverts de teinture rose garance et brillaient à force de polissage. Il semblait à Aliénor qu'on l'avait fait reluire des pieds à la tête, à l'instar des coupes en vermeil prévues pour la noce.

Les volets ouverts servaient de cadre à un ciel d'été d'un bleu sans nuages ; des colombes décrivaient des cercles autour du toit de tuiles rouges du pigeonnier et le fleuve étincelait dans la chaleur matinale tel un trésor. Aliénor contempla les tentes du cantonnement des Francs déployé sur l'autre rive tel un amas de champignons exotiques. Louis et son armée étaient arrivés la veille peu avant la tombée de la nuit et avaient établi leur camp aux dernières lueurs du jour, tandis que le soleil descendait sur les eaux claires de la Garonne. En périphérie se dressaient les tentes de toile brunâtre des soldats, tandis qu'au centre un embrasement de soieries étincelantes et de fleurons dorés signalait la présence de la haute noblesse et du haut clergé. Aliénor fixa son regard sur le plus grand pavillon. Il était bleu lapis-lazuli saupoudré d'or. Devant ses rabats ouverts, une oriflamme rouge flottait dans le vent chaud. Elle vit des hommes aller et venir, mais comment savoir lequel d'entre eux était son futur mari ?

Depuis la berge, des petites embarcations et des barges acheminaient des victuailles et du vin sur l'autre rive. Une délégation de navires à rames abordait non loin du cantonnement français, les avirons tirant des traits d'écume à la surface de l'eau. Des étendards ornaient la barge de tête. Elle était équipée d'une marquise de toile. Ses occupants s'y abritaient du soleil. Aliénor reconnut, non loin de la prouc, la silhouette de l'archevêque. Il s'apprêtait à souhaiter la bienvenue à l'ambassade royale avant de ramener Louis et sa Cour jusqu'en la cité de Bordeaux où se tiendrait la première rencontre officielle entre les promis.

Faites que Louis ne soit pas gros, pria-t-elle, s'efforçant de conserver une attitude positive. Tout ceci était pour le mieux. Mais elle avait tout de même un creux au ventre, car, au fond d'elle, le doute subsistait, et elle se sentait de plus en plus sur un territoire inconnu.

Pétronille la rejoignit, jouant du coude à la fenêtre. Elle dansait littéralement sur les pointes. Aliénor ne l'avait pas vue aussi gaie depuis des mois. Sa contrariété initiale avait été supplantée par l'enthousiasme que suscitaient, chez elle, les préparatifs. Elle aimait les beaux habits, le divertissement et les spectacles. Or, ce mariage réunissait tous ces éléments.

L'archevêque, accompagné de Raoul de Faye, l'oncle des deux sœurs, débarqua sur l'autre rive du fleuve. Un serviteur empressé les précéda à la grande tente bleu et or. Quelques instants plus tard en sortait un groupe de courtisans vêtus avec éclat.

—Lequel, à ton avis, est Louis ? Lequel ? s'enquit Pétronille en tendant le cou.

Aliénor secoua la tête.

—Je l'ignore.

—Celui-ci ! Là, en bleu ! s'exclama Pétronille, bras tendu et pointant du doigt le cantonnement.

Aliénor identifia divers membres du clergé en tenue d'apparat ainsi que de nombreux membres de la noblesse. Mais plusieurs d'entre eux portaient des vêtements bleus ; en outre, ils étaient trop loin pour qu'elle puisse émettre une hypothèse.

Ces messieurs se réfugièrent sous la marquise tandis que l'équipage entamait la traversée du fleuve en marche arrière.

Contrairement à sa sœur, Aliénor avait l'impression d'assister à une invasion plutôt qu'à la réjouissante arrivée d'un futur marié et de sa suite.

Louis était terrorisé lorsque la barge amarra sous les hautes murailles du palais de l'Ombrière. Des émissaires lui répétaient à l'envi que sa future femme était d'une grande beauté, qu'elle était gracieuse et réservée. Mais les émissaires étaient coutumiers du mensonge. Aussi Louis s'efforça-t-il de maîtriser ses émotions tout en priant pour que son appréhension ne se lise pas sur son visage. Son père lui avait confié cette responsabilité et il devait s'en acquitter, comme un homme.

La forte chaleur l'empêchait de respirer normalement. Il lui semblait que l'odeur insistante de la toile chauffée par le soleil imprégnait sa langue et le fond de sa gorge. Avec sa face rubiconde ruisselante de sueur, laquelle s'écoulait lentement de sous sa mitre en brocart, l'archevêque de Bordeaux ressemblait à une statue de cire qui fond au soleil. Il avait fait un accueil plein de gravité et de déférence à Louis, réservant son sourire à l'abbé Suger – vieil ami et allié.

Le sénéchal de Louis, Raoul de Vermandois, s'épongea la nuque avec un mouchoir en soie à damier.

— Je n'ai jamais connu d'été aussi chaud, lança-t-il en épongeant son visage autour du bandeau de cuir apposé sur son œil gauche.

— L'agréable fraîcheur du palais vous agréera, messeigneurs, assura l'archevêque. Il fut bâti voici bien longtemps comme refuge contre la canicule.

Louis jeta un coup d'œil aux imposants remparts. *Le palais de l'ombre… le palais des ombres…*, songea-t-il. Toutes les ombres n'étaient pas bonnes à fréquenter.

— Nous l'apprécierons, messire archevêque, répliqua Louis. Nous avons souvent chevauché après le coucher du soleil et au clair de lune afin de nous garder de la chaleur.

— Vous avez eu raison ! s'exclama l'ecclésiastique. Et nous sommes heureux que vous ayez réagi aussi vite pour cette affaire.

Louis baissa humblement la tête.

— Mon père a été sensible à l'urgence.

— La duchesse a hâte de vous souhaiter la bienvenue.

— Ainsi que moi de lui présenter mes hommages, lança Louis avec raideur.

Soudain, Raoul de Vermandois se mit à lancer des pièces d'argent dans le fleuve, et tous regardèrent les jeunes du pays – corps bronzés et luisants – plonger dans l'eau pour aller les récupérer.

— Votre père a dit que nous devions traiter ces gens avec courtoisie et générosité, rappela-t-il, tout sourires, en se tournant vers Louis, qui le regardait un sourcil haussé.

Ce dernier doutait que son père eût souhaité inclure dans ses ordres des membres aussi bas placés dans l'échelle hiérarchique, mais Raoul était connu pour ses beaux gestes aussi enjoués que spontanés. D'ailleurs, quel mal pouvait-il y avoir à faire plonger ainsi la jeunesse de la ville pour de l'argent, même si cela était assurément frivole et beaucoup moins aristocratique que de faire l'aumône au portail des églises ?

Une fois à terre, divers prélats et nobles vinrent à leur rencontre, puis ils furent escortés sur une litière à auvent qui les mena en un lent cortège jusqu'à la cathédrale Saint-André, où Louis devait être uni à sa jeune promise le lendemain.

Il franchit le portail et se tint dans la présence sacrée de Dieu. L'intérieur de l'édifice était un havre de fraîcheur dans la fournaise du plein été. Au milieu des senteurs d'encens et de cire d'abeille, Louis se dessaisit de son épée en soupirant de soulagement. Il était en territoire connu. Il remonta la nef bordée de piliers couverts de décors peints. Au bas des marches de l'autel, il se signa puis se prosterna.

— Seigneur Dieu, je suis ton serviteur. Donne-moi la force d'accomplir ta volonté sans faiblir. Accorde-moi ta grâce et conduis-moi vers le droit chemin.

C'était donc là que serait célébrée leur union ! Il peinait toujours à se souvenir du nom d'Aliénor et parvenait encore moins à imaginer sa personne. On la disait belle, mais la beauté n'est-elle pas dans l'œil de celui qui la voit ? Il aspirait à être chez lui, à Paris, à l'abri de la basilique mérovingienne de Notre-Dame ou de Saint-Denis.

Au son retentissant des cuivres, il tourna son regard vers le bas de la nef. Les piliers formaient une galerie de voûtes dorées au bout de laquelle ses yeux trouvèrent la vive clarté du dehors. Une jeune fille s'avança dans la lumière, suivie de ses dames de Cour. Il fut si ébloui qu'il lui sembla, pendant un court instant, que toutes rayonnaient d'un éclat surnaturel. Sa future épouse était grande et élancée ; sa chevelure d'or chatoyante descendait jusqu'à sa taille ; sa tête était coiffée d'un chaste voile virginal orné de pierreries. Son visage parfaitement ovale avait la pâleur de la lune, et il en émanait une féminité tout en retenue, résultat d'un mélange de gravité scrupuleuse et de délicatesse qui évoqua à Louis la figure d'un ange.

Elle s'agenouilla pour baiser l'anneau épiscopal et, lorsque l'archevêque l'eut aidée à se relever, elle posa une main sur son bras et acheva ainsi de remonter la nef jusqu'à Louis.

— Majesté, salua-t-elle, s'agenouillant de nouveau, avant de lever les yeux vers lui.

Le regard de la jeune fille avait la couleur changeante de l'océan et recélait un abîme de sincérité et d'intelligence.

Il sembla à Louis que, sous la seule force de ce regard, son cœur venait de connaître une métamorphose sans précédent.

— Mademoiselle, commença-t-il, je suis enchanté de faire votre connaissance et de vous proposer les honneurs du mariage afin que nos deux grands États puissent être réunis sous une même bannière.

Ces paroles, apprises par cœur et répétées la veille avec Suger dans la fournaise de sa tente et le bourdonnement aigu des moustiques, sortirent d'un trait de sa bouche. Les prononcer lui permit de recouvrer un peu d'aplomb, bien que son cœur battît à tout rompre, tel un cerf bondissant.

— C'est également un honneur pour moi, Sire, affirma-t-elle, en abaissant les paupières.

Puis, d'une voix quelque peu éraillée, elle ajouta :

— Ainsi que d'accepter votre proposition conformément au souhait de mon père.

Louis s'avisa qu'elle avait dû également s'entraîner et que, comme lui, elle était anxieuse. Il se sentit soulagé, puis soucieux de la protéger, et, enfin, supérieur. Pas un seul instant il ne s'était attendu à ce qu'elle incarnât à ce point la perfection. Dieu avait dissipé ses doutes en donnant chair à sa destinée. Prendre femme était une étape normale dans la vie d'un homme et d'un roi, car les rois se devaient d'avoir une reine. Il l'invita à se relever et déposa un baiser aussi délicat que succinct sur ses deux joues. Puis il recula d'un pas, la poitrine au bord de l'explosion.

Aliénor lui présenta modestement la jeune fille qui se tenait près d'elle comme étant sa sœur Pétronille. Louis remarqua que celle-ci, qui était brune et plus petite que sa promise, était encore une enfant au visage en forme de cœur et aux lèvres charnues en bouton de rose. Elle fit sa révérence à Louis et, après l'avoir bien observé de son regard marron enjoué, elle baissa les yeux. Louis songea qu'elle ferait une récompense de choix pour l'un de ses nobles, puis l'oublia bientôt pour revenir à l'affaire qui l'occupait. Se tournant, avec Aliénor, face à l'autel, il fit officiellement le vœu de la prendre pour épouse. Puis il se tourna vers elle et, d'une main tremblante, lui glissa un anneau d'or au majeur droit. Dès cet instant, il se considéra comme faisant l'objet des bonnes grâces de Dieu et en fut bouleversé.

Un festin fut donné en l'honneur des futurs mariés au palais de l'Ombrière. On avait dressé des tables recouvertes de nappes blanches dans le jardin du cloître afin que les convives puissent profiter de l'air à l'abri des rayons du soleil tandis qu'ils dînaient au son de la musique des ménestrels.

Aliénor souriait et répondait quand on lui parlait, bien que, préoccupée, elle peinât à suivre la conversation. Un poids énorme s'était abattu sur elle avec l'arrivée de Louis et la survenue des changements irrévocables qui en avaient découlé. Cela faisait trop de têtes nouvelles à jauger qui différaient grandement, de par la langue et les manières, de ses propres courtisans. Ils parlaient le dialecte du Nord, qu'Aliénor comprenait, car c'était le parler commun du Poitou, mais la scansion parisienne était plus discordante à l'oreille. Leurs vêtements étaient de toile plus épaisse et plus sombre, et il semblait manquer à ces gens-là la vitalité qui était le propre de son peuple. Mais, à leur décharge, ils avaient fait un rude voyage sous une chaleur de plomb. Ne devait-elle pas, dans ces conditions, leur accorder le bénéfice du doute ?

Ses craintes que Louis fût gras et rustre avaient été infondées. Il était grand et svelte comme un beau lévrier. Il arborait une splendide chevelure blond pâle qui tombait sur ses épaules et servait d'écrin à deux grands yeux bleus. Ses lèvres étaient minces mais joliment dessinées. Elle le trouva protocolaire et manquant de naturel, mais sans doute était-ce dû aux circonstances. Il était avare de sourires, contrairement à son sénéchal, Raoul de Vermandois, qui semblait ne jamais s'en départir. Ce dernier faisait justement à Pétronille un tour de passe-passe qui consistait à placer une petite bille de verre sous une coupe parmi trois identiques et à lui faire deviner où était cachée la bille après les avoir interverties avec adresse. Le regard brillant, la jeune fille gloussait de ces facéties. Les autres convives de la Cour des Francs étaient davantage sur la réserve, pour ne pas dire sur leurs gardes, comme si on leur avait cloué une planche dans le dos. Thibaut, comte de Blois et de Champagne, mesurait Vermandois du regard avec irritation, un tic nerveux au coin des lèvres. Aliénor s'interrogea au sujet de la mésentente entre les deux hommes. Il y avait tant de choses qu'elle ignorait, tant de choses qu'il lui faudrait apprendre et assimiler.

Du moins, malgré sa réserve, Louis ne faisait-il pas figure d'ogre. Elle trouverait probablement le moyen de l'influencer. Mais il lui serait plus difficile de contourner les dignitaires plus âgés, surtout Suger et Guillaume de Montferrat, mais n'avait-elle pas su obtenir ce qu'elle voulait de son père ? Et puis, les occasions ne manqueraient pas où Louis et elle se retrouveraient seuls, sans interférence de personne. Ils avaient sensiblement le même âge, et cela signifiait qu'ils avaient un certain nombre de points communs.

Lorsque l'assemblée fut repue de bonne chère et de vin, Louis offrit solennellement à Aliénor ses présents de mariage apportés de Paris. Il y avait des livres aux couvertures ornées d'ivoire, des reliquaires, des écrins remplis de pierres précieuses, des calices en argent, des coupes en verre sorties des souffleries de Tyr, des tapisseries, des rouleaux de tissus délicats, par coffres, coffrets et sacs entiers. Aliénor ne savait plus où poser les yeux devant tant de trésors. Puis Louis lui offrit un pendentif en forme de croix incrusté de rubis rouges comme le sang.

— Elle a appartenu à ma grand-mère, expliqua-t-il en la lui passant autour du cou avant de reculer pour l'admirer, le souffle court.

— Elle est magnifique, lança Aliénor.

Ce qui était vrai, bien que le bijou ne fût pas particulièrement à son goût.

Le futur roi avait paru anxieux, mais à présent il se dressait, fier et confiant.

— Vous m'apportez la couronne d'Aquitaine, rappela-t-il. Il serait vraiment malheureux que je ne puisse donner en retour toutes les richesses du royaume de France à ma femme.

En entendant ces paroles, Aliénor ressentit un frisson d'amertume. Bien qu'elle lui dût allégeance en tant que vassale, l'Aquitaine était sienne et le resterait, même si Louis serait investi de la couronne ducale à l'issue de leur mariage. Du moins le contrat matrimonial stipulait-il que ses terres ne pouvaient être absorbées dans le domaine royal mais qu'elles constitueraient toujours un duché distinct de celui-ci.

— J'ai, moi aussi, quelque chose pour vous, annonça Aliénor.

Sur ces mots, elle fit signe à un chambellan d'apporter un coffret sculpté dans l'ivoire. Aliénor souleva précautionneusement un vase du molleton sur lequel il reposait. Elle sentit la fraîcheur du cristal de roche alvéolé contre ses doigts lorsqu'elle le tint à la verticale pour l'offrir avec solennité à Louis.

— Mon grand-père l'a rapporté d'Espagne où il était allé combattre les infidèles.

Le vase apparut dans toute son austère simplicité par contraste avec les somptueux présents de Louis, mais la comparaison ne fit que renforcer l'effet produit. Le vase en mains, il baisa le front d'Aliénor.

— Il est semblable à vous, fit-il remarquer, diaphane, raffiné et unique.

Il le reposa délicatement sur la table, et aussitôt un jaillissement de losanges colorés inonda la nappe immaculée. Le visage de Louis se para d'un étonnement ravi. Aliénor sourit en voyant sa réaction et songea que son présent de lumière surpassait tous les coûteux et pesants cadeaux du roi.

— Puis-je ?

Sans attendre la réponse, l'abbé Suger saisit le vase et le considéra d'un regard plein de convoitise.

— De toute beauté ! s'exclama-t-il. Je n'ai jamais vu un objet d'aussi belle facture.

Il en examina la taille avec un plaisir tactile manifeste.

— Voyez sa transparence, et pourtant il réfracte toutes les couleurs d'un vitrail. Assurément, c'est l'œuvre de Dieu.

Aliénor se retint de le lui arracher des mains. Suger était un ami intime de son protecteur, l'archevêque du Louroux, et elle se devait de se montrer ravie de son enthousiasme.

— L'abbé Suger est fasciné par ce genre d'objets, expliqua Louis, tout sourires. Il a rassemblé une belle collection à Saint-Denis, comme vous le verrez lorsque nous rentrerons à Paris.

Suger reposa le vase avec précaution.

— Je ne réunis pas cette collection pour moi, précisa-t-il avec une pointe de reproche dans la voix, mais pour la gloire de Dieu, créateur de la beauté.

— En effet, mon père, repartit Louis en rougissant comme un écolier.

Cela n'échappa pas à Aliénor qui baissa aussitôt les yeux. Elle avait remarqué que Louis cherchait souvent du regard l'approbation et le soutien de Suger. Cet homme-là pourrait se révéler ami ou ennemi ; or, Louis lui obéissait au doigt et à l'œil. Elle devrait donc marcher sur des œufs.

Plus tard, dans l'après-midi, tandis que le soleil dardait moins fort ses rayons sur la Garonne et que le palais de l'Ombrière s'assoupissait dans le soir, Louis s'apprêta à regagner son cantonnement sur l'autre rive du fleuve. S'étant déridé à mesure que la journée avançait, ce fut le sourire aux lèvres qu'il prit congé d'Aliénor, fermant le pouce sur sa bague de fiançailles et lui donnant un baiser sur la joue. Le futur roi avait des lèvres soyeuses et tièdes, et sa barbe naissante était bien douce contre la peau de la duchesse.

— Je reviendrai vous voir demain, promit-il.

Ce fut alors qu'une révélation se produisit chez Aliénor et qu'elle s'ouvrit à la perspective de devenir sa femme, ainsi qu'un paysage émerge peu à peu des brumes ou qu'une idée se fait jour à partir d'une impression vague et prend un tour plus concret, plus réel. Louis lui faisait l'effet de quelqu'un d'assez honnête. Il s'était montré aimable jusque-là, et, en plus, il était bel homme. *Cela aurait pu être bien pire !* pensa-t-elle.

Embarquant au couchant sur la feuille d'or du fleuve pour rejoindre son cantonnement, Louis leva une main en signe d'au revoir, et Aliénor fit de même, un petit sourire au coin des lèvres.

— Eh bien, ma fille, lança l'archevêque en venant se poster à côté d'elle, vos craintes se sont-elles dissipées ?

— Oui, mon père, répondit-elle, sachant que c'était ce qu'il voulait entendre.

— Louis est un pieux et agréable jeune homme. Il m'a beaucoup impressionné. L'abbé Suger a fait du bon travail.

Aliénor acquiesça de nouveau. Elle en était encore à se demander si Suger était un ami ou un ennemi, indépendamment du lien d'amitié qui le liait à l'archevêque.

— Je suis content que vous lui ayez offert le vase.

— Rien d'autre n'aurait été à la hauteur de ses cadeaux, répliqua-t-elle.

Elle se demanda si son protecteur avait exhumé le vase des abîmes du trésor ducal dans cette intention. Les lèvres pincées, elle ajouta :

— Je suis contente que l'abbé Bernard de Clairvaux n'ait pas été présent.

Geoffroi haussa les sourcils et Aliénor fit la grimace.

Par deux fois le redoutable abbé de Clairvaux était venu trouver son père pour le sermonner à cause du soutien qu'il avait apporté à l'opposition lors d'un schisme papal. Elle n'avait été qu'une petite fille lors de sa première visite, mais elle se souvenait vaguement que le cistercien lui avait tapoté le crâne. Mince comme une lance, il sentait la vieille tenture moisie. À sa deuxième visite – elle avait alors douze ans –, Bernard et le duc s'étaient violemment disputés dans l'église de La Couldre. C'était au début de la maladie de son père. L'abbé de Clairvaux, des éclairs dans les yeux et menaçant le duc d'Aquitaine des feux de l'enfer, avait poussé son père de son doigt décharné, le forçant à s'agenouiller devant l'autel, affirmant que c'était par la maladie que Dieu punissait les pécheurs. Aliénor avait craint que Bernard ne fît partie de la délégation ecclésiastique venue de Paris et avait été grandement soulagée de voir qu'il n'en était rien.

— Il a humilié mon père, rappela-t-elle.

— Bernard de Clairvaux est un très saint homme, la tança tendrement Geoffroi. Il cherche avant tout la voie qui mène le plus directement à Dieu, et s'il lui arrive parfois de se montrer critique ou intransigeant, c'est pour le bien de tous. C'est à Dieu qu'il revient de juger, non à nous. Si vous le croisez à Paris, j'espère que votre attitude à son égard sera dictée par un jugement raisonnable et conforme à sa position.

— Oui, mon père, repartit Aliénor d'un ton neutre, malgré sa révolte.

Geoffroi l'embrassa sur le front.

— Je suis fier de vous, comme le serait votre père s'il était parmi nous.

Aliénor étouffa un sanglot, résolue à ne pas pleurer. Si son père avait été parmi eux, elle n'aurait pas été obligée de contracter ce mariage. Elle serait encore sa petite fille chérie et tout serait bien, comme avant. Mais elle savait qu'à trop y penser, elle finirait par lui en vouloir d'être mort et de lui avoir légué cet héritage.

En l'absence d'Aliénor, ses cadeaux de mariage avaient été entreposés sur une table à tréteaux dans sa chambre. Nombre de ces objets ne resteraient que très provisoirement sous sa garde, car elle était censée faire des dons à l'Église et doter certaines familles importantes et influentes. Il y avait parmi eux un reliquaire contenant un éclat d'os de la jambe de saint Jacques. La châsse était en vermeil incrusté de perles et de gemmes. Une petite porte en cristal de roche montée sur charnière s'ouvrait sur un écrin d'or qui recélait le précieux fragment. Il y avait également deux bougeoirs émaillés, deux encensoirs en argent et un coffret rempli de morceaux d'encens parfumé.

À l'usage personnel d'Aliénor, il y avait un diadème serti de pierres précieuses ainsi que des fermoirs de métal, des bagues et des pendentifs. Pétronille, pour sa part, avait reçu un chapelet composé de roses d'un raffinement extrême dorées à l'or fin et incrustées de perles et de saphirs. Elle le portait à présent épinglé aux brunes ondulations de ses cheveux, tandis qu'elle jouait avec les billes de verre coloré que Raoul de Vermandois lui avait données.

Aliénor jeta un regard circulaire. D'autres coffrets demandaient encore à être examinés, et elle se sentit comme un convive à un banquet trop copieux. C'était là trop de richesses et trop d'or ; tout cela lui faisait l'effet d'une cage où elle étouffait. En hâte, elle quitta sa robe d'apparat pour en passer une toute propre faite de simple drap et remplaça ses adorables chaussures brodées par des bottes d'équitation.

— Je vais aux écuries voir Ginnet, lança-t-elle.

— Je viens avec toi ! s'exclama Pétronille.

Puis elle rangea ses billes de verre dans un coffret.

Lorsque Aliénor lui suggéra de retirer son précieux chapelet, Pétronille secoua la tête en faisant la moue.

— Je veux le garder sur moi, lâcha-t-elle avec obstination. Je ne le perdrai pas.

Aliénor lui jeta un regard exaspéré mais garda son calme. Il ne valait pas la peine de se disputer avec Pétronille pour une telle broutille.

Aux écuries, Ginette accueillit Aliénor par un mélodieux hennissement et chercha avec avidité le quignon de pain que sa maîtresse lui avait apporté en cadeau. Aliénor caressa la jument, puisant du réconfort dans l'odeur doucereuse de paille et de cheval.

— Tout va bien se passer, susurra-t-elle. Je t'emmènerai avec moi à Paris. Je ne t'abandonnerai pas, je te le promets.

Pétronille, adossée à la porte de l'écurie, observait sa sœur avec attention comme si ses paroles lui étaient destinées. Aliénor ferma les yeux et blottit son front dans la chaude et lisse encolure de la jument. Dans un monde où tout changeait si vite, elle se consolait comme elle le pouvait auprès de cet être cher qui ne la jugeait pas. En vérité, elle eût préféré dormir sur la paille de l'écurie plutôt que retourner dans sa chambre et à ses somptueux cadeaux de mariage.

À la nuit tombée, Pétronille tira sur la manche d'Aliénor.

— Je veux aller me promener dans le jardin, annonça-t-elle. Je veux voir les vers luisants.

Aliénor se laissa conduire par sa sœur jusqu'à la cour où la fête battait encore son plein un peu plus tôt. Il faisait beaucoup plus frais à présent, même si la pierre continuait d'émettre une douce chaleur. Les domestiques avaient entassé les tréteaux contre un mur, emportant à l'intérieur les nappes blanches et la luxueuse vaisselle. Les poissons du bassin sautaient en l'air pour attraper des moucherons dans les dernières lueurs du soir avant de replonger dans l'eau. L'atmosphère embaumait l'antique odeur de la pierre recuite par le soleil. Aliénor avait le cœur lourd. En plus d'avoir perdu son père et d'être poussée au mariage sans avoir son mot à dire, il lui faudrait bientôt quitter son foyer pour aller vivre à Paris dans la compagnie d'étrangers, dont l'un d'entre eux serait son mari.

Elle se souvint de ses jeux d'enfant dans la cour, du temps où elle courait à toute vitesse entre les colonnes du cloître, jouant au loup avec Pétronille. Couleurs, images et échos de leurs rires défilèrent dans sa mémoire tel un ruban immatériel puis s'évanouirent.

C'est alors que, sans prévenir, Pétronille se jeta dans ses bras et la serra de toutes ses forces.

— Tu penses que ça se passera bien ? s'enquit-elle en enfouissant sa tête dans le creux de l'épaule d'Aliénor. Tu l'as dit à Ginnet, mais le penses-tu ? J'ai peur.

— Bien sûr, que c'est vrai ! s'exclama Aliénor, s'obligeant à fermer les yeux pour ne pas pleurer. Bien sûr que tout se passera bien pour nous !

Elle entraîna Pétronille jusqu'au vieux banc de pierre près du bassin et l'y fit asseoir, comme lorsqu'elles étaient petites. Là, ensemble, elles regardèrent les lucioles clignoter dans le noir comme de petites flammes d'espérance.

Louis contempla le vase. Il l'avait placé sur son petit autel portatif à l'intérieur de sa tente, à côté d'un crucifix et d'une vieille statue de la Vierge. La simplicité et la valeur inestimable de ce présent ne cessaient de l'émerveiller, tout autant que la jeune fille qui le lui avait offert. Elle était si complètement différente de tout ce qu'il avait imaginé ! Son nom, qui encore récemment lui laissait un goût étrange et désagréable dans la bouche, n'était plus désormais que miel sur sa langue. Elle le comblait ; pourtant demeurait en lui un vide inexplicable. Lorsque le vase avait projeté sa lumière sur la nappe, il avait interprété le phénomène comme un signe du ciel annonçant que leur mariage était béni de Dieu. Leur union était semblable à ce récipient qui attendait d'être empli de lumière afin d'en restituer l'éclat magnifié par la grâce de l'Éternel.

À genoux devant l'autel, le front dans les mains, il remercia son Créateur de tout son cœur et de toute son âme.

Chapitre 6

Bordeaux, juillet 1137

Aliénor se sentit à l'étroit dans son corps tandis qu'elle pénétrait pour la deuxième fois dans la cathédrale Saint-André. Ce jour-là, elle était précédée d'un chœur réparti en deux files et d'un aumônier qui brandissait bien haut une croix processionnaire. La coutume voulait que les mariages fussent célébrés au portail des églises, mais celui d'Aliénor et de Louis le serait à l'intérieur même de la cathédrale, devant l'autel, afin d'en souligner la légitimité aux yeux de Dieu.

Aliénor prit une grande bouffée d'air et posa le pied sur l'étroit tapis d'ajoncs verts fraîchement coupés sur lequel on avait répandu des herbes aromatiques et des roses de Damas. Ce sentier fleuri la mena le long de l'interminable nef jusqu'aux marches de l'autel. Des auxiliaires ecclésiastiques agitaient des encensoirs en argent dans un tintement de chaînettes, libérant la blanche fumée d'encens parfumé qui s'élevait en volutes jusqu'aux croisées d'ogives où elles se mêlaient aux voix du chœur. Pétronille et trois autres jeunes damoiselles portaient la lourde traîne incrustée de perles de la mariée. Celle-ci était flanquée de son oncle maternel, Raoul de Faye, qui représentait sa parentèle masculine. À chaque pas que faisait Aliénor, c'était un froufroutement d'étoffe. De temps à autre, la sensation d'une rose écrasée sous son pas aérien lui semblait un présage.

L'assemblée réunie de part et d'autre de la nef se prosternait sur son passage à mesure que progressait le lent cortège nuptial. Les visages étant cachés, Aliénor ne pouvait, en l'absence de sourires ou de froncements de sourcils, se faire une idée de l'état d'esprit de l'assistance. Se faisait-on une joie de l'union de l'Aquitaine et du royaume de France, ou bien devinait-on déjà un soulèvement ? Se réjouissait-on pour elle ou était-on au contraire plein d'appréhension ? Elle lança un coup d'œil de part et d'autre, puis, redressant bien haut la tête, elle fixa son regard droit devant, en direction de la douce lueur qui émanait de l'autel où Louis, flanqué de l'abbé Suger et des seigneurs de sa suite, l'attendait. Il était trop tard pour reculer ou s'imaginer qu'elle avait le choix.

La tunique de Louis était d'un brocart bleu orné de fleurs de lys que sa respiration rapide faisait chatoyer dans la lumière. Une petite couronne sertie de perles et de saphirs ceignait son front. Lorsque Aliénor l'eut rejoint au pied de l'autel, les rayons du soleil, perçant les vitraux de la cathédrale, vinrent frapper les futurs mariés de leurs lames de lumière et les nimbèrent d'or translucide. Il l'accueillit d'un sourire presque imperceptible en lui tendant une main blanche et fine. Après un bref instant d'hésitation, elle posa sa main dans la sienne, et, ensemble, ils se mirent à genoux et penchèrent la tête en avant.

Geoffroi du Louroux, resplendissant dans sa chasuble épiscopale brodée et parsemée de gemmes, célébra la cérémonie et la messe de mariage, imprimant à chacun de ses gestes beaucoup de solennité. Aliénor et Louis répondirent à ses questions d'un ton neutre et ferme, mais leurs mains étaient toutes deux moites d'appréhension. Le vin consacré avait l'éclat sombre du rubis dans le récipient en cristal de roche offert par Aliénor à Louis à l'occasion de leurs fiançailles. Elle fut surprise et troublée de voir qu'il servait ce jour-là. Tandis qu'elle communiait, que le sang du Rédempteur se mêlait au sien et qu'elle faisait le vœu d'obéir à son mari en toutes choses, elle eut le sentiment d'être liée corps et biens par ce mariage et d'aider même ses ravisseurs à serrer les nœuds.

Le goût métallique du vin sur la langue, elle entendit l'archevêque Geoffroi prononcer les paroles fatidiques qui les unissaient, les déclarant mari et femme et scellant par là sa destinée. Une seule chair… Un seul sang… Louis l'embrassa sur les deux joues, puis sur la bouche, de ses lèvres closes et sèches. Elle accepta passivement ce geste, se sentant détachée et quelque peu insensible, comme si la cérémonie concernait quelqu'un d'autre.

Mariés devant Dieu et devant les hommes, ils tournèrent le dos à l'autel pour descendre la nef centrale au milieu d'un parterre de têtes respectueusement penchées en prière, si bien qu'il fut de nouveau impossible à Aliénor de distinguer l'ami de l'ennemi.

Le chœur les accompagna de son chant magnifique et mélodieux jusqu'au portail, allant en s'amplifiant et confinant presque à l'acclamation. À son côté, Louis, du moins sembla-t-il à Aliénor, se dressait de toute sa hauteur et bombait le torse, comme si sa poitrine enflait et se dilatait sous l'emprise de la musique. Un rapide coup d'œil lui révéla son air béat et ses yeux brillants de larmes. Aliénor ne ressentit aucune émotion qui eût cette force-là. Lorsqu'ils arrivèrent sous le linteau sculpté et peint en doré du portail, elle était parvenue à se cacher derrière un sourire de circonstance.

L'air du dehors fondit sur eux comme du métal en fusion par contraste avec la fraîcheur qui régnait à l'intérieur de l'édifice, et le scintillement aveuglant de la couronne de Louis piqua douloureusement les yeux d'Aliénor.

— Femme ! s'exclama d'une voix possessive le futur roi, grisé par son triomphe. Tout est selon la volonté de Dieu.

Aliénor laissa tomber son regard sur son alliance étincelante et ne dit rien, parce qu'elle doutait que sa réponse fût bien accueillie.

La noce quitta Bordeaux et prit la direction de Poitiers en faisant de nombreux détours par diverses forteresses et abbayes, afin que tous puissent fêter la jeune duchesse et son mari. Le troisième jour, ils arrivèrent en vue du redoutable et prétendument imprenable château de Taillebourg, propriété héréditaire des sénéchaux du Poitou sur la Charente. Taillebourg était le dernier passage à pieds secs de la Charente avant l'océan. D'où le flot régulier de pèlerins qui venaient traverser là, en route pour le sanctuaire de Saint-Jacques de Compostelle.

Leur hôte était Geoffroy de Rancon, vassal éminent, ami de la famille d'Aquitaine et galant qu'eût désiré épouser Aliénor si on lui avait laissé le choix. Retenu par des affaires courantes, il n'avait pu honorer le mariage de sa présence, mais il se fit une joie de recevoir la mariée et son époux, ainsi que d'offrir un toit à leur nuit de noces, que l'on avait reportée de trois jours, suivant en cela une tradition ancienne.

Geoffroy souhaita la bienvenue aux mariés en mettant un genou à terre dans la cour du château, puis il leur fit vœu d'allégeance. Aliénor se perdit dans la contemplation des jeux de lumière dans la brune et abondante chevelure du seigneur des lieux. Une sourde langueur lui étreignit le cœur, mais le son de sa voix ne laissa rien paraître lorsqu'elle lui ordonna de se relever. Lui-même arborait une expression empreinte de courtoisie et d'impartialité, en plus du sourire du courtisan. À l'instar d'Aliénor, ce changement radical de situation l'avait contraint à renoncer à certaines espérances et ambitions particulières et à porter ses regards ailleurs.

De nombreux seigneurs qui n'avaient pu assister à la cérémonie à Bordeaux étaient venus à Taillebourg prêter serment de fidélité à Aliénor et à Louis. Geoffroy avait pris toutes les dispositions nécessaires afin que tout se déroulât comme une évidence. Un festin officiel était prévu, dont les mariés étaient à la fois les invités d'honneur et les hôtes en tant que suzerains. Plus tard, lors d'une réunion informelle, Louis eut l'occasion de faire la connaissance de barons et de membres du clergé d'Aquitaine.

Au milieu de la cohue, Geoffroy de Rancon prit le temps d'un échange avec Aliénor.

— J'ai organisé une chasse pour demain, annonça-t-il. J'espère que le prince appréciera.

— Il m'a dit qu'il prenait plaisir à la chasse, pourvu qu'elle n'ait pas lieu un jour saint.

— Vous avez fait un mariage extrêmement prestigieux, fit-il remarquer à voix basse en se penchant vers elle. Le genre de mariage dont tout père s'enorgueillirait pour sa fille.

Elle tourna ses yeux vers l'autre extrémité de la pièce, où se tenaient les enfants de Geoffroy et leurs nourrices. Burgundia, âgée de sept ans, était l'aînée. Geoffroy, son homonyme, en avait six, et Berthe, la benjamine, quatre.

— Y auriez-vous consenti pour l'une de vos filles ? s'enquit-elle.

— Je ferais ce qu'il y a de mieux pour elles et pour le nom de Rancon. L'occasion serait trop belle pour la laisser passer.

— Mais tout au fond de votre cœur ?

Il haussa les sourcils.

— Parlons-nous toujours de mes filles ?

Aliénor rougit et détourna le regard.

— Quelque espoir que j'aie pu nourrir, je vois clairement à présent qu'il n'avait aucune chance de se réaliser, même si votre père avait vécu. C'était un homme plus sage que moi. Notre union n'aurait pas été profitable à l'Aquitaine, et servir l'Aquitaine doit toujours être notre devoir suprême. Aliénor, regardez-moi…

Elle le regarda dans les yeux, bien qu'il lui en coûtât. Elle avait une conscience aiguë d'être observée par toute la Cour. Une seconde de trop, une bribe de conversation surprise au vol, et il n'en faudrait pas davantage pour provoquer un funeste scandale.

— Je vous présente, ainsi qu'à votre époux, tous mes vœux de bonheur, ajouta-t-il. Quoi que vous demandiez à votre fidèle serviteur, il vous l'accordera avec toute la loyauté d'un vassal. Vous pouvez compter sur moi, toujours et sans réserve.

Sur ces paroles, il s'inclina et s'éloigna pour engager la conversation avec Raoul de Vermandois.

Aliénor poursuivit son propre chemin, laissant tomber un mot par-ci, un sourire par-là, exhibant d'un geste de la main la doublure au fil d'or de sa manche et l'éclat d'une topaze montée en bague, un des nombreux cadeaux de mariage reçus de Louis. Elle était la belle et digne duchesse d'Aquitaine, et nul ne verrait jamais ses blessures secrètes, ni sa tourmente intérieure.

Elle pénétra discrètement dans la chambre nuptiale située au sommet de la tour. La nuit était tombée, et les volets avaient été fermés. On avait également allumé un grand nombre de bougies et de lampes, de sorte qu'une lumière ambrée et des ombres brunes dansaient dans la pièce. Aliénor savait que ce moment de solitude serait de courte durée, car les dames de sa suite ne tarderaient pas à venir l'apprêter pour sa nuit de noces.

Quelqu'un avait accroché au mur l'écu de son père. *Probablement Geoffroy*, supposa-t-elle. C'était à la fois un rappel de son lignage et un symbole du décret paternel en vertu duquel elle avait dû épouser Louis. Elle s'émut au souvenir d'avoir tenu cet écu entre ses mains d'enfant lorsqu'elle courait derrière son père en faisant semblant d'être son écuyer. Le duc riait de la voir s'escrimer afin que l'extrémité du précieux bouclier ne traînât pas dans la poussière.

Le grand lit, qui faisait partie de ses affaires, disparaissait sous plusieurs couches de draps de lin propres, de couvertures de laine moelleuses, le tout surmonté d'un couvre-lit de brocart à motifs d'aigle. Des rideaux de laine rouge dessinaient des courbes chargées d'ombre. Le lit lui-même avait une longue histoire qui remontait à ses ancêtres. Ceux-ci avaient compté parmi les premiers seigneurs à gouverner sur ces terres, notamment en la personne d'un fils de Charlemagne qui avait régné en roi sur l'Aquitaine, à l'époque où l'Aquitaine était un royaume. Pendant des siècles, cette pièce de mobilier avait rempli son rôle pour les nuits de noces, la reproduction, les naissances et les trépas. Ce soir-là, il serait le théâtre de la consommation de l'union célébrée trois jours plus tôt en la cathédrale Saint-André entre le royaume de France et l'Aquitaine.

Aliénor savait à quoi s'attendre. Les dames d'honneur lui avaient exposé ses devoirs, et elle n'était ni ignorante ni aveugle. Elle avait vu des animaux s'accoupler et avait observé les étreintes intimes des amants dans les recoins obscurs, lorsque, en hiver, le temps glacial rendait impossible tout rendez-vous galant à l'extérieur. Plus d'une fois, elle avait entendu chanter les vers sans équivoque de son grand-père, et cela constituait en soi une éducation. Ses menstruations revenaient régulièrement depuis plus d'un an à présent, signe que son corps était fertile et qu'elle était prête pour l'accouplement. Mais ce savoir ne valait pas l'expérience personnelle, aussi nourrissait-elle quelques craintes. Louis saurait-il s'y prendre, lui qui avait été élevé jusqu'à la mort de son frère pour être moine ? Avait-on pris la peine de lui expliquer la chose ?

Pétronille entrouvrit la porte et jeta un coup d'œil furtif à l'intérieur.

— Te voilà ! Tout le monde te cherche.

Aliénor se retourna, une pointe d'amertume au cœur.

— J'avais besoin d'être seule un moment.

— Dois-je leur dire que tu n'es pas ici ?

Aliénor fit signe que non.

— Cela ne ferait que créer davantage d'embarras.

Avec un sourire forcé, elle ajouta :

— Tout va bien se passer, Perrine. Je te l'ai dit, non ?

— Mais tu n'as pas l'air d'y croire. J'aimerais mieux que tu continues de dormir avec moi plutôt que de partager son lit.

C'était également le sentiment d'Aliénor.

— Nous en aurons l'occasion à l'avenir. Tu seras toujours près de moi, toujours.

Sur ces mots, elle prit Pétronille dans ses bras pour leur réconfort mutuel.

Pétronille lui rendit son étreinte en la serrant de toutes ses forces, et elles ne se séparèrent qu'à l'arrivée des dames d'honneur venues apprêter la mariée, non sans la réprimander de s'être enfuie. Aliénor imagina qu'elle les repoussait avec le bouclier de son père et prit un air hautain et autoritaire afin de dissimuler sa peur et sa vulnérabilité. Buvant à petits traits une coupe de vin bien épicé, elle se laissa dévêtir de sa robe de mariée puis enfiler une chemise de nuit de drap blanc moelleux. Puis ces dames la peignèrent jusqu'à ce que les ondulations dorées de ses cheveux, qui lui descendaient jusqu'aux hanches, reluisent.

De vibrants éclats de voix masculines retentirent à la gloire de Dieu, annonçant l'arrivée des hommes. Aliénor se tint bien droite et fit face à la porte, tel un guerrier sur un champ de bataille.

Marchant en tête, l'archevêque Geoffroi du Louroux entra d'un pas solennel, suivi de l'abbé Suger et de douze membres du chœur qui entonnaient un hymne de louange. Ensuite, une chandelle à la main, vint Louis, accompagné de Thibaut de Blois et de Raoul de Vermandois, ainsi que de divers représentants de la noblesse de France et d'Aquitaine. Nulle réjouissance grivoise n'était au programme ce soir-là, seulement une digne et grave cérémonie au cours de laquelle l'assistance serait témoin que le futur roi de France et la jeune duchesse étaient bel et bien couchés l'un à côté de l'autre dans le même lit.

Louis portait une longue chemise de nuit blanche semblable à celle d'Aliénor. Dans la lumière des bougies, ses yeux paraissaient plus grands et plus sombres que d'habitude, et sa mine plus craintive. Geoffroi donna l'ordre aux époux de se rapprocher et de se tenir la main pendant qu'il priait Dieu de confirmer leur union en leur accordant fécondité et prospérité. Pendant ce temps, des hommes appartenant à l'entourage de Louis installèrent un petit autel portatif près du chevet.

Le lit lui-même fut béni avec aspersion d'eau bénite, puis l'on fit se coucher Louis à gauche et Aliénor à droite, afin de favoriser la conception d'un fils. Les draps étaient impeccables et frais contre les jambes de la jeune femme. Elle jeta un regard au dessus-de-lit en brocart, et ses cheveux basculèrent vers l'avant, lui couvrant le visage. Elle savait que Geoffroy de Rancon faisait partie du groupe de témoins, mais elle s'abstint de chercher son visage et ignora, par conséquent, s'il regardait ailleurs. *Attendons que cela se passe…*, pensa-t-elle. *Et que vienne l'aurore!*

Enfin, les chambellans firent sortir tout le monde; le cortège formé par les évêques et le chœur quitta la chambre en grande cérémonie tout en entonnant des psaumes. Le loquet tomba, les chants s'estompèrent, et Aliénor se retrouva seule avec Louis.

Se tournant vers elle, il se tint sur un coude et, la tête dans le creux de la main, la dévisagea avec une insistance troublante. Pour donner le change, elle ajusta les oreillers contre lesquels elle était assise. De son côté, il lissa le drap de son autre main en suivant le contour de l'un des aigles brodés. Il avait de longs doigts fins, ravissants pour tout dire. L'idée qu'il la touchât la fit frissonner de peur tout en éveillant son désir.

— Je sais ce que l'on attend de nous, dit-elle d'une voix tendue. Les dames d'honneur m'ont exposé mes devoirs.

Il lui caressa les cheveux.

— L'on m'a, de même, exposé les miens.

Puis, effleurant son visage, il ajouta:

— Mais cela ne me fait pas l'effet d'une obligation. Je l'ai cru, mais ce n'est plus le cas.

Se rembrunissant, il acheva par ces mots:

— Sans doute le devrait-il…

Aliénor se raidit tandis que Louis se penchait sur elle. Elle avait imaginé qu'ils parleraient davantage, mais il semblait avoir hâte de passer à l'action; ainsi, la crainte d'Aliénor que Louis fût ignorant à cause de sa formation monastique avait été vaine.

— Je ne vous ferai pas mal, promit-il. Je ne suis pas une bête, mais un prince de la maison de France, rappela-t-il, une touche d'orgueil dans la voix.

Il l'embrassa sur la joue, la tempe, avec une douceur de papillon presque déférente. Il se montrait avide mais non brusque.

— L'Église nous autorise à nous connaître bibliquement, et c'est une sainte chose.

Aliénor se raisonna. Il fallait que le mariage soit consommé. On en demanderait les preuves au matin. La chose ne pouvait pas être si horrible, car sinon les hommes et les femmes ne recommenceraient pas à l'envi et n'écriraient pas des vers et des chansons riches de détails vivants et charnels sur le sujet.

Les lèvres closes, il l'embrassa sur la bouche et entreprit timidement de défaire les cordons qui serraient le col de la chemise d'Aliénor. Sa main tremblait, et il était essoufflé. Aliénor en déduisit qu'il était, lui aussi, dépassé par la situation, et cela lui donna de l'audace. Elle lui rendit son baiser et prit sa tête entre ses mains. Il avait la peau douce, et son haleine avait l'arôme du vin et des graines de cardamome. Tout en échangeant des baisers maladroits et fébriles, ils parvinrent à se déshabiller mutuellement. Louis remonta les draps sur eux, formant une sorte de dais tout juste éclairé dans l'encadrement du baldaquin rouge. Puis il s'allongea sur elle. Son corps était moite de sueur et aussi lisse que celui d'Aliénor. Ses cheveux blonds avaient la douceur de la soie sous les doigts de la jeune fille. Elle serait volontiers demeurée ainsi la nuit durant, à échanger des baisers et des caresses dans cette tendre étreinte partagée où tout restait à découvrir. Mais Louis avait hâte de poursuivre plus avant, si bien qu'au bout d'un moment, Aliénor lui ouvrit les portes de son sanctuaire. C'était la matrice où les enfants étaient conçus de la rencontre de la semence mâle et du germe femelle, et d'où les nourrissons surgissaient à grands cris dans le monde neuf mois plus tard. C'était une source de péché et de honte mais aussi de plaisir. L'œuvre de Dieu livrée aux mains du

Tentateur ! Son grand-père avait été excommunié pour être devenu la proie de sa concupiscence envers cette partie de l'anatomie féminine, allant jusqu'à refuser de renoncer à sa maîtresse bien qu'elle fût la femme d'un autre. Guillaume de Poitiers avait même écrit des hymnes à la gloire de la fornication !

Louis batailla et marmonna une sorte de juron, mais Aliénor comprit bientôt qu'il suppliait Dieu de le soutenir et de l'aider à accomplir ses devoirs conjugaux. Aliénor ressentit une intense et vive douleur lorsqu'il pénétra en elle. Elle souleva le bassin et serra les dents, fournissant un effort surhumain pour ne pas crier. Il fit une dizaine de mouvements de va-et-vient ; puis, après un halètement qui s'accompagna d'un tremblement de tout son corps, il retomba, inerte, dans un ultime soubresaut.

Après quelques instants, il émit un profond soupir et se retira. Aliénor se referma comme une fleur avant de se tourner sur le flanc. Un long silence s'installa. Était-ce tout ? N'était-ce rien de plus que cela ? Était-elle censée dire quelque chose ? Elle avait, une fois, surpris un couple qui se prélassait béatement après l'amour dans une écurie déserte. Mais ces deux-là avaient parlé et s'étaient embrassés affectueusement de manière alanguie. Qu'en serait-il du couple qu'elle formait avec Louis ?

Enfin, il lui caressa le bras et, s'écartant, enfila sa chemise de nuit. Quittant le lit, il s'agenouilla devant le petit autel et offrit une prière d'action de grâce. Aliénor fut étonnée de le voir prendre cette initiative, mais il était si beau dans la lumière des bougies qui se reflétait dans ses cheveux et nimbait son visage d'un pieux halo qu'elle en éprouva de l'admiration.

Il se tourna vers elle.

— Ne venez-vous pas prier aussi, femme ? s'enquit-il dans un froncement de sourcils.

Aliénor s'étira.

— Si tel est votre souhait…, dit-elle.

Cette fois, il se rembrunit pour de bon.

— Tel est votre indiscutable devoir envers Dieu. Il nous incombe à tous deux de le remercier et de prier afin qu'il rende notre union féconde.

Aliénor considérait qu'ils s'en étaient déjà acquittés, mais elle lui donna néanmoins satisfaction en enfilant sa chemise et en venant s'agenouiller à côté de lui pour prier à son tour. Les épaules raides de Louis retombèrent, et son regard redevint tendre. Il lui caressa de nouveau les cheveux, fasciné, puis se racla la gorge et retourna à ses oraisons.

Lorsqu'ils retournèrent enfin se coucher, Aliénor avait les genoux en feu, de même que son intimité. Au surplus, elle grelottait. Une petite tache rouge souillait le milieu du drap. Louis la considéra avec un mélange de contentement et de dégoût.

— Vous avez prouvé votre pureté, fit-il remarquer. L'abbé Suger et l'archevêque l'attesteront demain.

Sur ces mots, il lui désigna le lit d'un geste de la main. Aliénor y monta et fit mine de tirer les rideaux.

— Laissez, ordonna-t-il succinctement. J'aime la lumière ; cela m'aide à dormir.

Aliénor haussa les sourcils, songeant que Louis était exactement comme Pétronille. Il lui fallait le réconfort et la sécurité d'une bougie.

Lui touchant délicatement l'épaule, elle répliqua :

— Comme vous voudrez, Sire. Je comprends.

Il prit sa main dans les siennes mais ne dit rien.

Aliénor ferma les yeux. De son côté du lit, la lumière était si faible qu'elle ne la gêna pas. La tache de sang était froide et humide sous son bassin. Elle se sentit quelque peu déprimée. S'étreindre, s'embrasser et s'enlacer avait été exquis, mais l'étrangeté et la sensation pénible de l'ultime assaut lui laissaient un arrière-goût de déception et une douleur lancinante.

Louis semblait avoir pris son plaisir. Elle se demanda si Dieu était satisfait également et si elle avait conçu un enfant. Cette idée l'effraya et elle s'empressa de la chasser de son esprit pour tourner le dos à Louis, en quête d'un peu d'intimité. La respiration de ce dernier se fit plus lente et plus profonde à mesure qu'il s'endormait. Mais il fallut beaucoup plus longtemps à l'imagination agitée d'Aliénor pour s'apaiser et trouver le sommeil. Trop de pensées se bousculaient dans sa tête, dont la moindre n'était pas de décider quelle attitude adopter envers l'inconnu qui ronflait à côté d'elle et qui avait mêlé ses fluides aux siens, de sorte qu'ils formaient désormais et irrévocablement une seule chair.

Chapitre 7

Palais de Poitiers, été 1137

Vêtue d'une robe de soie sarrasine, Aliénor, le diadème d'Aquitaine dans les mains, était assise seule près du bassin des jardins du palais. Un soleil implacable avait dardé ses rayons pendant toute la journée, et à présent le crépuscule enveloppait la ville d'un voile bariolé.

Personne n'était encore venu s'enquérir d'elle, mais l'on ne tarderait pas à le faire. Le luxe consistant à pouvoir disposer d'elle-même lui était refusé. Ces quinze derniers jours, quand elle n'avait pas été en itinérance, elle avait été accaparée par toutes sortes d'obligations officielles, constamment affublée de serviteurs, de vassaux et de membres de sa famille. Chaque seconde de la journée était comptée, comme si sa vie se fractionnait en billes de boulier sous les doigts habiles d'un marchand à l'œil de qui rien n'échappe. Même lorsqu'elle priait à genoux à l'église ou qu'elle était à son ouvrage, elle sentait peser sur elle le regard scrutateur des membres de la suite de Louis et de Louis lui-même. Ce dernier ne parvenait pas à décrocher les yeux de sa personne et se faisait fort de s'attacher sa présence à tout instant, comme si elle était un joyau cousu à son plastron.

Pour sa part, Aliénor s'était habituée au devoir conjugal, et celui-ci devenait un peu moins douloureux, voire plaisant à l'occasion, notamment lorsque Louis s'attardait en préliminaires. Dommage qu'il se sentît systématiquement obligé d'implorer à genoux la bénédiction de Dieu avant l'acte et de lui rendre grâce après, attendant de sa femme qu'elle en fît autant. Il ne partageait pas sa couche les vendredis et les dimanches, car, disait-il, ils devaient rester purs pour Dieu. Aliénor tirait profit de ce répit pour dormir avec Pétronille, toutes deux blotties l'une contre l'autre, comme autrefois. Excepté que ce n'était plus pareil. Le mariage et la perte de sa virginité l'avaient fait sortir de l'enfance. Pétronille avait souhaité savoir comment c'était de coucher avec un homme, et Aliénor avait éludé le sujet en alléguant que cela faisait partie des devoirs d'une épouse.

Aliénor n'avait toujours pas d'avis arrêté concernant Louis. Parfois, il posait en prince altier qui toisait son monde du haut de son fier destrier, mais il pouvait également se montrer semblable à un enfant à qui ses courtisans – lesquels rivalisaient d'influence sur lui – devaient dire quoi penser et quoi faire. Comme un enfant, également, il pouvait faire preuve d'irascibilité, d'entêtement, et être déraisonnable. Et c'était compter sans son assommante piété, qu'il tenait de son éducation religieuse et qui venait s'ajouter à son besoin démesuré d'ordre et d'organisation. Contrairement à Aliénor, il n'avait pas le don de s'adapter aux circonstances. Malgré tout, il savait se montrer aimable et agréable. Il avait une grande connaissance de la nature et une passion pour les arbres et le ciel ; il aimait se trouver sur les routes en joyeuse compagnie. Là, il perdait de son sérieux et retrouvait son sourire, qui était tendre et avenant. Aliénor n'était pas non plus insensible aux charmes de sa mince silhouette élancée, à l'éclat de ses cheveux blonds, à ses yeux bleu nuit.

Ce jour-là, on l'avait investi de la couronne d'Aquitaine. L'orgueil et la satisfaction qui s'étaient lus sur son visage tandis qu'on en ceignait son front avaient empli le cœur d'Aliénor d'hostilité et de doutes, plutôt que de fierté. Tout se passait comme s'il tenait cette couronne pour acquise parce que telle était la volonté de Dieu. Lorsqu'on l'avait coiffée à son tour du diadème, elle avait fait preuve d'assez de sens politique pour ne rien laisser paraître de ses sentiments. Mais de le voir parader sur le trône ducal avait ravivé sa douleur et rouvert l'abîme de solitude laissé par la disparition de son père, en plus d'éveiller en elle la certitude que Louis ne prendrait jamais sa place.

— Vous voilà ! s'exclama Floréta en remontant d'un pas pressé l'allée du jardin. On vous cherche partout. Il fait presque nuit.

— Je pensais à mon père. Je regrette qu'il ne soit pas là, confia Aliénor avec mélancolie.

— Nous le regrettons tous, maîtresse, assura Floréta avec compassion.

Puis, toujours pragmatique et brusque, elle ajouta :

— Cependant, nous devons faire au mieux avec ce que nous avons. Il a fait tout son possible afin de vous assurer stabilité et sécurité.

Aliénor soupira et se leva, époussetant sa robe tandis que les premières étoiles commençaient à scintiller dans la chaleur persistante.

— Je pensais aussi à ma mère, ajouta-t-elle. Elle me manque également.

— Vous portez son prénom, rappela Floréta en serrant Aliénor dans ses bras. Elle sera toujours à vos côtés. Je suis certaine qu'elle veille sur vous depuis le ciel.

Aliénor prit le chemin du retour en compagnie de la nourrice. Le paradis, c'était très bien, mais c'était la présence physique de sa mère qui lui manquait terriblement. Elle avait besoin de sentir son étreinte et d'être bordée par elle comme une enfant. Il lui manquait quelqu'un qui allégeât le poids qu'elle portait sur ses épaules pour qu'elle s'endorme sereinement. Floréta, malgré toute sa bonne volonté, ne comprendrait jamais la profondeur véritable de ce besoin. Personne ne le pouvait.

Ce soir-là, Louis se montra fougueux lors de leurs ébats, car il était soucieux à la fois d'accomplir son devoir et de prolonger le grand triomphe qui avait suivi son investiture ducale. Aliénor réagit avec zèle à son ardeur, par crainte que trop de passivité ne l'amenât à douter de sa propre féminité. C'est ainsi qu'ils finirent pantelants dans un enchevêtrement de membres en sueur qui donna à Aliénor le sentiment d'avoir été prise dans une violente tempête. Assurément, Louis se comportait comme s'il avait été frappé par la foudre, car lorsqu'ils prièrent après l'amour, il resta longuement agenouillé devant son autel portatif, le visage dissimulé sous ses longs cheveux d'un blond argenté, les mains très fermement jointes au point de faire refluer le sang de ses phalanges.

— Je me disais que nous devrions faire une visite à l'abbaye de Saintes, suggéra Aliénor lorsqu'ils se recouchèrent enfin. Ma tante Agnès y est abbesse. Elle est la sœur de mon père, et elle n'a pu assister à notre mariage. Je souhaite faire une donation à l'abbaye, à présent que je suis duchesse à part entière.

Louis, à demi endormi, acquiesça.

— C'est une bonne idée, marmonna-t-il.

— Je désire également me rendre sur la tombe de ma mère et convertir sa chapelle en une véritable abbaye.

De nouveau, il murmura qu'il était d'accord.

Aliénor déposa un baiser sur son épaule.

— Peut-être pourrions-nous demeurer en Aquitaine un peu plus longtemps ?

Elle le sentit se raidir.

— Pourquoi ?

— Certains vassaux ne nous ont pas encore prêté allégeance. Si nous partons sans avoir reçu leur serment de fidélité, ils pourraient y voir la permission de prendre leurs aises. Nous devons nous assurer de leur loyauté, et plus longtemps nous resterons, plus grande sera leur probité.

Sur ces mots, elle constella la gorge et le cou de Louis de petits baisers enjôleurs.

— Vous pourriez toujours renvoyer Suger et les autres à Paris, ajouta-t-elle. Ainsi, vous seriez en mesure de prendre vous-même vos propres décisions sans qu'ils vous dictent en permanence votre conduite.

Il demeura silencieux, assimilant ces paroles, puis il dit enfin :

— Combien de temps, selon vous ?

Aliénor fit une moue songeuse. « Aussi longtemps que je pourrai vous retenir ici » était la réponse qu'eût exigé la franchise.

— Pas très longtemps, répondit-elle d'un ton ensorceleur. Jusqu'à ce qu'il fasse suffisamment frais pour voyager confortablement et que les vassaux soient rassurés.

Pour toute réponse, il émit un grognement et lui tourna le dos en remontant le drap sur son épaule.

— Je vais y réfléchir, dit-il enfin.

Aliénor n'insista pas. Il fallait qu'il pensât que l'idée venait de lui, et cela avait davantage de chances de se produire après une bonne nuit de sommeil. Elle pourrait y revenir les jours suivants, sur la route de Saintes. Plus ils s'attarderaient en Aquitaine, mieux elle se porterait.

Au beau milieu de la nuit, Aliénor fut réveillée par quelqu'un qui tambourinait à la porte, tambourinement suivi du bruit du loquet qu'on soulevait, et par l'irruption du flamboiement d'une torche. Elle se redressa en sursaut, s'extirpa à grand-peine des brumes du sommeil et poussa un cri d'effarement lorsque Raoul de Vermandois écarta brutalement les rideaux du lit. Celui-ci donna un rapide coup d'œil appréciatif à sa nudité et à ses cheveux défaits puis se tourna vers Louis qui se redressait en clignant des yeux dans l'éclat de la torche que brandissait l'écuyer de Raoul.

— Que se passe-t-il ? demanda Louis, à demi aveuglé.

— Sire, de graves nouvelles de la Cour nous sont parvenues.

Là-dessus, Raoul mit un genou à terre et s'inclina.

— La santé de votre seigneur et père s'est dégradée voici cinq jours à Béthisy, et il a rendu son âme à Dieu au coucher du soleil. Il vous faut rentrer à Paris immédiatement.

Louis posa sur lui un regard vide. Aliénor se couvrit la bouche avec la main tout en tirant rapidement les conclusions des paroles de Raoul. La mort de Louis le Gros signifiait que Louis devenait roi de France et qu'elle était reine ! Ses projets de rester en Aquitaine venaient d'être balayés comme un fétu de paille emporté par le vent. Ils devaient se rendre à Paris sur-le-champ, non seulement pour rejoindre la maison royale, mais pour en prendre la tête au titre de souverains.

Louis descendit du lit en chancelant et alla s'agenouiller en prière devant l'autel, les lèvres contre ses mains jointes.

— Bienheureux saint Pierre, je te supplie d'intercéder en faveur de mon père afin que lui soit accordée la béatitude du ciel. Dieu, aie pitié de nous, Dieu miséricordieux, aie pitié de nous.

Il répéta cette litanie en se balançant d'avant en arrière : « Dieu, aie pitié de nous, Dieu miséricordieux, aie pitié de nous. »

Le sénéchal le considéra d'un air consterné.

— Sire ?

Aliénor se ressaisit aussitôt et enfila sa chemise avant de se tourner vers Raoul. Celui-ci avait mis sa tunique à l'envers, et son épaisse toison blanche se dressait en l'air par touffes, comme s'il était tombé du lit.

— L'abbé Suger a-t-il été prévenu ? s'enquit la nouvelle reine.

Une grimace déforma le visage de Vermandois.

— Je l'ai envoyé chercher par un domestique. Il dînait avec l'archevêque du Louroux et avait prévu de lui tenir compagnie jusqu'à demain.

Prompte à s'aviser des subtilités humaines, Aliénor avait remarqué au cours de leur itinérance le désaccord qui opposait l'abbé et le sénéchal. Les deux hommes étaient mal à l'aise ensemble, bien que tous deux eussent nié toute aversion.

— Messire, lança Aliénor, il faut que je m'habille et que mon mari et moi réfléchissions calmement.

Raoul posa sur elle un regard éloquent, comme s'il révisait son jugement au sujet d'un objet qui se révélait finalement plus digne d'intérêt qu'il ne l'avait cru de prime abord. Il s'inclina.

— Je vous enverrai vos serviteurs.

— Non, répliqua-t-elle, je les manderai moi-même dans un moment. Mon seigneur et mari est à bout de nerfs ; il serait imprudent qu'ils le vissent dans cet état. Cela vous laissera le temps d'aller remettre votre tunique à l'endroit avant que l'abbé n'arrive.

— Ma « tunique » ?

Il baissa les yeux sur son habit et tira sur les coutures qui saillaient. Puis il esquissa un sourire désabusé et dit :

— Je vais y remédier et veillerai à ce que l'on ne vous dérange pas.

Là-dessus, il prit congé et sortit d'un pas preste et magistral. Aliénor subodora qu'il se ferait une grande joie de refuser l'entrée de leur chambre à l'abbé de Saint-Denis, ne serait-ce que pendant quelques minutes.

Aliénor vint s'agenouiller à côté de Louis. Elle savait ce qu'on éprouvait à la mort d'un père. Néanmoins, la prière qu'elle adressa à Dieu fut succincte et pragmatique. Le monde attendait à la porte de leur chambre, et s'ils ne sortaient pas l'affronter, alors il viendrait à eux, et ils seraient à sa merci.

— Louis ? lança-t-elle en le prenant par le cou. Louis, je suis navrée du décès de votre père, mais occupons-nous plutôt de faire dire des prières et des messes pour le salut de son âme dans les endroits prévus pour cela. Vous ne sauriez y suffire seul, maintenant et en ce lieu. Il nous faut à présent nous relever et nous habiller. Ils nous attendent.

La psalmodie de Louis devint hésitante puis s'arrêta. Il lui lança un regard hébété.

— Je savais qu'il était malade et que ses jours étaient comptés, mais je ne pensais pas qu'il lui restait si peu de temps à vivre et que je ne le reverrais pas vivant. Que vais-je devenir ?

Aliénor le fit asseoir sur le lit et lui donna à boire une coupe de vin. Pendant qu'il buvait, elle rapporta leurs vêtements du coffre où les avaient soigneusement pliés et rangés leurs serviteurs la veille au soir.

— Vous allez vous reprendre et vous habiller, l'admonesta-t-elle enfin. Vermandois est parti organiser notre départ, et l'on a envoyé quérir Suger.

Il fit un geste d'assentiment, mais Aliénor put se rendre compte qu'il n'intégrait pas le sens de ses paroles. Elle se souvenait d'avoir ressenti cette paralysie des sens à la mort de son propre père. Les mots ne signifiaient plus rien. Elle le serra contre elle et lui caressa les cheveux. C'était comme consoler Pétronille. Elle était la mère, et lui l'enfant. Il tourna les yeux vers elle en laissant échapper une faible plainte et enfouit son visage dans son cou. Elle le consola, et il se cramponna.

Puis il releva la tête et l'embrassa à pleine bouche. Elle fut étonnée, mais, comprenant qu'il en avait besoin, elle lui rendit son baiser.

Lorsqu'ils eurent terminé, il s'allongea à côté d'elle en haletant comme un naufragé rejeté par la mer. Elle le massa tendrement entre les omoplates et lui susurra des paroles apaisantes, se sentant elle-même au bord des larmes. Ils partageaient une épreuve importante. En faisant siens son chagrin et son désarroi, elle l'avait aidé à recouvrer son calme.

— Tout ira bien, assura-t-elle.

— Je ne connaissais pas vraiment mon père, avoua Louis en se redressant pour caler son menton entre ses genoux. Il m'a confié au giron de l'Église quand j'étais petit garçon, et je ne suis ressorti du cloître qu'à la mort de mon frère. Il a veillé sur moi et à mon éducation, mais toujours au moyen d'intermédiaires. Mon véritable père est l'abbé Suger.

Aliénor l'écouta avec intérêt mais sans surprise.

— Je croyais bien connaître le mien, lui confia-t-elle en retour. J'étais son héritière depuis mes six ans. Mais à sa mort, j'ai découvert que je le connaissais à peine…

Elle se tut avant de trop en dire au risque de le regretter plus tard.

Un tonnerre de voix masculines pleines d'autorité gronda dans l'antichambre. Suger était arrivé. Aliénor reconnut également la voix de l'archevêque du Louroux. Elle insista auprès de Louis pour qu'il s'habille.

— Il faut que vous montriez à tous que vous êtes capable d'assumer votre nouveau rôle de roi, même à l'heure où vous pleurez votre père, lança-t-elle en lui mettant ses souliers. Vous êtes l'élu de Dieu. Qu'avez-vous à craindre ?

Il posa sur elle un regard fixe qui avait retrouvé sa gravité. Il paraissait également moins nerveux.

— Sortez avec moi, implora-t-il, tandis qu'elle lui bouclait son ceinturon avant d'enfiler sa propre robe à la hâte et d'envelopper ses cheveux dans un filet tissé de fils d'or.

Le cœur d'Aliénor battait la chamade, mais elle garda la tête haute et, ne trahissant aucune peur ni appréhension, prit Louis par la manche pour l'entraîner vers la porte. Le bras du nouveau roi tremblait sous sa main.

L'antichambre était envahie par une assemblée de courtisans qui tombèrent à genoux comme un seul homme – Suger y compris – dans un froissement d'étoffes. En voyant toutes ces têtes alignées en rangs serrés, Aliénor les compara en pensée aux pavés d'une route qui n'attendaient plus que d'être foulés par leurs nouveaux souverains.

Chapitre 8

Paris, septembre 1137

Adélaïde de Maurienne, reine douairière des Francs, fit un geste brusque de sa main blanche et décharnée.

— Vous voudrez sans doute changer de robe et prendre quelque collation après ce long voyage ?

Aliénor fit une révérence.

— Je vous remercie, madame.

Sa belle-mère s'était exprimée sur un ton pragmatique dénué de toute émotion. Elle eût pu, sans conteste, s'adresser sur le même ton à un garçon d'écurie au sujet d'un cheval nécessitant d'être pansé après une rude chevauchée. Les yeux gris d'Adélaïde étaient de glace et perçants. Sa robe était de la même couleur que ses yeux, ainsi que la doublure en fourrure de son manteau. Il émanait de sa personne une austérité hivernale. Peu de temps auparavant, elle avait accueilli officiellement sa bru dans la vaste salle d'apparat de l'immense palais par un discours de bienvenue conventionnel et un baiser glacial sur la joue. Elles se trouvaient à présent dans la chambre dévolue à Aliénor dans la grande tour.

La pièce était bien garnie, arborant d'élégantes tentures, un mobilier robuste et un grand lit fermé par de pesants rideaux qui empestaient le mouton. Les volets étaient fermés, et, à cause de la rareté des bougies, la pièce était rognée d'ombres profondes. À la pleine lumière du jour, cependant, les fenêtres géminées offraient une vue imprenable sur la Seine bouillonnante d'activité, un peu comme le palais de l'Ombrière sur la Garonne à Bordeaux.

Sous l'œil attentif d'Adélaïde, des serviteurs apportèrent de l'eau pour la toilette d'Aliénor, du vin et un plateau de pain ainsi qu'un autre de fromage. Les dames de la suite d'Aliénor commencèrent à défaire les malles, secouant robes et chemises avant de les étendre sur des tringles à vêtements ou de les entreposer dans la garde-robe pour y être aérées. Adélaïde s'irrita à la vue des tenues colorées et sophistiquées qui sortaient des coffres de voyage.

— Vous découvrirez que nous avons ici des habitudes plus sobres, lança-t-elle avec raideur. Nous ne sommes pas des gens frivoles, et mon fils a des goûts simples.

Aliénor s'efforça de prendre un air de modestie, songeant que si Adélaïde avait su ce qu'avait fait son cher fils pendant toute leur itinérance en Aquitaine, elle en aurait fait une jaunisse. Preuve que l'Église n'était pas seule à exercer une influence sur la vie de Louis.

Pétronille tourna vivement la tête et lança :

— Moi, les couleurs vives me plaisent. Elles me rappellent chez nous. Notre père en raffolait.

— Oui, c'est vrai, confirma Aliénor en prenant Pétronille par la taille en signe de soutien moral. Nous allons devoir inaugurer de nouvelles modes vestimentaires !

Là-dessus, elle adressa un sourire à Adélaïde, qui ne le lui rendit pas.

Plusieurs jeunes femmes appartenant à la suite de la reine douairière échangèrent des regards ; parmi elles figuraient la sœur de Louis, Constance, qui devait avoir le même âge qu'Aliénor, et Gisela, une jeune femme aux cheveux blond cendré et aux yeux verts, qui était apparentée à la famille royale. Quelqu'une étouffa un ricanement, et, aussitôt, sans même tourner la tête, Adélaïde ordonna le silence d'un geste abrupt.

— Je vois que vous avez beaucoup à apprendre, dit-elle d'un ton sévère.

Aliénor refusa de se laisser intimider. Il était hors de question que le dépaysement et sa méconnaissance des habitudes des Francs deviennent pour elle une source d'humiliation. Elle garderait fièrement la tête haute, parce qu'elle était à armes égales avec Paris.

— C'est fort juste, madame. Notre père nous a en effet inculqué la valeur de l'éducation.

C'était d'une logique implacable : pour damer le pion de vos rivaux, il vous fallait d'abord apprendre à connaître leur mentalité et les règles de leur propre jeu.

— Je suis bien aise de l'entendre, rétorqua Adélaïde. Vous seriez bien avisée d'écouter vos aînés. Espérons que votre père vous aura également inculqué l'importance des bonnes manières.

— Elle ne nous aime pas, fit remarquer Pétronille une fois qu'Adélaïde fut retournée vaquer à ses occupations. Et je ne l'aime pas non plus, c'est certain !

— Tu dois te montrer courtoise envers elle, prévint Aliénor en baissant la voix. Elle est la mère de Louis et a droit à notre respect. Les gens d'ici ont des usages différents, et il nous faudra les apprendre.

— Je n'ai pas envie d'apprendre leurs usages, insista Pétronille en croisant les bras, imitant de manière plutôt réussie la moue d'Adélaïde. Cet endroit ne me dit rien qui vaille !

— Tu dis cela à cause de la fatigue et de l'heure tardive. Demain, il fera jour, et après une bonne nuit de sommeil, tu verras les choses autrement.

— Non, je ne les verrai pas autrement, rétorqua Pétronille par goût de la contradiction.

Aliénor réprima un soupir de lassitude. Ce soir-là, elle n'avait pas l'énergie de se prêter au jeu de Pétronille, car son propre moral était en berne. Adélaïde, à l'évidence, les condamnait d'emblée et ne voyait pas leur présence à Paris d'un bon œil, présence qui lui était une épine dans le pied. Son pouvoir à la Cour s'était accru à mesure que la santé de son mari s'était détériorée. Mais dans le but de maintenir ce pouvoir, il lui fallait à présent manipuler et influencer Louis. Elle voyait manifestement en Aliénor quelque importune susceptible d'usurper sa place si elle ne s'imposait pas dès le départ.

Louis ne s'était pas montré disert au sujet de sa mère, mais Aliénor avait eu l'impression que tous deux étaient dans un rapport de domination. Il n'y avait pas d'amour entre eux, si ce n'était sous la forme du besoin qu'avait Louis d'être aimé et du refus d'Adélaïde d'y accéder. Aliénor avait déjà pu se rendre compte d'à quel point il était facile pour des individus dotés d'une forte personnalité de manipuler Louis. De quel entêtement celui-ci ne faisait-il pas preuve une fois qu'on l'avait persuadé de prendre une certaine décision. À la Cour, les factions se le disputaient comme une meute de chiens se dispute un os. Et s'il était du devoir d'Aliénor de protéger Louis, ce faisant, elle assurait également sa propre sécurité et celle de sa sœur. Si Louis avait besoin, pour être rassuré, qu'on laissât brûler les bougies la nuit, c'était à cause de la manière dont il avait été traité par ceux-là-mêmes qui étaient censés veiller sur lui mais qui n'en avaient cure.

Aliénor passa une main sur la peau douce et laiteuse du dos de Louis. Il s'était endormi sur le ventre et était si beau et vulnérable que son cœur s'en émut. En route vers Paris, il avait dû faire un détour par Orléans afin d'y mater une rébellion. En capitaines aguerris, Raoul de Vermandois et Thibaut de Blois l'avaient conseillé, mais il avait dirigé les opérations lui-même, et la rébellion avait été écrasée avec succès. Cette victoire lui avait donné de l'assurance et une confiance en soi qui lui allait bien.

Elle fit descendre sa main et caressa le creux de ses reins. Il ouvrit les yeux, s'étira et, lui souriant à travers les brumes du sommeil, se retourna sur le dos et attira le visage d'Aliénor contre le sien. Ils s'embrassèrent.

— Vous êtes si belle, dit-il.

— Vous êtes aussi très beau, mon cher époux.

Il s'était réveillé avec une érection. Elle en profita pour se jucher à califourchon sur lui, une lueur espiègle dans les yeux.

Il parut s'étonner de cette position inconvenante et poussa un petit cri de surprise mais ne la repoussa pas. Aliénor se sentit toute-puissante. En deux mois de mariage, elle avait eu le temps de se familiariser avec le devoir conjugal et y prenait plaisir, voire en concevait l'envie. Rien n'indiquait pour l'instant qu'elle fût enceinte, mais tous deux étaient certains que cela arriverait. Lorsque Louis se cambra pour répandre sa semence, Aliénor enserra son membre viril et hurla de plaisir.

Quand ils furent allongés l'un contre l'autre, elle blottit son visage contre l'épaule de son mari. Elle savait que, de l'autre côté de la porte, les serviteurs s'empresseraient d'aller faire leur rapport à Adélaïde : le roi et la reine étaient encore au lit et accomplissaient leur devoir. Aliénor esquissa un sourire aigre en y songeant. Adélaïde trépignerait d'impatience, espérant qu'ils avaient conçu un fils tout en maudissant le temps qu'ils passaient ensemble parce que ce temps échappait à son contrôle.

La belle-mère d'Aliénor continua d'essayer d'asseoir sa domination sous prétexte d'enseigner à Aliénor l'étiquette en vigueur à la Cour des Francs et de la préparer à la cérémonie officielle du couronnement qui devait avoir lieu en décembre à Bourges. Tel un chien de berger, elle ne cessait de harceler la jeune femme, critiquant ses manières, sa démarche, les heures qu'elle passait à décorer sa chambre au lieu de prier et sa frivolité en général. De son côté, Aliénor faisait toujours montre de politesse envers Adélaïde et restait discrète en sa présence, mais elle lui en voulait secrètement à cause de ses interférences.

Louis se redressa.

— Je ferais mieux d'y aller, lança-t-il, non sans réticence. L'abbé Suger m'attend et j'ai déjà raté les prières de ce matin.

— Il y a toujours quelqu'un qui attend, répliqua Aliénor avec un geste brusque de la tête.

Elle posa le plat de la main sur les épaules de son mari, faisant mine de le retenir quelques instants encore.

— Peut-être qu'après le couronnement, nous devrions envisager de retourner à Poitiers, suggéra-t-elle.

Il parut fébrile.

— Nous y avons des représentants officiels pour nous tenir informés ; et puis, il y a trop à faire ici.

— Nous devrions quand même y réfléchir, insista Aliénor. Nous sommes duc et duchesse tout autant que roi et reine. Notre séjour fut écourté par la mort de votre père, mais nous ne devons pas laisser penser à mes gens que nous les avons oubliés.

Il évita son regard.

— Je poserai la question à Suger et verrai ce qu'il en dit.

— Pourquoi serait-ce à Suger d'en décider ? Certes, il est votre conseiller, mais il vous traite comme si vous étiez encore son élève, non le roi de France. Vous êtes libre d'agir à votre guise.

— Je l'écoute, mais je prends mes propres décisions, rétorqua Louis, sur la défensive.

Sur ces mots, il saisit ses vêtements et commença à s'habiller.

— Vous pourriez décider d'aller dans le Poitou après le couronnement. Ce ne serait assurément pas une grande difficulté ? s'enquit-elle de manière rhétorique en rejetant la tête en arrière, ce qui eut pour effet de draper son corps nu du vêtement d'or de ses cheveux étincelants.

Louis la dévora du regard, et son teint diaphane s'empourpra.

— Non, convint-il, je suppose que ce ne serait pas une grande difficulté.

— Merci, mon cher époux.

Elle lui lança un doux sourire innocent et ajouta :

— J'ai tant envie de revoir Poitiers.

Puis, conforme à l'image de l'épouse aimante et dévouée, elle s'agenouilla à ses pieds pour nouer ses chaussures.

— Sachez que je vous aime ! laissa échapper Louis, comme on confesse un affreux péché, avant de s'arracher à sa femme pour sortir en hâte de la chambre.

Aliénor le regarda partir en se mordillant la lèvre inférieure. Obtenir gain de cause faisait l'objet d'un combat de tous les instants, et cela ressemblait davantage à un rituel agaçant qu'à un défi stimulant.

Ses suivantes arrivèrent pour l'habiller. Elle choisit une robe neuve damassée fauve et or munie de larges manches pendantes et enroula ses nattes sous un filet d'or orné de minuscules pierres précieuses en forme de gouttes. Floréta lui présenta un élégant miroir en ivoire. Elle fut satisfaite de son reflet. Sans vouloir s'imposer des rituels de soin, elle était bien décidée à mettre à profit l'avantage que constituait sa beauté. Son minois se passait d'artifices. Néanmoins, elle ordonna à Floréta de rehausser ses lèvres et ses pommettes de poudre de racine d'orcanette, un peu par bravade envers la rêche austérité de sa belle-mère.

Son chambellan vint lui annoncer qu'un ensemble de coffres peints qu'elle avait fait venir était arrivé, ainsi que quelques rideaux de lit neufs et une paire de bougeoirs en vermeil. Aliénor recouvra sa bonne humeur. Elle transformait peu à peu ses appartements en une petite Aquitaine lovée au cœur de Paris. Le nord de la France n'était pas dépourvu de richesses, mais il y manquait l'atmosphère gorgée de soleil du pays de son enfance. Le palais royal était imposant et avait traversé les siècles, mais pas plus que ceux de Poitiers ou de Bordeaux. Quoi qu'il en fût, les goûts insipides et mornes d'Adélaïde étaient omniprésents, de sorte que même cette auguste tour construite par le père de Louis donnait l'impression d'avoir déjà subi les accablants outrages du temps.

Des serviteurs apportèrent les nouveaux meubles qu'Aliénor s'empressa de disposer. Elle fit placer l'un des coffres au pied du lit et l'autre, sur lequel était représentée une ribambelle de danseurs, contre le mur. Elle fit remplacer les rideaux du lit par d'autres, damassés d'or. Les femmes de chambre déplièrent une courtepointe à motifs compliqués d'aigles en broderie blanche.

— Encore des achats, ma fille ? lança Adélaïde d'un ton de reproche glacial depuis l'embrasure de la porte. Ce dont vous disposiez auparavant allait fort bien.

— Mais je ne l'avais pas choisi, madame, répondit Aliénor. J'aime à ce que mes appartements me rappellent l'Aquitaine.

— Vous n'êtes plus en Aquitaine, désormais, mais à Paris, et vous êtes l'épouse du roi de France.

— Je n'en reste pas moins duchesse d'Aquitaine, mère, rétorqua Aliénor dans une attitude de défi.

Adélaïde fronça les sourcils et s'avança d'un pas raide, puis jeta un regard dépréciatif sur les nouveaux coffres et les nouveaux rideaux. Ses yeux tombèrent enfin sur le lit, que les femmes de chambre n'avaient pas encore eu le temps de faire, et elle flaira l'odeur de frais ébats.

— Où est mon fils ?

— Il est allé retrouver l'abbé Suger, répondit Aliénor. Un peu de vin vous ferait-il plaisir, mère ?

— Non, déclina Adélaïde d'un ton cassant. Il y a des choses plus importantes au monde que de boire du vin et de gaspiller l'argent en mobilier tapageur. Si vous avez le temps pour ce genre de choses, alors c'est qu'on vous laisse un peu trop la bride sur le cou.

Entre l'hostilité d'Adélaïde et la rancœur d'Aliénor, l'atmosphère devint orageuse.

— Qu'attendez-vous de moi, madame ? s'enquit Aliénor.

— Je souhaiterais que vous vous comportiez conformément au protocole. Les manches de cette robe sont scandaleuses. Elles touchent presque le sol ! Quant à ce filet et à cette coiffure, ils ne font rien pour dissimuler vos cheveux ! s'exclama Adélaïde en s'agitant, prenant manifestement du plaisir à endosser ce rôle de marâtre. Je souhaiterais que vos suivantes apprennent à parler la langue d'ici et ne s'entêtent pas dans ce dialecte extravagant que nul d'entre nous ne parvient à comprendre. Vous et votre sœur jacassez comme deux pies.

— Des pies en cage, précisa Aliénor. Nous utilisons entre nous notre langue maternelle ; mais nous parlons la langue du Nord en public. Quelle duchesse d'Aquitaine serais-je, si je ne perpétuais pas les traditions de mon pays ?

— Et quelle reine de France et quelle épouse pour mon fils serez-vous si vous continuez à vous comporter avec frivolité comme une petite dévergondée ? Quelle sorte d'exemple êtes-vous pour vos semblables ?

Aliénor se maîtrisa. Il était inutile de discuter avec cette mégère acariâtre. Ces derniers temps, Louis était bien plus disposé à écouter la « petite dévergondée » que sa chicaneuse de mère. Cependant, ses critiques et ses reproches incessants l'épuisaient et lui donnaient envie de pleurer.

— Je suis navrée que cela vous contrarie, mère, mais j'ai le droit de meubler mes propres appartements comme il me plaît. Quant à mes gens, ils peuvent parler la langue de leur choix, pourvu qu'ils se montrent courtois envers autrui.

Au départ soudain d'Adélaïde succéda un bref, quoique pesant, silence. Aliénor le rompit en frappant dans ses mains et en rameutant ses serviteurs dans la *lenga romana* de Bordeaux. Si elle était une pie, alors elle braverait tous gens et toutes choses en chantant de tout son cœur !

Deux jours plus tard, Aliénor se promenait dans les jardins en compagnie de ses suivantes. Elle aimait cette partie verdoyante et odorante du château, avec son foisonnement de plantes, de fleurs et d'herbe grasse. Malgré la fin de l'été, les roses au parfum délicat étaient encore épanouies et tout restait plus longtemps verdoyant ici qu'en Aquitaine, parce que, en ces régions, le soleil était moins violent. Les jardiniers étaient habiles, et, malgré les murs qui l'entouraient, ce jardin d'agrément offrait à Aliénor une possibilité de s'évader en terrain neutre qui lui était une accalmie au milieu des machinations et des médisances de la Cour.

Ce jour-là, le soleil de septembre projetait une douce lumière diaphane sur l'herbe et les arbres encore verts en dépit des rebords dorés de leurs feuilles. La rosée étincelait sur le gazon. Soudain, Aliénor eut envie d'en sentir la fraîcheur cristalline sous ses pieds nus. Sans réfléchir plus avant, elle retira ses chaussures et ses mi-bas et posa le pied par terre. Pétronille ne se fit pas prier pour lui emboîter le pas. Les suivantes, après un instant d'hésitation, les imitèrent, y compris Constance, la sœur de Louis, qui avait coutume de rester en retrait de toute hardiesse ou amusette.

Aliénor esquissa quelques pas de danse tournoyants et virevoltants. Louis ne dansait jamais. Ce genre d'activité et de plaisir n'avait pas fait partie de son éducation, contrairement à Aliénor. Par obligation, il s'acquittait de la corvée en exécutant des mouvements d'une précision empreinte de raideur, mais n'y prenait aucun plaisir et ne comprenait pas qu'on pût en prendre.

Pétronille avait apporté une balle que les jeunes femmes commencèrent à se passer. Aliénor releva sa robe et la coinça sous sa ceinture. Son impression d'asphyxie se dissipa dans l'effervescence du jeu dont elle goûtait l'ardeur, sans oublier la sensation de l'herbe humide et fraîche entre ses orteils ! L'ourlet imbibé de rosée de ses jupes fouettait ses chevilles nues. Elle bondit, attrapa la balle contre son ventre et la lança en éclatant de rire à Gisela, récemment affectée à ses appartements.

Mais Floréta poussa soudain un cri d'alerte en frappant vivement dans ses mains. Aussitôt, Aliénor s'arrêta et fit volte-face : plusieurs ecclésiastiques munis de tabourets et de coussins avançaient dans leur direction. À leur tête se trouvait un moine à la figure émaciée qui les admonestait à pleins poumons tout en marchant.

— Car qu'est-ce qui est plus contraire à la foi que de refuser de croire en ce que la raison ne saurait atteindre ? demandait-il. Méditez les paroles du sage qui a dit : « Celui qui a la confiance facile montre sa légèreté… »

Il s'interrompit et considéra, la mine péniblement surprise, le groupe formé par ces dames.

Aliénor se raidit. C'était le grand Bernard de Clairvaux, l'ascète, l'intellectuel et le précepteur en éternelle croisade ! Cet homme estimé pour sa sainteté était connu pour avoir des principes inflexibles qui le faisaient se dresser infatigablement contre quiconque était en désaccord avec sa conception de Dieu et de l'Église. Quatre ans auparavant, il avait discuté de politique papale avec son père, et Aliénor savait combien Bernard pouvait se montrer implacable. Que faisait-il dans ce jardin ? Elle l'ignorait. D'ailleurs, il semblait se poser la même question à son sujet. Elle se souvint brusquement qu'elle avait laissé ses chaussures et ses mi-bas près de la fontaine et fut fâchée d'être surprise dans une position si peu à son avantage.

Elle salua d'une brève révérence le moine qui lui répondit d'un signe imperceptible de la tête. Ses yeux noirs étaient l'incarnation du blâme.

—Madame, le roi m'a dit que les jardins étaient à ma disposition ce matin afin que je puisse y conférer avec mes disciples.

—Le roi ne m'en a rien dit, mais vous êtes assurément le bienvenu, répondit Aliénor avec un brin de bravade dans la voix. Peut-être pourrions-nous nous asseoir et vous écouter un instant ?

La bouche de Bernard se fendit d'un sourire pincé.

—Si vous avez le désir sincère d'apprendre, ma fille, je suis tout disposé à vous enseigner, bien qu'afin de pouvoir entendre la Parole de Dieu, l'on doive d'abord se déboucher les oreilles.

Il vint s'asseoir sur un siège d'herbe naturel où il trôna, compassé comme une comtesse douairière, au milieu de ses disciples assemblés, et faisant comme si ces dames n'étaient pas là, tout en leur jetant à la dérobée des coups d'œil indignés.

L'abbé de Clairvaux rajusta sa bure et, une main squelettique posée sur le genou, il brandit de l'autre sa houlette d'ecclésiastique dans un geste aérien.

— Bien, commença-t-il, je vous ai parlé tantôt de la foi et nous y reviendrons dans un moment. Mais je me rappelle une lettre de direction spirituelle que j'écrivais il y a peu à une vierge très sainte au sujet des plaisirs terrestres.

Il lança un regard à Aliénor et à ses suivantes, puis poursuivit :

— Il est parfaitement exact que la soie, la pourpre, le rouge à joues et le maquillage ont leur beauté. Toutes les choses de ce genre que vous appliquez sur votre corps ont leur charme propre, mais lorsque le masque tombe, que l'on retire le maquillage, c'en est fait de la beauté ; elle n'est pas solidaire de la chair pécheresse. Par conséquent, je vous adjure de ne pas imiter ces personnes au naturel mauvais qui recherchent à l'extérieur une beauté dont leur âme est dépourvue. Elles s'ingénient à s'entourer de toutes les grâces de la mode afin de faire illusion aux yeux des insensés. C'est une conduite indigne que d'emprunter aux animaux à fourrure leurs attraits et à des vers à soie le fruit de leur travail. Les bijoux d'une reine peuvent-ils rivaliser avec la rougeur pudique qui empourpre les joues d'une authentique vierge ?

Plongeant son regard dans celui d'Aliénor, il ajouta :

— Je vois les femmes ployer sous le fardeau de l'or et de l'argent qui sont censés les parer. Leurs robes aux traînes interminables ne charrient que de la poussière ! Mais ne vous y méprenez pas, ces filles maniérées de Bélial n'auront rien pour revêtir leurs âmes à l'heure de la mort, à moins qu'elles n'amendent leur conduite !

Aliénor bouillait de colère et d'humiliation. Comment ce cadavre ambulant osait-il l'insulter ? Ses allusions et son mépris étaient à peine voilés. Il la jugeait et la condamnait sans la connaître. Son père avait été forcé de battre en retraite devant les attaques de Bernard. Soucieuse de s'inscrire fièrement en faux pour l'honneur de l'Aquitaine, elle ressentit l'envie de montrer au moine de quelle trempe elle était, mais ç'eût été en vain, car quel que soit le sujet, il aurait toujours le dernier mot. Rassemblant ses suivantes, elle quitta le jardin.

— Quel affreux vieux bonhomme ! s'exclama Pétronille en frissonnant. C'est quoi une fille de Bélial ?

Aliénor fit la moue.

— Une femme de mauvaise vie. C'est du moins ce que dit la Bible. Mais le bon abbé est enclin à considérer de la sorte *toutes* les femmes, à moins qu'elles ne soient vêtues de chiffons grossiers et qu'elles ne demandent pardon à genoux d'être nées femmes. Il préside au procès de tout un chacun, et pourtant, il n'est pas Dieu, ni même son porte-parole.

Le vent de la révolte grondait en elle. Elle s'habillerait comme bon lui semblerait parce que les vêtements et l'apparence étaient en ce monde des éléments de l'armure féminine, que cela plût ou nom à Bernard de Clairvaux. L'âme ne se trouvait ni mieux ni plus mal en raison des vêtements qui enveloppaient son réceptacle de chair.

Sur le chemin du retour, elles tombèrent sur Adélaïde. Celle-ci était parfaitement au courant de la présence de Bernard dans les jardins, puisqu'elle envoyait justement un chambellan servir des rafraîchissements aux visiteurs. Elle ouvrit de grands yeux horrifiés lorsqu'elle s'avisa de la tenue de ces dames.

— Pieds nus ? souffla-t-elle. Quelle mouche vous pique ? Vous n'êtes pas des paysannes ! C'est scandaleux !

— Au contraire, madame ma mère, répliqua Aliénor en prenant un air innocent. Le bon abbé a été parfaitement clair : nous devrions toutes nous vêtir comme des paysannes et nous exercer à l'humilité.

— Est-ce l'abbé Bernard qui vous a demandé de vous déchausser ? s'enquit Adélaïde en haussant si haut les sourcils qu'ils disparurent sous le bandeau de sa cornette.

— Il nous a fait savoir ce qu'il convenait que nous fassions, répondit la future reine.

Puis, après s'être inclinée très bas, elle gravit l'escalier du donjon jusqu'à ses appartements, soulevant ses jupes afin d'exhiber ses pieds nus et ses chevilles.

Elle entendit Adélaïde caqueter dans son dos comme une vieille poule. Pétronille, pour sa part, émettait des bruits étranges avec sa gorge tandis qu'elle s'efforçait de réprimer son fou rire. Mais elle ne put éviter de s'abandonner à la liesse latente, et bientôt toutes les suivantes rirent à ne plus pouvoir s'arrêter, Constance plus timidement que les autres. Lorsqu'elles pénétrèrent enfin dans les appartements d'Aliénor, elles donnèrent libre cours à leur bonne humeur en se prenant mutuellement à témoin. Mais au milieu de cette allégresse, les larmes qui vinrent aux yeux d'Aliénor, et qu'elle sécha aussitôt, n'étaient pas des larmes de joie.

Entendant glousser dans l'escalier, Adélaïde fut prise de colère et chagrinée par le comportement de ces jeunes femmes, qui incluaient sa propre fille ! L'impudence de ces pieds nus, blancs comme neige ! Elle était mortifiée par l'inconvenance d'une conduite qui lui donnait un sentiment de malaise proche de la peur. Du temps où elle était reine de France, elle eût banni de la Cour ce genre de comportement. Les mœurs de cette stupide morveuse d'Aquitaine étaient relâchées au-delà de la décence. Adélaïde ne croyait pas un seul instant que l'abbé de Clairvaux avait ordonné à Aliénor et à ses suivantes de se montrer sans chaussures. Elle saurait tirer les vers du nez à Constance ou à Gisela. Il fallait prendre des mesures !

Elle se massa les tempes ; au poids de l'âge et de la lassitude vint s'ajouter le sentiment d'être assiégée.

— Madame ?

Elle se redressa et fit face à Mathieu de Montmorency, un des intendants à la Cour.

— Madame, j'ai parlé au chambellan ; il a fait servir du pain et du vin à l'abbé Bernard et à ses élèves.

Il lui lança un regard entendu, puis ajouta :

— Je lui ai demandé de servir cette collation dans de la vaisselle ordinaire et sans nappe sur la planche à tréteaux.

Adélaïde acquiesça d'un geste brusque de la tête. Bernard apprécierait la qualité des mets tout en approuvant la simplicité du service. Mathieu avait fait preuve de discernement, comme toujours.

— Merci messire, dit-elle en laissant échapper un soupir. Je suis soumise à rude épreuve ces temps-ci et apprécie d'autant plus votre prévoyance.

— Quel que soit votre besoin, il vous suffit de demander, madame.

Sur ces mots, Montmorency s'inclina. Adélaïde observa son pas décidé et son dos bien droit tandis qu'il s'éloignait pour aller vaquer à ses occupations et cela lui mit du baume au cœur. Si seulement certains autres avaient son sens des convenances de Cour !

Chapitre 9

Bourges, Noël 1137

La Cour se réunit enfin en la cité de Bourges pour les célébrations de Noël et le couronnement de Louis et d'Aliénor devant un grand rassemblement de vassaux et de courtisans. La ville était remplie de nobles qui avaient fait le déplacement avec leurs suites ; et, comme toujours, il y avait profusion de tentes et d'abris destinés à loger ceux qui ne pouvaient séjourner au château ou dans les auberges et hostelleries.

Aliénor avait eu l'intention de porter sa robe de mariée pour la cérémonie, mais elle avait dû modifier ses plans, car depuis son mariage, elle avait grandi et sa silhouette avait pris des courbes féminines plus généreuses.

Les couturières, qui lui avaient imposé encore un autre essayage, la libérèrent enfin, et elle se rendit, bras dessus, bras dessous avec Pétronille, dans la grande salle d'apparat où un repas informel était servi sur des tréteaux à l'intention des barons et vassaux les plus importants. Le lendemain, le placement des convives obéirait au protocole, mais ce jour-là, les invités, qui continuaient d'affluer, pouvaient se mêler à qui bon leur semblait.

— Je te parie un anneau d'or que la mère de Louis trouvera un prétexte pour passer du temps avec Mathieu de Montmorency, susurra Pétronille à l'oreille d'Aliénor tandis qu'elles entraient dans la salle.

— Je ne parie jamais quand je suis sûre de perdre, répliqua Aliénor.

Elle avait, elle aussi, remarqué qu'Adélaïde rougissait chaque fois que l'intendant était dans les parages, ainsi que leurs fréquentes conversations, qui, cependant, ne contrevenaient jamais à la bienséance.

— Tous mes vœux les accompagnent. Tout ce qui peut détourner son attention de moi est bienvenu, ajouta-t-elle.

Un noble qui marchait à grandes enjambées coupa la route aux deux sœurs, et tous trois durent faire brusquement halte afin d'éviter la collision. Le courtisan était sur le point de protester lorsqu'il s'avisa des riches habits des jeunes femmes et de leurs suivantes. Il se reprit à temps et fit une ample révérence.

— Madame, veuillez me pardonner. Faisons place à la reine de France dont la beauté est sans pareille.

Aliénor n'avait jamais vu si bel homme. Il était grand et avait de beaux cheveux d'un roux mordoré au lustre étincelant. Le teint était d'albâtre et les yeux, d'un bleu-vert translucide, gagnaient en expressivité grâce au contraste qu'ils composaient avec le noir des pupilles. Une barbe cuivrée taillée de près recouvrait son menton et soulignait le dessin bien campé de la bouche. Il avait le nez droit et fin comme une flèche.

— Messire, je n'ai pas l'honneur de connaître votre nom, lança-t-elle, troublée.

Il s'inclina de nouveau.

— Je suis le comte Geoffroy d'Anjou. Votre père, Dieu ait son âme, et moi avons guerroyé ensemble l'an dernier en Normandie. Nous avions beaucoup de passe-temps en commun.

Il avait l'œil carnassier.

— Soyez le bienvenu à la Cour, messire, dit Aliénor en s'efforçant de ne pas trahir le trouble que lui causait son regard direct.

— Cela fait plaisir à entendre, dit-il.

Puis, un peu plus sèchement, il ajouta :

— Ce ne fut pas toujours le cas, mais puisse la paix régner en ce lieu.

Sur ces mots, il s'inclina une dernière fois et s'en fut, ne s'arrêtant qu'à une seule reprise pour lui envoyer un sourire éblouissant par-dessus son épaule.

Pétronille gloussa dans sa main et donna un coup de coude à sa sœur.

— Qu'il est bel homme !

Aliénor avait l'impression que Geoffroy d'Anjou l'avait déshabillée devant tout le monde, bien que leur interaction ressemblât à une simple convention sociale. Elle avait une conscience aiguë de sa présence et en vint à se surveiller elle-même par crainte du regard de l'assistance.

— Sois sage, Pétronille ! pesta-t-elle.

— Est-il marié ?

— Oui, à Mathilde l'Emperesse, la fille du vieux roi Henri d'Angleterre.

Il lui revint en mémoire une conversation entendue par hasard dans la grande salle d'apparat de son père un jour qu'on avait apporté à celui-ci une lettre dans laquelle le comte d'Anjou proposait de marier son fils, encore petit, à Aliénor. Le duc avait écarté d'un grognement moqueur l'offre hardie de l'Angevin. Le ciel l'eût-il permis, Geoffroy serait devenu le beau-père d'Aliénor, qui aurait eu pour mari un petit garçon de moins de cinq ans.

Pétronille lui donna un autre coup de coude dans les côtes.

— Il ne nous quitte pas des yeux, fit-elle remarquer.

— Eh bien, abstiens-toi de le regarder, rétorqua-t-elle.

Puis elle saisit Pétronille par la main et l'emmena auprès de l'archevêque du Louroux en lui faisant traverser l'assemblée des convives, sachant qu'en la compagnie de l'ecclésiastique, elle-même pourrait recouvrer son sang-froid en toute tranquillité. Néanmoins, auprès de son vieux protecteur, elle continua de sentir planer sur sa personne l'œil du comte d'Anjou et n'osa regarder alentour, de peur de croiser son sourire entendu.

— Geoffroy d'Anjou ! s'exclama Louis en arpentant la chambre de long en large tel un chien enragé. Ma confiance en lui est plus qu'émoussée, malgré tous ses serments d'allégeance et d'amitié.

Le dîner informel avait fini tard, et la soirée continuait dans les hébergements et sous les tentes à l'extérieur des remparts. Vêtue de sa chemise de nuit, Aliénor nattait ses cheveux, assise devant le feu. Le simple fait de penser à Geoffroy d'Anjou la mettait dans tous ses états. C'était comme voir un magnifique et fougueux étalon se cambrer et fouetter l'air de l'écurie avec sa queue. Il était l'incarnation du charisme, de la virilité et du danger. Quelle sensation ce devait être de dompter un si bel animal, et, pourquoi pas, de le monter !

— Il est inconstant, grommela Louis. Pour servir ses desseins, il n'hésitera pas à revenir sur son serment de fidélité. Il a soif de pouvoir et de domination. Il veut faire main basse sur la Normandie tout autant que sa mégère de femme veut s'emparer de l'Angleterre. Imaginez ce qui arriverait s'il parvenait à ses fins ! Où porterait-il ses regards ensuite, sinon sur le domaine royal ?

Parvenu au bout de la pièce, il fit demi-tour.

— On m'a dit qu'il avait engagé des pourparlers avec votre père au sujet d'un mariage entre vous et son fils, lança-t-il.

— Proposition que mon père a refusée.

— Certes, mais cela montre à quel point il est prêt à saisir la première occasion qui se présente.

Aliénor ne dit mot. Le propre père de Louis n'avait lui-même guère fait preuve de noblesse en saisissant ladite occasion au vol.

— Il pense que son physique et ses relations lui obtiendront tout ce qu'il désire, mais il se leurre. Que son père soit roi de Jérusalem ne signifie rien pour moi.

— Que veut-il ?

Louis avait certainement eu un entretien avec Suger et Thibaut de Blois au sujet de l'Angevin pour se trouver dans un tel état d'agitation. Sa propre répulsion n'eût pas été si forte autrement. La faction des Blois était l'ennemi héréditaire du comte d'Anjou, car le comte rivalisait avec Étienne de Blois[1], le frère de Thibaut, pour s'emparer de la Normandie.

Louis poussa un grognement.

— Un pacte d'alliance nuptiale, répondit-il. Il a cherché à fiancer son fils avec Constance.

Aliénor fut quelque peu surprise mais pas étonnée quand elle songea, au delà de la pâle figure blonde de sa belle-sœur, aux implications d'une telle union.

— J'ai refusé, poursuivit Louis. Il n'est guère dans notre intérêt de mettre le pied à l'étrier un homme tel que lui, et je ne livrerai pas Constance à ce démon ni à sa diablesse de femme.

Aliénor ne doutait pas que Geoffroy d'Anjou parviendrait de toute manière à se hisser jusqu'au sommet. À sa connaissance, l'Emperesse ressemblait fort à sa propre belle-mère.

— Et qu'a-t-il répondu ?

1. Étienne de Blois fut roi d'Angleterre de 1135 à 1154. (*NdT*)

— Qu'il comprenait, répondit Louis en faisant la grimace, mais qu'il espérait que je n'oublierais pas sa proposition, car les situations viennent souvent à changer.

— Avez-vous dit que vous y penseriez ?

Louis lui jeta un bref regard indigné.

— Je lui ai fait comprendre que la discussion était close. J'ai mieux à faire que de perdre mon temps avec un parvenu rouquin d'Anjou.

— Mais qu'arrivera-t-il si sa femme devient reine d'Angleterre ?

— Dieu nous en préserve ! s'exclama sèchement Louis. Je doute que cela se produise. Leur cause est compromise dans l'œuf. Plutôt laisser partir Constance avec l'héritier d'Étienne afin qu'elle épouse un des détenteurs du pouvoir en place.

Aliénor devint songeuse. La position de Louis lui parut raisonnable. Pourtant, il lui semblait que Louis sous-estimait Geoffroy.

— Je serai content de le voir quitter la Cour, ajouta Louis. Il y exerce une influence néfaste. Je ne veux pas vous voir l'approcher, ni quelqu'une de vos suivantes, est-ce compris ?

— Mais il est de mon devoir de parler avec vos vassaux et de montrer à tous que je suis une hôtesse digne de ce nom, protesta-t-elle.

— Eh bien, vous n'aurez qu'à parler avec les vieillards et les évêques. Ne vous occupez pas de Geoffroy d'Anjou. C'est un ordre.

Il se plaça devant Aliénor et, les mains sur les hanches, ajouta :

— Les langues sont promptes à médire. La reine de France se doit d'être au-dessus de tout reproche.

Aliénor ressentit une pointe d'excitation devant la jalousie manifeste de Louis.

— N'avez-vous pas confiance en moi ? s'enquit-elle en se levant pour le regarder yeux dans les yeux.

— C'est en lui que je n'ai pas confiance, comme je vous le disais.

Là-dessus, il l'attira contre lui et l'embrassa.

— Ai-je votre parole ?

Elle lui rendit son baiser puis effaça son air renfrogné d'une caresse du bout des doigts.

— Je vous promets de redoubler de prudence. Venez-vous vous coucher ?

Les jours suivants, Aliénor joua effectivement de prudence, car l'idée de se retrouver seule avec Geoffroy d'Anjou la troublait au plus haut point. Obéissant à son mari, elle s'entretint avec les vieux vassaux et les évêques, tint compagnie aux épouses et à leurs filles. Cependant, elle manqua de se trahir lorsque Geoffroy, au cours d'une danse donnée à l'occasion des festivités de Noël, lui prit la main et déposa un baiser à l'intérieur de son poignet, l'effleurant avec l'arête de ses dents avant de s'incliner puis de s'éloigner. Tout cela n'était que badinage, certes fort peu innocent de la part du comte. Ce baiser avait mis tout son corps en émoi, mais il avait également éveillé sa suspicion. Comme lui avait dit la mère de Louis, elle avait beaucoup à apprendre, mais elle y était disposée. Bientôt son expérience dépasserait celle de toute la Cour réunie. Ce jour-là, elle tiendrait le monde dans ses mains.

Chapitre 10

Paris, printemps 1138

Aliénor haleta et se mordit la lèvre inférieure lorsque Louis se retira avant de rouler sur le dos, essoufflé par l'effort. Il lui avait fait l'amour avec brusquerie, et elle se sentait malmenée. Elle s'apercevait peu à peu que sa fougue sexuelle était fréquemment déterminée par des événements extérieurs à la chambre. Ses saignements menstruels avaient récemment pris fin, et c'était la première fois depuis huit jours qu'ils couchaient dans le même lit. Il se tenait à l'écart durant ces périodes, évitant tout contact avec sa femme quand celle-ci était impure pour s'adonner de préférence à la prière et à la contemplation.

Cela faisait neuf mois qu'ils étaient mariés et Aliénor n'était toujours pas enceinte. Ses menstrues étaient arrivées en retard à Noël, mais elles étaient arrivées. Chaque mois, lorsqu'elle saignait, elle avait droit aux commentaires insistants d'Adélaïde sur la nécessité pour une reine d'accomplir son devoir d'enfantement et de donner ainsi un héritier au trône des Francs. Elle-même, du temps qu'elle était reine, n'avait-elle pas donné naissance à six fils et une fille – tous en bonne santé ?

Aliénor enroula une mèche argentée de Louis autour de son doigt.

— Mon père nous emmenait parfois, Pétronille et moi, au Puy-en-Velay pour l'Assomption de la Vierge Marie, se souvint-elle. Mon grand-père a offert à l'abbé du lieu une ceinture ayant appartenu à la mère du Christ. Cette relique est censée accorder la fécondité aux couples qui prient en son sanctuaire. Nous devrions y aller afin de lui demander sa bénédiction.

Louis haussa les sourcils et afficha un intérêt prudent.

— Charlemagne lui-même s'est rendu au Puy, insista-t-elle. Vous avez promis qu'après le couronnement nous irions en Aquitaine.

— Certes, convint-il, mais j'ai été pris par d'autres tâches. Quoi qu'il en soit, vous avez raison, j'en parlerai à Suger.

Aliénor tint sa langue. Du moins Louis avait-il dit « j'en parlerai à Suger », non « je demanderai à Suger », et c'était là un progrès non négligeable.

Il se redressa et lui caressa délicatement la joue, puis il parut songeur.

— Qu'y a-t-il ? s'enquit-elle, pensant qu'elle avait peut-être une saleté sur le visage.

— Ma mère dit que vous vous habillez avec inconvenance et que vous maquillez votre visage, et que, par conséquent, je devrais me tenir sur mes gardes. Toutefois, vous m'écoutez et vous m'apportez du réconfort. En a-t-elle une seule fois fait autant ? Je me fiche de savoir si ce qu'elle dit est vrai ou faux.

Aliénor baissa les yeux tout en contenant sa colère et son irritation. La lutte contre Adélaïde pour la suprématie sur Louis continuait. L'intimité qu'elle partageait avec son mari lui conférait l'avantage, mais Adélaïde ne se tenait pas pour vaincue.

— Pensez-vous que je devrais me comporter et me vêtir comme votre mère ?

Il fut parcouru par un léger frisson.

— Non, répondit-il. Je ne souhaite pas que vous deveniez comme elle.

Aliénor adopta un ton chagrin :

— Je sais qu'il est difficile pour elle de renoncer à sa position et au pouvoir qui fut le sien pendant si longtemps. Je la respecte mais ne peux l'imiter.

— Vous avez raison, lança-t-il soudain, nous devrions nous rendre au Puy pour y prier ensemble !

Aliénor le serra dans ses bras.

— Merci, mon époux ! Vous ne le regretterez pas, je vous le promets !

Elle bondit hors du lit en chemise de nuit et se mit à virevolter dans un tourbillon de cheveux dorés. Louis partit d'un grand éclat de rire. Lorsque Aliénor se montrait douce et enjôleuse comme en cet instant, il se sentait capable d'accomplir n'importe quoi. Il lui aurait donné le monde entier, tant son amour était grand. Pourtant, ses sentiments étaient étrangement ternis par la réserve de certaines personnes. Et s'il était effectivement le jouet de sa femme ?

Elle retrouva son sérieux et redevint la jeune femme timide qu'affectionnait son mari.

— Nous devrions aller ensemble prévenir Suger et lui demander ce qu'il convient que nous apportions comme offrande.

Ainsi, Suger serait impliqué et ne pourrait pas réprouver l'initiative. Grâce à l'approbation de l'abbé de Saint-Denis, Adélaïde se trouverait automatiquement mise à l'écart.

Aliénor et Louis prièrent devant la statue de la Vierge à l'Enfant à l'intérieur de la cathédrale du Puy et firent des offrandes d'encens et de myrrhe qu'ils présentèrent dans un coffret en or orné de pierres précieuses. Aliénor pria au-dessus de la ceinture dorée de la Vierge et la passa par trois fois autour de sa taille en rappel de la Trinité afin que son ventre fût fécond.

Le Puy était bondé de pèlerins venus rejoindre la route de Compostelle, car la ville était un sanctuaire très fréquenté sur le trajet. Aliénor et Louis distribuèrent des aumônes à la foule et firent un bout de chemin avec elle. Aliénor fut émue aux larmes au souvenir du départ de son père à Poitiers. Prenant son émotion pour de la ferveur religieuse, Louis l'aima encore davantage et manqua d'éclater d'orgueil et d'idolâtrie !

Comme les auberges étaient accaparées par les pèlerins, Aliénor et Louis passèrent la nuit dans la tente royale, sous un poudroiement d'étoiles. Nantis de la bénédiction de la Vierge, ils firent l'amour dans la tiédeur d'une soirée printanière avec l'approbation du ciel. Ce fut très tendre et exquis.

Aliénor était assise dans son lit. Adélaïde se tenait debout à côté d'elle. Louis entra en trombe dans la chambre. Près de trois mois avaient passé depuis leur retour à Paris. La vie avait repris son cours. Excepté que, depuis quatre jours, Aliénor vomissait au réveil. Ce jour-là, Adélaïde avait fait venir le médecin de la Cour afin qu'il l'examinât.

— Sire, commença le médecin en dissimulant diplomatiquement sous un linge le flacon d'urine qu'il avait examinée, j'ai la joie de vous annoncer que la jeune reine attend un enfant.

Louis le dévisagea en ouvrant de grands yeux.

— Vraiment ? lança-t-il.

Puis il se tourna vers Aliénor.

Malgré sa nausée, elle lui fit un large sourire débordant de joie triomphante.

— J'en conclus, dit-il, que la Vierge a exaucé nos prières dites au Puy !

Son pâle visage s'empourpra d'allégresse et d'émerveillement. Il ajouta :

— Le trône des Francs ne sera pas sans héritier, ma belle et brillante épouse !

— Nous n'en sommes encore qu'au début, rappela sa mère en pointant l'index vers le ciel en signe de mise en garde. Aliénor doit se reposer dans le calme et ne rien faire qui puisse nuire au bébé ni à elle-même.

L'intéressée réprima une grimace. Elle savait parfaitement à quoi s'en tenir concernant Adélaïde et n'avait nulle intention de passer le reste de sa grossesse en recluse. Elle lança un regard timide à Louis et dit :

— J'aimerais aller à l'église pour y rendre grâce à la Vierge de son infinie générosité.

Louis parut s'en réjouir mais se montra hésitant.

— Est-il sage que vous quittiez le lit ?

— Assurément, il ne peut y avoir que du bon à aller prier.

Sur ces mots, Aliénor se tourna vers le médecin, qui hésita à son tour avant d'approuver d'un hochement de tête.

— Madame, la prière est toujours efficace.

À l'abri des rideaux de lit, Aliénor se fit vêtir d'une robe de laine bleue par ses servantes. Elles coiffèrent ensuite d'un voile de fine mousseline bordée de perles minuscules ses nattes enroulées. Lorsqu'elle réapparut, intentionnellement vêtue en madone, Adélaïde avait déjà pris congé.

Louis la contempla religieusement.

— Je suis si fier de vous, dit-il.

Puis il lui baisa les deux mains et le front.

Ils prièrent ensemble devant l'autel de la basilique Notre-Dame. Aliénor se sentait toujours nauséeuse, mais c'était supportable. Elle portait dans son ventre le dauphin du royaume de France et du duché d'Aquitaine, et cela lui donnait un sentiment de pouvoir, en tant que femme féconde et capable d'élever un enfant. Aux yeux du monde, cela faisait partie des attributs d'une reine qui rayonne de sa propre lumière.

Au sortir de la demi-obscurité de la vieille église mérovingienne, Louis et Aliénor trouvèrent un messager qui les attendait. Ses vêtements étaient couverts de poussière, et il sentait le cheval fourbu autant que le rustre ayant besoin d'un bon bain.

— Sire. Madame.

Il s'agenouilla et pencha la tête en avant.

— De graves nouvelles de Poitiers.

— De quoi s'agit-il ? s'enquit Aliénor avant que Louis n'ait le temps d'ouvrir la bouche. Relevez-vous et parlez.

L'homme se dressa sur ses jambes en titubant de fatigue.

— Madame, le peuple s'est soulevé et s'est constitué en commune. Ils prétendent renverser le gouvernement des ducs d'Aquitaine et du royaume de France. Ils occupent le palais et, à l'instant même, renforcent les défenses.

Il plongea une main dans sa sacoche de cuir usée par les chevauchées et en tira un pli froissé.

Aliénor le lui arracha des mains et en brisa le sceau. Elle lut et se couvrit la bouche avec une main. Tout se passait comme si ses terres sombraient dans le chaos tandis qu'elle avait le dos tourné. Ce document augurait un risque de morcellement de son héritage et d'ébranlement de tout ce qu'elle possédait et représentait. Si cela arrivait, elle ne serait plus personne et serait incapable de maintenir sa position, ou de se faire respecter, à la Cour. En tant que duchesse d'Aquitaine, elle pouvait tenir tête avec probité à bon nombre de gens, y compris à Adélaïde. Sans son duché, elle ne serait plus que la proie des loups.

Louis prit la missive et la lut en faisant une moue crispée.

— Nous devons agir, suggéra Aliénor. Si la fronde s'étendait…

C'était trop affreux pour seulement y penser.

— Il faut que nous l'écrasions sans attendre. Et sans tergiversation. Je vais faire boucler mes malles, annonça Aliénor.

Louis la considéra d'un air surpris et inquiet.

— Vous ne pouvez pas partir, vous attendez un enfant. Rappelez-vous les paroles du médecin.

Lui prenant le bras, il ajouta :

— Je vais m'en occuper. Ce sont également mes sujets, et l'affront qui vous est fait rejaillit sur moi.

— Mais vous ne les connaissez pas comme je les connais.

Elle essaya de se dégager, mais Louis resserra son emprise au point de lui faire mal.

— J'ai assez d'expérience pour faire face, assura-t-il en bombant le torse. Ne vous mettez pas en peine. Je m'en occupe. Vous vous devez d'abord et avant tout à notre enfant.

Facile à dire pour vous, songea Aliénor, à qui ces événements rappelaient le chagrin, la peur et l'angoisse qu'elle avait ressentis à la mort de son père. Pour commencer, ç'avait été le démembrement de sa famille, puis elle avait dû quitter son Aquitaine natale, et voici que la révolte mettait en péril son identité même.

— Retournez à votre chambre et reposez-vous. Je vais faire lever les troupes.

Louis la fit se tourner face à la grande tour, mais elle parvint à se dégager.

— Vous devez entamer les préparatifs aujourd'hui même.

Il poussa un soupir exaspéré.

— Oui, aujourd'hui même, puisque vous insistez.

Elle aurait voulu être en selle et galoper vers Poitiers. Quelle frustration c'était de ne pouvoir le faire ! Si elle n'avait pas été enceinte…

— Je vais écrire à mes vassaux du Poitou et aux évêques.

Massant son bras douloureux, elle ajouta :

— Ils apporteront leur aide.

Elle pouvait au moins faire cela. Pour le reste, il lui faudrait s'en remettre à Louis.

Un mois plus tard, Aliénor – prise de vertiges et nauséeuse – se tenait en l'église abbatiale de Saint-Denis où elle assistait à une messe en l'honneur de la fête du saint fondateur de l'abbaye. Les courtisans s'entassaient dans la nef. Tous avaient revêtu leurs plus beaux atours et tous avaient apporté des présents qu'ils déposaient au pied de l'autel. L'abbé Suger, qui officiait, éleva à bout de bras le vase qu'Aliénor avait offert à Louis en cadeau de fiançailles. Le récipient de cristal, qui rappelait le ventre d'une femme enceinte, avait l'opacité du vin de messe rouge sang qu'on y avait versé. Suger avait demandé l'autorisation de l'utiliser pour la liturgie afin de rendre hommage au saint patron des rois Francs ainsi qu'au roi, lui-même fervent disciple de saint Denis. Pendant ce temps, Louis pénétrait en Aquitaine sous la protection de l'oriflamme de l'abbaye de Saint-Denis, l'étendard royal.

Tous les nobles du royaume ne l'avaient pas rejoint. Thibaut, comte de Blois et de Champagne, avait fait savoir avec raideur qu'il n'était pas tenu par le droit féodal de marcher sur Poitiers et avait, en conséquence, refusé de se rallier, remettant Louis et Aliénor à leur place comme deux chiots un peu nigauds. D'humeur morose, Louis s'était mis en route à la tête de deux cents chevaliers, d'un contingent d'archers et d'un convoi de chariots remplis d'armes de siège. Il était résolu à laisser sa trace en tant que roi et chef militaire. Quant à Aliénor, elle avait noté le refus de Thibaut dans un coin de sa mémoire. Il lui faudrait le surveiller, car, fort de ses relations, il était capable de créer des troubles politiques d'envergure, sans compter que sa famille n'en était pas à sa première rébellion.

Elle commençait à regretter d'avoir autorisé Suger à se servir du vase, car la vue du vin lui retournait l'estomac. Elle suffoqua, comme si l'assistance privait ses poumons d'air, se sentit écrasée par l'édifice et imagina que les anciens rois francs, qui achevaient de se décomposer entre ses murs, la dévisageaient d'un œil désapprobateur depuis la tombe.

Pétronille, qui se tenait à son côté, lui toucha le bras avec sollicitude.

— Ma sœur ?

Aliénor agrippa son chapelet et secoua la tête. Elle n'osait ouvrir la bouche, de crainte d'avoir un haut-le-cœur. Hélas, il lui était impossible de partir avant la fin de la messe, car alors la rumeur courrait qu'elle était impie, voire hérétique. Elle était la reine de France et se devait, à ce titre, de faire son devoir, quel qu'en soit le prix. Fermant les yeux, respirant lentement et profondément, elle se prépara à surmonter l'épreuve, tandis que le temps s'écoulait avec la lenteur d'une goutte de cire d'abeille le long d'un cierge chauffé par la flamme.

Lorsque la messe fut enfin terminée, l'assemblée quitta l'église en procession solennelle derrière la grande croix incrustée de pierres précieuses que brandissait bien haut au bout d'une perche dorée l'abbé Suger. Celui-ci portait un habit sacerdotal éclatant, blanc et argenté. Pour sa part, Aliénor se concentra sur la tâche qui consistait à mettre un pied devant l'autre. Plus que quelques toises… Encore un pas…

Sur le parvis, un homme sortit brusquement de la foule et se jeta à ses pieds, baisant l'ourlet de sa robe.

— Madame ! Je suis porteur de funestes nouvelles ! Le peuple de Poitiers fait appel à votre clémence et implore votre intercession.

Des gardes s'emparèrent de lui. Tandis qu'il se débattait entre leurs griffes protégées de mailles de fer, Aliénor reconnut un palefrenier du palais de Poitiers qui avait occasionnellement servi de messager à son père.

— Je connais cet homme. Lâchez-le, ordonna-t-elle. Quelles nouvelles ? Parlez !

Les gardes jetèrent le messager à terre. Il retomba à genoux aux pieds de la reine sous la vigilance des hallebardiers.

— Madame, le roi a pris Poitiers et puni le peuple par des amendes et des peines d'emprisonnement. Il a ordonné à tous les bourgeois de la ville de lui livrer leurs enfants, arguant qu'il les ramènerait chez lui pour les disperser dans ses châteaux comme caution du « bon comportement » de leurs parents.

Surveillant du coin de l'œil les gardes menaçants, il tira une poignée de documents de son sac à bandoulière dans un panache de sceaux et de cordelettes multicolores.

— Le peuple en appelle à votre clémence et vous supplie d'intervenir. Les gens redoutent de ne plus jamais revoir leurs fils et leurs filles. Par le Sauveur, madame, certains tètent encore leurs mères !

Aliénor ravala sa bile.

— Ils essaient de se débarrasser de moi, et voici qu'ils requièrent ma clémence ?

Elle fit une moue et ajouta :

— À quoi s'attendaient-ils ?

— Madame ? s'enquit Suger en venant se placer à côté d'elle dans son somptueux vêtement.

— Le roi a pris des otages à Poitiers.

Elle lui montra les missives, l'estomac agité comme un chaudron bouillant.

— Ils méritent d'être châtiés pour s'être rebellés, mais cette mesure ne fera qu'attiser les flammes. Je dois me rendre sur place ; ces gens sont miens.

Suger prit les lettres et lui lança un regard pénétrant.

— En effet ! Je partage vos craintes, mais vous ne pouvez pas aller à Poitiers. Si je peux vous suggérer…

Il s'interrompit et la considéra avec inquiétude.

Aliénor était couverte de sueur froide. Pétronille la saisit par le bras et poussa un cri aigu plein d'angoisse. Les gens se massèrent autour d'eux, l'empêchant presque de respirer. Aliénor sentit ses jambes faiblir. Elle eut vaguement conscience qu'on la portait à l'intérieur de l'église puis qu'on l'étendait sur une épaisseur de manteaux. L'odeur de l'encens parvint à ses narines et la psalmodie des moines à ses oreilles, puis elle eut une vision : quelqu'un brandissait en l'air le vase en cristal rempli de sang.

On la ramena à Paris sur une litière rembourrée, puis l'on envoya quérir le médecin, mais, dans l'intervalle, les contractions avaient commencé et elle perdit le bébé dans un bain de sang. Adélaïde se démena pour faire sortir Pétronille de la chambre, mais celle-ci refusa d'obéir, choisissant de rester au chevet de sa sœur pour lui tenir la main tandis que les sages-femmes nettoyaient le sang coagulé et retiraient de son corps le cadavre d'un fœtus de garçon pas plus gros que la main. Adélaïde se montra efficace mais demeura silencieuse, son attitude exprimant clairement qu'elle tenait Aliénor pour responsable.

— Suger se rend à Poitiers afin de s'entretenir avec Louis, annonça-t-elle brusquement. Louis sera déçu d'apprendre la nouvelle, en plus d'avoir à se charger de vos vassaux importuns.

— Dans ce cas, peut-être aurait-il mieux fait de ne pas m'épouser ? lança Aliénor en se tournant face au mur.

Elle n'avait aucune envie de se disputer avec Adélaïde. D'ailleurs, ses pertes de sang l'avaient tellement affaiblie et attristée qu'elle n'avait pas la force de se chamailler.

Raoul de Vermandois considéra Pétronille tandis qu'elle sortait en tremblant et le visage brouillé de larmes de la chambre d'Aliénor. Il était venu en personne prendre des nouvelles de la jeune reine, plutôt que d'envoyer un serviteur qui eût pu être facilement congédié.

— Mon enfant, commença-t-il à voix basse, que se passe-t-il ?

Pétronille secoua la tête.

— Aliénor a perdu le bébé, répondit-elle d'une voix étranglée. C'était affreux, et cette vieille sorcière est si cruelle avec elle !

— La reine Adélaïde, voulez-vous dire ?

Pétronille le regarda à travers ses larmes et répondit :

— Je la déteste !

— Ce n'est pas très sage de dire cela, prévint-il en agitant l'index, tout en prenant acte de la fausse couche d'Aliénor. La santé de votre sœur lui tient à cœur.

— Elle n'a pas de cœur, rétorqua Pétronille en ravalant un sanglot.

— Quand bien même la reine Adélaïde serait en désaccord avec votre sœur sur quelque point, elle fera tout son possible pour l'aider à recouvrer la santé parce que c'est dans son intérêt.

Raoul entoura les frêles épaules de Pétronille avec son bras et ajouta :

— Vous devriez vous montrer plus prudente. À moi, vous pouvez tout dire, je ne le répéterai pas ; mais d'autres ne sont pas aussi dignes de confiance et pourraient vous causer des ennuis. Allons, *Doucette**, séchez vos larmes.

Il les essuya lui-même délicatement du soyeux de sa manche et lui donna une chiquenaude sous le menton, jusqu'à ce qu'il obtienne d'elle un sourire entre rire et larmes.

— Je ferais mieux de retourner auprès de ma sœur, dit Pétronille en reniflant. Je ne voulais pas qu'elle me voie pleurer à son réveil.

Les sanglots reprirent de plus belle.

— Je n'ai qu'elle, acheva-t-elle enfin.

— Ah, mon enfant…, commença Raoul en suivant le contour de son visage avec le doigt. Vous n'êtes pas seule, ne pensez jamais cela. Vous pouvez venir me voir, quel que soit le fardeau qui vous accable.

— Merci, messire, répondit Pétronille en abaissant les paupières.

En la regardant disparaître dans la chambre, Raoul ressentit un tendre pincement au cœur. Il avait, à la Cour, une réputation d'homme aux mœurs légères. Parfois, il poussait la chose au-delà du simple badinage ou des regards furtifs. Il entretenait simultanément plusieurs liaisons, suffisamment en tout cas pour que le frère de sa femme, le prude Thibaut de Blois, s'en indigne et le traite de « débauché ». Sans doute l'était-il, mais sans malveillance. C'était dans sa nature, de même que l'aigreur était dans la nature de Thibaut et l'obsession religieuse dans celle de Louis. Pétronille était un fruit trop jeune pour s'attirer ce genre d'attention de sa part. Il se voyait davantage comme un oncle vis-à-vis d'elle, un oncle compatissant, même si son instinct prédateur reconnaissait le potentiel de la jeune fille. Dans un avenir proche,

* Tous les mots en italique suivis d'un astérisque sont en français dans le texte original. (*NdT*)

elle s'épanouirait en une magnifique jeune femme, qu'une brassée de raisons rendrait désirable à souhait. Celui qui la prendrait pour femme serait fort bienheureux.

Chapitre 11

Poitiers, automne 1138

Depuis une haute fenêtre en surplomb de la cour du palais, Louis mesurait d'un regard courroucé la foule. Les geignements des mères et des enfants emplissaient ses oreilles d'une clameur désagréable. Les citoyens de Poitiers et divers vassaux impliqués dans la rébellion s'étaient massés là pour entendre l'arrêt du roi à leur encontre. Tout ce qu'ils savaient, c'était qu'il avait l'intention de prendre leur progéniture en otage. Louis était furieux qu'ils aient dépêché des messagers à Paris dans le but de solliciter l'intervention d'Aliénor. Il ne décolérait pas non plus à la pensée que Suger ait jugé bon de venir à Poitiers à bride abattue pour mettre son nez dans cette affaire.

— J'ai fait cette déclaration afin de leur instiller la crainte de Dieu, grommela Louis par-dessus l'épaule de l'abbé. Croyez-vous que j'aie le temps et l'argent pour envoyer leur marmaille aux quatre coins du royaume ? Qu'ils marinent encore un peu dans la peur ! Ensuite, je leur annoncerai qu'en échange d'un serment d'obéissance, ils peuvent aller en paix à condition qu'ils retiennent les leçons de leur comportement. Ils me sauront gré de ma clémence et me seront d'autant plus attachés.

Lançant un regard noir plein de violence contenue à Suger, il ajouta :

— Vous auriez dû me faire confiance !

L'abbé joignit l'extrémité de ses doigts.

— Sire, on nous avait annoncé que vous aviez la ferme intention de prendre des otages, et nous ne doutions pas que cela aurait causé troubles et agitation.

— Vous refusez de me laisser prendre les rênes, n'est-ce pas ? grogna Louis. Vous êtes comme tous les autres. Vous voulez me freiner, comme si j'étais encore un enfant. Dieu sait que je ne le suis plus !

— Sire, ce n'est pas vrai, repartit Suger avec calme. Tous les grands princes prennent conseil. Votre père le savait, et nul ne fut plus grand souverain que lui, après Dieu bien entendu.

Louis abhorrait qu'on le comparât à son père. Il savait qu'on ne le croyait pas à la hauteur, qu'on le pensait trop jeune.

— Dieu m'a désigné, et je suis l'oint[1] du Seigneur, rappela-t-il d'un ton cassant.

Puis il s'avança à grandes enjambées pour faire sa déclaration officielle.

La voix de Louis ne portait guère. Aussi Guillaume, évêque de Poitiers, fut-il chargé de la proclamation d'indulgence, flanqué de Louis d'un côté et de Suger de l'autre. Une explosion de cris de soulagement et de hourras monta de la foule en contrebas. Les femmes sanglotèrent et serrèrent leurs bébés contre leur sein. Les hommes prirent femmes et fils dans leurs bras. Louis assista sans plaisir à cette liesse. L'arrivée de Suger signifiait que tous en attribueraient le mérite à l'abbé, et cela le mettrait dans l'ombre, alors qu'il avait tout fait pour se tenir en pleine lumière.

Tandis qu'il recevait les serments et les promesses du peuple, en échange de la liberté accordée à leurs enfants,

1. Lors de la cérémonie du sacre, on appliquait une huile sainte (l'onction) sur le corps du roi, d'où le nom de « oint ». (*NdT*)

sa mauvaise humeur lui ceignait le front comme une couronne de plomb et ne tarda pas à lui causer une sourde migraine. Une fois la cour désertée, il se retira dans la solitude de ses appartements, mais Suger le suivit et ferma la porte derrière lui.

— Je ne vous en ai pas parlé avant, mon fils, car je ne voulais pas vous détourner de votre devoir, commença l'abbé avec sa douceur et sa chaleur habituelles, mais la reine était souffrante quand j'ai quitté la Cour.

Louis releva la tête avec effarement.

— Qu'entendez-vous par « souffrante » ?

— Elle a été prise de nausée et d'évanouissement après la messe de la Saint-Denis.

Suger se tut, puis inspira profondément avant de reprendre :

— Sire, je suis au regret de vous dire qu'elle a fait une fausse couche.

Louis soutint le regard affligé de Suger et eut un mouvement de recul.

— Non ! s'exclama-t-il en secouant vigoureusement la tête. Nous avions reçu la bénédiction de la Vierge !

— J'aurais préféré de ne pas avoir à vous annoncer cette nouvelle. Sincèrement, j'en suis navré.

— Je ne vous crois pas !

— C'est pourtant la vérité. Vous savez bien que je ne vous mentirais pas.

Louis eut l'impression qu'on lui arrachait le cœur à vif.

— Pourquoi ? s'écria-t-il en se courbant en deux, les mains aux côtés et s'efforçant de se maîtriser.

Le monde qu'il avait cru si parfait n'était qu'écume. Ce que la Sainte Vierge Marie leur avait accordé au Puy-en-Velay, elle l'avait repris sans que Louis puisse en percer la raison. Que cela arrivât à la Saint-Denis, en sa propre abbaye, était certainement un signe. Il avait fait de son mieux pour obéir à la volonté de Dieu et être un bon roi ; ce devait donc être à cause d'Aliénor. Pourtant, elle était si pure et si belle, comme le translucide cristal de roche. Il fut pris de vertige. Suger avait tu la nouvelle pendant toute la matinée, attendant le bon moment pour déverser son fiel. Il avait su et n'avait rien dit.

L'abbé essaya de le raisonner et de le consoler, mais ses paroles sonnèrent creux à l'oreille du roi, qui en conçut une certaine répugnance envers le petit prêtre.

— Sortez ! ordonna-t-il en sanglotant.

Il chercha du regard quelque objet à lui jeter à la figure, mais ne trouva qu'une statuette en bois de la Vierge. Malgré son surmenage, il se retint néanmoins, se bornant à l'enserrer dans son poing avant d'en menacer Suger.

— Cela n'aurait pas dû arriver ! gémit-il.

— Sire, il ne faut pas…

Suger s'interrompit et fit volte-face. Un messager venait d'entrer. Il apportait une autre mauvaise nouvelle. Guillaume de Lezay, gouverneur de Talmont, avait dénoncé son serment d'allégeance et s'était emparé, pour son propre usage, des faucons réservés à la chasse des ducs d'Aquitaine. Ces oiseaux symbolisaient la dignité, l'autorité et la puissance de la maison régnante. Son geste constituait donc à la fois un affront et une provocation.

Louis se redressa de toute sa hauteur, le souffle rauque et rapide, comme s'il entendait épuiser l'air de la pièce. Il vit rouge et entra dans une rage terrible.

— Si Lezay refuse de venir à nous pour prêter serment de fidélité, lança-t-il d'une voix éraillée, alors nous irons à lui ! Mais avant de mourir, il rampera à mes pieds et maudira le jour de sa naissance.

Aliénor se reposait dans sa chambre tout en regardant Pétronille dresser sa chienne blanche à poils longs à se tenir debout pour mendier des gâteries. La chienne était un cadeau de Raoul de Vermandois.

— N'est-elle pas futée ? lança cette dernière à Aliénor, tout en agitant un petit morceau de gibier au-dessus de la truffe noire de l'animal.

Blanchette dansa sur ses pattes arrière pendant quelques instants avant que l'enfant ne lui accorde la récompense en la couvrant d'éloges.

— C'est le chien le plus savant de la chrétienté, affirma Aliénor avec un sourire de circonstance.

Un mois avait passé depuis la fausse couche. Jeune et robuste, elle n'avait pas tardé à se remettre physiquement de l'épreuve. Cependant, elle était sujette à des crises de larmes et à une morosité lancinante. Même si l'enfant avait été trop jeune pour avoir encore une âme, elle pleurait douloureusement sa perte, ainsi que son propre échec à accomplir son devoir.

Ses aumôniers priaient avec elle tous les jours. Bernard de Clairvaux était même venu lui présenter ses condoléances et lui proposer son conseil. Malgré l'antipathie que lui inspirait le personnage et sachant l'influence qu'il exerçait à la Cour, elle avait fait en sorte de ne pas le rejeter ouvertement. Toutefois, la glace n'avait pas fondu entre eux, et il continuait à la traiter comme une jeune fille frivole et superficielle qui avait grand besoin de rentrer dans le droit chemin.

Les morceaux de viande engloutis, Blanchette bâilla et s'étira avant de piquer un petit somme devant l'âtre. N'ayant guère envie de coudre, Pétronille se proposa de masser les pieds de sa sœur, marque d'altruisme des plus rares chez elle.

Aliénor ferma les yeux et se détendit tandis que Pétronille lui retirait ses chaussons en chevreau et commençait à lui appliquer de douces et fermes frictions. Aliénor était aux anges, car de tels moments de relâchement étaient devenus un réconfort exceptionnel. Lorsque Louis était à la Cour, il devenait pour sa femme une préoccupation de tous les instants, tant ses besoins étaient nombreux et son exigence pressante. En conséquence, un certain éloignement s'était instauré entre les deux sœurs.

Pétronille soupira.

— Comme j'aimerais que nous puissions demeurer toujours ainsi ! Je regrette Poitiers.

— Moi aussi…, murmura Aliénor en gardant les yeux clos.

— Penses-tu que nous y retournerons un jour ?

— Oui, bien sûr, que nous y retournerons.

C'en était fait de l'exquise sensation de détente rêveuse.

— Nous n'avons pu nous y rendre cette fois-ci parce qu'il y avait urgence et que j'attendais un enfant, ajouta-t-elle, avant d'écarter ce sombre souvenir. Mais je te promets que nous séjournerons bientôt à Poitiers et à Bordeaux, et que nous irons chasser à Talmont.

Les yeux de Pétronille s'emplirent soudain d'étoiles.

— Et nous barboterons dans la mer à la recherche de coquillages ?

— J'en ferai un collier que j'accrocherai à ton cou ! s'esclaffa Aliénor en imaginant la réaction d'Adélaïde si elle les voyait jouer dans l'eau à marée basse, jupes relevées entre leurs cuisses comme des filles de pêcheur.

Mais au souvenir du promontoire fortifié de Talmont, de la plage dorée et du scintillement de la mer sous le soleil, sa gorge se serra. C'était également à Talmont qu'elle avait flâné pieds nus à l'affût des vagues, main dans la main avec Geoffroy de Rancon, lors d'un pique-nique organisé par la Cour.

Son père possédait une chasse à Talmont, où il affaitait ses précieux faucons blancs, symboles de la puissance des ducs d'Aquitaine et plus farouches oiseaux de proie de la Création. Elle se souvint de la lumière tamisée des fauconneries, de son poignet ployant sous le poids d'un faucon agrippé au gantelet de cuir, de l'ergot du volatile en forme de cimeterre et de son œil d'obsidienne. Ensuite, elle s'était avancée en terrain découvert et avait lancé l'oiseau vers le ciel. Il s'était envolé dans un tintement de grelots en argent et un claquement d'ailes blanches. Quelle sensation de force n'avait-elle pas ressentie alors !

Pétronille interrompit soudain son massage et retint son souffle.

— Aliénor…

Cette dernière, rouvrant les yeux, eut quelque peine à se réaccommoder à la lumière. Croyant d'abord à une hallucination provoquée par ses propres pensées, elle fut ébahie de voir Louis s'avancer vers elle, un faucon blanc au poignet. Elle bondit sur ses jambes, le cœur battant. Blanchette se réveilla et émit un jappement suraigu ; l'oiseau se mit à battre des ailes de plus en plus fort.

Louis baissa vivement la tête afin d'éviter de recevoir un mauvais coup.

— Débarrassez-vous de ce chien ! ordonna-t-il d'un ton sec.

Pétronille attrapa Blanchette et sortit d'un pas raide en jetant un regard furieux à Louis.

Aliénor le dévisagea sans comprendre. Son vêtement était froissé et couvert de poussière. Il était amaigri et avait les traits anguleux.

— J'ignorais que vous étiez de retour. Vous ne m'avez dépêché aucun messager. Que faites-vous avec un de mes faucons ?

— Je m'apprêtais à vous le dire.

Il décrocha un gantelet de fauconnerie de sa ceinture et le lui tendit.

— Votre vassal Lezay s'est prononcé contre vous et s'est emparé de la volerie au mépris de votre autorité. Ce faucon se trouvait dans sa chambre, où je l'ai tué. Je l'ai gardé avec moi en témoignage de mon dévouement envers vous. Voyez, ses plumes sont encore tachées du sang du traître.

Aliénor eut un nœud à l'estomac. Une dangereuse lueur assassine brillait dans les yeux de Louis. Il semblait prêt à passer n'importe qui par le fil de son épée au simple prétexte qu'il le pouvait. Elle se félicita soudain que Pétronille eût quitté la pièce.

— Vous avez tué Guillaume de Lezay ? s'exclama-t-elle en serrant le gantelet entre ses doigts.

— C'était indispensable, répliqua-t-il d'un ton sévère. Il nous avait causé un affront. J'ai fait preuve de clémence envers le peuple de Poitiers. Il convenait donc que je me montre implacable à Talmont.

Prenant un air renfrogné, il ajouta :

— Il était inutile pour Suger de venir à Poitiers. J'avais la situation parfaitement en main. Son arrivée n'a fait que miner mon autorité. Tout le monde pense que je suis un faible, que je ne suis pas à la hauteur et que je suis roi par défaut. Mais je leur ai montré ! Je leur ai montré à tous !

Le visage crispé et grimaçant, il lança enfin :

— Lezay s'est parjuré et a porté atteinte à notre honneur en s'emparant des faucons. Aussi, savez-vous ce que j'ai fait ?

Aliénor fit signe qu'elle ne le savait pas en le surveillant du coin de l'œil.

— Je lui ai coupé les mains et les pieds avec ma propre épée pour servir de leçon aux autres, puis j'ai fait clouer ses membres à la porte du château. Que nul ne s'avise de faire main basse sur nos biens ou de me duper !

Le noir de ses pupilles dilatées emplissait presque totalement ses iris. La peur s'empara d'Aliénor, parce qu'elle ne savait plus à quoi s'attendre de sa part. Où était passé le jeune homme pieux et hésitant ? Qui était cette créature furieuse et sauvage ? Elle tendit une main gantée et dit :

— Donnez-le-moi.

Louis fit passer l'oiseau de proie sur le poignet d'Aliénor dans un battement d'ailes auquel ils firent attention tous les deux. Elle sentit peser le poids de l'animal, son incroyable vigueur. Les faucons étaient les représentants les plus grands et les plus sublimes de leur espèce. Leur seul prédateur était l'aigle royal.

— *Suau, mea reina. Suau…* tiens-toi tranquille, ma reine, tiens-toi tranquille…, prononça doucement Aliénor en *lenga romana*.

Elle caressa les plumes duveteuses et blanches du poitrail de l'animal et lui fredonna un air. Progressivement, l'oiseau cessa de s'agiter. Il se percha sur l'avant-bras d'Aliénor, l'entourant farouchement de ses serres. Une tache brune souillait le sommet de son crâne à l'endroit où il n'avait pu faire sa toilette.

Louis observait Aliénor, le souffle court. Tandis qu'elle apaisait le volatile, il se calma lui aussi, et l'éclair de violence disparut de son regard.

— Vous avez fait ce que vous deviez faire, assura-t-elle.

Il hocha la tête avec raideur.

— Oui, je le devais.

Il serra les poings et ajouta :

— Suger m'a dit que vous avez perdu l'enfant.

Elle ressentit un coupable et douloureux pincement au cœur, mais elle fit bonne figure, à cause de l'oiseau qui était perché sur son bras.

— Il était écrit qu'il ne vivrait pas.

— Le jour de la Saint-Denis, m'a-t-on dit, fit-il remarquer d'un ton presque accusateur. Il faut croire que nous avons déplu à Dieu. Nous aurons commis quelque acte contraire à sa Loi, pour qu'il nous retire ainsi sa grâce. J'ai prié et fait pénitence en la cathédrale de Poitiers.

— J'ai prié, moi aussi.

Le souvenir de l'enfant mort raviva chez Aliénor une angoisse muette. Il lui semblait qu'avec cette mort, c'était un peu de sa vie même qui s'était éteinte. Avait-elle fauté ? Cette crainte la hantait.

Louis se racla la gorge.

— À Poitiers, j'ai entendu un prêtre affirmer que notre union ne serait pas couronnée par la naissance d'un enfant parce qu'elle était consanguine.

Aliénor lui jeta un regard glacial.

— Les prêtres disent bien des choses inspirées par leur seule nature humaine et non par Dieu. L'Église elle-même ne nous a-t-elle pas unis par le sacrement du mariage ? La même Église aurait-elle subitement changé d'avis ?

Elle avait prononcé ces paroles avec énergie, si bien que le faucon se remit à battre des ailes. Aliénor l'apaisa de nouveau tout en contenant sa propre colère.

— En effet, convint Louis, apparemment soulagé. Vous avez naturellement raison, ajouta-t-il en se massant l'arcade sourcilière.

— Je demanderai à un fauconnier d'installer un perchoir ici pour cet oiseau, annonça Aliénor.

Louis vida l'air de ses poumons dans un affaissement d'épaules. Sa femme comprit aux poches qu'il avait sous les yeux à quel point il était épuisé et l'invita à s'allonger sur le lit.

— Venez, lança-t-elle. Dormez un peu, vous n'en aurez les idées que plus claires.

Il chancela jusqu'au lit, s'y étendit et s'endormit presque aussitôt. Aliénor considéra ses longs membres élancés, ses cheveux blonds et sa belle figure, puis elle se tourna vers La Reina et examina les taches brunes sur son plumage immaculé. Un frisson lui parcourut le corps.

Chapitre 12

Paris, printemps 1140

Aliénor avait eu une matinée chargée, assistant à la messe avec Louis, répondant à ses correspondants d'Aquitaine, recevant les quémandeurs. Ce fut seulement ensuite qu'elle put enfin passer un peu de temps avec Pétronille, à qui l'on faisait faire des essayages pour une nouvelle robe.

La nouvelle tenue de Pétronille était majestueuse. Elle la porterait pour la Sainte-Pétronille, le dernier jour de mai. Elle était en soie rose, couleur qui s'accordait au ton chaud de ses cheveux bruns et donnait à ses yeux des reflets de miel. Certes, on ne s'était pas privé de faire remarquer à quel point Pétronille ressemblait à sa grand-mère, Dangereuse de Châtellerault, cette beauté incendiaire célèbre pour avoir abandonné son mari avant de s'enfuir avec son amant, Guillaume IX, duc d'Aquitaine. Non que quiconque se fût avisé de faire directement allusion à ce scandale. Il suffisait de glisser dans la conversation que Pétronille devenait une bien belle jeune fille.

La robe était ornée de centaines de petites perles ; la double ceinture, ainsi que les bagues qui embellissaient les mains de Pétronille, en constituait un rappel. Un surcroît de perles s'entremêlait à ses tresses et pendait aux franges de son voile. Pour Aliénor, il ne s'agissait pas seulement de vêtir sa petite sœur de beaux habits, mais de la parer en vue de son entrée dans l'âge adulte. Le message était clair : sa féminité était entourée des garde-fous de la richesse et du pouvoir. Elle était, à ce double titre, intouchable. Les tenues vestimentaires servaient en tout point d'armes et de protections, au même titre que l'épée et le bouclier du chevalier.

Pétronille fit bruisser les jupes de sa robe en les faisant aller d'avant en arrière, révélant au passage un petit bout de cheville gainé de soie et de délicates pantoufles de brocart.

— Notre père serait si fier de toi ! s'exclama Aliénor.

— Comme j'aimerais qu'il soit avec nous !

Le sourire de Pétronille se dissipa pour réapparaître bientôt lorsqu'elle leva les yeux vers Raoul de Vermandois, qui se tenait dans l'embrasure de la porte.

— Raoul, qu'en pensez-vous ? s'enquit-elle en sautillant jusqu'à lui avant de se mettre à virevolter comme un papillon.

Il la regarda fixement d'un air conquis.

— Il me semble rêver, répondit-il. Vous semblez sortir tout droit d'un songe !

Pétronille gloussa et tourna autour de lui en caracolant, légère comme une plume.

— Je suis bien réelle ! Touchez ! ordonna-t-elle en lui tendant une main.

Il la prit et baissa la tête.

— Vous êtes une bien belle jeune femme, se corrigea-t-il en s'inclinant.

Puis il fit apparaître un petit collier de chien qu'il tenait caché dans son dos. Il se composait d'un entrelacs de tresses roses ornées de rangées de perles.

— Ayant eu vent d'une certaine robe en préparation, expliqua-t-il, j'ai pensé qu'il serait bon que Blanchette soit assortie à sa maîtresse.

Pétronille frappa dans ses mains et, poussant un cri de joie, se jeta au cou de Vermandois et l'embrassa sur la joue.

Puis, s'éloignant du galant en tournoyant, elle se baissa vers le petit chien et remplaça son collier de cuir tressé par le nouveau.

— Parfait ! s'exclama Raoul. À présent, rien ne manque.

Sur ces mots, dans un geste aussi ample que courtois, il prit congé.

Aliénor le regarda partir, le cœur plein de reconnaissance pour ses attentions. Raoul faisait, pour une grande part, office de père de substitution auprès de Pétronille, lui accordant l'attention dont elle avait besoin tout en tenant à l'écart les jeunes importuns qui l'eussent autrement harcelée.

Laissant ces dames à leur besogne, Aliénor se mit en quête de Louis. Il s'était montré distant et peu enclin au contact récemment ; or, elle ne devait pas relâcher ses efforts si elle voulait conserver son influence auprès de lui. Elle n'était pas retombée enceinte depuis sa fausse couche, et, à plusieurs reprises, Louis s'était révélé incapable d'accomplir son devoir conjugal. Face à cette déconvenue, il s'était empressé d'aller se réfugier à l'église pour y implorer le pardon de Dieu à cause des péchés qui inhibaient certainement sa virilité. Même lorsqu'il avait pu faire la chose, ç'avait été en vain, car les menstrues d'Aliénor continuaient d'arriver régulièrement chaque mois. Pendant ce temps, les loups rôdaient, attendant leur heure.

Elle trouva la porte des appartements de Louis entrouverte. La voix de sa belle-mère, qui parlait un ton trop haut, parvint à ses oreilles. Elle fit une grimace. Adélaïde était devenue encore plus intraitable et inflexible depuis que Louis avait consenti au mariage de sa sœur avec l'héritier du trône d'Angleterre, Eustache de Blois, le fils d'Étienne de Blois. Constance était partie en février rejoindre son nouveau foyer en Angleterre. Adélaïde, qui avait perdu une autre alliée et un soutien à la Cour, en plus de son unique fille, s'était, depuis lors, montrée morose et acariâtre.

Lorsque Aliénor surprit leur conversation, elle débitait à Louis une diatribe des plus déplaisantes et acerbes.

— Tu ne dois pas te laisser influencer par ceux qui voudraient t'écarter de ton véritable devoir, qui est de gouverner le royaume. Quand je pense à tous les sacrifices auxquels ton père a consenti pour toi… Tes prédécesseurs se sont battus pour que tu puisses t'asseoir sur ce trône, et tous leurs pénibles efforts, leurs rêves et leurs espérances reposent sur tes épaules. Ne prends pas ta tâche à la légère, et ne souffre pas que quiconque s'en charge à ta place. M'entends-tu ?

Le silence régna, et Adélaïde dut répéter la question d'une voix stridente. Puis l'on entendit un grand « boum », comme si elle avait frappé la table avec quelque objet.

— Oui, mère, acquiesça Louis d'un ton neutre.

— Je me le demande ! Je me demande si tu prends la mesure du fait que tu doives gouverner par toi-même, non sur ordre d'autrui.

— Et à quel « autre » faites-vous allusion ? s'enquit Louis. Allez-vous me citer des noms ? Je ne gouverne pas non plus sur vos ordres, mère. Je vous observe, tandis que vous me surveillez à la chambre du conseil, guettant une occasion de vous mêler de ce qui ne vous regarde pas, comme vous vous mêliez des mesures que prenait mon père. Je vous vois surveiller Aliénor et sa sœur et les prendre en défaut à la moindre occasion.

— Est-ce étonnant, quand elles se comportent comme des garçons manqués et bafouent nos us et coutumes ? Tu les prends peut-être pour des êtres surnaturels, mais je sais à quoi m'en tenir. Je vois bien qu'elles complotent comme deux renardes ; mais toi, tu ne remarques rien, parce que tu es obstinément aveugle ! On me rabaisse ! Elles ne m'accordent pas un seul instant le respect qui m'est dû. Quant à l'argent, il leur glisse entre les doigts comme de l'eau par les trous d'une passoire ! Sais-tu ce qu'ont coûté les dernières robes de la petite ? À elles seules les perles suffiraient à doter un couvent ! Sais-tu combien ta femme dépense en huile parfumée pour ses lampes ?

— C'est précisément ce que j'entends par « prendre en défaut à la moindre occasion ». Il y a pire calamité en ce monde. Aliénor m'aime, ce qui n'a jamais été votre cas.

— Tu n'es qu'une pièce dans son jeu.

— Et vous, vous me prenez pour un imbécile, rétorqua Louis.

— Des manigances d'Aliénor, tu es le jouet, et j'en suis peinée. Mais soit ! Je m'en lave les mains. Tu ne viendras pas pleurer dans mes jupes quand, pour toi, tout s'effondrera.

Aliénor recula d'un pas lorsque Adélaïde sortit en trombe de la pièce.

— Vous écoutez aux portes à présent ? lança la douairière avec une moue de mépris. Cela ne me surprend pas.

Aliénor lui fit sa révérence.

— Madame…, salua-t-elle sans se départir de son calme.

— Vous croyez avoir gagné, souffla Adélaïde. Mais vous ne savez rien. Je me suis escrimée ma vie durant au service du royaume de France. Je fus l'épouse d'un de ses rois et suis la mère d'un autre. Voyez où cela m'a menée ! Vous connaîtrez la même déroute, ma fille, parce que tout cela se résume à du vent en fin de compte. Je vous lègue ma part de poussière. Prenez-la et semez les graines de votre propre récolte vaine. J'en ai terminé avec cette comédie.

Sur ces paroles, Adélaïde passa comme un courant d'air. Aliénor inspira profondément, garda son sang-froid et entra retrouver Louis.

— Je vous cherchais, dit-elle. Je ne vous savais pas occupé.

Il fit une grimace.

— Vous l'avez entendue ?

Aliénor acquiesça.

— Ce ne doit pas être facile pour elle de renoncer au pouvoir. Je pense, en effet, qu'il est préférable qu'elle se retire pendant quelque temps sur ses terres.

Elle s'approcha de Louis et posa une main sur son épaule avant d'ajouter :

— Je regrette qu'elle pense cela de Pétronille et de moi-même. En toute honnêteté, nous ne lui avons jamais manqué de respect. Mais elle n'est plus elle-même depuis le départ de votre sœur pour l'Angleterre.

— Rien n'est assez bien pour ma mère, fit remarquer Louis.

Un voile de tristesse assombrit son regard. Il la dévisagea longuement, l'œil sévère.

— Dit-elle la vérité, Aliénor ? Ne suis-je qu'un pion dans votre jeu ?

— Vous savez bien que non.

— Je ne suis plus certain de rien.

La saisissant par la taille, il l'attira contre lui et entreprit de l'embrasser avec toute la maladresse du désespoir. Aliénor poussa un cri de surprise devant la brutalité de l'assaut, mais il n'en tint aucun compte et, l'entraînant vers le lit, la prit tout habillée sans même retirer ses propres vêtements, et ce dans la pleine lumière du jour, allant et venant en elle par saccades, sans cesser de sangloter. Elle avait l'impression qu'il se servait d'elle comme d'un exutoire à ses multiples frustrations.

Le besoin de se soûler de plaisir semblait plus fort que lui. Il oubliait ainsi tous ses tourments et rétablissait l'équilibre.

Lorsqu'il eut terminé, il la laissa étendue sur le lit et s'en fut prier. Aliénor roula sur le flanc et n'eut que l'étreinte de ses propres bras pour consolation. Regardant fixement le mur, elle se sentit comme un simple objet dont on use et abuse sans ménagement.

Louis balaya du regard les anciens appartements de sa mère. Cela faisait près de deux mois qu'elle avait quitté la Cour. Aliénor avait fait réenduire les murs et peindre une délicate frise de volutes dans les tons rouge et vert. Elle avait également fait recouvrir les murs de tentures de brocart coloré. Celles-ci étaient somptueuses et chamarrées, sans être surchargées. Les banquettes de la fenêtre arboraient des coussins blancs rehaussés d'or. Des vases de fleurs avaient été disposés sur les coffres et les tables. Le parfum suave et entêtant des roses et des lys embaumait la pièce.

— Vous avez bien employé votre temps, fit remarquer Louis.

— Cela vous plaît-il ?

Il hocha prudemment la tête.

— C'est très différent. Ce n'est plus la chambre de ma mère.

— Non, en effet. Elle avait besoin de lumière et d'espace.

Louis déambula jusqu'à la fenêtre et regarda le ciel bleu.

Aliénor guettait ses réactions. Adélaïde et Mathieu de Montmorency avaient annoncé leur intention de se marier. À la Cour, la nouvelle n'avait surpris personne, mais Louis n'avait pas encore complètement accepté le fait que sa mère ait choisi d'épouser en secondes noces un homme de rang inférieur. Les priorités d'hier ne semblaient plus être celles d'aujourd'hui.

— Je vais élever Montmorency au rang de connétable, déclara Louis en prenant un coussin pour en examiner les broderies. Je pense que c'est une excellente chose.

Aliénor fit signe qu'elle était d'accord. Grâce à cette mesure, l'honneur serait sauf et Adélaïde ne déchoirait pas aux yeux des siens.

— Il faut croire qu'elle lui est très attachée, fit-elle remarquer.

Louis émit un grognement.

— Il lui obéira au doigt et à l'œil, voilà la raison, conjectura-t-il. Jamais elle ne choisirait le cloître, et puis, Montmorency lui donnera de l'occupation.

Aliénor ne voyait rien là que de positif. Tant qu'Adélaïde s'occuperait de son nouveau mari, elle ne mettrait pas son nez dans les affaires de la Cour. Puissent ces deux tourtereaux rester loin du palais le plus longtemps possible !

Elle rejoignit Louis à la fenêtre.

— Concernant l'archevêque Albéric, il ne cesse de s'affaiblir ; s'il venait à mourir, il faudrait procéder à une nouvelle élection.

Louis haussa les épaules d'exaspération.

— Ils éliront celui que je leur désignerai. Telle est ma prérogative.

— Quand bien même, ne serait-il pas plus prudent de leur présenter votre candidat tant qu'Albéric est en vie ? Je sais que vous avez des vues sur le chancelier Cadurc.

L'humeur de Louis s'échauffa.

— Je m'en occuperai en temps voulu. Je vous l'ai dit : ils éliront celui que je leur désignerai.

Quelle tête de mule ! songea Aliénor en soupirant intérieurement. Malgré son amour des règles et de l'organisation strictes, il avait le don de compliquer les choses les plus simples, au-delà du concevable. Plus elle insistait et plus il se montrait entêté et hargneux. Il était roi de droit divin, point final.

Chapitre 13

Paris, printemps 1141

— Toulouse, répéta Aliénor à Louis. Ma grand-mère paternelle, Philippa, était l'héritière du comte de Toulouse, mais elle fut supplantée par un parti qui avait moins de légitimité mais davantage de force. Si mon père avait vécu, il se serait battu pour réintégrer le comté dans le domaine familial.

La soirée était fort avancée. Louis et sa femme dégustaient du vin au lit en discutant à la lumière d'une lampe à huile parfumée. Toutes les conditions de bon augure étaient réunies pour concevoir un enfant. Ce n'était ni un jour saint, ni une veille de jour saint, et Aliénor n'avait pas ses menstrues. Toute la Cour vivait dans l'attente de la bonne nouvelle, mais Aliénor savait que cela ne faisait qu'accroître en Louis la peur de l'échec. Il affirmait que la fornication était un péché, et que s'ils n'avaient pas encore conçu, c'était sûrement parce que lui-même ou Aliénor contrevenaient d'une manière ou d'une autre à la volonté de Dieu. La tension à laquelle était soumis Louis devenait palpable.

— Mon père est né à Toulouse, poursuivit-elle. Mais je n'ai jamais vu la ville.

— Pourquoi aborder ce sujet maintenant ?

Elle posa sa coupe et se pencha au-dessus de lui.

— Parce que cette affaire ne peut plus attendre. Je dois me rendre en Aquitaine ; cela aussi a fait l'objet de négligence.

— N'êtes-vous pas heureuse à Paris ?

Aliénor se garda de lui répondre franchement que Paris était pour elle un exil froid, en comparaison de la chaleur qui régnait sur les terres de son enfance. Depuis le départ d'Adélaïde, elle avait agrandi ses appartements, les arrangeant à son goût au fur et à mesure. De cela, elle était plutôt satisfaite. Et, certes, Paris, avec ses rues bondées et sa vie intellectuelle éclatante, ne cessait pas de la stimuler. Toutefois, elle ne se sentait pas chez elle sur ces terres qui appartenaient à un autre.

— Le royaume de France est ma terre d'adoption, répondit-elle avec grâce. Mais l'Aquitaine est mon berceau et mon duché, et il m'incombe de m'y montrer en personne.

Elle lui caressa les lèvres avec le bout de sa tresse.

— Imaginez-vous chevauchant à la tête d'une armée pour aller prendre Toulouse. Pensez au prestige que vous retireriez d'une telle campagne. Non seulement vous exerceriez votre autorité, mais vous redresseriez un tort.

Louis ressentit un frisson d'excitation en s'imaginant mener ses troupes. Le cliquetis des harnais, le mouvement fluide d'une puissante monture sous sa selle… Aliénor à ses côtés, La Reina juchée sur son poignet… Le bivouac sous les étoiles, la fragrance des prairies sur les ailes du vent d'été… Et puis, surtout, Toulouse, nouvelle conquête à son tableau de chasse. Cela prouverait à tous, notamment à sa femme, qu'il était un grand roi et un grand guerrier.

Elle couvrit sa gorge de petits baisers délicieusement mordants.

— Dites « oui », Louis, susurra-t-elle à son oreille. Dites « oui » pour moi. Faites-le pour moi… pour le royaume de France.

Il ferma les yeux et se laissa bercer par la puissance érotique de ses paroles et le toucher envoûtant de sa bouche. Son érection était à son comble. Dans un gémissement, il la fit rouler sur le dos, lui fit écarter les jambes et s'enfonça en elle.

— Très bien, dit-il dans un halètement, je le ferai. Je vous montrerai ce que peut le royaume de France.

Sur cette promesse, il la prit vigoureusement, encouragé par la perspective d'accomplir de grands exploits virils à la demande de sa femme, tandis que celle-ci se rendait.

Grâce au soleil d'Aquitaine qui réchauffait son visage, Aliénor se sentait de retour d'exil. Elle n'avait pas revu son duché depuis son bref séjour au Puy-en-Velay quatre ans auparavant. C'était pour elle comme une averse bénéfique après de longs mois de sécheresse. Toutes ses tensions commencèrent à se dénouer d'elles-mêmes, et elle se sentit à nouveau pleine de vie. Le rire lui revint ; elle resplendissait à nouveau.

Au palais de Poitiers, elle virevolta d'une pièce à l'autre dans un tourbillon d'étoffe.

— Enfin chez nous ! s'exclama-t-elle en prenant Pétronille dans ses bras. Nous sommes de retour !

Si cela avait dépendu d'elle, ce retour eût été définitif et ses séjours à Paris sporadiques et seulement par obligation.

Ses vassaux se rassemblèrent autour de Louis pour mener campagne contre Toulouse ; parmi eux se trouvait Geoffroy de Rancon, qui était venu grossir les troupes en y ralliant les hommes de Taillebourg, Vivant et Gençay. Le cœur d'Aliénor se mit à battre la chamade lorsque Rancon mit un genou à terre devant Louis et elle. Sa présence ne lui serait donc jamais indifférente ? Les années et la distance ne comptaient-elles pour rien ?

Il se montra fort courtois envers Louis et tout accaparé par l'organisation de l'armée en vue de l'avancée sur Toulouse. Les rapports entre Geoffroy et Aliénor furent cordiaux et centrés sur la tactique, mais non dépourvus d'affection. Naturellement, cette affection fut immédiatement remarquée et regardée avec suspicion par certains barons du Nord.

Lorsque l'occasion se présenta à Rancon de s'entretenir avec Aliénor, il fit preuve d'une identique courtoisie, malgré une certaine tension sous-jacente.

— Le roi m'a fait l'honneur de me faire porte-étendard de Sa Majesté, lui annonça Geoffroy avec fierté.

— Il sait qu'il est de bonne politique d'impliquer mes vassaux, répondit-elle. Et il n'est que justice qu'un homme doté de vos aptitudes jouisse de privilèges et prospère.

— D'aucuns ne voient pas d'un bon œil qu'un parvenu d'Aquitaine soit hissé à un rang si éminent, fit-il remarquer d'un ton ironique. Mais la prospérité suscite toujours l'envie. Je me réjouis de l'occasion qui m'est donnée de vous servir, vous et le roi.

Ce soir-là, jour de leur arrivée, le noble et fameux troubadour Jaufre Rudel, fils du prince de Blaye, égaya l'assistance réunie dans la salle des banquets. Après les habituels chants épiques et les ballades, il attaqua un accord mineur à la citole et exécuta une autre pièce, où l'amour était célébré de manière poignante et douloureuse.

Ben tenc lo Seignor per verai
per qu'ieu veirai l'amor de loing
mas per un ben que m'en eschai
n'ai dos mals car tant m'es de loing
ai car me fos lai peleris

si que mos futz e mos tapis
fos pelz sieus bel huoills remiratz[1]

La gorge d'Aliénor se serra. Elle jeta un regard discret à Rancon, qui le lui rendit. Pendant un court instant, leur passion secrète les dévora.

Une fois, elle avait joué avec lui dans les jardins de ce même palais, riant à tue-tête, tandis qu'elle échappait à toutes ses tentatives pour l'attraper. Elle était allée à la chasse en sa compagnie, ils avaient chanté des vers ensemble et aussi dansé. Enfin, elle s'était laissé initier par lui à l'art exquis du badinage, sachant qu'elle ne risquait rien et qu'il ne lui ferait aucun mal. Il avait égayé son enfance et été l'objet de ses soupirs transis à mesure qu'elle devenait femme. Mais tout cela appartenait au passé, malgré la persistance de l'attrait et des souvenirs. Elle eût souhaité transformer ces souvenirs en un pont au-dessus de l'abîme qui les séparait désormais, mais c'eût été périlleux pour eux deux. Elle ne se laisserait plus jamais conter fleurette par Geoffroy de Rancon, car alors ce serait « pour de vrai », contrairement à toutes leurs frivolités d'antan.

Brûlant d'impatience à l'idée d'aller prendre Toulouse, Louis quitta Poitiers le lendemain matin à la tête de son propre contingent augmenté de ceux des vassaux d'Aliénor venus se rallier à la cause. D'autres forces mobilisées avaient reçu

1. *Je crois le Seigneur véridique :*
Donc je verrai l'amour lointain ;
Mais pour un bien qui m'en échoit,
J'ai deux maux, tant il m'est lointain.
Ah ! fussé-je, au loin, pèlerin,
Et que ses beaux yeux pussent voir
Mon bourdon et ma couverture.

l'ordre de venir grossir ses rangs chemin faisant. Le front ceint du diadème d'Aquitaine, Aliénor lui donna l'accolade ; puis, une fois qu'il fut monté en selle, elle lui tendit son bouclier.

— Dieu vous garde ! lança-t-elle.

Du coin de l'œil, elle aperçut Geoffroy de Rancon brandissant l'oriflamme à fleurs de lys qui flottait à côté de l'aigle d'Aquitaine. Il regardait droit devant lui, les mâchoires crispées.

— Que Dieu vous garde tous ! ajouta-t-elle.

— Je vous reviendrai et déposerai à vos pieds le comté de Toulouse, par la grâce de Dieu ! repartit Louis.

Aliénor recula d'un pas et prit place sur le trône de son père apporté tout spécialement de la salle des banquets et posé sur une estrade surmontée d'un dais de soie. Empruntant un gantelet de cuir à son fauconnier, elle fit venir La Reina sur son poignet droit. Elle tenait dans sa main gauche un sceptre incrusté de pierres précieuses surmonté par une colombe sculptée. Présidant à la cérémonie en tant que duchesse d'Aquitaine, elle assista au départ des preux et courageux chevaliers dans leurs armures étincelantes. Louis était dans son élément ; Aliénor le trouva plus beau et plus sûr de lui que jamais. Ce fut donc le cœur fier qu'elle reçut l'hommage du roi et de son porte-bannière, qui s'inclinèrent sur leur monture en passant devant elle.

Chapitre 14

Poitiers, été 1141

Louis rentra à Poitiers avec le même faste et nanti de la nouvelle qu'il avait signé une trêve avec Alphonse Jourdain, seigneur de Toulouse. Ce dernier restait maître de la ville en échange de son allégeance à la couronne du royaume de France. L'assaut avait échoué, de même que le siège. Le serment d'allégeance du comte et la trêve étaient tout ce qu'il avait pu rapporter de sa campagne.

— Il m'aurait fallu davantage d'hommes ! expliqua-t-il à Aliénor dans leur chambre, tandis qu'un serviteur s'agenouillait pour lui enlever ses chaussures et lui laver les pieds. Je ne disposais ni des troupes ni de l'équipement nécessaires.

— Le comte de Blois porte une grande responsabilité, intervint Raoul de Vermandois, qui assistait à la scène en qualité de conseiller et d'aîné de la famille royale. Par deux fois il a refusé de vous prêter main-forte. Si nous avions disposé de ses hommes, nous aurions pris Toulouse, j'en suis certain.

Sur ces mots, il prit la coupe de vin que lui tendait Pétronille et but.

Aliénor considéra tour à tour Vermandois puis Louis.

— Thibaut de Blois n'a pas répondu à votre appel ?

Thibaut était de ceux qui étaient censés rejoindre Louis sur place, mais, à l'évidence, il n'en avait rien fait.

Louis fit la moue.

— Il a dépêché un messager, arguant qu'il ne viendrait pas, pour la raison que guerroyer contre Toulouse n'entrait pas dans ses obligations envers moi et qu'il n'avait aucun différend avec le comte.

Aliénor renvoya le serviteur et le remplaça au lavage des pieds du roi. Ainsi, sans en avoir l'air, elle ne perdrait rien de la conversation et réduisait le nombre de témoins. Assurément, Thibaut de Blois semblait désireux de tracer sa propre route. Ce faisant, il avait sapé l'autorité de Louis tout en renforçant la sienne. Ses richesses, son réseau d'influence et le sang royal qui coulait dans ses veines en faisaient un dangereux rival. C'était en partie par sa faute que Toulouse restait aux mains du comte. Une trêve et un serment qui n'engageaient concrètement à rien étaient un piètre os à ronger.

— Sa perfidie ne lui revaudra pas mon indulgence, grommela Louis. Dès que nous serons rentrés à Paris, je m'occuperai de son sort.

— Mais vous n'oublierez pas Toulouse ?

Louis lui lança un regard agacé.

— Non ! répondit-il sèchement.

Le ton n'étant pas prometteur, Aliénor capitula, jusqu'à ce qu'une occasion plus propice se présente. En outre, elle entendait convaincre Louis de rester en Aquitaine pendant quelque temps encore. L'idée de rentrer si vite à Paris lui était insupportable.

— Il y a encore tant à faire ici, dans notre plus grand intérêt et eu égard au peuple et à l'Église, lança-t-elle.

Louis grogna mollement et Raoul se racla la gorge.

— Des affaires m'appellent, lança ce dernier, avec votre permission, Sire…

Louis lui donna congé d'un geste de la main. Aliénor jeta un regard complice à Pétronille, qui fit l'étonnée et celle qui ne comprenait pas, avant de tirer enfin sa révérence à la suite de Vermandois, emmenant avec elle les suivantes.

Aliénor sécha délicatement les pieds de Louis à l'aide d'une serviette de drap moelleuse.

— J'ai réfléchi à un itinéraire durant votre absence, juste au cas où vous ne me convieriez pas à Toulouse pour un festin triomphal.

Louis se raidit.

— Vous vous attendiez à ce que j'échoue ?

— Mon père disait toujours que deux options valent mieux qu'une, au cas où la première tomberait à l'eau. C'est un peu comme emporter une tenue de rechange en cas de pluie…

Elle posa la serviette de côté et vint s'asseoir sur ses genoux.

— Et qu'avez-vous prévu au juste ? s'enquit-il en la prenant par la taille.

— J'ai pensé que nous pourrions d'abord nous rendre à Saint-Jean-d'Angély afin d'y prier auprès des reliques du Baptiste. Puis nous pourrions réunir la Cour à Niort. Il me siérait également d'accorder un privilège royal à l'abbaye de Nieul, où repose ma mère. Ensuite, nous pourrions pousser jusqu'à Talmont pour y chasser un peu.

Elle lui caressa la joue et ajouta :

— Qu'en pensez-vous ?

Il fit une moue de dégoût.

— Talmont ?

— Il serait bon que nous y affermissions notre autorité par des moyens pacifiques, après ce qui s'est passé.

— J'imagine que vous avez raison, convint-il, sans toutefois se départir de son regard désapprobateur. Mais nous ne nous attarderons pas.

Aliénor ne répondit pas, car elle savait d'expérience à quel moment insister et à quel moment laisser les choses en l'état. Elle avait obtenu son accord. Elle n'en demandait pas davantage, pour l'instant.

D'un bout à l'autre de ses vastes domaines, Aliénor réunit la Cour avec Louis à ses côtés. Ils reçurent l'hommage de leurs obligés et de leurs vassaux, attestèrent et apposèrent leurs signatures au bas de chartes, à la réserve près que le nom de Louis figurait toujours « à la demande et avec le consentement de la reine Aliénor ».

Le plus émouvant pour Aliénor fut d'aller se recueillir sur la tombe de sa mère, Aliénor de Châtellerault, et sur celle de son petit frère, Aigret, à Saint-Vincent. Aliénor et Pétronille déposèrent des chapelets de fleurs sur les sobres dalles gravées d'une croix, puis elles assistèrent à une messe solennelle en leur mémoire. L'église, conformément au vœu d'Aliénor, se vit accéder au rang d'abbaye royale.

La reine retourna sur la tombe des siens en début de soirée pour s'y adonner un instant à la contemplation seule. Les dames de sa suite se tinrent loin en arrière, têtes baissées, afin de lui ménager l'intimité indispensable à la prière. Les souvenirs qu'Aliénor avait gardés de sa mère s'étaient atténués et effacés avec le temps. Elle n'avait que six ans à la mort de celle-ci. Tout ce qui lui restait d'elle était le souvenir d'une odeur de lavande, de ses longues et épaisses nattes brunes qu'Aliénor pouvait toucher en levant à peine le bras ; sans oublier son doux air triste dont elle ne se départait jamais. Elle se souvenait encore moins de son frère, hormis l'image nébuleuse d'un petit garçon caracolant à grands cris dans la chambre, une épée factice à la main et semant la pagaille sous les encouragements de ses parents, parce qu'il était l'héritier mâle. Il avait été plein de vie et d'éclat, jusqu'à ce que la fièvre l'emporte. Il était mort avant d'avoir vraiment commencé à vivre. Leurs dépouilles reposaient à présent dans un mausolée digne de leur rang, où l'on veillait constamment au salut de leurs âmes immortelles. Aliénor estimait avoir fait son devoir les concernant. *Amen.* Elle se signa et s'apprêta à tourner les talons.

— Madame ?

Geoffroy de Rancon s'était approché à pas de velours et se tenait entre elle et ses suivantes.

Son cœur fit un bond.

— Quelque chose ne va pas ? s'enquit-elle.

— Non, madame. Je vous ai vue vous diriger par ici tandis que j'inspectais la garde. Si vous souhaitez que je me retire...

Elle secoua la tête et lui désigna les tombeaux.

— Je me souviens à peine d'eux, mais je continue à porter leur deuil. Quelle aurait été ma destinée s'ils avaient vécu ? lança-t-elle.

Il effleura la manche de la reine avec son manteau.

— Lorsque j'ai perdu Burgondie et l'enfant qu'elle portait, j'ai découvert qu'il valait mieux ne pas penser ainsi, expliqua-t-il. Cela ne fait aucun bien. Tout ce qu'on peut faire, c'est vivre chaque jour de manière à leur faire honneur.

La gorge d'Aliénor se serra douloureusement. Il ne l'avait pas comprise. Sans doute était-ce volontaire. Si son frère n'était pas mort, elle n'aurait pas été dans l'obligation d'épouser Louis, et si sa mère avait vécu, elle aurait probablement eu d'autres fils. Cela aurait fait toute la différence.

— Votre mère était une dame très digne. Puisse-t-elle reposer ici en paix, ainsi que votre frère. Il est approprié que sa mémoire soit honorée au sein d'une abbaye royale.

— Oui, convint-elle. Je tenais à leur rendre cet hommage.

C'était leur échange le plus intime depuis que Rancon était rentré de l'infructueuse campagne de Toulouse. Elle le voyait presque tous les jours mais toujours en compagnie d'autres personnes et en lien avec ses fonctions officielles.

Ils veillaient à ne pas être vus ensemble à l'écart, et leurs conversations n'étaient jamais trop familières, du moins en apparence, car leur passion souterraine continuait de faire rage. Au demeurant, elle ne croyait pas une seule seconde qu'il se trouvait là par hasard.

Geoffroy se racla la gorge.

— Madame, je voudrais vous demander la permission de rentrer à Taillebourg. Mes domaines réclament attention, et voilà trois mois que je n'ai pas vu mes enfants.

Le cœur déchiré, Aliénor répondit :

— Resteriez-vous, si je vous le demandais ?

— Je ferai tout ce que vous voudrez, madame, mais je sais ce que me dicterait la sagesse.

— « La sagesse... », répéta-t-elle avec un sourire amer.

La nuit gagnait du terrain, recouvrant d'ombre l'abbaye.

— Assurément, reprit-elle, sans la sagesse, où serions-nous ? Vous avez ma permission.

— Madame...

Caché à l'aide de sa cape, il pressa furtivement sa main et s'en fut d'un pas rapide.

Émue, Aliénor rejoignit ses suivantes.

La Cour, qui était à Talmont depuis trois jours, s'apprêtait à partir à la chasse, lorsque la nouvelle arriva : l'archevêque de Bourges s'était éteint au terme d'une longue maladie.

— Dieu ait son âme ! s'exclama Aliénor en faisant le signe de croix.

Puis elle se tourna vers Louis et ajouta :

— Je suppose que vous placerez Cadurc en lice à sa succession ?

— Naturellement, confirma Louis. Cadurc me sert sans compter sa peine et mérite cette ascension. Il est le plus désigné à cette tâche.

— Et il est toujours utile d'avoir quelqu'un qui soit redevable à la Couronne, fit-elle remarquer.

Puis elle n'y pensa plus. C'était une affaire de routine qui serait abordée en conseil. En attendant, l'heure était aux réjouissances.

Pétronille se renversa contre un coussin de soie sous un châtaigner. Des taches de lumière dansaient sous l'épais feuillage et les branchages alourdis par le poids des châtaignes vertes regroupées en grappes épineuses. Encore un mois, et elles se fendraient d'elles-mêmes, révélant la présence en leur intérieur de fruits bruns luisants prêts à être grillés sur le feu ou à être transformés en friandises. Pétronille aimait les marrons et espérait que la Cour serait encore en Poitou la saison venue.

La petite troupe avait chassé pendant toute la matinée dans les bois de Talmont avant de faire halte pour manger et converser en un lieu convenu à l'avance. Les domestiques avaient préparé des feux de charbon pour le repas et disposé des couvertures et des coussins à l'ombre. Chacun prenait ses aises, buvant du vin tenu au frais dans l'eau d'un ruisseau voisin et déjeunant de mets raffinés, tels que du poisson fraîchement pêché dans la baie qui s'étendait au-delà des remparts du château, des tartes aux épices, des fromages affinés et des dates fourrées de pâte d'amandes. Les faucons – celui d'Aliénor y compris – se reposaient à l'ombre sur des supports en bois, la tête blottie sous l'aile.

Des musiciens jouaient une musique d'ambiance au luth et à la harpe. Ils interprétaient tour à tour des chants qui célébraient de vibrants hauts faits militaires, de vaillants exploits de chasse, et de plaintives chansons d'amour non réciproque. Un des chanteurs, jeune troubadour aux boucles dorées et aux yeux d'un bleu éclatant, lançait des œillades à Pétronille. Celle-ci le lui avait bien rendu, lui manifestant son intérêt tout en jouant à l'inaccessible demoiselle de noble condition. C'était audacieux de la part du jouvenceau, mais Pétronille n'en avait cure : elle s'amusait. Aliénor était trop accaparée par ses propres affaires pour lui accorder l'attention dont elle avait tant besoin. Les jeunes chevaliers de la maison royale eux-mêmes n'étaient pas indifférents à ses charmes. Quant aux musiciens, ils posaient sur elle des regards très admiratifs. Peut-être, plus tard, lui ferait-elle discrètement parvenir une marque d'appréciation en l'espèce d'un petit morceau de brocart ou d'une perle en or arrachée à sa robe. Si elle était d'humeur particulièrement entreprenante, elle se laisserait prendre sur le fait par Raoul de Vermandois. Ainsi, elle s'assurerait du même coup les attentions de ce dernier. Dieu que ce serait excitant ! Elle somnola, bercée par la brise qui agitait mollement les feuillages et par les confidences que lui faisait le troubadour sur les cordes de son luth.

— Rien n'est trop doux pour celle qui est plus douce que le miel…

C'était la voix d'un d'homme qui susurrait à son oreille. Aussitôt, ses lèvres enregistrèrent une sensation onctueuse et collante. Elle ouvrit brusquement les yeux en poussant un petit cri de surprise. Penché au-dessus d'elle, Raoul, un petit pot à la main, faisait goutter du miel sur sa bouche.

Elle lécha le nectar, se redressa et frappa Vermandois par jeu.

— Abordez-vous toujours les dames qui dorment de cette manière ?

Raoul gloussa et haussa un sourcil.

— D'habitude, les dames que j'aborde ne dorment pas, répliqua-t-il. Mais quand elles sont endormies, elles ne tardent pas à se réveiller.

Sur ces mots, il lui donna une pichenette sur le nez.

— Je vous faisais profiter de ce miel tant qu'il en reste. Ces goinfres avides s'apprêtaient à tout engloutir ! Mais si vous n'en voulez pas, cela n'en fera que davantage pour eux, expliqua-t-il en désignant les autres membres de l'assistance, qui terminaient leur repas par des fruits trempés dans du miel.

Pétronille lui prit le pot des mains, y trempa le doigt et en suça le miel. Puis elle recommença, mais cette fois, ce fut dans la bouche de Raoul qu'elle enfonça son doigt. Raoul émit un petit rire de gorge et se mit à lécher tout en finesse. Pétronille fut secouée par un frisson de plaisir qui lui fit oublier tous les jeunes chevaliers et le troubadour. Nul ne pouvait voir la caresse que Vermandois lui prodiguait, car son doigt avait complètement disparu entre ses lèvres.

— Et voilà, il ne reste plus rien, lança-t-il en retirant la main de Pétronille.

Cette dernière lui adressa un regard enjôleur et dit :

— En voulez-vous encore ?

— Voilà une question difficile ! s'exclama-t-il en riant doucement. On ne peut jouer longtemps avec le feu sans en sentir la brûlure, vous savez cela.

Il la jaugea du regard et ajouta :

— Il n'y a pas si longtemps, vous étiez encore à Bordeaux une jeune biche effarouchée qui se méfiait de tous ces étrangers, surtout de moi, précisa-t-il en lui montrant le bandeau qu'il avait sur l'œil.

— Je me méfie toujours des Francs, rétorqua Pétronille. Et je continue de les trouver étranges.

— Pourquoi vous méfier de moi ? N'ai-je pas toujours trouvé grâce à vos yeux ?

— Je l'ignore, messire. Il est possible que vous ne fassiez tout cela que dans votre propre intérêt.

— C'est assurément vrai vous concernant. Comment pourriezvous ne pas faire partie de mes intérêts ?

Il laissa glisser son doigt comme une plume de sa pommette à son menton.

— Vous rappelez aux hommes de mon âge leur jeunesse.

Le troubadour entama une nouvelle chanson. Délaissant ses coussins, Pétronille changea de position et vint s'appuyer contre l'épaule et le haut du torse de Raoul.

— Je ne vous trouve pas vieux, assura-t-elle. Les jeunes chevaliers et les jeunes seigneurs sont pareils à des enfants, mais vous, vous êtes un homme… Et je ne suis plus une petite fille.

Comme Vermandois ne répondait pas, elle tourna la tête vers lui et dit :

— N'est-ce pas ?

— Bien sûr que non, convint-il avec une mine faussement contrite. Vous êtes une magnifique jeune femme, et moi, je suis semblable à une abeille ivre de nectar.

— Comment avez-vous perdu votre œil ? s'enquit-elle en levant une main pour suivre le contour de son bandeau d'un doigt aérien.

Il haussa les épaules.

— Lors d'un siège. J'ai reçu un éclat de pierre de catapulte. Et c'en a été fait de mon œil.

— Est-ce douloureux ?

— Parfois. J'ai eu une fièvre pendant longtemps et souffert horriblement, mais j'ai tenu le coup, car quel autre choix avais-je ? Je n'ai jamais été homme à contempler mon reflet dans les miroirs. Je sais l'importance des beaux habits et de l'apparence, mais une telle blessure de guerre est honorable et ne m'empêche pas d'accomplir mon devoir, ni de prendre part à la vie de la Cour. En outre, je ne me laisse plus emporter au cœur de l'action au premier coup de busine[1], alors il importe peu que ma vue soit moins bonne dans la bataille.

1. Instrument médiéval de la famille des cuivres. (*NdT*)

Pétronille appréciait qu'il lui parlât comme à une adulte, mais également de se sentir soutenue par son corps robuste. Il faisait jaillir en elle une petite étincelle. Il avait le don de la faire rire et de dissiper ses soucis. Au début, elle avait vu en lui un père de substitution, mais à présent, elle était très sensible à ses charmes virils. Il avait une femme, mais celle-ci vivait loin de la Cour et n'avait guère d'importance. À dire vrai, son existence ajoutait du piquant à l'affaire.

Elle se couvrit un œil avec la main et essaya de s'imaginer ce que Raoul voyait. Il la regarda faire en souriant, mais dit, néanmoins, d'un ton légèrement tranchant :

— Maintenant, imaginez que vous ne puissiez plus enlever votre main pendant le reste de votre vie.

Pétronille regretta aussitôt son geste.

— Je suis désolée, dit-elle. Je ne me moquais pas.

— Je sais, *Doucette**, mais il est des aspects de ma vie que vous ne pouvez imaginer ni comprendre.

— Je pourrais essayer, avec votre aide.

— Peut-être…

Il la quitta pour aller se mêler aux autres. Pétronille l'observa, un creux au ventre. Sa remarque l'avait-elle fait fuir ? Il ne revint pas auprès d'elle mais passa de groupe en groupe, lançant un mot par-ci, touchant une épaule par-là, riant à une plaisanterie, faisant un trait d'esprit à sa manière. Il était parfaitement à l'aise et savait exactement comment s'adresser à chacun. Sa figure était peut-être marquée par des cicatrices dues à une longue expérience de la vie, mais il se déplaçait avec grâce, son corps mince et ferme.

Un jeune chevalier vint s'installer à côté de Pétronille, et elle se mit délibérément à badiner avec lui tout en surveillant Raoul du coin de l'œil. De temps à autre, il regardait dans sa direction, paraissant s'en amuser ; mais il poursuivit néanmoins son tour sans faire mine de vouloir revenir auprès d'elle.

Lorsque la Cour s'apprêta à rentrer au château, Pétronille alla retrouver sa jument. Au moment où le valet se disposait à la hisser en selle, elle recula.

— Elle boite de cette jambe avant, fit-elle remarquer en faisant la moue et en montrant du doigt la jambe en question. Je pense préférable de ne pas la monter.

Le valet palpa l'épaule et la jambe du cheval, puis souleva le sabot et en examina la sole.

— Elle me paraît saine, maîtresse.

— Puisque je vous dis qu'elle boite ! s'exclama Pétronille avec impatience. Me contrediriez-vous ?

— Non, maîtresse.

Le valet serra les dents et baissa les yeux.

— Que se passe-t-il ? s'enquit Aliénor, qui était déjà en selle, La Reina juchée sur son poignet.

— Stella boite, répondit Pétronille. Je vais devoir monter en croupe avec quelqu'un.

Aliénor haussa les sourcils.

— Je vois clair dans ton jeu, répliqua-t-elle. Même si tu le caches bien. Aimery de Niort est moins doué que toi.

Sur ces mots, elle jeta un regard vers le jeune chevalier qui tenait son propre cheval sur le départ. L'espoir et la satisfaction se lisaient sur son visage.

— Dame Pétronille peut partager ma selle, si elle le souhaite, intervint Raoul en se frayant un passage. Barbarie a le dos large et solide. Il nous portera tous les deux sans difficulté.

Aliénor lui adressa un regard plein de gratitude.

— Merci, dit-elle.

Cela empêcherait sa jeune sœur de commettre des sottises. Déçu, Aimery de Niort fit demi-tour.

Pétronille parut se soumettre, mais non sans lancer par en dessous un regard faussement effarouché à Raoul, les mains croisées dans le dos.

Raoul, amusé, secoua la tête.

— J'espère que Stella se remettra bien vite.

— Je suis sûre que ce n'est pas très grave, mais au moins, je serai en sécurité avec vous, car vous êtes si bon cavalier.

— J'ai beaucoup d'entraînement, expliqua Raoul, un tic au coin des lèvres.

Un valet tint en place le cheval à la robe gris et blanc pendant que Raoul faisait un marchepied à Pétronille avec ses mains, afin qu'elle puisse se hisser sur la large croupe de Barbarie. Puis Raoul monta devant elle et raccourcit les rênes. Pétronille passa les bras autour de sa taille, goûtant le contact de sa forte musculature. Elle se demanda si, sous sa carapace de vêtements, il avait la peau douce. Elle avait soif d'une plus grande intimité avec lui, d'une intimité profonde et réciproque.

Chapitre 15

Talmont, été 1141

Aliénor ressentit dans le bas-ventre une douleur qu'elle connaissait bien suivie d'un soudain écoulement de sang. Une fois encore, elle avait échoué à concevoir. Elle appela Floréta afin que celle-ci lui apporte les linges moelleux qu'elle utilisait en ces circonstances et feignit de ne pas voir la pitié qui se lisait dans les yeux de la nourrice.

Elle devrait encore une fois annoncer à Louis qu'elle n'attendait pas d'enfant. Mais, au demeurant, les visites de ce dernier étaient si aléatoires et si soumises à restrictions religieuses que leurs chances de concevoir étaient maigres. Comment planter un arbre sans graine ?

Ses règles étaient douloureuses, mais Aliénor n'était pas de celles qui restent au lit. Au contraire, elle alla s'installer près de la fenêtre avec son ouvrage de couture, là où la lumière était la meilleure. Tandis qu'elle piquait l'aiguille, Louis entra en trombe dans la chambre. Il avait le visage rouge de colère et ses yeux lançaient des éclairs.

— Ils se sont opposés à mon choix ! gronda-t-il. Comment osent-ils !

— Qui s'est opposé à votre choix ? s'enquit Aliénor en posant son ouvrage pour considérer son mari avec des yeux inquiets.

— Les moines du chapitre de Bourges, répondit-il en secouant le pli qu'il serrait dans son poing. Ils ont refusé Cadurc pour élire leur propre archevêque. Un ambitieux du nom de Pierre de La Châtre. Comment osent-ils interférer dans les volontés et le droit d'un roi consacré, élu de Dieu ! Est-ce là toute leur gratitude envers un fils dévoué de l'Église ? lança-t-il, haletant.

Aliénor le tira sous l'ogive et le fit asseoir avant de lui verser une coupe de vin.

— Calmez-vous. Leur candidat n'est pas encore en place.

— Et il ne le sera jamais !

Louis lui arracha la coupe des mains et but.

— Je ne me laisserai pas contrecarrer par ces infâmes brutes. Leur action est sans précédent. Le droit est de mon côté. Quoi qu'il arrive, je jure par saint Denis qu'ils ne l'emporteront pas.

— Je m'y attendais, confia Aliénor en esquissant un sourire navré.

Mais ce qui était fait était fait. Ne lui avait-elle pas conseillé de se rendre à Bourges afin d'y faire connaître sans ambiguïté ses intentions ? Hélas, il avait préféré croire que son autorité abolirait les distances.

— J'écrirai au pape et lui ordonnerai d'interdire l'élection, et je refuserai l'entrée de La Châtre à Bourges.

— Innocent II est en faveur des élections libres en ce qui concerne les prélats, rappela-t-elle. Il pourrait choisir de soutenir leur candidat.

— Je m'en fiche. Je refuse de laisser élire archevêque ce moine que je ne connais pas. Jusqu'à mon dernier souffle, je ferai respecter mon droit à désigner mon propre clergé en mon royaume !

Il fit une boule de la missive qu'il jeta violemment à l'autre extrémité de la pièce.

— Vous devriez écrire au pape en termes conciliants, prévint-elle.

— Je lui écrirai dans les termes qu'il me plaira. Ce n'est pas par moi que le scandale arrive dans cette affaire, maugréa-t-il en se dressant brusquement sur ses jambes.

— J'ai mes menstrues, annonça Aliénor, préférant se débarrasser des mauvaises nouvelles en une seule fois.

— Pourquoi tout est-il si compliqué ? lança-t-il dans un soupir exaspéré. Qu'ai-je fait de mal pour que tout conspire contre moi ? Je m'efforce de mener une vie exemplaire, et voici ma récompense : un clergé désobéissant et une femme stérile !

Sur ces paroles, il sortit comme un fou en renversant un tabouret avec le pied.

Aliénor appuya sa tête douloureuse contre la fraîcheur de la pierre. Le conflit qui opposait Louis aux religieux de Bourges n'aurait jamais éclaté s'il avait entretenu des relations avec les moines, ainsi qu'elle le lui avait recommandé. À présent, la rivalité et l'esprit de contradiction prédomineraient, au grand dam de Louis, et cela empoisonnerait la vie de tout le monde. Tout adulte et oint du Seigneur qu'il se pensait, il était si puéril et naïf qu'elle en venait parfois à désespérer de lui.

Il était tard. Pétronille était grise, ayant bu trop de vin à table. La semaine suivante, la Cour rentrerait à Poitiers avant de faire route vers Paris. Leur existence pastorale prendrait bientôt fin. Elle avait dansé dans ses chaussures en chevreau jusqu'à en avoir mal aux pieds. Raoul prétendait ne pas aimer la danse, mais cela ne l'empêchait pas de s'y montrer gracieux et prompt à court-circuiter les jouvenceaux qui rivalisaient pour obtenir ses faveurs. Elle avait ri aux plaisanteries des bouffons jusqu'à en avoir mal aux côtes, pris part aux chansons en frappant dans ses mains et en donnant de la voix en harmonie avec le chœur. À présent, la fête était terminée, et chacun se retirait pour la nuit, Aliénor allant retrouver ses appartements et Louis ses prières.

Raoul et Pétronille étaient assis à la table d'honneur au milieu des reliefs du banquet et des bougies qui achevaient de se consumer. Il se resservit du vin et n'en versa qu'une goutte dans la coupe de la jeune femme. Autour d'eux les serviteurs rangeaient les tables à tréteaux qu'ils empilaient contre un mur de la salle, omettant, évidemment, la table d'honneur.

— Alors, commença Raoul, à quoi boirons-nous, vous et moi ?

— Je ne sais pas, messire, répondit Pétronille avec un sourire charmeur. Vous avez davantage d'expérience que moi en la matière.

— Alors, levons nos coupes au bon vin et aux belles femmes d'Aquitaine, lança-t-il.

Et il leva sa coupe.

— « Aux belles femmes » ? répéta-t-elle en se rembrunissant.

— À une seule belle femme, se corrigea-t-il. À la très sublime sœur de la reine !

— Dites mon nom, ordonna-t-elle.

— À Pétronille !

Le timbre de sa voix lui causa un vif émoi. Elle leva sa coupe et dit :

— Au bon vin et aux hommes forts ! Et au plus imparfait cousin du roi ! s'exclama-t-elle.

Puis elle vida son verre, non sans difficulté.

— Dites mon nom, ordonna-t-il à son tour.

— Je le dis toutes les nuits à mon oreiller, mon seul confident.

Elle suivit le pourtour de sa coupe avec l'index et ajouta :

— Si votre tête reposait sur mes oreillers, vous pourriez me l'entendre prononcer.

Baissant la voix et surveillant les serviteurs à la dérobée, il rétorqua :

— Voilà qui serait fort risqué.

Pour toute réponse, elle lui jeta un regard de défi. Elle le voulait et elle l'aurait, exactement comme sa grand-mère, la bien nommée Dangereuse, avait eu son grand-père. Le risque ne faisait qu'ajouter du piquant à la chose. Ils deviendraient amants sous le nez de toute la Cour sans que nul le sache, pas même sa sœur, qui se targuait pourtant d'être au courant de tout.

— Oh oui, convint-elle. Il se fait très tard, et vous devriez me raccompagner à ma chambre.

Ils échangèrent un doux regard, et Pétronille se sentit fondre de désir. Sa sensualité et sa peur étaient à leur comble. Au fond d'elle, pourtant, demeurait une part de doute quant à l'attitude à adopter. D'un autre côté, elle avait envie de savoir si Raoul irait jusqu'au bout ou s'il regagnerait sa propre chambre. Une fois le point de non-retour atteint, ils ne pourraient plus revenir en arrière. Lorsqu'elle se leva de table, ses jambes fléchirent.

Raoul se précipita pour la soutenir. Aux yeux des serviteurs, le sénéchal du roi aidait la sœur de la reine à se tenir debout parce qu'elle avait peu judicieusement abusé du vin, et nul ne pensa à mal.

Mais au lieu de conduire Pétronille dans sa chambre, Raoul l'entraîna dans les jardins. La jeune femme, appuyée contre lui, donnait de la hanche contre la sienne en gloussant. La brise nocturne leur apportait la tiède caresse de la senteur des roses et le goût salé de l'océan. Il semblait à la jeune fille entendre le ressac, à moins qu'il ne s'agît de son propre sang qui battait contre ses tempes. Au-dessus de leurs têtes, la pleine lune affichait le renflement de son disque argenté dans un ciel bleu nuit luminescent.

Raoul l'emmena s'asseoir sous une tonnelle à demi dissimulée par des rosiers et des ancolies. Là, il la prit sur ses genoux. Pétronille passa les bras autour de son cou et inclina la tête en signe d'invitation. Il approcha ses lèvres des siennes et lui montra la marche à suivre.

Le désir monta à la tête de la jeune fille comme un vin fort. Elle se serra contre lui, s'abandonnant à l'exquise sensation. C'est alors que Raoul s'interrompit. Sa main caressait sous ses jupes la peau douce de ses cuisses presque au-delà du supportable.

— Continuez, ordonna-t-elle dans un souffle en ondulant du bassin. Continuez !

— Si je continue, vous savez que nous ne pourrons pas revenir en arrière ? Nous serons liés au sort qui nous échoira.

Le désir de Pétronille allait grandissant. Elle était avide de ses caresses et de ses attentions. Le corps mâle et musclé de Vermandois l'excitait au plus haut point. Plus rien ne comptait à ses yeux. Elle aurait tout le temps, plus tard, de s'occuper des conséquences de leurs actes.

— Personne ne le saura, si nous sommes discrets ! raisonna-t-elle, haletante.

La discrétion n'avait pas de secrets pour Raoul. Cela faisait des dizaines d'années qu'il s'y exerçait au fil d'une multitude de liaisons amoureuses. Il avait quelque peu mauvaise conscience vis-à-vis de Pétronille, mais cela ne l'aida pas à dominer son propre désir et ses pulsions de prédateur. Elle était belle, désirable, déchaînée, mais également innocente et possédée par une soif qu'il connaissait pour être aussi sienne.

Il la fit asseoir à califourchon sur lui.

— Là, doucement, dit-il. Tout doux, mon cœur. Il faut prendre son temps…

Pétronille ferma les yeux et se mordit la lèvre inférieure. Elle eut mal, mais la douleur était supportable. Puis vint le plaisir. Un plaisir puissant comme la douleur qui l'avait précédé. Elle savait que Louis et Aliénor ne connaîtraient jamais une telle extase. Ce plaisir était sien, et il n'en était que plus merveilleux. Certes, c'était là enfreindre toutes les règles ; mais comment une chose aussi délicieuse pouvait-elle être mauvaise ? Soudain, elle ne pensa plus à rien et s'abandonna dans un transport de volupté : ils étaient unis, ainsi qu'elle se l'était imaginé. Elle fut bientôt secouée d'un tremblement qui lui fit mordre le col de Raoul pour ne pas crier. Vermandois l'agrippa et donna trois brusques coups de reins avant de la soulever, afin de se retirer pour ne prendre aucun risque.

Pétronille s'effondra sur lui tandis que Raoul rejetait la tête en arrière en ahanant. Le cœur du chevalier cognait contre sa poitrine. Il n'avait pas été excité ainsi depuis sa première fois, dans la tendresse de l'âge.

Pétronille fut brusquement prise de fou rire à en perdre le souffle.

— Recommençons ! s'exclama-t-elle, les yeux brillants.

Vermandois n'en crut pas ses oreilles mais s'en amusa.

— Pas ce soir, *Doucette**. Les gens vont se demander où nous sommes passés. Une petite promenade pour prendre l'air ne peut durer jusqu'à l'aube, et nous avons probablement déjà dépassé la limite. Par ailleurs, j'ai besoin de temps pour récupérer, même si ce n'est pas votre cas.

— Mais demain ? s'enquit-elle en se penchant pour l'embrasser, se révélant une apprentie zélée.

Raoul joignit les mains sur la nuque de Pétronille et lui rendit son baiser avec une lente application.

— Nous verrons ce qu'il est possible d'organiser.

Il avait emprunté une serviette de table dont il se servit pour faire disparaître les traces de leurs ébats.

— Donnez-la-moi, suggéra Pétronille. Je la jetterai au feu.

Il la lui remit et l'aida à se dresser sur ses jambes. Elle secoua sa robe avant de l'embrasser de nouveau, savourant au passage le contact de sa barbe naissante sur sa peau tendre et la fermeté de ses mains sur ses hanches.

— Venez, lança-t-il. Il est temps pour vous de redevenir la jeune femme réservée que connaît la Cour.

Pétronille imita un bâillement d'ennui.

— L'air frais m'a fait du bien. Je pense que je vais bien dormir cette nuit. Très bien, même.

Raoul la raccompagna jusqu'à l'escalier qui menait à sa chambre. Il vérifia que personne ne les observait et l'embrassa une dernière fois avant de prendre congé et de se fondre dans la nuit.

Pétronille poussa un soupir d'aise et, éblouie, pénétra dans sa chambre. Floréta l'y attendait. Elle était dans tous ses états.

— Où étiez-vous passée ? s'écria-t-elle. J'étais morte d'inquiétude.

Pétronille virevolta au milieu de la pièce.

— Je suis allée faire un petit tour. La lune est magnifique.

— Seule ? s'enquit Floréta, scandalisée.

— Ne faites pas tant d'histoires, rétorqua Pétronille. Nous sommes à Talmont. Tout le monde sait qui je suis. Je ne suis pas prisonnière.

— Qu'est-ce dans votre main ? demanda la nourrice, le regard soupçonneux, en désignant la serviette.

— Rien, répondit sèchement Pétronille. J'ai eu envie de vomir et ne voulais pas salir ma robe.

Elle lui signifia qu'elle pouvait disposer et ajouta :

— J'ai la tête qui tourne. Allez donc vous coucher et laissez-m'en faire autant. Je me débrouillerai.

Floréta hésita puis finit par céder. Elle fit une révérence et sortit. Pétronille jeta aussitôt la serviette au pied du lit. Le feu n'étant pas allumé, elle ne pouvait détruire la preuve de sa nuit d'amour. D'ailleurs, curieusement, elle n'en avait pas envie. Cette serviette, après tout, valait bien un drap de jeune épouse. Certes, Raoul était marié ; mais quelle importance ? Il serait sien, quoi qu'il en coûtât. Il l'était déjà.

Après avoir retiré sa robe et ses chaussures, elle se mit au lit et éteignit sa lampe. Puis elle demeura les yeux ouverts à se remémorer avec délectation les événements de la soirée. Avant de s'endormir, elle prit la serviette qui se trouvait toujours au pied du lit et la glissa sous son oreiller.

Après la messe et le petit déjeuner, Aliénor alla entretenir Pétronille de leur imminent retour à Poitiers. Comme d'habitude, sa sœur était encore dans les draps, bien que réveillée et assise dans son lit. Des oiseaux semblaient avoir niché dans ses cheveux emmêlés et ses yeux étaient encore embrumés de sommeil. Floréta venait de lui apporter une bassine d'eau tiède pour ses ablutions matinales, en plus d'un peu de pain et d'un pot de babeurre.

Aliénor secoua la tête d'exaspération.

— Tu ressembles à une belle-de-nuit, fit-elle remarquer. Tout éteinte le matin et ne redressant pas la tête avant la tombée du soir.

Pétronille tourna vers elle un étrange regard évocateur accompagné de l'ombre d'un sourire.

— Ma corolle s'ouvre quand celle des autres se ferme, convint-elle avant de s'étirer.

Un arôme léger qu'Aliénor reconnut sans parvenir à en retrouver l'origine emplissait l'air de la chambre. Enfin, Pétronille se leva pour aller laver son visage et ses mains.

Les yeux d'Aliénor tombèrent alors sur une sorte de serviette qui dépassait de sous l'oreiller de sa sœur. Elle n'y eût guère prêté attention, si le linge en question n'avait été taché de sang. Elle crut défaillir sous le choc.

— Qu'est-ce que ceci ? s'enquit-elle.

Pétronille se retourna et se précipita vers la serviette, mais Aliénor fut plus rapide et s'en saisit.

— Ce n'est rien, assura Pétronille, rouge comme une pivoine. J'ai saigné du nez hier soir, c'est tout.

Aliénor déplia le linge et remarqua également des taches d'un autre genre. Quant au tissu lui-même, il était légèrement humide. Elle le porta à ses narines et reconnu aussitôt l'odeur caractéristique. Puis elle se tourna vers Floréta, qui les regardait avec ébahissement, et lui ordonna de les laisser seules.

— Et pas un mot à qui que ce soit, ajouta-t-elle.

Floréta étendit les vêtements de Pétronille au pied du lit et quitta la pièce en jetant un regard inquiet par-dessus son épaule. Aliénor attendit que le loquet ait claqué, puis elle se tourna vers sa sœur. Son regard lançait des éclairs.

— À quoi joues-tu, petite imbécile ? Ce que tu as fait là pourrait causer notre perte à toutes les deux. Qui est le coupable ? Dis-le-moi !

Pétronille croisa les bras.

— Personne, répondit-elle.

— Ne me raconte pas d'histoires ! Dis-moi qui c'est !

Pétronille releva le menton et regarda Aliénor bien en face, ses yeux marron revêtant une teinte presque dorée par contraste avec le rouge de ses joues.

— Je ne te dirai rien, parce qu'il n'y a rien à en dire.

Tournant subitement le dos à sa sœur, elle rompit un morceau de pain et l'engloutit.

Sous l'emprise de la colère et de la peine, Aliénor saisit Pétronille par le bras et l'obligea à lui faire face.

— Petite idiote ! J'essaie de te protéger. Sais-tu quels dangers tu cours ?

— Tu n'essaies de protéger que toi-même. Tu ne sais rien ! Ce que je ressens ne compte pas à tes yeux ! s'exclama Pétronille en se dégageant, la poitrine secouée de sanglots.

— Tu comptes plus pour moi que tu ne peux l'imaginer. Quelqu'un a abusé de ton jeune âge. Je le démasquerai, et lorsque ce sera fait, il le regrettera.

Pétronille demeura silencieuse. Elle prit un autre morceau de pain et le mangea, le regard insolemment buté.

Le cœur serré, Aliénor fit mine de sortir, la serviette toujours à la main, mais se ravisa aussitôt. Elle ne pouvait se permettre de faire un esclandre dans le vestibule, car cela eût signé assurément le complet déshonneur de Pétronille. En outre, la disgrâce de sa sœur entraînerait fatalement la sienne. Elle s'était elle-même montrée extrêmement prudente eu égard à Geoffroy de Rancon, évitant et renonçant à tout ce qui eût pu facilement provoquer sa propre descente aux enfers. Mais voilà que Pétronille, en commettant cet acte stupide, frivole, leur faisait courir le plus grand danger. Elle lui jeta la serviette à la figure.

— Débarrasse-toi de cette saleté ! lança-t-elle avec emportement. Par ta trahison, tu jettes l'opprobre sur moi et sur notre maison. Réfléchis-y, si ton goût égoïste des plaisirs et du badinage te laisse une once de conscience morale.

Dans un tonnerre de paroles saccadées, elle ajouta :

— Je te... faisais confiance. Tu ignores la gravité de ton erreur.

Pétronille s'enferra dans son mutisme. Si bien qu'Aliénor quitta la chambre, hésitant longuement avant de lâcher le loquet de la porte. Floréta se tenait sur le palier, se tordant les mains et paraissant bouleversée.

— Que savez-vous de cette affaire ? s'enquit avec autorité Aliénor. Répondez !

Floréta secoua la tête.

— Rien, madame. Je vous le jure ! J'ai préparé la chambre de ma maîtresse comme d'habitude. Quand il a commencé à se faire tard et que j'ai vu qu'elle ne rentrait toujours pas, je me suis inquiétée. Mais c'est alors qu'elle est arrivée avec cette serviette à la main. Elle a dit qu'elle l'avait prise parce qu'elle craignait d'être malade. D'après ses dires, elle était sortie prendre l'air.

Elle n'a pas pris que l'air…, pensa sombrement Aliénor.

— Est-elle rentrée seule ? N'était-elle pas accompagnée ?

— Non, madame.

Aliénor planta un regard sévère dans celui de Floréta.

— Ne dites rien à personne. Si cela se savait, de terribles conséquences s'ensuivraient pour nous tous.

— Vous avez ma parole, madame. Sur mon âme ! jura Floréta en se signant.

— Je trouverai le responsable. Veillez à ce que Pétronille ne quitte pas sa chambre aujourd'hui. Je ne veux pas qu'elle se montre à la Cour. Si on la demande, dites qu'elle est souffrante. Prévenez-moi au cas où elle confesserait quoi que ce soit que je doive savoir.

Floréta retourna auprès de Pétronille, et Aliénor alla prier, non seulement pour demander son aide à Dieu, mais également pour réfléchir à ce qu'il convenait de faire. Parviendrait-elle à s'extraire de ce bourbier sans être obligée d'en parler à Louis ? Si celui-ci venait à l'apprendre, il entrerait dans une de ces rages dont il avait le secret. Elle agrippa les perles de son chapelet tandis qu'un immense sentiment de culpabilité l'envahissait. Elle aurait dû surveiller Pétronille de plus près. Sa sœur avait toujours ressenti un manque d'affection qui la rendait vulnérable. Elle avait, à l'évidence, cherché au mauvais endroit l'attention dont elle avait tant besoin. Aliénor avait de forts soupçons quant à l'identité du coupable. Aimery de Niort n'avait-il pas fait connaître de longue date ses intentions ? Or, il n'était que simple chevalier, et, à ce titre, il eût été malséant qu'il épousât Pétronille.

Dieu du ciel ! Et si un enfant naissait de cette liaison ? Ce serait moins facile à dissimuler qu'une virginité perdue. Si Pétronille attendait un enfant, elle devrait entrer au couvent, du moins pour le temps de sa grossesse. Le fait qu'un homme engendrât des bâtards était sans conséquences, mais pour une femme de leur rang, c'était un déshonneur qui rejaillissait sur la famille entière. Leur grand-mère maternelle, Dangereuse de Châtellerault, avait vécu dans l'adultère avec son amant – leur grand-père paternel – au vu et au su de tous. Leur descendance continuait de porter comme un stigmate l'empreinte du scandale qui en avait résulté. En tant que petites-filles d'un débauché et d'une putain, elles devaient constamment montrer l'exemple, car c'était peu dire qu'on les attendait au tournant le jour où elles devaient montrer les preuves de leur virginité.

Elle appuya la tête contre ses poings fermés avec le sentiment que tout, autour d'elle, volait en éclats. Mais avec un peu d'astuce elle saurait recoller les morceaux à l'identique et serait ainsi seule à savoir où étaient les failles.

Aliénor considéra avec dégoût le jeune homme que deux de ses chevaliers de confiance venaient de jeter, stupéfait, à ses pieds. Pris tandis qu'il revenait de faire faire de l'exercice à son cheval, Aimery de Niort était encore vêtu de sa tenue équestre, les éperons aux talons et une cape fermée par une fibule ornée de pierreries sur les épaules.

— Restez à genoux ! ordonna Aliénor. Vous garderez cette position en ma présence.

— Madame, qu'ai-je fait pour vous offenser ? s'enquit le jeune chevalier, le regard confus.

— Vous le savez fort bien, répondit Aliénor, non sans remarquer avec colère qu'il était très bel homme. Pensiez-vous que je ne découvrirais pas votre méfait ?

— Madame, je n'ai commis aucun méfait ! s'exclama-t-il en secouant la tête de dépit. J'ignore à quoi vous faites allusion.

— Ah, oui ?

Aliénor envisagea un instant lui faire donner le fouet, la peur qui se lisait sur le visage d'Aimery de Niort étant à ses yeux un aveu de culpabilité.

— Faut-il donc que je prononce le nom de ma sœur devant vous, celui de dame Pétronille ?

Il rougit, et Aliénor perçut qu'il déglutissait avec peine.

— Je vois que nous nous comprenons, poursuivit-elle. Je pourrais vous faire fouetter et pendre pour ce que vous avez fait.

— Mais, madame, je n'ai rien fait, répéta-t-il d'une voix tendue et fêlée. J'ai seulement demandé à dame Pétronille un objet en souvenir d'elle. Quel que soit le crime dont vous m'accusez, je suis innocent.

— J'ai déjà entendu de telles protestations, répliqua-t-elle avec froideur.

— Si vous le souhaitez, je peux jurer de mon innocence sur les cendres de mes ancêtres. Quoi qu'on ait pu vous rapporter, c'est un mensonge !

Il paraissait si abasourdi et incrédule que, pendant quelques secondes, Aliénor douta de sa culpabilité. Mais sans doute était-il habile menteur. L'essentiel était de se débarrasser de lui.

— Je vous révoque de vos obligations à la Cour. Prenez votre cheval et, si vous tenez à avoir la vie sauve, disparaissez !

Sur un claquement de doigts, les gardes le poussèrent hors de la pièce tandis qu'il continuait à clamer son innocence.

Aliénor ferma les yeux. À trop y penser, elle risquait de fondre en larmes.

À cet instant, Raoul de Vermandois passa la tête dans l'entrebâillement de la porte.

— Vous m'avez fait demander, madame ?

Elle lui fit signe d'entrer.

— Oui, en effet, je voudrais vous demander conseil, et un service également.

Il la considéra avec méfiance, les épaules raides.

— Je me ferai un plaisir de vous apporter mon aide.

Elle lui désigna la place à côté d'elle sur le banc. Bien qu'elle l'eût convoqué, elle n'était pas certaine de pouvoir lui révéler l'affaire.

— Il s'agit de Pétronille, lâcha-t-elle enfin.

Le visage de Raoul ne trahit aucune émotion.

Aliénor se mordit la lèvre inférieure.

— Madame ?

— Ma sœur vous considère comme le père qu'elle a perdu, commença-t-elle. Elle a de l'affection pour vous car vous vous montrez bienveillant à son égard…

Raoul se racla la gorge et croisa les bras, mais garda le silence.

— Je me fais du souci à son sujet. Elle badine avec les seigneurs et les jeunes chevaliers. Vous vous en êtes certainement rendu compte, puisqu'il vous est arrivé d'intervenir. Elle ne songe pas aux conséquences de ses actes ; ou bien, si elle y songe, elle s'en fiche. Il faut y mettre un frein, mais discrètement, afin que les langues ne se délient pas. J'aimerais que vous gardiez un œil sur elle en chemin vers Paris, ainsi que sur tout jeune prétendant qui outrepasserait les convenances.

Raoul détourna le regard.

— Je ne suis pas digne de votre confiance, marmonna-t-il.

— Elle n'écoute que vous.

— Madame, je…

Elle l'arrêta d'un geste sur son bras.

— Je sais qu'elle n'est pas facile, mais, de grâce, c'est un service que vous me rendriez.

Il ébouriffa son épaisse chevelure argentée et laissa échapper un soupir résigné.

— Comme vous voudrez, madame.

— Merci.

Aliénor soupira à son tour, mais de soulagement.

— Je préfère que Louis n'en sache rien. Cela ne serait d'aucune utilité, vous le connaissez. Je compte sur votre discrétion dans cette affaire, messire.

Raoul acquiesça d'un hochement de tête.

— S'il l'apprend, ce ne sera pas par moi, je vous le promets.

Tandis qu'il sortait de la pièce en s'inclinant, Aliénor évacua dans un souffle la tension accumulée et ferma les yeux. Elle espérait de tout cœur contrôler la situation.

La troisième mesure qu'elle prit consista à faire venir Pétronille dans sa chambre, où elle pouvait la surveiller.

— Nous devons nous préparer pour le voyage de retour à Poitiers puis à Paris, l'informa-t-elle. Il y a beaucoup à faire. Aimery de Niort a quitté la Cour et n'y reviendra pas. Nous n'aborderons pas l'autre question, est-ce compris ?

Pétronille la regarda avec étonnement, puis, sans mot dire, alla s'asseoir dans l'embrasure de la fenêtre.

Aliénor l'y suivit.

— Perrine…

Elle eût voulu la prendre dans ses bras mais avait en même temps envie de la gifler.

— Pourquoi refuses-tu de me parler ? Nous étions si proches autrefois…

— Ce n'est pas moi, qui me suis éloignée, fit remarquer Pétronille. Tout ce qui t'intéresse, c'est le qu'en-dira-t-on. Ce n'est pas pour moi, que tu as peur ; tu as peur du scandale et de déchoir de ta position, et aussi de ce que dira Louis.

— Ce n'est pas vrai !

— Oh, si, c'est vrai ! Je ne suis que l'agaçante petite sœur qui gêne son aînée. Tu avais promis de veiller sur moi, mais tu n'as pas tenu parole, l'accusa Pétronille, se livrant, furieuse, à une attaque en règle. Tout ce que tu veux, c'est être la reine. Je ne compte pour rien à tes yeux.

— Tu te trompes. Oh, comme tu te trompes ! Évidemment que tu comptes à mes yeux !

Aliénor se sentit coupable, parce qu'il y avait du vrai dans les paroles de sa sœur, malgré leur injustice.

— Non, je ne compte pas ! s'entêta Pétronille en se levant d'un bond avant de pousser Aliénor pour passer. Et puis, d'abord, je m'en fiche, parce que je ne t'aime plus. Tu ne tiens pas tes promesses. Je te déteste ! hurla-t-elle.

Elle se dirigea en tapant des pieds vers un coffre à bagages et entreprit d'en lancer le contenu à travers la pièce. Les suivantes de la reine baissèrent les yeux et continuèrent de s'affairer comme s'il ne se passait rien d'anormal.

Aliénor ravala son amertume. Pétronille était en tout point comme leur grand-mère Dangereuse. Celle-ci avait été si versatile que lorsqu'elles étaient enfants, elles n'avaient jamais su sur quel pied danser avec elle. Toutes les émotions ordinaires prenaient chez elle des proportions démesurées ; or, Pétronille, en entrant dans l'âge adulte, semblait avoir hérité des mêmes traits de caractère. Aliénor devrait veiller à l'occuper tout en s'efforçant d'adoucir, au moins en partie, sa sensibilité à vif, avant qu'elle ne cause davantage de dégâts.

Malgré tout cela, elle aimait sa petite sœur ; et se voir rejetée par elle lui était affreusement douloureux.

Les jours suivants, Aliénor fut sur des charbons ardents ; mais à mesure que le danger de voir la fredaine de Pétronille se transformer en scandale de Cour se dissipait, elle se détendit peu à peu. La Cour s'affairait aux préparatifs de départ en vue du long voyage de retour. Quant à Louis, il était trop occupé à prier et à fulminer à cause de l'affaire de l'archevêque de Bourges pour prêter attention à d'autres remous.

Aliénor fut soulagée de constater que Pétronille avait tenu compte de l'avertissement. Après s'être confessée à l'église, elle avait adopté une attitude soumise et réservée. Néanmoins, elle refusait toujours d'adresser la parole à Aliénor, et la brouille était comme une plaie vive entre les deux sœurs, plaie pansée mais qui saignait encore.

Raoul tint parole. Il entourait Pétronille d'une attention protocolaire et courtoise lorsque celle-ci émergeait de ses appartements pour se mêler à la Cour. Il lui servait de cavalier lors des danses, prenait ses repas en sa compagnie et chevaucha même à ses côtés lorsque la Cour profita des derniers jours à Talmont pour chasser avec faucons et chiens.

La réserve polie de Raoul contrariait et irritait Pétronille. Il lui prodiguait révérences et sourires avec l'affectation d'un courtisan et faisait comme s'il ne voyait pas la façon dont elle le regardait. Il déplaisait à Pétronille d'admettre que leurs ébats dans le jardin n'avaient représenté pour lui qu'une conquête de plus et que les ragots sordides concernant son habitude de traiter les femmes comme des objets étaient vrais. Elle entreprit de l'appâter dans le but de provoquer sa réaction et de l'avertir qu'elle n'entendait pas être traitée comme un élément du décor. Un jour qu'elle le croisa dans un couloir en compagnie d'autres courtisans, elle se frotta à lui et lui jeta un regard effronté. Ce fut un franc succès : il répliqua par un regard où le désir se mêlait à la réprimande. Il n'était donc pas aussi indifférent qu'il l'affectait. Plus tard, elle s'assit à côté de lui à table et, à l'abri des regards, enroula son pied autour de sa cheville.

Raoul se dégagea aussitôt comme sous l'effet d'un fer chauffé à blanc et secoua imperceptiblement la tête, geste que Pétronille préféra ne pas voir.

Les serviteurs apportèrent les plats, qu'ils disposèrent sur la table d'honneur. Ceux-ci comprenaient des pièces de chevreuil braisé et des fruits marinés cuits à la broche et arrosés de sauces piquantes. Une de ces sauces, d'un brun pâle, était à la cannelle ; une autre, violette, était à la mûre. Une autre encore échauffait le palais grâce au gingembre qu'elle contenait.

Raoul servit à Pétronille deux brochettes, une de viande, l'autre de fruits.

— Elles ressemblent à une rangée de courtisans, glousse-t-elle. Voici Thierry de Galeran, et ce gros-là, à côté, c'est Guillaume de Montferrat. Quant à celui-ci, c'est tout le portrait de Louis. Vous voyez, ce morceau est de la même couleur que sa tunique. Dois-je le manger ? Tenez la brochette devant ma bouche pour moi.

Raoul obtempéra, et les dents de Pétronille s'enfoncèrent dans un morceau de poire marinée qu'elle déchiqueta d'une manière sensuelle, presque provocatrice. Puis elle mastiqua et avala la bouchée.

— Ne serait-ce pas formidable, si nous pouvions nous débarrasser de tous nos ennemis de cette façon ? lança-t-elle.

— J'espère que vous ne sous-entendez pas que le roi est votre ennemi ?

Pétronille haussa les épaules.

— Je parlais de tous les ennemis en général. Allons, laissez-moi à présent tenir votre brochette à votre place. Que voulez-vous manger ? Celle-ci ressemble quelque peu à Thibaut de Blois, ne trouvez-vous pas ?

Raoul secoua la tête en riant dans sa barbe.

— Vous êtes très mutine.

Pétronille le toisa d'un air sombre et mystérieux.

— Pas plus que vous, rétorqua-t-elle avant de passer sa langue sur ses lèvres.

— Chut ! s'exclama-t-il en regardant alentour. Ce n'est ni le lieu, ni le moment.

Il avait envie de l'attraper et de la faire taire en l'embrassant sauvagement sur la bouche, son corps frêle fermement serré contre le sien ; mais sa peur l'emporta sur son désir. Il remarqua qu'un des chapelains de Louis observait leurs messes basses d'un regard neutre susceptible de se transformer en condamnation d'un instant à l'autre.

— Dites-moi alors quels sont le lieu et le moment ? rétorqua-t-elle en inspirant brusquement par le nez. Vous me tenez compagnie, mais c'est comme si je n'étais pas là. C'est pourquoi je me pose des questions.

— *Doucette**, vous ne savez pas ce que vous faites.

Elle pencha la tête de côté et dit :

— L'autre jour, vous sembliez penser différemment.

Raoul, de plus en plus désemparé, déglutit.

— Si vous ne vous surveillez pas, nous serons démasqués. Souhaitez-vous vraiment en subir les conséquences ?

Il fit une grimace et ajouta :

— Nous devons trouver une issue. À présent, madame, permettez que je vous serve de ce délicieux saumon.

Il prit un plat en argent qui se trouvait devant lui, le masque du courtisan de nouveau sur son visage.

— Il se pourrait, messire de Vermandois, que vous ayez eu les yeux plus gros que le ventre, fit remarquer Pétronille avec un sourire pincé.

Il secoua lentement la tête. *Quelle plaie!* pensa-t-il.

— Aimery de Niort! s'exclama Louis à l'adresse d'Aliénor.

Cette dernière s'interrompit dans le rangement de ses bagues, bondissant intérieurement de peur.

— Son frère aîné m'a fait parvenir une demande de retour en grâce. Il dit que vous avez renvoyé Aimery sans raison et l'avez traité de façon déshonorante sans qu'il vous eût jamais manqué de respect. Allez-vous me dire ce que tout cela signifie?

Aliénor joua avec une bague sertie de petites pierres rouges semblables à des pépins de grenade.

— Il se montrait trop entreprenant envers Pétronille et j'ai dû intervenir.

Louis haussa les sourcils.

— Le renvoyer de la Cour est un peu fort pour une simple intervention.

— C'était nécessaire, croyez-moi.

Il lui jeta un regard maussade.

— Pétronille a dû l'encourager.

— Je l'ai réprimandée et sermonnée pour avoir sottement fait preuve d'imprudence, mais quand même, il faut être deux pour ce genre de danse.

Louis émit un grondement irrité.

— Il est grand temps qu'elle ait un mari, déclara-t-il. Je m'en occuperai dès que nous serons de retour à Paris.

— Tant que nous n'avons pas d'enfant, elle est mon héritière; c'est donc ma prérogative de lui trouver un conjoint qui convienne, lança Aliénor, à juste titre. Mais vous avez raison. Elle devra se marier dès qu'un parti convenable se présentera.

Chapitre 16

Poitiers, fin de l'été 1141

Encapuchonnée sous sa cape, Pétronille jeta des regards furtifs alentour, toqua trois fois à la porte puis se glissa à l'intérieur de la chambre. Raoul l'attendait assis devant l'âtre d'où s'échappait une agréable odeur de feu de bois. Son lit de voyage avait été monté dans un coin de la pièce, le couvre-lit et les draps de lin propres rejetés comme une invitation. Lorsque Pétronille entra, il se leva et s'avança vers elle, prit son visage entre ses mains et l'embrassa sur la bouche. Elle lui rendit son baiser avec avidité en émettant de petits gloussements de plaisir. Il la souleva dans ses bras et l'emmena sur le lit. Là, étendue sur le dos, elle remonta sa robe, prête à le recevoir. Il se libéra de ses braies en haletant et la rejoignit, la tenant par les hanches avant de la prendre avec la vigueur d'un jeune homme en rut.

Ils avaient tant envie l'un de l'autre que ce fut terminé en quelques minutes, leur étreinte les laissant à bout de souffle et insatisfaits, au-delà de la simple sensation physique de libération. Raoul avait l'impression que son cœur allait exploser. Plein de tendresse et de volupté, il s'allongea sur Pétronille et embrassa ses paupières, son nez, sa bouche. Il y avait de la douceur dans ces yeux sombres qui en redemandaient. Elle était belle à croquer. Il commença à la déshabiller en prenant tout son temps, et elle suivit l'exemple, mordillant, léchant et dégustant son corps, le sourire aux lèvres.

Leur deuxième ébat fut plus tranquille, et lorsqu'ils eurent joui ensemble, ils restèrent pelotonnés l'un contre l'autre. Pétronille ferma les yeux et s'abandonna à la douce caresse des mains de son amant dans ses cheveux, qu'il ramenait en arrière sur ses tempes. Elle se sentait comblée par lui. Il était le père, l'amant, le preux et honorable guerrier qui partageait ses désirs et ses pulsions. Elle ne pouvait concevoir sa vie sans lui.

— Que va-t-il advenir de nous ? s'enquit-elle. Je veux rester avec vous pour toujours. Je me fiche de la politique. Je me fiche d'être la sœur de la reine. Si nous sommes contraints à l'exil, je vous suivrai de bon cœur, pieds nus et en chemise.

— Je ne vous demanderais jamais cela, répliqua-t-il avec tact et élégance, tout en étant troublé par une telle perspective.

Aller pieds nus dans le dénuement était attrayant en théorie, mais pas dans la réalité.

— Je le ferais ! insista-t-elle.

Quittant le lit, elle alla chercher une grappe de raisins noirs sucrés dans la coupe à fruits posée sur la table. Ses longs cheveux bruns tombaient sur ses fesses. Tout en examinant sa silhouette d'un œil appréciatif, Raoul prit sa chemise.

De retour auprès de son amant, elle se pencha au-dessus de lui, un grain de raisin entre les dents qu'elle lui offrit, bouche contre bouche.

— Un légat du pape a dit autrefois à mon grand-père de quitter ma grand-mère, qui était sa maîtresse ; et mon grand-père lui a répondu que les cheveux du légat repousseraient sur son crâne chauve avant qu'il ne fasse une chose pareille. En diriez-vous autant pour moi ? Affronteriez-vous l'Église et l'État pour le bonheur de m'avoir à vos côtés ?

Le cœur de Raoul se serra devant la vulnérabilité de son regard et ses tremblements.

— Ah, ma chérie, commença-t-il en prenant ses joues dans ses mains, ne vous tracassez pas, nous trouverons une solution quand nous arriverons à Paris.

Elle lui donna un autre grain de raisin entre ses dents.

— Vous le promettez ?

— Je le promets.

Lui donnant une tape sur les fesses, il ajouta :

— Allons, rhabillez-vous !

— Seulement si c'est vous qui m'habillez, objecta-t-elle avec une étincelle espiègle dans le regard.

Raoul sourit et ramassa un de ses bas de soie.

Ce sera avec plaisir, mon amour ; un plaisir certes pas aussi grand que celui de vous déshabiller, mais tout de même un plaisir.

Soulevant sa cheville, il la caressa avec le pouce puis se pencha pour embrasser ses orteils et lécher l'espace qui les séparait. Pétronille couina de plaisir.

Après avoir expédié les affaires courantes, Aliénor et Louis allèrent se promener dans les jardins à la tombée de la nuit. Un petit vent frais s'était subitement levé, et tous deux portaient des manteaux de laine doublés de fourrure. Ils s'arrêtèrent l'un à côté de l'autre au bord de l'étang pour admirer les teintes crépusculaires qui coloraient l'onde. Aliénor se souvint de leurs ébats d'autrefois à ce même endroit. Un faune et sa nymphe racée… Cela paraissait si loin, si ancien à présent. En quelques années, ils avaient tous deux beaucoup changé, et le temps de la découverte était passé. Elle n'osa lui demander s'il se souvenait de cet épisode, car elle redoutait d'entendre la réponse. Le déclin du soleil s'accompagna ce soir-là d'une certaine tristesse, comme si ce n'était pas seulement le crépuscule du jour. C'était aussi la fin de leur séjour à Poitiers, et une fois partis, quand reviendraient-ils ?

— Je ferais mieux de retourner à mes prières, lança Louis en jetant un coup d'œil vers le ciel.

Et Aliénor le sentit se détacher d'elle.

— Dieu est tout aussi présent ici que dans une église, fit-elle remarquer. N'êtes-vous point sensible aux merveilles de sa Création ? Que peut opposer l'homme à tant de beauté ?

Sur ces mots, elle désigna à l'horizon un sombre bandeau de pourpre royale rayé d'un rouge profond.

— Même l'abbé Suger serait forcé d'en convenir. Cela est plus sublime que tous les vitraux qu'il pourrait concevoir.

— C'est vrai, admit Louis en lui prenant la main, geste spontané devenu rarissime.

Elle s'abandonna à son étreinte et lui caressa les cheveux. Son épaisse chevelure blond argenté était son plus bel atour, et elle aimait la manière dont celle-ci se balançait de chaque côté de la colonne de marbre dessinée par son cou.

— Louis..., commença-t-elle à voix basse, se disant que toute tendresse n'était peut-être pas perdue entre eux.

— Sire ?

La magie de l'instant se dissipa avec les dernières striures vermillon du couchant. Ils se lâchèrent la main et se retournèrent pour faire face à Odon de Deuil, le chapelain de Louis.

— Qu'y a-t-il ? s'enquit ce dernier d'un ton sec. Pourquoi nous interrompez-vous ?

Mal à l'aise, le prêtre se racla la gorge avant de répondre :

— Sire, Majesté, je suis navré de vous apporter une mauvaise nouvelle, mais dès que celle-ci se répandra, plus rien ne pourra l'arrêter.

— Quelle mauvaise nouvelle ? Rien ne pourra arrêter quoi ? demanda Louis. Ne parlez pas par énigme, mon bon père. Finissons-en !

Odon lança un regard vers Aliénor et s'exécuta :

— Sire, c'est une affaire en rapport avec dame Pétronille et sa relation avec un homme de la Cour.

Louis leva les mains au ciel d'exaspération.

— Encore des ragots ! J'en ai assez de tous ces cancans et de ces mesquineries.

Aliénor se figea intérieurement d'effroi. Bon sang, qu'avait encore fait Pétronille ? Depuis que la crise était passée, elle avait cru sa sœur à l'abri, sous la surveillance de ses suivantes.

— Quel homme ? s'enquit-elle.

— Madame… il s'agit du sénéchal, messire de Vermandois.

Louis expira tout l'air de ses poumons, et ses yeux revêtirent l'éclat de l'acier.

— Voilà qui est digne des ragots de Cour ! La reine et moi-même sommes parfaitement au courant de leurs relations.

L'ecclésiastique parut absolument consterné.

— Sire, Majesté, avec tout le respect que je vous dois, j'ai peine à vous croire.

Aliénor le considéra les yeux mi-clos.

— Fort bien, convint Louis en se massant le front, mais qu'on en finisse. Nous avons plus important à faire que nous occuper de ces sottises.

— Sire, Raoul de Vermandois reçoit la sœur de la reine dans sa chambre de la manière la plus licencieuse qui soit. Mon secrétaire les a entendus planifier leur rendez-vous galant et les a suivis afin de voir où ils allaient. Tout cela est vrai, je le jure. L'écuyer de Vermandois monte en ce moment même la garde pour son maître dans l'escalier.

Aliénor crut qu'elle allait se sentir mal. Ce n'était pas par hasard que le secrétaire d'Odon avait surpris Raoul et Pétronille ensemble. À l'évidence, les espions de la Cour n'avaient pas chômé.

Louis était blême.

— Passez devant, ordonna-t-il.

Le prêtre s'inclina avec raideur et, glissant ses mains dans les manches de sa bure, les invita à se diriger vers la sortie. Une délégation d'autres ecclésiastiques les attendait. Aliénor prit réellement peur lorsque Louis ordonna à des gardes de les accompagner. Quelque chose d'affreux se préparait, et elle ne pouvait rien faire pour l'empêcher.

Odon de Deuil entra dans le palais à leur tête et grimpa l'escalier à vis de la tour Maubergeon jusqu'aux appartements privés. Ils entendirent les bruits de pas de l'écuyer qui se hâtait d'aller prévenir Raoul. Les gardes de Louis passèrent devant le chapelain et se lancèrent à la poursuite du jeune homme, le rattrapant sans tarder et le frappant à coups de gourdin devant une lourde porte en bois, tandis qu'il donnait l'alerte en hurlant. Essoufflé par la montée, le père Odon agrippa l'anneau de fer forgé, le fit tourner et poussa la porte, qui s'ouvrit en grand.

Un feu rougeoyait dans l'âtre derrière un banc rembourré et une table sur laquelle étaient posés un pichet de vin et des coupes. Au fond de la chambre se trouvait un lit ; dans ce lit, Pétronille était en simple sous-chemise, le corsage défait et la poitrine à découvert. Raoul de Vermandois, en chemise et collant mais sans tunique, se tenait au-dessus d'elle, l'épée au clair, prêt à la défendre de sa vie.

Louis manqua de s'étrangler. Quant à Aliénor, elle fut médusée, car l'on ne pouvait nier l'évidence ; en outre, elle se tenait pour responsable d'avoir fait entrer le loup dans la bergerie. Pétronille avait étouffé un cri lors de l'intrusion, mais à présent elle considérait l'assistance d'un air effronté, ne faisant aucun effort pour couvrir sa nudité.

— Jetez cette épée, lança Louis d'une voix rageuse. Montreriez-vous le fer à votre roi ?

Raoul déglutit et, jetant son arme de côté, tomba à genoux.

— Sire, je peux vous expliquer…

Louis fut secoué d'un frisson.

— Vous n'avez pas votre pareil pour fournir des explications, rétorqua-t-il d'un ton glacial. Et je fus suffisamment sot pour vous écouter et vous accorder ma confiance, pendant que vous me trahissiez ainsi que Dieu. Je ne veux rien entendre, car mes yeux sont témoins de votre duplicité. C'est de la haute trahison ! Il ne me reste plus qu'à décider de votre sort.

Il se tourna vers Aliénor et, d'une voix étouffée par la colère, ajouta :

— Madame, le sort de votre sœur est entre vos mains.

Puis, pointant le doigt sur les soldats, il déclara :

— Jusqu'à nouvel ordre, messire de Vermandois devra être retenu sous bonne garde dans ses appartements et ne pourra s'entretenir avec quiconque à l'exception de son confesseur. Veillez-y.

Enfin, pivotant sur ses talons, il quitta la pièce à grands pas.

— Je vous faisais confiance ! s'exclama Aliénor avec dégoût en jetant un regard noir à Raoul. Je vous ai demandé de protéger Pétronille, et, au lieu de cela, vous l'avez déshonorée ! Puissiez-vous rôtir en enfer à jamais !

Elle fit un pas de côté afin de faire face à sa sœur qui n'était toujours pas couverte.

— Je te faisais confiance, à toi aussi, lança-t-elle.

Pétronille brava son autorité dans une attitude de mépris.

— Je l'aime, dit-elle avec violence. Tu ne sais rien de l'amour.

— Oh, mais détrompe-toi, répliqua d'un ton âpre Aliénor. Car je t'aime, et tu viens de me briser le cœur.

Au bord des larmes, Pétronille émit un gémissement presque inaudible qui resta coincé dans sa gorge. Raoul se tourna vers elle et lui couvrit tendrement les épaules de son manteau.

— Vous ne pouvez pas rester dans cette chambre, mon amour. Ils ne le permettront pas, lui glissa-t-il. D'une façon ou d'une autre, il faut régler cette question. Allez avec la reine. Tout ira bien, croyez-moi.

Levant les yeux vers Aliénor, il ajouta :

— Ne lui en tenez pas rigueur, Majesté. C'est ma faute.

Aliénor ne put lui répondre tant la rage et la honte l'étouffaient, essentiellement dirigées contre elle-même. Elle aurait dû voir venir la catastrophe, elle aurait dû se montrer plus perspicace.

— Viens ! ordonna-t-elle brusquement. Si tu ne viens pas de ton propre chef, les gardes t'y obligeront.

Pétronille tremblait mais, prenant son courage à deux mains ainsi que son manteau, elle descendit du lit puis sortit de la chambre et passa, tête haute, devant le rassemblement d'ecclésiastiques. Aliénor la suivit, n'accordant à son tour aucune attention aux prêtres, ces vautours qui attendaient que la bête soit à terre pour lui déchirer les entrailles.

— Te rends-tu compte de ce que tu as fait ? demanda Aliénor une fois à l'abri de la porte de sa chambre. Comment réparerons-nous ce scandale ? Si je m'écoutais, je pourrais te secouer comme un prunier !

— Je l'aime, répéta Pétronille d'une voix brisée en croisant les bras. Et il m'aime.

— Tu crois seulement l'aimer, rectifia Aliénor d'un ton sévère. Tu n'es qu'une enfant, et il en a profité pour te séduire.

— Ce n'est pas vrai, tu te trompes ! Et je ne suis pas une enfant !

— Dans ce cas, cesse de te comporter comme si tu en étais une ! Depuis combien de temps jouez-vous ce petit jeu au nez et à la barbe de tous ? Depuis combien de temps trompez-vous votre monde ? L'autre soir, à Talmont, la serviette… C'était avec lui que tu étais, hein ?

— Et quand bien même ? rétorqua Pétronille en relevant la tête. Ce fut la plus belle soirée de toute ma vie. Il a de l'affection pour moi. Toi, non. Tu ne t'inquiètes que de ta propre réputation en tant que reine.

Chaque affirmation de Pétronille atteignait Aliénor comme un coup de poing.

— Indépendamment de ma réputation, Raoul de Vermandois avait la confiance de ses suzerains. Il a trahi cette confiance en même temps qu'il bafouait son honneur et le tien. Il pourrait être ton père, pour ne pas dire ton grand-père. Ton silence a transformé Aimery de Niort en bouc émissaire, rappela Aliénor d'une voix pleine de répulsion. Que penses-tu que notre père dirait, s'il était encore parmi nous ? Penses-tu qu'il approuverait ?

— Il est parti et nous a abandonnées ! Mais puisque tu parles de nos ancêtres, nos grands-parents ne s'arrêtaient pas au qu'en-dira-t-on. Ils ont vécu et se sont aimés à leur guise !

— Et d'autres qu'eux en font les frais depuis, y compris toi en suivant leur exemple !

— Plutôt leur ressembler que de me racornir comme un fruit stérile !

La gifle qu'assena Aliénor à Pétronille fut le point d'orgue de la discussion. Aliénor en eut mal à la main, et, de blanche, la marque qu'elle laissa sur la joue de Pétronille, vira au rouge. Tremblante, cette dernière lui jeta un regard plein de haine, de détresse et de bravade outragée. En cet instant, Aliénor vit en elle une créature blessée qui se savait perdue et qui faisait tout pour entraîner ses meurtriers avec elle dans sa chute.

— En sommes-nous donc arrivées là, murmura Aliénor. À n'être plus que deux ennemies ? N'avons-nous pas assez de rivaux sans nous déchirer entre nous ?

La lueur de violence qui brillait dans les yeux de Pétronille s'éteignit. Elle fut secouée par un terrible sanglot, puis par un autre et encore un autre, comme si elle se fissurait en mille éclats.

— Perrine…

Il était cruel pour Aliénor de voir sa sœur dans une telle détresse. Elle la prit dans ses bras et la serra fort. Des larmes coulèrent sur son visage tandis que Pétronille sanglotait. Que sa sœur était fragile et vulnérable ! La castration serait un châtiment trop clément pour Raoul de Vermandois.

Une fois le gros de l'orage passé, Aliénor fit approcher Pétronille du feu et lui tendit un mouchoir pour sécher ses larmes, puis elle versa du vin dans deux coupes.

— Où avais-tu la tête ? s'enquit-elle. Il était fatal que la vérité éclatât tôt ou tard. Tu n'aurais jamais pu garder une telle relation secrète.

— Nous vivions dans l'instant, expliqua Pétronille en reniflant. L'avenir n'avait pas d'importance.

— L'avenir est toujours important !

Pétronille tendit sa main droite à Aliénor, paume vers le ciel, et dit :

— Pourquoi ne nous laissez-vous pas tout simplement en paix ? Raoul et moi, nous pouvons nous exiler ensemble quelque part. Tu peux nous trouver un fief en Aquitaine. D'autres s'occuperont de nous. Personne ne saura rien.

Aliénor était abattue et déconfite.

— Évidemment que les gens sauront ! C'est impossible. Il ne suffit pas d'oublier le monde pour que le monde nous oublie. Raoul de Vermandois et toi ne pouvez tout bonnement pas disparaître à la campagne comme un simple couple de paysans.

— Tu es reine de France, tu peux arranger cela, rétorqua Pétronille d'un air mutin. Tu as ta vie et ton mari. Au nom de quoi n'aurais-je pas, moi aussi, ma vie et mon mari ?

Aliénor considéra sa sœur sans en croire ses oreilles.

— Raoul n'est pas libre de se marier. Il est marié à la sœur de Thibaut de Blois. Il a un enfant. Ce que tu as fait se résume à un acte de fornication et d'adultère.

— Il n'aime pas sa femme. Il ne rentre jamais auprès d'elle.

— Être liée à Raoul n'est pas la meilleure façon d'être heureuse.

— Que connais-tu de la meilleure façon d'être heureuse ? s'enquit Pétronille. Peux-tu me regarder dans les yeux et me dire que tu es heureuse avec Louis ?

— Ma situation diffère de la tienne, et mes relations avec Louis ne sont pas le sujet.

— Ah, ah, ah ! repartit Pétronille en se levant pour faire les cent pas tout en se frictionnant les bras. Fais à ta guise, mais je ne changerai pas d'avis.

Quel gâchis ! pensa Aliénor. Elle avait cru, au début, étouffer un menu scandale, une fredaine de jeunesse, mais l'affaire avait pris des proportions qui empêchaient toute tentative de dissimulation. Elle songea à envoyer Pétronille dans un couvent à Saintes, mais écarta cette possibilité par égard pour les religieuses. Si seulement elle n'avait pas été aussi aveugle ! Mais il était trop tard pour se lamenter à présent. Le mal était fait.

Chapitre 17

Paris, automne 1141

La Cour, sombre et silencieuse, arriva à Paris après une semaine de voyage ininterrompu sur les pénibles routes automnales. Raoul était sous haute surveillance ; autorisé à chevaucher sur sa propre monture, il était néanmoins tenu à l'écart de Louis.

Les deux hommes avaient eu des mots durs, le soir de la catastrophe de Poitiers ; ou, plutôt, Louis avait hurlé, tandis que Raoul s'était tu de honte. Depuis ce jour-là, ils ne s'étaient plus adressé la parole. Prenant modèle sur le roi, le reste de la Cour rejetait Raoul, si bien que tout en chevauchant parmi ses semblables, il était comme transparent à leurs yeux, lui qui avait été le cœur et l'âme de tant de périples, grâce à ses anecdotes et à son humour ! Pétronille était également sous bonne garde, voyageant dans une litière à bonne distance de Raoul.

Dès leur arrivée à Paris, Raoul fut conduit sous escorte jusqu'à une chambre afin d'y être consigné à demeure pendant qu'on emmenait Pétronille aux appartements d'Aliénor où, sous la protection de sa sœur, elle fut privée de tout contact avec son amant. Elle continua de faire sa tête de mule et s'entêta dans l'absence de repentir, bien qu'Aliénor l'entendît pleurer derrière les rideaux tirés du lit. Celle-ci, malgré la promesse qu'elle s'était faite de rester de marbre, sentit son cœur se serrer devant les souffrances de sa petite sœur si vulnérable.

— Louis, puis-je vous entretenir en privé ? s'enquit Aliénor.

Il leva le nez d'un document.

— À quel sujet ?

— De l'affaire qui nous occupe.

Après une seconde d'hésitation, il ordonna qu'on les laissât seuls.

S'approchant de la fenêtre, Aliénor lui désigna les banquettes.

— Venez vous vous asseoir avec moi ?

Un pichet se trouvait à proximité. Elle remplit deux timbales de vin.

Il soupira et jeta d'un geste vif le parchemin sur la table.

— De quoi s'agit-il ? s'enquit-il en croisant les bras, sans pour autant faire mine de la rejoindre.

Elle but à petites gorgées. Le vin venait de Bordeaux. Il lui rappela son pays.

— Je réfléchis à ce qu'il convient de faire concernant Pétronille et Raoul. Nous ne pouvons les garder indéfiniment sous les verrous.

Louis haussa les épaules.

— Donnez-moi une raison de desserrer la bride ? Ils ont gravement offensé Dieu, et nous ont tous deux trahis. Si vous êtes venue plaider leur cause, alors vous vous êtes déplacée en vain.

Son ton moralisateur l'irrita.

— Quelle que soit la gravité de la faute, cela ne résout pas le problème. Je conviens qu'ils doivent faire pénitence, mais je considère également qu'ils ont le droit de recouvrer une vie normale. Vous avez besoin de Raoul comme conseiller, et Pétronille ne peut passer sa vie entière dans sa chambre.

Louis examina ses ongles, puis il laissa enfin échapper un soupir et, se levant de sa chaise, rejoignit sa femme à la fenêtre.

— Si Raoul et votre sœur acceptent de se confesser et de passer du temps en pénitence à méditer sur leur péché, je verrai ce que je peux faire.

— Merci ! s'exclama Aliénor, avant de s'empresser de baisser les yeux, sachant que céder un peu de terrain était le plus sûr moyen de l'adoucir.

Elle s'attendait à ce que Pétronille ne fasse montre d'aucun repentir, mais pourvu qu'elle affectât d'avoir du remords, ils sortiraient peut-être enfin de cette impasse.

Au bout d'un moment, elle dit d'un ton songeur :

— Ce serait tellement plus simple, si nous étions des gens ordinaires ignorés du regard de tous. Pétronille et Raoul pourraient se marier, et nul n'en pâtirait.

Louis la considéra d'un œil désapprobateur.

— Raoul a une femme. Il ne peut pas se marier.

— Il a su commodément l'oublier, lorsqu'il a séduit ma sœur, fit-elle remarquer d'un ton acerbe. Certes, il a une femme, mais il vit depuis longtemps séparé d'elle.

— Elle est la sœur de Thibaut de Blois.

— Oui, et Thibaut a bravé votre autorité à deux reprises comme si vous n'étiez pas son suzerain. S'ils se mariaient, Pétronille serait à l'abri avec l'homme qu'elle aime, et vous ne seriez pas contraint de vous passer de Raoul. Les critiques devront être réprimées, mais à terme, la Cour n'aurait d'autre choix que d'accepter cette union.

Louis mordilla la phalange de son pouce.

— Tout ce qu'il vous resterait à faire serait de demander que soit prononcée la nullité du mariage de Raoul, afin qu'il puisse épouser Pétronille, expliqua-t-elle d'une voix douce et persuasive. Ce qui résoudrait notre dilemme.

Louis parut des plus sourcilleux.

— Certes, cela se peut, répondit-il en détachant chaque mot, mais il nous faudra trouver des évêques disposés à prononcer la nullité du mariage.

— J'y ai réfléchi. L'évêque de Noyon est le cousin de Raoul, et ceux de Laon et de Senlis seront également d'accord pour nous aider.

Tous étaient des ecclésiastiques susceptibles d'être corrompus ou qui avaient un intérêt dans l'affaire. Ce sous-entendu flotta dans l'air comme une odeur nauséabonde, mais Aliénor était déterminée à redresser la situation en faveur de Pétronille. Ils rencontreraient de l'opposition, mais une fois que Louis se serait prononcé, elle pourrait compter sur lui : il mènerait le processus à terme. Bien sûr, il y verrait davantage l'occasion d'infliger un camouflet à Thibaut de Blois que d'assurer l'avenir de Pétronille, mais quelle importance ?

— Très bien, je vais leur écrire, annonça-t-il d'un ton sec. Mais gardons le secret jusqu'à ce que le plan ait abouti. Cela ne fera aucun mal à votre sœur et à Raoul de se repentir quelque temps, pendant que nous œuvrons à leur insu.

— À votre guise.

— Vous aviez déjà tout prévu avant de venir me trouver, n'est-ce pas ?

Elle leva les yeux vers lui et posa les mains sur son torse.

— Seulement une petite partie, mentit-elle. Cette affaire me causait du souci, voilà tout, et je voulais vous en parler. Je savais que vous sauriez quoi faire.

Une lueur lascive dans les yeux, il la prit par les hanches et l'embrassa. L'idée d'infliger un affront à Thibaut de Blois par l'intermédiaire de sa sœur l'emplissait d'un sentiment de puissance et de rectitude royale qui se traduisit par un brusque et violent désir sexuel. Par ailleurs, il éprouvait le besoin de remettre sa propre femme à sa place.

Aliénor réagit favorablement à son excitation, pour la raison qu'elle l'avait amené à faire ce qu'elle voulait. Elle avait résolu le problème de Raoul et Pétronille, et peut-être que cette fois-ci, elle concevrait un enfant.

Une pluie glaciale avait transformé les rues de Paris en un bourbier infect. Il était impossible de se déplacer sans souiller ses chaussures et ses vêtements. Même en contournant les flaques ou en sautant par-dessus, on ne pouvait éviter les répugnantes éclaboussures de fange.

Au palais, les volets restaient ouverts pour laisser entrer la lumière, mais la puanteur de la ville en profitait pour venir s'ajouter à l'odeur de moisi de la pierre détrempée par un automne humide et froid.

Enveloppée dans sa chaude pelisse doublée de poil d'écureuil de Russie, Aliénor était assise devant le feu ; elle tenait dans ses mains un parchemin au bas duquel pendaient des cordelettes retenues par plusieurs sceaux. Malgré le temps maussade et la pestilence, elle souriait.

La porte s'ouvrit, et Pétronille entra suivie de sa désormais habituelle escorte de suivantes, toutes des matrones au visage grave. Elle jeta son manteau en travers d'un coffre et retira d'un coup sa coiffe pour laisser retomber ses longues nattes brunes.

— En voilà assez ! s'exclama-t-elle, des éclairs dans le regard. Je suis plus blanche qu'un agneau à force de confessions. J'ai passé toute la matinée à laver les pieds empoissés et puants des pauvres. Je leur ai distribué du pain et des aumônes, et j'ai posé le doigt sur leurs plaies.

Faisant la grimace, elle poursuivit :

— J'ai inhalé leur odeur putride, puis l'ai offerte à Dieu dans un souffle d'oraison. J'ai ployé le cou et demandé pardon.

Regardant Aliénor d'un air de défi, elle s'empressa d'ajouter :

— Je n'ai pas demandé pardon d'aimer Raoul, mais parce que j'en ai assez qu'on me tourne le dos. Je suis toujours celle que j'étais avant, sauf que tout le monde me déteste à présent.

— Personne ne te déteste, assura Aliénor en s'efforçant de ne pas laisser paraître son impatience. Viens t'asseoir près de moi.

Pétronille soupira et s'approcha de sa sœur dans un mouvement d'humeur et un bruissement d'étoffe. Elle reprit son ouvrage de couture, qu'elle avait abandonné un peu plus tôt pour se rendre à l'église. C'était un ourlet de tunique orné d'une frise de feuilles d'acanthe brodée au fil de soie vert.

— Écoute, je ne sais pas si cela fera une différence à tes yeux, mais Louis et moi avons réfléchi à une possible nullité du mariage de Raoul, et tout nous porte à penser que cela peut se faire.

Pétronille laissa tomber son ouvrage sur ses genoux.

— La « nullité du mariage » ? répéta-t-elle en ouvrant de grands yeux.

— Je n'ai pas voulu t'en parler avant que l'affaire soit avantageusement engagée ; en outre, tu devais faire pénitence. Quoi qu'il en soit, nous avons l'accord de trois évêques.

Sur ces mots, elle tapota le document qu'elle avait en main.

— Si tout se passe au mieux, poursuivit-elle, Raoul et toi serez en mesure de vous marier dès que tout sera prêt.

Pétronille posa les deux mains sur sa poitrine, comme pour empêcher son cœur de bondir au-dehors, et étouffa un petit cri. Aussitôt, Aliénor, inquiète, se pencha vers elle, mais Pétronille secoua la tête et partit d'un grand rire triomphant.

— Je savais que tu ne me laisserais pas tomber ! Au bout du compte, nous sommes bien du même sang. C'est un miracle !

Comme je l'ai appelé de mes vœux et de mes prières, chaque fois que, à genoux, je lavais les pieds des pauvres !

Sans plus de cérémonie, elle se jeta au cou d'Aliénor et l'embrassa.

— Merci, grande sœur, merci !

Aliénor lui rendit son étreinte tandis que des larmes brûlantes lui piquaient les yeux. Elle aimait Pétronille d'un amour inconditionnel.

— Je promets d'être gentille à partir de maintenant. Je serai la meilleure épouse qui soit ! promit Pétronille. Nous serons bonnes amies, exactement comme nous l'étions avant que tout cela n'arrive.

Pour sa part, Aliénor savait qu'elles ne reviendraient jamais en arrière. Elle était trop lucide pour ne pas s'apercevoir que la situation avait changé du tout au tout. Trop de paroles blessantes avaient été dites, trop d'eau avait coulé sous les ponts. Malgré tout, quel plaisir c'était d'être à nouveau dans les bras de Pétronille et de savoir que certains liens, au moins, bien qu'ayant été mis à rude épreuve, demeuraient solides.

— Qu'en est-il de Raoul ? s'enquit Pétronille. Est-il au courant ?

— Louis s'apprête à lui annoncer la nouvelle. Nous attendions la confirmation des évêques.

Levant le doigt en signe d'avertissement, Aliénor ajouta :

— Mais je peux dès à présent te dire que nous rencontrerons une forte résistance. Thibaut de Blois n'y souscrira pas, parce qu'il y verra un affront à sa lignée. Louis et lui sont déjà en mauvais termes à cause de Toulouse, et cela ne fera qu'envenimer leurs relations. Je m'attends à ce qu'il fasse lui-même appel à des ecclésiastiques de son choix afin qu'ils réfutent nos arguments.

— Ils n'obtiendront pas gain de cause, assura Pétronille en secouant la tête avec véhémence.

Puis, étreignant de nouveau sa sœur, elle ajouta :

— Je te promets de ne plus rien demander, à présent que j'ai Raoul. Il est tout, pour moi !

Aliénor sourit. Toutefois, elle ne partageait pas entièrement la joie de sa sœur, car être comblée par une seule et unique chose était un bonheur à double tranchant qui exposait à de grandes pertes.

Raoul se présenta avec appréhension dans les appartements de Louis. Un rapide coup d'œil lui apprit que l'ensemble des serviteurs avait été congédié pour l'occasion. L'abbé Suger, le frère de Louis, Robert de Dreux, et ses oncles, Guillaume de Montferrat et Amédée de Maurienne, avaient, en revanche, été convoqués.

— Sire, salua Raoul en se prosternant à genoux.

C'était la première fois qu'il revoyait Louis depuis de longs jours. Bien que n'étant plus, à strictement parler, consigné chez lui, il était toujours sous bonne garde. Sa défaveur lui avait fait perdre sa position privilégiée au sein des premiers cercles du pouvoir pour se voir mis de côté ; il se savait donc très vulnérable. Les seigneurs qui tombaient en disgrâce étaient couramment éliminés.

Louis lui ordonna de se relever.

— Vous paraissez ici pour répondre de votre conduite envers la sœur de la reine, résuma Louis d'un ton glacial.

Raoul baissa la tête.

— Sire, ma vie est entre vos mains. Je ne demande pas la clémence. Je ferai ce que je dois pour me racheter.

Louis prit un air dédaigneux.

— Cela va sans dire. Vous avez toujours eu la langue bien pendue, mais j'espère pour vous que, cette fois, vous joindrez les actes à la parole !

Raoul se racla la gorge.

— Sire…

— C'est une affaire privée et une affaire d'État, l'interrompit Louis. Quelle que soit ma décision, elle aura des répercussions bien au-delà de ces murs. Afin de redresser vos torts, vous épouserez la sœur de la reine.

Raoul dévisagea le roi, bouche bée.

— Trois évêques, dont votre cousin, acceptent de déclarer votre mariage avec Éléonore nul et non avenu, ce qui vous laisse libre d'épouser dame Pétronille.

Louis fit une moue ennuyée et ajouta :

— Je pourrais vous réserver un autre sort, mais cela semble la meilleure solution.

— Je ne sais que répondre, lança Raoul en déglutissant péniblement.

— Ce serait bien la première fois ! intervint Robert de Dreux d'un ton hargneux.

Louis jeta un regard de mise en garde à son frère.

— Le mariage aura lieu aussitôt que les évêques auront prononcé la nullité. En attendant, vous irez avec l'abbé Suger à Saint-Denis, où vous ferez pénitence jusqu'au jour de vos noces.

Raoul sentit son estomac se nouer. Il appréciait Saint-Denis, à condition d'y entrer et d'en sortir promptement. Mais avait-il le choix ? Sa vie était en sursis, de toute façon, car Louis eût pu le faire assassiner depuis longtemps déjà. Les vieux dignitaires le regardaient avec un mépris mal dissimulé.

— Sire, c'est une grâce que vous me faites, dit-il enfin.

— Pas le moins du monde, rétorqua Louis. Je n'agis, en l'occurrence, que par intérêt, et poussé par la nécessité. Aucune grâce ne saurait découler de cette scandaleuse affaire.

Raoul quitta la chambre du roi dans un état d'étourdissement, mais il ne tarda pas à comprendre et à hiérarchiser les avantages que présentait la reconnaissance de la nullité de son mariage. Éléonore et Raoul se voyaient de loin en loin, et lorsqu'ils se rencontraient, ils se parlaient à peine. Elle serait probablement ravie d'être débarrassée de lui. La seule raison qu'elle aurait de s'y opposer serait son refus de déchoir socialement. Il eut un léger pincement au cœur pour elle en y songeant, mais cela ne pouvait être évité.

Il préféra reporter ses pensées sur Pétronille. Il l'aimait sincèrement et, indépendamment de toute attirance sexuelle, il n'était pas négligeable qu'elle fût la sœur d'Aliénor, car tant que celle-ci n'enfantait pas, Pétronille était l'héritière du duché d'Aquitaine. S'il lui faisait un enfant, leur progéniture hériterait en ligne directe du duché. En vérité, malgré l'épreuve qu'on lui avait récemment infligée et les difficultés encore à venir, il y gagnait au change.

Pétronille et Raoul furent unis dans la discrétion aux fêtes de Noël en la chapelle Saint-Nicolas du palais royal, la cérémonie ayant été intégrée aux célébrations plus étendues de la Nativité. Pétronille portait une robe de laine rouge foncé doublée d'hermine. Quant à Raoul, il était visiblement follement épris de sa jeune épouse, et ce à juste titre. Pourtant, l'attrait exercé sur la mariée par ce borgne qui avait passé la cinquantaine ne sauta pas aux yeux de la Cour. Quoi qu'il en fût, elle était tout aussi amoureuse de lui qu'il l'était d'elle.

Après la cérémonie, le couple se retira dans le fief de Raoul, au nord de Paris, dans l'intention d'y séjourner en attendant que le scandale soit complètement retombé. Hélas, les ennuis couvaient. Thibaut de Blois, rendu furieux par l'affront fait à sa sœur, traita Raoul de fornicateur, d'adultère et de corrupteur de la jeunesse. Bernard de Clairvaux se rallia à sa cause et, ensemble, ils engagèrent des démarches auprès du pape. Non content de cela, Thibaut infligea un camouflet à Louis en volant au secours de Pierre de La Châtre – évêque de Bourges élu contre l'avis du roi –, lui offrant un abri sûr à sa Cour.

Louis menaça aussitôt de faire trancher la tête à La Châtre et de l'exhiber au sommet d'un pieu sur le Petit-Pont à Paris, à côté de celle de Thibaut, pour faire bonne mesure. Il fit publiquement serment à Saint-Denis que, lui roi, jamais Pierre de La Châtre ne franchirait le portique de la cathédrale de Bourges. Le pape Innocent II contre-attaqua en jetant l'interdit[1] sur tout le royaume de France. Louis répliqua par une lettre outrée dans laquelle il rappelait qu'il avait toujours soutenu l'Église et qu'il révérait le pape. Il faisait également remarquer que la véritable influence pernicieuse émanait des ecclésiastiques rebelles de Bourges, de mèche avec Thibaut.

Le silence qui s'ensuivit ressemblait au calme qui précède la tempête. Louis vivait dans un état de tension permanente, toujours prêt à en découdre ; la Cour sursautait au moindre bruit de pas.

Aliénor était dans sa chambre, où elle faisait le tri dans ses bagues. Elle avait l'intention d'en offrir un certain nombre en cadeau à des personnes dont elle était satisfaite des services. Un bijou, en particulier, qui se trouvait au fond de son coffret, attira son attention par son brillant. Elle le glissa à son doigt. Cette bague avait appartenu autrefois à sa grand-mère Philippa et était sertie de plusieurs rubis semblables à des pépins de grenade. Les pierres étaient censées symboliser

1. Terme de droit canon. Sentence ecclésiastique qui prive d'un certain nombre de biens spirituels, et défend notamment à un prêtre de célébrer ou de recevoir les sacrements, ou qui, autrefois, prohibait l'exercice du culte dans un lieu. (*NdT*)

les femmes de sa lignée qui s'étaient transmis le bijou de génération en génération.

Aliénor étendit les doigts afin de l'admirer et se demanda si elle aurait un jour l'occasion de le transmettre à sa descendance. Louis continuait de lui faire l'amour par intermittence, mais sans succès. Les gemmes écarlates eussent tout aussi bien pu symboliser le sang qu'elle perdait chaque mois à cause des trop rares attentions de son mari et de l'échec de celui-ci à la féconder.

Ses pensées furent interrompues par des coups répétés à la porte. Gisela ouvrit. Un écuyer rouge comme une tomate et pantelant apparut dans l'encadrement.

— Madame, le roi vous fait mander sans tarder !

— Que se passe-t-il ? s'enquit-elle en se levant.

— Une missive du pape est arrivée. Le roi vous demande.

À en juger par la mine du garçon, le pape n'annonçait pas de bonnes nouvelles. Elle demanda à Gisela de l'accompagner et suivit l'écuyer chez le roi.

Louis était devant son lutrin, un rouleau de parchemin serré dans une main. Il avait sa mine des mauvais jours. Lorsque Aliénor pénétra dans la pièce, il lui jeta un regard furieux.

— Thibaut de Blois a réuni à Troyes un concile sans m'en avertir, et ce, en présence du légat du pape. Voyez où nous en sommes à présent !

Sur ces paroles, il lui tendit le parchemin d'un geste brusque.

Aliénor blêmit au fur et à mesure de sa lecture. Le pape soutenait la contestation du mariage entre Raoul et Pétronille que Thibaut de Blois lui avait soumise au nom de sa sœur. Il déclarait, par conséquent, non valide l'union des deux amants et suspendait les évêques qui avaient signé l'acte de nullité du premier mariage de Raoul. En outre, Innocent II ordonnait aux deux époux illégitimes de cesser toute vie commune sous peine d'excommunication, et s'étonnait au passage que Louis ait cautionné une telle union.

— Je ne me laisserai pas dicter ma conduite par des prélats fouineurs, rugit Louis. Ce n'est pas Dieu qui parle à travers eux, et je ne tolérerai plus la moindre interférence de la part de Thibaut de Blois ou du pape !

— Vous devez agir, suggéra Aliénor, se demandant qui ils pourraient charger d'intervenir en leur faveur auprès du pape à Rome.

— Telle est bien mon intention. Je vais réduire à néant ce guêpier champenois ! Quand un insecte vous pique, on l'écrase sous le talon.

Plus tard, dans leur chambre, Louis prit Aliénor avec toute la fougue issue de sa rage. Il se montra insensible à la douleur qu'il lui infligeait, passant sa mauvaise humeur sur son corps, comme si tout était sa faute. Aliénor prit son mal en patience, parce qu'elle savait qu'une fois qu'il aurait consommé son plaisir, sa colère retomberait et il redeviendrait influençable. Il était semblable à un enfant capricieux. Lorsqu'il eut terminé, il rajusta son vêtement et, sans dire un mot, s'empressa de quitter la chambre. Aliénor savait qu'il était parti prier pour implorer à genoux le pardon de Dieu et lui demander de frapper mortellement ses ennemis.

Le corps endolori à cause de la violence de l'assaut, mais contente d'être enfin seule, Aliénor se blottit contre son oreiller et s'efforça de trouver une solution au problème de l'opposition papale, mais aucune ne se fit jour. Innocent II était têtu comme une vieille mule, et lorsqu'il consentait à écouter, c'était à des fauteurs de troubles du genre de Bernard de Clairvaux – l'apôtre de Thibaut le Grand – qu'il prêtait l'oreille. Enfin, elle se leva, alluma une bougie et s'agenouilla en prière. Hélas, ce rituel, qui se révélait une excellente préparation au sommeil, ne lui fournit aucune réponse.

Chapitre 18

Comté de Champagne, été 1142

Louis prit une gorgée de vin, la fit tourner dans sa bouche et se pencha par-dessus le garrot de son destrier pour la recracher. L'eût-il avalée qu'il en eût été incommodé. Cela faisait plusieurs jours qu'il souffrait de coliques, mais pas au point de devoir renoncer à monter à cheval. C'est pourquoi l'invasion et la mise à sac de la Champagne progressaient bien. Il avait franchi des frontières à la fois géographiques et morales. Depuis que les moines de Bourges avaient élu leur propre archevêque, allant ainsi à l'encontre de ses souhaits, sa contrariété et sa fureur n'avaient cessé de s'accroître, venant s'ajouter au marasme qui couvait déjà en lui. Il était resté le petit garçon plein de confusion que l'on avait enlevé à sa nourrice pour le confier à l'Église afin d'y être élevé à la dure. Puis il avait dû s'accommoder de l'humiliante désapprobation de sa glaciale et rigide génitrice, qui n'avait vu en lui qu'un pis-aller incapable de se montrer à la hauteur. À présent, il enrageait face à la perfidie et aux mensonges de ceux en qui il avait mis sa confiance. Il se sentait possédé par le diable. Il faisait des rêves effrayants, où des démons l'attrapaient par les pieds et l'entraînaient au fond de l'abîme, tandis qu'il cherchait en vain à s'agripper aux parois glissantes du gouffre. Les bougies qu'il gardait allumées pendant son sommeil ne suffisaient pas à lui procurer la lumière nécessaire à sa paix mentale, et il recourait désormais à un chapelain et à un chevalier de l'ordre des Templiers pour veiller à son chevet la nuit durant.

Entre deux avancées à travers la Champagne, Louis passait son temps en dévotions, mais son esprit restait brumeux, Dieu ne se manifestant à lui qu'en lui accordant victoire sur victoire le long de la vallée de la Marne. Son armée ne rencontra aucune résistance et se livra à une série de pillages et de razzias, foulant les vignobles avec leurs chevaux, incendiant les champs, ne laissant que ruines et cendres derrière eux. Chaque ville que Louis prenait et mettait à sac était un coup victorieux porté au comte Thibaut et aux moines de Bourges. Il avait le sentiment de défendre l'honneur de sa famille et de venger tous les vieux affronts infligés par le comte de Blois à la maison du roi. Il s'était égaré à tel point du droit chemin qu'il en avait perdu tout repère, sa seule certitude étant qu'il était roi de droit divin et que tous se devaient de courber l'échine sous le joug de son gouvernement.

Face à son armée s'étendait la ville de Vitry, à proximité de la Saulx. Les habitants avaient construit des barrières de fortune avec des souches d'arbres et des charrettes renversées, en plus de quoi ils avaient consolidé au mieux les remparts de la ville avec des gravats. Malgré cela, ils furent impuissants à repousser l'attaque des mercenaires de Louis.

L'assaut fut féroce et cruel. Les incendies fleurirent sous les toits et gagnèrent les granges avant de se propager rapidement de maison en maison, attisés par un vent chaud estival. Posté en hauteur, Louis contint son étalon et regarda ses troupes dévaster la ville. Les cris de guerre et le bruit des armes qui s'entrechoquaient s'élevaient au-dessus des nuages de fumée et des langues entortillées des flammes. Une douleur sourde lui enserrait les tempes, et il lui semblait que toute l'ignominie qu'il avait accumulée en lui était sur le point de jaillir en une masse sombre et luisante, le libérant du poids qu'il avait sur l'estomac. Sa cotte de mailles pesait moins sur ses épaules que ses péchés.

Son frère, Robert, le rejoignit, confortablement installé sur sa selle mais tenant la bride courte à son destrier. Le soleil se reflétait sur son haubert et sur son heaume en mille éclats étoilés.

— Avec le vent qui vire, il ne restera rien de la ville d'ici à demain matin, fit-il remarquer.

— Thibaut de Blois n'aura qu'à s'en prendre à lui-même, lâcha Louis d'un air sombre.

Robert haussa les épaules.

— Mais je me demande ce que nous revaudra tout cela…

Un silence maussade s'étira entre les deux frères.

Brusquement, Louis se détourna de Robert et alla se reposer à l'ombre de sa tente pendant que Vitry se consumait dans les flammes.

La toile de tente atténuait quelque peu l'éprouvante chaleur du soleil. Louis congédia tout son entourage et s'agenouilla pour prier devant son petit autel portatif. L'or et le marbre frais de cet objet, qui recélait diverses reliques de saints, le soulagèrent momentanément de l'obscurité sanguinaire qui s'était emparée de son esprit et lui battait les tempes. Bernard de Clairvaux l'avait prévenu : Dieu avait le pouvoir de reprendre le souffle aux rois. C'était pourquoi Louis avait en cet instant une conscience aiguë de sa propre respiration, ainsi que de ses lourds péchés, symbolisés à ses yeux par son haubert. Tout en récitant le Notre Père, il compta les perles de son chapelet en les faisant rouler sous ses doigts, s'efforçant de recouvrer son calme au contact de la surface lisse et fraîche des agates.

Les rabats de la tente s'ouvrirent en claquant et Robert passa la tête à l'intérieur.

— L'église est en feu, annonça-t-il. La plupart des habitants de la ville se sont réfugiés à l'intérieur, femmes et enfants compris.

Louis le dévisagea. Une lueur de lucidité accompagnée d'un sentiment d'effroi pointa dans son esprit. Si les moines de Bourges avaient mérité tous les châtiments qui leur étaient échus, l'Église, au sens large, restait sacrée. La dévastation des domaines de Thibaut avait pour condition que les serfs puissent s'enfuir chercher refuge ailleurs.

— Je n'ai rien ordonné de tel ! s'exclama-t-il en se dressant brusquement sur ses jambes.

— Le feu s'y est propagé depuis les habitations, à cause du vent.

— Eh bien, laissez les habitants s'enfuir.

Louis avait posé son épée pour prier. Il la reprit.

— Donne l'ordre aux hommes de se tenir à l'écart.

— Il est trop tard pour cela, mon frère.

Pris de nausée, Louis sortit de la tente derrière Robert, et ensemble, ils regagnèrent leur poste d'observation. L'église n'était effectivement plus qu'un brasier. Du toit et des murs, il ne restait rien qui ne brûlât. Le vent avait tourné, et les flammes bondissaient vers le ciel, semblables aux langues voraces d'une myriade de démons. Personne n'eût pu survivre à un tel embrasement.

— Qu'on l'éteigne ! ordonna Louis, en proie à une vive émotion.

Son visage était parcouru de tics nerveux.

— Organisez une chaîne humaine pour acheminer des seaux depuis la rivière, ajouta-t-il.

Il lui sembla sentir la brûlure de sa cotte de mailles chauffée à blanc sur sa peau. Il en porterait la marque infamante et ineffaçable. Des lueurs d'incendie dansaient au bout des lances.

Robert lui jeta un regard éloquent.

— Cela reviendrait pour un enfant à pisser sur un feu de joie. Nous ne pourrons pas nous approcher du bâtiment.

— Fais ce que je te dis ! répliqua le roi.

Robert tourna les talons et commença à distribuer des ordres d'un ton sec. Louis ordonna qu'on lui apporte son cheval. Dès que l'écuyer apparut avec l'étalon à la robe grise perlée de sueur, il saisit les rênes et monta en selle dans un mouvement de bascule. Ses hommes firent de leur mieux pour le suivre lorsqu'il se mit à dévaler le sentier qui menait à la ville, dans laquelle il entra. Autour de lui, ce n'était plus que ruines rougeoyantes. Des nuages de fumée poussés par le vent obscurcissaient son champ de vision. Il passa sous des arcades en feu, échappant de justesse au déchaînement désordonné des flammes qui l'eurent volontiers attiré dans leur gueule infernale pour le dévorer. Son étalon regimba et se cabra, si bien que Louis manqua de chuter avant d'être contraint de battre en retraite. Les entrées de puits et les seaux avaient été détruits par le feu, et même en recourant à l'eau de la rivière, l'église et les habitants qui s'y étaient réfugiés étaient condamnés.

Louis retourna à son cantonnement les yeux levés vers le ciel, les joues rougies par la chaleur du brasier et ruisselantes de larmes. Ses sourcils étaient roussis, et une brûlure à vif et douloureuse traversait de part en part tel un stigmate le revers de sa main. Son âme était rouge comme le feu de l'enfer.

Il passa la nuit en prière devant son autel et refusa qu'on panse ses blessures. Dans la pâle lueur de l'aube, où se mêlaient la fumée de la ville en cendres et la brume qui s'élevait en volutes de la rivière, il inspecta la ruine de l'église qui achevait de se consumer, bûcher funéraire de plus d'un millier d'âmes, hommes, femmes et enfants confondus. Bien que l'incendie eût cessé de faire rage, les poutres calcinées étaient encore trop brûlantes pour qu'on y posât la main. Du coin de l'œil, et à son corps défendant, il aperçut des formes convulsées, carbonisées, qui saillaient, tels des arbres de tourbières poussant sur les marais. La puanteur de la chair brûlée, ajoutée à celle du bois et des pierres, lui donna un haut-le-cœur. Tombant à genoux dans la cendre encore chaude, il pleura ; entre deux sanglots, il éleva vers Dieu une voix chargée de remords et de crainte. Mais la rage qu'il nourrissait à l'égard de Thibaut de Blois et des moines de Bourges ne fit que s'exacerber, parce que ce sacrilège était survenu entièrement par leur faute.

Chapitre 19

Paris, été 1142

Aliénor balaya du regard la chambre que l'on avait apprêtée en prévision du retour victorieux de Louis. L'eau était chaude dans le baquet et n'attendait plus que le roi. On avait aéré les draps les plus précieux avant de faire le lit. Des rideaux de brocart doré pendaient au baldaquin, et des pépites d'encens couleur fauve se consumaient dans les braseros. Les serviteurs avaient mis la table et disposé des plats de nourriture sur une belle nappe blanche. Il y avait de croustillants passereaux rôtis, des tourtes au fromage, des boulettes de pâte d'amandes enrobées de miel et des beignets, sans oublier le pain blanc, qui embaumait, et les coupes de cerises rouge sang.

Aliénor avait reçu de Louis des messages sporadiques au contenu plutôt vague. La campagne se déroulait bien. Ils avaient rencontré peu d'opposition de la part du comte Thibaut, et en dépit des grands airs que celui-ci se donnait, c'était un faible, dont les défenses n'avaient pas résisté face aux troupes du roi de France. Naturellement, l'Église avait condamné les mesures prises par Louis. Un flot de lettres avait circulé entre Bernard de Clairvaux et la Cour papale en faveur de Thibaut, et l'on avait intimé l'ordre à Louis de mettre un terme à ses raids sur la Champagne, au risque d'y perdre son âme. Il avait personnellement obéi et avait rebroussé chemin, mais ses troupes étaient restées en Champagne, où elles continuaient de causer des ravages. Pour sa part, Aliénor considérait que Louis agissait à bon droit pour faire plier Thibaut de Blois, et qu'il s'en tirait avec brio. Elle s'attendait à un retour triomphal et s'était minutieusement préparée pour l'occasion. Sa robe était de brocart d'or à motifs de fleurs de lys, elle avait arrangé ses cheveux de manière sophistiquée et portait un diadème serti de perles et de pierres en cristal de roche.

Lorsque son chambellan annonça l'arrivée de Louis, le cœur d'Aliénor se mit à battre la chamade. Elle avait hâte de le revoir, ainsi que son grand corps athlétique et sa belle chevelure blond argenté. Elle se voyait déjà se jetant dans ses bras et l'accueillant par des baisers. Peut-être pourraient-ils prendre un nouveau départ, faire semblant de se rencontrer pour la première fois, adultes ? Ses suivantes sur les talons, elle quitta la chambre et se dirigea vers la grande salle d'apparat afin d'y souhaiter la bienvenue à son mari.

La suite royale et les hommes liges entrèrent au son des trompes. Aliénor chercha Louis des yeux mais ne vit nulle part sa chevelure blonde comme les blés, ni le moindre scintillement de brocart d'or. D'instinct, elle sut qu'il n'était pas là. À la place du roi se tenait un moine loqueteux, courbé dans sa bure salie par le voyage. Pendant un instant, elle crut qu'il s'agissait d'un des sbires de Bernard de Clairvaux. Mais lorsqu'il releva la tête et la regarda, elle eut soudain la désagréable surprise de reconnaître son mari. *Seigneur Dieu !* s'exclama-t-elle intérieurement. *Que lui est-il arrivé ?* C'était un homme vieilli. Avec toute la retenue dont elle était capable, elle lui fit une révérence et inclina la tête. Il s'avança en traînant les pieds, l'invita à se relever et l'embrassa sur la bouche. Aliénor eut l'impression de recevoir le baiser de la mort. Il avait les mains moites, l'haleine fétide. Elle réprima un haut-le-cœur. Il empestait la sueur et la vomissure. Une tonsure de moine se découpait sur son crâne luisant autour d'une couronne de cheveux gras et aplatis. Tout le lustre blond argenté de sa chevelure s'en était allé. Presque entièrement tondue, elle semblait plus grisâtre que blonde.

Consciente que toute l'assistance le regardait avec des yeux ébahis, elle chercha le regard de Robert de Dreux, qui secoua imperceptiblement la tête. Elle se ressaisit et posa la main sur la manche du roi, et ne tressaillit pas lorsqu'une puce sauta sur le dos de sa main.

— Sire, commença-t-elle, je vois que vous êtes fatigué. Veuillez m'accompagner jusqu'à votre chambre afin que je m'occupe de vous.

Louis hésita, puis il se laissa conduire d'un pas chancelant. Parvenu dans sa chambre, il posa un regard vide sur la nourriture et fut secoué d'un spasme. Il jeta un bref coup d'œil au baquet, ainsi qu'aux chaudrons d'eau chaude d'où s'élevait de la vapeur, et secoua la tête.

— Si je mange, cela me rendra malade, prévint-il. Quant à l'état dans lequel se trouve mon corps, cela n'a pas d'importance.

— Bien sûr que c'est important ! Vous devez vous restaurer, après un tel voyage, et vous laver, pour votre bien et votre confort.

— Rien ne m'y oblige.

Sur ces mots, Louis s'assit sur une chaise et enfouit son visage dans ses mains. Aliénor s'accroupit pour lui retirer ses bottes ; elle eut un mouvement de recul à cause de la puanteur de ses pieds. Ils étaient crasseux au-delà du concevable. Des croûtes noires s'étaient formées entre les orteils et la peau était écaillée. Les ongles étaient longs et sales. Elle manqua de vomir pour de bon. Elle distingua Raoul de Vermandois et Robert de Dreux qui échangeaient des regards dans un coin de la pièce.

— Apportez-moi une bassine d'eau de rose chaude et un linge, ordonna-t-elle d'un ton sec à une bonne qui regardait la scène avec des yeux ahuris.

— Je vous l'ai dit, je n'ai pas besoin que l'on s'occupe de moi, rappela Louis avec raideur.

— Mais c'est un devoir sacré que de laver les pieds du voyageur, répliqua Aliénor. Voudriez-vous que je m'y dérobe ?

Brisé, il capitula d'un geste las. Lorsque la bonne revint avec l'eau, Aliénor s'arma de courage en vue de la tâche immonde qui l'attendait. Elle se demandait ce qui avait bien pu lui arriver. Il était parti prince altier à la tête de son armée, bannière flottant fièrement au vent, résolu à écraser Thibaut de Blois sous sa botte, et revenait sous des allures de saint homme rendu fou à force de jeûne et de mortification.

Il continua de refuser toute nourriture et boisson. Ce fut alors qu'elle eut l'idée de lui apporter de l'eau de source dans une coupe en calcédoine.

— Cela aidera à purifier votre sang, l'encouragea-t-elle.

Il porta la coupe à ses lèvres de ses mains tremblantes et but à petites gorgées tandis qu'Aliénor s'apprêtait à finir sa besogne. Lorsqu'elle eut terminé, elle se redressa et lui toucha le front afin de vérifier s'il avait de la fièvre, mais il l'écarta, avant de se confondre aussitôt en excuses.

— J'ai besoin de me reposer, expliqua-t-il. Voilà tout.

— Vous ne pouvez pas vous coucher dans cet état. Mettez au moins une tenue plus appropriée à la chambre d'un souverain qu'à l'étable !

— Je n'en ai cure, répondit-il.

Il laissa néanmoins les servantes lui retirer son vêtement souillé. Là encore, Aliénor fut emplie d'effroi. Tandis que son habit avait été simplement sale et poussiéreux, sa chemise et ses braies dégageaient une odeur rance. Son corps était constellé de morsures d'insectes, et une crasse noire s'était incrustée dans chaque pli et repli de sa peau. Ses muscles avaient fondu. Il était très amaigri. On eût dit un vieillard qui n'avait plus que la peau sur les os. Aliénor se demanda à quand remontait son dernier repas complet et ressentit un mélange de dégoût, de compassion et de sombre angoisse.

— C'est moi qui vais m'occuper de vous à présent, dit-elle d'un ton apaisant, en lavant son corps décharné avec le linge imbibé d'eau de rose.

— C'est une perte de temps, répliqua-t-il en secouant la tête.

Il refusa d'enfiler la belle chemise de lin qu'elle avait préparée pour lui, préférant mettre à la place une chemise grossière prise au nombre de celles que les suivantes d'Aliénor avaient cousues dans l'intention de les donner aux pauvres. Du moins celle-ci était-elle propre. Aliénor accéda donc à sa lubie. Puis elle parvint enfin à le convaincre de s'allonger sur le lit. En plus des bougies allumées, il insista pour que des chapelains restent prier pour son âme de chaque côté du lit.

Aliénor sortit de la chambre en proie à l'angoisse. Faire face à des ennemis quand on était protégée par un mari puissant était une chose, mais si Louis venait à perdre ce pouvoir, elle devrait en subir les terribles conséquences.

— Que lui est-il arrivé ? s'enquit-elle auprès de Raoul de Vermandois et de Robert de Dreux. Pourquoi est-il ainsi ? Parlez !

Raoul frotta son bandeau d'un geste las et dit :

— Il n'était plus tout à fait lui-même depuis quelque temps, mais Vitry l'a fait basculer. Il a à peine mangé et dormi depuis, et, comme vous le voyez, il garde ses chapelains en permanence avec lui.

— Que s'est-il passé à Vitry ? Rien dans ses lettres ne laissait présager…

Robert de Dreux prit la parole :

— L'église a brûlé avec les habitants à l'intérieur, plus d'un millier : hommes, femmes et enfants.

Il détourna le regard et déglutit.

— Que Dieu me préserve d'être de nouveau témoin d'une pareille horreur. Je crains que cela n'ait perturbé l'esprit de mon frère. Il tient Thibaut de Blois et les moines de Bourges pour responsables de cette tragédie, mais se considère personnellement comme l'instrument du carnage.

— Vous auriez dû me prévenir, déplora-t-elle. J'aurais été mieux préparée.

— Nous pensions qu'il se remettrait et qu'il en prendrait son parti, expliqua Raoul. De fait, il va pouvoir le faire, à présent qu'il est de retour à Paris.

Il posa sur la reine un regard pénétrant et ajouta :

— Il vous a appelée dans son sommeil, ainsi que sa mère.

Aliénor se mordit la lèvre inférieure. Rien ne l'avait préparée à une telle épreuve ; elle ne s'était même jamais imaginé que cela puisse arriver. Mais peu lui importait, elle ramènerait Louis à la raison. Si elle échouait, d'autres profiteraient de la situation ; or, elle n'avait que très peu d'alliés à la Cour des Francs.

Chapitre 20

Château d'Arras, octobre 1143

Aliénor était assise avec Pétronille dans l'embrasure d'une fenêtre à Arras, fief de Raoul de Vermandois. Au-dehors, les feuilles des arbres viraient au brun-roux et à l'or. Pétronille se préparait à accoucher, étant tombée enceinte dans les mois qui avaient suivi le retour de Raoul, après Vitry.

— Le petit n'a même plus assez de place pour donner des coups de pied, déclara la future mère avec regret. Pourvu qu'il ne tarde plus à naître ; sinon, je vais éclater comme un fruit mûr !

Puis elle toucha son ventre et ajouta :

— Je ne peux déjà presque plus marcher.

— Tu es resplendissante, assura Aliénor.

De fait, Pétronille rayonnait sous ses cheveux bruns, brillants comme la soie.

Elle exultait.

— C'est ce que dit également Raoul.

— À présent que le pape Innocent II n'est plus de ce monde, nous devrions être en mesure de résoudre le conflit avec l'archevêché de Bourges et d'officialiser ton mariage. Célestin II est disposé à se montrer plus conciliant. Il a déjà déclaré qu'il lèverait l'interdit qui pèse sur le royaume de France.

Pétronille leva le menton.

— Peu importe ce que dit le pape. En ce qui me concerne, je n'ai aucun doute : je suis l'épouse de Raoul.

Prenant son ouvrage de couture, elle ajouta :

— Comment Louis se porte-t-il ?

Aliénor fit la moue.

— Mieux qu'à son retour de Champagne, mais il est si changé. Il s'habille en moine et s'exprime également comme l'un d'entre eux. « Dieu veut ceci, Dieu veut cela », lança-t-elle avec un geste impatient de la main. Tu n'as pas idée de tout ce que Dieu peut vouloir ! Parfois, il disparaît pendant des jours entiers, et lorsqu'il réapparaît, c'est impossible d'avoir une conversation avec lui. Raoul et toi vous sentez bien ensemble, vous riez et vous vous embrassez, malgré l'interdit de Rome et de l'Église, et malgré les calomnies. Lorsque je fais mine de m'approcher de mon mari, il s'éloigne, comme si j'étais impure. Toi, tu accoucheras bientôt. Mais moi, comment donnerai-je un héritier au trône si je dors seule ? Depuis son retour de Vitry, pas une seule fois il n'a couché avec moi.

— Tu devrais lui faire boire un philtre d'amour, suggéra Pétronille. Mets quelques graines de paradis dans son vin.

— J'ai essayé, mais cela n'a fait aucune différence.

— Alors peut-être devrais-tu te vêtir en moniale ou en moine… ou en templier… As-tu également essayé ce subterfuge ?

— Assez ! s'exclama Aliénor en agitant l'index en signe de mise en garde. Tu dépasses les bornes.

— Ah oui ? s'enquit Pétronille en coulant un regard à sa sœur, avant de se dresser sur ses jambes en se tenant les reins. Moi, je n'hésiterais pas à le faire, si c'était nécessaire. Qui sait, vous pourriez tous deux y prendre du plaisir ?

Aliénor se contint. Pétronille était incorrigible, même si ses propos n'étaient pas dénués d'une troublante vérité. Sa remarque au sujet du templier était éloquente. Louis avait sollicité en matière d'impôts les conseils d'un chevalier du Temple du nom de Thierry de Galeran. Ledit templier avait également servi son père. C'était un eunuque, mais il l'était devenu à l'âge adulte, et il émanait encore de sa personne une aura de puissance et de virilité. Louis se laissait exagérément influencer par lui, surtout depuis qu'il était devenu l'un des gardiens censés chasser la peur des démons qui tourmentaient les nuits du roi. Un matin, Aliénor était entrée tôt dans la chambre de Louis et avait trouvé Thierry de Galeran en chemise et braies en train de faire sa toilette dans la cuvette de Louis. Elle soupçonnait les deux hommes de partager le même lit, platoniquement ou autrement. Mais les soupçons ne constituaient pas des preuves, et elle n'avait pas le courage de franchir le pas décisif qui lui en eût donné le cœur net.

Aliénor considéra la petite fille lavée et changée de frais qu'elle tenait dans ses bras. Son nom de baptême serait Élisabeth. Sa peau était plus douce que les pétales des fleurs. Ses cheveux, qui se dressaient sur son tout petit crâne, avaient l'éclat d'une pièce d'or. Elle était belle comme le jour.

Pétronille avait accouché rapidement et sans douleurs. Elle était déjà assise dans un lit propre, buvant un vin relevé de plantes aromatiques fortifiantes et prenant plaisir à l'attention dont elle faisait l'objet.

— Madame, votre mari demande à vous voir, ainsi que l'enfant, annonça une suivante à qui l'on venait de remettre un message.

— Je vais la prendre, dit Pétronille à Aliénor en posant sa coupe et en tendant les bras vers le bébé.

Aliénor lui passa la petite avec précaution, puis, un pincement d'envie au cœur, elle regarda sa sœur s'apprêter telle une madone.

— Dites à mon seigneur que je me fais une joie de le recevoir, lança Pétronille à l'intention de la femme de chambre.

Raoul pénétra dans la pièce et s'approcha à pas de loup, ce qui contrastait avec son gabarit. Il embrassa tendrement sa femme, puis il parcourut d'un regard comblé ses seins gonflés de lait.

— Vous allez devoir passer après Élisabeth…, s'esclaffa-t-elle à voix basse.

— J'ai hâte d'y être !

Il rejeta la couverture de côté afin de voir le nouveau-né.

— Ah, ah, ah, elle est presque aussi belle que son astucieuse maman.

Aliénor alla à la fenêtre afin de laisser un peu d'intimité à Raoul et Pétronille. Elle se sentait mélancolique et était au bord des larmes, parce que jamais un lien aussi profond et tendre ne l'unirait à Louis. La seule idée de s'approcher de sa chambre après un accouchement l'emplirait d'effroi, sans parler de lui prendre la main et de s'asseoir à son chevet si peu de temps après la naissance du bébé, une fille de surcroît. Cela eût risqué d'entacher sa pureté, et il n'eût pas manqué de considérer le sexe du bébé comme un échec. La taquinerie, la franche sensualité, l'authentique amour que dégageaient sa sœur et Raoul lui noua la gorge. Pétronille, en dépit de tous ses adversaires, était gâtée par la fortune. Debout dans cette chambre au milieu de leur liesse familiale, Aliénor se sentit démunie et indigente.

— C'est une petite fille, annonça Aliénor à Louis. Ils l'ont appelée Élisabeth.

— Voilà qui est pour le mieux, puisque Raoul a déjà un fils de son premier mariage, grommela Louis. Au moins, ils ne se battront pas pour l'héritage.

— Mais Pétronille peut très bien avoir un fils. Elle s'est très vite remise de l'accouchement.

— Nous en reparlerons le moment venu. Nous aurons la paix pendant encore au moins une année.

Aliénor versa une coupe de vin à Louis, qu'elle lui apporta. Il portait une longue tunique en laine grossière teinte en bleu nuit. Un grand crucifix en or orné de saphirs tombait sur sa poitrine. Ses cheveux d'argent brillant avaient repoussé autour de sa tonsure. Il avait, Dieu merci, recouvré partiellement son équilibre, et l'ermite crasseux qui était rentré de Champagne s'était transformé en un prince de l'Église adonné à l'ascétisme. Le résultat n'était pas dépourvu de charme. Malgré les difficultés qu'ils traversaient, Aliénor lui gardait toute son affection. En outre, son séjour auprès de Pétronille et Raoul l'incitait à ne pas renoncer à tout espoir d'enfanter. C'était une nécessité politique pour elle-même, pour le royaume et pour son mari.

— Vous m'avez manqué, confia-t-elle en posant la main sur son bras.

— Vous aussi, retourna-t-il avec une touche de méfiance dans la voix.

— Viendrez-vous me rejoindre plus tard ?

Il marqua un temps d'hésitation, et Aliénor comprit qu'il passait en revue toutes les excuses possibles et imaginables pour ne pas la rejoindre. Elle ravala sa colère et son exaspération. Pétronille, elle, n'avait pas à s'humilier de la sorte.

— Nous devons engendrer un héritier, rappela-t-elle. Cela fait plus de six ans que nous sommes mariés. Je ne peux donner un héritier au royaume si vous ne m'y aidez pas ! Assurément, ce ne peut être un si grand sacrifice.

Louis s'écarta et, tout en buvant son vin, alla contempler le fleuve. Elle le laissa pendant quelques instants à sa contemplation avant de le rejoindre.

— Laissez-moi vous masser les épaules, suggéra-t-elle d'une voix apaisante. Je vois qu'elles sont très contractées ; et puis, cela fait fort longtemps que nous n'avons pas conversé.

Il soupira et se laissa mener jusqu'au lit. Elle prit une petite fiole d'huile parfumée dans une niche du mur et lui demanda de retirer sa tunique et sa chemise. Il avait la peau claire et douce, fraîche comme le marbre. Elle commença par de lentes passes avec les paumes.

— Ce nouveau pape confirmera-t-il la nullité du premier mariage de Raoul, pensez-vous ?

— Je ne sais pas, répondit Louis dans les bras d'Aliénor. Il a levé l'interdit, mais des factions continuent de l'inciter à tenir bon. Une assemblée se tiendra demain à Saint-Denis avec Suger et Bernard de Clairvaux.

— Et qu'en est-il de La Châtre et de Bourges ?

Elle le sentit se raidir sous ses mains.

— Rien de nouveau. J'ai prêté serment, et ils connaissent ma position.

Elle continua à le malaxer et à le masser en douceur, puis elle lança l'air de rien :

— Si vous acceptiez La Châtre, cela leur couperait l'herbe sous le pied, et nous pourrions aller de l'avant.

— Vous voudriez que je me parjure ?

Il tourna la tête pour lever les yeux vers elle, le regard étincelant de rage.

— Vous voudriez que je louvoie dans cette affaire comme un serpent du diable ? Ce que j'ai dit est dit, n'en parlons plus.

Aliénor pensa qu'il faisait là preuve de sottise et d'entêtement. Elle continua néanmoins d'essayer d'adoucir son humeur.

— Bien sûr, vous devez faire comme bon vous semblera, dit-elle pour le calmer.

Puis elle l'embrassa sur le lobe de l'oreille, dans le cou, et descendit ainsi le long de sa colonne vertébrale.

Il se mit sur le dos et, gémissant, la prit par la taille et commença à l'embrasser à son tour. Elle lui rendit ses baisers et défit ses nattes, ses cheveux retombant en une cascade de boucles dorées. Elle était très excitée et avait l'intuition que cette fois-ci serait la bonne. Louis frotta son visage contre le sien, et elle fut sensible au piquant de sa barbe. Puis il plaqua son corps contre celui d'Aliénor, défit les lacets qui fermaient sa robe sur les côtés et glissa ses mains à l'intérieur. Ils roulèrent sur le lit, achevant de retirer les vêtements qui les gênaient encore, haletant entre deux baisers. Ainsi, Aliénor fut bientôt toute nue, à l'exception de ses bas, que retenaient des jarretières de soie bleue. Louis, toujours en collant et dans ses braies, la regarda et se passa la langue sur les lèvres. Son visage, habituellement pâle, était rouge de désir. Elle s'allongea sur le dos et ouvrit les jambes pour l'accueillir.

— Louis, venez en moi, lança-t-elle. Faites-nous un enfant.

Il se laissa choir sur elle et entama un mouvement mécanique d'avant en arrière. Elle baissa la main pour libérer sa verge et la guider. Il acheva de durcir entre ses doigts et gémit sous sa caresse, mais une fois à pied d'œuvre, il redevint flasque et mou.

— Louis ?

Il la repoussa et lui tourna le dos. Elle lui toucha le bras et reçut une tape sur la main.

— Fichez-moi la paix avec vos pièges de catin !

Il fourra la preuve de sa déconvenue dans ses braies et, pleurant presque, enfila sa tunique et sortit de la chambre à grands pas.

Aliénor se redressa et mit son visage dans ses mains. Elles avaient gardé l'odeur intime de son mari. Qu'allait-elle faire ?

Comment parviendrait-elle à rétablir le contact avec lui ? Si cet état de choses perdurait, sa position en tant que reine deviendrait intenable. Malgré tout l'amour qu'elle avait pour Pétronille, elle souhaitait voir sa propre progéniture lui succéder au trône d'Aquitaine, non les enfants de Raoul de Vermandois. De guerre lasse, elle se mit en quête de sa chemise et de sa robe. Sans doute Pétronille avait-elle eu raison de lui suggérer en plaisantant de s'habiller en nonne ou en templier…

— Dieu ne me tient pas dans ses bonnes grâces, malgré tous mes efforts pour obéir à sa volonté, confia Louis à Suger.

Sa voix résonnait entre les piliers sculptés du nouveau déambulatoire de l'abbatiale de Saint-Denis. Derrière lui, la lumière tombait des vitraux en ogive pour se répandre sur le sol dallé comme un trésor étincelant. Il s'assit sur un banc et massa sa tonsure.

Suger avait interrompu sa contemplation dans sa cellule pour venir écouter Louis, qui était arrivé dans un état d'agitation extrême sur un cheval écumant.

— Pourquoi dites-vous cela, mon fils ? Est-ce à cause de la rencontre de demain ? Est-ce la raison de vos tracas ?

Louis secoua la tête.

— Non, répondit-il, lugubre. Ce ne sera que la répétition du bavardage habituel.

Il déglutit et, articulant avec peine, ajouta :

— C'est parce que… parce que je ne peux pas procréer. Je suis maudit et dépossédé de ma prérogative en tant que roi et en tant qu'homme.

Il leva des yeux pleins de tourment vers Suger et poursuivit :

— J'ai juré en public que La Châtre ne franchirait jamais le portique de la cathédrale de Bourges investi de la dignité d'archevêque. Pensez-vous que ce serment soit la cause de mon échec ? La reine a suggéré que je révoque ma déclaration, mais comment le puis-je, puisque je l'ai faite en prenant Dieu à témoin ?

Suger le regarda en fronçant les sourcils.

— Quel est l'obstacle à la procréation qui se dresse entre vous et la reine ?

Louis rougit.

— Je ne peux… je ne peux accomplir la chose, répondit-il dans sa barbe. Lorsque je l'entreprends, c'est dans la seule intention de procréer, mais mon corps refuse de m'obéir, parfois au moment décisif. C'est Dieu qui me punit !

Suger posa une main ferme sur l'épaule de Louis.

— Alors il vous faudra implorer l'aide et la miséricorde de Dieu, et la reine devra en faire autant. Le Seigneur vous montrera le chemin, pourvu que vous vous adressiez à lui d'un cœur franc.

— Je l'ai fait, précisa Louis d'un ton agressif. J'ai prié et fait des offrandes, mais il ne m'a pas exaucé.

Il se pencha en avant et serra ses mains jointes.

— Peut-être est-ce sa faute à elle ? ajouta-t-il avec une grimace. Peut-être a-t-elle commis quelque péché qui nous vaut le courroux de Dieu ? Après tout, c'est elle qui a fait une fausse couche !

— Cela regarde sa conscience, non la vôtre, fit remarquer Suger d'un ton neutre. En ce qui vous concerne, mon conseil est le suivant : mettez-vous sincèrement à la disposition de Dieu en toute humilité et pureté d'intention, puis acceptez son châtiment s'il le juge nécessaire. Je ferai tout mon possible pour vous aider, comme je l'ai toujours fait.

Il toucha dans un geste de tendresse la tonsure cernée de cheveux hirsutes de Louis.

— Quoi qu'il en soit, il se pourrait que la reine ait raison. Si vous faisiez preuve d'humilité en autorisant

Pierre de La Châtre à prendre ses fonctions d'archevêque de Bourges, cela relâcherait les tensions qui pèsent sur vous et sur le royaume. Il ne manquerait pas d'en découler une plus grande harmonie dans votre vie intime. Je prierai pour vous et demanderai à Dieu de vous entourer, vous et la reine, de sa miséricorde.

Il laissa passer quelques instants avant d'ajouter :

— Cela ne vous nuira en rien, non plus qu'à la reine, de faire montre de respect et d'humilité envers l'abbé Bernard. Il peut être un ennemi redoutable, mais aussi un allié puissant. En outre, il est dans votre intérêt de l'amener à retirer son soutien à Thibaut de Blois.

Louis commença à se sentir un peu mieux.

— Vous avez raison, mon père, dit-il. Je vais réfléchir à votre conseil.

Puis il leva les yeux vers l'incendie coloré des vitraux. Leur capacité à laisser passer la lumière éveilla en lui une lueur d'espoir et de souffle nouveau. Suger savait toujours ce qu'il convenait de faire.

Aliénor prit dans ses mains le vase en cristal de roche. Bien qu'elle le tînt fermement, elle imagina qu'elle le laissait tomber et qu'il se brisait sous ses yeux en mille morceaux sur le sol dallé, comme la glace à la surface gelée d'un étang.

Louis avait proposé de l'offrir à Suger en offrande dédicatoire pour la nouvelle église de Saint-Denis. Il brûlait d'enthousiasme. Tout se passait comme si sa rage éplorée de la veille n'avait jamais existé.

— Ce sera l'endroit idéal pour le conserver, argua-t-il.

— D'autant que Suger le convoite depuis longtemps.

— Ce n'est pas son idée, mais la mienne, précisa Louis en lui jetant un regard vif. J'ai vu le soleil traverser les vitraux et j'ai cherché quelle offrande serait parfaite. J'ai pensé que ce geste pourrait inciter Dieu à se tourner vers nous et à nous faire la grâce d'un enfant.

Le ciel bouché colorait le vase d'un dégradé de blancs et de gris pâles, aux antipodes du feu céleste tout en nuances des jours anciens. Aliénor craignait de ne plus jamais tenir entre ses mains un tel chatoiement de couleurs. Il lui était par trop difficile de se sentir encore aimée. Elle avait toujours su que Suger finirait par en revendiquer la possession. Mais quelle importance ? Elle consentirait volontiers à tout ce qui pourrait aider Louis à lui faire un enfant. Si le vase pouvait accomplir ce miracle, alors ce n'était pas cher payé.

— À votre guise, convint-elle enfin. Faites le nécessaire.

Sur ces mots, elle le lui remit, exactement comme elle l'avait fait à Bordeaux, en prenant les mêmes précautions, mais dans un état d'esprit différent, plus morne qu'enthousiaste.

Louis le prit en faisant très attention et, pendant un court instant, leurs doigts se touchèrent. Puis il prit congé.

— Je m'en vais rompre mon serment et autoriser Pierre de La Châtre à entrer dans ses fonctions d'archevêque de Bourges, annonça-t-il.

Elle le regarda avec étonnement.

Les lèvres de Louis s'affaissèrent aux commissures.

— C'est fort dommage pour un roi que de revenir sur sa parole, mais je n'ai pas le choix. J'ai fait tout ce que je pouvais, mais cela revient à s'attaquer avec les poings aux remparts d'une forteresse. On s'y briserait les os en pure perte.

— En échange, le moins que nous puissions exiger est la levée de l'interdit sur l'union de Pétronille et Raoul, fit rondement remarquer Aliénor.

— Cela fera l'objet de négociations, prévint-il d'un ton qui signifiait qu'elle ne devait pas s'attendre à un résultat favorable. Je compte également sur vous pour apporter votre contribution dans cette affaire, ajouta-t-il.

Puis il s'en fut, tenant le vase avec la délicatesse d'un père qui porte son enfant.

Aliénor soupira puis se dressa de toute sa hauteur. Elle ne se défilerait pas face à l'ampleur de la tâche. Si Louis avait renoncé à donner des coups de poing dans un mur, il existait d'autres manières, plus subtiles, de mettre à bas une forteresse.

Chapitre 21

Paris, juin 1144

La consécration de la rénovation et de l'agrandissement de la basilique de Saint-Denis, nécropole des rois de France, eut lieu le 11 juin devant une foule de fidèles venue de tout le royaume. Du jour au lendemain, la bourgade de Saint-Denis s'était vue agrandie de tentes à perte de vue. Toutes les pensions étaient pleines à craquer et toutes les dépendances dans un rayon de sept lieues étaient bondées de voyageurs venus assister à la cérémonie. Tous étaient impatients de découvrir l'église après sa rénovation, dont on disait que l'intérieur scintillant était un véritable reliquaire construit pour abriter la présence de Dieu. Même le mortier était parsemé de gemmes.

Aliénor avait passé la nuit à l'auberge de l'abbaye pendant que Louis veillait avec Suger, les autres moines et divers ecclésiastiques, parmi lesquels figuraient treize évêques et cinq archevêques.

Aliénor avait partagé sa chambre avec sa belle-mère, qui avait fait le voyage depuis ses terres spécialement pour l'occasion. Les deux femmes s'étaient montrées polies mais glaciales l'une envers l'autre. Elles ne s'étaient pas revues depuis Noël, ce qui leur permit de se supporter mutuellement. Adélaïde examina avec une moue légèrement désapprobatrice la robe de soie couleur rubis d'Aliénor, la trouvant certainement trop voyante et de mauvais goût, mais elle n'en dit rien. Elle ne s'exprima pas non plus au sujet de Pétronille et Raoul, même si le fait même de ne pas en parler rendait la question encore plus criante. Ces deux derniers étaient d'ailleurs absents, ayant été excommuniés et se voyant refuser, à ce titre, l'entrée des églises.

Par cette matinée brumeuse, encore fraîche et empourprée des lueurs de l'aube, ces dames quittèrent l'auberge pour se rendre en cortège jusqu'à l'église aux portes de bronze, sur lesquelles était inscrit en lettres de cuivre dorées :

« La noble clarté de l'ouvrage est là pour éclairer les esprits et les conduire par ses lumières à la vraie lumière dont le Christ est la vraie porte. »

Aliénor lut ces paroles puis leva les yeux vers le linteau où était écrit :

« Reçois, Juge sévère, l'imploration de ton Suger
Que ta clémence le mette au nombre de tes brebis. »

La marque de Suger était partout, de l'inscription sur la porte au scintillement des ors et des joyaux en passant par l'éclairage coloré dispensé par les lumineux vitraux. La façade en or de l'autel était parsemée d'améthystes, de rubis, de saphirs et d'émeraudes, dont l'ensemble s'élevait à une petite fortune. L'ornement du chœur était une croix de vingt pieds de haut rehaussée d'or et de gemmes. Elle était l'œuvre d'orfèvres originaires de la Meuse. Lumineuses étaient les ténèbres… Il sembla à Aliénor qu'elle se trouvait au cœur d'un bijou ou, par le fait, à l'intérieur d'un reliquaire. Elle se félicita de porter sa robe de soie rouge richement ornée, car celle-ci lui donnait le sentiment de ne pas dépareiller dans ce glorieux décor.

Louis, qui était vêtu d'une simple robe de pénitent, processionna autour de l'abbaye en brandissant à bout de bras dans des volutes d'encens parfumé le reliquaire en argent contenant les vénérables ossements de saint Denis. Suger et les ecclésiastiques qui l'assistaient aspergèrent les murs d'enceinte d'eau bénite avec des goupillons en argent. Puis ils rejoignirent l'assemblée des fidèles, qui reçurent également force aspersion. Louis posa le reliquaire sur l'autel richement orné et se prosterna, les bras en croix. Il avait le teint blafard, et des ombres, creusées par la fatigue, rognaient son visage, mais ses yeux étaient emplis de lumière, et ses lèvres entrouvertes indiquaient une sorte de béatitude. La voix magnifique du chœur s'éleva dans les fumées d'encens pour se dissoudre dans l'éclat coloré des vitraux.

Aliénor se surprit à être émue par la cérémonie, car elle s'était attendue à une solennité de plus dans le style qu'affectionnait Suger. Mais ce jour-là, elle sentit la présence et le souffle de Dieu. Ses yeux s'embuèrent de larmes qui lui brouillèrent la vision. À son côté, Adélaïde épongeait ses propres larmes en silence avec sa manche, tandis que son mari lui tapotait le bras. À la fin de la cérémonie, Louis, l'air étourdi, presque ivre, sortit en file avec les moines.

Aux alentours de midi, la consécration était terminée, mais les célébrations se prolongèrent jusque dans la chaleur estivale de l'après-midi. Les pauvres reçurent des aumônes de pain et de vin. Des marchands ambulants vendaient des rafraîchissements sur des étals à l'extérieur de l'abbaye. Certains pèlerins avaient apporté leur propre nourriture, qu'ils mangèrent dans quelque coin d'ombre. Les fidèles faisaient la queue pour admirer l'impressionnante collection de reliques et d'ornements dont Suger avait généreusement enrichi l'abbaye, ainsi que pour décrypter les récits bibliques des vitraux magnifiquement historiés.

Solitaire, en l'absence de Louis qui était demeuré avec les moines, Aliénor fit halte devant un lutrin surmonté d'un aigle aux ailes éployées. Elle avait fait don d'une somme d'argent afin que l'on fît refaire la dorure, les plumes du rapace ayant été mises complètement à nu par le toucher répété des pèlerins et des fidèles. N'était-ce pas, après tout, le symbole du duché d'Aquitaine ?

Un moine s'approcha d'elle à pas feutrés et l'avertit qu'on l'attendait. Une légère appréhension lui noua l'estomac. Après avoir pris congé de ses suivantes et des chevaliers de la maison royale, elle suivit le moine jusqu'à une pièce située à l'étage de l'auberge. Le moine frappa à la porte et posa la main sur le loquet. Aliénor inspira profondément et s'arma de courage.

À l'intérieur, Bernard de Clairvaux l'attendait dans une bure grisâtre qui avait dû être blanche autrefois. Une rougeur fiévreuse aux joues, il paraissait plus famélique que jamais. Bien qu'il parût calme, Aliénor sentit qu'il appréhendait cette rencontre autant qu'elle. Ils se retrouvaient pour négocier, sans quoi aucun des deux n'eût souhaité se trouver en présence de l'autre.

Elle se demanda ce qu'il pensait de Saint-Denis, car sa propre conception de la vie religieuse visait à la plus stricte simplicité, par laquelle le moine était censé se détourner des richesses ornementales et des objets précieux. Il avait déjà sermonné Suger à ce propos, sans toutefois refuser d'assister à la cérémonie de consécration. Sans doute cela flattait-il son sentiment de supériorité, à moins qu'il ne fût venu en observateur dans le but d'écrire plus tard un de ces sermons pleins d'anathèmes dont il avait le secret.

Elle s'inclina ; il lui fit une révérence. On eût dit deux adversaires entrant dans l'arène.

— Mon père, je me réjouis d'avoir l'occasion de m'entretenir avec vous, commença-t-elle en guise de préambule.

Peut-être parviendrons-nous à mieux nous comprendre aujourd'hui que ce ne fut le cas jusque-là.

— Espérons-le, ma fille, répondit Bernard. C'est aussi mon souhait.

L'ourlet de sa robe de brocart rouge bruissa sur le sol dallé lorsqu'elle alla s'asseoir sur un banc recouvert d'un coussin. Elle vit que le son de l'étoffe provoquait son agacement et, à en juger par la moue qu'il fit, également son dégoût. Il s'exprimait souvent en termes peu flatteurs au sujet des femmes qui mettaient leur apparence en valeur grâce à la fourrure et au travail des vers, fussent-ils à soie, oubliant que son propre habit provenait du tissage de la toison d'un mouton.

Aliénor pensait qu'il avait peur du pouvoir que leurs attraits donnaient aux femmes, pouvoir tout différent de celui d'un ascète.

Elle joignit les mains sur ses genoux et redressa le dos bien droit.

— Je suis venue en tant que conciliatrice vous demander d'user de votre influence auprès du pape afin de l'adjurer de lever l'excommunication et l'interdit qui pèsent sur ma sœur Pétronille et son mari, dit-elle. En retour de quoi, mon mari acceptera Pierre de La Châtre comme archevêque de Bourges et signera un traité de paix avec le comte de Blois.

Il la regarda fixement sans mot dire, mais son silence était éloquent.

— N'avez-vous donc aucune compassion ? lança-t-elle. Aucune pitié pour leurs âmes et celle de leur petite fille ?

— Je réserve ma compassion pour l'épouse rejetée de Raoul de Vermandois, répliqua-t-il, implacable. Votre sœur et son amant paient pour leur débauche. Ils se sont vautrés dans le lit du déshonneur, mais Dieu, qui voit tout, ne saurait être tourné en ridicule ni sujet à marchandage.

Aliénor fut irritée par sa réponse. Les gens passaient leur temps à marchander avec Dieu ! En quoi consistaient la plupart des prières, sinon en marchandages ?

— La femme de Raoul négligeait son devoir conjugal depuis de nombreuses années, rappela-t-elle. Leur union était morte depuis longtemps et en était au dernier stade de décomposition.

— Peu importe, leur union fut scellée par Dieu et ne peut être démise, et surtout pas pour monnayer un tel troc.

Plantant son regard noir dans le sien, il poursuivit :

— Si le roi désire bien agir envers l'archevêque de Bourges, alors il doit le faire sans poser de conditions. Quant à votre sœur et au seigneur de Vermandois, la seule façon pour eux de revenir dans le giron de notre sainte mère l'Église est de se repentir de leur faute en renonçant l'un à l'autre.

Levant une main décharnée dans un geste magistral, il ajouta :

— Ce n'est pas à moi de vous souffler le contenu du discours que vous devez tenir à votre sœur, mais vous devriez faire en sorte, par l'exemple et les paroles, qu'elle sache que vous n'approuverez cette inconvenance sous aucun prétexte.

— Je soutiendrai ma sœur par tous les moyens en mon pouvoir, rétorqua Aliénor avec raideur. Quant à l'exemple, je n'ai jamais agi avec inconvenance.

Bernard prit un air chagrin et dit :

— Dans ce cas, vous ne sauriez trop l'inciter à se soumettre aux Saintes Écritures. Je ne vous veux aucun mal, mais je suis profondément inquiet pour votre salut, ma fille. Si vous souhaitez venir en aide à votre sœur et à votre mari, vous devez cesser d'intervenir dans les affaires d'État et œuvrer de toutes vos forces afin que le roi rentre en grâce avec l'Église.

Aliénor lui jeta un regard glacial.

— C'est la raison de ma présence ici : trouver une solution qui mette un terme à ce conflit. Ma sœur est mon héritière au trône d'Aquitaine, et sa fille après elle. Son sort m'importe donc au plus haut point, car c'est également celui de l'Aquitaine, et celui du royaume de France, car Raoul de Vermandois est un proche parent de mon mari.

— Alors sans doute feriez-vous mieux d'employer vos efforts à demander à Dieu de vous accorder la grâce d'enfanter un héritier, trancha-t-il. En cela consiste assurément votre tout premier devoir.

— Croyez-vous que je n'aie pas essayé ? Comment pourrais-je donner naissance à un héritier sans le concours de mon mari ? N'est-ce pas également son devoir ? Mais Dieu nous punit en le frappant d'impuissance au moment décisif, lors de ses rares tentatives. Il préfère passer tout son temps en prière ou dans la compagnie d'hommes tels que Thierry de Galeran.

Elle baissa les yeux sur ses mains crispées et demanda :

— Que suis-je censée faire ? Je ne peux tomber enceinte par enchantement !

Un long silence régna. Elle s'apprêtait à reprendre la parole lorsque, le regard fixe et déterminé, il l'arrêta d'un geste de sa main pâle et maigre. Ses lèvres s'incurvèrent presque imperceptiblement en une ébauche de sourire apparemment compréhensif, mais qui dissimulait mal la satisfaction du moine devant la vulnérabilité d'Aliénor.

— Dieu sait comment ramener son troupeau à la bergerie, assura-t-il. Contentez-vous de faire votre devoir, et il vous rétablira en ses pâturages.

Désignant sa robe de soie, il ajouta :

— Si vous souhaitez concevoir un enfant, alors il vous faudra renoncer à toutes ces frivolités, à toutes ces habitudes perverses qui vous sont devenues indispensables. Vous devez leur tourner le dos et vous raccrocher fermement au Christ votre Sauveur.

Il prit le crucifix en bois qui pendait à son cou au bout d'un cordon de cuir et le lui posa dans les mains.

— De même que le Christ est mort physiquement sur la Croix pour ressusciter, de même votre âme doit mourir au monde des plaisirs charnels pour être revivifiée. Dieu vous corrigera encore et vous mettra à l'épreuve à de nombreuses reprises, jusqu'à ce qu'il soit certain que vous êtes l'une des siens. Vous devez porter sa Croix et vous en rendre digne, car ce n'est pas tâche facile que de porter le destin d'un royaume sur ses épaules, comme votre mari le sait parfaitement. Aussi devez-vous vous y préparer et vous en rendre digne. Vous devez discipliner votre vie et lui donner le visage qu'il plaît à Dieu que vous lui donniez. C'est seulement lorsque vous serez devenue féconde selon l'esprit que vous le serez selon la chair. Afin d'être revivifiée, vous devez renoncer à votre ancienne vie pécheresse et œuvrer pour Dieu dans la ferveur. Comprenez-vous ce que je vous dis là ?

Aliénor se sentit comme la biche acculée par l'archer.

— Oui, mon père, je le comprends.

— Vous devez modifier vos mœurs, martela-t-il. Si vous le faites, je prierai Dieu notre Père céleste de vous accorder, à vous-même et au roi, l'insigne grâce miséricordieuse d'un enfant pour le trône des Francs.

Elle posa le front dans ses mains contre la croix de bois grossièrement taillée. La lanière de cuir était graisseuse et crasseuse d'avoir frotté contre la nuque de l'abbé de Clairvaux. Malgré sa répugnance, elle se sentit étrangement humble. Après la débauche de richesses à laquelle elle venait d'assister, cet objet la ramenait sur terre. Qui plus est, il l'aidait à discerner la marche à suivre avec Louis.

— Bien, mon enfant, dit Bernard. Je suggère que vous jeûniez et priiez trois jours durant afin de vous purifier de tout état d'esprit délétère. Ensuite, faites ce que j'ai dit et allez retrouver votre mari. Vous verrez que tout ira pour le mieux.

Il lui demanda ensuite de faire oraison avec lui. Aliénor ferma les yeux au moment où ses genoux entraient en contact avec le froid dallage, malgré la fine étoffe de son vêtement. Elle joignit les mains en prière et retint son souffle afin de ne pas sentir l'âcre odeur du cistercien. Si la prière et l'humilité avaient le pouvoir de la rapprocher de l'objet de son désir, alors elle ferait ce qui s'imposait à elle.

Rentrée depuis peu de sa retraite de trois jours de jeûne et de prières, Aliénor alla se poster devant la fenêtre de sa chambre face à un ciel bleu éclatant. Malgré une sensation d'étourdissement, elle était concentrée et avait les idées claires. Le ciel était radieux et immaculé, si différent des jeux de lumière de Saint-Denis qu'affectionnait Suger. Pourtant, dans sa simplicité, ce ciel était une parfaite image du miracle divin, même si rien de naturel n'était jamais réellement simple. En cela, du moins, Bernard de Clairvaux avait raison.

Se détournant de la fenêtre, elle considéra son lit, avec ses draps moelleux et ses somptueuses tentures dorées rehaussées de broderies en forme de volute dans les tons orange vif. Elle y était très attachée, mais ils faisaient partie du problème.

— Défaites le lit, ordonna-t-elle à ses caméristes. Apportez-moi des draps grossiers et des taies de traversin de même étoffe, dans le genre de ceux qu'utilisent les moines de Saint-Denis.

Les servantes la regardèrent d'un air soupçonneux.

— Allons ! insista-t-elle.

Puis son regard tomba sur la magnifique cuvette en cuivre dont elle se servait pour ses ablutions.

Elle était ornée d'un motif floral qui rappelait celui des rideaux de lit ; elle y était également attachée. S'armant de courage, elle envoya quelqu'un en chercher une autre, plus sobre. Tout devait être simple. Elle fit vider les niches de leurs objets décoratifs, ranger ses coffrets et cassettes à bijoux dans une malle peinte et recouvrir celle-ci d'une couverture grise. Enfin, elle déposa dessus une Vie des saints et accrocha des crucifix dans les embrasures.

Lorsqu'elle eut terminé, la pièce était dépouillée mais dotée d'une certaine beauté austère. Mais quel ne fut pas l'étonnement de ses suivantes, lorsqu'elle leur ordonna de changer leurs belles robes pour des tenues plus discrètes en laine et de couvrir leur tête d'une cornette d'épais lin blanc !

— Cela plaira au roi, expliqua-t-elle. Vous n'avez pas besoin d'en savoir davantage. Il est important qu'il se sente à l'aise lorsqu'il me rend visite. Le décor doit y aider.

Aliénor, pour sa part, opta pour une robe de laine bleue pourvue de manches d'une grande simplicité et pour une cornette identique à celle de ses suivantes. Elle passa la croix de l'abbé Bernard autour de son cou et retira toutes ses bagues, à l'exception de son alliance. Puis elle fit un peu de couture – une chemise destinée aux pauvres, dont elle fit les coutures pour tromper son attente. Ce soir-là, Louis devait venir accomplir son devoir ; et puisqu'elle n'avait pas ses menstrues, il n'avait aucune excuse pour se défiler.

Il pénétra dans la chambre avec sa rigidité habituelle, tel un homme marchant au supplice. Soudain, il fit halte et balaya la pièce d'un œil interrogatif. Aliénor le regarda flairer l'air ambiant comme un cerf hume le petit matin. Elle abandonna son ouvrage et se leva pour aller l'accueillir par une révérence pleine de modestie. Il renvoya ses propres suivants, y compris le templier Thierry de Galeran, lequel jeta à la reine un vif regard scrutateur – de ceux qui servent à jauger l'ennemi – et s'en fut en s'inclinant.

— Il y a du changement ? fit remarquer Louis en haussant un sourcil.

— J'espère que vous approuvez, Sire.

Il émit un son évasif et alla regarder de plus près un crucifix accroché au mur.

Elle attendit qu'il ait terminé et qu'il consentît à lui donner son manteau.

Cela fait, il se lava les mains et le visage dans la cuvette ordinaire et s'essuya avec une serviette rêche soigneusement pliée à côté. S'asseyant au bord du lit, il tapota le rugueux couvre-lit de laine.

— Oui, c'est mieux, confirma-t-il enfin. Commenceriez-vous enfin à comprendre ?

Aliénor s'abstint de dire ce qu'elle pensait, car elle était bien décidée à jouer jusqu'au bout le rôle de l'épouse dévote et soumise, puisqu'il le fallait pour donner un héritier au trône des Francs et à celui de d'Aquitaine.

— J'ai ouvert les yeux à Saint-Denis, expliqua-t-elle avec candeur. J'ai pris conscience qu'un changement s'imposait à moi, car, pour votre part, vous aviez déjà trouvé votre chemin de Damas.

Tout cela était vrai. Elle l'avait épousé sans se douter qu'il pousserait la dévotion jusqu'à se transformer en une sorte de moine.

Louis lui fit signe de venir s'allonger. Aliénor se mit aussitôt à bouillir de colère, mais elle tint bon et resta impassible, malgré sa grande tristesse. Elle eût voulu qu'il redevînt celui qu'il avait été : un jeune homme tendre, au sourire timide et aux longs cheveux argentés, à l'enthousiasme et au désir enfantins. Mais cet être-là n'était plus.

Les draps étaient rêches et inconfortables, au point qu'elle dut s'empêcher de faire la grimace. Louis, en revanche, semblait apprécier leur contact, un peu comme si leur rugosité même les rendait plus réels. Elle se tourna vers lui et posa une main sur son torse.

— Louis…, commença-t-elle avant de s'interrompre, lorsque son mari ferma les yeux dans un réflexe de réticence. Est-ce donc si affreux d'être là, couché avec moi ? s'enquit-elle.

Il déglutit.

— Non, assura-t-il. Mais nous devons préserver notre honneur et ne pas faire la chose par luxure, mais dans l'intention d'accomplir la volonté de Dieu et de créer la vie.

De peur de l'effrayer par le moindre geste, elle se redressa lentement et retira sa cornette.

Il toucha ses nattes enroulées.

— Tout ce que je m'autorise est objet d'austérité, confia-t-il d'une voix éraillée. Ce sont des pénitences, parce que je ne suis pas digne d'autre chose. Les douces et belles choses sont placées sur notre chemin pour nous leurrer. Vous vous en rendez forcément compte ?

Aliénor se retint de répondre que les belles choses étaient, elles aussi, créées par Dieu. Sinon, comment rendre compte de l'existence du paradis ? De tels propos l'eussent seulement perturbé davantage.

— Je me rends compte que nous sommes mis à l'épreuve, ainsi que me l'a dit l'abbé de Clairvaux, dit-elle à la place. Et je constate que nous sommes châtiés de toutes sortes de façons ; mais procréer, c'est faire la volonté de Dieu, et nous devons nous y plier.

Il poussa un grognement et roula sur elle en écartant ses vêtements. Aliénor demeura inerte, se forçant à ne manifester aucun enthousiasme. D'ordinaire, elle eût fléchi les genoux et ouvert ses cuisses, enlaçant Louis avec bras et jambes tout en donnant du bassin en accord avec ses mouvements. Mais ce jour-là, elle n'en fit rien. De son côté, il garda les yeux bien fermés, semblant ne pouvoir supporter sa vue. Elle l'entendit marmonner une prière entre ses dents, puis il lui écarta les jambes et chercha son chemin en elle.

— Dieu le veut ! éructa-t-il. Dieu le veut ! Dieu le veut !

L'instant d'après, il allait et venait furieusement en prenant Dieu à témoin qu'il faisait son devoir, poussant un cri à la fois triomphal, coupable et désespéré lorsqu'il répandit sa semence.

Il resta étendu sans bouger pendant quelques instants, puis il se retira afin de reprendre haleine. Aliénor referma les jambes et serra les cuisses. Elle avait mal d'avoir été pénétrée sans aucun préliminaire, mais son but – ainsi que celui de Louis – était atteint. Un simple coup d'œil à son mari lui apprit qu'il avait toujours les yeux fermés, mais ses traits étaient plus détendus. Il se leva et alla s'agenouiller devant la croix qu'Aliénor avait accrochée au pied du lit. Là, il remercia Dieu de lui avoir de nouveau accordé sa grâce dans son infinie miséricorde et de par sa généreuse providence. Aliénor le rejoignit et remercia Dieu à ses côtés, priant en secret pour un prompt résultat.

Chapitre 22

Paris, automne 1144

Aliénor arriva à l'église abbatiale de Saint-Denis tendue et mal à l'aise. Les prières et les ruses avaient fonctionné, et elle était certaine d'être enceinte. Elle avait voulu en avoir le cœur net avant de l'annoncer à Louis, mais à présent que le moment était venu, elle était emplie d'appréhension.

L'abbé Suger la reçut avec une vive lueur dans le regard.

— Je pense que cela vous plaira…, dit-il en la conduisant jusqu'à une armoire fermée à clé où il rangeait la vaisselle liturgique.

Son vase en cristal de roche trônait à la place d'honneur sur l'étagère intermédiaire. Toutefois, ce fut à peine si elle le reconnut, car Suger en avait fait orner le goulot et la base d'un filigrane d'or, de pierres précieuses et de perles. Une inscription gravée au pied relatait les circonstances du don.

— Quelle merveille ! s'exclama-t-elle à juste titre, même s'il n'était plus sien.

Bernard de Clairvaux l'eût préféré dans son état initial, pur et sans ornement. À présent, il portait en tout point la marque de Suger. La mention de son nom dans l'inscription n'était pas nécessaire pour l'attester.

— Et il s'accorde si bien avec l'ensemble de l'église, ajouta-t-elle.

— Je suis content que vous le trouviez à votre goût. Je souhaitais rendre pleinement justice à ce don émanant de votre personne.

— Et vous y êtes parvenu.

Aliénor ressentait presque de la tendresse pour Suger. Il était fin politique et rompu, comme elle, au pragmatisme.

— J'ai un service à vous demander, glissa-t-elle.

Suger parut aussitôt sur ses gardes.

— Si je peux vous être utile, ce sera très volontiers.

Elle examina le motif aux quatre-feuilles du sol dallé et se lança :

— Toutes nos prières ont été entendues, commença-t-elle. J'attends un enfant.

Puis elle posa une main sur son ventre qui s'arrondissait déjà.

Le visage de Suger s'éclaira.

— C'est une merveilleuse nouvelle ! Gloire à Dieu qui a entendu nos supplications !

Aliénor se mordit la lèvre inférieure.

— Je n'en ai pas encore parlé au roi. Je ne voulais pas lui donner de faux espoirs, après toutes ces années d'attente et le petit que nous avons perdu. Je ne sais pas comment il réagira à cette nouvelle. Je vous serais reconnaissante de l'y préparer.

— Je m'en occupe !

Suger posa ses mains sur les siennes pour la rassurer.

— Le roi sera certainement fou de joie.

Aliénor sourit, mais ses sentiments étaient mitigés. Ces temps-ci, elle ne savait pas à quoi s'attendre avec lui.

Louis dévisagea Suger sans chercher à dissimuler son angoisse. Rasséréné par la prière, il avait joui d'un certain calme intérieur jusqu'à ce que l'abbé lui dise qu'il souhaitait lui parler en privé. Il se prépara à être, une fois de plus, mis au fait des mauvaises nouvelles de la Cour et des machinations des ecclésiastiques. L'affaire de Bourges avait pris fin avec l'installation de La Châtre dans son archevêché. Mais les problèmes ne poussaient-ils pas comme les champignons ?

— La reine me charge de vous annoncer que Dieu a exaucé vos prières et vos supplications et qu'il a jugé votre union digne de sa grâce. Votre dame est enceinte et accouchera au printemps, annonça Suger.

Louis le regarda avec de grands yeux étonnés. La nouvelle était si imprévisible qu'il en fut choqué. *Enfin !* Après toutes ces années de prière, d'adversité et de doute, ils avaient enfin obtenu gain de cause en obéissant à la loi divine, à supposer qu'elle ne fît pas de fausse couche cette fois.

— En êtes-vous certain ?

Suger confirma d'un hochement de tête.

— Aussi certain que la reine elle-même, confirma-t-il. Elle a voulu que ce soit moi qui vous l'annonce, puisque c'est sur les conseils et les instances de l'Église que c'est arrivé, mais aussi afin que je vous prépare à sa rencontre.

Louis sentit l'enthousiasme lui revenir. *Un enfant ! Un fils pour le royaume ! Enfin !*

— La reine s'est retirée à l'auberge, ajouta Suger en souriant.

— J'irai la rejoindre dans un moment, assura le roi.

Il voulait d'abord retourner à l'église afin d'y rendre grâce à Dieu. La bienséance voulait sans doute qu'il offrît un présent à Aliénor ? Il songea aussitôt à une belle fibule ou à une bague, qu'elle apprécierait sûrement. Mais il écarta aussitôt cette idée. Il ne devait pas encourager chez elle le goût du luxe, car ce n'était pas conforme à la volonté de Dieu ; d'ailleurs, n'était-ce pas à la faveur d'un grand dépouillement qu'ils avaient pu concevoir cet enfant ? Mieux valait faire une donation à l'Église pour exalter Dieu plutôt que de gâter sa femme.

Les servantes d'Aliénor venaient à l'instant d'allumer les lampes dans la chambre d'invités lorsque Louis fit son apparition, les joues empourprées, les yeux étincelants de larmes et l'air ravi, comme Aliénor ne lui en avait pas vu depuis très longtemps.

— Est-ce vrai ? s'enquit-il, en lui prenant la main. Est-ce vrai, ce que Suger m'annonce ?

— Bien sûr, que c'est vrai ! assura-t-elle, tout sourires, tout en restant sur ses gardes.

Il se pencha en avant pour l'embrasser, mais non sur la bouche.

— Vous avez bien agi. Vous avez plu à Dieu. Et à présent, puisse-t-il nous accorder un fils en bonne santé !

Il s'accroupit devant elle et posa la tête et la main contre son ventre arrondi. Aliénor considéra sa tonsure et se força à ressentir un peu d'affection pour lui. Tout lien n'était pas rompu entre eux, mais presque.

Il se redressa et dit :

— Vous devez vous reposer, ne pas vous surmener. Je compte sur vous pour donner naissance à un fils costaud et en bonne santé, cette fois. Gardez vos servantes en permanence avec vous et faites venir des sages-femmes sans tarder, ordonna-t-il avec le plus grand sérieux. Vous n'auriez pas dû monter à cheval pour venir ici aujourd'hui, cela pourrait nuire au petit.

Aliénor sentit la porte de la prison se refermer sur elle. Il la mettait en cage dans le but de protéger son sacro-saint héritier.

— Je savais que je ne risquais rien, affirma-t-elle, parce que c'est ici même que nous avons demandé à Dieu de nous accorder un enfant.

— Certes, mais vous ne devez plus vous exposer tous deux à pareils risques.

— Soyez assuré que je suivrai tout sage conseil, répliqua-t-elle.

— Veillez-y ! Je ne veux pas que vous perdiez celui-ci comme vous avez perdu le dernier.

Aliénor serra les poings le long de son corps. Vivre à l'écart de Louis avant l'accouchement ne serait, tout compte fait, peut-être pas une mauvaise chose.

Il prit enfin congé, et elle se laissa retomber de soulagement sur le lit dans un état d'abattement. Leur mariage – étoffe éclatante réduite en lambeaux – n'était presque plus qu'un souvenir. Mais elle avait conscience de dépendre au plus haut point de son approbation. Pour l'heure, elle l'avait obtenue, mais Louis était d'humeur changeante. Elle ne savait jamais à quoi s'attendre de sa part et devait, en conséquence, faire preuve de souplesse d'esprit. C'était épuisant.

Chapitre 23

Paris, printemps 1145

Aliénor rassembla toutes ses forces et poussa en haletant ; puis, à bout de souffle, elle capitula, tandis que la contraction diminuait. Le travail avait commencé la veille au soir, et la matinée était bien avancée à présent. Une lumière de début avril entrait à flots par les fenêtres en forme d'ogive, lui rappelant l'Aquitaine.

— Ce ne sera plus très long, maintenant, assura Pétronille d'une voix apaisante en épongeant le front de sa sœur à l'aide d'un linge imbibé d'eau de rose. Je sais que tu as l'impression d'être sur le point d'éclater, mais, crois-moi, cela n'arrivera pas.

— Tu en sembles bien certaine, rétorqua Aliénor, pantelante.

Par superstition, on avait défait ses cheveux, qui s'étalaient sur l'oreiller tel un pesant éventail d'or, afin que l'enfant puisse sortir sans encombre.

— Parfaitement, confirma Pétronille avec un petit air satisfait. Je suis plus menue que toi et j'y suis parvenue.

Forte de son premier enfant et de sa deuxième grossesse qui donnait déjà de la rondeur à ses seins et à son ventre, elle s'estimait en position de conseiller Aliénor.

— Sauf qu'Élisabeth était un tout petit bébé, fit remarquer cette dernière.

— Ma foi, le tien sera forcément proportionnel à ta taille. Raoul est bien plus grand que Louis.

Une autre contraction se fit sentir. Aliénor grimaça et agrippa l'aigle de pierre. C'était un objet ovoïde à l'intérieur duquel était enchâssée une autre pierre, le tout étant censé apaiser les douleurs de l'enfantement. Dans un geste de compassion rarissime chez elle, Adélaïde lui en avait fait cadeau, arguant que l'amulette l'avait grandement aidée lors de ses propres accouchements. À supposer que la magie opérât, Aliénor se demanda quel eût été son calvaire sans ce recours ! Une fois encore, elle poussa de toute son énergie. Les sages-femmes s'activaient autour d'elle, qui l'encourageant, qui la surveillant de près, qui lubrifiant son périnée afin de prévenir tout déchirement des chairs.

La tête sortit en premier, puis les épaules jaillirent, et enfin le reste du corps. Les hurlements du nouveau-né emplirent aussitôt la pièce, s'amplifiant à mesure que ses poumons s'emplissaient d'air. Le silence de l'assistance rassura Aliénor : il était en bonne santé.

— Oh, quel bébé ! s'exclama Pétronille, étant la première à s'être remise de ses émotions. Aliénor, te voilà mère d'une fille ! D'une magnifique petite fille !

Elle se pencha pour embrasser sa sœur sur la joue et ajouta :

— Élisabeth hérite d'une cousine et d'une camarade de jeu !

Aliénor regarda au-delà de Pétronille. Un rai de lumière tombait sur le bébé qui braillait toujours et était toujours relié à elle par le cordon ombilical. Ce fut comme une révélation. Puis une sage-femme entailla le cordon à l'aide d'un petit couteau aiguisé et retira l'enfant du rayon de soleil afin de lui donner son premier bain dans une cuvette en cuivre remplie d'eau tiède. Pour l'occasion, on avait exhumé la cuvette ornée de décorations qui n'avait plus servi depuis le soir précédant la conception de l'enfant.

Adélaïde, qui avait assisté à l'accouchement, regarda les sages-femmes baigner la petite.

— Les filles sont toujours utiles pour forger des alliances, déclara-t-elle. J'ai moi-même donné naissance à une fille, en plus de mes sept fils. Il est préférable que les garçons naissent en premier afin d'assurer la continuité de la lignée, mais une enfant viable et en bonne santé est néanmoins un don de Dieu qui permet d'espérer que vous ferez mieux la prochaine fois.

Les paroles de sa belle-mère glissèrent sur Aliénor. La plus âgée des sages-femmes lui apporta son bébé emmailloté dans une couverture moelleuse. L'enfant était minuscule, de toute beauté et pleine de vie. Elle remuait bras et jambes en faisant des grimaces. Dès qu'Aliénor l'eut prise dans ses bras, son cœur déborda d'amour. Peu lui importait la réaction de Louis et des autres. Elle y penserait plus tard. Pour le moment, elle était toute à l'enchantement de cet instant unique. Le bébé avait la peau douce et de tout petits ongles roses.

— Comment l'appellerez-vous ? s'enquit Pétronille.

Un garçon eût reçu le nom de Philippe, en hommage à son arrière-grand-père paternel.

— Marie, répondit Aliénor. En hommage à la Sainte Vierge Marie et en remerciement de la grâce qu'elle nous a faite.

Louis dînait avec la Cour dans l'éblouissante grande salle des banquets construite par son ancêtre Robert II. Il savait qu'Aliénor était en plein travail mais s'efforçait de ne pas y penser. L'abbé Suger et Bernard de Clairvaux avaient tous deux adressé des prières et des suppliques spéciales à Dieu afin qu'il accordât un héritier au trône des Francs. Louis avait fait tout ce qui était en son pouvoir en vue d'obtenir le résultat désiré et pour faire en sorte qu'Aliénor se soumette aux mêmes obligations. Il l'avait confinée dans sa chambre quinze jours trop tôt, afin que son hypothétique fils bénéficiât d'un plus grand calme et d'une plus grande sérénité avant sa naissance. L'enfant, surtout, faisait l'objet de ses inquiétudes. Si Aliénor mourait en couches, il pourrait toujours trouver une autre femme. Mais le petit, lui, était d'une importance capitale. En plus d'être l'héritier du royaume, il hériterait de l'Aquitaine !

Un huissier[1] traversa la salle et contourna la table d'honneur. Louis s'essuya la bouche avec un soin méticuleux et fit signe au serviteur d'approcher. Celui-ci se pencha en avant et lui murmura quelque chose à l'oreille. Invitant l'assistance à poursuivre le repas, Louis se leva de sa chaise et suivit l'huissier jusqu'à une petite antichambre où l'attendait sa mère.

— Eh bien, lança Louis d'un ton sec dû à son attente anxieuse, tandis qu'Adélaïde faisait sa révérence. Quelles sont les nouvelles ? Mon fils est-il né sans encombre ?

— L'enfant est en effet venu au monde sans encombre, réponditelle. Il est vivant et en bonne santé.

— Dieu soit loué ! Que tous les carillons de France annoncent la nouvelle ! Je vais...

Adélaïde l'interrompit en posant une main sur son bras, ce qui lui rappela l'époque où, enfant, elle le rappelait à l'ordre à coups de gifle.

— Qu'y a-t-il ?

Aliénor n'a-t-elle pas survécu à l'accouchement ? se demanda-t-il.

Sa mère posa sur lui un regard inexpressif.

1. Originellement personne chargée d'ouvrir et fermer les portes (huis) sur le passage d'éminents personnages. Ici, l'huissier introduit le visiteur après l'avoir accueilli puis annoncé. (*NdT*)

— L'enfant est une fille, expliqua-t-elle. Tu as une petite fille bien gaillarde.

Il fut époustouflé, comme s'il avait reçu un coup à l'estomac.

— « Une fille » ? En êtes-vous sûre ?

Adélaïde haussa les sourcils.

— J'ai assisté à sa naissance. Je ne saurais avoir le moindre doute.

Elle retira sa main et ajouta :

— Ta femme a bien supporté l'accouchement. Dès qu'elle se sera confessée et aura communié, tu pourras t'employer à lui faire un fils.

Louis déglutit. La perspective de coucher avec Aliénor et de revivre tout le processus l'écœurait. Une femme pouvait-elle redevenir pure après avoir enfanté ? Surtout une fille !

— D'abord elle accouche d'un cadavre sanguinolent, et voici qu'elle accouche d'une fille ! s'indigna-t-il. Comment suis-je censé prendre la chose ?

— Par la prière, répondit avec impatience sa mère. Et par la persévérance. Un roi a besoin de filles autant que de fils. Réjouis-toi de la naissance de celle-ci et prie pour qu'Aliénor te donne satisfaction la prochaine fois.

Louis demeura silencieux. Il se sentait abandonné de Dieu et de l'Église, et surtout de sa femme. Que fallait-il qu'il fasse encore pour engendrer un mâle ? Toutes ses prières, toutes les assurances de Suger et de Bernard de Clairvaux s'étaient soldées par la naissance d'une fille !

— Tu vas devoir reconnaître ta petite et assister au baptême, rappela Adélaïde. Ta femme désire l'appeler Marie en l'honneur de la Vierge, si toutefois tu es d'accord.

Sûr et certain qu'Aliénor accoucherait d'un garçon, Louis n'avait pas réfléchi à un prénom féminin.

— À sa guise, lança-t-il.

Une fois sa mère partie, Louis cacha son visage dans ses mains. Il n'avait pas le cœur à retourner au banquet, sachant que tous se tourneraient vers lui dans l'attente d'une annonce officielle. Toutefois, au rythme où allait la vie de Cour, le bruit courait certainement déjà. Quoi qu'il en fût, le courage lui manquait pour affronter les regards lourds de sous-entendus, les sourires en coin. Il savait parfaitement ce que disait la tradition au sujet des hommes qui engendraient des filles : leurs femmes les menaient par le bout du nez, et leur semence manquait de virilité. Bien que conscient de ses obligations, notamment en ce qui concernait l'organisation du baptême, il n'eut pas même le désir de voir l'enfant.

Les églises se mirent à carillonner. La nouvelle était déjà sortie du palais. Saint-Barthélemy, Saint-Michel, Saint-Pierre, Saint-Éloi… Louis avait toujours aimé le timbre de ces cloches-là, lorsqu'elles annonçaient les heures canoniales, ordonnant et structurant la vie quotidienne, rappelant à tous la présence de Dieu et la raison d'être de sa Création. Mais à présent qu'elles saluaient la naissance d'une princesse, leurs moqueuses sonnailles lui mettaient les nerfs à vif et attisaient sa rage.

Chapitre 24

Paris, novembre 1145

C'était une claire journée de novembre malgré un froid de canard. Les eaux brunâtres et lourdes de la Seine reflétaient tant bien que mal le bleu du ciel en raison des récentes pluies. Les carreaux de toile huilée tendus aux fenêtres laissaient entrer une faible lumière, mais également les courants d'air. Des flammes de bougies dansaient dans la plupart des niches, et l'on entretenait des feux de charbon afin de se protéger du froid humide.

Aliénor avait la nette impression de vivre en cage. Elle avait quitté la chambre en mai, mais cela ne faisait pas, au demeurant, grande différence, si ce n'était qu'elle devait à nouveau faire face à Louis et à ses sottises.

Ce matin-là, cependant, plusieurs diversions s'offrirent à elle, grâce à son oncle Raymond, prince d'Antioche, et à sa femme Constance, la petite-cousine de Louis. Le couple, ayant eu vent de la naissance de la princesse Marie, avait envoyé tout un assortiment de cadeaux à leurs proches et affectionnés parents. La chambre d'Aliénor regorgeait de splendeurs d'Orient. Des rouleaux de soie rare chatoyaient comme les remous constants de la Garonne par un jour de beau temps. Il y avait des livres aux couvertures incrustées d'ivoire et de gemmes, des sacs entiers d'encens et des savons blancs parfumés, un reliquaire en or et cristal de roche contenant un fragment du manteau de la Vierge Marie, des épées aux lames damassées et une cotte de mailles si fine qu'elle épousait les formes comme de la soie. Pour le bébé, il y avait une coupe en argent sertie d'améthystes. Aliénor trouva également une lettre de félicitations pleine de paroles aimables. Toutefois, lisant entre les lignes, elle comprit qu'il y avait un prix à payer pour tous ces présents luxueux et rares.

Elle fit halte près du berceau de sa fille pour la regarder dormir. Marie était allongée sur le dos, ses petits poings serrés comme des boutons de rose prêts à éclore, sa poitrine soulevée par sa courte respiration. Aliénor ressentait de la tendresse mêlée de tristesse chaque fois qu'elle la regardait. La naissance d'une fille avait déçu tout le royaume, à l'exception d'Aliénor elle-même, et c'était là le plus important.

Louis entra. Il jeta un rapide coup d'œil au berceau mais n'alla pas se pencher au-dessus de son enfant, trouvant plus intéressant l'empilement de cadeaux.

— C'est pour le moins généreux ! s'exclama-t-il avec une légère moue de dégoût face à tout ce luxe.

Mais son aversion fut tempérée lorsque Aliénor lui remit le reliquaire contenant le morceau d'étoffe ayant appartenu à la mère de Dieu. Son visage s'éclaira et son pouls s'accéléra.

— Mon oncle dit qu'il vous l'envoie afin que vous le gardiez en lieu sûr, car il sait que vous y attacherez du prix.

Louis caressa le lisse cristal de roche avec le pouce.

— « En lieu sûr » ?

Elle lui tendit la lettre.

— Il dit que sa position devient de plus en plus intenable depuis la chute d'Édesse et qu'il doit faire face à des escarmouches incessantes de la part des Sarazins.

Louis prit le parchemin et s'approcha de la fenêtre pour le lire.

Aliénor caressa la joue rose et douce de Marie. Peu de temps avant la naissance de la petite, Paris avait appris la chute de la chrétienne principauté d'Édesse aux mains des Turcs, lesquels, sous les ordres de leur chef Zengi, prince d'Alep, menaçaient à présent Antioche – gouverné par son oncle Robert –, le comté de Tripoli et le royaume de Jérusalem lui-même.

La missive rappelait les risques encourus par les comtés restants. Des émissaires avaient été envoyés à Rome afin d'y obtenir le soutien du pape, et Raymond espérait qu'Aliénor et Louis pourraient apporter toute l'aide possible, étant donné que leurs proches parents étaient concernés.

Louis fit la moue. L'année précédente, à Saint-Denis, il avait fait le vœu de se rendre en pèlerinage au Saint-Sépulcre afin d'y faire pénitence des événements de Vitry, d'expier la rupture de son serment au sujet de l'archevêque de Bourges et dans le but de tenir la promesse qu'il avait faite d'y prier pour le salut de l'âme de son frère aîné décédé. Lorsqu'il avait appris qu'Édesse était tombée, il en avait conçu une vive inquiétude. Celle-ci s'étant quelque peu tarie, il n'en restait pas moins soucieux.

— Il nous incombe de l'aider, lança-t-il en considérant le reliquaire. Nous ne pouvons permettre que les infidèles envahissent nos lieux saints. Nous devons apporter à nos frères tout le soutien dont nous serons capables.

— De quelle manière ?

Il tourna le dos à la fenêtre et répondit :

— Je lancerai un appel aux armes lorsque la Cour se réunira à Bourges pour Noël. J'accomplirai mon vœu de pèlerinage et libérerai du même coup Édesse des infidèles.

Il s'était exprimé comme s'il s'était agi d'une simple partie de chasse.

Aliénor fut choquée par ces paroles mais, au fond, elle n'était pas surprise, car s'aventurer ainsi convenait parfaitement à Louis. Il serait à la fois l'humble pèlerin pénitent et le héros conquérant, paré de tous les atours du pieux souverain parti sauver la chrétienté à la tête de son armée.

Une lueur d'espoir se fit jour dans le cœur d'Aliénor. Pendant son absence, quelqu'un devrait prendre les rênes du pouvoir. Elle pourrait accomplir de grandes choses, si seulement elle pouvait exercer son influence au lieu d'être condamnée à l'asphyxie et à l'immobilisme. Qui plus est, son absence durerait peut-être deux années complètes, et tant d'événements pouvaient arriver en deux ans.

— C'est effectivement une noble entreprise, convint-elle d'une voix rendue enthousiaste par les perspectives que cela lui ouvrait.

Louis, un peu déconcerté, lui jeta un regard méfiant.

Aliénor lui tourna promptement le dos pour faire à nouveau grand cas du bébé.

— Est-ce mal de dire que je suis fière de mon mari ?

Il se radoucit aussitôt.

— L'orgueil est un péché ! rappela-t-il. Mais je suis content que vous approuviez mon idée.

— Nous devons faire du rassemblement de Noël une occasion mémorable, suggéra-t-elle.

Voyant que Louis se rembrunissait, elle s'empressa d'ajouter :

— Avec toute la gravité et toutes les louanges dues à Dieu, bien sûr ; mais des guerriers qu'on honore par un grand festin se montrent toujours plus sensibles aux suggestions. En outre, puisque la Cour doit se réunir à Bourges, tous pourront se rendre compte que vous êtes bien l'oint du Seigneur.

— Très bien, repartit-il, comme si, dans sa mansuétude, il lui accordait une grâce.

Puis il s'approcha du berceau et leva le menton de sa fille. Ce geste également était censé être un honneur qu'il lui faisait, car d'habitude, il ne s'intéressait pas le moins du monde à l'enfant.

À Bourges, Aliénor, coiffée de sa couronne, présida aux côtés de Louis aux cérémonies rassemblant toute la noblesse et tout le haut clergé du royaume. Festin et divertissements avaient été suivis par une allocution de Louis et de l'évêque de Langres portant sur le soutien à apporter à Édesse et, à terme, au royaume de Jérusalem.

— Ne vous y trompez pas ! insista Louis, le visage enflammé par une sainte fureur et ses yeux verts étincelants brillants comme des saphirs. Si nous n'intervenons pas, Tripoli tombera, puis ce sera le tour d'Antioche et finalement de Jérusalem. Nous ne pouvons laisser un tel désastre se produire sur la terre même dont le Christ, lors de son ministère humain, a foulé la poussière. Je vous le dis à vous tous ici réunis, Dieu vous confie la tâche de voler avec moi au secours de nos frères assiégés !

Ce fut un beau discours. Il fut suivi par l'art oratoire encore plus brûlant de l'évêque de Langres, le but étant d'enflammer les passions des hommes. Les chevaliers de la maison du roi frappèrent du poing en cadence sur les tables et soulevèrent un tollé de hourras, ainsi que le firent les chevaliers d'Aquitaine et de Poitou. Toutefois, la ferveur initiale passée, l'enthousiasme retomba. Ces guerriers avaient des doutes sur le fait de se soustraire à leurs propres obligations pendant si longtemps, de vivre sous la tente et de combattre des infidèles. Malgré une réaction publique respectueusement enthousiaste, en privé, de nombreux barons s'abstinrent de toute participation. L'abbé Suger déclara franchement au roi que le royaume avait davantage besoin de lui que de la

Terre sainte. L'expédition, bien que procédant d'intentions louables, était mal conçue.

Louis entra dans une colère noire. Dans la solitude de sa chambre, il pleura et donna des coups de pied dans les meubles, tempêtant comme un enfant contrarié.

— Pourquoi refusent-ils de voir la vérité ? lança-t-il de rage. Pourquoi refusent-ils de me suivre ? Ne leur ai-je pas tout donné ?

Aliénor le regarda fulminer et en conçut de l'irritation. Elle-même avait été déçue par la réaction des barons, mais, une fois encore, sans en être étonnée. Gouverner s'apparentait à mener un troupeau. Il fallait constamment aiguillonner les gens pour les faire avancer et les pousser lorsqu'ils regimbaient face à l'obstacle.

— Laissez-leur le temps de se faire à l'idée, suggéra-t-elle. Beaucoup d'entre eux changeront d'avis lorsque le printemps leur échauffera les sangs. Nous sommes encore dans l'attente d'une décision du pape. Aujourd'hui, jour de la naissance de Notre-Seigneur, vous avez semé la graine. Laissez-leur à présent le temps d'y réfléchir. Vous reviendrez à la charge à Pâques et à l'Ascension.

Louis desserra les poings et souffla à grand bruit.

— Quand je pense à leur outrecuidance... Me refuser leur participation !

— Si vous mettez ce laps de temps à profit pour faire avancer votre cause et vaquer aux préparatifs, ce ne sera pas du temps perdu, expliqua-t-elle. Quant à Suger, il vieillit. Il vous préfère ici, mais cela est dû à son propre affaiblissement, non au vôtre.

— Ma décision est prise : je partirai en Terre sainte quelles que soient les objections, déclara-t-il, avec cet air entêté que sa femme lui connaissait bien.

Aliénor rejoignit ses suivantes l'air pensif. Ces dames dansaient au son de la musique et avaient convaincu, à force de flatteries, quelques-uns des jeunes chevaliers de la maison de la reine à se joindre à elles. Raoul était du lot, riant et contant fleurette, comme à son habitude. Pétronille n'était pas à la Cour, étant restée à Arras où elle gardait la chambre dans l'attente de la naissance de leur deuxième enfant.

Croisant le regard d'Aliénor, il prit congé des suivantes et s'approcha d'elle.

— Vous prenez des libertés en l'absence de votre femme, messire, fit remarquer la reine.

Raoul haussa les épaules.

— Ce ne sont que des danses.

— Et ce que les yeux ne voient pas, le cœur ne s'en afflige pas, n'est-il pas vrai ?

— Jamais je ne ferais quoi que ce soit qui puisse causer de la peine à Pétronille.

— Je suis heureuse de l'entendre, parce que, dans le cas contraire, je vous ferais arracher le cœur et une certaine autre partie de votre anatomie…

— Votre sœur est tout à fait capable de s'en charger elle-même, fit-il remarquer à son tour, non sans ironie et en croisant les bras. Souhaitiez-vous m'entretenir autrement que pour me mettre en garde de ne pas succomber aux autres femmes ?

Elle lui fit un sourire crispé.

— Je veux que vous exerciez vos talents de persuasion sur des esprits d'un autre genre. Je veux que vous vous employiez à retourner l'opinion des barons qui rechignent à suivre le roi au secours d'Édesse.

Il l'examina avec un vif amusement.

— Malgré ma propre réticence ?

— Je doute que vous soyez un lâche, repartit-elle. Vous êtes suffisamment avisé et ambitieux pour connaître les avantages d'une telle expédition.

Sans se départir de son sourire amusé, et bien que méfiant, il avança :

— Vous tenez à voir aboutir ce projet. Je comprends votre désir de venir en aide à votre oncle. Vous avez dit tantôt « ce que les yeux ne voient pas, le cœur ne s'en afflige pas », mais sans doute cela s'applique-t-il également à vous. N'êtes-vous pas inquiète que votre mari s'absente pendant au moins deux ans et soit exposé aux plus grands dangers ?

— En effet, j'en conçois une vive inquiétude. C'est pourquoi je souhaite qu'il ait l'avantage du nombre, de l'intendance et du ravitaillement, répondit-elle. Il partira de toute manière, mais je préfère que ce soit avec l'appui de tous ses vassaux. Comment fera-t-il, autrement, pour venir en aide à mon oncle et accomplir toutes les tâches qui lui incombent ?

— Et où est mon intérêt dans tout cela ?

— Je pense que vous le savez parfaitement, messire. Le roi aura besoin d'hommes de confiance pour aider à gouverner le royaume en son absence.

— Pour « aider » qui ? s'enquit il.

Aliénor sourit et lui tendit une main.

— Venez, poursuivons cette conversation en dansant…

Raoul s'esclaffa discrètement.

— Je pense que je suis en bien plus grand danger de succomber à présent que je ne l'étais tout à l'heure, confia-t-il en la faisant entrer dans le cercle des danseurs.

Une semaine après la dispersion de la Cour, la nouvelle arriva de Rome : le pape appelait les Francs et tous les royaumes chrétiens à lever une armée pour aller au secours d'Édesse. Louis se montra furieux que cela arrive si tard.

— Si la nouvelle nous était parvenue la semaine dernière, j'aurais bénéficié de l'assentiment papal, grommela-t-il.

Aliénor releva la tête. Elle était occupée à dicter une lettre adressée à l'un de ses vassaux.

— Vous n'en aurez que davantage de force de persuasion lorsque vous lancerez votre appel à Pâques. Noël a rassemblé un grand nombre de dignitaires, mais Pâques en réunira encore davantage. Et si vous prenez la croix, vous les rallierez à la cause. À présent que Rome s'est prononcé, nombre de barons reviendront sur leur décision. Demandez au pape qu'il vous envoie Bernard de Clairvaux pour le prêche pascal. Ses talents d'orateur sont renommés.

Bien qu'elle détestât cordialement le cistercien, elle saluait son aptitude à susciter la ferveur des foules.

— Les moines ont l'interdiction de prêcher hors de leurs monastères, rappela Louis, qui semblait avoir repris confiance.

Aliénor inspira bruyamment par le nez.

— Depuis quand cela gêne-t-il Bernard de Clairvaux ? Il a beau prêcher l'humilité et dénoncer avec une extrême vigueur le péché d'orgueil chez les autres, le fait est qu'il adore s'écouter parler. Son auditoire aussi, d'ailleurs.

— Vous ne devriez pas tenir de tels propos au sujet d'un si saint homme, la tança Louis.

— Il est certainement plus proche de la sainteté que vous, répliqua-t-elle, mais là n'est pas la question. Quand la Cour se réunira à Vézelay pour Pâques, vous devrez disposer des moyens propres à émouvoir les âmes de la gent masculine. J'écrirai à ma tante Agnès à Saintes et aux religieuses de Fontevraud afin de leur demander de coudre des croix que nous ferons distribuer par tous ceux qui prendront la route de la Terre sainte.

— C'est une excellente idée.

Louis s'approcha d'elle et posa les mains sur ses épaules dans un geste presque tendre.

Aliénor fit un effort pour ne pas se dégager. Si elle avait d'excellentes idées, c'était dans l'intérêt de son oncle Raymond d'Antioche ; et avec Louis absent de la Cour pendant deux ans, le royaume serait sien.

Aliénor observa Pétronille tandis que celle-ci donnait le bain à son petit garçon devant l'âtre et s'efforça de contenir son envie. Sa sœur, tout excommuniée et mise au ban de l'Église qu'elle était, avait donné naissance à un enfant mâle en bonne santé. Louis et elle, en revanche, n'avaient eu que Marie. Elle avait obtenu qu'il vienne dans son lit par deux fois en janvier, mais ses saignements avaient gâché la fête ; ensuite, il avait refusé de partager sa couche pendant toute la durée du Carême, car c'était contraire aux prescriptions religieuses. Il avait passé l'essentiel de son temps en prière, soit à Notre-Dame, soit à Saint-Denis, ou à organiser le grand rassemblement officiel de Pâques à Vézelay. Dans quinze jours, la Cour quitterait Paris dans ce but.

— Je suis contente de te voir, confia Aliénor. Tu m'as manqué.

Pétronille sortit le bébé du bain et l'enveloppa dans une serviette tiède. Il remua et protesta, tétant son petit poing. Pétronille l'embrassa sur le front et le donna à la nourrice qui attendait les bras tendus.

— Je suis contente, moi aussi. Je n'aime pas quand Raoul me laisse seule pour se rendre à la Cour, déclara-t-elle d'un ton grincheux. On ne peut rien faire lorsqu'on garde la chambre avant l'accouchement, si ce n'est attendre, coudre et faire les cent pas. Pendant ce temps, nos hommes font ce qu'ils veulent.

Faisant la moue, elle ajouta :

— Tu n'es pas venue cette fois non plus.

— Je ne pouvais pas, se défendit Aliénor. J'avais des affaires à traiter à la Cour.

— Raoul aussi, apparemment.

Aliénor réprima un soupir d'agacement.

— Il est sénéchal du roi, et Louis avait besoin de lui, et ce sera encore le cas lorsqu'il commencera à réunir les troupes pour aller en Terre sainte, puis à s'occuper des affaires du royaume avec Suger. La Cour est toute sa vie. Tu le sais.

Pétronille ne se laissa pas mollir.

— M'a-t-il été fidèle ? s'enquit-elle.

— Comment le saurais-je ? répliqua Aliénor, se gardant bien de rappeler que Raoul avait parfaitement su dissimuler sa liaison avec Pétronille alors qu'elle avait lieu sous son nez. Ce que je sais, c'est qu'il t'aime et te respecte. Lorsqu'il a appris que tu avais accouché d'un garçon, il ne pouvait pas cacher sa fierté !

— Mais il n'est pas rentré à Arras pour autant, fit remarquer Pétronille. Et il n'était pas là pour nous accueillir à Paris.

— Louis avait besoin de lui à Vézelay. Tu le verras bientôt.

Aliénor dut faire effort pour ne pas perdre patience. Pétronille se comportait comme s'il s'agissait là d'une affaire d'État, tandis que des intérêts bien plus importants étaient en jeu. La fidélité ou l'infidélité de Raoul était une vétille. *Quand le vin est versé, il faut le boire !* songea Aliénor.

— Il jouera un rôle de premier plan après le départ de Louis, et il a besoin de s'y préparer. En tant qu'épouse, tu devrais t'y préparer avec lui.

— En tant que concubine, veux-tu dire, rectifia avec amertume Pétronille. Grâce à Bernard de Clairvaux.

— Je n'ai pas encore dit mon dernier mot dans cette affaire, assura Aliénor. Tu auras ton contrat de mariage, je t'en fais la promesse.

Pétronille fit une moue dubitative qui transforma sa bouche en bouton de rose. Aliénor renonça à essayer de la convaincre. Il était inutile de s'échiner à lui faire entendre raison quand elle était dans ses mauvais jours. Une fois qu'elle aurait retrouvé Raoul à Vézelay, elle verrait les choses autrement. Elle rayonnerait à ses côtés, et charge reviendrait à Raoul de contenir sa femme. Cependant, Aliénor ne cessait de se sentir responsable du bonheur de sa sœur, tout en sachant que jamais Pétronille ne serait véritablement heureuse.

Louis avait passé la première moitié de la journée en prière à Notre-Dame. Il n'était rentré au palais que pour le déjeuner, qui se tenait dans la grande salle des banquets. Le Carême n'était pas terminé, si bien que les mets se limitaient au poisson et au pain, avec du gros sel pour tout assaisonnement.

Aliénor était d'humeur sereine, ainsi que sa sœur, et Louis s'en avisa d'abord avec satisfaction, puis avec une méfiance croissante, se demandant ce qu'elles complotaient. Il connaissait l'habileté d'Aliénor lorsqu'il s'agissait de mener les gens par le bout du nez. Il avait fait les frais de ses charmes dans le passé, mais il se tenait sur ses gardes désormais et ne s'en laissait plus conter par ses œillades, ses sourires et ses petits jeux. Sa façon de dénuder son poignet tandis qu'elle rajustait sa manche, ses ongles savamment entretenus et l'unique et somptueuse bague qui ornait son doigt : tout cela le laissait froid. Il savait avec quel art elle prenait les hommes au piège dans ses filets, et cela lui causait trouble et exaspération. Peu avant de concevoir Marie, elle avait changé d'attitude, adoptant des goûts sobres et faisant montre de piété. Mais récemment, elle était retournée à ses anciennes habitudes, du point de vue tant du comportement que du vêtement. À la veille de partir en croisade, cela ne lui causait qu'inquiétude et répugnance. Que pourrait-elle bien manigancer durant son absence ?

— Je me demande quoi faire concernant la reine, confia-t-il plus tard à l'abbé Suger et à son conseiller, le templier Thierry de Galeran, tandis qu'ils se trouvaient tous trois dans ses appartements pour discuter de questions fiscales en lien avec le pèlerinage.

Suger joignit les mains dans ses manches.

— Qu'entendez-vous par là ? s'enquit-il prudemment.

— En mon absence, j'entends. Je me demande quelle somme mettre à sa disposition. Je crains qu'elle ne fomente la dissension et ne cherche à s'accaparer le pouvoir.

Suger hocha lentement la tête.

— C'est une inquiétude bien légitime, Sire.

— J'aurais volontiers fait du comte de Nevers votre corégent. Il aurait su lui tenir tête. Hélas, il est sur le point d'entrer chez les chartreux et refuse de revenir sur sa décision. Ce qui signifie que je me vois dans l'obligation de confier davantage de responsabilités à Raoul de Vermandois ; or, je n'ai aucune foi en sa capacité à tenir bon face à la reine, même s'il a, par ailleurs, toutes les qualités requises pour gouverner. La tête lui tourne trop facilement dès qu'il flaire le parfum d'une femme.

— Il a, en outre, été excommunié…, rappela Thierry de Galeran d'un air sombre.

— Cela regarde le salut de son âme, non ses capacités à administrer le royaume, rétorqua Louis. Il est trop vieux pour partir en croisade et doit être employé avec profit pendant que je serai en Terre sainte.

Il se mordilla la lèvre inférieure et ajouta :

— L'idée m'est venue d'emmener la reine, ainsi je pourrais la surveiller. Elle ne serait pas en mesure de semer la zizanie dans le royaume et deviendrait une figure de ralliement pour les hommes du Poitou et d'Aquitaine, même si ceux-ci seront naturellement placés sous mon commandement, puisque je suis son mari.

Suger secoua la tête.

— Ce n'est pas une bonne idée d'entraîner la reine dans une telle expédition, fit-il remarquer. D'autres y verront une incitation à emmener leur propre femme et, pourquoi pas, leur famille. Cela rendra l'armée difficile à diriger et la ralentira, surtout à cause du long cortège de serviteurs et de la quantité de coffres de voyage requise. Les hommes n'auront plus la tête à guerroyer pour le Christ, si des femmes sont présentes dans le cantonnement.

— Elles seront cause d'immoralité, convint Thierry de Galeran. Comme savent l'être les femmes !

Louis se gratta le menton. C'était en effet un aspect à prendre en considération. Il savait parfaitement que Suger ne voulait pas qu'il parte, mais sa décision était prise. Il ne lui restait plus que quelques décisions d'ordre pratique à prendre, notamment laisser Aliénor sous bonne garde ou bien l'emmener et la surveiller lui-même. Peut-être même que le voyage et le pèlerinage à Jérusalem la ramèneraient dans le giron de Dieu ?

— J'ai besoin qu'elle m'accompagne, afin de m'assurer l'entier soutien du contingent d'Aquitaine, argua-t-il. Dans le cas contraire, soit ils se montreront indisciplinés, soit ils brilleront par leur absence ; et qui sait quels ravages ils risquent de causer en mon absence.

Aliénor s'apprêtait à aller se coucher lorsque Louis fit son entrée dans sa chambre. Elle s'était si complètement déshabituée de ses visites nocturnes qu'il lui fallut quelques instants pour se ressaisir et lui offrir une coupe de vin.

— C'est un plaisir bien trop rare que vous me faites là, dit-elle en faisant signe à Gisela de servir Louis.

Il s'assit sur le lit. Les rideaux bâillaient et les couvertures avaient été rejetées pour accueillir la dormeuse.

— Avez-vous l'intention de vous attarder ? s'enquit-elle.

Il hésita puis, au grand étonnement d'Aliénor, hocha la tête.

— Oui, un moment.

Elle congédia ses suivantes et s'assit à côté de lui.

— J'ai à vous parler, annonça-t-il.

— À quel sujet ? repartit-elle, s'efforçant de masquer sa méfiance par un semblant d'intérêt.

— Du soutien à apporter à Édesse, répondit-il. Je veux que vous m'accompagniez.

Les traits d'Aliénor se figèrent. Louis lui prit la main et la serra au point de lui faire mal.

— Les barons d'Aquitaine se rallieront en plus grand nombre si vous êtes de l'expédition, et je ne doute pas qu'il vous soit agréable de profiter de l'occasion pour vous entretenir avec votre oncle Raymond, puisqu'il est le seul frère de votre père encore en vie.

Son regard scrutateur et calculateur n'échappa pas à Aliénor.

— Et qui gouvernera le royaume et l'Aquitaine ? L'un de nous deux doit rester afin de veiller au grain.

— Suger est tout à fait capable de gouverner. Le comte de Nevers également, et s'il prenait le froc, ainsi qu'il affirme en avoir l'intention, messire de Vermandois est parfaitement capable de traiter les affaires de l'État.

Aliénor se fit toute petite.

— Et Marie ? Ce n'est pas bien de priver une enfant de sa mère pendant deux ans.

Louis écarta l'objection d'un revers de main.

— Elle a des nourrices et vos suivantes pour s'occuper d'elle. Un nourrisson ne reconnaît pas sa mère. Nous serons rentrés bien avant qu'elle n'atteigne l'âge de raison.

Il prit un air plus sévère et ajouta :

— Vous m'accompagnerez. Si nous priions ensemble devant le Saint-Sépulcre, vous pourriez recevoir la grâce de me donner un fils. Je vous veux à mes côtés.

Elle se demanda dans quelle mesure Louis avait deviné ses intentions et avait décidé de contrecarrer ses plans. À l'évidence, ce n'était pas par amour qu'il exigeait sa présence. Si elle refusait, il trouverait le moyen de la réduire à l'impuissance en la consignant quelque part ou en l'emmenant de force et en la tenant sous une plus étroite surveillance encore. Mieux valait accepter. Il avait déjoué ses manœuvres.

— Comme vous voudrez, dit-elle enfin en baissant les yeux.

Il lui faisait très mal à la main, mais elle se refusa à crier ou gémir.

— Je prendrai la croix avec vous à Vézelay.

— Bien.

Il porta la main d'Aliénor à ses lèvres et baisa ses doigts exsangues, puis il relâcha son emprise.

— Nous parlerons plus longuement demain.

Après son départ, Aliénor se mit au lit mais laissa la lampe allumée. Tout en massant sa main endolorie, elle entreprit de reconsidérer sa stratégie.

Des glaives de lumière fendaient les nuages et illuminaient l'église de la Madeleine située au sommet de la colline des pèlerins à Vézelay. Ceux qui arrivèrent le dimanche de

Pâques 1146 crurent y voir la main de Dieu bénissant l'abbaye depuis l'empyrée.

La ville était déjà pleine à craquer, et des tentes étaient sorties de terre dans les prés environnants. Toutes les auberges et toutes les maisons particulières affichaient complet. Les gens dormaient au bord des routes, se servant de leur baluchon comme oreiller. Les vendeurs de rue qui ravitaillaient la foule faisaient d'excellentes affaires. Les boulangers ne parvenaient pas à satisfaire la constante demande de pain, et c'était à qui raflerait le bois de chauffage pour alimenter les fours. Les artères qui menaient à l'abbaye étaient encombrées de monde, tous fervents croyants venus assister aux célébrations de Pâques. Malgré son nouveau narthex, l'église abbatiale ne pouvait contenir cette foule venue en nombre, si bien qu'on avait érigé des chaires à l'extérieur afin que tous pussent entendre la Parole de Dieu de vive voix, ainsi que les premiers disciples l'avaient entendue.

Aliénor et Louis se confessèrent devant l'autel. Celui-ci était entouré d'une grille en fer forgée avec les entraves et les chaînes des prisonniers qui en avaient fait l'offrande à leur libération. Aliénor pria pour que le ciel la débarrasse de ses propres entraves invisibles.

Après la messe, ils sortirent en procession, les soldats ouvrant la marche à travers la foule des pèlerins qui encombrait la nef et le narthex. Ils arrivèrent enfin à une chaire un peu à l'écart de l'église. Deux trônes rehaussés d'un drapé et de coussins de soie avaient été placés en retrait ; ils étaient flanqués, d'un côté, par la bannière du royaume de France, et, de l'autre, par celle du duché d'Aquitaine. Louis et Aliénor portaient des robes de laine grossière non teinte. Cette sobriété contrastait avec l'énorme et très sophistiqué crucifix en or incrusté de nombreuses pierres précieuses qui brillait de tous ses feux sur la poitrine d'Aliénor. Autour d'eux était rassemblée la noblesse de France et d'Aquitaine. Un vent frais balayait le sommet de la colline, mais le soleil continuait de percer les nuages et parvenait même à réchauffer un peu la terre aux endroits abrités.

Une procession de moines en habit blanc s'approcha de la chaire ; à leur tête se trouvait le cadavérique Bernard de Clairvaux. Sa tonsure luisait au soleil, dans les tons gris argenté. Quant à l'homme lui-même, il semblait presque transparent, comme s'il n'était déjà plus de ce monde. Il fixa son regard ardent sur le roi et la reine, puis il monta en chaire. Face à son auditoire constitué de pèlerins et de croisés, il déroula et exhiba le parchemin de la bulle papale qui appelait tous les chrétiens à aller secourir les lieux saints tombés aux mains des infidèles. Sa voix, malgré son allure chétive, résonnait puissamment, et l'émotion ainsi que le trouble produits par son art oratoire tenaient son public en haleine. Aliénor en eut des frissons un peu partout. Elle lança un regard à Louis et vit que des larmes scintillaient dans ses yeux.

Bernard frappa du poing le bord du pupitre et lança :

— Que tous ceux qui sont prisonniers à ce jour soient libérés ! Dans l'esprit de sainte Marie-Madeleine à Vézelay, que tous ceux qui portent des chaînes pour leurs péchés les rejettent, prennent cette croix du Christ et la portent à Jérusalem !

Écartant les bras, il ajouta :

— Tous seront absous. Prenez seulement vos épées pour Dieu et laissez vos cœurs redevenir purs ! Prêtez serment, prêtez serment maintenant, prêtez serment pour le Christ qui est mort sur la Croix pour vos péchés et qui se lève à nouveau, triomphant, ce jour même !

Louis se prosterna, pleurant à la vue de tous. Bernard lui remit une croix de laine blanche afin qu'il la couse sur son manteau de pèlerin, puis, l'ayant aidé à se relever, il lui donna l'accolade. Enfin, ce fut au tour d'Aliénor de s'agenouiller pour recevoir sa croix. Elle tremblait, en partie de peur, mais surtout à cause de l'émotion provoquée par la cérémonie, laquelle marquait une nouvelle phase de son existence.

L'abbé Bernard lui remit le morceau d'étoffe en faisant en sorte que leurs doigts ne se touchent pas. Le regard du cistercien tomba sur le somptueux crucifix qui pendait au cou de la reine. Cette dernière le dénoua et le lui tendit.

— En offrande pour financer la campagne, dit-elle.

— Merci, ma fille, répondit-il avant de donner le bijou à l'un de ses assistants, comme si le métal lui brûlait les mains.

Ce dernier le déposa aussitôt dans un coffre à offrandes.

Ensuite Aliénor sortit de sous son vêtement le crucifix en bois grossièrement taillé que Bernard lui avait donné à Saint-Denis.

Puis les pèlerins s'avancèrent pour recevoir leur croix de laine des mains des moines. Ils en avaient des sacs entiers. Elles étaient l'œuvre des couvents et des monastères, dont les occupants n'avaient pas lésiné sur la quantité. Un grand chahut céda la place à l'écoute recueillie, durant lequel Louis et Aliénor distribuèrent des croix de laine aux pèlerins qui s'approchaient mains tendues. La distribution dura jusqu'à ce qu'il n'y en ait plus. La foule se dispersa, qui regagnant sa tente, qui son auberge ; tandis que d'autres profitaient de l'occasion pour aller prier à l'église afin d'y sceller leurs vœux pour la croisade. Sur le chemin qui la ramenait à ses appartements, Aliénor vit de nombreuses personnes assises en tailleur dans l'herbe. Elles étaient occupées à coudre des croix sur des manteaux et des tuniques. Quelqu'un frappait un tambour en entonnant une chanson de manière vibrante :

Qui ore irat od Lovis
Ja mar d'enfern avrat paur

Cars s'arma en iert en pareis
Od les angles de nostre Segnor. [1]

Aliénor se retint de parodier ces paroles qui exprimaient, certes, de nobles sentiments. Mais l'entrée de ces âmes au paradis ne signifiait-elle pas que Dieu avait échoué, en leur faisant perdre la vie ? Pour sa part, il lui faudrait survivre jusqu'à leur arrivée à Antioche, où son oncle Raymond lui offrirait sécurité et protection.

1. *Celui qui désormais ira avec Louis*
Ne redoutera plus jamais l'enfer
Car son âme sera (mise) en paradis
Avec les anges de Notre Seigneur.

Chapitre 25

Comté de Poitou, automne 1146

Ce fut un grand bonheur pour Aliénor de revoir Poitiers, ne fût-ce que brièvement. Après s'être sentie au bord de l'asphyxie, elle respirait à nouveau, dans une sorte de vertige et d'ivresse joyeuse.

La lumière dorée du soleil dansait à travers les frondaisons, patinant les feuilles des châtaigniers et des chênes des premières teintes automnales. Le ciel était dégagé, presque trop bleu, et le temps se prêtait parfaitement à leur itinérance à travers ses domaines, dont le but était de rallier du soutien à la cause de la croisade. Louis concentrait ses efforts sur les églises et les abbayes. Aliénor, elle, conférait avec ses vassaux, insistant pour qu'ils apportent leur aide à la délivrance d'Édesse et de Raymond d'Antioche, unique adulte mâle encore en vie à perpétuer la lignée des ducs d'Aquitaine.

Pétronille avait fait le voyage avec la suite d'Aliénor. Toute trace d'humeur maussade s'était envolée dès qu'elle avait posé le pied en Aquitaine sous le chaud soleil du pays d'oc. On entendait retentir son rire, et elle gambadait comme une enfant, occupant à nouveau toutes les pensées de Raoul. Il n'était pas rare qu'on les surprît en train de s'embrasser dans les coins comme deux adolescents avides. Un soir que, n'ayant pu trouver le sommeil, Aliénor faisait quelques pas dehors, elle les trouva dans le jardin en train de faire l'amour au clair de lune.

Pétronille enlaçait le bassin de Raoul avec ses jambes tandis qu'ils s'encourageaient mutuellement en usant de paroles davantage appropriées à une maison de débauche. Aliénor avait été stupéfiée par ce mélange de crudité, de vigueur érotique et, étonnamment, de beauté. Pensive et un peu triste, elle s'était éloignée sur la pointe des pieds sans être vue. Les relations de Raoul et Pétronille avaient beau être explosives et imparfaites, elles étaient néanmoins intensément réelles.

Ils arrivèrent à Taillebourg. Là, Aliénor reçut les hommages des vassaux de Charente. Geoffroy de Rancon s'agenouilla à ses pieds pour prêter serment, jurant qu'il prendrait le commandement des hommes d'Aquitaine de manière à lui faire honneur et qu'il défendrait sa suzeraine au mépris de sa vie jusqu'à Antioche.

Elle l'aida à se relever et lui donna le baiser de paix, inhalant au passage la tiède senteur de sa peau.

—Alors, je ne doute pas d'être en sécurité, dit-elle.

Savoir qu'ils voyageraient ensemble pendant de nombreux mois procura à Aliénor un frisson de plaisir mêlé d'appréhension.

Après avoir poussé leur route jusqu'à Bordeaux pour y lever des fonds et recruter des troupes, Aliénor et Louis retournèrent à Poitiers. Geoffroy d'Anjou était arrivé en vue de leur présenter ses hommages, ce qui rendit Aliénor impatiente de cette rencontre. Sa dernière entrevue avec le comte d'Anjou remontait à son couronnement, à l'époque de son mariage; elle n'était alors qu'une enfant. Sa façon de la regarder l'avait emplie d'émoi et d'épouvante. À présent, elle ne manquait ni de suite dans les idées, ni de confiance en soi. Elle était devenue son égale et savait exactement comment traiter avec lui.

La dernière fois, il était venu en tant que vassal présenter ses hommages au jeune roi de France. Le hardi renard roux d'Anjou, rôdait toujours en lisière de la Cour en quête de quelque alliance. Malgré cela, sa ténacité en matière militaire et sa bravoure lui avaient valu de régner sur la Normandie, et son pouvoir ainsi que son prestige étaient tels qu'on ne pouvait les écarter d'un revers de main.

— Penses-tu qu'il soit venu pour prendre la croix ? s'enquit Pétronille en le dévorant des yeux.

— J'en doute, répondit Aliénor. Sa femme se bat pour faire valoir son droit sur l'Angleterre, et il est mêlé à ce combat. Il vient seulement de remporter la Normandie, et c'est un joueur bien trop rusé pour tout risquer sur un coup de dés.

Les fossettes de Pétronille se résorbèrent lorsque son sourire s'effaça.

— Je suis sûre qu'il trouvera une parade.

— J'en suis sûre moi aussi, confirma Aliénor avec un peu d'appréhension.

Elle était impatiente de se mesurer à lui et d'évaluer le travail des années. Convoquant ses suivantes, elle entama les préparatifs à l'entrevue.

— Tu vas te faire dévorer toute crue, prévint Pétronille.

— Au contraire, je revêts mon armure, répliqua Aliénor, en regardant ses suivantes verser en cascade des pétales de rose dans une grande coupe d'eau tiède. Une myriade de pétales vaut plus qu'une épée, déclara la reine. Les fleurs sont les armes des dames.

Pétronille se lécha la lèvre inférieure d'un air dubitatif.

— Que dira Louis ?

Aliénor rejeta la tête en arrière et répondit :

— Je ne me soucie plus de ce que Louis peut dire. Qu'il dise ce qu'il veut. Je suis indispensable à sa croisade, tout comme ma fortune et mes vassaux.

Elle parfuma ses poignets et sa gorge de fragrances de rose et de muscade. Elle se fit couvrir les cheveux par ses suivantes d'un voile de gaze soyeuse transparente qu'elle surmonta d'un diadème incrusté de perles. Sa robe était en soie damassée couleur crème, rehaussée d'une ceinture d'or ornée de davantage de perles encore. Elle mit une bague à chaque main. L'une d'elles était un anneau d'or ciselé ; la seconde était sertie d'une énorme topaze. Elle ne portait pas d'autre ornement. Plutôt que de se cacher derrière ses bijoux, elle préférait offrir à Geoffroy d'Anjou le spectacle de la puissance et de l'assurance de celle qui les portait.

Celui-ci attendait dans la grande salle des banquets, debout devant l'âtre. C'est elle qui le vit la première. Il se penchait en avant pour caresser les oreilles du lévrier à robe soyeuse et grise de Louis. Ce dernier n'était pas dans les parages, mais Aliénor ne l'attendait pas avant un moment. Il s'en était allé prier à la cathédrale, et une fois qu'il faisait oraison, il perdait toute notion du temps. D'ailleurs, l'annonce de l'arrivée du comte d'Anjou n'était pas propre à le faire se dépêcher, car le temps consacré à Dieu était plus précieux que celui qu'il accordait à toute autre occupation.

Après avoir inspiré à fond, Aliénor ordonna à un huissier de faire paraître le comte devant elle. Le serviteur délivra le message à Geoffroy qui se redressa et tourna la tête vers Aliénor. Cette fois, lorsque leurs yeux se rencontrèrent, elle était prête, et son regard fut distant et ferme. Aucun des deux ne baissa les yeux, pas même lorsqu'elle s'avisa de la lueur d'étonnement amusé qui brillait dans les siens. Il pensait toujours avoir la maîtrise de la situation.

— Madame…, salua-t-il en s'approchant, avant de mettre un genou à terre.

— Messire le comte, salua-t-elle à son tour. C'est un plaisir auquel je ne m'attendais pas.

— Je trouve que les plaisirs inattendus sont souvent les meilleurs.

Sur ces mots, il leva la tête bien haut, la considérant de toute la noblesse de son regard.

— Eh bien, souhaitons que ce soit le cas dans l'affaire qui nous intéresse, repartit-elle.

Elle lui lança un regard espiègle et ajouta :

— Je me demandais, compte tenu de vos liens avec le royaume de Jérusalem, si vous étiez venu faire vœu de délivrer Édesse.

— Madame, c'est un vœu que j'ai envisagé de faire plusieurs fois, répondit Geoffroy d'une voix de velours, mais aujourd'hui, je suis ici pour m'entretenir avec le roi de tout autre chose.

— Vous savez que mon mari n'a nul secret pour moi donc je peux tout entendre, répliqua Aliénor d'une voix tranchante enrobée de miel. Surtout ici, à Poitiers, puisque je suis duchesse d'Aquitaine.

— En effet, madame, mais c'est une affaire qui vous concerne tous les deux.

— Eh bien, en ce cas…, répliqua-t-elle en l'invitant à se joindre à elle. Venez prendre un peu de vin et vous asseoir près de moi en attendant que le roi rentre de la cathédrale.

— Madame, ce sera avec joie, assura-t-il.

Il lui adressa un de ces regards qui l'avaient mise dans tous ses états lorsqu'elle était plus jeune. Mais cette fois, elle en prit acte sans trouble, avec délectation, telle une chatte buvant du lait.

Elle le conduisit au jardin et fit dresser une table par les serviteurs sous le beau ciel bleu, puis elle envoya chercher suivantes et musiciens. Les premières arrivèrent telle une volée de papillons en pleine effervescence. Parmi elles se trouvaient Pétronille et ses enfants. Elle tenait par la main la petite Marie, qui allait sur ses dix-huit mois et faisait ses premiers pas. Une cascade emmêlée de bouclettes dorées et soyeuses constituait sa chevelure, et ses yeux étaient d'un bleu profond comme ceux de son père. Pétronille fit une révérence à Geoffroy, révérence assortie d'une œillade aguicheuse. Le comte lui rendit la pareille, ce qui fit glousser Pétronille dans sa main jusqu'à ce que, croisant le regard d'Aliénor, elle retrouve enfin son sérieux. Puis Geoffroy se tourna vers les enfants et s'attarda sur la petite Marie.

Les musiciens arrivèrent ; on servit le vin et l'on sacrifia au rituel des propos aimables. Aliénor prit Marie sur ses genoux. Depuis qu'elle avait appris qu'elle serait séparée de sa fille pendant au moins deux ans, elle essayait de prendre ses distances avec l'enfant. Elle y parvenait parfois, mais un regard furtif, un petit rire, un signe de la main lui serraient le cœur, et son amour pour Marie la faisait à nouveau souffrir de façon presque insupportable. Elle eût voulu tout lui donner, tout en sachant combien elle s'apprêtait à la priver de l'essentiel.

—À l'instar de sa mère, elle laissera derrière elle un sillage de cœurs brisés, fit galamment remarquer Geoffroy.

Aliénor se demanda s'il avait un jour conté fleurette de la sorte à sa femme, l'indomptable Mathilde l'Emperesse. Aux dires de tous, leur mariage ressemblait encore plus à un champ de bataille que leurs rivalités politiques.

—Et comme sa mère, nul doute que son propre cœur sera brisé un nombre incalculable de fois avant que la vie n'en ait terminé avec elle et qu'elle apprenne à le protéger, enchaîna Aliénor.

Du moins Marie était-elle trop petite pour se souvenir plus tard de la séparation causée par la croisade. Aliénor, elle, ne l'oublierait pas, et le seul moyen qu'elle avait d'empêcher son propre cœur de voler en éclats était de mettre ses sentiments de côté, de faire comme si elle n'en avait pas.

Geoffroy se pencha vers elle et dit :

— Dès que mon fils Henri aura atteint l'âge de raison, je le ferai duc de Normandie, déclara-t-il. Et, avec le temps, il deviendra roi d'Angleterre, n'ayez aucun doute là-dessus.

Il en venait enfin à l'objet de sa visite. Aliénor remit Marie entre les bras de sa nourrice.

— Au contraire, j'ai des raisons d'en douter, répliqua-t-elle. La sœur de Louis est mariée à Eustache, l'héritier du roi Étienne. Par conséquent, pourquoi Louis ou moi soutiendrions-nous votre tentative ?

Geoffroy la regarda droit dans les yeux.

— Parce que notre cause a les bonnes grâces du pape et qu'il s'opposera à l'accession d'Eustache ; parce que la Normandie est mienne et que je suis certain que vous préférez que la paix règne pendant votre absence entre le royaume de France, la Normandie et l'Anjou. Si la Couronne ne se mêle pas de mes affaires, je ne me mêlerai pas des siennes, excepté dans le but d'apporter de l'aide à l'abbé Suger.

Aliénor caressa le bord de son gobelet avec le majeur.

— Cela dépendra de ce que vous entendez par « se mêler de vos affaires ».

— J'ai une proposition à vous faire.

— Voilà qui est intéressant ! s'exclama-t-elle en haussant les sourcils. À moi seule ? Ou bien cela concerne-t-il également mon mari ?

— Il est certain que je pourrais vous faire quantité de propositions qui ne s'adressent qu'à vous seule, répondit Geoffroy, mais celle qui me préoccupe au premier chef est d'ordre politique plutôt que personnel. Sans doute, concernant l'Angleterre, souhaiteriez-vous ne pas mettre tous vos œufs dans le même panier ?

— Ce qui veut dire ?

— Ce qui veut dire que le fils d'Étienne, Eustache, a épousé une princesse royale, et qu'il pourrait se révéler utile que je marie mon fils à une autre princesse. De cette manière, qu'Eustache ou Henri devienne roi d'Angleterre, vous n'y perdriez pas au change, même si je sais d'ores et déjà que la couronne ira à mon fils.

Aliénor cessa de caresser le bord de son gobelet.

— Vous êtes ambitieux, messire.

— Ce n'est pas un mal, surtout lorsque l'ambition est assortie de pragmatisme dans la conduite des affaires. Quand votre fille sera en âge d'être mariée, Henri sera encore jeune. La différence d'âge n'est pas abyssale. Ainsi, Marie deviendra reine d'Angleterre.

Aliénor le jugea présomptueux, mais le comte n'était-il pas coutumier de ce genre de calcul ? Par ailleurs, l'idée valait peut-être la peine qu'on y réfléchît.

— Vous misez sur le fait que votre fils remportera la couronne d'Angleterre et que je ne donnerai pas de fils à Louis pour lui succéder en Aquitaine.

Geoffroy sourit.

— On peut en effet considérer la question sous cet angle. Henri est un jeune homme très capable, et c'est en toute confiance que je le recommande à votre majesté, non seulement parce qu'il a hérité d'un important domaine, mais surtout en raison des graines qui ne demandent qu'à germer en lui.

Une certaine effervescence annonça l'arrivée de Louis qui rentrait.

— J'espère pouvoir compter sur votre soutien dans cette affaire, ajouta Geoffroy à voix basse, tandis qu'il s'apprêtait à aller présenter ses respects au roi.

— J'y réfléchirai, assura Aliénor complaisamment, avec un sourire sibyllin qui fit prendre conscience au duc d'Anjou que c'était elle qui tenait les rênes à présent.

Et, de fait, elle pensait que c'était une riche idée, mais n'avait pas l'intention de dévoiler son jeu aussi facilement.

Ce soir-là, Aliénor alla prier avec Louis à la chapelle Saint-Michel et rentra ensuite avec lui. Elle jeta un rapide coup d'œil au crucifix et à son Christ agonisant accroché au mur face au lit de son mari. Le Dieu de Louis était partout, et ce n'était pas un Dieu aimant.

— Avez-vous recueilli la proposition de Geoffroy d'Anjou au sujet du mariage entre Marie et son fils aîné ? s'enquit-elle.

Louis la regarda avec de petits yeux presque soupçonneux et s'assit ; puis il lui fit signe de lui retirer ses bottes, conformément aux obligations d'une épouse obéissante.

— Qui vous en a parlé ? s'enquit-il à son tour.

Aliénor s'agenouilla pour obtempérer tout en décidant du ton qu'elle allait employer. Les humeurs de Louis rendaient tout dialogue difficile. Pendant la prière, il était doux et calme, presque mièvre, mais cela pouvait s'inverser en un instant. Pour l'heure, son hostilité était palpable.

— Le comte d'Anjou me l'a dit, répondit-elle enfin. Cela semble une union profitable à plus d'un titre.

Louis lui jeta un regard noir.

— Il aurait dû m'en parler d'abord, par devoir. Telle est ma prérogative en tant que chef de l'État et de la famille royale. Je suis son seigneur, et je ne tolérerai pas qu'il cancane avec les femmes dans mon dos, de manière indigne !

Aliénor lui retira sa deuxième botte.

— Je n'ai pensé qu'à l'intérêt de notre fille, expliqua-t-elle. Je ne lui ai donné aucune réponse.

Louis détourna la tête.

— Mais vous en avez discuté en mon absence et sans ma permission !

— Il est du devoir d'une reine de jouer un rôle conciliateur, rappela-t-elle. Ainsi que de seconder son roi en de telles matières.

— Votre premier devoir est de m'obéir ! lança-t-il d'un ton ferme. Je ne veux pas que vous vous occupiez de quoi que ce soit sans mon autorisation. Ma mère m'avait prévenu qu'on ne pouvait pas vous faire confiance et que vous n'en feriez qu'à votre tête, et elle avait raison !

— Et, naturellement, votre mère est un puits de sagesse ! rétorqua Aliénor. N'avait-elle pas son mot à dire dans le gouvernement du royaume, lorsqu'elle était l'épouse de votre père ?

— En effet, elle avait son mot à dire, et la plupart du temps, elle interférait et se trompait.

Le visage grimaçant de haine, il ajouta :

— Je ne commettrai pas avec vous la même erreur que mon père a commise avec ma mère.

— Je ne suis pas comme elle, riposta Aliénor en soutenant son regard. Le comte d'Anjou ne m'a rien dit que je ne puisse vous répéter, et je n'ai pris aucun engagement. Cela dit, je pense que ce serait une alliance avantageuse.

Louis la dévisagea, les yeux mi-clos.

— Ah oui, vraiment ? Peut-être vous êtes-vous laissé séduire par les charmes de l'Angevin, mais moi non. Il est venu vous voir en premier, dans mon dos, qui plus est, et cela le disqualifie en tant que beau-père de notre fille, ainsi qu'en vue de tout rapprochement de nos deux familles.

— Il n'a pas agi dans votre dos.

— Il ne m'a pas dit qu'il vous avait déjà fait part de sa proposition. J'appelle cela « agir dans mon dos ». Quoi qu'il en soit, je ne lui ai pas dit non. Je lui ai dit qu'il était trop tôt pour prendre une décision, mais que s'il nous restait fidèle pendant notre absence, je pourrais y réfléchir à notre retour.

Cela devrait le tenir en respect. Il se fait une trop haute idée de lui-même et il a besoin d'être remis à sa place.

Aliénor lui dit qu'elle était d'accord. Toutefois, elle était furieuse d'avoir été traitée comme si elle avait besoin, elle aussi, d'être remise à sa place.

— Et lorsque, à notre retour, il réitérera sa demande ?

Louis haussa les épaules.

— Même si je voulais y consentir, je ne le pourrais pas. L'abbé Suger m'a averti que ce serait un mariage consanguin. Ils ont les mêmes aïeuls.

— Mais l'on a vu des parents plus proches que cela être mariés. À commencer par nous.

Dans un haussement de sourcils, elle ajouta :

— L'abbé Suger ne s'est pas opposé à notre union, que je sache ; pourtant, nous sommes parents au degré auquel il est interdit de se marier…

— Je ne veux plus rien entendre, l'interrompit Louis dans un claquement de langue. Je vous interdis de me contredire ! Si vous vous en teniez à votre rôle, vous auriez déjà donné naissance à des fils.

— Si vous assumiez mieux le vôtre, rétorqua-t-elle, je pourrais vous les donner. Comment concevrais-je des enfants sans votre participation ? Peut-être aurions-nous intérêt à faire une demande afin que le pape prononçât la nullité de notre mariage ?

Le visage de Louis s'assombrit sous l'effet de la colère.

— En voilà assez ! Vous reprenez mes paroles et les déformez ! Puisque vous réclamez ma participation, je vais vous la montrer !

Sur ces mots, il commença à se déshabiller et lui fit signe de s'allonger sur le lit.

Aliénor ravala son angoisse, se sentant soudain très mal. Elle n'avait pas prévu cela. Mais elle savait que c'était pour lui une autre façon de la remettre à sa place, en plus d'être la preuve de l'incapacité de Louis à faire la chose autrement, désormais, que sous le coup d'une intense ferveur religieuse ou d'un emportement rageur. Elle fit mine de refuser.

— Faites ce que je dis ! insista-t-il en la jetant à bas.

Au début, elle se débattit, mais il lui tordit le bras et lui fit si mal qu'elle céda.

Par chance, ce fut très rapide. Louis s'était laissé dire par ses conseillers que plus l'homme restait longtemps à l'intérieur du corps de la femme, plus celle-ci lui prenait de vitalité. En outre, l'acte sexuel avait réellement le pouvoir d'amollir le caractère du mâle. Quelques secondes plus tard, il éjaculait dans un tremblement de tout son corps en émettant de petits sons gutturaux dignes d'un bègue.

— Là ! s'exclama-t-il, essoufflé, tandis qu'il se retirait. Vous voilà nantie des moyens de procréer ! À présent, allez prier humblement et concevez un fils.

Aliénor parvint à quitter la chambre en gardant le dos droit et la tête haute, mais une fois hors de vue, elle se courba en deux et vomit. Dans l'intimité de sa propre chambre, elle tomba effectivement à genoux en prière. La semence de Louis encore gluante sur ses cuisses, elle demanda pardon à Dieu pour ses péchés et le supplia de lui accorder la grâce de mettre au monde un fils ; puis elle se coucha à plat ventre et jura par tous les saints qu'elle se libérerait de cette union avec Louis, quel qu'en soit le prix.

Chapitre 26

Royaume de Hongrie, été 1147

Il se mit de nouveau à pleuvoir tandis que le chariot qui précédait celui d'Aliénor faisait halte, les roues enlisées dans la boue épaisse soulevée par le passage des innombrables soldats du corps expéditionnaire et des pèlerins. Les croisés venus du Saint Empire romain germanique les avaient devancés tel un essaim de sauterelles, les privant de tout ravitaillement, leur aliénant les populations locales et transformant les routes en bauges à cochons.

Guerriers et pèlerins se pressèrent pour venir pousser le chariot. Pendant ce temps, d'autres jetaient de longues bûches et des branchages dans le bourbier en vue d'augmenter l'adhérence des roues. Tandis qu'ils tiraient d'un côté et poussaient de l'autre, l'un d'entre eux tomba ; lorsqu'il se fut relevé tant bien que mal, il dégouttait de boue tel un démon sortit du cloaque originel. Un autre perdit sa chaussure dans la boue et dut la chercher à tâtons, tel un mendiant affamé débusquant les morceaux de viande dans un bol de soupe.

Geoffroy de Rancon tendit à Aliénor un solide manteau de cuir enduit de cire et un capuchon.

— Bonté divine, madame ! marmonna-t-il. À ce rythme, nous n'atteindrons pas la frontière avant le coucher du soleil.

Faisant la grimace, Aliénor enfila le vêtement non sans difficulté. Il n'avait pas complètement séché depuis la dernière fois qu'elle l'avait porté ; à l'odeur de cire d'abeille et de cuir venait s'ajouter celle de l'humidité et de la fumée. Au camp ce soir-là, elle empesterait comme un brûloir à charbon. Mais à tout prendre, c'était mieux que d'être trempée jusqu'aux os et couverte de boue gluante comme la plupart de ses misérables compagnons de voyage.

Après bien des efforts et une profusion de jurons, le chariot se dégagea de l'épais liquide dans un bruit de succion avant de poursuivre sa route cahin-caha. Mais d'autres chariots suivaient, et le même sort les attendait. Aliénor n'avait aucune idée de l'endroit où se trouvait Louis, excepté qu'il n'était pas en tête ; et, en vérité, elle s'en fichait. Elle ne demandait qu'une chose : qu'il restât loin de sa vue.

Cela faisait six semaines qu'ils étaient sur les routes. Ils avaient quitté Saint-Denis à la fin du mois de mai. Par une journée brûlante, Louis, en présence du pape Eugène, s'était vu remettre des mains de Suger la bannière de l'abbaye lors d'une cérémonie complexe visant à souhaiter bon vent et bon succès à l'armée du roi avant sa longue marche sur Jérusalem, via les champs de bataille couverts d'ossements blanchis d'Édesse, Antioche et Tripoli. Aliénor avait étouffé sous son épaisse tenue d'apparat. Adélaïde également ; et, pour une fois, les deux femmes s'étaient trouvées en accord, tandis que, côte à côte, elles faisaient de leur mieux pour supporter la chaleur.

Ensuite, Louis s'était retiré pour partager un repas avec Sa Sainteté et divers ecclésiastiques. Tous les autres membres de l'assistance avaient dû attendre dehors. Aliénor avait ainsi pu ajouter le manque d'égards et le rabaissement à la liste de ses griefs.

Au moins, elle n'était pas obligée de voyager avec son mari. L'armée s'était répartie en différentes sections, et elle chevauchait tantôt avec les non-combattants et l'intendance au cœur du convoi, tantôt en compagnie des Aquitains placés sous le commandement de Geoffroy de Rancon. Cette configuration lui convenait parfaitement, car parmi les siens, elle se sentait respectée.

Aliénor ne souhaitait pas s'appesantir sur les adieux qu'elle avait échangés avec ses proches sur le parvis de Saint-Denis, mais certaines images lui revenaient en tête malgré elle. L'étreinte poignante avec Pétronille et les yeux emplis de larmes de sa sœur avaient rappelé à Aliénor le départ de leur père pour Compostelle.

— Que vais-je faire sans toi ? avait lancé Pétronille en sanglotant.

— Tu survivras ! avait répondu Aliénor, la gorge serrée par l'émotion et les larmes. Tu survivras, ma sœur, et tu veilleras sur Marie jusqu'à mon retour.

— Comme sur ma propre fille, avait assuré Pétronille en pleurant.

Les enfants n'avaient pas participé au rassemblement de Saint-Denis. Aliénor avait embrassé une dernière fois sa fille un peu plus tôt à l'auberge de l'abbaye. Elle lui avait dit qu'elle lui rapporterait des bijoux de Constantinople, de la soie et de l'encens du lointain Orient, ainsi qu'un cierge du Saint-Sépulcre afin qu'il l'éclairât sur le chemin qui mène à Dieu. Puis elle avait quitté la chambre, refermé la porte sur son enfant et enfoui ses émotions tout au fond de son cœur.

Le tonnerre gronda au loin, et Aliénor frémit. Dix jours plus tôt, entre Passau et Klosterneuburg, la foudre était tombée sur un chariot, tuant sur le coup le charreton et les chevaux.

— Espérons que le pire nous sera épargné jusqu'à ce que nous ayons traversé la Drave, marmonna le connétable Saldebreuil de Sanzay sous son heaume en scrutant le ciel. Il ne manquerait plus qu'une inondation !

Aliénor, qui était du même avis, adressa une prière silencieuse à Dieu. Dernièrement, elle s'intéressait de plus en plus au temps qu'il faisait. Sous la pluie, les routes se transformaient rapidement en bourbiers ; alors, traverser les rivières devenait une entreprise périlleuse. Les traversées du Rhin et du Danube avaient été relativement simples en raison des barges dignes de ce nom qui naviguaient sur le premier et d'un pont en bon état qui enjambait le second. Aliénor avait pensé qu'ils emprunteraient la voie maritime par la Sicile, mais Louis s'y était refusé à cause de l'inimitié entre Roger de Sicile et Conrad III, l'empereur germanique. Louis n'avait pas voulu risquer de déplaire au Saint Empire, en raison de quoi ils voyageraient par les terres jusqu'à Constantinople. Jusque-là, ils avaient traversé Metz, Worms, Wurtzbourg, Ratisbonne, Passau et Klosterneuburg, faisant route vers un affluent du Danube qu'ils prévoyaient de traverser quelque part en Bulgarie.

Peu après midi, ils arrivèrent à l'endroit où les croisés du Saint Empire avaient établi leur cantonnement une semaine auparavant, avant de passer sur l'autre rive de la Drave. Le sol était boueux et gorgé d'eau. Les environs avaient été dépouillés de toutes leurs ressources. Les chevaux avaient brouté toute l'herbe disponible, si bien que l'armée de Louis dut se contenter de ses propres provisions. Dans la mesure où la moitié du ravitaillement était stocké dans des chariots enlisés, dont le convoi immobile s'étirait à perte de vue le long de la route, hommes et bêtes durent prendre leur faim et leur mal en patience.

Pour couronner le tout, les quelques embarcations – barges et radeaux – amarrées sur les berges étaient inadaptées au transport des chevaux. Deux radeaux se révélèrent assez grands pour embarquer deux chariots et vingt personnes par voyage, mais cela dura une éternité. Il fallut faire traverser le reste des chevaux à la nage. Si, d'un côté de la Drave, l'eau était peu profonde, du côté opposé, il n'en allait pas de même. En outre, l'état de la berge d'accostage se dégradait sous les sabots de chaque nouvel équidé qui se précipitait sur la terre ferme dans un mouvement brusque.

Aliénor regarda avec appréhension son valet partir avec son hongre pommelé. Le courant n'était pas particulièrement vif, la rivière était boueuse et trouble. Elle imagina qu'un monstre aquatique guettait sous l'eau, prêt à entraîner monture et cavalier dans les profondeurs. Elle avait lu dans les bestiaires des histoires qui mettaient en scène de telles créatures. Les crocodiles existaient. Peuplaient-ils les rivières du royaume de Hongrie ?

La couleur brun pâle de l'eau se rida sous l'impact des premières gouttes de pluie au moment même où Aliénor acceptait la main tendue de Geoffroy de Rancon, qui l'invitait à embarquer pour gagner l'autre rive. Son valet, qui ne portait qu'une chemise et des braies, pataugea dans la rivière avec le cheval. Il agrippa la crinière à hauteur du garrot et parla sans discontinuer à l'animal dans le but de le rassurer. Ils perdirent bientôt pied et commencèrent à nager, le cheval, placide et vigoureux, tirant l'homme par sa seule force. Ainsi, ils atteignirent l'autre rive sans difficulté ; mais d'autres furent entraînés par le courant. Certains animaux se montrèrent nerveux, refusant d'entrer dans l'eau. Un cheval fut pris de panique dans les eaux peu profondes et rua dans la barge. Gisela poussa un hurlement, et Aliénor agrippa Geoffroy par la manche afin de garder l'équilibre. Jurant comme un charretier, le cavalier fit remonter sa monture sur la berge fangeuse à coups de cravache, avant de lui faire faire demi-tour et de donner du talon pour le faire à nouveau entrer dans la rivière en soulevant une gerbe d'eau boueuse. Geoffroy tourna promptement le dos à l'éclaboussement, attirant

Aliénor contre son épais manteau de laine pour lui éviter d'être trempée.

— Merci, dit Aliénor en lui lançant un bref regard.

Il resserra brièvement son étreinte avant de faire un pas en arrière et de s'incliner.

— Je n'ai fait que mon devoir en protégeant ma dame.

— Eh bien, je me réjouis de votre esprit d'initiative.

Ce geste l'avait exaltée et lui avait réchauffé le cœur. Elle se tourna vers ses suivantes et dit d'un ton d'encouragement :

— Allons, prions et chantons. Tout ira bien. Dieu nous garde.

— Dans ce cas, pourquoi fait-il pleuvoir ? lança Gisela en reniflant à cause d'un petit rhume.

Ses cheveux blonds pendaient sous sa cornette, telles des queues de rat mouillées.

— Ce n'est pas une question à poser, répliqua Aliénor d'un ton vif. Ses voies sont impénétrables.

Pourvu, se dit-elle, *que, par ses voies impénétrables, il nous achemine sains et saufs jusqu'à Antioche, où nous serons à l'abri à la Cour de mon oncle Raymond.*

L'armée poursuivit sa traversée des eaux bourbeuses de la Drave. Une fois sur le plancher des vaches, Aliénor tint à remercier son valet et à s'assurer que son hongre allait bien.

— C'est un bon cheval, Majesté. Il ne connaît qu'une seule allure, mais il fait de son mieux, tout comme moi.

— Je le sais.

Tout sourires, elle lui donna une pièce de monnaie qu'il glissa dans les plis de sa ceinture trempée.

L'armée du Saint Empire avait également fait table rase des herbages de ce côté-ci de la rivière. Le seul foin disponible atteignait des prix exorbitants auprès des quelques fermiers des environs qui osaient s'aventurer dans le cantonnement étranger avec leur marchandise.

Les serviteurs d'Aliénor plantèrent la tente de leur maîtresse sur un plateau en léger surplomb de la Drave. L'endroit était à peine salubre mais offrait au moins un abri. Nombre de pèlerins, parmi les plus pauvres, n'avaient rien d'autre qu'une toile cirée retenue par des bâtons pour se protéger contre les éléments. La toile dans laquelle était taillée la tente d'Aliénor empestait le moisi, la fumée et la pourriture. Les serviteurs recouvrirent le sol d'une épaisse couche de paille, humide, elle aussi ; mais c'était toujours mieux que de patauger dans la boue. Aliénor grimaça. Ce n'était pas une façon de vivre. Presque comme dans l'enclos à cochons. Dormir à la belle étoile par une douce nuit d'été sur ses propres terres était une chose, mais dormir dehors nuit après nuit sous la pluie battante à mille lieues de chez soi avec pratiquement plus de ravitaillement était une tout autre aventure.

Ils dînèrent de pain ranci et de fromage de chèvre qui fleurait l'ammoniac. Le tout fut arrosé de vin aigre sur le point de se transformer en vinaigre. À la tombée de la nuit, Geoffroy de Rancon revint après être allé superviser le passage des troupes. Il pleuvait toujours, et l'eau ruisselait des pans de son manteau sur la paille.

— Il ne reste plus que quelques retardataires, annonça-t-il. Nous avons perdu un autre chariot et devrons répartir son chargement. Nous pourrons utiliser les chevaux comme bêtes de somme.

— Faites comme vous le jugez nécessaire, dit Aliénor.

— Les provisions diminuent, mais si nous sommes économes, nous devrions avoir assez pour atteindre la frontière.

Son regard se troubla soudain.

— J'ai dû faire pendre deux hommes qui avaient volé dans les rations dans le but de revendre le fruit de leur larcin, ajouta-t-il. C'est incessant. Ils sont comme des rats dans un grenier à grain.

Aliénor lança avec dédain :

— Lorsque le saint abbé de Clairvaux a fait libérer tous les prisonniers qui feraient le vœu d'expier leurs péchés en partant en croisade, croyait-il vraiment qu'ils se rachèteraient ?

— Je pense qu'il en nourrissait l'espoir, répondit Geoffroy avec ironie.

— Et c'est nous qui héritons des conséquences de son idéalisme. À propos de provisions, il faut faire en sorte que celles qui ont été constituées sur les richesses de l'Aquitaine profitent aux hommes d'Aquitaine.

Les yeux noisette de Geoffroy, d'abord attentifs, devinrent pénétrants.

— Madame, c'est déjà le cas et cela continuera.

— Bien. Je veux que les soldats qui m'ont été confiés soient au mieux lorsque nous entrerons dans Antioche.

Elle fit signe à Gisela et ordonna :

— Une serviette pour messire de Rancon.

Geoffroy prit le linge qu'on lui tendait et se sécha les cheveux.

— J'ai entendu dire que le roi était à court de fonds.

Aliénor ouvrit de grands yeux railleurs.

— Ce n'est certainement pas vrai, grâce au prudent et judicieux Thierry de Galeran, qui est responsable du Trésor. Comment cela aurait-il pu se produire ?

— Je ne doute pas que, comme toujours, Galeran puisse fournir une explication convaincante, répondit Geoffroy sur un ton neutre.

Tandis qu'il rendait la serviette à Gisela, la reine et lui échangèrent un regard complice. Thierry de Galeran était chevalier du Temple et faisait effectivement office de chancelier de Louis pour le voyage. Il était donc responsable des disponibilités allouées à la suite du roi. Aliénor le détestait au plus haut point à cause de l'influence qu'il exerçait sur son mari et parce qu'il la traitait comme un démon en jupon.

— Eh bien, Louis n'aura qu'à demander une rallonge à Suger la prochaine fois qu'il lui écrira. Faites-moi savoir de combien de monnaie argent dispose notre propre contingent, ainsi que de combien de chevaux, sacs de grain, etc. Ce n'est pas la peine de les compter un par un, une juste évaluation suffira.

— Madame, je m'en vais mettre vos ordres à exécution.

Sur ces mots, il s'inclina et disparut.

La pluie cessa, et une lune pleine aux trois quarts brilla entre des lambeaux de nuages. Des soldats se regroupèrent autour des feux alimentés par toutes sortes de morceaux de bois ramassés en route. Le combustible était humide et crachait de la fumée, mais il avait fini par prendre. La résine sifflait, et les nœuds des branches projetaient des gerbes d'étincelles. Aliénor s'enveloppa dans un manteau sec et, ayant fait appeler les musiciens, quitta sa tente et alla rejoindre ses chevaliers.

L'humidité avait causé des ravages parmi les instruments à cordes, mais bombardes et chalumeaux[1] sonnaient encore à peu près juste, et les tambourins marquèrent le temps pour les chanteurs.

Halt sunt li pui et li val tenebrus;
Les roches bises, li destreit merveillus… [2]

1. Instruments médiévaux. (*NdT*)

2. *Hautes sont les montagnes, ténébreuses sont les vallées;*
La roche est noire, terribles sont les défilés…

Aliénor se blottit dans son manteau et se pencha vers les flammes. Geoffroy la rejoignit et lui glissa une coupe de vin dans la main.

— Il n'est pas mauvais, fit-il remarquer, je l'ai acheté à l'un des marchands qui rôdent en lisière du cantonnement.

Elle lui sourit.

— Il a dû vous coûter une belle somme.

— Rien n'est trop bien pour ma reine, répliqua-t-il en levant sa coupe.

Elle but une gorgée avec circonspection et put constater qu'il disait vrai : ce vin était effectivement… buvable. Si elle en ingérait une quantité suffisante, cela lui permettrait peut-être de supporter le voyage une journée encore, journée qui la rapprocherait un peu plus d'Antioche.

Geoffroy scruta le ciel.

— Espérons qu'il reste dégagé à présent, lança-t-il. Un peu moins de pluie ne fera pas de mal.

Aliénor acquiesça et continua de savourer son vin.

— Je me demande ce que dirait un astrologue, s'il lisait dans les étoiles en ce moment même. Quel destin y verrait-il se dessiner pour nous tous ? Notre destinée est-elle vraiment ordonnée à la position des étoiles à notre naissance ?

— Votre père n'a-t-il jamais fait établir votre horoscope ? s'enquit Geoffroy, soudain curieux.

— Si.

Elle prit une mine renfrognée et ajouta :

— Les augures indiquèrent un mariage admirable, de nombreux fils et une très longue vie. L'astrologue a également prédit un avenir éclatant à mon frère, mais le pauvre n'a pas vécu assez pour le connaître.

— Mais vous avez effectivement fait un mariage admirable, et vous pouvez encore mettre des fils au monde.

Elle lui lança un regard sceptique. Parfois, les événements écrits dans les étoiles ne se produisaient pas, ou bien en retard. Elle avait entrevu la possibilité d'un beau mariage, mais non avec Louis.

— Quelle importance, lâcha-t-elle. La vie est de courte durée, et nous retournons à Dieu plus tôt que nous le pensons.

Elle lui tendit sa coupe afin qu'il la resservît, et leurs doigts se touchèrent brièvement.

La musique parut hésiter un moment, puis reprit et continua avec entrain. Aliénor leva les yeux et, à la lueur des flammes, vit que le chevalier Thierry de Galeran les surveillait. Elle se raidit. En cours de route, il n'avait cessé de se faire bien voir d'elle, mais Aliénor savait que ce n'était qu'un prétexte pour fourrer son nez dans ses affaires, et non dans le but de développer des relations plus cordiales avec elle. Il passait son temps à essayer d'éventer ses plans et de découvrir la quantité exacte de ses ressources. De son côté, elle s'opposait aux interférences de ce prétendu ami.

Il s'inclina d'un geste souple et sans effort qui rappela à Aliénor les ondulations sinueuses d'un serpent. Semblable également en cela au serpent, ses yeux ne cillaient pas.

— Que me vaut cette visite, messire de Galeran ? s'enquit-elle.

— Majesté, le roi m'a demandé de faire pour lui le tour du cantonnement, afin de vérifier que tout va bien. Je vous apporte également des nouvelles de sa part.

Par « nouvelles », Aliénor savait qu'il entendait des instructions.

— Le roi m'envoie-t-il à présent ses subordonnés me transmettre ce qu'il a à me dire ? N'inspecte-t-il pas le cantonnement lui-même ?

Elle le toisa d'un œil glacial, sachant pertinemment qu'il irait raconter à Louis qu'il avait trouvé la reine assise nonchalamment autour d'un feu de camp à chanter et à boire du vin en compagnie de ses chevaliers.

— Majesté, il s'est retiré en prière et m'a chargé de m'en acquitter, ce que je me fais un devoir d'accomplir. Je suis un soldat qui obéit aux ordres. L'affaire en question concerne l'impôt.

Aliénor jeta un rapide coup d'œil à Geoffroy. Elle avait vu parfaitement juste.

— Plus vite vous m'aurez dit de quoi il s'agit, plus vite ce sera réglé.

Elle envoya un serviteur chercher du vin pour Galeran, de celui qui avait tourné à l'aigre, mais le templier déclina d'un geste de la main.

— Merci, madame, mais je n'en éprouve aucun besoin pour le moment. La coupe que je ne bois pas ce soir attendra une autre occasion.

Il rajusta sa cape en la rejetant en arrière dans un geste ample de façon à mettre en évidence la garde de son épée.

— Les vivres baissent. Le roi a décrété que nous devions faire durer nos provisions. Il envoie quérir à Paris davantage de monnaie d'argent et vous demande de faire de même avec les seigneurs d'Aquitaine. Il souhaite également que vous lui envoyiez tout cheval de rechange dont votre contingent n'a pas l'utilité.

Aliénor se retint de répondre du tac au tac qu'elle ne lui donnerait rien.

— Je ne comprends pas pourquoi il a besoin de toutes ces choses, alors que nous avons fait le même voyage. Pense-t-il que je n'en ai moi-même aucun besoin ? Peut-être devrait-il mieux surveiller ses propres chevaux et apporter davantage de soin à la gestion de son ravitaillement. Cela le dispenserait d'avoir à venir prendre les miens.

Elle n'aurait su dire si la pique avait fait mouche, car Thierry de Galeran ne laissait jamais paraître la moindre émotion. Il restait toujours de marbre quoi qu'on lui dise.

— Quelle réponse dois-je lui rapporter, madame ?

— Dites-lui d'avoir la courtoisie de venir me le demander en personne, au lieu de m'envoyer son eunuque, répondit-elle. En attendant, je ferai dresser un inventaire et lui ferai connaître ce dont je peux me dessaisir.

— Majesté…, salua Galeran en s'inclinant de nouveau avec souplesse avant de prendre congé.

Aliénor considéra Geoffroy, dont le visage était également inexpressif.

— Quoi ? lança-t-elle abruptement, tandis qu'à la rougeur de ses joues s'ajoutait une autre sorte de chaleur, qui n'était pas due au feu.

— Madame, je n'ai pas le droit de me prononcer sur la question, mais peut-être devriez-vous vous montrer plus prudente avec Galeran. C'est un templier, et il est préférable d'en faire un ami plutôt qu'un ennemi.

— C'est exact, repartit-elle avec hauteur. Vous n'en avez pas le droit. Il essaie d'infiltrer mes rangs. Il fait sans arrêt des messes basses avec les chevaliers, plaisantant avec eux en chemin, leur soutirant des renseignements, qu'il rapporte ensuite au roi. Je ne tolérerai pas ses manigances. Qu'il garde ses distances, s'il ne souhaite pas être insulté, et que le roi me fasse la politesse de venir me trouver en personne, s'il tient à obtenir ce qu'il demande.

Le regard dur, elle ajouta :

— Je vous conseille de faire preuve de célérité concernant l'inventaire.

Les yeux de Rancon s'emplirent d'une sombre lueur de reproche dans la clarté du feu.

— Je vous l'apporterai demain à la première heure.

— Bien.

Elle se concentra à nouveau sur la musique et lui tendit sa coupe afin qu'il la resserve, ce qu'il fit avec l'aisance du courtisan.

Aliénor soupira.

— Bah, vous avez raison, convint-elle à voix basse, mais vous savez ce que je pense de Galeran… Louis n'aurait pas dû me l'envoyer. Mais à quoi pouvais-je m'attendre, venant de lui ?

Il prit acte de sa réponse avec un sourire en coin.

— Je ferais mieux d'aller commencer l'inventaire, lança-t-il en se levant.

Elle le rattrapa par le bras.

— Certes, je vous ai dit de faire vite, mais, de grâce, finissez au moins votre vin ici.

Geoffroy hésita puis se rassit. Les musiciens entamèrent une nouvelle pièce, élégante et douloureusement plaintive. Le chevalier et la reine écoutèrent en silence, et lorsque la dernière note se fut perdue dans la nuit, Geoffroy se dressa sur ses jambes, s'inclina et prit congé. Aliénor s'éloigna du feu de camp et se retira sous sa tente, le cœur déchiré, comme si les notes avaient été pincées sur les fibres de son amour à vif.

L'aube pointa, répandant une luminosité voilée. Le sol était encore détrempé. Alors qu'elle rompait le jeûne de la nuit par du pain dur tartiné de miel, il sembla à Aliénor qu'elle ne parviendrait jamais à se débarrasser de l'odeur nauséabonde de la terre croupie. Geoffroy lui apporta, à toutes fins utiles, le compte de ce qu'ils avaient en leur possession et de ce dont ils auraient besoin pour atteindre Belgrade.

— Cette estimation vaut à supposer qu'aucun cheval ne périsse et que les chariots qu'il nous reste tiennent bon pendant tout le voyage, nuança-t-il d'un air grave.

— Par conséquent, si c'est là le minimum vital, faut-il que nous gardions un surplus ?

— Nous devons prendre en considération l'économie que nous ferait faire ce surplus au regard du prix de l'approvisionnement, mais aussi la dépense causée par le déplacement de ce surplus. En l'occurrence, je répondrai oui.

Elle le remercia et déposa les comptes dans le coffret où elle gardait sa monnaie.

— C'est donc ce que nous allons faire. Je me fie à votre jugement.

Il esquissa un sourire embarrassé.

— C'est un éloge qu'il est ardu de mériter.

— En effet, c'est pourquoi je ne l'accorde que très rarement.

Il la considéra sans ciller et déglutit.

— Je suis d'une étoffe très grossière en comparaison de la dame de mon cœur.

— Je ne pense pas qu'elle serait d'accord avec vous, rectifia tout bas Aliénor.

Un bruit de sabots se fit soudain entendre à l'extérieur de la tente. Un héraut annonça l'arrivée du roi. Aliénor recula. Geoffroy lui fit sa révérence et retourna à ses obligations.

Par les pans entrouverts de la tente, Aliénor vit Louis descendre de son palefroi, visiblement de très mauvaise humeur. Depuis Vitry, il avait toujours l'air courroucé ; ce matin-là, plus que jamais.

— Madame, j'ai reçu votre message hier soir, commença-t-il sans préambule en se frayant un passage à l'intérieur de la tente. Je n'admettrai pas que vous parliez une nouvelle fois à Thierry de Galeran sur ce ton. Cela est indigne d'une reine.

— Je serais heureuse de ne plus devoir adresser la parole à Thierry de Galeran, rétorqua-t-elle. Je ne tolérerai pas la présence de vos espions dans mon entourage. Si vous voulez quelque chose, ayez au moins la courtoisie de venir me le demander vous-même.

Un semblant de sourire lui crispa les lèvres.

— C'était une question de routine. Je me suis laissé dire que vous buviez autour du feu avec les soldats. Ce n'est pas un comportement digne de la reine de France.

— Je m'entretenais avec mes capitaines. Cela n'a rien d'indigne. Vous avez envoyé Galeran me dire que vous vouliez prendre mes chevaux et mes provisions. Pourtant, à notre départ, vous m'avez accusée d'être excessive, arguant que j'emportais trop d'affaires, mais à présent c'est vous qui êtes sans le sou et sans ravitaillement. Que faut-il en conclure quant au bon sens de l'un et de l'autre dans cette affaire ?

Louis devint rouge de colère.

— Prenez garde, madame ! Vous êtes ma femme et me devez obéissance. À moins que vous ne vouliez être enfermée sous bonne garde, il va falloir vous montrer raisonnable.

Lui vouant une haine féroce, Aliénor se demanda comment il avait pu un jour lui plaire, voire la séduire. L'homme qui se tenait devant elle était un être acariâtre, vieux avant l'âge, bouffi de colère moralisatrice, torturé par la culpabilité et la haine de soi ; en vertu de quoi tous les malheurs du monde devenaient le péché du premier bouc émissaire venu. L'affection qu'elle avait ressentie pour lui s'était tarie. Elle avait autrefois cru possible de le tirer du marasme et de l'amener à changer, mais il s'y était enfoncé bien trop profondément, l'entraînant avec lui.

— « Raisonnable » ? répéta-t-elle. Oh, j'oubliais qu'en la matière vous êtes un parangon, Sire. Quoi qu'il en soit, vous serez bien aise d'apprendre que messire de Rancon rassemble les chevaux et les provisions que vous avez demandés. Je l'ai également habilité à y ajouter une part des revenus du Poitou et de l'Aquitaine.

Sur ces mots, elle lui tendit un parchemin scellé par un cachet de cire.

Louis le prit du bout des doigts et s'en alla sans un mot. Elle savait qu'il ne serait pas satisfait de ce don. Restait à espérer qu'elle avait suffisamment bien calculé les quantités pour qu'il ne jugeât pas nécessaire de récriminer.

Pour l'heure, elle n'avait d'autre choix que de prendre sur elle, mais plus ils approchaient d'Antioche, plus elle se sentait forte.

Chapitre 27

Bulgarie, été 1147

Aliénor tourna la tête tandis qu'elle passait à cheval devant un autre cadavre d'équidé abandonné sur le bas-côté. Celui-ci – un robuste destrier – avait appartenu à un chevalier du Saint Empire romain germanique. La chaleur torride d'août avait eu raison de lui tandis qu'ils cheminaient en direction de Constantinople. L'odeur qui s'élevait de la chair grouillante d'asticots lui donna un haut-le-cœur, et elle se couvrit le visage avec la voilette de sa cornette. Les tombes peu profondes des pèlerins et des soldats morts en route s'égrenaient sur le bas-côté. Des corps avaient été déterrés par les charognards, qui avaient démembré les restes avant de les éparpiller çà et là. Au début, elle avait été révulsée, mais elle était presque habituée à présent, même s'il arrivait que l'odeur, forte et fétide comme celle de la Grande Boucherie à Paris par une fin d'après-midi d'été caniculaire, lui donnât encore la nausée.

Son cheval allait d'un pas lent dans la chaleur, le ventre ruisselant de sueur. Pour le moment, ils disposaient encore de réserves d'eau suffisantes, mais une fois qu'ils auraient passé le Bras de Saint-Georges et qu'ils seraient en Anatolie, la possibilité de s'alimenter en eau se ferait plus rare, sans compter que les chevaux auraient des centaines de lieues de plus dans les jambes et qu'ils seraient, par conséquent, moins résistants.

Les subsides que Louis attendait de Paris étaient arrivés sur des poneys de bât rapides, leur progression n'étant pas freinée par la masse des pèlerins non combattants qui ralentissaient le principal corps d'armée. Les nouvelles en provenance de la capitale étaient sans grande surprise et témoignaient de la marche ordinaire du gouvernement. L'abbé Suger et Raoul de Vermandois maintenaient l'ordre, et tout conflit mineur trouvait une solution pratique. Pétronille avait écrit une brève missive, dans laquelle elle annonçait à sa sœur que Marie trottinait et portait à présent de vraies petites robes.

Je lui parle de toi chaque jour. Ainsi, elle n'oubliera pas sa mère.

Aliénor avait rangé la lettre tout de suite après l'avoir lue. Malgré toute la bienveillance de Pétronille, il restait qu'aux yeux de la petite, Aliénor ne serait jamais sa véritable mère.

D'autres lettres étaient également au courrier. L'une d'entre elles était signée de l'impératrice Irène, femme de l'empereur byzantin Manuel Ier Comnène. Irène s'enquérait de la façon dont elle pourrait lui être agréable pendant son séjour à Constantinople, où elle lui réservait un accueil digne d'une reine. Aliénor était impatiente de faire la connaissance de l'impératrice byzantine, laquelle était dans ses âges et d'ascendance germanique. Son prénom de naissance était Berthe. Elle avait choisi de le changer en Irène à son mariage. Aliénor avait également hâte de découvrir Constantinople. Les ors, les mosaïques et les saintes reliques étaient légendaires.

Louis était moins pressé d'arriver, notamment à cause des nombreuses contraintes que leur imposaient les Byzantins. Ceux-ci contrôlaient la route qui traversait la Bulgarie et avaient des idées bien arrêtées concernant le comportement que devaient adopter les armées royales et germaniques. Louis fut excédé par une exigence en particulier, qui stipulait que le roi de France et ses barons devraient restituer à l'empereur Manuel toute terre ayant appartenu à l'Empire byzantin qu'ils reprendraient aux infidèles. Pourquoi Louis prêterait-il un tel serment concernant des acquisitions qu'il ne devrait qu'à lui-même ?

Le gouverneur de la ville de Sofia, un cousin de l'empereur Manuel, avait rejoint l'armée royale, dont il aidait au ravitaillement. Mais sa tâche n'était pas des plus aisées. On se battit au sujet du taux de change de cinq deniers d'argent pour un seul tetarteron de cuivre. Fréquemment, les Byzantins fermaient les portes des villes à l'approche des Français et ne consentaient à les ravitailler qu'à l'aide de panières qu'ils faisaient descendre avec des cordages. Il n'y avait jamais assez de vivres pour tout le monde, et, en conséquence, les humeurs s'échauffaient ; les accrochages étaient monnaie courante. Les gens rompaient les rangs pour effectuer des raids en quête de nourriture. Certains revenaient avec des sacs volumineux sur leurs épaules et du sang sur les mains. D'autres ne donnaient plus jamais signe de vie.

À mesure que la chaleur se faisait de plus en plus écrasante, Aliénor commença à se sentir mal. Elle avait rompu le jeûne de la nuit par un mélange de céréales, de raisins secs et d'épices, et il lui en restait un goût désagréable dans la gorge. Elle avait des crampes d'estomac et de douloureuses contractures dans le bas des reins. Elle s'obligea néanmoins à continuer d'avancer, mais de plus en plus difficilement. Jusqu'à tel buisson, puis jusqu'à telle souche d'arbre, puis…

— Halte ! s'écria-t-elle en faisant de grands gestes à ses suivantes.

Celles-ci l'aidèrent à mettre pied à terre, et l'une d'entre elles, Mamile, s'empressa d'aller chercher l'indispensable écran de toile sur le dos d'un cheval puis d'ordonner aux autres dames de le dresser autour de leur maîtresse.

Aliénor eut un haut-le-cœur et vomit, les intestins contractés. *Seigneur Dieu, faites que je n'aie pas attrapé cette maudite grippe!* pria-t-elle. Il restait encore plusieurs jours de marche jusqu'à Constantinople ; là, ils trouveraient médecins, repos et soins dignes de ce nom. Des hommes et des femmes étaient morts sous ses yeux depuis leur départ. Des gens robustes qui avaient expiré dans les miasmes et les douleurs les plus atroces.

Lorsque la crise fut passée, elle se sentit apathique et exténuée, mais la nausée ne l'avait pas quittée, hélas.

— Majesté, irai-je chercher un chariot pour votre transport ? s'enquit Mamile.

Aliénor fit signe que ce n'était pas nécessaire.

— Cela ira mieux dans un moment. Ne vous alarmez pas et apportez-moi mon cheval.

Lorsqu'ils s'arrêtèrent pour planter leurs tentes, Aliénor disparut encore trois fois derrière l'écran de toile. Elle refusa de manger et alla se coucher, mais fut malade toute la nuit.

Peu avant l'aube, Aliénor sombra dans une somnolence entrecoupée de réveils, jusqu'à ce que des cris et des hurlements – certains en français, d'autres dans une langue étrangère aux accents discordants – finissent par avoir raison de son repos. Puis les cris cédèrent la place au fracas des armes et aux exhortations, signe d'une âpre lutte. Elle s'extirpa comme elle put des couvertures et se saisit de sa cape. Mamile accourut, une lanterne dans sa main tremblante et les yeux écarquillés de peur.

— Madame, nous sommes assaillis…

— Qui…

—Je ne sais pas…

Les suivantes se tournèrent, pétrifiées, vers les rabats de la tente tandis que le raffut du combat s'amplifiait. Les autres dames s'assemblèrent, aussi nerveuses que des chevaux lorsque retentissent les hurlements des loups.

—Aidez-moi à m'habiller, ordonna Aliénor.

Elle réprima un haut-le-cœur pendant que ses servantes s'exécutaient. Lorsqu'elles eurent terminé, elle prit le couteau de chasse qu'elle gardait à son chevet. Gisela émit un gémissement plaintif. Dehors, quelqu'un hurla avant de s'arrêter soudain. On venait de lui trancher la tête. Le combat sembla se calmer un peu, et l'on n'entendit plus que des exhortations en français.

Aliénor s'approcha des rabats.

—Madame, non ! s'écria Mamile.

Mais Aliénor sortit quand même, le couteau à la main.

L'aube ensanglantait l'horizon à l'orient, et dans la lumière renaissante, le cantonnement ressemblait à une vaste fourmilière après le passage d'un géant. Les soldats étaient sortis de leurs abris et se tenaient en sous-vêtements, lance à la main et le visage bouffi de sommeil. Des pèlerins jetaient des cruches d'eau sur les tentes en feu. Non loin de là, un sergent retirait une lance de la poitrine d'un mort en tirant d'un coup sec. Le cadavre d'un infidèle était coincé sous un cheval mort, le turban écarlate du mécréant flottant au vent telle une mèche de sang jaillie de son crâne. Geoffroy parcourait le camp à grandes enjambées tout en distribuant des ordres d'un ton brusque.

Voyant qu'Aliénor se tenait devant l'entrée de sa tente, il la rejoignit à grands pas, remisant son épée dans son fourreau.

—Que se passe-t-il ? s'enquit-elle d'une voix faible.

—Un raid de nomades ottomans, répondit Geoffroy, le souffle rauque. Ils ont essayé de voler nos chevaux et nos provisions. Ils ont tué deux sentinelles et ont incendié quelques tentes. Nous avons perdu trois hommes, et un quatrième a reçu une flèche dans la cuisse. Mais nous les avons matés.

Il fit une grimace et ajouta :

— Ce sont les mêmes qui ont attaqué les lignes du Saint Empire par représailles aux pillages de leurs bêtes et de leurs moyens de subsistance, ainsi qu'aux raids subis, c'est du moins ce que disent nos informateurs.

— Vous n'êtes pas blessé ? s'enquit Aliénor en le considérant rapidement de la tête aux pieds.

Il secoua la tête.

— Je ne leur en ai pas donné l'occasion. Nous allons devoir faire preuve d'une extrême vigilance, parce que les raids ne feront que s'intensifier à mesure de notre progression. De l'autre côté du Bras de Saint-Georges, nous rencontrerons une bien plus grande hostilité encore. Je ferai doubler la garde, même si je ne pense pas qu'ils reviennent de sitôt.

Il considéra d'un regard acéré le couteau qu'elle tenait en main et ajouta :

— Vous n'en auriez pas eu besoin. Je vous aurais défendue au prix de ma vie.

— Quand bien même, objecta-t-elle. Il est toujours préférable d'être prêt à se défendre.

Un petit sourire en coin, il demanda :

— Vous sentez-vous mieux ?

— Un peu, répondit-elle.

Elle mentait.

Il la considéra longuement.

— Reposez-vous aujourd'hui, suggéra-t-il. Si vous le pouvez.

Puis il s'inclina et s'éloigna, criant l'ordre de lever le camp.

Aliénor avait de douloureux maux de tête et la bouche sèche. Le seul fait de penser à la nourriture lui donnait des haut-le-cœur. Elle se contenta donc de quelques gorgées de lait de chèvre. Elle fut prise de vertige lorsqu'elle monta en selle, mais la perspective d'être bringuebalée dans un chariot avait encore moins d'attrait ; et puis, à cheval, elle se sentait davantage aux commandes.

Après l'attaque ottomane, ils voyagèrent dans l'appréhension, aux aguets. Mais ils ne virent personne au cours des sept lieues qu'ils parcoururent en cette fin d'après-midi d'été. Les populations locales se tenaient à l'écart, ainsi que leurs troupeaux, des potentiels ravages causés par les croisés. Ces derniers ne virent sur leur route que des cadavres de sujets du Saint Empire romain germanique, abandonnés là sans sépulture, facilement repérables grâce aux chiens sauvages et aux rapaces. Ceux-ci abandonnaient provisoirement leur besogne de charognards lorsque les troupes passaient d'un pas pesant à leur hauteur. Personne n'eut le cœur de partir en quête de nourriture. Aliénor trouva un morceau de pain dur qu'elle mangea sur le coup de midi, mais il lui resta sur l'estomac, aussi lourd que le plomb, sans même la rassasier. Ils longèrent une petite bourgade qui accepta de leur troquer quelques sacs de farine, des pots de graisse d'agneau et des œufs. Une fois de plus, les habitants firent descendre les vivres avec des cordes le long des murailles. C'était plus que maigre face à leurs besoins.

Aliénor se cramponna à sa selle et rêva à l'Aquitaine, à la douce brise dans le jardin du palais de Poitiers, au ressac incessant de l'océan à Talmont, aux ailes d'ange éployées d'un certain faucon blanc, La Reina ! *Marie Mère de Dieu, je m'en remets à vous. Marie Mère de Dieu, entendez ma prière, pour l'amour de Dieu et de votre Fils Jésus-Christ.*

Par bonheur, une heure avant le coucher du soleil, ils trouvèrent un site adéquat pour établir leur cantonnement non loin d'un petit cours d'eau. Les serviteurs d'Aliénor s'employèrent immédiatement à planter sa tente. La jeune femme manqua de tomber de cheval, tant elle était affaiblie et misérable. Peut-être mourrait-elle en chemin, venant ajouter un autre tas d'ossements blanchis sous les rayons brûlants du soleil d'Orient ?

Elle se coucha, mais le pain qu'elle avait mangé n'avait pas fini de la tourmenter et elle fut aussitôt prise de vomissements.

— Majesté, messire de Rancon est ici, annonça un écuyer depuis l'extérieur.

— Dites-lui d'attendre, lança-t-elle entre deux hoquets.

Lorsqu'elle eut terminé, elle fit emporter la bassine en cuivre par Mamile. L'odeur demeura cependant, et elle dut serrer les dents pour ne pas vomir davantage. Elle entendit Mamile s'entretenir dehors avec Geoffroy. Quelques instants plus tard, sans en avoir reçu la permission, il entrait suivi par une jeune femme à la peau olivâtre vêtue d'une robe noire sans fioriture et d'une cornette blanche. Elle portait en bandoulière une grande sacoche qui retombait sur sa hanche.

Doux Jésus, voilà qu'il m'amène une nonne ! pensa-t-elle, tandis que la nouvelle venue faisait sa révérence.

— Voici Marchisa, dit Geoffroy. Elle sait soigner les maladies des femmes. Elle nous a été chaudement recommandée, et elle pourra vous aider.

Aliénor se sentait trop pitoyable pour protester ou poser des questions. Elle signifia mollement à la jeune femme de se redresser. Il était difficile de lui donner un âge avec précision, mais elle devait avoir entre vingt et trente ans. Ses magnifiques yeux noirs étaient surmontés de deux sourcils de même couleur au dessin délicat. Malgré une attitude réservée, sa bouche indiquait un sens de l'humour et beaucoup d'esprit.

— Madame, le seigneur me dit que vous êtes malade, commença-t-elle d'une voix mélodieuse et gracieuse.

Posant une main sur le front d'Aliénor, elle ajouta :

— Ah, vous êtes brûlante.

Puis elle se tourna vers Geoffroy et dit :

— La reine a besoin d'être seule avec ses dames de compagnie.

— Je vais vous laisser, dit-il.

Mais il s'attarda jusqu'à ce que Marchisa lui jette un regard insistant.

— Aidez-la à recouvrer la santé, lança-t-il avant de sortir.

Marchisa ramena son attention vers Aliénor.

— Nous devons faire tomber la fièvre, annonça-t-elle. Vous permettez ?

Très délicatement, elle souleva le voile de la reine ainsi que le filet d'or qu'elle portait en sous-coiffe. Puis elle ordonna aux suivantes de remplir une grande cuvette d'eau tiède. Tirant un sachet de sa sacoche, elle saupoudra l'eau d'une partie de son contenu aux arômes de rose et d'épices, avec une note prononcée de gingembre. Elle peigna doucement les cheveux d'Aliénor, les attacha et les remonta en chignon sur son crâne. Enfin, imbibant un linge d'eau parfumée, elle lava son visage et sa gorge. Ils étaient brûlants.

— Tant de personnes tombent malades sur la route, fit-elle remarquer tout en s'activant. Elles mangent et boivent des choses qu'elles ne devraient pas toucher. Elles portent des vêtements inappropriés. Elles respirent des miasmes.

Elle fit claquer sa langue contre le haut de son palais et ajouta :

— Vous allez devoir retirer votre robe.

Sur ces mots, elle posa la cuvette et entreprit de délacer la robe d'Aliénor avant de l'aider à l'enlever.

— Allons, allons…

Aliénor obéit avec apathie. C'était presque trop lui demander que de lui faire lever les jambes. La fraîcheur fut un soulagement, mais elle intensifia également ses maux d'estomac, qui lui parurent plus vifs par contraste. Marchisa continua de la frictionner et l'assista lorsqu'elle fut prise d'une autre crise de vomissements qui la fit trembler de tout son corps. Une fois la crise passée, elle lui donna une décoction de réglisse et de gingembre préalablement bouillis dans de l'eau de source en guise de bain de bouche. Puis elle fit enlever les draps de malade d'Aliénor et refaire son lit de fortune.

— Le seigneur de Rancon est un homme de bien, fit remarquer Marchisa. Il se fait beaucoup de souci pour vous.

Aliénor émit une petite plainte en guise d'acquiescement. Elle n'avait qu'une seule envie : dormir. Marchisa l'aida à enfiler une chemise de nuit propre et veilla à ce qu'elle soit confortablement installée dans son lit. Puis elle oignit ses tempes avec un onguent rafraîchissant.

— Bien, vous allez dormir un peu et ensuite vous boirez, puis vous dormirez encore, et après cela nous aviserons.

Aliénor ferma les yeux et sentit la pression de la main de la guérisseuse sur son front ; elle était fraîche et apaisante. Elle rêva encore de l'Aquitaine, de Bordeaux et du château de Belin, de la clameur de l'océan à Talmont. Elle rêva aussi de Poitiers et des vertes forêts profondes des plateaux du Limousin. Elle les survola, ailes déployées, à la manière d'un faucon blanc au plumage rafraîchissant comme la neige. Soudain, le cri de chasse du rapace transperça l'azur glacé, et elle se réveilla dans une brusque suffocation. Pendant quelques instants, elle resta à cligner des yeux, ne sachant plus exactement où elle était, car la pureté de la fraîcheur azuréenne avait disparu, et l'air qu'elle respirait à présent était chargé et exhalait une odeur d'épices. Elle reconnut la jeune femme occupée à moudre des plantes aromatiques dans le halo chétif d'une lampe à huile. Elle essaya de se redresser dans son lit. Marchisa posa aussitôt son pilon et son mortier pour accourir à son chevet.

— Vous avez bien dormi, madame, et la fièvre a diminué, annonça-t-elle après avoir touché les joues et le cou d'Aliénor de ses mains fraîches. Voulez-vous boire un peu à présent ?

Aliénor se sentait faible et avait le tournis, comme si toute énergie l'avait quittée, la laissant flottante comme une plume.

— J'ai rêvé que je volais, dit-elle.

Puis elle prit la coupe que lui tendait la jeune femme.

De nouveau elle sentit sur sa langue le goût de la réglisse et du gingembre.

— Marchisa ! lança-t-elle soudain. Je me souviens de votre nom.

— C'est bien mon nom, madame, confirma Marchisa en s'inclinant.

— Et comment se fait-il que vous soyez ici avec moi, autrement que par la grâce de messire de Rancon ? Où vous a-t-il trouvée ? Quelle est votre histoire ?

— Je m'appelle Marchisa de Gençay. Je me rends à Jérusalem avec mon frère, afin d'y prier pour le salut de l'âme de nos parents.

Elle joignit les mains sur ses genoux avant de poursuivre :

— Jeune homme, mon grand-père partit en pèlerinage et s'installa sur un domaine de la principauté d'Antioche, où il épousa ma grand-mère, qui était née chrétienne. Elle lui donna une fille, qui épousa mon père sur le chemin de Jérusalem. Il la ramena avec lui à Gençay et ils y passèrent le restant de leurs jours. À présent, ils sont tous les deux morts, c'est pourquoi mon frère et moi faisons le voyage pour aller prier au Saint-Sépulcre.

Aliénor but à petites gorgées la tisane au gingembre et à la réglisse.

— Et comment avez-vous fait la connaissance de messire de Rancon ?

— Mon frère Élias est sergent dans son régiment. Ce seigneur a entendu dire que j'avais quelque compétence pour m'occuper des malades, et il a pensé que je pourrais peut-être vous aider.

— Vous n'êtes donc pas mariée ? J'ai d'abord cru que vous étiez nonne.

Marchisa baissa les yeux.

— Je suis veuve, madame, et contente de le rester. Mon mari est décédé voilà plusieurs années. Nous n'avions pas d'enfant, alors je suis rentrée m'occuper de mes parents jusqu'à leur mort.

Aliénor avait écouté son histoire avec empathie, mais sans manifester la moindre pitié, car au vu du menton volontaire de Marchisa, la pitié n'eût pas été du goût de sa fierté. La fatigue la reprit et, avec la fatigue, le besoin de dormir. Cependant, une idée commençait à germer dans son esprit.

Lorsque l'aube pointa, Aliénor allait beaucoup mieux. Elle but une plus grande quantité de tisane et mangea un peu de pain avec du miel, qu'elle garda.

— Je vous dois une fière chandelle pour Marchisa, dit-elle à Geoffroy lorsqu'il lui fit une visite tandis que l'armée se préparait à reprendre la route. Merci de me l'avoir envoyée.

— Elle parle le grec et l'arabe, de surcroît ! s'exclama-t-il avec enthousiasme, tel un ardent prétendant offrant un cadeau à l'élue de son cœur. Vous avez bien meilleure mine.

— C'est vrai que je me sens mieux, convint-elle. Merci.

— Je suis ravi de pouvoir vous aider, madame.

Louis n'avait donné aucune nouvelle et ne s'était pas soucié de sa femme, bien qu'il dût savoir qu'elle était très malade. Geoffroy, lui, avait été présent dès le début. Aliénor se tourna vers Marchisa, qui avait gardé le silence pendant tout le temps qu'avait duré leur conversation.

— Je vous suis redevable, dit-elle à la jeune femme. Je souhaite vous prendre à mon service.

— Je me ferai une joie de vous servir, madame, affirma Marchisa en penchant gracieusement la tête d'une manière qui fit penser à Aliénor à un petit chat. Mais, d'abord, je dois accomplir mon devoir envers mes parents et prier sur le tombeau de Notre Seigneur.

— Puisque je m'y rends également, marché conclu, répliqua Aliénor. Allez chercher vos affaires et installez-vous ici avec moi.

Marchisa fit une révérence et s'éloigna. Geoffroy prit la main d'Aliénor et en effleura les phalanges de ses lèvres. Ils échangèrent un regard, puis il s'inclina et emboîta le pas à Marchisa.

Les trois nuits suivantes, Aliénor récupéra de plus en plus et refit trois fois son rêve d'envol. Après s'être élevée ainsi dans les airs, d'où elle surplombait toutes choses, c'était un choc que de se réveiller dans l'obscurité de sa tente. Néanmoins, à chaque nouvelle occurrence du rêve, elle prenait davantage de force et d'assurance. Louis n'était toujours pas venu s'enquérir de sa santé, se contentant d'envoyer des messages par l'intermédiaire de Geoffroy, lequel assistait quotidiennement au conseil du roi et faisait son rapport à la reine.

— Le roi est ravi que vous alliez mieux et se félicite que ses fréquentes prières aient été entendues, répéta Geoffroy avec la neutralité d'un courtisan accompli.

Aliénor haussa les sourcils.

— Comme c'est généreux de sa part ! Quoi d'autre ?

Il la considéra d'un air perplexe.

— Vous concernant ?

Elle secoua la tête.

— Je doute de vouloir entendre ce qu'il dit de moi. Je voulais dire : quelles sont les nouvelles de Constantinople ?

Geoffroy fit une moue dépitée.

— Le roi n'a toujours pas de nouvelles de ses messagers. Les émissaires de l'empereur affirment que tout va bien, et nos hommes se tiennent prêts, mais nos propres sources ne nous ont transmis aucun renseignement. Nos hérauts sont peut-être morts à l'heure qu'il est.

— Nous devrions sérieusement envisager cette possibilité, répliqua Aliénor en faisant les cent pas dans la tente. Si nous voulons mener à bien les négociations avec les Byzantins, nous devons nous montrer aussi rusés qu'eux et apprendre à les connaître. Nous devons en savoir autant que possible sur leur compte.

Geoffroy se frictionna le visage à deux mains avant d'avouer à la reine :

— Il m'arrive de rêver de Gençay et de Taillebourg. Les récoltes seront bientôt rentrées et les bois seront tapissés de champignons. Mon fils aura encore grandi, et Burgundia m'aura fait grand-père.

— Vous n'êtes pas encore assez vieux pour être grand-père ! se moqua Aliénor.

D'humeur désabusée, il sourit, et ses rides rayonnèrent comme deux soleils au coin de ses yeux.

— Parfois, j'ai l'impression d'avoir cent ans, répliqua-t-il.

Elle posa une main légère comme une plume sur son bras. Il la recouvrit brièvement avec la sienne, puis il sortit. Dehors, un des écuyers de Louis descendait de son palefroi.

Il s'inclina devant Geoffroy, mit un genou à terre devant Aliénor et annonça :

— Le roi vous fait savoir qu'Évrard de Breteuil est de retour.

Aliénor et Geoffroy se regardèrent. Breteuil était un des barons envoyés par Louis à Constantinople. Son retour signifiait qu'il y avait du nouveau.

Geoffroy se fit amener son cheval.

— J'assisterai à l'entrevue, prévint Aliénor.

Il la considéra d'un air dubitatif.

— Vous sentez-vous assez de force ? Si vous préférez rester ici, je peux vous faire un rapport plus tard.

Les yeux d'Aliénor jetèrent des éclairs.

— Je viendrai au titre de reine et assisterai à la discussion.

Sur ces paroles, elle jeta sur ses épaules dans un geste ample la cape que Marchisa lui présentait et boucla le fermoir d'une main résolue.

— N'essayez pas de me mettre à l'écart.

— Madame, je n'oserais pas. Votre présence est toujours un honneur.

Il ne monta pas en selle immédiatement pour l'aider à monter sur son propre cheval gris. Puis il retira la bannière à motif d'aigle fichée dans le sol et la porta en héraut.

Aliénor fit une moue pincée. Elle bouillait toujours de colère. Elle les valait tous mais devait tout de même lutter pour se voir reconnaître et accorder son dû, parfois même avec Geoffroy, qui était pourtant l'un des mieux disposés à son égard.

L'armée – entremêlement de tentes en lambeaux, d'abris de fortune, de détachements de cavaliers et de feux de cuisson – s'était déployée sur un peu moins d'une lieue. Dans le quartier des pèlerins, les femmes cuisaient du blé et des légumes qu'elles remuaient dans des marmites ou bien mangeaient des portions de pain non levé avec du fromage de chèvre. Une d'entre elles donnait le sein à un nourrisson qui avait été conçu avec un toit sur la tête et dans la sécurité matérielle que procure un travail quotidien. Si le petit survivait au périple, ce qui était peu probable, il serait à jamais béni pour avoir vu le jour lors d'un pèlerinage au Saint-Sépulcre. D'autres femmes étaient manifestement enceintes de progénitures conçues chemin faisant. De nombreux pèlerins avaient fait vœu de célibat, avant de finir par céder à la tentation ; tandis que d'autres préféraient rester libres de tout engagement et répandre leur semence à tout vent. Aliénor se réjouissait que Louis eût fait vœu d'abstinence, car l'idée d'avoir des rapports sexuels avec son mari lui était devenue insupportable.

En arrivant au cantonnement du roi, elle remarqua la mine consternée de ses chevaliers et en éprouva une certaine satisfaction. Le faucon qui lui rendait visite en rêve la protégeait de son ombre, lui donnant force et discernement.

Louis piétinait aux abords de sa tente, les mains derrière le dos, les mâchoires contractées par l'exaspération. Ses capitaines et ses conseillers formaient un petit groupe de visages maussades. En leur centre se tenait, une coupe à la main, le baron Évrard de Breteuil fraîchement rentré. Une plaie infectée lui marquait la tempe gauche, et ses joues étaient creusées d'ombres grises. L'aumônier du roi, Odon de Deuil, était assis à un pupitre et remplissait avec fougue de son écriture les lignes tracées en pointillés d'une feuille de parchemin.

Louis releva la tête à l'arrivée de Geoffroy.

— Vous avez pris votre temps, grommela-t-il.

Puis son regard tomba sur Aliénor et il inspira violemment par le nez, de colère.

— Je suis venue aux nouvelles, Sire, puisque nous sommes nécessairement tous concernés, commença Aliénor, le prenant de vitesse. Cela vous évitera d'avoir à me rendre visite.

Là-dessus, elle alla s'asseoir sur une chaise basse incurvée devant l'écran qui protégeait le lit de Louis des regards, signifiant par là qu'elle ne bougerait pas.

— Que s'est-il passé ? s'enquit-elle enfin.

La réponse vint du frère du roi, Robert de Dreux.

— Nous étions convenus d'un lieu de rendez-vous demain avec les troupes du Saint Empire. Mais elles ont déjà entamé la traversée du Bras de Saint-Georges.

— Ce n'est pas ce qui était prévu, intervint Louis. Ils devaient nous attendre.

— Comnène a refusé l'entrée de la ville aux troupes germaniques, expliqua Breteuil. Préférant les cantonner dans son palais d'été, qui se trouve hors les murs, leur faisant livrer des vivres dûment payés. Comnène lui-même a refusé de pénétrer dans le camp germanique, et l'empereur Conrad n'a pas souhaité entrer dans Constantinople sans son armée. Chacun craignant la traîtrise de l'autre.

Odon de Deuil, toujours à son pupitre, marmonna quelque chose qui signifiait à peu près qu'on ne pouvait décidément rien tirer des Germains et des Byzantins.

Breteuil prit une gorgée de vin.

— Les Germains ont reçu l'ordre de traverser le Bras, ordre qui valait également pour nous. Devant notre refus d'obtempérer, nous avons vu notre approvisionnement en nourriture se tarir et sommes devenus régulièrement la cible des attaques de tribus d'infidèles, sous les yeux complices des Byzantins. À un moment, j'ai bien cru que nous allions tous périr.

Il toucha sa plaie et poursuivit :

— Lorsque nous avons envoyé une délégation à l'empereur, il a prétendu n'avoir aucune connaissance de ces agissements et a promis de régler la question, mais il mentait. Lui seul avait pu ordonner qu'on cessât de nous approvisionner, et il n'a rien fait pour empêcher les infidèles de nous attaquer. Il nous a clairement fait savoir qu'il nous considérait comme une invasion de sauterelles. En revanche, il n'a aucune objection à ce que nous nous battions et perdions la vie pendant que ses troupes se repaissent du spectacle en se curant les ongles.

Breteuil fit une moue grimaçante.

— On nous utilise, Sire, et ceux qui agissent ainsi ne valent pas mieux que les infidèles eux-mêmes. L'empereur a signé une trêve de douze ans avec les tribus qui nous ont assaillis. Quel genre de chrétien est le souverain qui agit de la sorte ?

— Certes, mais que cela nous plaise ou non, nous avons besoin des Byzantins pour traverser le Bras en toute sécurité avec abondance de vivres et d'équipement, plaida Aliénor. Nous devons continuer de parler le langage de la diplomatie.

Louis lui jeta un regard glacial.

— Vous entendez par là le langage de la perfidie et de la traîtrise, madame ?

— J'entends par là le langage qu'ils tiennent pour civilisé. Ils nous traitent ainsi parce qu'ils voient en nous des barbares sans subtilité ni finesse. Je ne dis pas que cela est vrai, je dis que c'est ainsi qu'ils nous perçoivent. Par conséquent, ce n'est pas en les assommant à coups de bouclier que nous réussirons à entrer dans leurs bonnes grâces.

Louis se dressa de toute sa hauteur.

— Je suis le glaive de Dieu ! s'exclama-t-il. Et je ne dévierai pas de ma route.

Odon de Deuil hocha la tête depuis sa retraite et gribouilla les paroles du roi.

— Personne ne vous le demande, fit remarquer Aliénor d'un ton irrité et las. L'eau polit le galet, si dur soit-il, et s'infiltre dans les plus infimes fissures. Nous devons prendre modèle sur l'eau en la circonstance.

— Et, bien sûr, vous sauriez comment vous y prendre ? lança Louis avec mépris.

— En effet, confirma-t-elle. Je saurais comment m'y prendre.

Elle se leva et alla se planter devant l'entrée de la tente. Il faisait nuit noire à présent, et les feux de camp apparaissaient à intervalles réguliers, telles des lucioles géantes prisonnières d'une toile d'araignée. Aliénor considéra Louis par-dessus son épaule et lança :

— Nous avons besoin de prendre du repos et de reconstituer nos réserves de nourriture. Vous pouvez toujours vous en abstenir par défiance à l'égard de l'empereur byzantin, mais si vous parveniez à apaiser vos relations, songez au profit que vous pourriez en retirer, et ce à la barbe de Conrad !

— Et par quels moyens apaiserais-je nos relations ? Pourquoi voudrais-je serrer la main d'un homme qui conclut des trêves avec les infidèles et les dirige contre mes chevaliers ? s'enquit Louis de manière rhétorique en montrant les dents.

— Vous êtes sur cette route non seulement comme guerrier mais aussi comme pèlerin, rappela Aliénor. Pensez à toutes les églises et à tous les sanctuaires de Constantinople sur lesquels Conrad n'a pu poser les yeux. Pensez aux précieuses reliques : la couronne d'épines qui ceignit le front de Notre Seigneur ; le clou taché du précieux sang du Christ ; la pierre qui fermait son tombeau avant qu'il ne ressuscite... Si vous avez le désir de voir et de toucher ces reliques, il vous revient de traiter avec ceux qui en sont les gardiens, quoi que vous pensiez d'eux.

Elle fit un geste ample du bras, balayant un effluve d'encens de sa manche.

— Évidemment, reprit-elle, si vous n'avez cure de ces reliques et de jouir d'un tel avantage, alors suivez votre propre voie, l'épée à la main.

Le visage de Louis se contracta, mais il demeura silencieux.

— La reine soulève un point important, intervint Robert de Dreux. Nous aurions plus grand prestige que les Germains. Vous pourriez demander des explications à l'empereur au sujet de la manière dont il a traité nos hommes et transformer l'affaire en une victoire diplomatique, ce qui ne ferait qu'ajouter à la gloire du royaume de France.

En cet instant, Aliénor jugea plus prudent de se retirer. Geoffroy serait ses yeux et ses oreilles. Elle savait que Louis finirait par plier, mais non en sa présence, parce qu'il refuserait toujours de tomber publiquement d'accord avec elle. C'était un sot qui n'avait pas le moindre sens de ses intérêts.

Chapitre 28

Constantinople, septembre 1147

L'immense citadelle de Constantinople occupait une péninsule bordée par la mer sur deux flancs. De hauts murs la protégeaient des assaillants. Du côté est de la ville, également à l'intérieur de remparts, son flanc droit était défendu par une étendue d'eau appelée Bras de Saint-Georges. Une gigantesque chaîne barrait l'entrée du bras aux navires qui auraient eu des velléités de remonter l'estuaire à des fins guerrières.

Par une chaude matinée de septembre, l'armée royale arriva devant les murs de Constantinople et établit le camp. Aliénor échangea le cheval gris qui lui avait rendu de fiers services depuis Paris contre l'alezane à robe dorée que lui avait envoyée l'impératrice Irène. Ses reflets et sa délicatesse lui valurent le nom de Serikos, qui signifie « vêtement de soie » en grec. Louis, également, avait reçu un cheval, un étalon dont la robe rappelait le chatoiement de la neige au soleil. Les deux montures étaient magnifiques et bien nourries, contrairement aux chevaux des croisés, qui avaient perdu du poids à cause du long et dur voyage dans la chaleur desséchante de l'Orient.

Aliénor chevauchait à hauteur de Louis, le port de tête haut, le dos droit. Elle était vêtue d'une robe en soie rouge corail piquée de perles. Le diadème qui retenait son voile était un élégant bijou à fleurs d'or parsemées de saphirs. Louis était habillé plus sobrement d'une tunique de laine bleu foncé. Mais sa ceinture était incrustée de pierreries, et il portait des bagues aux doigts et une couronne sur la tête. Aliénor lui jeta un unique coup d'œil et ne le regarda plus ensuite, car elle ne supportait pas la vue de l'homme émacié, aux lèvres crispées, qui avait pris la place du jeune homme souriant qui l'avait jadis regardée avec amour en lui prenant la main.

Ils furent accueillis par des grands de la Cour byzantine qui portaient avec une élégance désinvolte des tuniques de soie colorées. En Europe, seuls les personnages importants pouvaient s'offrir de telles étoffes, et même dans leur cas, c'était rare. Malgré les efforts déployés par les Français pour paraître majestueux, Aliénor se doutait bien qu'ils passeraient aux yeux des Byzantins pour des barbares attifés de chiffons miteux, ce qui ne manquerait pas de les conforter dans leur vision négative des chrétiens d'Occident.

Ils furent escortés jusqu'au palais impérial des Blachernes, dont une partie était encore en construction. Des échafaudages entouraient des pans entiers de murs, et des ouvriers peinaient sous la chaleur, hissant des blocs de pierre taillée et des seaux de mortier jusqu'aux paliers, où ils étaient réceptionnés par d'autres ouvriers. Le cliquetis des burins sur la pierre, le grincement des treuils et les cris des tâcherons créaient une clameur incessante.

Des serviteurs accoururent pour prendre leurs montures et escorter Louis et Aliénor jusqu'au portique du palais, où l'empereur Manuel Comnène les attendait pour les accueillir en compagnie de sa femme, l'impératrice Irène. Manuel avait à peu près le même âge que Louis et était de même corpulence, mais la ressemblance s'arrêtait là. Manuel, avec ses robes de pourpre royale tellement recouvertes de pierres précieuses qu'elles en devenaient aussi raides qu'une cotte de mailles, semblait un personnage sorti d'une mosaïque fabuleuse, tant il scintillait au moindre mouvement. Il avait le cheveu et l'œil noirs et se donnait des allures de divinité, condescendant à poser les yeux sur un monde de suppliants. Par contraste, Louis – créature inférieure prise, tel un papillon de nuit, dans la clarté divine qui l'aveuglait – paraissait la fadeur même.

Les souverains se donnèrent l'accolade et échangèrent le baiser de paix. Aliénor fut saluée par l'empereur avec une raideur formelle. Elle s'inclina très bas devant lui, et il l'aida à se redresser avant d'effleurer sa joue avec ses lèvres. Elle huma son parfum, mélange d'encens et de bois de santal. Son regard était impénétrable et glacial. Ses iris étaient d'un noir si profond qu'ils se confondaient avec ses pupilles.

Aliénor s'inclina ensuite devant l'impératrice Irène. Celle-ci était grande et mince, et faisait à peu près la même taille qu'Aliénor. Elle avait les yeux noisette foncé et le teint olivâtre. Elle était un peu plus âgée qu'Aliénor, mais avait gardé son teint de jeune femme. Elle portait une dalmatica[1] de soie pourpre frangée de tresses d'or. Des sautoirs de perles pendaient de sa couronne, créant un rideau de gouttes sur ses mèches torsadées. Contrairement à de nombreuses dames de la Cour, elle ne portait pas de maquillage, à l'exception d'un trait discret pour souligner ses yeux.

— Soyez la bienvenue, dit-elle en latin. J'ai tant entendu parler de la reine de France !

— De même que j'ai beaucoup entendu parler de l'impératrice de Constantinople, répondit Aliénor avec dignité.

Les deux femmes se jaugèrent mutuellement avec une courtoisie de bon aloi qui servait à dissimuler leur curiosité et leur circonspection.

---

1. Tunique en laine de Dalmatie. À ne pas confondre avec la dalmatique, qui est une version ecclésiastique du même vêtement (sorte de chasuble). (*NdT*)

— Vous avez fait un long voyage, et il vous reste une grande distance à parcourir, fit remarquer Irène. Entrez prendre un rafraîchissement. Tout est à votre disposition pendant votre séjour.

Lorsque Aliénor pénétra à l'intérieur, il lui sembla entrer dans un coffre au trésor étincelant. Les murs étaient couverts de fresques aux personnages grandeur nature dorées à l'or fin et rehaussées de couleurs primaires pleines de vie : pigments de lapis-lazulis, de rouge de kermès, d'ocre. Des à-plats de marbre, de cristal et d'or créaient une illusion de profondeur moirée qui charmait l'œil. L'élégant sol marqueté était un miroir sous les pas d'Aliénor, et il lui sembla marcher sur des eaux éclairées depuis les profondeurs.

Ils parvinrent enfin à la grande salle du conseil bordée d'ogives. Deux sièges attendaient sur une estrade de marbre, l'un destiné à Manuel, l'autre à Louis ; étant entendu que tous les autres resteraient debout, Aliénor et Irène y comprises.

Un interprète à barbe bouclée et luisante vint se tenir entre le roi et l'empereur, prêt à officier ; car bien que Louis parlât latin, ce n'était pas le cas de Manuel. La conversation fut aussi recherchée que l'architecture et les décors environnants. Les réponses sèches de Louis devenaient sophistiquées grâce à la langue poétique de l'interprète et aux habitudes de langage de la Cour de Constantinople. À en juger par les répliques de son mari, Aliénor en conclut qu'on en était encore aux civilités. Conformément à la tradition orientale, on n'aborderait aucune question importante ce jour-là, ni le lendemain, ni même le surlendemain.

À la suite de ces débuts prometteurs, Aliénor et Louis furent conduits au dîner de l'empereur et de sa Cour, qui avait lieu dans une autre salle, à laquelle ils se rendirent après avoir emprunté un dédale de couloirs décorés de fresques, aux sols de marbre rutilants. Les tables sur lesquelles ils dînèrent étaient, elles aussi, en marbre. Celui-ci, richement sculpté, était rose et crème. Des nappes blanches en recouvraient les beautés. Des arômes d'eau de rose, de cannelle et de muscade relevaient des mets déjà somptueux servis dans des plats en céramique rehaussés de vermeil. On dîna de fondant d'agneau sauce abricot, de volailles rôties et farcies au riz sauvage qui craquaient sous la dent, de délicieux poissons argentés péchés dans les eaux poissonneuses de la Corne d'Or.

Les Byzantins mangeaient à l'aide d'une fourche à deux pointes grâce à laquelle ils piquaient les morceaux de viande et d'abricot avant de les tremper, sans risquer de les faire tomber, dans des sauces piquantes ou dans une huile d'olive vert pâle. S'avisant de la curiosité d'Aliénor, Irène lui offrit l'une de ces petites fourches en cadeau.

— Vous vous demanderez bientôt comment vous avez fait sans elle jusque-là, prévint-elle.

Aliénor la remercia et admira le manche en ivoire incrusté d'une mosaïque de petits carreaux irisés.

— Il faut que vous profitiez de votre séjour pour découvrir les monuments de notre ville, ajouta Irène. Je vous servirai moi-même de guide. Ainsi, nous ferons mieux connaissance.

— Ce sera avec grand plaisir, vous êtes très généreuse, remercia Aliénor, tout sourires.

Irène lui rendit son sourire, mais son regard resta grave et vigilant.

— Votre mari a déjà acquis parmi nous la réputation d'être un homme pieux. Nous nous sommes laissé dire par nos marchands qu'il passe le plus clair de son temps en prière.

— C'est exact.

Aliénor leva sa coupe, se disant que « marchands » était un synonyme pour espions.

— Mon mari a été formé enfant à la prêtrise avant de devenir l'héritier du trône, expliqua-t-elle.

— Il trouvera largement de quoi l'inspirer dans notre cité. Nous avons des églises, des chapelles et des reliques inestimables, que les empereurs byzantins protègent depuis mille ans de la vindicte de leurs ennemis. Puisse-t-il en être ainsi pendant encore longtemps.

La mise en garde et le défi n'échappèrent pas à Aliénor, malgré le ton doucereux d'Irène. Louis pouvait regarder mais pas toucher. Quant aux Français, ils n'étaient pas tant des alliés qu'un moyen utile de détourner l'attention des ennemis de Constantinople.

— Je crois que nous avons beaucoup à apprendre les uns des autres.

— En effet, assura Irène d'une voix de velours en levant à son tour sa coupe. Parfaitement.

Aliénor s'habitua à la vie à Constantinople. L'opulence avait son charme. Louis et elle, ainsi que leurs suites, furent logés dans un pavillon de chasse. En comparaison de celui-ci, Talmont ressemblait à une masure de paysan. La première nuit, elle prit un long bain chaud parfumé aux pétales de rose qui la soulagea des courbatures du voyage. Des caméristes l'enduisirent d'huiles exotiques et dénouèrent ses muscles endoloris grâce à leurs massages, qui la plongèrent dans un étourdissement alangui. L'empereur mit à leur disposition des serviteurs en renfort afin qu'ils ne manquent de rien.

— Des espions ! s'exclama Louis de colère en poussant un plat de petits gâteaux aux amandes nappés de sucre coloré. Ils nous envoient des espions, et nous ne pouvons pas leur rendre la pareille.

— Que pourraient-ils bien découvrir ? lança Aliénor en haussant les épaules.

— Rien, parce que nous ne leur dirons rien.

Il l'empoigna par le bras tandis qu'elle passait près de lui et l'obligea à lui faire face.

— Je ne veux pas que vous parliez avec l'impératrice. Vous risqueriez de trahir des secrets, vous m'entendez ? Je sais quelles commères sont les femmes !

— Je ne suis pas idiote, rétorqua-t-elle. L'impératrice et moi nous comprenons parfaitement.

Elle se dégagea non sans peine et se massa le poignet, avant d'ajouter :

— Vous devriez, au contraire, m'encourager à lui parler, afin de lui soutirer des renseignements, mais vous ne souhaitez pas me voir exercer ce genre de pouvoir, n'est-ce pas ?

— Ces affaires-là regardent les hommes. Ne vous en mêlez pas !

Elle serra les dents.

— Je vous mets en garde, prévint-il en la menaçant du doigt. Je ne tolérerai aucun complot d'aucune sorte.

— Il ne vous traverse jamais l'esprit que je puisse être votre alliée ?

— Non ! répondit-il. Jamais.

Sur ces mots, il sortit d'un pas lourd, traversa le couloir et alla se réfugier dans sa propre chambre. Thierry de Galeran montait la garde devant sa porte. Il fit un petit sourire entendu à Aliénor. Elle se massa de nouveau le poignet, et son agacement, devant tant de stupidité, se mua en colère. Les Byzantins ne tarderaient pas à s'apercevoir que la discorde faisait loi entre le roi et la reine de France. À quoi bon lui enjoindre de se montrer prudente quand les propres actions de Louis laissaient la porte ouverte à tout ?

L'opulence et le luxe qui régnaient à Constantinople continuèrent d'exercer leur fascination sur Aliénor. Au lever et au coucher du soleil, la citadelle brillait de mille feux, tant l'or, l'argent et le bronze y abondaient. Irène l'emmena sur le toit du palais des Blachernes et, par une magnifique journée ensoleillée où soufflait une douce brise, elle lui indiqua l'hippodrome, les forums de l'empereur Constantin et de l'empereur Théodose, sans oublier la cathédrale Sainte-Sophie. De l'autre côté du fleuve, les quartiers des négociants génois à Galata étincelaient, tel un écrin d'or posé à côté de la grande cité. Irène parlait rapidement et indiquait toute chose d'un geste prompt, comme si elle était résolue à accomplir son rôle d'hôtesse en ne laissant rien au hasard.

Voir Constantinople était épuisant. Tandis que l'empereur et l'impératrice les conduisaient d'un site à l'autre, tous plus époustouflants les uns que les autres, ceux-ci finirent par se confondre aux yeux d'Aliénor en une masse confuse de cristal, de marbre et d'or. C'était comme être sous l'effet d'une drogue ou d'une avalanche. En outre, et malgré sa magnificence, la citadelle était extrêmement encaissée. Louis passa des heures en adoration dans les chapelles, véritables joyaux à côté desquels l'église de Saint-Denis faisait pâle figure.

L'armée royale fut contrainte d'établir son cantonnement de toile à l'extérieur des remparts et ne se vit autorisée à accéder aux portes de la ville que par petits groupes. L'empereur n'avait pas l'intention de les laisser prendre d'assaut sa citadelle. L'expérience que firent les soldats à Constantinople différa de celle de leurs seigneur et dame, car ils virent des quartiers où le roi et la reine ne mirent jamais les pieds, malgré la richesse d'enseignement qu'on pouvait en tirer. Les troupes découvrirent la puanteur fétide des quartiers pauvres infestés de maladies et gangrenés par le vol organisé. Dans les rues étroites et sombres des entrailles de la plus grande capitale de la chrétienté, où même en plein jour on circulait dans la pénombre, les habitants menaient une vie obscure et sordide. Pèlerins et soldats devaient rapporter plus tard à leurs compatriotes que la ville ressemblait à un énorme rocher d'or sous lequel des créatures se tortillaient dans la fange. En comparaison, même les quartiers les plus insalubres et infréquentables de Paris étaient des hauts lieux de lumière.

Une quinzaine de jours se passa, et Louis attendait toujours l'arrivée du reste de son armée, qui avait suivi un autre itinéraire. La fête de saint Denis tomba la veille de la réunification des troupes. L'empereur dépêcha auprès de Louis une assemblée d'ecclésiastiques triés sur le volet en vue de célébrer la messe chantée en l'honneur du saint. Chaque moine se vit remettre un grand cierge savamment rehaussé à l'or fin et de couleurs vives. Les Byzantins comptaient des eunuques dans leur groupe. Ceux-ci avaient été castrés avant que leur voix ne mue. Leur corps était empâté et mou. Les notes aiguës et suaves de leur chant se mêlaient magnifiquement aux tessitures plus graves des autres chanteurs. Le tout fit monter les larmes aux yeux de Louis.

Aliénor se demanda quel mobile secret se cachait derrière cette libéralité musicale, car elle savait que les Byzantins étaient bien trop rusés pour leur faire un tel cadeau sans arrière-pensées, même si la Saint-Denis figurait également à leur calendrier. Quoi qu'il en fût, la messe fut magnifique, et Aliénor en remercia profusément Irène.

L'impératrice esquissa un sourire et rajusta sa cape sur la manche de sa dalmatica, de manière que la bordure dorée tombât exactement à la perpendiculaire. Ce jour-là, elles se trouvaient dans l'un des nombreux appartements d'Irène au palais des Blachernes. Les fenêtres ouvertes offraient une vue splendide sur la Corne d'Or. Des serviteurs étaient venus à pas feutrés verser du vin doux et apporter de délicieuses pâtisseries parfumées à l'eau de rose.

— L'empereur et moi-même avons fait de notre mieux afin que vous vous sentiez les bienvenus dans notre empire.

Nous avons pensé que cette messe serait un excellent aboutissement à votre visite.

La fin de la phrase fit tiquer Aliénor. Prenant sa coupe en verre fin posée sur la table marquetée, elle répéta :

— Un « aboutissement » ?

Irène fit un geste vague de sa main lisse aux ongles soignés.

— Il va sans dire qu'avec l'arrivée de votre contingent venu par l'Italie, vous manifesterez le désir de reprendre la route.

— En effet, confirma Aliénor. Mais nos compagnons auront besoin de se reposer avant de repartir.

Irène pencha la tête de côté.

— Nous nous ferons un plaisir de les recevoir pendant que nous affréterons des navires et préparerons le ravitaillement. Cela dit, vos parents, à Antioche, ont certainement hâte de vous voir, suggéra-t-elle en prenant un air soucieux.

L'empereur veut donc que nous partions, songea Aliénor. La messe en l'honneur de saint Denis était le point final de son hospitalité.

— Mon oncle se fera une joie de nous recevoir, assura-t-elle. Mais il est conscient des dangers du voyage, et il ne voudrait pas que nous reprenions prématurément notre pérégrination.

— Certes, mais il vous faudra partir avant l'arrivée de l'hiver, insista Irène.

Puis elle se pencha vers Aliénor, comme si elle s'apprêtait à lui faire une confidence.

— Mon mari reçoit des rapports qui affirment que l'armée du Saint Empire romain germanique a vaincu toute résistance rencontrée jusque-là. Une bataille a eu lieu au cours de laquelle des milliers de Turcs ont été tués. Vous ne rencontrerez pas d'obstacle si vous repartez sans attendre.

Aliénor fut étonnée.

— Je n'ai pas eu vent de cette nouvelle.

Irène prit un air satisfait et dit :

— Et pour cause ! Le messager vient à peine de rentrer. L'empereur fera prévenir votre mari aujourd'hui même.

— Quand bien même, nous devons attendre notre contingent d'Apulia[1]. Ensuite, nous ferons route avec eux. Tel a toujours été notre accord.

— Naturellement, vous ferez comme vous jugerez bon, mais l'empereur a l'intention d'organiser un marché pour vous sur l'autre rive du Bras de Saint-Georges, afin que vous puissiez commencer à vous préparer, précisa Irène sans regarder Aliénor.

Cette dernière remercia son hôtesse, puis la conversation dévia sur d'autres sujets. Toutefois, dès qu'Aliénor put s'en aller sans contrevenir aux règles de la courtoisie, elle prit congé et s'empressa d'aller trouver Louis.

Il était dans ses appartements avec ses grands barons et son haut clergé. Son inquiétude sauta aux yeux d'Aliénor, car il ne la foudroya pas du regard lorsqu'elle entra. Il ne chercha pas non plus à la remettre à sa place. Geoffroy de Rancon et Saldebreuil de Sanzay étaient également présents. Geoffroy lui lança un rapide coup d'œil.

— J'apprends à l'instant de la bouche de l'impératrice la victoire du Saint Empire, annonça-t-elle.

Louis avait le visage écarlate et les yeux brillants.

— Quatorze mille Turcs ont péri ! confirma-t-il.

— Cela fait beaucoup. Pensez-vous que ce soit vrai ?

Robert de Dreux haussa les épaules.

— Qui sait ? dit-il. Les chiffres sont toujours délicats à interpréter, et l'on ne peut pas se fier aux Byzantins. Si c'est vrai, cela signifie que la voie est libre et que nos alliés ont fait une grande poussée.

1. Actuellement la région des Pouilles en Italie. (*NdT*)

— L'empereur affirme que le Saint Empire est d'accord pour lui restituer chaque localité reprise en chemin, expliqua Louis. Il l'exige également de nous en échange de ravitaillement. Mais, moi, j'affirme que c'est son devoir de chrétien de nous ravitailler, sans nous obliger à quoi que ce soit, ni nous soumettre à chantage.

D'aucuns approuvèrent en marmonnant dans leur barbe. Aliénor alla s'asseoir et posa les mains sur les accoudoirs dorés à l'or fin.

— Il veut nous voir quitter les lieux avant l'arrivée du contingent d'Apulia. C'est à demi-mot ce que vient de me dire l'impératrice. Sans doute l'empereur exagère-t-il la victoire du Saint Empire sur les Turcs.

— Il craint qu'une fois nos renforts sur place, nous ne soyons trop forts pour lui, lança l'évêque de Langres. Si nous faisions alliance avec le Saint Empire et la Sicile, nous pourrions nous emparer de Constantinople et utiliser ses richesses pour financer nos projets.

Louis mit son menton dans ses mains et considéra l'évêque avec la plus extrême attention.

— De fait, poursuivit l'ecclésiastique en se prenant au jeu, avec un peu d'application, ce serait un jeu d'enfant que de prendre la ville. Les remparts s'effondrent déjà par endroits. Ils ne résisteraient pas à un assaut. La population est inerte – de vraies limaces en brocart d'or ! Elle se laisserait facilement maîtriser. Ils n'ont pas des âmes de guerrier. Ils emploient des mercenaires pour se battre à leur place et ne s'attaquent qu'à ceux qu'ils sont certains de dominer, soit par les armes, soit par la traîtrise et les faux-semblants. Tout ce qu'il nous reste à faire est de les priver d'eau.

Aliénor frémit d'horreur. Si Louis lançait son armée sur Constantinople, ce serait une remise en cause de leur but initial, et ils n'atteindraient jamais Antioche.

— L'empereur byzantin n'est pas notre ami, insista l'évêque d'un ton belliqueux. Cette cité n'est chrétienne que de nom, non de fait. Son empereur empêche quiconque de voler au secours de l'opprimé ; d'ailleurs, c'est lui-même un oppresseur ! Ne cherchait-il pas, encore récemment, à intimider Antioche en exigeant que le comte Raymond lui fasse allégeance ? Ne conclut-il pas des pactes avec les infidèles ? N'expulse-t-il pas les évêques catholiques des villes placées sous son influence pour les remplacer par des hommes à lui ? Loin d'œuvrer à l'unification des forces chrétiennes, il les divise.

Pointant sa crosse en direction de Louis, il ajouta :

— Faudra-t-il que vous épargniez celui qui fait courir de graves dangers à la Croix et au Sépulcre du Christ ?

Ces paroles, prononcées sous le coup de l'émotion, n'étaient pas sans fondement. Aliénor vit que l'assistance approuvait.

— Mais nous ne sommes pas venus ici dans l'intention de prendre Constantinople, rappela Louis. Quel témoignage de notre foi apporterons-nous, si nous attaquons la cité la plus prospère de la chrétienté pour nous enrichir ? Pour cela, il nous faudrait tuer et subir des pertes. Le pillage de cette ville nous fera-t-il absoudre de nos péchés ?

Il promena un regard franchement désapprobateur sur l'assistance.

— Pensez-vous vraiment qu'il a raison ? Certes, Comnène n'aurait pas dû s'en prendre à Antioche, mais cela ne fait pas de lui un antéchrist.

Louis étendit les mains, paumes vers le ciel, en direction de l'évêque rouge de honte.

— Mourir par cupidité a-t-il la même valeur que mourir en restant fidèle à ses vœux ? Notre priorité est de protéger Jérusalem, non de saccager Constantinople.

Comment contrôlerions-nous la ville, sans laisser derrière nous l'essentiel de nos forces ?

— Si le Saint Empire a remporté une si brillante victoire en Anatolie, nous devrions leur emboîter le pas sans tarder, suggéra Robert de Dreux. Sinon, toute la gloire leur en reviendra, et ils dépèceront le territoire pour le partager avec Manuel Comnène. Je propose de traverser sans attendre.

— Vous commettez une erreur, objecta l'évêque. Les Byzantins nous trahiront à la moindre occasion. Un étron enveloppé d'or reste un étron.

— Cela suffit, messire l'évêque ! ordonna Louis d'un ton brusque. J'ai entendu votre point de vue et y réfléchirai. Mais, pour l'instant, nous ne ferons rien qui puisse rompre l'équilibre.

Le conseil s'acheva avec le départ de l'évêque, qui sortit d'un pas raide en secouant la tête et en marmonnant que Louis le regretterait. Les barons se scindèrent en différents groupes pour débattre entre eux. Aliénor se retira dans ses propres appartements après y avoir convoqué Geoffroy et Saldebreuil.

— Le roi a fait un beau discours, fit remarquer Geoffroy. Malgré l'attitude des Byzantins à notre égard, nous nous couvririons d'opprobre, en tant que chrétiens, si nous nous retournions contre Constantinople.

— Vous dites cela parce que vous êtes un homme d'honneur rompu aux usages de la chevalerie, messire, non un évêque cupide rempli de bile, fit remarquer Aliénor.

Un sourire crispé aux lèvres, elle ajouta :

— Et vous êtes un homme d'Aquitaine, ce qui vous rend plus lucide que la plupart. J'en conviens, le roi s'est montré à la hauteur de sa fonction, mais Antioche et mon oncle n'ont aucune importance à ses yeux. C'est son sens moral, dicté par Dieu, qui le pousse à agir ainsi. Le fait que cela serve notre intérêt est une chose, mais nous ne devons pas tenir son aide pour acquise. Louis est tout à fait capable de se cabrer, mais il se laisse également indiquer la marche à suivre, notamment par l'Église.

— L'évêque avait cependant raison, quand il disait qu'on ne peut pas faire confiance aux Byzantins, fit remarquer Saldebreuil en secouant ses boucles brunes. Ils complotent quelque chose. J'évite de leur tourner le dos, de crainte de recevoir une dague entre les omoplates.

— Qui ne complote pas ? repartit Aliénor avec un rire acerbe. Nous cherchons tous à tirer notre épingle du jeu. Ils veulent se débarrasser de nous avant que nous soyons assez puissants pour nous retourner contre eux. Peut-on leur jeter la pierre ?

Saldebreuil secoua la tête.

— Non, madame, mais je n'aime pas leur façon de s'y prendre.

— Il est indéniable que nous devons rester vigilants, confirma-t-elle. Mais cela ne nécessite pas qu'on leur fasse la guerre. Notre devoir est d'apporter à mon oncle le secours d'une armée contre ses ennemis. Nous devons soutenir le roi dans cet effort et faire en sorte qu'il s'en tienne fermement à sa décision. Voilà ce que j'attends de vous. Le but est Antioche.

— Dans combien de temps viendra notre tour de traverser le Bras de Saint-Georges ? s'enquit Gisela.

La jeune femme jouait avec un mignon petit chat gris et blanc, qu'elle amusait à l'aide d'un bout de ruban rouge.

— Bientôt, répondit Aliénor.

Ils attendaient au palais des Blachernes qu'on les appelât. L'essentiel des coffres et malles était prêt ; seules les petites babioles, telles que les jeux et les ouvrages de couture, restaient à emballer. Pour l'instant, ces futilités les aidaient à tuer le temps. Marchisa vérifiait ses sachets de thérapeutiques et autres panacées en pensant à voix haute. Elle avait fait d'importantes provisions de sirop de pavot blanc le matin même, causant à l'occasion un trou dans la bourse d'Aliénor. Mais c'était plus prudent de s'en prémunir en prévision des mois à venir.

—Quand, bientôt ? insista Gisela en faisant danser la bande de soie hors de portée des pattes du chaton. Quelques heures ? Quelques jours ? Quelques… semaines ? gémit-elle.

Aliénor contint son irritation. Ils étaient tous sur les nerfs, et les concessions étaient de mise.

—Quelques heures, dirais-je, assurément pas plus d'un jour.

Elle alla regarder par la fenêtre. Des navires s'affairaient sur le fleuve. En cette matinée d'octobre, le ciel était couvert ; les eaux du bras de mer étaient agitées et grises. Sans la voile latine des embarcations, on eût pu se croire face à la Seine.

Louis avait commencé à transporter son armée sur l'autre rive du Bras de Saint-Georges, où l'attendaient les marchés de ravitaillement. Une des raisons de cette décision était que l'empereur avait réduit drastiquement l'approvisionnement du cantonnement en place, ne lui laissant pas le choix. L'autre raison était que les soldats brûlaient de se mettre en route avant que ceux du Saint Empire ne revendiquent la possession de l'ensemble du territoire et la totalité de la gloire. L'empereur Manuel s'était montré très arrangeant en mettant ses navires à leur disposition pour la traversée, laquelle avançait à bonne allure.

Gisela soupira.

—À Paris, les arbres doivent commencer à perdre leurs feuilles, dit-elle, et ce sera bientôt la récolte des pommes. Comme j'aimerais boire une coupe de cidre nouveau !

— Vous risqueriez de vous voir traiter de barbare, la taquina Aliénor. Pourquoi, le vin grec n'est-il pas à votre goût ?

— Il se laisse boire tout en douceur avant de vous prendre en traître ! répondit la camériste.

Aliénor ne put que s'incliner devant tant de lucidité.

Le chaton se lassa de jouer et alla se rouler en boule sur un coussin de soie rouge. Le dernier détachement de soldats embarqua et descendit la Corne d'Or en direction de la chaîne qui fermait l'embouchure en aval, laissant derrière lui un terrain dénudé criblé de traces de feux de camp.

Aliénor s'attendait à être appelée d'un instant à l'autre à l'embarcadère, mais le soleil marqua encore une heure au cadran sans qu'il se passe rien. Gagnée par l'impatience, elle envoya Saldebreuil aux nouvelles. Il revint, l'air maussade.

— Madame, les Byzantins font retarder les choses. Ils prétendent attendre le retour des navires depuis l'autre rive. Ils allèguent des problèmes avec les changeurs au nouveau marché, mais pas moyen d'en apprendre davantage. De deux choses l'une, ou ils ne savent rien, ou ils refusent de parler.

Un repas leur fut servi. Il se composait de feuilles de vigne farcies de viande épicée et de pichets de vin grec. Les eunuques affectèrent de ne parler ni français ni latin. En réponse à toute question posée par les femmes, ils se contentaient de secouer la tête et de les dévisager de leur regard bovin souligné de khôl.

Le coucher du soleil donna aux eaux de la Corne d'Or la couleur du sang. Tandis que l'obscurité enveloppait la pièce comme un manteau et que les caméristes allumaient les lampes parfumées, Aliénor renonça à attendre et se retira pour la nuit.

Au lever du jour, toujours rien. Découvrant à la fenêtre un monde nimbé d'une pâle clarté, Aliénor remarqua également qu'un plus petit nombre de bateaux naviguaient dans la passe, et qu'aucun ne suivait la direction de la veille. Son sentiment de malaise ne fit que croître.

Geoffroy de Rancon se fit annoncer et fut admis en sa présence. Il s'agenouilla à ses pieds.

— Majesté, il y a du nouveau, commença-t-il. Le contingent d'Apulia sera ici vers midi.

— Voilà qui est parfait !

Elle fit signe à Geoffroy de se redresser.

— Quand embarquons-nous ? Avez-vous des nouvelles du gros des troupes ?

— Oui, madame, à l'instant.

Son regard se voila, et il reprit :

— L'empereur retient tous ses bateaux de ce côté-ci de la citadelle et refuse de nous approvisionner. Pour venir vous chercher, nous avons dû traverser dans une embarcation de pêche.

— Quoi ? s'exclama Aliénor en lui jetant un regard où l'inquiétude le disputait à la colère.

Geoffroy esquissa un rictus.

— Des émeutes ont eu lieu hier, au camp des agents de change. Quelques hommes du comte Thierry Flemings ont mis à sac les comptoirs byzantins et semé la pagaille. Le roi et le comte ont puni les responsables et versé des réparations, mais l'empereur a déclaré qu'il rétablirait le marché quand il aurait l'assurance que l'ordre règne parmi nos gens. Il réclame des garanties.

— Telles que ?

Le malaise d'Aliénor s'accrut encore d'un cran.

Geoffroy reprit son souffle avant de répondre :

— Il réclame que le roi et ses grands barons lui fassent allégeance et promettent que toute ville que nous reprendrons aux infidèles sera remise entre ses mains.

Aliénor eut un geste d'impatience.

— Nous en avons déjà discuté. Nous savions que cela arriverait. Il ne vaut pas la peine de s'y opposer, car une fois loin d'ici, nous agirons à notre guise.

— Si ses exigences s'arrêtaient là, madame, ce serait simple, nuança Geoffroy.

Il jeta un rapide coup d'œil à Gisela et ajouta :

— Il veut également sceller l'entente par un mariage entre un de ses neveux et une dame de la maison royale.

Gisela ouvrit de grands yeux terrifiés.

— Je suis venue comme suivante de la reine, non comme marchandise échangeable à merci.

— Qu'en dit le roi ? s'enquit Aliénor.

— Il réfléchit à la demande de l'empereur, madame, répondit Geoffroy d'un ton neutre. Il pense que le prix à payer n'est pas exorbitant.

— Non ! s'écria Gisela. Je refuse. Plutôt mourir !

L'irritation d'Aliénor atteignit son paroxysme. Lui avait-on laissé le choix, à elle, lorsque Louis était entré dans Bordeaux à l'été de ses treize ans ? Oh, elle aurait volontiers tout donné pour avoir le droit de refuser, pour qu'on la tirât de ce mauvais pas !

— Silence ! ordonna-t-elle. Ce n'est pas en pleurnichant et en vitupérant que les choses s'arrangeront. Servez-vous de votre tête, petite idiote !

Gisela ravala ses larmes et, apeurée, supplia sa maîtresse du regard.

— Votre sort pourrait être bien pire, croyez-moi, ajouta Aliénor d'un air sombre. Vous vivriez dans le luxe à Constantinople. Vous auriez toutes les robes, tous les parfums et toutes les soieries que vous voudriez. Vous ne manqueriez de rien.

— Mais, Majesté, j'y perdrais mon âme, lança Gisela. (Elle fondit en larmes.) De grâce, empêchez cela. J'en mourrais.

— C'est ce que vous croyez. Je vous le dis, parce que c'est ce qui m'est arrivé, voilà dix ans. Et je suis encore en vie.

Se tournant vers Geoffroy, elle ajouta :

— Cela explique pourquoi l'empereur insistait tant pour que nous traversions tous hier. En retenant ses navires, il peut nous rançonner à volonté. C'est du moins ce qu'il croit.

Ses traits se durcirent. Elle poursuivit :

— Certes, il garde ses navires à quai, mais il reste ceux des négociants génois, sans compter les autres qui se laisseront corrompre pour nous faire passer sur l'autre rive. Que Louis fasse à sa guise pour ce qui est de prêter serment ; pour ma part, je ne resterai pas ici en otage.

Posant une main sur le bras de Geoffroy, elle ordonna :

— Trouvez le moyen de nous faire traverser, et le plus vite possible !

Il couvrit la main de la reine avec la sienne dans un geste rassurant, apaisant, aux yeux de l'assistance, mais infiniment plus riche de signification pour Aliénor.

— Vous pouvez me faire confiance, madame.

Il exerça une pression sur ses doigts, s'inclina et sortit.

— J'aurais dû m'en douter, déplora Aliénor. C'est de bonne guerre de la part de l'empereur, mais nous aurions dû nous méfier davantage.

Considérant Gisela, qui était à présent toute tremblante, elle la rassura :

— Ne vous inquiétez pas. Mon cœur n'est pas de pierre au point de vous abandonner au sort que Louis vous réserve.

— Quand vous avez dit qu'ici je vivrais dans le luxe, j'ai cru…, commença Gisela avant de s'interrompre sous le coup de l'émotion.

— Je sais ce que vous avez pensé, assura Aliénor. Même si prendre époux à Constantinople présenterait certains avantages, je ne vous abandonnerai pas.

Gisela se jeta aux pieds de sa maîtresse.

— Merci, Majesté ! Merci !

— Allons, relevez-vous ! ordonna sèchement la reine. Les femmes qui me servent ne sont pas des chiffes molles. Rendez-vous utile. Nos coffres de voyage sont prêts, mais nous pourrions être obligées de voyager léger. Prenez le strict nécessaire et faites-en un baluchon, puis tenez-vous sur le départ. Il se pourrait que nous partions plus tôt que prévu.

Geoffroy revint vers midi avec six sergents habillés en civil – une tunique dissimulant leur cotte de mailles.

— J'ai loué un bateau aux Génois, annonça-t-il. Nous avons peu de temps. Ils n'ont pas essayé de nous arrêter par la force, mais ils pourraient changer d'avis. Plus tôt nous aurons gagné l'autre rive, mieux ce sera.

— Nous sommes prêtes, lança Aliénor.

Elle attacha son manteau et, faisant signe à ses caméristes de la suivre, emboîta le pas à Geoffroy.

En bas de l'escalier, un des eunuques de l'empereur leur barra la route, mais Geoffroy lui montra le clair de son épée, et le sbire ne tarda pas à s'écarter en baissant les yeux. Les gardes en faction à la porte firent des difficultés pour les laisser passer et prétendirent ne pas comprendre leur langue, y compris sous la menace. C'est alors qu'Aliénor eut une idée. Se tournant vers Marchisa, elle dit :

— Dites-leur que je vais voir le roi au sujet des préparatifs de mariage du neveu de l'empereur et que je saurai me montrer généreuse s'ils me laissent passer.

Marchisa transmit le message en grec à grand renfort de gestes et de supplications, sans oublier le pot-de-vin qu'elle leur remit sous la forme d'un coffret à bijoux rempli d'anneaux en or qu'Aliénor avait reçus en cadeau de l'impératrice Irène.

Les bijoux changèrent de propriétaire en un éclair, puis les gardes les firent sortir par une porte dérobée. Plus loin, deux bateaux de pêche à fond plat levaient l'ancre, n'attendant plus qu'eux pour larguer les amarres.

Le cœur d'Aliénor battait contre sa poitrine lorsque Geoffroy lui prit la main pour l'aider à monter à bord. Sa force la rassura, et elle lui lança un regard plein de reconnaissance.

Les soldats prirent les rames et s'éloignèrent de la berge pour rejoindre une galère génoise chargée d'hommes du contingent d'Apulia. À bord se trouvait le frère de Louis, Robert de Dreux. Il était en grande discussion avec les capitaines.

— Grâce à Dieu, vous voilà, Majesté ! s'exclama-t-il lorsque Aliénor embarqua.

Se tournant vers Gisela, il ajouta :

— Vous êtes en sécurité à présent, cousine.

Gisela poussa un petit cri de joie et se jeta, toute tremblante, dans ses bras.

— J'ai prié pour que vous ne me jetiez pas en pâture aux loups.

— Je ne les laisserai pas vous prendre, grommela Robert. Plutôt jurer fidélité à un chien qu'à Manuel Comnène. Que mon frère fasse comme bon lui semble, mais ils n'auront pas mon serment d'allégeance, et ils ne vous auront pas non plus.

Aliénor lui jeta un regard incisif.

— Louis a-t-il toujours l'intention de jurer fidélité ?

Robert haussa les épaules. Le navire génois descendait la Corne d'Or.

— Il le doit, s'il veut obtenir les provisions et les guides promis par les Byzantins. Mais je doute que le marché soit équitable. Je l'ai prévenu que je refuserai de prêter serment. Et quant à un hypothétique mariage entre Gisela et le neveu de l'empereur, Louis peut bien donner son accord si cela lui chante, mais il ne peut pas donner ce qui n'est pas en sa possession.

— Seriez-vous prêt à enlever Gisela ? s'enquit Aliénor en haussant les sourcils.

Robert haussa derechef les épaules.

— Je préfère appeler cela « prendre Gisela sous mon aile ».

— Vous agissez selon votre conscience, conclut Aliénor dans un vif hochement de tête. Je vous en félicite, bien que vous vous exposiez au courroux de votre frère.

— Je n'ai pas peur de lui, repartit Robert, un éclat glacial dans le regard.

Robert débarqua ses protégés au cantonnement des Français, sur l'autre rive du Bras de Saint-Georges. Puis il fit de rapides préparatifs avant de rejoindre l'avant-poste de Nicomédie, à deux journées de cheval de Constantinople, où l'attendaient ses éclaireurs.

— Madame, je suis pressé par le temps ; sinon, je vous aurais proposé de vous emmener, lança-t-il en sautant en selle.

Aliénor sourit en secouant la tête.

— Je suis capable de faire face. Bonne route, et que Dieu vous bénisse !

Elle le regarda éperonner sa monture et s'élancer avec Gisela à ses côtés. Une fois encore, Aliénor regretta que Robert ne fût pas l'aîné de son frère Louis. Sa propre tâche en eût été facilitée, et peut-être même qu'elle eût goûté un peu de bonheur en tant qu'épouse du roi Robert.

Peu après midi, Louis se présenta au logis d'Aliénor et de ses suivantes. L'épuisement avait creusé ses yeux ainsi que les rides qui reliaient les ailes de son nez à la commissure de ses lèvres. Il balaya la pièce du regard. Les suivantes faisaient les lits et transportaient de l'eau pour la toilette.

— Où est Gisela ? demanda-t-il.

— Avec Robert, répondit Aliénor. Elle est partie avec lui à Nicomédie. Elle ne souhaite pas épouser le neveu de l'empereur, et Robert a pris son parti.

— Vous les avez regardés s'enfuir sans chercher à les retenir ?

Aliénor haussa les épaules.

— Quel que soit le traité que vous ayez le projet de conclure avec l'empereur, il ne sera pas saboté par une mariée récalcitrante.

Le visage de Louis s'assombrit.

— Vous n'avez pas idée du mal que je me donne pour maintenir l'équilibre entre toutes les factions, rappela-t-il. Si je n'accède pas à la demande de l'empereur, il suspendra notre approvisionnement et nous abandonnera à notre triste sort. Si je n'accède pas aux revendications des Byzantins, mes propres barons me traiteront de lâche bouffon. Que suis-je censé faire ?

« Montrez-leur que vous êtes un homme ! » Telle était la réponse qui brûlait les lèvres d'Aliénor. Mais elle se refréna.

— J'ai conscience de la difficulté que cela représente, mais qui défend le mieux vos intérêts ? Et qui surveillera vos arrières ?

— Justement ! s'exclama Louis d'un ton sec. Faut-il que je me fie à l'empereur, qui trame en secret de me perdre tout en me léchant la main comme un chien, ou bien à mon cher frère et à ma femme, qui font exactement de même ? Lesquels méritent ma confiance ?

— Pourquoi ne posez-vous pas la question à Dieu ou à votre cher eunuque ? Vous verrez bien s'ils vous répondent…

Il la frappa en plein visage, si violemment qu'elle alla heurter le mur en chancelant.

— Voici pour votre venin ! cria-t-il, les yeux révulsés de colère. Vous n'êtes qu'une sale vipère revêtue de tous les péchés d'Ève ! Vous me dégoûtez !

Pivotant sur ses talons, il sortit en claquant la porte.

Aliénor se tint la joue. Elle s'était mordu la langue, et avait du sang plein la bouche. À compter de cet instant, elle prit Louis en sainte horreur. Oh, comme elle le haïssait ! Et comme elle avait hâte d'arriver à Antioche !

Ce soir-là, elle réunit sa Cour sans regarder à la dépense, conviant ménestrels et jongleurs, offrant nourriture et vin à profusion. Elle agissait ainsi par défi envers les Byzantins et envers son mari, qui ne daigna pas se montrer. Naturellement, Aliénor n'avait pas compté sur sa présence, et bien qu'en son for intérieur elle ne fût que larmes, elle garda la tête haute et entreprit d'éblouir tous ceux qui l'approchaient.

Geoffroy et Saldebreuil se joignirent à la fête après s'être occupés des préparatifs en vue de l'avancée vers Nicomédie. Ils trouvèrent leur reine au centre des réjouissances, se cachant derrière un masque guilleret. Elle portait une robe de soie vert foncé à brocart étoilé d'or, dont les longues manches et les jupes s'épanchaient autour d'elle tandis qu'elle dansait.

— Quelque chose contrarie notre reine, fit remarquer avec ironie Saldebreuil. Attention aux lendemains qui déchantent !

Geoffroy ne dit rien, d'abord parce que ce qu'il voyait le laissait sans voix. Il l'aimait depuis toujours. Il l'aimait déjà lorsqu'elle n'était encore que la fille chérie et enjouée de son suzerain, le duc Guillaume. Il était un très jeune homme à l'époque, un jeune homme marié et chef d'une famille qui allait en s'agrandissant. Aliénor faisait alors partie de ses proches. Puis Burgondie était morte en donnant naissance à leur quatrième enfant. Aliénor, elle, était sortie de l'enfance. À mesure que son chagrin diminuait, il avait commencé à envisager l'avenir avec elle. Le duc Guillaume, lui-même veuf, projetait de se remarier en vue d'engendrer un fils. Si ce projet avait abouti, Geoffroy aurait eu une chance d'épouser Aliénor. Le destin en avait décidé autrement, avec la mort prématurée de Guillaume. Geoffroy était suffisamment pragmatique pour accepter la situation, mais au fond de son cœur, il n'avait pas oublié son vieux rêve. Aliénor avait mûri et changé, mais – diamant à mille facettes – elle restait son Aliénor, qu'il n'avait jamais cessé de désirer.

Geoffroy, tout en n'ayant d'yeux que pour elle, rejoignit avec Saldebreuil un groupe de chevaliers en grande conversation. Aliénor tournoyait de-ci, de-là, et Rancon était fasciné par sa peau blanche, que rehaussait la splendeur de son vêtement ; il était fasciné par la souplesse de son corps et la grâce de ses mouvements. C'est alors qu'il remarqua qu'elle avait un bleu sous l'œil. Il en éprouva un malaise profond. Un seul homme avait pu la frapper – sans exercer pour autant un droit –, alors qu'il eût dû la vénérer comme une déesse. Dommage que celui-là fût son seigneur, car autrement…

Il fit brusquement demi-tour et quitta la pièce, se trouvant dans l'incapacité de prendre part à la liesse. Aliénor s'étourdissait de danse pour surmonter l'épreuve. Quant à Geoffroy, ce n'était pas sa manière de faire. Appuyé dos à une colonne, il ferma les yeux et inspira profondément, dans l'espoir de recouvrer son calme ; sans succès. Si Louis avait été là, il l'aurait étranglé.

Les vifs éclats de rire d'Aliénor lui parvinrent, ainsi que sa voix, lorsqu'elle dit à quelqu'un qu'elle ne serait pas longue. Puis il entendit son pas léger approcher comme une ombre, puis le bruissement de sa robe… Enfin, ses narines s'emplirent de la fragrance subtile de son parfum.

—Aliénor…, lança-t-il en sortant de sa cachette.

Elle poussa un petit cri de surprise. Puis, s'étant assurée que personne ne la suivait, elle s'empressa de le rejoindre.

— Pourquoi êtes-vous parti ? s'enquit-elle à mi-voix. Je voulais vous parler.

— Je suis parti parce que je n'avais plus le courage de faire semblant.

Il l'entraîna dans l'ombre, là où personne ne pourrait les voir.

— Que vous a-t-il fait ? s'enquit-il en lui caressant la joue du revers de la main.

— Cela n'a pas d'importance, répondit-elle avec impatience. Il est furieux que Robert ait emmené Gisela. Il avait besoin d'un bouc émissaire et, comme d'habitude, c'est tombé sur moi. Mais tout cela cessera dès que nous atteindrons Antioche.

— Que vous dites..., objecta Geoffroy d'une voix morne.

— Parce que c'est vrai.

Elle lui caressa la joue à son tour.

— Geoffroy...

Il la serra contre lui.

— Au contraire, cela a de l'importance... Vous n'avez pas idée d'à quel point c'est important. Cela m'est insupportable, protesta-t-il, le visage grimaçant de rage.

— Pourtant, il faudra que vous le supportiez, de même que je le supporte, car nous le devons. Nous n'avons pas le choix, du moins pour l'instant.

Il émit un son désespéré et l'embrassa, la serrant par la taille. Elle glissa ses doigts dans ses cheveux et accueillit son baiser. Geoffroy fut dévasté par la douce souffrance de ce baiser. Ils avaient joué de prudence, gardant leurs distances pendant des mois, affectant le comportement de la suzeraine et du vassal... Ce soir-là, tout se passait comme si le flot souterrain de leur amour rejaillissait à la surface, faisant craquer les berges et les emportant dans son courant jusqu'en un lieu où seuls demeuraient leurs cœurs unis dans l'enchantement du moment présent. Il s'appuya contre la colonne, souleva Aliénor et la pénétra de toute l'énergie de son amour trop longtemps lésé. Elle enroula ses jambes autour de sa taille et enfouit son visage dans son cou en sanglotant. Ce furent des instants d'éternité ; et c'était là, ils le savaient, ce que la vie avait de meilleur à leur offrir.

Chapitre 29

Anatolie, janvier 1148

Aliénor se retourna et, tout en remontant les fourrures sur sa tête, se blottit contre Gisela, en quête de chaleur.

— Il pleut ! s'exclama Marchisa après avoir passé la tête au-dehors de la tente pour emplir ses poumons de l'air frais du matin. Il se pourrait même que la pluie vire à la neige !

Aliénor grogna et s'enfouit encore plus profondément sous les couvertures. Tout le monde parlait de la chaleur brûlante de l'Anatolie, mais le froid qui sévissait sur les hauteurs vous glaçait jusqu'aux os.

Ce jour-là les attendaient l'éreintante ascension, puis le passage du mont Cadmos, sur le chemin d'Antalya, ville située au bord de la mer. La perspective de devoir chevaucher à flanc de montagne sous la neige fondue n'encourageait pas Aliénor à se lever. Si seulement elle avait pu se réveiller chez elle à Poitiers, ou à Antioche, sans avoir à voyager.

Aliénor tendit l'oreille aux bruits du camp qui s'animait au-dehors : soldats se raclant la gorge et toussant ; bribes de conversations autour d'un feu de camp ; bruit mat des sabots et hennissement des chevaux à qui l'on donnait leur ration de foin ; grincement de mauvais augure de la lame sur l'aiguisoir…

Marchisa alimenta le brasero de leur tente et disposa des portions d'agneau froid sur du pain non levé en prévision de leur premier repas de la journée. Avec beaucoup de réticence, Aliénor se redressa et frotta ses yeux encore ensommeillés. Ses mains avaient gardé l'odeur de fumée et de graisse de la veille. Le besoin impérieux d'observer le rituel de la toilette avait peu à peu fait place à la nécessité de se protéger de l'humidité et du froid. Depuis cinq jours qu'ils campaient là, elle n'avait pas même pris la peine de déballer son miroir. Quant aux robes de soie qu'elle portait à Constantinople, elles avaient été reléguées tout au fond d'un coffre.

Aliénor s'arma néanmoins de courage et se leva. Elle avait dormi avec ses chaussettes épaisses et une robe en laine sur sa chemise de nuit. Elle enfila une paire de braies en lin, auxquelles elle attacha un collant en cuir. Aliénor et ses suivantes avaient adopté ces tenues masculines depuis leur départ de Constantinople en raison du confort et de l'aisance qu'elles offraient dans l'hiver naissant et en milieu hostile. Amusé, Geoffroy de Rancon les avait surnommées les Amazones, lorsqu'il les avait vues pour la première fois dans leurs accoutrements, un jour qu'il aidait Aliénor à monter en selle. Le surnom était rapidement entré dans le jargon des soldats. Seul Louis y avait trouvé à redire, affirmant que ce n'était pas digne de la reine de France et que cela ne manquerait pas de rejaillir sur lui et de ternir son image. Mais puisque Aliénor et ses suivantes portaient sur leur collant de cuir des robes en tout point respectables, et dans la mesure où cela leur permettait de maintenir l'allure, il laissa faire sans y accorder plus que quelques regards de travers.

Aliénor se couvrit la tête et alla jeter un coup d'œil dehors. Une fumée âcre montait des feux de bois sur lesquels on cuisait la nourriture à l'abri des auvents. Elle remarqua quelques flocons blancs mêlés à la pluie et en déduisit qu'il neigerait en altitude. Tandis qu'elle se tenait là, à songer à la sombre perspective d'une chevauchée dans le mauvais temps, un détachement de sentinelles nocturnes rentra au camp.

— Les Turcs sont là-haut, entendit-elle dire par un soldat à ses hommes assemblés autour d'un brasier. Ils vont tourner comme des vautours en attendant leur heure, les démons ! Nous avons trouvé encore deux cadavres de soldats du Saint Empire. Ils ont été massacrés et dépouillés, les pauvres diables. Ils avaient le crâne enfoncé, la tête réduite en compote.

Aliénor eut un haut-le-cœur. Jetant un coup d'œil en arrière, elle comprit que Marchisa avait entendu. Par chance, Gisela et les autres étaient trop occupées à s'habiller. Marchisa était de loin la plus pragmatique et la plus réaliste de toutes. Rien – ni le vent, ni la maladie, ni la pénurie de vivres – ne l'incommodait au long de leur laborieux périple à travers les grandes étendues désertiques et inhospitalières de l'Anatolie. Le fait qu'ils soient restés perdus pendant une demi-journée à cause de leurs guides byzantins qui les avaient abandonnés ne l'avait guère déstabilisée. En outre, elle avait exercé une influence rassérénante sur tout l'entourage de la reine, y compris sur Aliénor ; notamment lorsqu'il s'était avéré que l'empereur Manuel leur avait menti depuis le début. Contrairement à ce qu'on leur avait affirmé à Constantinople, l'armée du Saint Empire avait en réalité été décimée par les Turcs. Les croisés avaient rebroussé chemin, laissant derrière eux une route jonchée de cadavres. En l'absence de sépultures, les corps se décomposaient lentement là où ils étaient tombés. Jour après jour, les Français passaient devant ces lugubres balises, témoignages funestes d'une tragédie causée par la fourberie de Manuel Comnène. Le désert s'était refermé comme un piège sur eux. Les guides promis leur avaient faussé compagnie dès les premiers jours, et l'approvisionnement en nourriture s'était tari. Les Français n'avaient d'autre choix que d'organiser des expéditions dans le but de trouver à manger, dressant contre eux les populations locales et s'exposant aux attaques des Turcs. Chaque jour apportait son lot de victimes et d'angoisse grandissante. Ils auraient dû célébrer Noël à Antioche, mais ils étaient encore à six semaines de marche de leur objectif. En prime, il leur restait le long passage semé d'embûches du mont Cadmos.

Geoffroy chevauchait en tête de l'avant-garde en compagnie de l'oncle de Louis, Amédée de Maurienne. Aliénor craignait pour la sécurité de Geoffroy, mais elle n'en laissa rien paraître. Ils redoublaient de prudence depuis leur brève incartade, car ils étaient tous deux conscients du risque encouru et de leur vulnérabilité.

Elle retourna sous la tente. Gisela enfilait, en grelottant, une pelisse doublée de fourrure. L'ourlet était poussiéreux, et le poil, qui avait été d'un roux chatoyant, était à présent emmêlé et sale.

— Je n'ai aucune envie de franchir cette montagne, déclara-t-elle d'un ton grincheux.

— Ce pourrait être pire, nuança Aliénor, avec une pointe d'exaspération. Vous auriez pu rester à Constantinople pour épouser le neveu de l'empereur !

Gisela fit la moue et acheva de s'habiller en silence.

Louis fit son apparition tandis que ces dames attendaient qu'on leur apportât leurs montures.

— Restez en formation et ne traînez pas ! les mit-il en garde. Je veux que tout le monde soit de l'autre côté avant la tombée de la nuit. Pas d'imprudence.

Aliénor le dévisagea avec irritation. Craignait-il qu'elles s'arrêtent pour cueillir des fleurs à flanc de montagne par ce froid glacial, sans compter les archers turcs qui rôdaient dans les parages et les risques d'accident ?

— J'ai donné l'ordre à l'avant-garde d'ouvrir l'œil et d'attendre au sommet du col que le reste des troupes suive.

Sur ces paroles, Louis hocha brusquement la tête, fit faire demi-tour à son étalon et traversa le cantonnement en sens inverse, se penchant d'un côté et de l'autre pour distribuer ses ordres et remonter le moral des troupes. Le voyant faire, Aliénor fut forcée de reconnaître que, malgré tous ses défauts et sa violence à son égard, il montait à cheval et savait galvaniser ses hommes comme personne, quand il s'en donnait la peine. C'était un solide bretteur qui croisait le fer avec discipline et grâce. La virilité qui émanait de lui lorsqu'il était en selle était tout ce qui pouvait encore provoquer chez Aliénor une étincelle de désir à son endroit.

Saldebreuil amena Serikos jusqu'à la tente de la reine, alors en cours de démontage. Un long et épais tapis de selle lui recouvrait la croupe. Le valet d'Aliénor avait accroché à la selle l'arc et le carquois de sa maîtresse. Tout le monde portait une arme, y compris les plus démunis des non-combattants, qui disposaient au moins d'un couteau ou d'un gourdin.

— Messires de Rancon et de Maurienne se sont déjà mis en route avec les éclaireurs, annonça Saldebreuil, tout en aidant Aliénor à monter en selle. Le gros des troupes devra faire vite pour ne pas se laisser distancer. Les éclaireurs devront attendre un bon moment au sommet s'ils prennent trop d'avance.

— Ils savent ce qu'ils ont à faire, répliqua Aliénor en prenant les rênes. Plus tôt nous arrivons là-haut, mieux cela vaudra pour tout le monde.

Suivie de ses dames d'honneur, Aliénor longea la piste caillouteuse qui s'élevait vers les hauteurs par des pentes abruptes en partie couvertes de forêt. Saldebreuil, toujours vigilant, ne la quittait pas d'un pouce, qu'il chevauchât en avant ou en arrière, en raison de l'étroitesse du sentier qui ne permettait pas de chevaucher de front.

— Place ! Faites place pour la reine ! criait-il.

Lourdement chargés, les chevaux de somme allaient cahin-caha dans l'escarpement croissant. Les pèlerins ondoyaient à la recherche du meilleur parcours, s'aidant de leurs bâtons pour progresser, pas après pas, en maudissant le mauvais temps. Aliénor donna du talon dans les flancs de Serikos pour le faire avancer. Le grésil lui battait le visage. Elle se fit un cache-nez d'une écharpe et sentit bientôt la laine s'humidifier sous son haleine, la chaleur toute provisoire de chaque expiration se transformant rapidement en un masque glacial contre sa bouche et son menton. Une seule pensée occupait son esprit : atteindre l'autre flanc de la montagne et profiter enfin du réconfort du bon feu, de l'abri et du vin mêlé de poivre et de gingembre qui l'attendaient. Chaque foulée sur la terre rocailleuse la rapprochait d'Antioche, de son oncle Raymond et de la libération.

Peu encombrée et chevauchant d'excellents chevaux, l'avant-garde fit une avancée rapide vers le sommet. Geoffroy de Rancon et Amédée de Maurienne faisaient en sorte de garder leurs hommes en rangs serrés. Parfois, ils entendaient les youyous des Turcs qui les suivaient comme leur ombre et n'avaient cessé de les harceler sans se montrer depuis la traversée du Bras de Saint-Georges. Quelques flèches lancées par intermittence depuis les arbres dessinaient une large courbe avant de retomber très loin d'eux – piètre tentative d'intimidation. Quoi qu'il en fût, ce n'était pas rassurant. Les Turcs n'étaient pas la seule menace. Certains, dans le gros des troupes, eussent préféré voir Geoffroy six pieds sous terre. Ce dernier savait ce que l'on murmurait dans son dos : il était le toutou de la reine et l'on ne pouvait pas se fier à lui. Geoffroy y voyait l'expression des préjugés des nobles du pays d'oïl à l'égard d'un seigneur du pays d'oc qui se sentait davantage redevable envers sa dame qu'envers le roi de France.

C'était pourquoi ils l'avaient mis avec Amédée de Maurienne à la tête de l'avant-garde en vue du passage du col. Oncle du roi, ce dernier était considéré comme un chef expérimenté et digne de confiance.

Geoffroy n'ignorait pas que si l'intimité qui le liait à la reine venait à être découverte, il serait jugé pour haute trahison puis exécuté. Aliénor elle-même partagerait peut-être ce sort-là, à moins qu'elle ne croupisse en prison jusqu'à la fin de ses jours. Son propre sort lui importait peu, mais celui d'Aliénor lui causait grand souci. Il résolut, par conséquent, de garder ses distances, si pénible que cela lui fût. Leurs ébats de Constantinople l'avaient plongé dans la tourmente. Il rougissait d'avoir perdu la maîtrise de lui-même et du risque qu'il faisait courir à sa bien-aimée. Hormis cela, ç'avait été un pur bonheur. Il n'avait pas eu le sentiment de trahir Louis, parce qu'il chérissait déjà Aliénor de toute son âme bien avant qu'elle n'épousât le roi. Elle avait assuré qu'à Antioche tout serait différent. Il ne voyait pas comment cela serait possible, mais puisqu'ils approchaient du but, il serait bientôt fixé.

Le vent lui envoya une bourrasque de grésil en pleine figure. Plus ils avançaient, plus ils avaient froid, et plus ils étaient exposés au danger. Des nuages poussés par le ven formaient d'épais rideaux de neige qui leur bouchaient l vue. Les attaques intermittentes cessèrent, mais le mauva temps continua de leur mener la vie dure. Le sommet sembl s'élever à l'infini. Geoffroy ralentit avant de faire halte p tendre l'oreille aux grelots des poneys de bât et aux ap des cornes de brume qui montaient de la masse diffi manœuvrer du gros des troupes. Le son était à peine au et variait en fonction de la direction du vent, lequel po des cris d'orfraie à glacer le sang. Impossible d'éva distance qu'il restait à parcourir avant de parvenir au s Leur porte-étendard enfonça le mât dans le sol pe

de la montagne, et les pointes de l'étendard, décolorées et effilochées par un long et dur périple, claquèrent au vent. Geoffroy retira une de ses mitaines en peau de mouton, fouilla dans sa sacoche à la recherche de son outre et but. Le goût aigre et tannique du vin lui arracha une grimace ; il recracha l'affreux vinaigre par-dessus le garrot de sa monture. Maurienne, quant à lui, se blottit dans son épaisse fourrure d'écureuil. Le bec osseux qui lui servait de nez lui donnait des airs de vautour renfrogné.

Geoffroy rabattit sa capuche que le vent venait de rejeter en arrière pour la énième fois. Pour couronner le tout, il avait des maux de dents. Les tourbillons de neige l'obligeaient à garder les yeux mi-clos. Il chercha un abri sous un gros rocher. Mais son étalon baissa la tête et fit le dos rond, ramenant sa queue entre ses pattes.

— Jésus-Marie-Joseph ! marmonna Maurienne, les yeux larmoyants de froid, d'ici à ce que les autres nous rejoignent, nous serons morts de froid.

Geoffroy tourna ses yeux vers lui. L'oncle du roi n'était plus un jeune homme, et bien qu'il ait été en excellente forme à leur départ, la rudesse prolongée du voyage avait éprouvé sa santé.

— Nous pourrions chercher abri plus bas sur l'autre flanc, suggéra Geoffroy. Nous pourrions planter nos tentes et allumer des feux pour recevoir les autres.

Maurienne parut dubitatif.

— Le roi a donné l'ordre d'attendre ici afin que nous redescendions tous ensemble.

— Je ne crois pas qu'il avait idée de la violence des éléments. C'est de la folie de rester à geler ici. Je doute de pouvoir tenir mon épée, s'il le fallait.

Le vent changea de nouveau de direction, leur apportant le bruit des sabots ripant sur le roc et, derechef, l'appel des cornes de brume des éclaireurs.

— Je suppose qu'ils ne sont plus bien loin, lança Maurienne. Sans ce fichu temps, nous pourrions les voir à présent.

— Certes, mais il n'y a pas assez de place ici pour contenir toute une armée ; par conséquent, nous devrions reprendre la route et établir le camp.

— Oui…, lâcha Maurienne d'un ton hésitant en caressant ses blanches moustaches.

Mais il n'eut pas le temps de finir sa phrase : une autre rafale de grésil emporta la décision. Il fit venir un écuyer et l'envoya établir le contact avec l'arrière.

Poussant un soupir de soulagement, Geoffroy ordonna au porte-étendard de reprendre la flamme et de faire route vers les régions abritées de la vallée.

— Place ! Faites place à la reine ! s'exclamait encore et encore Saldebreuil d'une voix légèrement plus rauque à présent.

Le sentier devenait beaucoup plus abrupt et plus caillouteux à mesure qu'ils progressaient. Aliénor et ses suivantes avaient mis pied à terre lorsque leurs chevaux étaient devenus nerveux. Plusieurs cavaliers et leurs montures avaient chuté sous leurs yeux, ne faisant qu'ajouter au nombre des blessés et au poids du chargement réparti entre tous.

Le petit cheval gris de Gisela ne cessait de vouloir faire demi-tour et ne devait d'avancer qu'aux petits coups de cravache qu'on lui donnait. Il finissait, certes, par obéir, mais non sans rouler des yeux d'un air affolé. Quant à Aliénor, elle faisait avancer Serikos en faisant claquer sa langue et en lui donnant de petits morceaux de pain, ainsi que des dattes séchées en guise d'encouragement. En retour, il lui réchauffait l'épaule de ses naseaux velus. Cela la consolait un peu de la dureté assassine des pierres. Malgré le mauvais temps, le froid et les privations, le lien qui l'unissait à l'animal lui apportait une certaine satisfaction dans cette aventure. C'était une gageure que d'aller de l'avant, de parvenir à se frayer un chemin à travers les rangs. Enfant, elle avait fait la course contre les autres gamins du palais. C'était à celui qui arriverait le premier en haut de la colline. Elle éprouvait un peu la même exaltation à présent, du fait de repousser les limites de sa propre endurance et de ses forces.

Soudain, une flèche fendit l'air en sifflant et vint se ficher dans la poitrine d'un homme qui se tenait devant Aliénor, le renversant à terre. Étendu sur la piste, il frappa le sol à répétition avec ses talons et fut pris de tressautements, en proie aux affres de l'agonie. Son cheval tira d'un coup sec sur les rênes demeurées prisonnières de son coude et s'élança à rebours des marcheurs, surprenant Serikos et manquant de peu de renverser Aliénor. Puis une pluie de flèches s'abattit sur eux, semant mort, mutilations et vent de panique.

Aliénor prit Serikos par la bride à hauteur du mors et passa sous son menton. Son but était de gagner son autre flanc pour prendre sa tunique matelassée qui se trouvait dans sa sacoche. Les cris des Turcs étaient tout proches à présent. Elle vit surgir un turban de derrière un rocher. Un Sarazin se dressait pour décocher une flèche à un poney de bât chargé comme une mule. L'impact de la pointe acérée n'abattit pas immédiatement l'animal qui fit quelques pas pesants et chancelants avant de s'effondrer sur des pèlerins, créant un charivari sans nom. Déjà le Turc encochait une autre flèche.

— Dieu du ciel ! jura Saldebreuil. Où sont passés Rancon et Maurienne, nom d'un chien !

Aliénor frémit. Elle eut une affreuse vision : le corps de Geoffroy étendu mort sur la rocaille dans son équipement matelassé. Et si l'avant-garde avait subi une attaque destructrice ? Assurément, le bruit du combat lui serait parvenu, ainsi que le son de leurs cornes de brume appelant à l'aide. Mais où diable étaient-ils ?

Des pèlerins hurlaient et couraient en tous sens avant d'être rattrapés et égorgés. Serikos se jeta en avant et fit mine de ruer. Elle vacilla contre son épaule. Des guerriers turcs bondirent de derrière les rochers, brandissant leur fameux cimeterre et de petits boucliers circulaires. Saldebreuil et un autre chevalier leur livrèrent combat à l'abri de leurs grands boucliers en forme de voile de bateau. Aliénor les entendit ahaner tandis qu'ils maniaient l'épée, vit les lames s'abattre et jaillir le sang pourpre du Turc aux prises avec Saldebreuil. Puis ce dernier s'occupa d'un autre assaillant. Elle empoigna Serikos par la bride et monta en selle, non sans difficulté.

— Continuez à monter ! hurla-t-elle à ses suivantes. Cachez-vous à la faveur du brouillard !

Gisela poussa un cri. Aliénor fit brusquement demi-tour et vit le petit cheval gris chanceler, une flèche enfoncée dans l'épaule, presque jusqu'à l'empennage.

— Montez en croupe derrière moi ! ordonna Aliénor.

Terrorisée jusqu'aux larmes, Gisela posa le pied sur celui de la reine et se hissa sur la croupe de Serikos. Aliénor donna du talon dans les flancs du hongre et l'exhorta à avancer. Plus vite et loin elles s'enfuiraient, plus elles auraient de chances de s'en tirer. C'était en tout cas plus sûr que de rebrousser chemin à travers les mailles acérées du filet tendu par les Turcs.

Résonnait aux oreilles d'Aliénor le violent fracas des armes, des cris des êtres humains et des hennissements des chevaux livrés au massacre qui se poursuivait en contrebas. Elle sentit monter en elle les premiers signes d'une peur panique. En arrière, Marchisa et Mamile imploraient Dieu de leur garder la vie sauve. Aliénor joignit ses prières aux leurs dans un filet de voix.

Elles arrivèrent bientôt en vue d'une jument abandonnée, dont les rênes pendaient dangereusement près de ses pattes avant. Son jeune cavalier était étendu, sans vie, en travers d'un bloc de roche. Le sang d'Aliénor se figea lorsqu'elle reconnut l'écuyer d'Amédée de Maurienne. *Dieu Tout-Puissant!* s'exclama-t-elle intérieurement. Elle balaya les environs du regard mais ne vit aucun signe du reste de l'avant-garde. Seul demeurait ce cadavre isolé. Prenant son courage à deux mains, elle para au plus pressé.

— Prenez le cheval, lança-t-elle d'un ton pressant.

Gisela secoua la tête, les yeux fixés sur la robe tachée de sang de l'équidé.

— Je ne peux pas ; c'est au-dessus de mes forces, gémit Gisela.

— Il le faut ! Serikos ne peut pas nous porter toutes les deux. Allons, pressons ! ordonna Aliénor en se saisissant de la bride de la jument.

Tout en émettant de petits gémissements désespérés, Gisela se laissa glisser de la croupe de Serikos. C'est alors qu'un Turc bondit devant elle de derrière un rocher, cimeterre en main. Les plaintes de Gisela se transformèrent en hurlements. Le Sarazin s'apprêta à frapper, mais il n'eut pas le temps d'achever son geste, car Saldebreuil, arrivant au galop, le décapita d'un coup d'épée. Deux autres chevaliers de l'escorte de la reine l'accompagnaient, en plus d'un sergent. Il mit vite pied à terre, balança Gisela sur le cheval de l'écuyer mort et remonta en selle d'un geste leste.

— Dieu sait où est passée l'avant-garde ! s'exclama-t-il dans un grognement féroce. C'est une boucherie !

Il éperonna son cheval blessé et renâclant, puis frappa la croupe de Serikos du plat de son épée sanglante.

La descente vers la vallée par l'autre versant du col fut un véritable calvaire. Les chevaux ruaient et glissaient sur le sentier escarpé et inégal. Aliénor craignait qu'ils ne basculent et ne se brisent les os sur les arêtes rocheuses. La nuée était épaisse à cet endroit. D'énormes rochers et des éboulis surgissaient soudain de nulle part. Tout se passait comme si, parvenus aux limites extrêmes du monde, ils risquaient à chaque instant de disparaître sans laisser de traces. Aliénor s'attendait à rencontrer d'autres tirs de flèches et d'autres corps d'hommes massacrés ayant appartenu à l'avant-garde. Mais il n'en fut rien. Après tout, peut-être avaient-ils tous finalement fait le grand saut?

Enfin, le sol se fit plus meuble et plus plat, les énormes rochers et les protubérances rocailleuses cédant la place à de simples éboulis. Derrière eux, les pierres dévalaient en rebondissant le flanc de la montagne, déstabilisées par leur passage et les dérapages des chevaux. Saldebreuil les mena à un trot rapide le long d'une piste jonchée de crottin frais, ce qui signifiait que des cavaliers étaient récemment passés par là. Enfin, ils parvinrent jusqu'à une vaste étendue qui s'ouvrait sur la vallée. Un torrent y faisait chanter ses eaux vives. Des soldats avaient planté des tentes et mis leurs chevaux à paître. Des volutes de fumée s'élevaient de feux de camp récents, et le décor était si idyllique et si paisible qu'Aliénor en crut à peine ses yeux. D'ailleurs, ce fut seulement lorsque les soldats de l'avant-garde virent approcher à vive allure les nouveaux arrivants qu'ils se tinrent sur leurs gardes.

— Le gros des troupes essuie en ce moment même une attaque! mugit Saldebreuil à leur intention. Retournez leur prêter main-forte, poltrons que vous êtes! On nous massacre et on nous détrousse! La reine est saine et sauve, par la grâce de Dieu. Mais qui sait dans quelles difficultés est le roi!

Un soldat courut chercher Amédée de Maurienne et Geoffroy de Rancon pendant que les autres chevaliers se précipitaient sur leur équipement et resellaient leurs montures.

— Pourquoi n'avez-vous pas attendu ? grommela Saldebreuil en s'adressant à Geoffroy, tandis que celui-ci accourait en bouclant son épée à sa ceinture. Les Turcs nous taillent en pièces sur la montagne comme des agneaux dans la bergerie. C'est votre faute, mais ce sont tous les gens d'Aquitaine qui en porteront la responsabilité !

D'olivâtre, le teint de Geoffroy vira au jaune. Sans faire la moindre réponse, il se tourna vers ses hommes et commença à crier des ordres. Maurienne était déjà sur son étalon, d'où il lançait le cri de ralliement.

— Gardez le camp ! beugla Maurienne à l'intention de Geoffroy. Parez au combat ! Je m'occupe de ces infidèles !

Sur ces mots, il s'élança ventre à terre vers le haut de la montagne.

Geoffroy serra les poings de rage. Aliénor était furieuse contre lui, mais elle n'avait pas l'intention de le chapitrer en plein désastre. Par-dessus tout, le soulagement qu'il soit en vie lui ôtait toute combativité.

— Faites ce qu'ordonne Maurienne, et le plus vite possible, lança-t-elle d'un ton sec.

Puis, sans attendre qu'on vienne l'y aider, elle descendit de cheval.

— Je jure que je ne le savais pas. J'ai pensé que ce serait une bonne idée d'établir un camp à l'abri du mauvais temps, expliqua Geoffroy.

D'une voix chevrotante, il ajouta :

— Si j'avais envisagé un seul instant une attaque des Turcs, je n'aurais jamais poussé jusqu'ici. Je ne mettrais jamais votre vie en danger.

— Cependant, vous l'avez fait, objecta-t-elle, tremblant encore à cause des événements. Votre décision est lourde de conséquences. Si vous avez fait préparer une tente, comme vous le prétendez, faites-nous-y conduire par votre écuyer.

— Madame…

Elle serra les mâchoires et se détourna pour ne pas le gifler ou fondre en larmes dans ses bras.

L'écuyer de Geoffroy conduisit Aliénor et ses suivantes jusqu'à une tente située au centre du cantonnement. Une marmite de ragoût mijotait doucement sur un brasero. Des peaux de mouton tapissaient le sol, et plusieurs bancs avaient été disposés en cercle autour des braises. Marchisa, toujours pleine de bon sens, prépara une tisane et posa une toison de laine sur les épaules de Gisela, qui claquait des dents.

Aliénor entendit Geoffroy hurler des ordres à pleins poumons et des hommes s'activer pour les mettre à exécution. Elle essaya de se calmer, mais, intérieurement, elle dévalait encore le chaos rocheux et les éboulis, avant le choc final. Dieu merci, Geoffroy était vivant! Par la grâce de ce même Dieu, ils n'avaient pas trahi le lien qui les unissait. Mais son erreur de jugement aurait des conséquences terribles, à la fois sur toute leur entreprise et pour lui. Elle se sentit mal. Elle but sa tisane et sortit porter secours aux survivants qui se traînaient jusqu'au camp, hagards, perdant leur sang et ne sachant plus à quel saint se vouer.

Tandis que la nuit tombait, un flot régulier de pèlerins exténués continua d'arriver, puis ce fut le tour des soldats de l'arrière-garde qui s'éparpillèrent au pied de la montagne en une multitude désordonnée. Nul n'avait vu le roi. Certains affirmèrent l'avoir vu, avec son garde du corps, voler au secours de leurs compagnons, alors aux prises avec les assaillants. Mais ils ne l'avaient pas revu depuis.

Robert de Dreux arriva, le bouclier quasiment en pièces, son destrier blessé à l'arrière-train et éclopé. Amédée de Maurienne était avec lui, manifestement ébranlé.

— Nous n'avons pu trouver le roi, annonça-t-il d'une voix grelottante. Les Turcs infestaient la montagne, pillant et massacrant.

Aliénor reçut la nouvelle avec effroi mais ne tarda pas à se reprendre. Louis n'était pas le meilleur capitaine qui fût, mais en matière d'habileté au combat dans les moments critiques et pour ce qui était d'avoir de la chance, il n'avait pas son pareil.

— Dieu le protège ! Dieu nous protège tous ! s'exclama Robert en se signant.

Il était secoué de frissons et avait les yeux hagards et sombres. Si Louis ne rentrait pas, Robert de Dreux deviendrait immédiatement roi de France. L'atmosphère était des plus tendues. Aliénor n'ignorait pas l'ambition qui dévorait son beau-frère. Elle remarqua également les égards empressés dont il faisait d'ores et déjà l'objet, chacun se demandant s'il oserait le premier mettre un genou à terre pour lui prêter serment d'allégeance.

Si Louis avait péri, elle n'était plus reine de France. La femme de Robert, Harvise, porterait ce fardeau à sa place. Elle pourrait retourner en Aquitaine avec sa fille et épouser enfin l'homme de son choix. Cette perspective s'apparentait à une porte de prison qui s'ouvre, mais elle n'osa y croire et recula, comme si elle avait posé la main sur du fer chauffé à blanc.

Des retardataires continuèrent d'arriver tout au long de la soirée. Les gardes étaient nerveux, se provoquant mutuellement, craignant que les Turcs ne profitent de l'obscurité pour encercler le camp. Les nuages, de ce côté-ci de la montagne, étaient clairsemés, et les étoiles brillaient comme des éclats de cristal de roche dans la nuit glaciale.

Aliénor était accroupie auprès d'un chevalier blessé, lui dispensant des paroles de réconfort, lorsqu'elle entendit crier de plus en plus fort :

— Le roi ! Le roi est là ! Dieu soit loué ! Dieu soit loué !

Elle se dressa sur ses jambes, se cramponna à son manteau et ouvrit de grands yeux. Elle avait à la fois espéré et craint son retour. Elle s'était attendue à ce qu'il vainquît et en sortît vivant, mais ses pensées, à cet égard, étaient ambiguës. Elle accourut en direction des éclats de voix avant de s'arrêter net. Louis, sale, débraillé et éclaboussé de sang, chancelait, bien qu'il écartât les jambes pour garder l'équilibre. Têtes baissées, Geoffroy de Rancon et Amédée de Maurienne se prosternaient à genoux devant lui.

— Où étiez-vous ? demanda le roi. Vous êtes fautifs. Vous vous êtes enfuis ventre à terre, ne songeant qu'à votre propre sécurité. Vous vous êtes cachés comme des lâches et nous avez abandonnés, moi et mes hommes, à une mort certaine. Warenne, Breteuil, Bullas : charcutés à mort sous mes yeux. C'est une perfidie qui équivaut à de la haute trahison !

— Sire, nous ne savions pas, plaida Maurienne. Nous pensions que la voie était libre. Si nous avions su, nous ne serions pas descendus établir le camp.

— Vous avez désobéi à mes ordres, et des hommes, dont vous n'êtes pas dignes de prononcer le nom, sont morts aujourd'hui à cause de votre incompétence et de votre couardise.

— Je donnerai ma vie pour toi, neveu, si tu me le demandes, offrit Maurienne.

Louis posa sur ses deux vassaux un regard pénétrant.

— J'incline à accepter ton offre, lança-t-il d'une voix rageuse. Vous ne valez ni l'un ni l'autre le contenu d'un pot de chambre ! Vous êtes tous les deux en état d'arrestation. Je réglerai votre sort demain matin. Recommandez votre âme à

Dieu ! Ma garde personnelle s'est sacrifiée pour me protéger. Les corps de mes hommes gisent là-haut, dans la montagne, dépouillés et tués par les infidèles.

D'une voix rageuse et triste, il ajouta :

— Vous avez à jamais leur sang sur les mains, m'entendez-vous ? À jamais ! s'exclama-t-il en levant ses poings sales et tachés de sang, pour donner plus de poids à ses propos.

Puis il les abaissa d'un geste las.

— Apportez-moi les cartes ! ordonna-t-il enfin. Trouvez-moi Galeran. S'il est encore en vie.

Pointant du doigt la tente de Maurienne, il conclut en disant :

— Je prendrai celle-ci pour mon usage. Qu'on se charge des préparatifs.

Geoffroy et Maurienne furent emmenés de force à travers une foule qui réclamait qu'on les pendît sur-le-champ, surtout Geoffroy. Les hommes leur crachaient au visage et les invectivaient tandis qu'ils passaient sous les cris de « Déshonneur ! » et « Trahison ! » Le cœur d'Aliénor se mit à battre à tout rompre. S'enveloppant dans son manteau, elle se précipita jusqu'à la tente que Louis venait de réquisitionner et força le barrage des hommes en armes.

— Mon époux ! s'écria-t-elle, recourant à une formule familière, en laissant retomber les battants de toile derrière elle.

Il se tenait au centre de la tente. Le visage dans les mains, secoué de sanglots. Il fit un brusque quart de tour et leva la tête. Ses joues crasseuses étaient striées de larmes.

— Que voulez-vous ? lança-t-il brutalement.

Elle releva le menton. L'heure n'était pas aux effusions. Pas le moins du monde. Ils avaient passé ce cap-là depuis longtemps.

— Contente de vous revoir en vie. Je suis navrée pour les chevaliers perdus au combat, mais vous ne pouvez pas faire pendre votre oncle et mon sénéchal au petit jour. Et vous devez vous assurer que vos hommes n'en feront rien non plus ce soir.

— Essaieriez-vous encore de me manipuler ? demanda-t-il en montrant les dents. Ne me dictez pas ma conduite.

— Je me borne à vous dire que si vous les faites exécuter, vous déclencherez un affrontement entre nos troupes respectives qui achèvera ce que les Turcs ont commencé.

Se redressant de toute sa hauteur, elle ajouta :

— Geoffroy de Rancon est mon vassal. C'est à moi qu'il appartient de le châtier. Je ne vous laisserai pas le pendre.

— Ils ont désobéi à mes ordres, répéta Louis avec rage. À cause de leur indiscipline, mes hommes – mes amis – ont été massacrés. J'agirai comme bon me semblera.

— Ils ont fait ce qu'ils croyaient être leur devoir. Ils ont commis une erreur de jugement. C'était une sottise, non de la trahison. Vous n'avez aucun droit de justice sur Geoffroy, parce qu'il est mon vassal. Si vous vous entêtez, alors le contingent d'Aquitaine se soulèvera contre vous. Souhaitez-vous vraiment prendre ce risque ? D'ailleurs, si vous faites pendre Geoffroy, vous devrez également faire pendre votre oncle – le propre frère de votre mère ! –, parce qu'ils sont tous deux responsables. Y êtes-vous disposé, Louis ? Les ferez-vous tous deux se balancer au bout d'une corde ? Comment vos hommes verront-ils cela ?

— Vous ne savez rien ! s'exclama-t-il dans un sanglot. Que n'étiez-vous à ma place, tandis que vos amis se faisaient tailler en pièces sous vos yeux ! Vous seriez moins prompte à voler au secours des traîtres ! Ma garde personnelle a donné sa vie pour préserver la mienne, pendant que Maurienne et Rancon se chauffaient le derrière au coin du feu et prenaient leurs aises.

Tout cela est arrivé par leur faute, tout ! Si vous aviez un peu d'amour pour moi, vous me soutiendriez dans cette affaire, au lieu de dresser des obstacles sur mon chemin.

— Vous avez une fâcheuse tendance à considérer la raison comme un obstacle. Si vous faites pendre ces hommes, vous vous priverez de deux capitaines d'élite et de tous leurs vassaux, qui ne se rallieront plus sous votre bannière. Ce qui veut dire que vous n'aurez que vous-même à blâmer, quand ce qu'il restera de votre armée se désintégrera sous vos yeux.

— Taisez-vous ! cria-t-il en la menaçant de son poing ensanglanté.

Aliénor passa outre à cet ordre.

— Encore une fois, si vous faites cela, vous vous condamnez vous-même, acheva-t-elle d'une voix posée mais ferme.

Puis elle lui tourna le dos et sortit de la tente.

Elle entendit retentir à l'intérieur le fracas d'un objet qu'on renverse de colère. *Un homme digne de ce nom ne se laisserait pas aller à un caprice d'enfant*, pensa-t-elle. Ce geste ne fit qu'accroître son mépris, ainsi que sa crainte quant à l'avenir proche.

Aliénor se rendit, en compagnie de Saldebreuil, auprès de Geoffroy et d'Amédée de Maurienne. Un attroupement de chevaliers et de sergents, tous survivants de l'arrière-garde, s'était formé devant la tente où ils avaient été consignés. Ils les insultaient, dirigeant surtout leurs invectives contre Geoffroy.

— Geoffroy le Pleutre !

— Poltron du Poitou !

Telles étaient, pour les moindres d'entre elles, les insultes qui volaient.

Des refrains menaçants qui réclamaient leur pendaison se faisaient entendre par intermittence, tandis que d'autres soldats venaient grossir la foule.

— Trouvez Évrard des Barrès[1]. Vite ! ordonna Aliénor à Saldebreuil.

Ce dernier donna des ordres à l'un de ses hommes, puis, à l'aide d'une poignée de chevaliers de la garde royale, il créa un corridor, afin de permettre à Aliénor d'approcher de la tente.

— Faites place à la reine ! beugla-t-il. Faites place !

Les soldats reculèrent brusquement, mais Aliénor les entendit marmonner et ressasser leur fiel. Le danger était bien réel. Devant l'entrée, elle s'arrêta, prit une grande inspiration, puis écarta enfin les battants.

Geoffroy et Maurienne étaient assis à une table à tréteaux, où ils partageaient un pichet, une miche de pain rassis et une croûte de fromage, le tout posé sur un plateau. Ils tournèrent vers elle leurs visages tendus et se levèrent pour la saluer.

Aliénor savait qu'elle ne devait trahir ses émotions en aucune manière et sous aucun prétexte.

— J'ai parlé au roi, commença-t-elle. Il est furieux, mais j'ai la conviction que, le moment venu, il vous épargnera tous les deux.

— Alors il nous faut avoir foi en votre conviction, madame, dit Maurienne. Mais qu'en est-il de ceux-là ? s'enquit-il en désignant l'accès de la tente d'un geste de la tête.

À ce moment, un objet vint heurter la paroi de toile dans un bruit mat. *Une pierre*, pensa Aliénor. Les vociférations devinrent de plus en plus fortes.

— Les secours arrivent, répondit-elle, en priant pour que ce fût vrai et en espérant que Louis entendrait raison d'ici au lendemain matin.

1. Maître du Temple de 1149 à 1152. (*NdT*)

— Eh bien, si les secours viennent des Français, c'est la corde ! répliqua Geoffroy d'un air sombre. Et si vous avez fait appeler nos hommes, les factions vont s'entre-tuer.

— Faites-moi la grâce de m'accorder davantage de bon sens que cela ! J'ai envoyé chercher les Templiers.

Une lueur de soulagement traversa le regard des deux prisonniers, puis Geoffroy fit un geste de dénégation et dit :

— Peut-être qu'au fond nous méritons de mourir.

— Vous avez assez fait de bêtises jusqu'à vos vieux jours sans qu'il soit la peine d'en ajouter, le tança-t-elle, transformant sa peur en colère. Lorsque nous atteindrons Antioche, messire, je vous renverrai en Aquitaine.

Il allait protester, mais elle l'en dissuada d'un geste de la main.

— Ma décision est prise. Là-bas, vous me serez bien plus utile, ainsi qu'à l'Aquitaine.

Geoffroy la regarda, stupéfait. Des larmes brillaient dans ses yeux.

— Ce sera ma disgrâce publique !

— Non, imbécile, vous aurez la vie sauve, même si vous semblez désireux de la perdre. Tendez l'oreille…

Elle indiqua les battants de la tente.

— Ils vous transformeront en bouc émissaire. Et l'un d'entre eux vous poignardera dans le dos avant la fin du voyage. Il en va autrement pour messire de Maurienne. Il est l'oncle du roi, et ils diront qu'il vous a suivi. S'ils ne peuvent pas vous pendre aujourd'hui, ils trouveront le moyen de vous assassiner. Je ne laisserai pas cela arriver à… à l'un de mes grands vassaux. Par ailleurs, j'ai besoin de vos bras pour préparer l'Aquitaine en prévision de mon retour. Tant de choses auront changé…, acheva-t-elle en haussant les sourcils pour souligner l'importance de sa décision.

— Madame, de grâce… Ne m'éloignez pas…

Il posa sur la reine des yeux implorants. Puis il baissa la tête, résigné.

— Il le faut. Je n'ai pas le choix, assura Aliénor avec angoisse.

Un silence oppressant tomba. Geoffroy le rompit.

— Puisque tel est votre souhait, je vous dois obéissance, et vous obéirai, mais à contrecœur.

Maurienne avait assisté en silence à l'entretien sans en perdre une miette. Si bien qu'Aliénor se demanda s'ils ne s'étaient pas trahis.

— La reine parle avec sagesse, fit remarquer l'aîné des deux hommes. Je survivrai à l'épreuve, mais vous êtes beaucoup plus exposé ; vous avez des ennemis. Il est préférable pour tout le monde que vous partiez.

Dehors, les cris et les invectives s'étaient tus. À leur place résonnait le bruit du pas lourd des soldats et du cliquetis des armes. Aliénor sortit devant la tente. Une colonne de chevaliers et de sergents du Temple prenait position face à la multitude, le bouclier en position haute et la main à l'épée.

— Majesté, salua leur capitaine, Évrard des Barrès, en s'inclinant avec raideur.

Aliénor lui rendit son salut avec une raideur toute semblable.

— Messire, je vous demande de tenir ces hommes sous bonne garde. Je crains pour leur vie. Le sang risquerait de couler parmi nous s'il leur arrivait malheur d'ici à ce que le roi se soit définitivement prononcé. Nous avons assez de problèmes sans en créer d'autres.

Barrès l'observa de son œil noir pénétrant. Les relations entre la reine et le templier n'avaient jamais été très cordiales. Mais ils étaient tous deux suffisamment pragmatiques pour s'entendre sur les plans politique et diplomatique.

— Madame, je m'engage personnellement à ce qu'il n'arrive rien de fâcheux à ces hommes.

Aliénor n'ignorait pas qu'elle contractait ainsi une dette ; mais au moins, Barrès était un homme de parole. Les Templiers étaient entièrement voués à Dieu, tout en constituant le meilleur corps armé de la chrétienté.

— Merci. Je les laisse entre vos mains expérimentées, messire, lança-t-elle.

Puis elle s'éloigna sans se retourner pour ne pas croiser le regard de Geoffroy. La tradition voulait que la reine jouât un rôle pacificateur. C'était très bien ainsi. Qu'elle eût le cœur brisé ne regardait qu'elle.

Après une nuit sans sommeil pleine d'angoisse, Aliénor venait de terminer ses ablutions lorsque Louis entra, la mine défaite. Il avait le teint encore plus pâle que la lumière de l'aube ce matin-là et les yeux rougis par l'épuisement et les larmes.

— J'ai décidé d'épargner mon oncle et Rancon, annonça-t-il. Les obliger à vivre dans l'opprobre sera un bien plus grand châtiment.

— Merci, répondit Aliénor d'un ton conciliant, presque morose.

Le soulagement la laissa sans force, car il eût pu tout aussi bien décider en faveur d'une exécution sans qu'elle puisse l'arrêter.

— Geoffroy devra rentrer en Aquitaine, ajouta-t-elle.

Louis acquiesça d'un brusque hochement de tête.

— Effectivement. Je ne peux le protéger de mes hommes et je ne peux plus lui confier quelque responsabilité militaire que ce soit. Les Templiers prendront la tête de l'avant-garde jusqu'au terme du voyage.

Sur ces mots, il quitta la tente sans plus de formalités. Aliénor relâcha l'air qu'elle retenait dans ses poumons. Elle ne supportait même plus son odeur à présent. Prise de nausée, elle courut vomir.

Marchisa abandonna sa tâche en cours et se précipita pour l'assister.

— Ce n'est rien, assura Aliénor en lui faisant signe de la laisser. Ça va passer.

— Je suis là, si vous avez besoin de moi, madame, la rassura Marchisa en la considérant d'un long regard pensif.

Les Templiers prirent la tête de l'armée plus tard dans la matinée. Louis gardait Maurienne près de lui. Quant à Geoffroy, Aliénor l'avait fait intégrer à son escorte, de sorte qu'ils se protégeaient mutuellement. C'était une situation à la fois douce et troublante. Chaque fois que le vent lui apportait son odeur, elle croyait défaillir, mais pas pour les mêmes raisons qu'avec Louis. Elle n'osait le frôler ni lui accorder la moindre faveur, car ils étaient sous étroite surveillance. Rien ne devait transpirer à l'extérieur. Personne ne devait se douter de rien.

Chapitre 30

Antioche, mars 1148

Aliénor et Louis entrèrent dans le bassin de Saint-Siméon à la voile par une matinée éclatante de la mi-mars. Il soufflait un petit vent doux. Le ciel était d'un bleu limpide et la mer agitée d'une houle légère. Aliénor poursuivit à pied jusqu'au port en remerciant Dieu de les avoir conduits à destination sains et saufs. Qui aurait pu prévoir que la traversée d'Antalya à Antioche, censée durer trois jours, prendrait presque trois semaines, durant lesquelles leurs embarcations seraient ballottées par une mer démontée qui les ferait dévier considérablement de leur route ? Les navigateurs byzantins avaient réclamé le prix exorbitant de quatre pièces d'argent par passager. L'autre solution eût été de cheminer pendant quarante jours en terrain difficile et hostile, ce qu'avait dû faire le reste de l'armée, bien que rendu vulnérable par la maladie et la faim.

Aliénor avait eu le mal de mer pendant tout le voyage, même lors des accalmies. Marchisa s'était occupée d'elle sans émettre de commentaire, mais son regard en disait long. Aliénor savait que, tôt ou tard, elle devrait lui avouer la vérité. Sans son aide, elle ne pourrait plus dissimuler son état encore longtemps.

Antioche était baignée par les eaux du fleuve Oronte, les remparts de la ville dressant leurs énormes créneaux sur les flancs du mont Silipios. C'était là que le vénérable saint Pierre, le premier disciple du Christ, avait vu le jour. S'y trouvait l'église où avait été forgé le mot « chrétien ». Le bâtiment – maçonné dans une cavité de la montagne – existait toujours et faisait l'objet d'une grande vénération parmi les pèlerins. Louis avait hâte d'y aller faire ses dévotions et de marcher dans les pas du gardien du paradis.

Les pensées d'Aliénor étaient davantage tournées vers son oncle, qu'elle s'apprêtait à rencontrer en vue de solliciter sa protection. En prévision de l'entretien, elle portait une dalmatique de soie rouge qui lui avait été offerte par l'impératrice Irène. Ce vêtement ample était orné de pierres précieuses, de perles et de gouttelettes d'or. Saphirs et rubis brillaient à ses doigts. Un filet à la mode égyptienne d'une extrême finesse recouvrait ses cheveux d'un halo vaporeux et gracieux. Malgré les rigueurs du voyage et sa santé quelque peu chancelante, elle était fermement décidée à saluer son oncle avec toute la dignité d'une reine.

Elle avait eu neuf ans lors de leur dernière rencontre et en avait gardé le souvenir d'un grand et jeune chevalier aux yeux d'un bleu profond et aux cheveux du même blond doré que les siens. Elle était pleine d'appréhension à l'idée d'entamer une nouvelle phase de sa vie, phase qui n'incluait pas Louis, même si elle s'apprêtait, pour l'heure, à jouer son rôle de reine de France.

Ils furent accueillis par une foule qui entonnait des hymnes et semait des nuées de pétales de fleurs roses et blancs sous leurs pas.

— Espérons que cette ville n'est pas une autre Constantinople, marmonna Louis entre ses dents en faisant la grimace.

— Pourquoi le serait-elle ? rétorqua Aliénor.

Lui jetant un regard assassin, elle ajouta :

— Elle est gouvernée par le frère de mon père, et sa femme est votre cousine.

— Parce que les usages en vigueur en Orient sont corrompus. Les fioritures n'y servent qu'à dissimuler leur traîtrise en la recouvrant de dorures.

Elle tourna vers lui un regard étonné.

— Vous suspectez les vôtres de traîtrise ?

— Jusqu'à nouvel ordre, oui, répondit-il d'un air grave. Après tout, n'ai-je pas été trahi et trompé par mes proches à plusieurs reprises ?

Aliénor prit sur elle-même. *Sois patiente,* se tança-t-elle, *encore quelques jours et tu seras libre.*

— Antioche n'est pas Constantinople. Mon oncle et votre cousine sont issus de notre sol, même s'ils ont fait leur vie ailleurs. En outre, nous sommes venus les aider, c'était notre but premier.

— Mais pas le seul, rappela-t-il. Le devoir qui est le nôtre d'honorer Dieu est plus important.

Raymond les attendait avec sa femme, Constance, devant le palais. Toutes ces années passées en Anatolie avaient blanchi la chevelure de l'oncle d'Aliénor, qu'elles avaient parée de l'or blanc du blé mûr. Ses yeux bleus étaient cernés de rides profondes creusées par le soleil implacable. Il était plus grand et plus trapu que Louis. Il ressemblait tant à son père qu'elle eut envie de le prendre dans ses bras et de pleurer, blottie contre sa poitrine. Naturellement, elle s'en abstint. Constance était sensiblement plus jeune que son mari. Elle était mince et brune. Deux yeux vert pâle éclairaient ses traits délicats. Elle partageait un air de famille avec Louis, surtout le nez et les pommettes. Mais il émanait d'elle un exotisme qu'on eût cherché en vain chez Louis, comme si l'Orient coulait dans ses veines.

Leur mariage avait débuté dans le scandale et la ruse. À l'âge de vingt-deux ans, Raymond avait été invité à venir gouverner la ville en y épousant Alix d'Antioche, la veuve du comte Bohémond récemment décédé. Mais Alix était une forte tête qui n'appartenait pas en ligne directe à la lignée d'Antioche, contrairement à sa fille Constance, alors âgée de neuf ans. Voyageant incognito, afin de ne pas éveiller les soupçons de ses ennemis, Raymond s'était rendu à Antioche, officiellement dans le but d'épouser Alix, mais prenant finalement Constance pour femme et contrariant, de ce fait, les ambitions d'Alix, tout en s'élevant au plus haut rang. Bien que vivant sous la menace constante des Seldjoukides, cet homme d'une trentaine d'années continuait d'exercer sa puissance sur l'échiquier politique de la région.

— Soyez les bienvenus, lança-t-il d'une voix grave et mélodieuse dans la langue du pays d'oïl, avant de donner à Louis le baiser de paix et, enfin, l'accolade, sans toutefois s'incliner.

Puis il se tourna vers Aliénor et l'enveloppa d'un regard plein de chaleur et de compassion.

— Ma nièce ! s'exclama-t-il dans la *lenga romana*. L'enfant chérie de mon frère.

Il l'embrassa sur la joue, et Aliénor s'agrippa à lui comme une naufragée à qui l'on vient de jeter un filin.

— Vous ressemblez tant à mon père, dit-elle d'une voix tremblante.

Raymond sourit, dénudant ses belles dents blanches.

— Je suppose que la comparaison est à mon avantage. Nous sommes heureux de vous voir et apprécions votre aide. J'espère que vous trouverez Antioche agréable.

— Je m'y sens déjà chez moi, répondit Aliénor, la gorge serrée par l'émotion.

Se tournant vers la jeune épouse de son oncle, elle lui donna également l'accolade. La jeune femme baignait dans un halo d'encens à l'arôme fumé et épicé. Louis ne desserrait pas les dents, mais davantage par méfiance que par hostilité.

— Mes hommes ont pris la route des terres et seront là dans un peu moins de deux semaines, déclara-t-il. C'est donc nous qui serons sous votre protection en attendant leur arrivée.

Raymond haussa les sourcils avec bonhomie.

— Vous êtes ici chez vous, assura-t-il. On m'avait averti que vos troupes avaient emprunté la voie terrestre. J'en conclus que vous avez découvert à vos dépens le prix exorbitant auquel les Byzantins vendent leurs services !

— En effet, j'ai pu constater à mon corps défendant que la confiance et la loyauté sont plus rares que la pourpre de Tyr et la corne de licorne, répliqua Louis d'un ton maussade. Et que tout a un prix, toujours trop élevé.

— Ainsi va la vie, repartit Raymond. Bienvenue en Orient !

Pour la première fois depuis des mois, Aliénor put enfin prendre un vrai repos et se sentir en sécurité. Raymond ne cessait de lui rappeler son père, mais en mieux, en plus vigoureux, en plus énergique. Il était à l'aise avec sa propre masculinité et tenait son rang sans effort. Il ébouriffa nonchalamment ses enfants en faisant les présentations. Il y avait Bohémond, son héritier, tête blonde comme son père mais âgé de quatre ans, et deux enfants brunes : Marie, deux ans, et Philippa, qui était encore bébé. Aliénor eut un pincement au cœur lorsqu'elle vit Marie, qui portait le même prénom que sa fille. Celle-ci devait courir en tous sens à présent et apprendre à dire « maman » à d'autres qu'elle : à Pétronille et aux dames de la Cour. Comme tout cela semblait loin… On eût dit qu'une vie entière les séparait, irrémédiablement. Car un autre enfant devait être pris en considération, bien qu'il ne fût encore qu'une étincelle de vie dans le secret de son ventre.

Le palais d'Antioche n'était ni aussi vaste ni aussi luxueux que celui de Constantinople, mais il était néanmoins élégant et recélait plus de richesses que n'en possédaient les Cours d'Europe. Les sols étaient recouverts de dalles et de mosaïques iridescentes. Des fontaines de marbre déversaient leurs eaux dans des patios qui embaumaient le parfum des fleurs, et les courtisans étaient vêtus de soieries, exactement comme à la Cour de Comnène. Aliénor et ses suivantes se virent attribuer une série d'appartements dallés de marbre frais, aux hautes fenêtres à claire-voie pour briser le vent. Malgré des extérieurs semblables à ceux de Constantinople, l'ambiance différait entièrement. À Antioche, Aliénor se sentait de nouveau en pleine possession de sa puissance, de la puissance d'Aquitaine, non du royaume de France. Dans cette ville, elle représentait un pouvoir et exerçait son influence. En tant que duchesse d'Aquitaine et nièce du prince des lieux, on la traitait avec respect et déférence. On accordait du prix à ses idées et à ses aptitudes. Quant à ses façons de se vêtir et de se comporter, elles étaient considérées comme normales et appropriées. Quel contraste avec Paris et le reste du voyage ! Elle en aurait pleuré.

De fait, Antioche rappelait à bien des égards l'Aquitaine, car son oncle avait su insuffler à son palais l'énergie et les traditions de ses ancêtres. La langue officielle en usage à la Cour était la *lenga romana*. Les œuvres littéraires et la musique qui s'y répandaient appartenaient toutes au pays d'oc. Aliénor et Raymond échangèrent des souvenirs. Ceux du prince étaient antérieurs à la naissance de sa nièce et remontaient à l'époque où il grandissait en compagnie du père d'Aliénor.

Les souvenirs de cette dernière touchaient aux années qui avaient succédé au départ de Raymond.

— Je donnerais cher pour revoir une dernière fois Poitiers avant de mourir, confia-t-il. Mais c'est ici qu'est ma vie désormais, et je sais que ce souhait restera un rêve.

Il pressa la main d'Aliénor et l'embrassa sur la joue.

— Tu y retourneras à ma place, ma nièce. Gouverne toujours selon la sagesse et le droit.

La duchesse posa les yeux sur la grosse main puissante de son oncle et prit une grande inspiration.

— Je souhaite faire reconnaître la nullité de mon mariage avec Louis, confia-t-elle. J'aimais énormément mon père, mais il ne m'a pas rendu service lorsqu'il a arrangé cette union.

Le visage de Raymond se fit impassible.

— C'est une grave décision, fit-il remarquer. Louis connaît-il tes intentions ?

Elle secoua nerveusement la tête. Qu'arriverait-il, si Raymond prenait le parti de Louis et refusait de l'aider ?

— Pas encore. Je voulais attendre d'être en sécurité avant d'aborder la question avec lui.

— Pourquoi désires-tu faire reconnaître la nullité de ton mariage ? s'enquit-il avec un regard appuyé. Qu'est-ce donc qui rend votre union insupportable ?

Elle n'aurait su dire, ni à ses paroles, ni à sa mine, s'il compatissait ou non.

— Cette union est injuste pour l'Aquitaine, répondit-elle. Louis me bride et minimise mes capacités. Il n'est en rien un mari pour moi.

Amère, elle ajouta :

— Il serait marié à Thierry de Galeran que cela ne ferait aucune différence. Ce templier partage sa tente depuis le début de la campagne et dort actuellement dans sa chambre. Louis se laisse influencer par des conseillers qui n'ont aucun attachement envers moi ou envers l'Aquitaine. Et parce que vous êtes vous-même d'Aquitaine et entretenez une Cour occitane, il ne vous estimera pas non plus.

Raymond se renversa contre le dossier de sa chaise.

— La reconnaissance de la nullité de votre mariage te rendrait vulnérable et t'exposerait aux usurpateurs.

— Je n'ignore pas que je devrai me remarier, mais je pourrai choisir mon époux sans qu'on me force la main.

Le comte se caressa le menton.

— Certes, mais tes choix devront être dictés par le salut de l'Aquitaine.

— J'y veillerai avec soin.

— As-tu quelqu'un en vue ?

Le visage d'Aliénor se ferma.

— Cela viendra en son temps.

— Tu peux compter sur moi, tu le sais ?

Ces paroles firent à Aliénor l'effet d'un doux rayon de soleil.

Elle le regarda droit dans les yeux et dit :

— J'ai perdu l'habitude de faire confiance à qui que ce soit.

— Ma foi, c'est plus prudent. Je t'approuve entièrement.

Il lui tapota la main et ajouta :

— J'ai besoin du soutien de ton mari pour la campagne contre Alep, mais dès que cette affaire sera réglée, je t'apporterai toute l'aide en mon pouvoir.

Aliénor ne se départit pas pour autant complètement de sa réserve, mais elle fut néanmoins soulagée par sa réponse prometteuse, quoique nuancée.

— Et vous me porterez secours, ici, à Antioche ?

Raymond la prit dans ses bras.

— Tu es ici chez toi pendant aussi longtemps que nécessaire, ma nièce.

La soirée était bien avancée, et la plupart des courtisans s'étaient retirés pour la nuit, malgré la persistance des flammes des lampes à huile dans les couloirs du palais. Aliénor était restée longtemps dans les appartements de son oncle à échanger des nouvelles et à parler de politique. Louis, qui disposait de ses propres appartements, était allé se coucher tôt, invoquant la fatigue et le besoin de prier. Jusque-là, elle était parvenue à l'éviter, ne se joignant à son mari que pour les cérémonies officielles et aux repas. Là, elle se forçait à sourire et à adopter une mine de circonstance.

Vers minuit, elle se retira enfin dans sa chambre en compagnie de ses suivantes, dans l'orbe protectrice de Geoffroy de Rancon et de Saldebreuil de Sanzay. Ce dernier s'inclina sur le pas de la porte et s'en fut vérifier auprès des gardes que tout était en ordre. Aliénor renvoya ses suivantes – à l'exception de Marchisa –, qui allèrent se coucher dans l'antichambre. Nantie de Marchisa en guise de chaperon, elle fit entrer Geoffroy dans sa chambre.

— Du vin, Marchisa, ordonna-t-elle. Ensuite, vous pourrez disposer. Mais ne vous éloignez pas, et laissez la porte légèrement entrouverte.

— Bien madame.

Marchisa s'acquitta de la tâche avec une tranquille efficacité et quitta la pièce, ses jupes bruissant légèrement sur le dallage.

— Voilà qui devrait à peu près suffire aux règles de la bienséance, lança Aliénor. Tout en nous préservant un peu d'intimité.

— Je vous trouve optimiste, fit remarquer Geoffroy en haussant les sourcils.

Mais il s'assit néanmoins à côté d'elle sur un divan.

— Je ne crains rien à la Cour de mon oncle. Il ne songe qu'à mon bien.

Elle le regarda boire son vin à petites gorgées : la courbure de sa gorge, la manière dont ses cheveux rebiquaient près de son lobe… Il partirait à l'aube pour l'Aquitaine en suivant l'itinéraire le plus direct. Il serait libre et hors de danger, et cela la réjouissait, malgré son cœur lourd. Elle posa une main sur la sienne.

— J'attends un enfant, annonça-t-elle. Nous l'avons conçu à Constantinople…

Le regard du chevalier se fit incisif, tandis que ses yeux s'emplissaient de stupeur et d'effroi.

— Dieu du ciel ! Pourquoi ne pas m'en avoir parlé avant ?

Elle devina qu'il comptait les mois et posa l'index sur ses lèvres.

— Chut… Il n'aurait servi à rien de vous le dire plus tôt. Votre ignorance vous a sauvé.

— J'ai mal jugé, dit-il gravement. J'aurais dû mieux me contrôler.

— La remarque vaut pour moi aussi. Nous étions deux, non ? Et nous sommes toujours deux, me semble-t-il. Et je m'en réjouis.

Elle lui prit la main et la posa sur son ventre.

— Je ne peux pas regretter cela, confia-t-elle.

— Mais je pars !

Il déglutit à grand-peine et ajouta :

— Je ne peux pas vous laisser affronter seule cette épreuve.

— Non seulement vous le pouvez, mais vous le devez.

— Non, je…

— Cela suffit ! l'interrompit-elle. Je dois mener cette transition à ma manière, et votre présence ici ne me faciliterait pas la tâche. Nous pourrions nous trahir. Or, nul ne doit jamais savoir, si nous voulons garder la vie.

Elle inspira profondément et reprit :

— J'ai l'intention de faire reconnaître la nullité de mon mariage. J'ai déjà écrit à l'archevêque de Bordeaux afin qu'il entame la procédure. Mon oncle m'accueillera ici pendant tout le temps qu'il me plaira. Et j'ai l'intention de rester jusqu'à la naissance du petit.

— Votre oncle sait-il que vous êtes enceinte ?

Elle secoua la tête.

— Non, et il n'a pas à le savoir. Je sais certain lieu où je pourrai me rendre le moment venu. Quant à l'enfant, il pourra être élevé dignement au sein de ma maisonnée sans que quiconque sache quoi que ce soit, hormis vous et moi. Notre fils, ou notre fille, recevra une bonne éducation, ainsi qu'une charge honorable, sans être jamais lié par les contraintes qui nous enchaînent.

Geoffroy se prit la tête entre les mains.

— Et si Louis refusait de consentir à la dissolution ?

— Il comprendra que c'est dans son plus grand intérêt.

— Et s'il ne le comprenait pas ?

— Je saurais l'en convaincre, répondit-elle d'une voix emplie d'une inébranlable conviction.

— Y a-t-il une chance pour qu'il croie que l'enfant est de lui ?

— Ce serait un miracle ! s'esclaffa Aliénor dans un souffle amer. Il ne m'a pas touchée depuis que nous avons quitté Paris.

Elle soutint son regard sans chercher à se dérober.

— Je n'ai aucun regret, assura-t-elle avec force. Je n'aurais sans doute pas choisi d'en passer par là, mais je suis ravie.

Geoffroy ne fut pas rassuré.

— L'enjeu ne fait que croître, et vous m'envoyez là où je serai dans l'incapacité d'agir.

Elle écarta les cheveux du front de Geoffroy d'un geste tendre, intime.

— Je sais que c'est difficile, mais c'est la solution la plus sûre pour nous et notre enfant, croyez-moi.

Il émit un grognement et la prit dans ses bras.

— Vous avez toute ma confiance. C'est de moi-même que je doute.

— Il ne faut pas, repartit-elle. Je vous l'interdis.

Elle scella son silence par un baiser sur sa bouche lorsqu'il fit mine de protester. Il s'abandonna aussitôt à ce moment sensuel.

Il faisait nuit noire lorsque Geoffroy se glissa hors de la chambre de la reine et traversa l'antichambre à pas de loup. Aliénor l'accompagna, Marchisa ouvrant la marche avec une petite lampe à huile dont elle abritait la flamme de sa main. Les autres suivantes dormaient derrière leurs rideaux de gaze. À la porte, Aliénor renvoya Marchisa se coucher. Celle-ci fit sa révérence et se retira en silence.

Au-dehors, l'eau de la fontaine luisait sous les étoiles et une lune montante.

— Dieu vous garde pendant tout votre voyage et vous achemine à destination sain et sauf, susurra Aliénor. Je prierai pour vous à chaque instant.

Il lui caressa la joue.

— De même que je prierai pour vous et notre enfant.

La gorge serrée, il ajouta :

— Je serais resté si…

— Je le sais, mais vous ne seriez pas à l'abri d'un coup de poignard dans le dos, même ici, à Antioche. Vous serez plus en sécurité loin de cette folle entreprise ; de plus, la besogne ne manquera pas en Aquitaine à votre retour. Tant que nous vivrons, rien ne nous séparera.

Ils s'étaient donné un dernier baiser d'adieu dans la chambre. À présent, il lui prit la main. Elle sentit la douce caresse de ses lèvres effleurer sa peau. Il recula d'un pas, s'inclina et s'éloigna. Aliénor le regarda disparaître dans la nuit, puis elle ferma les yeux, heureuse de le savoir libre.

Elle s'apprêtait à retourner dans ses appartements lorsque Raymond sortit de l'ombre à pas de velours, tel le guépard qu'il élevait pour la chasse et qui dormait dans sa chambre.

—Ah, ma nièce ! s'exclama-t-il. Tu as de la chance que j'aie été le seul témoin de ces touchants adieux. Qu'iraient s'imaginer les autres, à la vue d'une aussi poignante séparation ?

Aliénor se redressa de toute sa hauteur et dissimula sa peur en soutenant son regard.

—Je ne pense pas que « chance » soit le mot qui convienne, mon oncle, mais puisque vous voyez la chose ainsi, j'imagine que vous ne rendrez pas la chose publique.

Raymond s'assit sur un banc face à la fontaine et fit signe à Aliénor de l'y rejoindre.

—Il part demain, n'est-ce pas ? s'enquit-il.

—Vous n'avez pas idée de la vie que je mène avec Louis, répliqua-t-elle, pour toute réponse, avec une tranquille assurance.

—C'est un véritable moine, confirma Raymond. Avec toutes les inclinations et tous les vices qui en découlent, je suppose ?

Il écarta les bras sur le dossier du banc et croisa les jambes.

—On peut dire cela. Je n'ai de prix à ses yeux que grâce à l'Aquitaine. Pour le reste, il me traite comme un objet. Et j'ai depuis longtemps perdu tout respect pour lui.

—Et ce Geoffroy de Rancon ?

Aliénor ne se laissa pas prendre au ton anodin de Raymond.

—C'est lui que j'aurais épousé, non Louis, si j'avais eu le choix.

—Ah oui, vraiment ?

Raymond lui fit penser à un grand lion indolent et pensif.

— Mais ce n'aurait pas été un si bon calcul pour l'Aquitaine. Les vassaux lui obéiraient-ils ? Le reconnaîtraient-ils comme leur duc ? Le fait que Louis se soit révélé être un imbécile n'invalide pas le bien-fondé de la stratégie mise en œuvre à l'époque par ton père. Il ne serait pas sage d'épouser Rancon, même si tu étais libre. Je ne peux que vivement te le déconseiller.

Aliénor ravala sa colère et réprima un frémissement inquiet. Elle ne pouvait que se féliciter d'avoir renvoyé Geoffroy en Aquitaine. Malgré l'affection qu'elle avait pour son oncle, elle ne se faisait pas d'illusions. Il était impitoyable, telle était la seule façon de survivre en politique.

— Je ne suis pas sotte, s'exclama-t-elle. Je ne pense plus comme à treize ans. Ma décision prendra en compte la sauvegarde de l'Aquitaine.

— D'aucuns pourraient voir en Louis un homme dont on peut se passer, lança Raymond au bout d'un moment.

— Cela les regarde, mais il n'en reste pas moins un roi oint du Seigneur. Selon moi, cela ne ferait que créer davantage de difficultés.

— Tu as raison, acquiesça Raymond avant de poursuivre sans sourciller, comme s'il n'avait pas évoqué la possibilité de faire assassiner Louis. Il me reste encore à déterminer dans quelle mesure je peux l'amener à se ranger à mes vues et s'il acceptera de faire campagne contre Alep.

— Toute son ambition est tournée vers Jérusalem, expliqua Aliénor. Je doute qu'il vous écoute, parce que vous êtes mon oncle et d'Aquitaine. Vous avez pu vous rendre compte de l'état de nos relations. Il refuse de m'écouter, de même que son entourage reste sourd à mes suggestions, bien que son frère soit davantage disposé à entendre raison.

— Ah, Robert ! Mais, lui aussi, a des ambitions, si je ne me trompe.

— Il ne refuserait pas la couronne, mais il est prudent. Vos projets politiques pourraient lui plaire, mais ne vous attendez pas à ce qu'il vous soutienne si cela ne sert pas ses objectifs.

Raymond tapota le dossier du banc.

— Les hommes d'Aquitaine, resteraient-ils ?

— Vous êtes le frère de mon père, ils vous suivraient ; je pense que vous le savez. Certainement qu'ils préféreraient me rester fidèles plutôt que de jurer allégeance à Louis.

Le vieux lion hocha la tête avec détermination et se leva.

— Il est temps que j'aille me reposer, annonça-t-il. Beaucoup d'éléments sont à prendre en considération. Je discuterai de la campagne d'Alep avec Louis… et si je ne parviens pas à obtenir son accord, alors nous devrons envisager une autre solution.

Aliénor se leva également. Il l'embrassa tendrement sur le front.

— Tout se passera bien, je te le promets, assura Raymond.

La gorge d'Aliénor se serra.

— Mon père m'embrassait, lui aussi, sur le front, et me disait que tout irait bien, mais ce n'était pas vrai.

Raymond esquissa un sourire caustique.

— Lui et moi parlions de l'avenir, ma chère enfant, non du présent.

Un bruit retentit à leur gauche dans l'obscurité, qui les fit se tourner promptement. Ils ne virent rien. Tendant l'oreille, ils n'entendirent que le bruit de la fontaine et la faible stridulation des criquets.

— De nombreux chats rôdent la nuit, expliqua Raymond en faisant la moue. Ils sont aux aguets, et leurs yeux brillent comme des miroirs. Va, maintenant !

Le cœur battant, Aliénor entra dans sa chambre. Marchisa l'attendait avec une lampe, et Gisela était assise sur son lit, dont elle avait soulevé le rideau de gaze.

— Madame ? lança-t-elle en ouvrant de grands yeux.

— Rendormez-vous, ordonna Aliénor à voix basse mais d'un ton ferme.

— Oui, madame.

Gisela abaissa son rideau.

Aliénor s'étendit de tout son long sur son lit. Marchisa sortit discrètement après avoir posé la lampe sur un support suspendu à une chaîne. La flamme, attisée par la brise légère qui entrait par les fenêtres en ogive au-dessus du lit, dansait doucement, projetant ombres et reflets sur le sol de marbre. Elle resta longuement éveillée, la main sur son ventre, à regarder la lumière ondoyer alentour, jusqu'à ce que la flamme décline et s'éteigne.

Louis trouva Raymond d'Antioche à la fois dérangeant et irritant. La taille, la force et la présence solaire du vieux lion l'obligeaient à bomber le torse pour essayer de l'égaler, sans jamais y parvenir, malgré tous ses efforts.

— Nous devrions attaquer Alep ! s'exclama Raymond avec fermeté. Antioche est la prochaine conquête sur la liste d'Alep, à présent qu'Édesse est tombée aux mains des Turcs. Si nous parvenions à prendre la ville, des années de stabilité s'ouvriraient à nous.

— Je ne suis pas certain que ce soit une bonne idée, répliqua Louis. Édesse est déjà perdue. Alep a, certes, de l'importance à vos yeux, mais nous devons écouter le point de vue du roi de Jérusalem et de ses barons. J'affirme qu'il serait préférable de nous concentrer sur Damas, assura-t-il avec un regard de défi.

Il ressentit de la fierté, et un peu de peur aussi, en s'avisant des éclairs de rage dans les yeux du prince.

— Ce serait une sottise, rétorqua sèchement Raymond. Il serait bien plus simple et plus prudent de prendre Alep et de s'occuper ensuite de Damas.

— De votre point de vue, oui, mais Jérusalem pourrait être d'un autre avis.

Louis jeta un coup d'œil par-dessus son épaule à Thierry de Galeran et à son oncle Guillaume de Montferrat. Tous deux acquiescèrent.

— Nous sommes comme une rangée de dominos : si l'un tombe, tous les autres tombent. Édesse est déjà tombée. Antioche est le domino suivant. Si je tombe, ce sera le tour de Tripoli, et ensuite de notre cher royaume de Jérusalem. Tout cela parce que nous n'aurons pas frappé au moment crucial.

Louis considéra le poing serré de Raymond et prit un malin plaisir à rétorquer :

— Que vous dites ! Toutefois, je suis parfaitement au courant de la situation et souhaite prendre conseil.

— Vraiment, Majesté ? lâcha Raymond en haussant les sourcils. Alors vous êtes doué d'une grande perspicacité, puisque vous ne vivez pas ici.

— Parfois, il faut savoir penser à très long terme, repartit Louis en se renversant en arrière, singeant la pose nonchalante que le prince prenait souvent. Mon objectif est de rallier Jérusalem et d'y accomplir mon pèlerinage. Cela fait, j'envisagerai mon éventuel retour sur le champ de bataille.

— Certains d'entre nous n'ont pas ce luxe, lança Raymond avec rudesse. Vous êtes venu nous prêter main-forte, mais je comprends à présent que vous n'en avez nullement l'intention.

Louis lui jeta un regard glacial.

— J'agirai selon ma conscience, non selon vos désirs.

Raymond prit le temps de déglutir, et il sembla à Louis qu'il grinçait des dents, ce qui lui arracha presque un sourire. Non seulement il tenait son rôle sur l'échiquier, mais il mettait en échec cet homme qu'il avait détesté et dont il s'était méfié dès leur première rencontre.

— Sire, j'espère que vous reviendrez sur votre décision, dit Raymond avec raideur. Peut-être serait-il préférable que nous en reparlions une autre fois, quand vous aurez réfléchi à la question.

— J'y réfléchirai, confirma Louis en le regardant par en dessous, mais je doute de changer d'avis.

Raymond quitta la pièce sans faire d'éclat mais avec une rage contenue. Quant à Louis, il était sur ses gardes, mais satisfait. Il puisait un sentiment de puissance et d'accomplissement dans le fait de damer le pion à Raymond par un simple refus. D'ailleurs, le plus important n'était-il pas ce que penserait Jérusalem ?

Son frère Robert se racla la gorge et croisa les bras.

— Je pense que nous devrions l'aider à prendre Alep, lança-t-il. Il nous faut penser à l'avenir, quand nous ne serons plus là. Il n'a pas tort.

— Je ne me laisserai pas forcer la main, répliqua Louis d'un air renfrogné. Je ne lui fais pas confiance. Il ne vaut guère mieux qu'un Byzantin et exerce une influence néfaste. Il charme les gens avec de belles paroles et des dorures, mais tout est mensonger. L'huître a beau loger dans la nacre et faire des perles, elle n'en reste pas moins visqueuse et peu ragoûtante.

Se donnant des airs impérieux, il ajouta :

— J'irai à Jérusalem. Pour honorer le Christ. Qui dépasse infiniment en puissance les exigences et la suffisance de cet homme.

Aliénor attendit d'être certaine que Louis fût seul dans sa chambre. Après avoir passé une heure en prière, il écrivait des instructions à l'abbé Suger à l'aide d'un stylet et d'une tablette de cire avant d'aller se coucher.

—Il faut que je vous parle, lança-t-elle.

Louis lui jeta regard dédaigneux.

—Votre oncle chéri vous en laisse-t-il donc le temps ?

Elle laissa échapper un soupir d'agacement.

—Il est mon plus proche parent du côté de mon père. Nous avons beaucoup à nous dire.

—J'en suis certain, dit-il avec un sourire de mépris.

Aliénor eut envie de le gifler.

—Il a raison au sujet d'Alep. Vous aviez promis de l'aider. Alors pourquoi refusez-vous maintenant ? N'en voyez-vous pas l'importance ?

—La guerre est affaire d'hommes. Aussi, mêlez-vous de ce qui vous concerne, répondit-il avec un geste de dédain. Si c'est lui qui vous envoie plaider sa cause, alors il vous fait perdre votre temps. Je n'écoute que les conseils de mes hommes de confiance, dont vous ne faites, évidemment, pas partie.

—Vous l'insultez et vous m'insultez !

—Je n'insulte personne. Je parle selon mes intérêts.

Il lui jeta un regard mauvais et ajouta :

—Vous avez tous deux vos propres desseins. Je ne serai pas un pion dans votre jeu.

—Vous êtes déjà un pion, rétorqua-t-elle en le toisant. Vos fameux hommes de confiance vous manipulent à leur guise, mais vous êtes à ce point sous leur coupe que vous ne voyez rien, à moins que vous ne préfériez ne pas voir.

—Je suis mon propre maître, objecta-t-il sèchement.

—Vous êtes isolé ! Quel genre d'homme êtes-vous, Louis ? Quel genre de roi ? Je n'ai que très rarement vu et l'un et l'autre en vous.

—Assez !

Il posa son stylet en faisant claquer le métal.

Aliénor esquissa un geste menaçant, faisant ondoyer sa longue manche de soie.

— Si vous allez à Jérusalem, prévint-elle, vous irez seul ; je reste à Antioche.

— Vous êtes la reine de France et, pardieu, vous irez où je vais.

— Je refuse.

Se dressant de toute sa hauteur, elle ajouta :

— C'en est terminé, Louis. Je demande la reconnaissance de la nullité de notre mariage.

L'ébahissement se lut sur son visage, auquel succéda bientôt la fureur.

— C'est votre oncle qui vous a mis cela en tête, n'est-ce pas ?

— Cela aurait été inutile. C'est moi, qui ai abordé la question avec lui. Notre mariage est consanguin, nous le savons tous deux et avons fait comme si nous l'ignorions. Mais il est manifeste que Dieu ne voit pas notre union d'un œil favorable. Mieux vaut que nous nous séparions maintenant plutôt que de traîner ce mariage comme un cadavre pendant le restant de nos jours.

— Est-ce de cela que vous et votre oncle parlez à toute heure de la nuit ? demanda Louis. Par le Christ, vous êtes infidèle et impudique.

— Pourquoi me garder auprès de vous, si je représente une telle mésalliance ? rétorqua-t-elle avec emportement. Pourquoi garder pour épouse une femme qui ne vous inspire ni confiance, ni désir ? Vous seriez libre d'engendrer un fils ailleurs si vous m'oubliiez. Vos barons et vos ecclésiastiques n'auraient plus à se plaindre de moi pour des détails insignifiants. C'est le moment idéal pour convenir du lancement d'une procédure. Vous pourrez me confier à la garde de mon oncle. Ce sera une solution honorable, d'autant plus que sa femme est votre propre cousine.

Elle vit passer un éclair d'incertitude dans ses yeux et décida d'insister :

— Souhaitez-vous vraiment poursuivre cette parodie de mariage ? Si tel est le cas, vous n'en avez donné aucun signe depuis notre départ de Saint-Denis.

— J'ai fait le vœu de ne pas me souiller, vous le savez, rappela-t-il en détournant le regard.

— Vous « souiller » ? Cela ne résume-t-il pas la situation ?

Au bord de l'explosion, elle contint cependant sa colère.

— Je vais devoir consulter mes conseillers, lâcha-t-il enfin.

— Vous voulez dire leur demander la permission ? se moqua Aliénor. Faut-il que vous ne fassiez rien sans l'autorisation de l'abbé Suger et de ce templier sans scrupule ? Thierry de Galeran règne-t-il sur votre esprit comme il règne sur votre chambre ? Vous dites que vous êtes votre propre maître ? Prouvez-le !

Louis lui jeta un regard empli de dégoût.

— Je suis d'abord et avant tout un homme de Dieu, et c'est à sa volonté que j'obéis.

— Alors posez-lui la question !

— Fichez-moi la paix, lança Louis entre ses dents. Je vous donnerai ma réponse quand j'aurai pris ma décision.

— À votre guise, mais sachez une chose : je ne pars pas avec vous. Pour ma part, ma décision est prise : je reste à Antioche.

Dans le couloir, elle tomba sur Thierry de Galeran qui attendait qu'elle sortît pour entrer. Au vu de son expression, il ne faisait aucun doute qu'il avait écouté derrière la porte. Il portait une robe de brocart ornée de croix argentées, ainsi que, de façon incongrue, son baudrier d'armes en cuir rugueux. Aliénor lui jeta un regard noir empli de haine.

— C'est la meilleure solution, lança-t-elle. Dites-le-lui, entre deux prières !

Le templier lui rendit son regard avant de se fendre d'une révérence pleine de dédain et de disparaître dans la chambre.

Effondré sur sa chaise, Louis releva la tête lorsque Galeran referma la porte.

— Vous avez entendu ? s'enquit-il en se pinçant la racine du nez.

— En partie, Sire, répondit prudemment Galeran.

— Elle veut faire reconnaître la nullité de notre mariage pour consanguinité et demeurer ici après mon départ.

Louis abaissa sa main et leva les yeux.

— Je suis presque décidé à le lui accorder, ajouta-t-il.

Galeran fronça les sourcils et remonta son baudrier d'un coup sec.

— Je vous conseille de ne pas vous hâter, Sire. Si vous donnez votre accord, cela nuira à votre prestige. Les gens diront que vous n'avez pas su garder votre femme et qu'un autre vous l'a enlevée, quand bien même cet autre serait-il son oncle. Les barons d'Aquitaine se tourneraient vers Antioche comme siège de l'autorité. Vous êtes suzerain d'Aquitaine par mariage, mais si la reine vous répudie, votre position deviendra vacillante.

— Cette femme est une véritable épine, lança Louis en grimaçant d'amertume. Une épine d'autant plus douloureuse que je n'ai pas oublié la beauté de la rose.

— Le diable nous envoie nombre de belles choses pour nous perdre, rappela Galeran. « Admire la beauté du miroitement sur la peau de la vipère, mais sache que sa morsure est mortelle ! » N'est-ce pas le serpent qui incita Ève à goûter au fruit de l'arbre de la connaissance avant qu'elle-même ne persuade Adam d'en manger ?

— Je vais écrire à Suger, déclara Louis en soupirant. Il me donnera conseil. Mais vous avez raison. En attendant, il n'est pas prudent que nous demeurions à Antioche.

— Je pense qu'il n'est pas dans votre intérêt de faire entrer votre armée dans la ville. Donnez plutôt des ordres afin qu'elle nous rejoigne plus loin sur la route.

Le regard de Louis se fit soudain plus pénétrant.

— Que dites-vous là ? s'exclama-t-il.

— Sire, j'entends circuler des rumeurs inquiétantes.

— Quel genre de « rumeurs » ?

Galeran inclina la tête de côté en se contorsionnant, comme s'il venait d'avaler du vinaigre.

— Je crois que le maître d'Antioche complote contre vous.

— Vous le croyez ou vous le savez ? s'enquit Louis, tandis que son pouls s'accélérait et qu'une peur panique l'oppressait.

— J'ai vu le prince Raymond essayer de diviser nos gens. Il déverse de belles paroles dans l'oreille de votre frère, et j'ai la conviction qu'il complote également avec la reine.

D'une voix emplie de répulsion, il ajouta :

— Je soupçonne Raymond et la reine d'avoir des relations indécentes. Je les ai vus assis, aussi près l'un de l'autre que des amants, seuls, sans serviteurs, tandis que tout le monde dormait.

Il bredouilla puis reprit :

— Je les ai vus dans les bras l'un de l'autre. Elle se comporte de manière indécente avec d'autres hommes également. Geoffroy de Rancon était encore dans ses appartements longtemps après minuit la veille de son départ d'Antioche. Et mes espions me rapportent que leurs adieux furent... tendres ! Cela m'amène à me demander si l'abandon de poste de l'avant-garde sur le mont Cadmos était purement fortuit.

Louis le dévisagea avec horreur.

— Par le Christ et par saint Denis, en êtes-vous sûr ?

— Sire, je ne vous en aurais pas parlé si mes doutes n'étaient pas fondés. J'affirme que nous devrions quitter Antioche dès que notre armée arrivera dans les parages, pour nous rendre instamment à Jérusalem en emmenant la reine. Avec elle à vos côtés, son oncle n'osera pas se retourner contre vous. En outre, les hommes d'Aquitaine la suivront partout.

Louis déglutit.

— Que conseillez-vous ?

— Que nous mettions sur pied un plan pour partir discrètement dès que nous aurons vent de l'arrivée prochaine de nos troupes. Il nous faudra agir vite et mettre dans la confidence ceux en qui nous avons toute confiance. Raymond ne peut pas vous empêcher de partir, ni d'emmener votre propre épouse. Vous devez la soustraire à son influence et la garder auprès de vous, là où elle n'aura aucune possibilité de comploter et d'échafauder des plans.

Louis fut pris de vertige. Il était dépassé par l'énormité de ce qu'il venait d'entendre. Il refusait d'y croire ; et pourtant, Galeran était ses yeux et ses oreilles ; il flairait les complots comme un rat un morceau de fromage rance. Bien que Louis fût accoutumé au danger depuis longtemps et qu'il ne s'en étonnât plus, il fut néanmoins très effrayé.

— Permettez que je m'en occupe, Sire, suggéra le templier d'une voix doucereuse. Je ferai en sorte que la reine soit prête à prendre la route le moment venu.

Louis acquiesça, à son plus grand soulagement.

— Vous savez toujours ce qu'il convient de faire, souligna-t-il.

Chapitre 31

Antioche, mars 1148

La nuit approchait. Aliénor avait donné l'ordre à ses suivantes de laisser les volets ouverts afin de faire entrer un peu d'air. Quelque part sous l'immense ciel étoilé, Geoffroy chevauchait vers l'Aquitaine. Elle se souvint de leur conversation au sujet des étoiles au-dessus des plaines du royaume de Hongrie et espéra qu'il avançait rapidement.

Le matin même, elle était allée prier et faire des aumônes à l'église Saint-Pierre pour la sauvegarde de son aimé et de leur enfant. Elle était impatiente de voir Louis partir pour Jérusalem, car elle pourrait baisser la garde et jouir d'un peu de paix. Sous couvert de son ouvrage de broderie, elle se tint le ventre à deux mains et murmura des paroles d'amour et de réconfort à son petit.

—Avez-vous dit quelque chose, madame ? s'enquit Gisela.

—Je me parlais à moi-même, dit Aliénor.

Depuis quelque temps, Gisela se comportait de façon étrange, sursautant au moindre bruit, paraissant renfermée et préoccupée.

—Vous n'êtes pas obligée de rester à Antioche avec moi, déclara Aliénor. Je ne vous empêche pas de vous joindre au roi.

—Je le sais, madame.

—Qu'est-ce qui ne va pas, alors ? s'emporta Aliénor.

—Rien, madame. C'est seulement la fatigue.

Gisela baissa les yeux sur son propre ouvrage et se mordit la lèvre inférieure avant d'ajouter :

— La migraine ne m'a pas quittée de la journée. Puis-je vous demander la permission de sortir prendre un peu l'air ?

— Bien sûr, mais ne vous attardez pas. Je vais bientôt aller me coucher.

Gisela se dressa sur ses jambes, passa sa cape et quitta la pièce.

Aliénor se tourna vers Marchisa.

— Pensez-vous qu'elle soit amoureuse ?

Marchisa haussa les sourcils.

— Si elle l'est, j'ignore qui est l'heureux élu. Le seul jeune homme avec qui je l'ai vue parler est l'écuyer de Thierry de Galeran. Et ce n'est pas le genre à entretenir une liaison.

Aliénor se représenta l'austère jeune homme à la pomme d'Adam proéminente et au visage grêlé par la petite vérole.

— C'est un espion, conclut-elle, un creux au ventre.

Ne pouvait-on faire confiance à personne ?

Marchisa haussa les épaules.

— Cela se pourrait fort bien, madame.

— Pensez-vous qu'elle soit au courant pour l'enfant ?

— Peut-être a-t-elle des soupçons, mais aucune preuve.

Aliénor se mordit la lèvre inférieure. Elle avait redoublé de prudence, depuis qu'elle avait acquis la certitude d'être enceinte, n'omettant pas de produire la preuve de ses saignements mensuels en exhibant un linge taché de sang de poulet sorti clandestinement de la cuisine dans une fiole par Marchisa.

Gisela revint le visage empourpré et les yeux pétillants. Finalement, peut-être avait-elle un amoureux. Si Aliénor pouvait dissimuler sa grossesse, alors Gisela pouvait cacher sa relation amoureuse. Il se pouvait que l'élu de son cœur ne fût pas chrétien où qu'il fût d'un rang inférieur, deux raisons réclamant la clandestinité. Aliénor résolut de percer la vérité à jour dès le lendemain.

Pour l'heure, elle se retira dans sa chambre en compagnie de Marchisa et de Mamile, qui l'aidèrent à se coucher pendant que Gisela apprêtait la chambre des servantes, éteignant les lampes et rangeant les travaux d'aiguille. Marchisa commença à peigner les cheveux d'Aliénor, les lissant avec la main après chaque coup de peigne, créant ainsi une abondante vague d'or étincelant.

Gisela émit soudain un petit cri. Aliénor releva la tête et se figea tandis que des silhouettes vêtues de noir pénétraient dans son sanctuaire avant de fermer toutes les portes de ses appartements.

Des soldats ! s'exclama intérieurement Aliénor.

Et, en effet, ils étaient armés d'épées et portaient des cottes de mailles sous leurs capes. Une odeur âcre de sueur envahit la chambre. Elle sentit sur elle leurs regards qui se repaissaient de la vue de ses courbes et de ses cheveux défaits. De leurs rangs surgit Thierry de Galeran, l'œil noir, luisant d'une joyeuse malveillance. Aliénor fut terrifiée.

— Que cela signifie-t-il ? lança-t-elle. Comment osez-vous ?

— Madame, le roi quitte Antioche à l'instant et désire que vous le rejoigniez. Venez, il faut partir. C'est de la plus haute importance.

— Que le roi fasse comme il l'entend, rétorqua-t-elle. Pour ma part, je reste.

— Madame, ce n'est pas possible. Le roi m'a chargé de prendre des dispositions vous concernant.

Il portait effectivement un baluchon sur son bras gauche : une cape d'homme en grosse laine vert foncé ourlée de zibeline.

— Le roi sait pertinemment que je reste ici, rappela-t-elle en se raidissant.

Les soldats la foudroyèrent de leurs regards hostiles, pas un ne baissant les yeux par déférence envers leur reine. L'heure n'était pas à la compassion, et elle se sentit prise au piège.

— À moins que vous ne soyez venus pour m'assassiner ?

Tout en parlant, elle se rendit compte que rien ne pourrait les en empêcher.

— Où est Saldebreuil ?

— Disons qu'il est indisposé, répondit Galeran en essayant de se saisir d'elle.

Elle le repoussa en battant des bras.

— Ne me touchez pas ! pesta-t-elle, révulsée à la seule idée qu'il posât ses mains sur elle.

Il la saisit par le poignet. Elle le mordit. Marchisa se rua dans la mêlée, labourant le visage du templier à l'aide du peigne d'Aliénor. Il la frappa en plein visage, l'envoyant chanceler contre un coffre peint. Mamile se mit à hurler, ce qui lui valut d'être bâillonnée par un des sbires.

— Silence, maîtresse, grommela l'assaillant, sinon je vous étrangle.

Aliénor donna un coup de pied à Galeran dans les tibias et s'élança vers la sortie, mais toutes les portes étaient closes. Elle était coincée. N'écoutant que son courage, elle se retourna, prête à les affronter. Elle se saisit d'un tisonnier qu'elle agita sous le nez du templier. Il partit d'un grand rire, évita le coup et l'attrapa par le poignet, le tordant jusqu'à ce qu'elle lâche prise. Elle essaya ensuite de s'emparer de la dague qu'il portait à la ceinture, mais il lui fit faire un brusque demi-tour et la couvrit de la cape avec l'aide de ses hommes, dans laquelle il l'emballa comme un paquet avec des cordes qui eurent raison de ses tentatives pour se libérer. Mais elle ne renonça pas pour autant. Elle se voyait déjà jetée au fond de l'Oronte ou emmenée dans un lieu inconnu pour y être poignardée et abandonnée aux loups et aux chiens sauvages.

Galeran fit un pas en arrière en ahanant. Le sang coulait sur sa joue à l'endroit où les dents du peigne l'avaient labouré.

— Diablesse ! s'exclama-t-il en essuyant sa blessure d'un revers de main. Chienne !

Là-dessus, il poussa le paquet encordé avec le pied.

Aliénor lui jeta un regard assassin.

— J'obtiendrai vengeance de cet outrage. Puisse l'âme de mon père être témoin de votre méfait et vous maudire à jamais ! Détachez-moi ! s'exclama-t-elle avec la plus extrême virulence tout en cherchant à se libérer de ses liens.

— C'est au roi de décider de votre sort. Je lui laisse le soin de s'occuper des traîtres et des catins qui infestent sa propre maison.

Se courbant, il resserra les liens, au point de faire suffoquer Aliénor.

— Il n'y a qu'une seule putain dans cette pièce, et c'est vous ! protesta-t-elle.

Galeran lui donna un coup de pied dans le ventre.

— Nous serons bientôt fixés sur la question ! rétorqua-t-il d'une voix rageuse.

Elle ne put crier, le souffle lui manquait. Soudain, sa vue s'assombrit et se troubla. Elle vit vaguement les soldats s'emparer de Marchisa et de Mamile en les menaçant de la pointe de leur épée. Galeran et un autre chevalier la soulevèrent et l'emportèrent dans la pièce principale, comme un tapis dans un souk. Gisela se tenait prête, une cape sur les épaules et un baluchon à la main. Ses yeux étaient écarquillés de peur, mais elle projetait le menton en avant dans une attitude de défi. Aliénor sut alors qu'elle l'avait trahie.

Au terme d'un bref transport cahoteux qui s'acheva par le tintement d'une bourse, on déchargea Aliénor sans ménagement sur la terre caillouteuse. L'épais manteau dans lequel elle était enveloppée amortit seulement en partie la chute. Elle avait eu jusqu'à cet instant de la difficulté à respirer, mais elle en fut désormais pratiquement incapable. Elle allait mourir, c'était certain, et son enfant périrait avec elle. Elle suffoquait à l'intérieur du manteau. Elle risquait à tout moment de s'étrangler avec sa propre salive.

C'est alors que Galeran trancha ses liens. Une grande bouffée d'air entra aussitôt dans les poumons d'Aliénor, lui arrachant halètements et haut-le-cœur.

— Vous paierez de votre vie pour cela ! s'exclama-t-elle en s'étouffant.

— Moi, j'en doute, répliqua le templier. Mais vous, c'est possible.

Il l'empoigna et, avec l'aide d'un complice, la hissa sur un cheval nerveux qui piaffait. Un des soldats était déjà en selle. On attacha Aliénor devant lui. Lorsqu'elle se mit à hurler, il plaqua violemment une main caleuse sur sa bouche et son nez, la privant presque complètement d'air.

— Criez encore, et vous êtes morte.

Elle essaya de le mordre. Il poussa un juron.

— Bâillonnez-la ! ordonna Galeran en tendant un bandeau à son acolyte.

Ce dernier en fit une boule qu'il fourra dans la bouche de la jeune femme.

— Bandez-lui aussi les yeux, ajouta le templier. Moins elle verra et entendra, mieux ce sera.

Elle se débattit et lutta comme jamais, mais ses ravisseurs étaient plus forts et animés d'une haine féroce.

— Yah ! lança le cavalier en plantant ses éperons dans les flancs de sa monture, qui s'élança. Assise ainsi à califourchon sur la selle, Aliénor avait terriblement mal au ventre, comme si ses muscles étaient soumis à des étirements inhumains.

Elle subit secousses et soubresauts. Le vent lui piquait les yeux malgré son bandeau. Elle était impuissante et terrifiée, certaine qu'ils l'emmenaient dans un endroit isolé pour la tuer et se débarrasser de son cadavre.

Il lui sembla que le voyage durait des heures. Enfin, le cheval passa d'un trot rapide à une allure plus lente, poursuivant sa progression d'un pas lourd. Une odeur de fumée parvint à ses narines, des éclats de voix à ses oreilles. Son ravisseur fit enfin halte. Elle le sentit mettre pied à terre, puis il la tira à bas de l'équidé avant de la jeter au sol. Aliénor ne put retenir un gémissement de douleur.

— Ne bouge pas d'ici ! ordonna-t-il.

Elle l'entendit s'éloigner et saluer les autres, probablement assis autour d'un feu de camp. Puis l'on fit couler du liquide dans une coupe.

— Peut-être serait-il préférable de lui ôter la vie, suggéra l'un. Sa mort nous épargnerait la disgrâce qui ne manquera pas de retomber sur nous tous.

— C'est au roi d'en décider, répliqua sèchement un autre. Il faut attendre son arrivée.

— Je ne vois pas pourquoi. Nous pourrons toujours dire que c'était un accident. Il ne s'en trouvera que mieux. Dieu seul sait quel complot elle fomentait avec son oncle. Si tant est qu'elle n'ait fait que comploter avec lui…

Aliénor eût claqué des dents d'effroi si son bâillon ne l'en avait empêchée. Oseraient-ils l'assassiner sans autre forme de procès, sans confession ni absolution ? Elle se contraignit au calme pour écouter ce qu'ils disaient. Elle décida de faire la morte et de leur fausser compagnie à la première occasion.

La discussion s'acheva finalement sur la décision de remettre son sort entre les mains du roi. Soudain, le sol vibra sous elle. Quelqu'un approchait. Ses narines s'emplirent bientôt d'un fumet de ragoût chaud aux oignons et à l'ail.

— Tiens ! s'exclama un inconnu d'une voix bourrue. Si je te détache, mangeras-tu ?

Aliénor se souleva et se jeta sur l'individu. Celui-ci jura tandis que le ragoût brûlant lui éclaboussait les mains. Il l'injuria au milieu des rires de ses complices.

— Laisse-la, va ! s'exclama l'un d'entre eux. La gentillesse ne te mènera nulle part avec une diablesse !

Aliénor retomba mollement sur le sol, imbibant son bandeau de larmes.

Quelques instants plus tard, un galop se fit entendre, puis le bruit des armures. Enfin, la voix de Louis retentit, demandant ce qu'il se passait.

— La reine est ici, Sire, répondit Galeran. Nous avons dû l'attacher. Elle refusait de nous suivre de son propre chef. Nous avons également cru bon de masquer son apparence.

— Je veux la voir, exigea Louis.

Aliénor se tortilla et frappa violemment le sol en l'entendant approcher.

— Nous avons essayé de lui donner à manger, Sire, mais elle a renversé la nourriture sur Simon.

Aliénor sentit qu'on lui touchait le visage et se débattit désespérément.

— Voyez, Sire ! lança Galeran. Elle est possédée du démon.

— Silence ! Vous ai-je donné l'ordre de la traiter ainsi ? Je n'en ai pas le souvenir.

On s'activa pour lui retirer le bandeau qui lui bouchait la vue. Puis ce fut au tour du bâillon. Enfin rendue à l'air libre, Aliénor toussa à plusieurs reprises.

— Seigneur ! s'exclama Louis. Mon Dieu !

Il se tourna vers Galeran et dit :

— Je ne vous ai pas donné de tels ordres. Donnez-moi votre couteau.

Le visage impassible, Galeran tira sa longue dague de son fourreau et la tendit à Louis.

Par petits à-coups, Louis trancha les liens, libérant ainsi Aliénor. Par effet de pesanteur, elle lui tomba directement dans les bras avant de se ressaisir aussitôt.

— Je n'ai jamais voulu qu'ils vous traitent de la sorte, expliqua Louis d'un ton scandalisé. Je voulais que vous m'accompagniez. Or, nous devions quitter Antioche de nuit, furtivement. Je n'aurais jamais autorisé cela, jamais !

Il lança un regard aux ravisseurs par-dessus son épaule. Ils étaient tétanisés.

— Vous avez outrepassé vos prérogatives, lança-t-il au templier en le foudroyant du regard. N'y a-t-il donc pas une servante pour assister la reine ? Où sont ses dames d'honneur ?

Galeran fit signe à ses hommes restés en retrait. Ils amenèrent Gisela. Elle avait le visage en larmes. Elle n'osa s'avancer.

— Je suis vraiment navrée ! sanglota-t-elle.

— Occupez-vous de votre maîtresse, ordonna Louis.

— Je veux Marchisa, dit Aliénor en relevant brusquement la tête dans un dernier sursaut d'énergie. Je ne veux plus jamais de cette traîtresse dans mon entourage !

Sur un claquement de doigts de Louis, on emmena Gisela, tandis qu'elle continuait de verser des larmes amères. Marchisa s'avança, le visage tuméfié, un œil fermé et enflé.

— Vous avez aussi battu ses caméristes ?

Louis était outré.

Galeran désigna les sillons laissés par le peigne sur sa joue.

— Celle-ci est aussi déchaînée que sa maîtresse, expliqua-t-il.

— Je vous aurais arraché le cœur avec toute la noirceur qu'il contient, si j'avais pu, répliqua Marchisa d'un ton sec en lui jetant un regard furieux.

Puis elle s'agenouilla par terre et, se penchant sur Aliénor, dit :

— Madame, c'est fini, je suis là maintenant. Je suis là…

Aliénor se cramponna à Marchisa. À présent que le danger le plus funeste était écarté, elle se sentait tout étourdie. Marchisa la cala contre un empilement de couvertures de cheval, puis alla lui chercher une coupe de vin.

— Il me le paiera, j'en fais le serment ! s'exclama Aliénor en penchant la tête en avant pour boire. Je peux toujours obtenir la nullité de notre union.

Puis elle ferma les yeux, trop épuisée et blessée pour réfléchir. Le seul fait d'avoir des sensations l'emplissait de désespoir. Mais, dès l'aube, elle organiserait son retour à Antioche.

Elle fut tirée brusquement de l'abîme du sommeil profond et ouvrit les yeux sur un ciel laiteux qui annonçait l'aube, mais où brillaient encore des étoiles clairsemées. Les hommes montaient en selle. Ses contusions se réveillèrent, et la douleur lui arracha un cri de douleur lorsqu'elle essaya de changer de position.

— Je ne peux pas monter à cheval, murmura-t-elle, tandis qu'on lui apportait la monture sur laquelle elle était arrivée la veille. C'est impossible.

Louis vint la voir et la considéra avec dureté.

— Vous n'auriez pas dû opposer de résistance à Galeran, lorsqu'il est venu vous chercher, lâcha-t-il. Tout cela est votre faute. On pourrait même dire que vous l'avez mérité. Néanmoins, je l'ai réprimandé pour sa conduite.

— Je n'ai rien à vous dire, répliqua-t-elle.

Puis, tournant la tête du côté opposé, elle ajouta :

— C'était mon droit de rester à Antioche.

Un voile de répulsion assombrit le visage de Louis.

— Antioche est un lieu de perdition. Savez-vous ce que les gens disent de vous ? Savez-vous à quel point vous avez sali votre nom et le mien ? Vous est-il égal d'avoir fait du royaume la risée de cette contrée ?

Elle ferma les yeux, refusant d'entrer dans son jeu. Tout cela n'était que du vent.

— J'ai besoin que nous soyons unis, souffla-t-il. Comment pourrais-je marcher à la tête de l'armée si vous étiez à Antioche à encourager la rébellion contre moi et à exciter la discorde ? Vous allez venir au Saint-Sépulcre, et vous y serez purifiée. Ne vous y trompez pas, vous ne retournerez jamais à Antioche. Vous m'entendez ? Jamais !

L'armée du roi de France, de nouveau réunie, prit la direction de Jérusalem. Ils cheminaient en terres chrétiennes à présent, et le voyage était moins pénible, malgré les journées torrides d'un été brûlant et les séquelles de la déroute du printemps. Louis fit halte dans tous les sanctuaires jalonnant les soixante-six lieues qui séparaient Antioche de la Ville sainte. On ne parla plus d'Antioche, mais ce silence avait le brûlant des pointes de lance dans la rôtissoire de l'été. Quant à Louis, il surveillait sans cesse ses arrières.

Aliénor voyagea à l'abri des regards dans une litière fermée. Cela convenait parfaitement à Louis, puisqu'elle était avec lui mais hors de vue. Aliénor, pour sa part, ne s'en plaignit pas, car ces dispositions s'accordaient avec son désir. Elles la dispensaient d'interagir avec qui que ce fût, sauf lors de l'arrivée au camp ou lorsqu'elle avait besoin des écrans indispensables à ses ablutions. Elle profita de sa solitude pour réfléchir tandis qu'elle récupérait peu à peu. Louis ne l'avait plus approchée depuis le matin du départ, mais elle se savait sous haute surveillance, au cas où elle eût essayé de retourner à Antioche. De toute façon, chaque lieue parcourue rendait ce retour de plus en plus improbable.

Le septième jour, Aliénor se réveilla en pleine nuit avec la certitude qu'il se passait quelque chose de grave. Elle avait rêvé d'un bébé – petite tête duveteuse qui cherchait son téton. Mais lorsqu'elle avait posé les yeux sur son mignon petit visage, celui-ci s'était mis à changer d'aspect ; son teint rosé était devenu cendreux, son regard s'imprégnant de la léthargie des pierres, jusqu'à reposer sans vie dans ses bras. Tandis qu'elle le serrait contre son sein, il était tombé en poussière.

Elle se redressa dans son lit en haletant et appuya sur son ventre. Il était lourd et ferme comme un roc. Pas le moindre mouvement, pas le moindre coup de pied… Elle essaya de se rendormir mais finit par y renoncer et alla attendre l'heure du départ, assise près du feu moribond.

Louis voulut visiter les sites religieux du Liban, parmi lesquels figurait l'endroit où saint Pierre s'était vu remettre les clés du royaume des cieux. C'était une localité ombragée et verdoyante appelée la « vallée des sources ». Ce fut un soulagement après la chaleur brûlante. Aliénor essaya de se laisser imprégner par la tranquillité ambiante et de recouvrer un peu de paix intérieure, pour son propre bien et celui de l'enfant. Louis était d'humeur radieuse, car il se plaisait à son rôle de roi itinérant, rôle qui n'exigeait de lui que décorum et affabilité. Elle l'observait de loin tandis qu'il se répandait en effusions viriles et souriait généreusement, y compris à Thierry de Galeran, à qui il semblait avoir rapidement pardonné. Tout allait parfaitement pour lui. Il s'était montré plus malin que Raymond d'Antioche, et Aliénor vivait recluse dans sa litière, qui était sa vraie place, et d'où elle ne pouvait nuire à personne.

À mesure que le jour avançait, Aliénor commença à se sentir de plus en plus mal. Les cahots de la litière lui faisaient l'effet du tangage d'un bateau sur une mer déchaînée. Une certaine douleur au ventre ne la quittait plus. Au début, elle ressemblait aux tiraillements sournois dont s'accompagnaient ses menstrues, mais cela se transforma peu à peu en d'intolérables contractions.

— Non…, gémit-elle. C'est trop tôt !

Elle perdit brusquement les eaux. S'y mêlaient du sang et une substance verdâtre tirant sur le noir. Elle ouvrit le rideau, se pencha à l'extérieur et appela Marchisa d'un cri perçant. La jeune femme voyageait à dos de mule à hauteur de la litière.

— Madame ?

Marchisa donna aussitôt l'ordre d'arrêter la litière et jeta un coup d'œil à l'intérieur.

— Sainte Vierge ! s'exclama-t-elle à mi-voix.

Pendant un instant, son coutumier sang-froid l'abandonna.

— Personne ne doit savoir, insista Aliénor, le souffle entrecoupé. Quoi qu'il en coûte.

Marchisa secoua la tête.

— Vous ne pouvez pas aller plus loin, madame, fit remarquer la suivante. Nous devons trouver un abri.

Elle regarda alentour et aperçut une cabane de berger un peu à l'écart de la piste. Ce n'était guère plus qu'un monticule de pierres, mais rien d'autre ne s'offrait à elles. Quant au site de pèlerinage où Louis voulait se rendre, il était encore fort loin.

— La reine ne se sent pas bien, annonça Marchisa aux porteurs. Conduisez-la jusqu'à cette cabane. Je vais m'occuper d'elle.

— Mais nous ne pouvons pas quitter le convoi, maîtresse, répondit l'un d'entre eux.

— Si vous refusez, elle va mourir, expliqua Marchisa d'un ton âpre. Et l'on vous tiendra pour responsables. Faites ce que je dis.

— Mais le roi…

— Je me charge du roi.

La jeune femme se dressa de toute sa hauteur et ajouta :

— Ma maîtresse souffre d'une récidive du même mal et de la même grippe dont elle a souffert au royaume de Hongrie, et qui n'a fait qu'empirer à cause de la manière dont on l'a traitée en la forçant à quitter Antioche.

Ayant obtenu gain de cause auprès des porteurs, Marchisa envoya un écuyer porter à Louis le même message, puis elle fit venir Mamile au refuge.

— Au nom de votre loyauté envers ma maîtresse, ne soufflez mot de tout cela, lui glissa-t-elle avec persuasion à l'oreille. Si quelqu'un vous pose des questions, répondez que la reine a ses saignements.

Mamile la regarda avec un mélange de peur et de furieuse indignation.

— Je sais très bien de quoi elle souffre, répliqua-t-elle. Mais je ne suis pas Gisela, et ma loyauté est sans faille.

Ensemble, elles aidèrent Aliénor à rejoindre l'abri. Les porteurs, entendant le mot « grippe », ne se firent pas prier pour garder leurs distances, ce dont Marchisa se garda de les dissuader. Un messager envoyé par Louis arriva. Le roi pousserait jusqu'au prochain sanctuaire. Aliénor n'avait qu'à se reposer jusqu'à ce qu'elle ait recouvré assez de forces pour les rejoindre. De toute façon, il lui laissait une garde pour sa protection. Ces hommes établiraient leur camp à côté de la cabane. Le messager insista pour voir Aliénor, afin de vérifier les dires de la suivante et s'assurer qu'elle ne simulait pas dans le but de s'échapper.

Un seul coup d'œil à Aliénor se tordant de douleur sur la paille suffit à le faire promptement décamper.

Un petit ruisseau chantait non loin de là. Marchisa y remplit un seau d'eau fraîche, puis elle alluma un feu dans le petit âtre. Elle se servit de fumier pour combustible, en plus du sac de charbon qu'elle gardait dans ses réserves personnelles. Une fois le feu allumé, elle bourra une paillasse qui ferait un lit pour Aliénor et lui prépara une infusion pour la soulager de l'horrible douleur, tout en sachant qu'elle n'avait aucun moyen de lui épargner les souffrances à venir. Le sang et les premières selles verdâtres du fœtus qui se mêlaient aux eaux en disaient long sur le drame futur. Marchisa suspecta Thierry de Galeran de ne pas l'avoir frappée au hasard.

Aliénor ouvrit les yeux et regarda fixement les poutres noircies de fumée. Malgré l'infusion qui en atténuait la morsure, une douleur incisive et lancinante cuisait son ventre et son entrejambe. Elle avait la gorge en feu, comme après un incendie ou avoir hurlé à en perdre la voix. Ses seins étaient extrêmement durs. Quelqu'un les avait serrés dans un linge. On avait apposé des compresses entre ses cuisses. Elle était sans force, exténuée.

— Madame ? héla Marchisa en se penchant au-dessus d'elle, une main sur son front. La fièvre est enfin tombée, annonça-t-elle. Vous avez été très malade. Tenez, buvez encore un peu de ce breuvage.

Aliénor but à petites gorgées la potion amère et refroidie à la coupe que Marchisa présentait à ses lèvres.

— Mon enfant, lança Aliénor, où est mon enfant ? Il va falloir lui donner le sein…

Elle parcourut le refuge du regard. L'entrée était barrée d'un rideau qui les protégeait de l'extérieur tout en laissant entrer une faible lumière. Les volutes bleutées d'un filet de fumée s'élevaient de l'âtre. Mamile remuait un ragoût. Elle lança un regard à Aliénor avant de détourner les yeux.

— Qu'avez-vous fait de lui ? Montrez-le-moi !

Marchisa se mordit la lèvre inférieure.

— Madame… il… est… mort-né. C'est pourquoi vous avez eu ces douleurs aussi tôt. Parce qu'il était mort. Je suis vraiment navrée.

— Je ne vous crois pas ! s'écria Aliénor, soudain submergée par l'affolement et la peine, tel un mur menaçant de s'effondrer sous les assauts répétés des vagues. Je veux le voir !

— Madame…

— Je veux le voir ! Si vous dites vrai, montrez-le-moi, et je vous croirai !

Marchisa se tourna vers une panière recouverte d'un linge. Sur le linge gisait le crucifix qu'elle portait habituellement au cou.

— Je m'apprêtais à l'inhumer au coucher du soleil, expliqua-t-elle. Vraiment, madame, je ne suis pas sûre qu'il soit bon que vous le voyiez.

— Il le faut.

Marchisa écarta le linge, et Aliénor regarda à l'intérieur de la panière. Elle émit une seule et unique plainte ; puis, broyée par le chagrin, elle se pelotonna et serra son enfant contre elle de toutes ses forces, comme s'il eût été en vie. Avec la mort de cet enfant s'écroulaient tous ses espoirs et rêves. Elle se balança d'avant en arrière, berçant sa douleur.

— Je me fiche de ce qu'il peut m'arriver, déclara-t-elle. Qu'on me laisse mourir. Ceci n'est pas la Terre sainte mais mon propre enfer.

Chapitre 32

Jérusalem, septembre 1148

Un plateau en céramique recouvert de délicates friandises aux amandes et à l'eau de rose appelées *faludhaj* par les Arabes était posé entre Aliénor et Mélisende, la reine mère qui avait régné avec Foulques sur le royaume de Jérusalem. Mélisende mordit avec délectation dans l'une des confiseries.

— Si l'on en mange trop, elles vous donnent mal aux dents et la colique, fit-elle remarquer avec regret. Mais elles sont délicieuses.

Elle avait le teint doré et de pétillants yeux marron, qui, tout en dénotant beaucoup de bonne humeur, n'en étaient pas moins avisés et malins.

— Ce sont des mignardises de dames. Les hommes n'en font qu'une bouchée et se privent ainsi des joies de les savourer vraiment. Mais elles n'en restent pas moins un appât fort utile, à mon avis.

— N'est-ce pas typique du comportement masculin en général ? répliqua Aliénor en souriant avant de se resservir, jouant pleinement son rôle de reine de France.

Cette comédie avait été sa planche de salut dans les mois difficiles qui avaient suivi la perte de son bébé au Liban. Elle avait ainsi pu entrevoir la lumière et ne pas se laisser happer par l'abîme qui menaçait de l'engloutir. Elle n'osait baisser la garde, car la peine devenait rapidement insupportable, et ses nuits étaient agitées de rêves terrifiants plus vrais que nature. Elle vivait au jour le jour – rescapée de ses cauchemars et du temps qui, passant, cicatrisait de manière infinitésimale ses blessures. Saldebreuil l'avait rejointe à Jérusalem une quinzaine de jours auparavant, encore affaibli par la rossée qu'il avait reçue des mains de Galeran et de ses sbires. Il avait pu, toutefois, reprendre du service. Aliénor en avait éprouvé du réconfort, car elle l'avait cru mort.

Elle était assise avec Mélisende sur un toit-terrasse du palais de Jérusalem abrité du soleil par un grand dais aux rideaux de gaze soulevés par la brise. Les dames portaient de confortables et amples robes de soie et des turbans à la mode de Jérusalem. Elles prenaient du bon temps tout en se reposant à l'heure la plus chaude de la journée.

—Je crains que vous n'ayez raison, s'esclaffa Mélisende. Même si certains hommes sortent du lot et qu'il nous revienne, à nous femmes, de chérir ces perles rares.

Aliénor considéra le bleu du ciel et la brume de chaleur qui faisait onduler les colonnes de pierre.

—Oui, confirma-t-elle à mi-voix. Mais il est si rare que ces perles ne nous glissent pas entre les doigts, ne trouvez-vous pas ?

Elle sentit sur elle le regard scrutateur et vigilant de Mélisende mais ne se troubla pas. Mélisende était l'héritière légitime du trône de Jérusalem. Lorsque Foulques avait essayé de lui ravir le pouvoir, elle avait dû se battre bec et ongles pour conserver les quelques lambeaux d'autorité qui lui restaient. On l'avait également accusée d'entretenir une liaison avec Hugues du Puiset, seigneur de Jaffa, un de ses plus proches courtisans ; mais elle avait traversé la tourmente avec effronterie et était sortie indemne du scandale.

—Non, en effet, confirma à son tour Mélisende. C'est une des tristes réalités de la vie.

Elle lança à Aliénor un regard à la fois perçant et doux.

— Vous pouvez me dire tout ce que vous avez sur le cœur, cela ne sortira pas d'ici, ajouta-t-elle. J'en sais suffisamment sur vous et sur votre situation pour être en mesure de vous écouter et de vous comprendre. Considérez-moi comme une oasis sur votre route, oasis d'où vous repartirez le moment venu.

Aliénor garda le silence pendant quelques instants, puis elle prit une grande inspiration et dit :

— J'ai fait part à Louis de mon souhait de faire reconnaître la nullité de notre mariage pour consanguinité…

— C'est le cas de nombreux mariages, nuança Mélisende à juste titre. Beaucoup de conjoints sont du même sang, à un degré plus ou moins proche, mais cela ne les amène pas à faire reconnaître la nullité de leur union, à moins qu'ils n'aient d'autres raisons de le faire.

Inclinant la tête, elle ajouta :

— Vous dites que vous en avez fait part à Louis. N'est-ce pas l'inverse ? Pourquoi donc ?

— Parce que…

Aliénor, la gorge serrée et les yeux piquants de larmes, détourna le regard.

— Parce que, reprit-elle, c'était une erreur dès le départ. J'aimais mon père et honore sa mémoire, et je sais qu'il a agi en ne songeant qu'à mon bonheur, mais il a fait mon malheur. Louis est…

Elle ne put se résoudre à prononcer les mots qui lui venaient aux lèvres.

— Ni mon mari ni moi n'avons répondu aux attentes l'un de l'autre. Je suis duchesse d'Aquitaine et reine de France, mais cela ne signifie rien. Mon seul désir est d'être débarrassée de lui et de faire dissoudre cette union. Je veux exercer mon propre pouvoir et disposer des moyens nécessaires pour décider par moi-même. On m'a forcée à suivre des chemins que je n'ai empruntés que sous la contrainte.

Elle chercha le regard de Mélisende, qui la considérait avec une vive attention.

— Louis est faible et obtus, lâcha-t-elle enfin. Il écoute de mauvais conseillers et refuse d'entendre raison. Je n'ai pas envie d'obéir au doigt et à l'œil à un idiot et à ses laquais jusqu'à la fin de mes jours.

— Ah ! s'exclama Mélisende.

Elle frappa dans ses mains. Un serviteur apparut aussitôt et remplit leurs coupes d'un vin frais rafraîchi en citerne.

— Je comprends parfaitement. Il est pénible de voir les hommes ne prendre conseil qu'auprès d'autres hommes et faire des choix insensés. Cette décision d'attaquer Damas en fait partie.

— En effet, confirma Aliénor en faisant la grimace. Les choses auraient été bien différentes s'ils avaient fait d'Alep leur objectif.

À leur arrivée à Jérusalem, elle n'était pas encore entièrement remise de sa deuxième fausse couche. Personne n'était au courant, hormis Marchisa et Mamile. Des rumeurs calomnieuses circulaient parmi les barons et les ecclésiastiques, mais elles portaient sur la prétendue indécence de ses rapports avec son oncle. Ces rumeurs avaient été répandues par Thierry de Galeran et ses sbires dans le but de noircir la réputation de Raymond et de dresser contre lui des hommes qui, autrement, eussent prêté l'oreille à sa requête d'aller frapper Alep. On avait tenu conseil à Acre, conseil auquel Mélisende avait assisté en qualité de régente du royaume de Jérusalem. Louis avait interdit à Aliénor d'y assister. De toute façon, elle était trop affaiblie et impuissante pour protester. Mélisende s'était efforcée de convaincre les autres participants qu'ils auraient davantage intérêt à marcher sur Alep, mais ceux-ci l'avaient ignorée. Damas était une cible bien plus tentante pour ces gens incapables de voir à long terme. Raymond avait refusé de venir défendre son point de vue à Acre, arguant que la traîtrise ambiante l'empêchait de risquer sa vie en participant à un débat réglé d'avance.

L'armée de Jérusalem, appuyée par celle des Français, avait lancé l'assaut contre Damas et avait été mise en déroute. La campagne avait viré au fiasco. Ce nouveau revers avait largement contribué à faire échouer toute tentative et toute occasion d'améliorer la sécurité des chrétiens en Orient. Pour l'heure, Louis avait échangé la cotte de mailles contre l'habit de pèlerin. Il affirmait que c'était une chance inestimable de respirer le même air que le Sauveur, de fouler la même poussière, de toucher les mêmes murailles du temple. Ainsi allait la vie, et Aliénor avait elle-même visité de nombreux sites sacrés qui l'avaient émue et provisoirement guérie de ses excès d'orgueil. Toutefois, le pèlerinage était devenu pour Louis une obsession, ainsi qu'un moyen de se cacher la réalité. Il faisait en ce moment même route vers le lac de Tibériade dans l'intention de remplir des fioles de l'eau sainte sur laquelle Jésus avait marché et où il avait déclaré à ses disciples qu'il ferait d'eux des « pêcheurs d'hommes ».

Mélisende fit un mouvement brusque du poignet.

— C'est évident, assura-t-elle. Il faut se méfier de tous les hommes. J'ai fini par avoir de l'affection pour celui qu'on m'a forcée à épouser, mais à nos débuts, il a fait tout son possible pour m'éloigner du pouvoir. Il lui a fallu un certain temps pour comprendre les usages de ce pays. Mais tandis que nous commencions à nous entendre, l'imbécile est tombé de cheval et s'est brisé le crâne.

Ses yeux s'emplirent de peine, puis elle se ressaisit et but un peu de vin.

— Qu'a dit Louis ? A-t-il consenti à faire reconnaître la nullité de votre union ?

— Il le ferait s'il décidait par lui-même, mais d'autres le lui ont déconseillé, expliqua Aliénor. Il ne veut pas de moi parce que, dit-il, je suis souillée et que je n'obéis pas à Dieu comme je le devrais. Par conséquent, toujours selon ses dires, Dieu refuse de bénir notre union en nous accordant un héritier. Cependant, comment engendrerons-nous un fils s'il refuse de coucher avec moi ? Par ailleurs, il sait que s'il consent, il perd à la fois l'Aquitaine et la face. On dira partout de lui que c'est un raté.

Elle esquissa un sourire aigre avant de poursuivre :

— Il ne peut vivre avec moi ; il ne peut vivre sans moi ; c'est pourquoi il se réfugie dans ses petites pérégrinations, où il pose en roi de France, avec tous les honneurs que cela suppose, mais sans les problèmes afférents. Ainsi peut-il satisfaire à tous ses besoins spirituels et oublier qu'il a une femme. C'est une nullité de fait et de droit.

Son visage se durcit lorsqu'elle ajouta :

— Nous passerons par Rome avant de rentrer à Paris. Là-bas, j'espère avoir l'attention du pape.

Mélisende parut inquiète.

— Vous y êtes résolue ?

— Une délégation est déjà à pied d'œuvre en mon nom à Rome.

— Que ferez-vous si le pape prononce la nullité ? s'enquit la reine de Jérusalem en secouant la tête. Vous deviendrez une proie conjugale de choix. Vous serez immensément riche et disposerez encore de nombreuses années pour avoir des enfants. Quel noble doté d'ambition ne vous sauterait pas dessus pour vous manger toute crue ?

— Je suis entourée de loyaux serviteurs, répondit Aliénor avec bravade. Je ferai ce que je dois.

— Alors, je vous souhaite de réussir. Le monde est un cloaque, comme vous le savez, et il est sage de regarder l'avenir tout en envisageant plusieurs possibilités.

— C'est ce que je me suis toujours efforcée de faire, assura Aliénor. On m'a tendu un traquenard à Antioche. Je sous-estimais mon ennemi, et cela a causé ma perte.

— Vous êtes forcément au courant des rumeurs qui circulent au sujet de votre oncle et de vous ? Je n'en crois pas un mot, car je sais ce que c'est que d'être calomniée par ceux qui sont déterminés à vous renverser. L'opprobre ne disparaît jamais complètement.

— Oui, j'ai eu vent de cette rumeur, l'informa Aliénor non sans raideur, afin de se préserver, car Mélisende avait mis le doigt sur une plaie encore vive.

— L'idéal serait que vous ayez un fils et deveniez veuve, fit remarquer Mélisende. Vous auriez ainsi le maximum de pouvoir qu'une femme puisse détenir, croyez-moi ; à moins de vous faire volontairement nonne. Et, alors même, les fils grandissent et font valoir leur droit à exercer le pouvoir. Ils vous feront la guerre pour obtenir gain de cause, exactement comme un mari cherchera à vous déposséder. Ainsi va le monde…

— Quel réconfort suis-je censée retirer de ces paroles ? s'enquit Aliénor, la gorge serrée par une émotion contenue.

— Je ne disais pas cela pour vous réconforter, répliqua Mélisende avec froideur, mais parce qu'il vous faudra en tenir compte le moment venu, puisque vous êtes décidée à mener votre projet à terme.

— Mon héritier est une héritière, souligna Aliénor.

Mes fils sont morts, ajouta-t-elle en pensée.

— Comme nous deux.

Mélisende se pencha en avant afin d'appuyer son propos :

— Vous êtes encore assez jeune pour refaire votre vie.

Aliénor se versa du vin et, se redressant, affirma :
— Telle est bien mon intention.

Louis célébra la naissance du Christ à Bethléem sous un ciel glacial scintillant d'étoiles, à genoux devant l'autel du sanctuaire qui recouvrait l'emplacement de l'étable où naquit l'Enfant Jésus. Des larmes d'extase ruisselaient en abondance sur ses joues. Aliénor priait à côté de lui, bien qu'elle n'eût guère le cœur de se réjouir de la naissance d'un bébé, fût-il le Fils de Dieu, alors que son propre fils reposait à jamais dans une tombe anonyme. Le séjour à Jérusalem avait trop duré, malgré l'agréable compagnie de Mélisende. Le moment était venu pour elle de partir. Le commandement, l'organisation et l'administration des affaires dépendaient de la volonté d'un autre qu'elle. En outre, elle n'était pas chez elle. Quant à Louis, il ne jurait que par les pèlerinages. Tel un petit enfant qui ne peut plus se passer de sucreries, il en redemandait plus qu'à satiété.

L'armée des Français s'était disloquée en septembre, et les troupes avaient pris le chemin du retour. Le frère de Louis, Robert, s'était mis en route avec le gros du contingent, laissant derrière lui un détachement de soldats et de serviteurs en nombre suffisant pour constituer une garde rapprochée mais non pour former une armée. Louis annonça qu'il le rejoindrait bientôt mais ses paroles furent vite oubliées.

Aliénor faisait les cent pas dans ses appartements tel un prisonnier dans sa cellule. Elle se rendait aux souks et aux bains publics, fréquentait les sanctuaires locaux, priait au Saint-Sépulcre. Elle lisait, brodait, jouait aux échecs, rédigeait des lettres et comptait les jours. Mais Louis ne faisait toujours pas mine de vouloir regagner Paris. Il y avait toujours d'autres sanctuaires et d'autres lieux saints à voir ou à revoir afin qu'il les fixât dans sa mémoire. Ces préoccupations le dispensaient de penser à ce qui l'attendait, à savoir les nombreuses difficultés inhérentes au gouvernement et aux décisions à prendre concernant l'avenir. Il se cachait derrière les splendeurs divines au point de ne plus voir qu'elles.

Suger envoyait des lettres pressantes réclamant le retour du roi. Celui-ci les jetait de côté après les avoir rapidement parcourues. Aliénor, également, recevait des lettres envoyées par ses nobles et ses ecclésiastiques ; et même si Suger ne lui écrivait pas personnellement, elle était parfaitement au courant de ce qui se passait.

— Suger est en train de perdre la main, prévint-elle un jour qu'elle mettait Louis au pied du mur, l'obligeant à l'écouter, avant qu'il ne disparaisse encore une fois à la faveur de quelque excursion. Plus rien ne nous retient ici. Vous avez vu tous les sites importants et quantité d'autres de moindre importance. Le royaume – et l'Aquitaine aussi – va sombrer dans le chaos, si vous ne rentrez pas.

— Vous exagérez, grommela-t-il en lui jetant un regard sombre. Suger est un vieil homme. Il fait trop grand cas de broutilles. Mais il est encore capable de maintenir la paix.

— Non, protesta Aliénor, Suger est un vieillard sur le déclin. C'est à vous, non à lui, qu'il incombe de gouverner le royaume. Et j'ai, moi aussi, des obligations envers le peuple d'Aquitaine. Comment puis-je m'en acquitter en restant ici ? Combien de temps allons-nous encore gouverner à distance ? Votre frère menace de prendre la régence à Suger, et votre mère l'y encourage. Raoul de Vermandois oscille. À supposer que nous partions aujourd'hui, à notre retour à Paris, notre absence aura duré trois ans ! Or, nous n'en ferons rien, ni demain, ni après-demain, ni un autre jour. Et, pendant ce temps, votre autorité se délite. À quand remonte la dernière lettre de l'abbé ?

— Ne me harcelez pas ! s'exclama Louis d'un ton sec. Nous avons tout le temps, et le Christ doit passer en premier.

— Dites-moi au moins quand nous partirons, que je puisse commencer les préparatifs.

— À Pâques ! répondit-il. Je fêterai Pâques à Jérusalem, et j'envisagerai ensuite notre retour.

— C'est dans plus de deux mois !

— Vous aurez donc tout le temps de vous préparer, répliqua-t-il froidement. Je refuse de partir avant. J'ai prié à Bethléem pour la Nativité du Seigneur et je prierai sur les lieux de sa Passion et de sa Résurrection.

Il avait cette lueur dans le regard qui rappela à Aliénor qu'elle n'arriverait à rien en essayant de le raisonner.

— Quand nous arriverons à Rome, j'obtiendrai quand même que le pape prononce la nullité, rappela-t-elle.

Louis haussa les épaules.

— Si le pape vous l'accorde, alors soit ! lança-t-il d'un ton indifférent, mais les mâchoires tout de même crispées.

Elle savait que Suger lui enjoignait constamment de s'y opposer. Les gens diraient qu'un homme qui ne sait pas garder sa femme ni engendrer des héritiers faisait un mauvais guerrier et un piètre roi. Or, un roi qui manquait de virilité et d'autorité exposait immanquablement son royaume à de grands troubles. L'indécision de Louis face au conseil de Suger jouait en la faveur d'Aliénor. La reconnaissance de la nullité de leur mariage signifiait, pour elle, un nouveau départ ; pour compenser la perte de l'Aquitaine, Louis pourrait toujours trouver une autre reine bien dotée en terres et en alliances.

De nouveau seule, elle se fit apporter du parchemin et des plumes pour écrire à Geoffroy de Rancon. Le courrier mettait plusieurs mois pour parvenir en Aquitaine, et la même durée dans l'autre sens. En outre, il importait de ne rien écrire qui pût les compromettre. Il lui écrivait des rapports qui traitaient selon toute vraisemblance des obligations d'un loyal vassal envers sa dame. Mais tous deux savaient écrire et lire entre les lignes.

Elle lui avait ainsi annoncé la perte de leur enfant, et il lui avait fait part de son chagrin. Il faisait de son mieux pour maintenir la paix en Aquitaine en son absence, mais se heurtait péniblement aux interférences de Suger et des Français. Il pensait souvent à elle et priait pour un prompt retour, ainsi que pour l'obtention, à Rome, de la reconnaissance de la nullité de son mariage. Il avait joint à sa dernière lettre en date une fibule émaillée dans des tons vifs et ornée de l'aigle d'Aquitaine aux ailes éployées. Elle la portait tous les jours. Elle la caressa avant de tremper sa plume dans la corne de bélier remplie d'encre noire. Elle lui écrivit qu'elle serait de retour au moment où l'on engrangerait le grain de la prochaine récolte. Avec l'aide de Dieu, elle serait alors une femme libre.

Chapitre 33

Mer Méditerranée, mai 1149

Aliénor contemplait le scintillement du soleil sur la mer tandis que la galère sicilienne fendait dans de blancs sillons d'écume les eaux couleur saphir. Une forte brise gonflait les voiles, emportant les passagers à vive allure vers la Calabre. Le cuisinier faisait frire des sardines fraîches sur le pont et s'apprêtait à les servir, accompagnées de pain non levé aromatisé à l'ail et au thym.

En forçant un peu le regard, Aliénor pouvait apercevoir les autres vaisseaux de la flotte royale. Le navire de Louis était naturellement le plus imposant de tous et arborait une flamme à fleur de lys bleu et or au sommet de son mât. Son propre navire, au mât duquel flottaient la fleur de lys et l'aigle d'Aquitaine, était de dimensions plus modestes, mais elle se félicitait de ne pas se trouver sur le même bateau que son mari. Sa compagnie lui était comme un caillou dans sa chaussure.

C'était leur quatrième jour de mer, et il en restait encore quinze avant d'accoster enfin en Calabre. Les terres du roi Roger de Sicile, leur allié. De là, ils se rendraient à Rome, où Aliénor obtiendrait, pour son plus grand soulagement, la reconnaissance de la nullité de son mariage.

Le cuisinier fit glisser les sardines sur un plateau et les saupoudra d'herbes aromatiques. Un écuyer offrit le tout à Aliénor. Elle plantait ses dents dans ce mets exquis lorsqu'un cri leur parvint depuis une autre embarcation, suivi de l'alerte des cornes sur les eaux.

Elle se hâta d'avaler sa bouchée.

— Que se passe-t-il ?

Les membres de l'équipage échangèrent des directives et s'empressèrent d'ajuster l'orientation des voiles dans le but de gagner quelques nœuds. Le cuisinier se saisit d'un pichet d'eau et éteignit son feu.

— Les Byzantins, madame, répondit-il d'un ton laconique.

Alarmée, Aliénor posa ses sardines de côté. Les Byzantins étaient en guerre contre les Siciliens. Dans la mesure où Louis s'était déclaré l'allié de la Sicile et que leurs navires appartenaient au roi Roger, ils étaient des cibles toutes désignées. L'empereur Manuel Comnène avait promis une récompense à qui prendrait le roi et la reine de France en otage et les lui ramènerait à Constantinople.

Aliénor se plaça en retrait afin de ne pas gêner les marins qui manœuvraient les voiles. Ils voguaient sur l'aile de la flottille et, malgré les efforts des marins, ils étaient en avant-dernière position. Les autres bâtiments, au lieu de faire demi-tour pour engager le combat, avaient sorti les rames et fuyaient sans demander leur reste.

Ce fut avec une moue crispée qu'Aliénor vit l'ennemi foncer sur eux. Les Byzantins disposaient de davantage de rameurs et s'approchaient à une si vive allure qu'il n'y avait plus rien à faire. La proue de leurs navires était renforcée de bronze étincelant qui la faisait ressembler à un museau. Une fois armée, la pointe cracherait le mortel feu grégeois qui ne s'éteint pas même au contact de l'eau.

— Plutôt me jeter par-dessus bord que retourner à Constantinople ! lança Aliénor à Saldebreuil, qui se tenait tout près d'elle, la main à l'épée.

— Madame, ce ne sera pas nécessaire. Les secours vont arriver.

— Ils en seraient bien avisés.

Elle se tint un instant le visage à deux mains. Une fois encore, elle était réduite à l'impuissance et ne pouvait empêcher ce qui se préparait.

Les Byzantins rattrapèrent bientôt leur galère, moins rapide, et les forcèrent à se rendre. Le capitaine ennemi fut ravi de découvrir sa prise de choix, et bien qu'il traitât Aliénor avec égards, elle ne put que remarquer son petit air satisfait lorsqu'il leur souhaita la bienvenue à son bord.

— Le roi de France vous le fera payer cher, souffla Aliénor, telle une chatte combative acculée par un gros chien.

Il fut extrêmement amusé lorsqu'on lui traduisit les paroles de la reine.

— Oh non, rectifia-t-il, tout sourires, il me donnera de l'argent !

Et il tapota la bourse qu'il portait à la ceinture afin de se faire bien comprendre.

Aliénor se retira sous l'auvent mis à leur disposition. Une partie de l'équipage français fut mise aux fers. On laissa les autres matelots à bord de la galère d'Aliénor préalablement démâtée et dont on avait jeté toutes les rames à la mer, à l'exception de six. Saldebreuil se vit confisquer son épée. Toutefois, il avait réussi à garder une petite dague cachée dans sa botte.

Les biens d'Aliénor furent considérés comme prises de guerre par le capitaine. Un magnifique boîtier d'ivoire offert par Mélisende, contenant son miroir et son peigne, alla rejoindre le paquetage du Byzantin, ainsi qu'une robe de soie pourpre à brocarts d'aigles dorés.

— Fils de putain ! grommela Saldebreuil. Je leur trancherai la gorge dans leur sommeil.

— Vous ne ferez rien de tel ! pesta Aliénor. Vous vous feriez prendre, et nous en pâtirions tous. Je ne puis m'offrir le luxe de vous perdre. Notez dans un coin de votre esprit quel pirate s'est approprié tel objet, afin que nous puissions les récupérer plus tard.

— Je châtrerai celui qui a pris mon épée ! prévint Saldebreuil.

Ses yeux noirs luisaient de haine.

Ils formaient un petit groupe bien triste lorsqu'un autre cri retentit. Soudain, les Byzantins hissèrent les voiles et s'empressèrent de rejoindre leurs bancs de rame. L'embarcation vibra, tandis que les rameurs la propulsaient vigoureusement en avant dans de longues poussées, prenant de la vitesse à chaque nouveau coup de rame. Aliénor se leva et mit sa main en visière. Ils étaient poursuivis. De même que les Byzantins les avaient rattrapés sans effort, voici qu'on les rattrapait à leur tour.

Debout à côté d'elle, Saldebreuil dit :

— Ma foi, voilà un rebondissement intéressant. Le gros poisson avale le petit, puis la baleine avale tout le monde.

— Nous laisserons-nous avaler par une baleine ? lança Aliénor en le regardant par en dessous.

— Assurément, si la baleine est sicilienne, répondit-il.

Puis il scruta la mer en direction de leurs poursuivants et ajouta :

— Vingt birèmes d'une centaine de rames chacune. Ils sont sûrement armés de feu grégeois. Le navire de nos ravisseurs n'a que soixante rames, et son équipage a déjà un combat dans les bras. Ils passeront à l'abordage avant le coucher du soleil.

Par mesure de prudence, le capitaine byzantin fit mettre les chevaliers d'Aliénor aux fers et aux chaînes de chaque côté de son bâtiment. Puis il mit un soldat en faction devant le groupe formé par les otages.

— Ce sera une chronique passionnante à raconter à mes petits-enfants, si je vis assez longtemps pour engendrer leur père ! s'exclama Saldebreuil en secouant le bracelet de fer qui lui entravait le poignet. Me va-t-il, madame ? s'enquit-il.

— Taisez-vous, espèce d'idiot, le tança Aliénor d'un ton sec.

— J'en conclus que non.

Un sourire éclatant aux lèvres, il ajouta :

— Je vais devoir me débarrasser de ce bijou, en ce cas.

Aliénor croisa son regard puis considéra la petite bosse au sommet de sa botte.

Les birèmes siciliennes rattrapèrent les galères byzantines au moment où le soleil amorçait sa descente à l'horizon. Une brise nocturne s'était levée qui soulevait les flots. Des nuages s'amoncelaient en arrière de leurs poursuivants, annonçant un orage violent. L'embarcation des prisonniers, dans l'incapacité de s'échapper, fit demi-tour pour affronter l'ennemi. Aliénor fit une moue inquiète, tandis que la galère se laissait dériver sur l'eau. Les équipages préparaient le feu grégeois à la proue des navires. Le feu jaillirait des groins de bronze sur l'adversaire. Une odeur grasse et doucereuse qu'elle ne connaissait pas s'insinua dans ses narines et lui étreignit les poumons.

Les deux armadas se rapprochèrent, et les flammes surgirent des tubes en cuivre en rugissant. Dans la confusion des ordres qui fusaient à grands cris, on faisait désespérément virer de bord les navires pour éviter les meurtrières fontaines de feu. Les voiles se transformèrent en loques embrasées rouge et or, comme le ciel. Des marins transformés en torches humaines se jetaient à la mer, où ils continuaient de se consumer, lorsque l'inextinguible feu grégeois, ravivé au contact de l'eau, se propageait sur les flots, tel un soleil englouti.

Des grappins rattachés à des filins agrippèrent le plat-bord de leur embarcation. L'équipage byzantin se précipita dans l'espoir de repousser les assaillants à coups d'épée, de massue et de hache. Saldebreuil fouilla dans la tige de sa botte, empoigna sa dague et, d'un geste prompt, la plongea dans la cuisse de leur gardien. L'homme tomba en hurlant de douleur. Saldebreuil facilita sa chute, retira sa lame et l'acheva. Puis il se servit de la hache du mort pour briser ses chaînes et put enfin protéger Aliénor de toute la masse de son corps, bien que cela se révélât inutile. Brutale et sanglante, la bataille entre les Byzantins et les Siciliens était déjà terminée.

Aliénor changea encore une fois d'embarcation. Pendant ce temps, ce qui restait de la flottille byzantine fut soit sabordé, soit pris par les vainqueurs. Une morne traînée vermeille à l'horizon constituait l'ultime vestige de la lumière du jour. Un foisonnement de petits incendies flottait à la surface de l'eau – moisson d'étoiles mortes qui n'éclairait que des cadavres et des débris d'épaves.

Le capitaine sicilien, un homme dans la force de l'âge au teint olivâtre et bâti comme un bœuf, escorta Aliénor et son entourage avec déférence jusqu'à l'abri situé à la poupe.

— Cela faisait des jours que nous faisions la chasse à cette meute de loups, madame, et que nous cherchions votre flotte expliqua-t-il.

— Dommage que vous ne soyez pas arrivés quelques heures plus tôt, déplora Aliénor. Mais je vous sais grâce, néanmoins, de nous avoir secourus.

Elle vit qu'il regardait avec envie les objets que ses hommes transféraient depuis la galère byzantine.

— Naturellement, vous devez être récompensé, ajouta-t-elle.

Mieux valait leur concéder une partie du butin que de voir ses effets personnels être fouillés une nouvelle fois. Mieux valait également rester en bons termes avec ses libérateurs, même s'ils n'étaient tous qu'un ramassis de pirates, et qu'elle se sentait toujours captive.

Le capitaine s'inclina en faisant des moulinets avec ses bras.

— Madame, servir la reine de France est une ample récompense, mais j'accepte votre offre généreuse.

Aliénor haussa les sourcils. Elle n'avait pas promis de se montrer généreuse.

Il faisait complètement nuit, à présent, et le vent, qui grossissait, faisait se cabrer le navire comme un cheval fougueux. Les cris des marins occupés à renforcer le bateau contre le mauvais temps qui se préparait la firent sourire. Avoir survécu à deux abordages pour périr dans une tempête eût été le comble de l'ironie.

Par une journée éclatante de fin de printemps, Louis se tenait sur un promontoire face à la mer. Le soleil de Sicile lui brûlait la nuque, et la brise embaumait le thym sauvage et l'iode.

— J'ignore si elle est morte ou vive, confia-t-il à Thierry de Galeran. Je n'ai plus de nouvelles depuis des semaines. Si elle avait été capturée par les Byzantins, ils me l'auraient fait savoir par des lettres pleines d'une malveillante exultation.

Là-dessus, il se rongea l'ongle du pouce, dont la chair était déjà à vif.

— Ce n'est donc sûrement pas ce qu'il lui est arrivé, Sire, confirma Galeran.

Louis fit la grimace.

— J'ai rêvé la nuit dernière qu'elle venait à moi sous la forme d'une noyée dans une robe ruisselante et couverte d'algues luisantes. Elle m'accusait d'être responsable de sa mort, lança-t-il.

Galeran fit une moue incrédule.

— Ce n'était qu'un cauchemar, Sire. Vous devriez demander à Dieu de vous envoyer le secours de la paix de l'esprit.

— J'aurais dû faire demi-tour pour aller la secourir, lorsque les Byzantins ont attaqué.

— Vous aurait-elle suivi ? s'enquit le templier.

— Là n'est pas la question, rétorqua Louis, soudain impatienté. Nous ignorons et vous et moi ce qu'elle est devenue. Si je pouvais être certain que ce rêve était un présage et qu'elle est morte noyée, je pourrais faire mon deuil et me remarier dès mon retour à Paris, et gouverner l'Aquitaine au nom de notre fille. Mais au lieu de cela, il n'y a que le silence. Et que suis-je censé faire ? Combien de temps vais-je encore devoir l'attendre ?

Galeran posa une main compatissante, affectueuse et ferme sur l'épaule du roi.

— Vous devriez prendre les dispositions nécessaires pour notre départ, et si la reine n'est toujours pas rentrée au moment de lever l'ancre, alors il vous faudra la tenir pour disparue.

Louis ne parut pas convaincu. Même s'il lui arrivait parfois de haïr Aliénor, les sentiments qu'il avait eus pour sa jeune épouse au début de leur mariage revenaient le hanter par instants. Il éprouvait le besoin de rompre toute attache avec elle sans jamais parvenir à s'y résoudre. En outre, si la rupture définitive avait pour cause le décès d'Aliénor en mer, il en porterait la culpabilité jusqu'à la tombe, quoi qu'en dît Thierry de Galeran.

Aliénor ouvrit les yeux sur une chambre aux éclatants tons chauds tout en nuances. Son lit était solide et stable. Il n'était pas ballotté par les vagues. Aucun ressac contre la coque, aucun claquement de voiles, pas le moindre frottement de rames. À la place, ce n'étaient que chants d'oiseaux, murmure étouffé des serviteurs et sérénité. Face à son lit s'étendait une fresque représentant des léopards tachetés se pavanant avec des airs supérieurs entre des palmiers dattiers et des orangers touffus.

Peu à peu, elle se souvint qu'elle avait finalement débarqué la veille au soir, saine et sauve, dans le port de Palerme. Des conditions météorologiques extrêmes avaient fait dévier la birème de son cap. Après avoir survécu à deux tempêtes qui les avaient entraînés très au sud, ils avaient dû réparer leurs avaries à Malte avant de faire voile vers la Sicile, pour essuyer, hélas, un autre coup de vent et être mêlés à d'autres échauffourées avec les Byzantins. Lorsque la galère avait jeté l'ancre à Palerme, cela faisait plus d'un mois qu'Aliénor errait en mer.

Le murmure des serviteurs se fit plus sonore. La porte s'ouvrit, et Marchisa entra sur la pointe des pieds, apportant un plateau chargé de pain, de miel et de vin. Aliénor n'avait pas d'appétit. Elle se sentait malheureuse. La période passée en Méditerranée avait été hors du temps, un séjour dans les limbes au cours duquel seuls les besoins les plus ordinaires avaient sollicité son attention. À présent, elle devait reprendre les rênes, et cela lui coûtait.

Elle se força à manger et à boire, puis enfila l'ample robe de soie qu'on lui avait apportée. Palerme était placée sous l'autorité de Roger de Sicile, l'un des monarques les plus puissants du monde chrétien. Roger lui-même était en voyage, quelque part dans son royaume. Ce fut donc son fils, Guillaume, qui accueillit Aliénor. C'était un beau jeune homme de dix-huit ans au regard ténébreux. Il lui fit faire le tour des palais et des jardins avec un mélange de fierté et de courtoisie.

Les jardins embaumaient le parfum puissant des roses qui s'y épanouissaient partout en bouquets cramoisis recouverts de poudre d'or. Des paons balayaient les allées de leurs queues aux plumes irisées en bombant leur poitrine azuréenne. Des papillons – ombres violettes profondes et douces – se posaient parmi les fleurs.

— Je demanderai à nos jardiniers de vous remettre des roses que vous rapporterez au pays, proposa galamment Guillaume. Avez-vous vu celles-ci qui sont marquées de rayures crème ?

Aliénor trouva la force de sourire à son hôte charmant. Tout en appréciant ces merveilles, elle avait la tête ailleurs. N'en avait-elle pas déjà vu de semblables ? Toutes ne finissaient-elles pas par se ressembler ?

— C'est très aimable à vous, répondit-elle. Elles embelliront le jardin de Poitiers.

Un serviteur les attendait près de la sortie. Il se prosterna dès qu'il les vit.

— Sire, des nouvelles – des nouvelles pénibles – de votre père sont arrivées.

Le serviteur jeta un rapide coup d'œil à Aliénor tandis qu'il remettait un rouleau de parchemin à son seigneur.

Guillaume brisa le cachet de cire et lut ; puis, se tournant vers Aliénor et lui désignant un banc sculpté près du mur, il dit :

— Madame, peut-être devriez-vous vous asseoir.

Elle le regarda fixement. *Seigneur Dieu, Louis est mort !* songea-t-elle.

Elle obéit. Un rosier ployait ses pétales rouges au-dessus de leur tête. Leur parfum emplit ses narines.

Une ride d'anxiété brouilla le front lisse de Guillaume.

— Majesté, commença-t-il avec ménagement, j'ai la tristesse de vous annoncer que le prince Raymond d'Antioche est mort en combattant contre les Sarazins.

Aliénor continua de le fixer, imperturbable. La fragrance des roses se fit plus vive, et l'atmosphère devint si étouffante qu'elle pouvait à peine respirer. Le peu d'air qu'elle parvint à inhaler était empli de la sirupeuse et doucereuse odeur des fleurs en voie de pourrissement.

— Madame ?

Elle sentit sa main se poser sur son épaule, mais c'était là un soutien bien maigre.

— Comment a-t-il péri ? s'enquit-elle d'une voix étranglée.

— Avec honneur, madame. Ses hommes étaient cantonnés à découvert. Les Sarazins les ont encerclés puis ont fondu sur eux. Votre oncle aurait pu s'enfuir et garder la vie, mais il a choisi de rester auprès de ses hommes.

Aliénor réprima un sanglot. Puis un autre. Son oncle n'était pas néophyte dans l'art de la guerre. Il devait y avoir autre chose. Soit ses prétendus alliés l'avaient trahi – ce qui était assez courant –, soit il ne désirait plus vivre, lion blessé et cerné de toutes parts qu'il était. Mieux valait une fin rapide qu'une longue agonie dans les mailles d'un filet. Cette pensée fut si pénible à Aliénor qu'elle se courba en deux en se tenant le ventre.

Affolé, le jeune prince fit appeler ses suivantes. À leur arrivée, Aliénor les repoussa.

— Je ne lui pardonnerai jamais ! s'exclama-t-elle avec véhémence en s'adressant à Marchisa. De toute ma vie.

— Pardonner à qui, madame ? s'enquit Marchisa.

— À Louis, répondit Aliénor. S'il avait accepté de marcher sur Alep et d'aider mon oncle, ainsi qu'il le devait, rien de tout cela ne serait arrivé. Je le tiens personnellement, ainsi que ses conseillers, pour responsable de la m… du meurtre de mon oncle. Il n'est pas d'autre mot.

Aliénor se reposa à Palerme pendant trois semaines avant de se rendre, en plusieurs étapes, à Potenza, où Louis l'attendait. Elle eût préféré ne plus jamais le revoir, ni lui parler, mais puisqu'ils étaient tenus de déposer, à Rome, une demande conjointe de reconnaissance de la nullité de leur mariage, elle n'avait d'autre choix que de le rejoindre. Cela la rendit physiquement malade, et lorsque Louis lui donna l'accolade et se déclara soulagé de la revoir, elle dut se retenir pour ne pas l'éconduire en public.

— Mon seul soulagement dans cette affaire est que nous sommes en mesure de nous rendre ensemble à Rome afin de demander au pape de prononcer la nullité de notre union, répliqua-t-elle les dents serrées. Vous ne me contraindrez plus longtemps.

Louis parut blessé.

— J'ai perdu le sommeil d'inquiétude pour vous.

Aliénor haussa un sourcil effronté. Non qu'elle doutât de ses paroles. Elle doutait plutôt d'être la cause de ses insomnies. Il s'était inquiété pour son propre sort, très certainement… À la droite de Louis, Thierry de Galeran faisait de son mieux pour cacher son dépit, sans toutefois y parvenir complètement.

— Bien sûr ! Allons voir ce que le pape en dira, repartit Louis. La sainte loi de Dieu est notre guide sur Terre.

Il la prit par le bras et la conduisit jusqu'à un divan ; puis il fit servir du vin à la reine dans une coupe en cristal de roche.

Galeran se tint en retrait derrière Louis.

— Nous sommes tous profondément navrés et bouleversés par la mort du prince d'Antioche, déclara-t-il de sa voix coulante et froide. Nous nous sommes laissé dire qu'il s'est battu avec bravoure, bien qu'il eût causé sa propre perte par sottise.

Aliénor eut la sensation qu'il retournait le couteau dans la plaie. Elle percevait la haine qui transpirait sous ses abords courtois et glaciaux. Mais elle en avait autant à son service.

— Si la promesse de l'aider avait été tenue, il n'aurait pas été acculé à cette situation, lança-t-elle au templier. Je vous tiens pour responsable.

— Moi ? Oh, allons, madame..., temporisa Galeran en s'inclinant, le visage fendu d'un demi-sourire hautain. Ce n'est pas moi qui l'ai envoyé dans le désert pour établir son cantonnement à découvert. Cette décision est entièrement sienne et relève d'un jugement stratégique indigent.

— Tout comme les vôtres à Damas. Si vous aviez marché sur Alep, mon oncle vivrait encore.

— Aliénor, vous n'entendez rien aux ressorts de la guerre, la mit en garde Louis.

— Parce que vous vous y entendez ? Je vous ai vu à l'œuvre, désastre après désastre, tandis que vos soi-disant conseillers vous menaient par le bout du nez. Nul besoin d'être un homme pour s'y entendre en stratégie. Vous avez laissé mon oncle sans recours. Vous avez son sang sur les mains.

Louis rougit sous cette attaque cinglante. Quant à Galeran, il recula, comme s'il avait été frappé par un serpent.

— Pardonnez-moi, répliqua ce dernier, mais votre oncle avait d'autres recours. Il a simplement fait le mauvais choix, et cela lui a coûté sa tête. J'ai entendu dire que l'émir Shukira la lui a tranchée, puis qu'il l'a fait embaumer et porter comme trophée au calife de Bagdad dans un coffret en argent.

Aliénor se leva d'un bond et jeta son vin au visage du templier.

— Vous n'êtes qu'un sale fils de putain ! Disparaissez ! Disparaissez, vous dis-je ! Comment osez-vous !

Galeran lui darda un regard noir.

— Vous m'en voyez navré, madame. Je pensais que vous étiez au courant de tous les détails.

— Il était donc superflu de m'en aviser, sauf à vous rire de moi.

— Laissez-nous, Thierry, lança Louis. Allez donc vous laver.

Galeran fit une moue rageuse, tira sa révérence à Louis, considéra Aliénor en tiquant et quitta la pièce, son ample cape flottant derrière lui.

— Pourquoi le gardez-vous à vos côtés ? s'enquit Aliénor en tremblant. Il transforme tout ce qu'il touche en poison. Vous le laissez chuchoter à votre oreille. Il a dormi sous votre tente et dans votre lit pendant toute la durée de notre croisade, tandis que vous m'en interdisiez l'accès.

— Ma sauvegarde lui importe d'une façon que vous ne pouvez pas comprendre, répondit Louis d'un ton presque pitoyable.

— C'est, de fait, exact ! confirma Aliénor, non sans amertume. Et, ce faisant, il vous abaisse en tant que roi et vous rend un encore plus piètre mari. Sur son conseil vous avez pris la décision d'aller guerroyer contre Damas, laissant à d'autres le soin d'en payer le prix. Vous n'y avez pas perdu la vie ; seulement vos derniers lambeaux d'autorité. On se souviendra de mon oncle comme d'un héros et de vous comme d'un avorton ayant gouverné sous la coupe de ceux qui le manipulaient et détournaient son esprit de la vérité. C'est pourquoi je ne vous pardonnerai jamais d'avoir pris les décisions qui ont conduit à la mort de Raymond. Jamais. Tant que j'aurai un souffle de vie.

— Madame, cela suffit ! s'exclama Louis en carrant ses épaules. Vous vous demandez pourquoi je vous ai interdit l'accès à ma tente ? La réponse est dans votre comportement.

Je pensais vous trouver d'humeur conciliante après les épreuves que nous avons traversées, mais à l'évidence, je me trompais.

— Pourquoi vous imaginer cela ? repartit-elle, soudain lasse et épuisée par la futilité de la querelle. Aucun de nous deux n'a changé à ce point. Et je ne souhaite pas poursuivre cette conversation. Je vais prier pour que l'âme de mon oncle trouve la paix. Quant à moi, je n'en connaîtrai point.

Elle le laissa planté là, à serrer et desserrer les poings. Galeran attendait près de la porte qu'elle sortît pour aller retrouver Louis. Il s'était séché, à l'exception de ses cheveux, encore humides sur le devant, qui dégageaient des effluves de vin. Elle le craignait autant qu'elle le haïssait.

— Vous ne méritez aucune clémence pour vos agissements, lui lança-t-elle d'une voix tremblante. Dieu qui voit tout vous jugera.

Il s'inclina dans un grand geste plein de cynisme.

— Ainsi qu'il nous jugera tous. Je ne redoute pas son jugement, car je n'ai fait que protéger mon roi et servir mon Dieu.

— Faut-il que vous ayez l'esprit malade ! s'exclama-t-elle.

Il lui jeta un regard venimeux.

— Croyez ce qu'il vous plaira, madame. Quant à moi, je sais ce que la Parole de Dieu enseigne au sujet du Serpent et de la Prostituée de Babylone. De nous deux, c'est moi qui ai la confiance du roi. Quel pouvoir détenez-vous ?

Sur ces mots, il pénétra dans la chambre et ferma la porte derrière lui.

Ce fut au tour d'Aliénor de serrer les poings. Elle tremblait de rage, de honte et de chagrin. À son corps défendant, elle avait appris les détails de la mort de son oncle de la bouche de Galeran. Ils seraient à jamais associés, dans son esprit, à l'exultation malveillante du templier. Qu'attendait-elle sur ce palier, tandis que les deux hommes se concertaient ? Si Galeran ne méritait pas la miséricorde, lui et Louis se méritaient certainement.

Pour sa part, elle méritait mieux.

Chapitre 34

Palais du pape à Tusculane, août 1149

Le pape Eugène se pencha en avant sur son siège en joignant fermement les mains et plongea un regard scrutateur dans les yeux d'Aliénor. C'était un homme de taille modeste que sa position courbée faisait paraître encore plus petit. Il ressemblait à une musaraigne parée de la superbe épiscopale.

— Votre Sainteté, je suis prête à entendre votre verdict, dit Aliénor.

Enfin, elle avait atteint le but de son voyage. Louis avait consenti à la procédure et s'était entretenu avec le souverain pontife un peu plus tôt ce matin-là. Elle ne l'avait pas revu depuis, mais il était déterminé à aller jusqu'au bout. Seuls quelques mots du vieil homme ratatiné, ainsi que les papiers requis, se dressaient encore entre elle et la liberté.

Eugène III caressa le saphir éclatant de son anneau pontifical avec le plat du pouce.

— Comme je l'ai dit tantôt à votre mari, ce que vous me demandez est au pouvoir de Dieu, non de l'homme. « Ce que Dieu a uni, que l'homme ne le sépare pas ! » Sauf cas très graves et très complexes, ce qui n'est pas le vôtre.

Il avait la manie de manger la fin de ses phrases, de sorte qu'Aliénor dut tendre l'oreille, mais elle en entendit suffisamment pour comprendre qu'il n'allait pas dans son sens.

— Mais nos lignées sont consanguines au troisième degré, rappela-t-elle. Louis et moi avons les mêmes ancêtres.

— Les lois sont faites pour être observées, mais elles sont parfois utilisées hypocritement comme des commodités, rappela à son tour le pape de sa voix grêle et éraillée de vieillard, bien qu'imbue de toute sa puissance, prenant manifestement la chose à cœur. Je compte que vous mettiez votre foi en Dieu. Vous ne souhaiteriez pas déclencher son courroux. Soyez humble et accordez votre volonté à la sienne. J'ai dit la même chose à votre mari.

Levant un index en signe de mise en garde, il poursuivit :

— J'ai été très troublé d'entendre que, lui aussi, désirait que je prononce la nullité de votre mariage. Ce n'est pas l'attitude que j'attends d'un authentique fils de l'Église. Trop de gens intentent ce genre de procédures, alors qu'ils devraient faire de leur mieux pour entretenir leur union. Je lui ai dit qu'il devait revenir sur sa position, et il a promis de le faire.

Aliénor le considéra avec une consternation grandissante à laquelle se mêlait une bonne dose d'écœurement.

Le pape Eugène la pointa du doigt et ajouta :

— Il ne vous appartient pas de vous opposer aux desseins de Dieu. Mon droit de justice, que je tiens de lui, s'arrête là où commence la sienne. Je vous engage de tout mon cœur à vous réconcilier avec votre mari et à persévérer dans cette union. Il en naîtra un héritier au trône du royaume de France.

Puis, la mine perplexe, il la tança :

— Vous êtes encore jeune et n'avez nul besoin de recourir à ce genre de stratagème en la matière. Vous devez implorer la miséricorde divine pour vous être entêtée dans cette voie.

Enfin, un sourire triste, quoique presque bienveillant, aux lèvres, il dit :

— Vous êtes venue au bon endroit pour ce faire. Tout ce qu'il faut, c'est de la détermination ; grâce à la détermination, tout peut s'arranger.

Aliénor était bouleversée et décontenancée, mais elle se composa un visage et fit face dignement. Le regard du pape était empli de compassion et de sollicitude, mais également d'une nuance de reproche anxieux, un peu comme s'il réprimandait une enfant ayant commis une faute. Il était évident que le souverain pontife ne prononcerait pas la nullité du mariage et que ses pensées suivaient un tout autre cheminement.

— Ma fille, vous devriez aller vous confesser et méditer mes paroles, de même que votre époux, à qui j'ai enjoint de le faire. Que ce jour soit celui du renouvellement de vos vœux de mariage, non de leur fin.

Il lui offrit sa main afin qu'elle baisât son anneau.

— Je ne veux plus entendre parler de cette sotte histoire de nullité de votre mariage. Allez donc vous préparer à recevoir votre époux, et Dieu vous accordera un fils.

Il ne restait plus à Aliénor qu'à faire sa révérence et à prendre congé. Elle était hébétée et ne parvenait pas à croire que l'audience auprès d'Eugène III se soit soldée par un échec. Il n'existait aucune cour pour faire appel de la décision. Par conséquent, elle se retrouvait encore plus irrévocablement liée à Louis que jamais.

Ce soir-là, Aliénor, pieds nus et vêtue seulement d'une longue robe blanche et d'une cape, traversa les couloirs du palais papal, la main droite reposant à peine sur le poignet gauche de Louis. Ce dernier arborait une tenue similaire. Chacun portait la couronne royale, qu'ils avaient emportée en croisade. Les cheveux d'Aliénor retombaient sur ses hanches en vagues dorées. Il flottait autour d'elle une odeur de rose et d'encens. Louis avait été semblablement apprêté. À leur tête et à leur suite, un chœur de chanoines séculiers entonnait des louanges à Dieu, et des suivantes répandaient sur le sol dallé des pétales de rose en provenance des jardins du palais.

Ils parvinrent enfin à une élégante porte en chêne ornée de voûtes et de volutes en fer forgé. Un huissier frappa avec cérémonie à l'aide de sa crosse en ébène et, sur une injonction émanant de l'intérieur, actionna le loquet avant de faire entrer le couple dans une chambre embrasée de mille feux et couleurs. L'endroit rappela quelque peu à Aliénor la splendeur des vitraux de Saint-Denis, car elle eut à nouveau l'impression d'entrer dans un reliquaire. Il y régnait une atmosphère sacrale qui la remplit d'appréhension et d'incertitude.

Le pape Eugène les attendait, debout au pied du lit, comme s'il officiait devant l'autel. Son petit corps de fouine disparaissait sous une chape étincelante de brocart d'or et d'argent. Dans sa main droite, il tenait une crosse surmontée d'un reliquaire en forme de croix, dont les ors disparaissaient presque entièrement sous les pierreries. Un évêque était à son côté, un récipient d'eau bénite en argent à la main. Un autre se tenait prêt, brandissant une ampoule d'huile sainte. L'odeur de l'encens imprégnait toutes choses, mais surtout le lit, lequel était une création complexe de blanc et d'or assortie à la chasuble papale. Des bougies et des lampes brillaient dans chaque niche et recoin, exhalant le doux arôme de la cire d'abeille et de l'huile parfumée et chauffant au passage la pièce. Des gouttes de sueur pareilles à des perles de cristal luisantes constellaient le front ridé d'Eugène III.

—Mes enfants, commença-t-il en tournant les mains paumes vers le ciel, en signe de salutation.

Ses yeux brillants comme des fruits rouges débordaient de bienveillance.

—Avec l'aide de Dieu, voici venu le temps du renouveau, de l'espérance et de la fécondité. La couche qui vous accueille ce soir en tant que mari et femme a été sanctifiée par moi. Et, à présent, c'est à votre tour de l'être, afin que vous puissiez recevoir la grâce d'enfanter un héritier mâle.

Il les fit s'agenouiller, puis Aliénor sentit sur son front le contact tremblant de son pouce lorsqu'il la signa d'une croix d'huile eucharistique en récitant une prière de bénédiction et de pénitence.

— Au nom du Père, du Fils et du Saint-Esprit, ainsi soit-il, acheva-t-il enfin.

Les membres assemblés du clergé se retirèrent en procession réglée en entonnant des hymnes et en actionnant des encensoirs, laissant derrière eux un sillage divin d'effluves de résine d'encens.

Aliénor et Louis se tournèrent l'un vers l'autre, étrangers comme au premier jour mais instruits par l'expérience des années – calice empoisonné par les blessures, la trahison, la perfidie et la violence qui y avaient fermenté. Le pape Eugène voulait qu'ils recommencent de zéro, mais Aliénor savait qu'il nourrissait de vains espoirs. Tout cela ne faisait que l'entraîner un peu plus avant dans la mauvaise direction. Sa première nuit de noces avait inauguré un mariage qui avait rapidement tourné à l'aigre. En quoi une deuxième arrangerait-elle les choses ? Elle ne se faisait aucune illusion, et cela lui rendait l'épreuve encore plus pénible.

Louis la prit dans ses bras et, l'attirant contre lui, l'embrassa sur le front à l'endroit où le pape l'avait bénie.

— Puisque telle est la volonté de Dieu, il est de notre devoir d'agir en conséquence, déclara-t-il d'un air sombre. Le pape a raison, nous devons mettre de côté nos préventions personnelles et nous comporter en souverains.

Aliénor s'allongea sur le grand lit sanctifié aux tentures inestimables et aux draps encore humides d'eau bénite. Il lui sembla alors que tout son être volait en éclats. Comment cela était-il possible ? Le matin même elle espérait encore entendre prononcer la nullité de son mariage. Elle ne réagit guère aux caresses de Louis, ce qui ne fit que l'exciter davantage, car la passivité d'une femme était le signe de son obéissance. Aux yeux de Louis, Aliénor obéissait au pape et se soumettait ainsi à la volonté divine.

Finalement, l'acte physique fut moins déplaisant pour elle qu'elle ne l'avait redouté. Louis s'était totalement absorbé dans son rôle. Pouvait-il rêver plus insigne autorisation que de voir ses propres ébats chapeautés par le pape ? Pour cette raison, il n'eut aucune difficulté à accomplir son devoir conjugal, faisant tout ensemble honneur au lieu où ils se trouvaient et à la sacralité de l'occasion. Une fois qu'il eut terminé, il s'étendit sur le dos, les mains derrière la tête, le regard fixé sur les tentures, un léger sourire aux lèvres.

— Nous aurons enfin notre héritier ! s'exclama-t-il. Alors, tout sera différent, vous verrez.

Aliénor en doutait. À supposer qu'elle donnât naissance à un fils, les mêmes courtisans continueraient de causer les mêmes problèmes et à la repousser dans les marges du pouvoir. Elle ne pouvait croire que Louis renouerait avec elle sur le plan intime. Peut-être pendant quelque temps, tout au plus, tant que l'exhortation du pape resterait fraîche dans son esprit. Mais elle le connaissait trop bien pour attendre un miracle. Une fois le prestige papal évanoui, il retournerait à ses ornières.

Malgré son irrépressible soif de liberté, Aliénor s'était vu opposer un surcroît de chaînes.

Chapitre 35

Paris, hiver 1150

Aliénor n'avait jamais vu d'hiver aussi glacial. Les premières gelées étaient arrivées fin novembre et avaient été suivies, quinze jours plus tard, par la neige. Il gelait à pierre fendre, et le soleil continuait de se lever tard et de se coucher tôt. Les privations sévissaient. Les files de quêteurs aux portails des abbayes n'en finissaient plus de s'étendre, à mesure que les réserves de nourriture diminuaient et que les prix des denrées montaient en flèche. Les pauvres mouraient de faim et de froid. La Seine était gelée, et le transport fluvial paralysé. On approvisionnait la ville par traîneaux. Les Parisiens faisaient fondre de la glace pour cuisiner. Le prix du bois de chauffage augmenta bientôt au point qu'allumer un feu devint un luxe.

Aliénor – de même que Louis – avait passé la journée dans les rues à distribuer des aumônes aux nécessiteux et à rendre visite aux malades. Elle était préoccupée par leur détresse, même si, comme leur bienfaitrice, ils avaient embrassé leur sort en naissant. Elle faisait donc au mieux pour leur venir en aide dans les limites de ses attributions.

Sous une lune éclatante et implacable, elle marchait en compagnie de Pétronille dans les allées gelées des jardins du palais. Aliénor portait un épais manteau doublé d'hermine et des chaussures isolées du froid par une douce épaisseur de laine. Pétronille transportait une pierre chaude enveloppée dans une peau de mouton. Un ostentatoire rubis brillait à son annulaire, tel un phare rappelant au monde qu'elle était désormais officiellement l'épouse de Raoul de Vermandois. Sa première femme était décédée, laissant ainsi le champ libre à leur union. En conséquence, ils avaient été réintégrés dans le sein de l'Église.

Des enfants couraient en tous sens autour des deux sœurs en se lançant des boules de neige et en se narguant de leurs voix tranchantes comme le cristal dans l'air immobile du crépuscule. Âgée de quatre ans et arborant de longs cheveux blonds comme les blés, ainsi que des yeux bleu nuit, la fille d'Aliénor, Marie, comptait parmi les bambins. Avec sa silhouette gracile, on l'eût pu croire sortie tout droit du royaume des fées. Mais ses allures frêles recélaient une grande vitalité. Une détermination à toute épreuve lui permettait déjà de se confronter avec témérité à ses cousins Vermandois. Aliénor avait quitté un bébé trottinant à peine pour retrouver une petite fille filiforme et fort exigeante. Un fossé s'était creusé entre elles par défaut d'affection maternelle. Aliénor se sentait peu de lien avec sa petite. Leur séparation avait duré trop longtemps. Tout au plus parvenait-elle à éprouver quelque regret empreint de tristesse. Elle était à nouveau enceinte, conséquence de leur séjour à Tusculane. Mais elle l'occultait parce que y penser lui faisait trop de mal.

— Tu vas devoir en informer Louis bientôt, rappela Pétronille à la faveur d'une halte près d'un banc couvert de neige, où elles examinaient les parterres en dormance.

Aliénor avait rapporté des rosiers de Palerme qui ne fleuriraient pas avant l'été.

— Je l'ai vu te regarder par deux fois à table, lorsque tu as refusé la truite aux amandes.

— Pour qu'il fasse de moi sa prisonnière ? rétorqua Aliénor d'un ton amer. Dès qu'il saura que j'attends un enfant, il me cloîtrera dans ma chambre et me fera assiéger par ses médecins et ses prêtres. Il me fera surveiller jour et nuit. Il est devenu quasiment insupportable. Que vais-je devoir endurer, quand il aura appris la nouvelle ? Il me permettra de me promener avec toi dans le jardin, penses-tu ? Bah, il dira que la fraîcheur du soir peut nuire au petit, et que je serais avisée de me montrer plus prudente. Bref, il m'accusera de négligence !

— N'empêche que tu vas devoir le lui dire sans tarder, insista Pétronille. Tout homme qu'il est, il sait compter. Toi qui me répètes à l'envi que je devrais faire preuve de plus de pragmatisme !

— Je le lui dirai, mais pas encore, concéda Aliénor à contrecœur. J'ai l'intention de profiter de quelques jours de liberté encore.

Pétronille posa sur sa sœur un regard scrutateur.

— Toi, tu ne me dis pas tout… Raoul a eu connaissance de la correspondance de Suger pendant ton absence. Apparemment, tu as demandé une déclaration en nullité depuis Antioche, et tu l'as portée devant le pape à Rome. Raoul disait que Louis serait le plus grand nigaud de la chrétienté s'il acceptait de perdre l'Aquitaine.

— Et pourtant, il était d'accord. C'est le pape, ce vieux sentimental, qui a renoué notre lien conjugal et a refusé de prononcer la nullité du mariage. Il nous a fait coucher dans le même lit en promettant à Louis qu'il lui naîtrait un fils.

Elle appuya sur son ventre et exhala une bouffée de vapeur blanche.

— Et s'il avait prononcé la nullité, que serait-il arrivé ensuite ? s'enquit Pétronille. Qu'aurais-tu fait ? Tu n'aurais pas pour autant recouvré ta liberté, pas en tant que femme seule dépourvue d'héritier mâle et disposant encore de belles années devant elle pour enfanter. Quelque prince aurait tôt fait de te mettre le grappin dessus. Raoul disait que tu agissais aussi imprudemment que Louis.

—Apparemment, Raoul a beaucoup à dire sur un grand nombre de sujets, et tu sembles très empressée d'interpréter ses dires comme autant de vérités, répliqua Aliénor sèchement. Raoul ne sait rien de ma situation. Et si je ne le mets pas dans la confidence, c'est parce que j'ai d'excellentes raisons à cela.

Un éclair de colère traversa le regard de Pétronille.

—Il est tout le temps resté fidèle.

—Oh, je ne doute pas de son zèle à couvrir ses arrières. Et puis, qui est Raoul pour parler d'imprudence, surtout avec sa réputation ? Allons, voilà qui suffit ! Je ne veux pas me disputer avec toi.

Un peu plus loin devant, les enfants soulevaient des gerbes de neige avec leurs pieds. La petite Marie glissa sur une plaque de glace et se fit mal en tombant. Sa lèvre inférieure se mit à trembler et elle pleura bientôt à chaudes larmes. Sa cousine, Élisabeth, l'aida à se relever, et ce fut vers Pétronille que Marie courut se faire consoler.

—C'est fini, mon cœur, c'est fini, chuchota Pétronille en s'accroupissant pour caresser la joue de la petite de sa main réchauffée par la chaufferette improvisée. Ce n'est rien. Juste une petite égratignure, hein ? Le gros chagrin !

Sur ces mots, elle lui fit un câlin et lui donna un baiser.

Aliénor les regardait avec, au cœur, une impression de vide et de malaise.

—Venez, ordonna-t-elle abruptement en se tournant vers le portail du jardin. Il est temps de rentrer. Le froid descend.

Une semaine plus tard, par un après-midi de fin d'hiver, tandis que le grand froid continuait de mettre dangereusement à l'épreuve la résistance du peuple, Louis était assis dans sa chambre de la grande tour. Le dîner était terminé, les bougies allumées, et chacun vaquait à sa guise. Pour une fois, Louis n'était pas à ses dévotions mais conversait avec les membres de sa suite. Pour une fois, également, Thierry de Galeran n'était pas avec lui, ayant été appelé pour affaires à son domaine de Montlhéry. En conséquence, l'atmosphère était plutôt détendue.

Les enfants des courtisans jouaient à un jeu de dés rudimentaire près de l'âtre où résonnaient leurs cris ardents. L'heure, pour eux, d'aller se coucher approchait, et les nourrices les surveillaient attentivement. Le fils de Raoul, qui portait le même prénom que son père, était particulièrement débordant d'énergie. Il fit rebondir les dés, et ceux-ci roulèrent sous les tréteaux autour desquels discutaient les adultes. La petite Marie passa à quatre pattes sous la table dans le but d'aller les récupérer. C'est alors qu'elle poussa un cri perçant. Un chien s'était cru invité à lui lécher le visage.

Raoul rappela l'animal au pied et regarda sous la table.

— Que fais-tu, petite ?

— Je cherchais les dés, messire, répondit cette dernière en zézayant, avant de les lui montrer dans la paume de sa main.

— Ah, tu ne nous espionnais donc pas ? lança Raoul en faisant la moue, pour le plus grand malaise de l'assistance, qui se tut.

— Qu'est-ce que cela veut dire, messire ?

— Écouter ce que les uns disent sans qu'ils le sachent pour le rapporter aux autres. Avec un peu de chance, ils peuvent même t'acheter tes renseignements.

L'enfant était comme fascinée.

— C'est moucharder, dit-elle.

Raoul fut secoué d'un rire muet.

— J'imagine que oui, convint-il. Souviens-toi seulement que toute connaissance peut rapporter.

Puis il lança un sourire en coin à Aliénor et se redressa pour aller montrer aux enfants un de ses tours de magie.

— Bouffon ! pouffa Louis en secouant la tête.

— Un bouffon omniscient, rectifia Aliénor.

Elle l'observa tandis qu'il faisait disparaître les dés. Marie vint s'appuyer contre la jambe du chevalier, tel un chaton qui attend son lait. Il lui tapota le crâne.

Aliénor posa les yeux sur son ventre. L'heure était venue d'annoncer la nouvelle à Louis. L'attitude sournoise de Raoul avait été une mise en garde.

— Louis, commença-t-elle, j'attends un enfant. Vous allez être de nouveau père.

Ses traits se figèrent, puis, avec la soudaineté du dégel au printemps, il s'exclama :

— Vraiment ? Vous dites vrai ?

Aliénor hocha la tête en serrant les dents. Elle avait envie de pleurer, mais non de joie.

— Oui, confirma-t-elle.

Louis lui prit les mains et se pencha pour l'embrasser sur le front.

— C'est la plus belle nouvelle que vous pouviez m'apprendre ! Le pape avait raison et a fait preuve de sagesse. C'est en effet un nouveau départ. J'ai l'intention de vous protéger et de prendre soin de vous, et de vous entourer des meilleures attentions.

Gonflant la poitrine, il ajouta :

— Dès demain, j'enverrai quérir les meilleurs médecins du pays. Notre enfant et vous ne manquerez de rien. Je ferai tout ce qui est en mon pouvoir pour vous garder tous deux sains et saufs.

Aliénor essaya de sourire mais n'y parvint pas, car elle savait que sa période de captivité allait commencer. Déjà, il lui semblait étouffer.

Si l'hiver avait été long et rude, le début de l'été 1150 fut suffisamment chaud pour faire cloquer la peinture des volets et gauchir les portes, ouvrant des fissures et des craquelures dans le bois soumis aux dernières extrémités. Même à l'intérieur de la chambre, au sommet de la grande tour, l'air était tiède et vicié malgré les volets ouverts et la protection de l'épaisse muraille qui, d'ordinaire, gardait le frais. En plein travail, Aliénor ne connaissait de répit à la chaleur que la très relative fraîcheur de la sueur refroidie sur sa peau.

Les sages-femmes lui avaient assuré que tout allait bien, que tout était en bonne voie, mais les heures se succédaient dans les douleurs et les souffrances qui étaient le lot des filles d'Ève. Comment aurait-elle pu ne pas se rappeler sa fausse couche sur la route d'Antioche ? Et comment ce souvenir aurait-il pu ne pas raviver son effroi, sa rage et son chagrin ? Ces émotions-là ne l'avaient jamais quittée, elles ajoutaient même à l'épreuve, tandis qu'elle poussait, dans l'espoir d'une prompte délivrance.

La fin approcha. Un ultime effort, et le bébé – bouton de rose humide – naquit. Il était bien vivant et doté de poumons puissants, grâce auxquels il emplissait la chambre de ses cris. Seuls les serviteurs et les autres adultes se tenaient cois. Enfin, l'appréhension qui se lisait sur leur visage se mua en incrédulité, puis en résignation.

Pétronille se pencha au-dessus du lit et prit la main de sa sœur.

— C'est une deuxième fille, annonça-t-elle. Te voilà maman d'une autre charmante enfant.

Ces paroles n'eurent aucun écho dans l'esprit d'Aliénor. Tout se passait comme si sa raison et ses sentiments avaient été séparés lors de la rupture du cordon ombilical. Elle n'avait pas eu d'autre choix, à Tusculane, que de partager la couche de Louis. Au fond, cet enfant était celui de Louis et du pape. Elle n'avait servi que de matrice. Le fait que ce fût une fille ne suffisait pas à faire s'écrouler ce mur d'indifférence. Elle ne pouvait rien y faire, sinon l'accepter. Elle se tourna vers la fenêtre et sentit le souffle presque imperceptible de l'air sur sa peau.

— Peut-être que le prochain sera un garçon, lança Pétronille. Notre mère a eu deux filles et un fils, et moi de même.

Aliénor lança un regard à sœur et dit :

— Cela n'a aucune importance. Nul ne peut aller contre la volonté de Dieu.

Pétronille caressa tendrement ses cheveux défaits. Puis elle se tint à l'écart afin de permettre aux sages-femmes de s'occuper du placenta.

— Sans doute est-ce pour le mieux, susurra-t-elle. En tout cas, te voilà libérée, maintenant.

Depuis qu'on lui avait dit qu'Aliénor était en travail, Louis faisait les cent pas en attendant des nouvelles. Comme toujours, cela prenait une éternité. Mais, cette fois, c'était certain, ce serait un fils. Le pape avait donné sa parole ; en outre, l'enfant avait été conçu dans le palais papal. Tous ceux qu'il avait consultés le confortaient dans cette idée. Il avait fait en sorte qu'Aliénor ne manquât de rien pendant sa grossesse. L'enfant serait prénommé Philippe. Louis le ferait baptiser devant l'autel de saint Pierre, en la chapelle royale, dès qu'on le lui apporterait. Il avait même déjà rédigé, de sa propre main, un certain nombre de documents au nom de son fils, où il s'engageait à faire des dons à des abbayes. Le fait de ne pas avoir recouru à un secrétaire mais d'avoir tracé de sa propre main les lettres du prénom Philippe lui avait procuré le sentiment exquis d'être le héros d'un destin merveilleux.

L'abbé Suger lui tenait compagnie. Ils avaient prié ensemble un peu plus tôt dans la journée et étaient à présent accaparés par les affaires de l'État. Le rigoureux hiver avait laissé sa marque sur l'abbé de Saint-Denis, qui avait brusquement vieilli. Émacié et flétri, il ponctuait ses phrases d'une toux sèche persistante. Malgré sa faiblesse, il restait politiquement actif et se montrait toujours subtil dans les discussions portant sur leurs encombrants voisins.

— Il serait préférable de négocier un accord avec Geoffroy d'Anjou et son fils, plutôt que de leur faire la guerre, Sire. Le soutien de l'Angevin m'a été indispensable pendant ma longue régence.

— Vous insinuez que je devrais passer outre à leur impertinence ? récapitula Louis en se dressant de toute sa hauteur. Ils doivent apprendre à rester à leur place.

— Votre frère a lancé une attaque contre eux, pendant que vous étiez en pèlerinage. Geoffroy d'Anjou est un puissant vassal. Vous lui avez reconnu le titre de duc de Normandie, et il a accordé ce titre à son fils. Mieux vaut pour le moment les avoir dans notre camp.

— Geoffroy lui a accordé ce titre sans mon autorisation, et son fils est un chiot qui doit apprendre à obéir à son maître, répliqua Louis d'un ton sec. Je ne laisserai pas des morveux faire la loi.

— Bien sûr, Sire. Mais vous devriez penser à l'avenir. Beaucoup voient d'un bon œil l'accession du fils de l'Angevin au trône d'Angleterre au détriment du fils d'Étienne.

— Tant que je vivrai, aucun Angevin ne portera couronne ! tempêta Louis. Ils se sont déjà accaparé bien plus que leur dû.

Suger insista. Il faisait preuve d'une patience à toute épreuve, malgré une lassitude évidente.

— Mais vous devriez vous ménager des voies de sortie, lui conseilla-t-il. En outre, vous ne devriez pas vous exposer sur les champs de bataille tant que la légitimité de votre propre héritier n'est pas solidement établie. Le pays se remet à peine de la dureté de l'hiver. Les épis pointent tout juste leur tête dans les champs. Dévouez ce temps aux travaux agricoles et au repos.

Louis considéra bien attentivement son précepteur et remarqua les poches d'ombre sous ses yeux et ses joues creusées. Cela faisait longtemps, déjà, que Suger était entré dans la vieillesse, mais jamais Louis ne l'avait perçu comme un être fragile ou mortel. Certes, il avait souhaité qu'il parte, ou du moins qu'il se montre moins intrusif, en bien des occasions ; mais à présent, il comprenait que cette présence de tous les instants, qu'il considérait comme allant de soi, était sur le déclin. Ce temps dévoué aux travaux des champs et au repos serait peut-être également l'occasion de se détacher de Suger.

— Je vais y réfléchir, dit enfin le roi sans trahir son émotion.

— Je ne vous en demande pas davantage pour l'instant, et j'espère que la sagesse vous guidera.

Suger posa sur Louis un regard pénétrant et ajouta :

— Et je sais que vous ne manquez pas de sagesse, mon fils, même si celle-ci est durement acquise et que, parfois, votre propre entêtement et les sots conseils d'autrui prennent le pas sur ses avis.

L'abbé n'était pas diminué au point de ne pouvoir sermonner son pupille. Aussitôt, l'angoisse de le perdre passa à l'arrière-plan.

Un intendant tapa à la porte à l'aide de sa baguette et annonça l'arrivée des serviteurs de la reine. Ils venaient le prévenir de la naissance de son fils !

Louis ne se sentit plus d'orgueil lorsqu'il donna l'ordre de les faire entrer. Il allait enfin pouvoir poser les yeux sur son héritier !

La sage-femme s'approcha, un bébé emmailloté dans les bras. Elle baissait les yeux et arborait une expression neutre.

— Sire…, salua-t-elle avant de se prosterner.

Puis elle ouvrit la couverture sur ses genoux afin de lui montrer le nouveau-né… Louis se pencha vers la petite créature qui gigotait et pleurait d'avoir été ainsi exposée à la fraîcheur de l'air. Il avait devant lui une petite fille, mais comme cela était impossible, il en resta sans voix. Il leva les yeux vers les courtisans, venus en nombre avec la sage-femme, puis les baissa de nouveau vers l'enfant avec une totale incrédulité. C'était un fait, mais un fait inconcevable.

— J'en ai assez vu, lâcha-t-il entre ses dents. Emmenez cet enfant.

La sage-femme remmaillota le bébé dans la couverture et quitta la chambre suivie de son escorte de courtisans. Louis regarda ses mains. Elles tremblaient. Il était sous le choc et ne parvenait plus à penser. Tout se passait comme si l'absence de pénis sur le corps de sa fille lui avait ôté toute force virile. Son univers intérieur s'effondrait.

— Tenez bon, l'encouragea Suger. Du moins la reine a-t-elle de nouveau prouvé sa fécondité.

Louis se mit à arpenter la pièce en somnambule. Il fit halte près de son bureau et le mot « Philippe » lui sauta au visage comme un fer chauffé à blanc.

— J'avais un fils voilà encore quelques secondes, murmura-t-il. Et voici qu'il n'est plus, remplacé par une usurpatrice qui me laisse sans rien.

Il s'empara du vélin et le roula en boule dans son poing.

— Sire…

Il jeta à Suger un regard plein de frayeur et de furie.

— Que vont penser les gens de moi, qui ne parviens pas à engendrer un fils avec cette… femme, malgré la bénédiction du pape ? Que vont dire les gens ?

Il était au bord des larmes, et l'angoisse lui nouait douloureusement l'estomac.

— Tout est sa faute ! s'emporta-t-il. Elle m'a encore une fois trahi. Si même Dieu ne peut l'obliger à donner naissance à un garçon, comme le pourrais-je ?

Pendant un instant, il voua une haine presque absolue à sa déloyale épouse. Il avait eu la conviction que ce serait un garçon. L'Église elle-même ne lui avait-elle pas assuré qu'il agissait conformément à son devoir ? Le pape lui avait promis un héritier. Ils s'étaient ligués pour lui forcer la main, faisant de lui une victime.

— Non, l'abbé, s'écria-t-il en levant les bras au ciel. N'essayez pas de me consoler en me disant que tout finira par s'arranger. J'aurais dû exiger depuis longtemps que le pape prononce la nullité de ce mariage.

— Je sais que vous souffrez, mon fils, assura Suger. Mais il ne vous appartient pas de remettre en question les décrets de Dieu. En outre, vous voilà père d'une petite en bonne santé. C'est une occasion de festoyer, car un jour viendra où vous contracterez un bon mariage pour elle. Vous êtes encore tous les deux assez jeunes pour essayer à nouveau.

Louis frémit rien que d'y penser.

— Pas avec elle ! repartit-il. C'était sa dernière trahison.

— Mais si vous demandez au pape qu'il prononce la nullité de votre mariage, vous perdrez l'Aquitaine. Et, pour tout dire, ce serait une perte plus grande que de perdre votre femme. Je vous conseille de ne pas agir sur un coup de tête, mais, au contraire, de bien peser le pour et le contre. Pensez au sort du royaume, non à vous seul.

Louis se mordit l'intérieur de la joue. Sa décision était prise. Certes, Suger s'y opposerait jusqu'à son dernier souffle à cause des grandes richesses de l'Aquitaine. En vérité, Louis s'en fichait éperdument désormais. Tout ce qu'il voulait, c'était être débarrassé d'Aliénor. À leur première rencontre, il avait cru voir un ange et avait été transi d'amour. Mais elle n'avait apporté dans sa vie que scandale et déshonneur. À cause d'elle, il se sentait coupable et impur, et elle-même était impure, puisqu'elle ne pouvait lui donner que des filles ! Les médecins ne l'affirmaient-ils pas ? Les femmes qui n'enfantaient que des filles avaient un tempérament dominateur. Or, ce déséquilibre de la nature donnait la primauté à l'ovule sur la semence masculine, primauté qui résultait en la naissance de filles. Tout se tenait. On pouvait également voir les choses sous un autre angle et considérer que la semence du père n'était pas assez vigoureuse pour prendre le dessus. Mais Louis eût refusé d'admettre une telle faiblesse de sa part. La seule et unique fautive était Aliénor. On ne pouvait exiger de lui qu'il s'embarrassât d'une épouse aussi faillible. Il se mettrait donc en quête d'une génitrice plus convenable qui lui donnerait un fils en bonne santé.

— Soyez tranquille, répondit-il au bout d'un moment. Je vais bien tout prendre en compte.

Le vieil ecclésiastique toussa et prit une gorgée de vin.

— Vous allez devoir prendre des dispositions en vue du baptême de votre deuxième fille, rappela Suger. Avez-vous décidé d'un nom ?

Louis n'en avait pas même envisagé l'hypothétique nécessité, tant il avait été certain d'attendre un fils. Il était hors de question qu'il transformât Philippe en Philippa, même si ce prénom existait dans leurs deux familles.

— J'en laisse le soin à ma femme, répondit-il. C'est elle qui l'a mise au monde. Elle n'a donc qu'à lui donner un nom.

Chapitre 36

Église abbatiale de Saint-Denis, février 1151

Aliénor acheva sa prière, se signa puis se redressa. Des nuées de vapeur s'échappaient de sa bouche. Il régnait à Saint-Denis, en cette maussade matinée de février, un froid glacial. Les épées de lumière qui transperçaient les hauts vitraux et venaient se planter dans le dallage du sol n'apportaient aucune chaleur. Seules les flammes qui dansaient sur les porte-cierges remplissaient modestement cet office. Aliénor fit halte pour allumer un cierge qu'elle déposa à côté des autres.

Cela faisait déjà plusieurs semaines que Suger était dans la tombe. L'abbaye avait sonné le glas pour son regretté abbé tandis qu'on le mettait en terre dans l'église au rayonnement de laquelle il avait tant contribué. Il était mort dans la crainte de la damnation, tremblant de s'être trop occupé de politique et des affaires du monde au lieu de se consacrer aux choses spirituelles. Il avait supplié Bernard de Clairvaux de venir prier pour son salut sur son lit de mourant, mais Bernard, lui-même âgé et affaibli, n'avait pu venir. Comme viatique, il lui avait fait parvenir un mouchoir de lin que Suger serrait dans son poing au moment de sa mort, tandis qu'il demandait que l'on fasse dire des messes et qu'on priât constamment pour le salut de son âme.

Comme c'est étrange..., songea Aliénor. Elle connaissait Suger depuis son accession au trône du royaume de France. Elle l'avait souvent trouvé en travers de son chemin, le considérant comme un importun. Il pouvait se montrer retors, quand il s'agissait de parvenir à ses fins ; toutefois, elle n'avait jamais senti chez lui la moindre malveillance, et cela le faisait remonter dans son estime. Ses opinions personnelles n'avaient jamais interféré avec sa politique. À sa mort, Louis avait pleuré son précepteur et mentor comme un enfant. Mais une fois ses larmes séchées, ses yeux étaient redevenus froids comme l'acier.

Aliénor retourna à l'auberge de l'abbaye où elle séjournait avant de repartir pour Paris. Elle devait écrire à ses vassaux et à différents membres du clergé. La disparition de Suger avait marqué la fin d'une époque et en avait inauguré une nouvelle qui demeurait pour l'instant incertaine. La nuit précédente, elle avait rêvé de Poitiers : un petit vent tiède embaumant le thym caressait ses paupières, soulevait ses cheveux, l'emplissant de nostalgie.

Louis ne l'avait pas rejointe pour prier, préférant faire ses dévotions à part. Mais il l'attendait, à présent, dans sa robe noire unie rehaussée d'un petit reliquaire en forme de crucifix qui tombait sur son torse. Il était pâle et avait les joues creusées. Aliénor frissonna à sa vue. Elle le salua et mit aussitôt de la distance entre eux. Ils s'étaient à peine parlé et croisés depuis la naissance de leur seconde fille, qu'Aliénor avait prénommée Alix. Celle-ci était née début juin, mais sa mère n'avait quitté la chambre que fin juillet. Elle avait remis Alix à une nourrice le jour de son baptême, puis, début septembre, ses menstruations étaient revenues. Mais Louis n'était pas venu partager sa couche, et Aliénor ne l'y avait pas incité. Leur vie de couple était aussi morne et sans joie que cette fraîche matinée de février.

— Je souhaite vous informer de mon intention de demander au pape de prononcer la nullité de notre mariage, annonça Louis d'un ton aigre.

Aliénor parut étonnée.

— Vous accédez en cela à mon propre désir. Mais cela n'a déjà pas abouti une première fois.

— Il en ira différemment cette fois. J'y veillerai tout particulièrement.

— Votre dessein est de vous remarier afin d'engendrer un fils ? lança-t-elle avec un sourire acerbe. Mais peut-être votre destin est-il de n'engendrer que des filles, Louis. Y avez-vous pensé ?

Le roi eut un tic nerveux à la joue.

— Il n'en est rien. Notre union, quoi qu'en dise le pape, est consanguine et ignominieuse aux yeux de Dieu. Il n'est pas décent que nous demeurions mari et femme.

— Vous saviez qu'elle était consanguine, lorsque vous m'avez épousée…

Il rougit.

— Non, je l'ignorais absolument.

— Mais Suger le savait, lui. Très bien, même. Cependant, l'important était que l'Aquitaine tombât dans l'escarcelle du trône de France. De nombreux couples sont, comme nous, apparentés au troisième degré. Ils passent néanmoins leur vie entière ensemble et ont la grâce de donner naissance à des garçons. La consanguinité n'est qu'un expédient pour entériner une séparation.

Écartant les mains, elle ajouta :

— C'est avec joie que je me range à votre souhait, Louis, mais si vous aviez consenti à ma demande à Antioche, vous nous auriez épargné le gâchis de trois années.

— Antioche fut une remise en cause et une insulte à ma royauté, répliqua-t-il d'un air renfrogné. J'étais disposé à vous accorder la requête à Tusculane, mais le pape en a jugé autrement. J'ai fait mon possible pour lui obéir, mais, à l'évidence, il était dans l'erreur. Une séparation ne peut être évitée.

Aliénor ressentit un grand soulagement, qui s'accompagna d'un arrière-goût amer et du sentiment desséchant de la futilité des choses humaines. On l'avait contrainte à épouser Louis. Une fois leur mariage célébré, elle avait cru qu'ils pourraient collaborer efficacement, que l'étincelle d'attirance mutuelle deviendrait un brasier d'amour. Mais, au lieu de cela, les machinations de la Cour avaient faussé et corrompu leurs relations au point de les rendre impossibles. En arriver à ces extrémités avait des relents d'échec, mais également un parfum de liberté. Des mois de négociations s'annonçaient. Mais puisse enfin la nullité de leur mariage être prononcée au nom du cache-misère de la consanguinité, bien que tous deux sussent que ce n'était pas la raison véritable.

— Eh bien, ma foi, si vous parvenez à faire revenir le pape sur sa décision, allons de l'avant.

Le regard dur, elle ajouta :

— Naturellement, vous n'aurez plus votre mot à dire dans le gouvernement de l'Aquitaine. Vous devrez rappeler tous vos fonctionnaires et toutes vos garnisons de mes territoires.

— N'ayez crainte, assura Louis du tac au tac. Mais nos filles n'en demeurent pas moins vos héritières. L'Aquitaine continuera donc de m'importer en leur nom. Elles resteront auprès de moi et grandiront à mes côtés.

Aliénor hésita pendant un bref instant puis y consentit. Quelle proximité avait-elle avec ses filles ? Marie marchait à peine lorsque Aliénor était partie en Anatolie pour ne rentrer que trois ans plus tard. Quant à Alix, ce n'était encore qu'un nourrisson. La mère et ses filles n'avaient guère de lien entre elles. Les seuls sentiments qu'elle nourrissait à leur égard étaient ceux de la défaite et du regret.

— Ainsi nous sommes d'accord, résuma Louis. Je vais entamer les démarches.

Sur un signe de tête plein de raideur, il sortit. Aliénor le regarda refermer la porte derrière lui. L'indifférence prédominait en elle, tandis qu'elle eût dû se sentir comme un aigle enfin libre. Après de longues années passées à essayer de s'échapper, au risque de se briser les ailes et de s'exposer au désespoir, il lui faudrait du temps pour reprendre courage avant l'envol.

Geoffroy pourrait être sien désormais ; excepté que plus rien n'était pareil. Elle pourrait retourner à Poitiers pour y sentir le vent doux dans ses cheveux, mais elle ne serait plus jamais la même. Une fois l'innocence perdue, on changeait profondément sans retour en arrière possible. Lorsque l'Aquitaine serait en rupture de ban avec le royaume de France, il lui faudrait concevoir de nouvelles stratégies et définir de nouvelles règles pour survivre.

La besogne ne manquerait pas, mais pour l'heure, chacun devait refaire ses comptes. Demain serait un autre jour.

Chapitre 37

Château de Taillebourg, mars 1151

Geoffroy de Rancon considéra la lettre qu'il tenait en main, puis il se tourna vers l'archevêque de Bordeaux, Geoffroi du Louroux. Au-dehors, un violent vent de mars poussait des nuages blancs duveteux devant la fenêtre en saillie de la grande tour qui donnait sur la Charente. C'était une froide journée qui justifiait un bon feu, tout en gardant les promesses du printemps.

— Notre duchesse rentre en son fief, annonça Geoffroy, le cœur brûlant d'amour.

Dommage qu'elle ait dû en partir un jour !

— En effet, confirma Geoffroi du Louroux. Mais elle ne sera pas là avant l'automne. Et, quand bien même, la nullité du mariage ne sera prononcée que l'année prochaine.

— Elle dit que Louis a trouvé trois évêques disposés à accorder la nullité, précisa Geoffroy. Mais le pape acceptera-t-il ?

— Je pense qu'il conviendra qu'il a fait tout son possible pour l'empêcher, répondit l'archevêque. Et que, à ce stade-là, les concessions sont de mise. Aucun des deux partis n'en conteste la nécessité, ni ne cache un précédent conjoint dans son armoire.

Geoffroy laissa tomber son regard sur le rectangle de parchemin, où un secrétaire l'informait de son écriture soignée de l'arrivée à l'automne de Louis et d'Aliénor pour une tournée d'inspection de leurs domaines et procéder à l'inventaire. Soldats et fonctionnaires de Louis devaient être renvoyés dans leurs foyers au cours de la visite, et la tâche de Geoffroy consistait, pour une part, à lever des effectifs en Aquitaine en vue de les remplacer. Une note codée glissée à part par Aliénor lui était personnellement adressée. Elle se languissait de l'automne et se réveillait chaque matin avec, au cœur, l'espoir de le revoir bientôt. Elle avait écrit « de revoir bientôt l'Aquitaine », mais il savait que c'était lui-même qu'elle désignait par ces mots. Il n'avait aucun désir de la décevoir ; pourtant, tout au fond, il craignait que ce ne fût déjà trop tard.

L'archevêque l'observait.

— Il faut nous attendre à des temps difficiles, fit-il remarquer. Notre duchesse est une femme de caractère, mais elle sera seule. Elle cherchera conseil, et beaucoup tenteront de tirer profit de son isolement.

— Pas si nous sommes là pour la protéger. Je donnerai ma vie pour qu'elle préserve ses droits à la couronne ducale.

— Je n'en doute pas. Vous êtes un homme d'honneur, et vous accomplirez votre devoir.

Geoffroy se tut, ignorant ce que savait l'archevêque et jusqu'à quel point il était son allié. Pour l'instant, ils étaient dans l'expectative. Une fois qu'Aliénor régnerait à nouveau sur l'Aquitaine en tant que duchesse en titre, elle devrait s'entourer de conseillers choisis dans la noblesse et le clergé. La sagesse voulait qu'on s'assurât de ses soutiens avant son arrivée.

L'archevêque soupira avant d'ajouter :

— J'attendais beaucoup du mariage du roi de France avec la duchesse, tout comme son père d'ailleurs. Il avait pour ambition que sa fille fonde une grande dynastie. Qui aurait pu prévoir que cela finirait ainsi ?

— En effet, convint Geoffroy avant de se terrer de nouveau dans le silence.

Qu'y avait-il à ajouter ? Il se pinça l'arête du nez, se sentant soudain fatigué et détaché. Il lui semblait déjà qu'il appartenait au passé, non à l'avenir.

La maladie s'abattit sur le palais royal. Ses occupants furent atteints de fortes fièvres accompagnées d'irritations des yeux, de fluxions de poitrine et d'éruptions de boutons. Les deux filles d'Aliénor furent touchées, ainsi que leurs cousins Vermandois. La nurserie était remplie d'enfants malades et grognons. Louis contracta la fièvre, tandis qu'il s'apprêtait à partir guerroyer en Normandie contre le duc Henri et son père Geoffroy d'Anjou. Le jour où il devait rejoindre son armée et entrer en liaison avec Eustache de Boulogne, qui était déjà sur le pied de guerre, Louis, suant et grelottant, délirait sur son oreiller. Accablé de rêves affreux dans lesquels l'abbé Suger le menaçait des feux de l'enfer et effrayé à l'idée de mourir, il fit appeler son confesseur et ordonna à ses serviteurs de le vêtir de l'habit des pénitents. Il devint évident qu'il ne serait pas sur pied de sitôt, et que la campagne censée porter le coup de grâce à la cité de Rouen devait être reportée.

— Louis a décidé de demander une trêve, annonça Raoul à Aliénor et Pétronille, un jour qu'il venait prendre des nouvelles des enfants. Il est incapable de conduire une armée, dans son état, et nul ne peut dire combien de temps l'épidémie durera.

Pétronille détourna la tête dans une furieuse attitude de rejet, se refusant à regarder son mari. Elle essora un linge et le posa sur le front en feu de son fils. Le petit garçon gémit et se mit à pleurer.

Aliénor se tourna vers Raoul.

— Comment la trêve sera-t-elle négociée ? s'enquit-elle.

Il jeta un regard exaspéré à sa femme.

— Il est prévu que le comte d'Anjou et son fils viennent à Paris afin de discuter de la situation et de convenir d'un arrêt des hostilités en échange de certaines concessions.

— Telles que ?

— Que Louis reconnaisse au fils du comte le titre de duc de Normandie. En échange de quoi, ils renonceront aux territoires du Vexin qu'ils détiennent.

— Et Louis pense qu'ils seront d'accord ?

Raoul haussa les épaules.

— Ils ont tout à y gagner. Le roi est trop malade pour guerroyer contre Rouen et, une fois rétabli, il aura bien d'autres problèmes à résoudre qui l'empêcheront de lancer une autre campagne. S'il peut obtenir une trêve jusqu'à l'année prochaine et récupérer des territoires par-dessus le marché, tout est pour le mieux. Le comte d'Anjou et son fils, moyennant une bande de terre, gagneront un temps précieux qu'ils pourront utiliser pour régler leurs propres difficultés.

Se fendant d'un demi-sourire, il ajouta :

— Un vieux comme moi ne peut regretter que nous ne partions pas en campagne. La trêve me convient parfaitement.

Aliénor en conclut qu'elle aurait bientôt des invités et calcula le temps qui lui restait avant leur arrivée. Bien que Geoffroy d'Anjou fût une fripouille imbue de ses charmes virils, il la distrairait de ses propres ennuis. Quant à son fils Henri, elle ne l'avait jamais rencontré. Mais elle avait entendu parler de sa précocité et de l'énergie farouche dont il faisait preuve.

Raoul lança un regard vers les enfants et dit :

— Je vais aller prier pour eux. Je ne peux guère me rendre autrement utile ici. Perrine…

Il fit mine de toucher l'épaule de sa femme, mais celle-ci se dégagea.

— Faites donc, lança-t-elle. Je les connais, vos dévotions ! Et je sais au pied de quel autel vous les faites !

— Oh, femme, pour l'amour du ciel ! La seule chose qui puisse m'éloigner de vous, ce sont vos accusations infondées. Il est devenu impossible d'avoir une conversation sensée avec vous.

Tournant les talons, il s'élança hors de la pièce.

Aliénor dévisagea sa sœur d'un air interrogatif.

— Que se passe-t-il ?

— Il voit d'autres femmes, répondit Pétronille avec une moue boudeuse. Il lui en faut toujours de nouvelles. Il croit que je ne remarque rien, mais il se trompe. Et lorsque je le mets devant les faits, il nie. Dieu Tout-Puissant ! Il aurait l'âge d'être mon grand-père, mais il ne peut s'empêcher de courir après les jupons.

Aliénor considéra bien attentivement sa sœur. Les cheveux de Pétronille étaient sales et ternes. Elle avait des cernes noirs sous les yeux, et sa robe était tachée. Elle dégageait une odeur aigre, ne s'étant apparemment pas lavée. Elle ressemblait à leur grand-mère, Dangereuse. La passion qui l'animait était si intense qu'elle la consumait. Elle avait un besoin éperdu d'amour et de reconnaissance. Or, Raoul ne pouvait maintenir sa flamme à une telle incandescence. Sans doute Pétronille avait-elle en partie raison. Raoul était ainsi fait qu'il courrait effectivement les filles jusqu'à son dernier souffle.

— Viens. Tu as besoin de manger et de te reposer. Comment pourrais-tu réfléchir quand tu as accumulé autant de fatigue et de tension nerveuse ? Te souviens-tu de tes propres paroles, lorsque mon cœur était en peine ?

Elle prit Pétronille par le bras et fit signe aux nourrices de veiller sur les enfants.

— Tu sais que je dis la vérité, n'est-ce pas ? insista Pétronille. C'est pourquoi tu ne contestes pas.

— Si je ne conteste pas, c'est surtout parce que c'est inutile quand tu es comme ça.

Pétronille se dégagea.

— Tout est ta faute ! explosa-t-elle soudain. Sans cette histoire de nullité de ton mariage, Raoul me serait toujours attaché. Dès que tu seras rentrée à Poitiers, il me rejettera parce que je ne lui serai plus d'aucune utilité. Je deviendrai même plutôt un obstacle ! Si je suis comme ça, c'est toi qu'il faut blâmer !

Il était inutile de raisonner avec Pétronille lorsqu'elle se mettait dans tous ses états. D'ailleurs, il y avait du vrai dans ses paroles, suffisamment pour qu'Aliénor en conçoive une vive culpabilité. Une fois la nullité de son mariage prononcée, seul l'amour pourrait encore inciter Raoul à demeurer auprès de Pétronille, car plus rien de politique ne l'obligerait alors à rester enchaîné à la sœur mentalement fragile de l'ancienne reine de France.

— Vitupérer contre moi ne changera rien, fit remarquer Aliénor. Si tu veux garder Raoul, tu vas avoir besoin de tout ton aplomb.

Pétronille rejeta fièrement la tête en arrière mais laissa néanmoins Floréta et Marchisa lui faire sa toilette et lui enfiler une robe propre. Elle refusa de manger, mais but quand même un peu de vin contenant une potion pour dormir concoctée par Marchisa. Ses paupières devinrent bientôt lourdes, et elle alla s'allonger sur le lit de sa sœur.

— S'il ne veut plus de moi, murmura-t-elle, alors je ne souhaite plus vivre.

— Ne dis pas de sottises, la tança Aliénor. Le monde ne commence ni ne finit avec Raoul de Vermandois. Tu es mère de trois enfants. Tu as de la famille et des amis à Poitiers. Comment oses-tu dire une chose pareille ?

Pour toute réponse, Pétronille roula sur le côté, tournant le dos à sa sœur et au reste de l'univers.

Aliénor alla voir Raoul et le trouva, ainsi qu'il l'avait dit, en prière dans la chapelle Saint-Michel. Elle s'agenouilla du côté de son œil valide et adressa ses propres prières au ciel en attendant qu'il termine. Il s'attarda, comme s'il était réticent à engager la conversation. Son épaisse chevelure blanche se dégarnissait au sommet de son crâne. Son visage, autrefois lisse et ferme, s'affaissait à hauteur des mâchoires. Son vêtement était immaculé, et il émanait toujours de sa personne une impression de puissance. Toutefois, ces temps-ci, il semblait accuser encore plus le poids des années.

Il se redressa enfin. Aliénor fit de même.

— Avez-vous l'intention de demander au pape qu'il prononce la nullité de votre union avec ma sœur ? s'enquit-elle sans préambule.

Les traits de Raoul se figèrent.

— Qu'est-ce qui vous fait penser cela ?

— Vous le savez très bien. Ne jouez pas au courtisan avec moi, Raoul.

Il laissa échapper un soupir.

— Vous avez vu comment elle me traite ! Et c'est ainsi quasiment tous les jours désormais. Si j'ai le malheur de poser les yeux sur une autre femme, elle pique une crise de jalousie. Elle exige toute mon attention et ne comprend pas que je puisse avoir des obligations. Elle sombre dans des humeurs noires et reste couchée des journées durant. Les prêtres disent que nous sommes punis pour notre frivolité, mais je n'en crois rien. Je crois qu'elle a toujours été ainsi, mais que cela a empiré.

— Vous ne répondez pas à ma question.

Il secoua la tête de dépit.

— Oui, j'envisage la chose, et je dois m'entretenir avec le roi à ce sujet. Il me semble que si vous retournez à Poitiers, il serait préférable que Pétronille vous accompagne. La vie lui sera plus douce au pays de son enfance. À bien des égards, c'est toujours une enfant.

— De sorte que vous vous déchargeriez de votre responsabilité sur moi ?

— Elle a besoin d'être entourée ; et, oui, je crois que ce serait en effet dans son intérêt.

— Le sien ou le vôtre ? lança Aliénor avec mépris.

— Le nôtre à tous les deux, et aussi pour le bien de nos enfants.

— Et lorsque la nullité de mon mariage avec le roi sera rendue publique et que je lui ferai mes adieux, que se passera-t-il ?

— Il me faudra prendre une décision.

Aliénor allait protester mais se ravisa lorsqu'elle vit à l'expression de son visage qu'il souffrait sincèrement.

— J'espère, en tout cas, que votre sens moral vous indiquera la bonne, répliqua-t-elle simplement. Vous avez fait serment de la protéger. C'est le moment ou jamais de tenir parole.

Chapitre 38

Angers, août 1151

Henri, duc de Normandie, prenait du bon temps. La jeune femme assise à califourchon sur son membre viril était une beauté à l'épaisse chevelure brun cendré, aux grands yeux gris et aux lèvres soyeuses à même de dispenser les plaisirs les plus exquis. À dix-huit ans, Henri pouvait honorer une femme de son ardeur et de ses prouesses pendant une nuit entière. C'est ainsi que, la veille au soir, muni d'un pichet de vin et de pâtisseries arrosées de miel, il s'était retiré dans sa chambre avec Aelburgh.

— Tu vas me manquer, confia-t-il en haletant tandis qu'elle allait et venait sur lui.

Il admira le ballottement de ses seins et sentit monter son plaisir.

— Dans ce cas, emmenez-moi avec vous, mon seigneur.

Elle se pencha en avant pour lui mordiller l'épaule et ajouta :

— Je vous tiendrai chaud pendant le voyage.

Henri envisagea brièvement cette possibilité. Il avait eu l'intention de l'emmener en campagne militaire, n'étant pas insensible aux agréments que pourrait lui procurer sa présence. D'autant qu'Aelburgh n'était pas femme à se plaindre des aléas du déplacement. Elle ne créerait aucune difficulté. Ce fut donc à regret qu'il écarta l'idée. Son père n'eût pas vu la chose d'un très bon œil.

— Non, ma colombe, s'exclama-t-il, essoufflé. Malgré toute la satisfaction que j'aurais à t'avoir à mes côtés à Paris, ce ne serait pas convenable.

— Ah, ah, ah ! Je ne vous connaissais pas ce penchant pour la bienséance.

— Il le faut quand c'est nécessaire. Mon père et moi devons négocier des points sensibles avec le roi de France. Nous désirons obtenir certaines choses de lui. Il nous incombe donc de nous comporter en parfaits courtisans. Tout ce que je te demande, ce sont des adieux… affectionnés.

Elle rejeta la tête en arrière et partit d'un grand rire.

— Puisqu'il en est ainsi, mon seigneur, je vais m'occuper de vous de façon que vous ne désiriez aucune femme pendant un mois !

Henri avait des doutes sur la question mais la laissa néanmoins faire.

Le soleil paraissait derrière l'horizon lorsque Henri renvoya Aelburgh avec une tape sur les fesses et une bourse assez garnie pour lui durer pendant son absence. Il était au mieux de sa forme et aucunement épuisé. Il lui en fallait bien davantage pour venir à bout de sa fougue et de son énergie débordante. Il se contentait de quelques heures de sommeil et, une fois éveillé, il pouvait appliquer son esprit à plusieurs tâches en même temps tout en arpentant la pièce où il se trouvait, ne parvenant pas à tenir en place. Rester sans bouger à l'église relevait, pour lui, du supplice quotidien. Puisque Dieu l'avait choisi pour devenir roi et duc, il se considérait comme dispensé de dévotions. C'était le rôle des moines et des prêtres que de prier.

Henri alla jeter un coup d'œil à la fenêtre tout en enfilant une tunique de laine rouge, aux poignets quelque peu… frisottants, résultat du jeu de tir à la corde qu'il venait de mener avec un de ses chiens. Henri connaissait l'importance des tenues lors des événements officiels ; mais, pour le quotidien, il appréciait ses vieux vêtements, dans lesquels il se sentait bien. L'habit ne faisait pas l'homme, c'était l'homme qui faisait l'habit. La manière dont on usait de son pouvoir signifiait tout. Son père était en désaccord avec ce précepte. Mais Geoffroy d'Anjou n'avait-il pas fait du vêtement un élément de sa magnificence ?

Dans la cour, les serviteurs préparaient le départ. Dès le lendemain matin, ils prendraient la route pour Paris. Mais avant, il fallait ferrer certains chevaux, entretenir les harnais, vérifier l'équipement. Ainsi, ils chemineraient sans retard ni anicroche. Le roi Louis avait renoncé à attaquer Rouen et avait fait connaître son souhait de parlementer. Il avait allégué une mauvaise santé, mais, en politique, tant que l'on n'avait pas la personne en face de soi, on ne pouvait être sûr qu'une telle excuse fût vérité ou prétexte.

Henri boucla son ceinturon en sifflotant, mit un semblant d'ordre dans sa tignasse roux foncé et se mit en quête de son père.

Geoffroy était dans sa chambre. On avait ôté les rideaux du lit et recouvert le matelas d'une simple protection. Seigneurs et courtisans étaient déjà à pied d'œuvre, ses secrétaires s'échinant sur des liasses de documents. Assis à une table, un pied en suspension sur un tabouret rembourré, il examinait d'un air songeur une feuille de parchemin.

— Ah ! s'exclama-t-il lorsque Henri entra d'un d'air désinvolte. Voilà enfin mon fainéant !

Henri se servit une coupe de vin et prit un petit pain dans une panière.

— Je suis levé depuis longtemps, assura-t-il avec un sourire entendu.

Son père haussa les sourcils.

— Ah bon ? Espérons que tu as fait bon usage de tes heures matinales, lança-t-il.

Une connivence s'établit entre le père et son fils, malgré le ton irrité de cette dernière remarque.

— Il s'avère que oui. Toute expérience est bonne à prendre, comme vous me le répétez constamment.

Désignant le tabouret, il demanda :

— Votre pied vous cause-t-il de nouveau du tracas ?

Cette remarque irrita encore plus Geoffroy. Il eût souhaité susciter assez de respect et d'attention pour cette blessure de guerre, qui remontait déjà à plus de dix ans, sans pour autant s'entendre rappeler qu'il était sur le point de devenir invalide. Son fils était un beau et jeune étalon de dix-huit ans qui piaffait dans sa stalle. Néanmoins, Geoffroy tenait toujours les rênes et faisait en sorte que son héritier ne l'oubliât point.

— Ce n'est pas pire que d'habitude, mais je gagne toujours à le ménager, surtout la veille d'un long voyage.

Il fit signe à Henri de s'asseoir avant d'ajouter :

— Nous avons encore des détails à voir ensemble.

Ils avaient déjà discuté de la manière d'aborder les Français. Louis réclamait la rétrocession des terres du Vexin, à la frontière entre la Normandie et son royaume, en échange de la reconnaissance, par lui, du titre de duc de Normandie conféré à Henri par son père. L'affaire du seigneur de Montreuil devrait également trouver une solution lors de leurs entretiens. Cependant, dans la mesure où Giraud de Berlai croupissait dans les geôles à l'intérieur de leur donjon, et que Montreuil n'était plus qu'un tas de pierres, c'était là une question sans intérêt. Mais puisque Berlai avait fait appel à Louis pour qu'il le sorte des griffes de son suzerain angevin, le prisonnier pourrait devenir un levier utile au cours des négociations. Henri était ardemment favorable à la trêve, quitte à acheter Louis dans le but de l'amener à des dispositions plus pacifiques. En gardant les Français hors des frontières de la Normandie, il pourrait concentrer ses efforts sur l'Angleterre. S'il fallait, pour y parvenir, graisser quelque peu les rouages au moyen de paroles conciliantes et d'une bande de terre, alors soit ! Qui sait, la situation pourrait un jour être renversée à la faveur d'autres circonstances.

— Quels détails ? s'enquit Henri en s'asseyant face à son père.

— Le roi Louis est sur le point de faire prononcer la nullité de son mariage. Il a besoin d'un héritier mâle ; mais, hélas, la semence de sa femme est trop puissante, et la sienne trop faible, pour qu'ils puissent engendrer un fils. Tout ce qu'il peut obtenir d'elle, ce sont des filles !

Henri tiqua, ne sachant trop où son père voulait en venir. Assurément, il n'était pas question de son union avec Marie, l'aînée du roi de France. Cette idée avait été évoquée puis écartée des années auparavant.

— C'est la faute du roi, évidemment. Ta mère est bien plus mégère que la reine, et ma semence a quand même eu raison de la sienne, et nous avons engendré trois fils ! Tu ne connaîtras pas de semblables ennuis.

Henri le regarda avec ébahissement, tandis qu'une bouchée de pain lui restait en travers de la gorge.

— Songe au prestige et au pouvoir que nous retirerions d'une alliance avec la duchesse d'Aquitaine, et à l'affaiblissement du royaume de France qui en résulterait !

Henri toussa et prit une gorgée de vin. Il ne s'était jamais imaginé avec une femme plus âgée que lui, celle d'un autre de surcroît.

— Vas-tu rester muet comme une carpe ?

— Je ne m'y attendais pas, Sire, parvint enfin à articuler Henri.

Toutes sortes d'images se pressèrent dans son esprit qui le montraient au lit avec une vieille chouette blanchie. Il se souvenait que son père avait eu affaire à Aliénor et Louis à une époque où lui-même suivait sa nourrice comme son ombre, un doudou à la main. À ses yeux, l'incarnation de l'épouse parfaite était vierge, innocente… et sa cadette. Mais le réalisme politique voulait que l'on visse les choses tout autrement. Coincé entre son idéal et la brutalité des faits, il fut momentanément dérouté, ce qui, pour Henri était extrêmement rare.

— Eh bien, remets-toi de ta surprise et fais-toi à cette idée, rétorqua Geoffroy d'un ton abrupt. Je compte sur ton obéissance dans cette affaire.

Henri se raidit.

Geoffroy leva un index en signe d'avertissement.

— Tu dois comprendre où est notre intérêt. Tu recevras l'Aquitaine en échange de vœux nuptiaux. Ton duché s'étendra du Limousin aux Pyrénées et te fournira les ressources nécessaires pour gouverner l'Angleterre et la Normandie. Si tu ne saisis pas cette chance, d'autres le feront, et tu seras perdant.

Henri fit la grimace. Geoffroy devint soudain tout rouge.

— Ne me regarde pas comme si je servais du poisson avarié sur un plateau ! Une occasion comme celle-là ne se représentera pas. Je veux l'Aquitaine pour ma descendance. Je la convoite depuis suffisamment longtemps ! Si tu refuses, je suis certain que tes frères se feront une joie d'accepter.

— Je n'ai pas dit que je refusais, objecta Henri en jetant un regard noir à son père. De fait, vous avez raison. C'est une chance immense, mais vous me l'avez présentée brutalement. Je ne pensais pas me marier déjà.

— À ton âge, j'étais marié à ta mère depuis trois ans.

— On ne peut pas dire que votre mariage allait de soi, non ? Qu'avez-vous dit à votre père ?

— Là n'est pas la question, et tu le sais très bien, rétorqua Geoffroy, les yeux brillants de colère. Aliénor sera une épouse parfaite pour toi, et je ne veux plus rien entendre, est-ce compris ?

— C'est parfaitement compris, Sire, répondit Henri. Puis-je disposer ?

Geoffroy le congédia d'un revers de main.

— Pour l'instant. Mais nous devrons en reparler, car nous devons être fin prêts avant d'arriver à Paris.

Henri s'inclina et gagna à toute vitesse les latrines pour y rendre le pain qui avait manqué de l'étouffer. Il détestait qu'on le traite comme un enfant et qu'on lui donne des ordres. N'était-il pas le duc de Normandie, en plus d'être un grand garçon ? Comme il aurait aimé pouvoir agir à sa guise, loin de l'autorité paternelle ! Malgré tout, son père avait raison : ils devaient saisir cette chance. Il s'essuya la bouche d'un revers de main, puis serra le poing et frappa le mur de rage.

— Que se passe-t-il ? s'enquit son demi-frère Hamelin depuis l'embrasure de la porte.

De trois ans plus vieux que Henri, c'était un beau et solide jeune homme aux cheveux fauves et aux yeux changeants couleur noisette. Sa mère avait été la maîtresse de Geoffroy pendant une courte période, juste avant sa mort. La sœur de sang de Hamelin, Emma, résidait au couvent de femmes de l'abbaye de Fontevraud.

— Rien, répondit Henri.

Leurs relations étaient tissées de rancunes et de rivalités. Pourtant, ils étaient toujours prêts à lutter de front contre le monde entier. Les chevaux de bataille de Henri étaient ceux de Hamelin ; et lorsque Henri et ses deux frères légitimes en venaient aux mains, Hamelin prenait toujours le parti de Henri, ne fût-ce que dans son propre intérêt.

— Il ne semblerait pas.

— C'est une affaire entre notre père et moi, se contenta de répliquer Henri pour toute explication, étant tenu de garder le secret. Tu l'apprendras assez tôt.

Hamelin fit vaguement la moue. Devait-il, oui ou non, prendre ombrage ?

— Bon sang, il faut que je sorte de ce palais ! s'exclama soudain son demi-frère en sortant d'un pas décidé des latrines. Viens faire un tour à cheval avec moi.

— En as-tu terminé avec ton père ? s'enquit Hamelin en clignant des yeux.

— Oui, répondit Henri, les dents serrées. Nous avons plus que suffisamment causé.

Hamelin en prit son parti et se réjouit d'accompagner Henri, car il n'aimait rien tant qu'une bonne chevauchée à contrevent sur un cheval de race lancé au grand galop. La compétition y avait également sa part. Habituellement, Henri en sortait vainqueur, mais, en de rares et précieuses occasions, Hamelin le coiffait au poteau. Pour ces exceptionnelles victoires, il valait la peine de se donner du mal.

Ce jour-là, cependant, Henri galopa comme s'il avait tous les chiens de l'enfer à ses trousses, et Hamelin fut contraint de mordre la poussière. Il ne faisait aucun doute que Henri était sérieusement contrarié, mais par quoi ?

Chapitre 39

Paris, août 1151

Henri essayait sans succès de tromper son impatience en faisant les cent pas dans la chambre de la grande tour qu'il partageait avec son père. Les tentures murales étaient de bonne facture, épaisses et lourdes. Les parois elles-mêmes étaient décorées d'une frise de fleurs d'acanthe. Un échiquier était posé sur une table entre les banquettes de la fenêtre. Un psautier enluminé trônait sur un lutrin à l'intention des invités. Tout était du meilleur goût et somptueux, contrairement à ce que Henri avait attendu du roi de France. Au demeurant, cette chambre avait probablement été décorée par la reine ; ce qui pouvait le renseigner sur sa personnalité.

Assis sur le lit, Geoffroy massait son pied douloureux.

— Souviens-toi, pas un mot de notre affaire à quiconque. Elle doit être menée avec le plus grand tact.

Henri prit la harpe et en tira un déferlement de notes ondoyantes.

— Et vous pensez que je manque de tact ?

— Je te rappelais les enjeux, c'est tout, répondit Geoffroy avec irritation.

— J'en connais les enjeux, messire mon père. Je ne suis pas plus un enfant qui a besoin d'être rappelé à l'ordre que vous-même n'êtes un vieux radoteur.

Le visage de Geoffroy s'empourpra, et son regard devint menaçant. Mais il préféra finalement prendre le parti d'en rire.

— N'empêche que tu es toujours un petit insolent. Je ne veux pas te voir te mettre en avant ici. Nous devons miser sur la complaisance de Louis.

— Je serai aussi doux qu'un agneau, répliqua Henri en s'inclinant d'un air narquois.

Son père émit un grognement amusé, quoique incrédule.

Louis trônait dans sa chambre sur une magnifique chaise sculptée. À ses pieds s'étendait une tapisserie dont la fonction était de protéger les genoux de ceux qui allaient venir faire acte d'obédience devant lui. Henri examina celui dont il prendrait peut-être la place dans le lit de la duchesse d'Aquitaine, si toutefois leur plan aboutissait. À un peu plus de trente ans, Louis était encore bel homme. Il frappait l'œil par ses cheveux blond pâle et ses yeux bleu foncé. Son visage était, de prime abord, ouvert et agréable ; mais, à bien y regarder, s'y cachait un mystère sous-jacent. Son esprit pouvait tout aussi bien abriter un univers de pensées qu'un vide absolu. Sa récente indisposition lui avait creusé les joues, et il semblait fatigué et exsangue, mais non sans noblesse. Sa main droite reposait sur le pommeau en cristal de roche d'un sceptre plaqué d'or ciselé. Une bague reliquaire assortie ornait son majeur.

Henri se prosterna devant Louis, ainsi que l'exigeait l'étiquette. Mais, ce faisant, il ne se sentit ni rabaissé, ni intimidé. Louis était peut-être roi de France, oint du Seigneur, il n'en était pas moins un homme régi par les limites de ses capacités.

Louis se dressa sur ses jambes et conféra le baiser de paix à Geoffroy et à Henri. Ce dernier s'appliqua à dissimuler ses réactions à leur hôte, et lorsque les lèvres du roi touchèrent sa joue, il réprima le moindre frémissement. Le rituel le fascina autant qu'il lui déplut. Il avait conscience de jouer faux bien au-delà de l'habituel masque diplomatique et craignait qu'une trop grande proximité ne le trahisse.

— J'espère que vous vous remettez de votre indisposition, commença Geoffroy avec de la sollicitude dans la voix.

Qui eût dit qu'une heure plus tôt il spéculait encore avec son fils au sujet de ce qui arriverait si Louis succombait à *la rougeole**!

— Merci, messire, répondit Louis. Grâce à Dieu, je vais bien.

— Je m'en réjouis, Sire, répliqua Geoffroy. Mais rendons grâce à votre indisposition qui nous donne l'occasion de négocier au lieu de nous battre.

— En effet, confirma Louis. Mieux vaut tenir sa récolte au grenier que de la voir brûler sur pied!

Henri dut faire un gros effort sur lui-même pour rester tranquille et ne pas se laisser gagner par l'impatience durant cet échange de platitudes. En Angleterre, les récoltes de ses alliés atteignaient rarement les greniers. Il devrait se rendre sur place pour résoudre le problème. Mais avant, certaines difficultés restaient à aplanir avec Louis.

On amena, depuis l'antichambre, Giraud de Berlai de Montreuil enchaîné, un des « taons » à l'origine du conflit. Les fers avaient mis la chair de ses poignets à vif, et il exhalait les mauvaises odeurs du donjon d'Angers où sa famille croupissait encore.

Louis se redressa de toute sa hauteur et se départit de son sourire de circonstance.

— Qu'est-ce que cela ? s'enquit-il d'un ton impérieux. Pourquoi faites-vous paraître devant moi cet homme ?

— Il est mon vassal, répondit Geoffroy en haussant les épaules, mais il a monté un complot contre moi dans le but de me renverser. En outre, il a pillé les moines de Saint-Aubin, qui sont sous ma protection. Je le fais paraître ainsi devant vous parce qu'il est une des causes de notre litige.

Pendant tout ce temps, Bernard de Clairvaux s'était tenu derrière Louis, l'œil et l'oreille aux aguets. Il fit un pas en avant et frappa le sol de sa crosse.

— Que faut-il penser d'un seigneur qui se montre vindicatif au mépris de toute charité ? Vous rabaissez cet homme pour satisfaire votre orgueil et votre colère.

Geoffroy jeta au moine un regard de dédain.

— Si j'étais vindicatif au mépris de toute charité, cet homme serait mort depuis longtemps, éviscéré et pendu au gibet, et sa famille bannie et condamnée à la famine. Ne vous avisez pas de me faire la leçon, messire l'abbé.

Giraud de Montreuil approcha de Bernard en trébuchant et se jeta à ses pieds, tête baissée.

— Je m'en remets à votre merci, murmura-t-il, des sanglots dans la voix. Si vous-même et mon seigneur le roi n'intercédez pas, je mourrai dans les fers, ainsi que ma femme et mes enfants.

— Je vous promets qu'une telle chose n'arrivera pas, assura l'abbé Bernard, son visage émacié plus crispé et assombri que jamais. On ne fait pas des commandements de Dieu un objet de risée.

— Allez dire cela aux moines de Saint-Aubin, rétorqua Geoffroy. Si vous voulez son rachat, mettez-y le prix. Sinon, je le ramènerai croupir à Angers.

Bernard posa une main rassurante sur l'épaule de Giraud de Berlai et braqua son regard de feu sur Geoffroy.

— Vous ne le ramènerez nulle part, messire, parce que vos jours sur cette Terre sont comptés à moins que vous ne vous repentiez.

Geoffroy le regarda en fronçant les sourcils.

— Vous ne parlez ici ni au nom de Dieu ni au nom du roi, vieil homme, repartit-il. Comptez vos propres jours au lieu de vous préoccuper de ceux des autres. Je refuse de discuter plus longtemps avec vous. Vous n'exercez aucune autorité sur moi.

Tournant les talons, il sortit d'un pas raide, laissant tomber derrière lui un silence ahuri. Henri s'inclina devant Louis en ignorant l'abbé de Clairvaux, ainsi que le malheureux ancien seigneur de Montreuil, toujours entravé, et se hâta d'aller rejoindre son père.

Aux écuries, Geoffroy attendait en pinçant les lèvres que son valet ait terminé de seller son cheval.

— Quelle réussite ! fit remarquer Henri d'un ton sarcastique.

— Je ne laisserai pas ce vautour cistercien proférer ses sombres prophéties sur mon compte et se mêler de mes affaires. Je suis venu ici pour négocier avec le roi, non avec l'abbé de Clairvaux, lâcha Geoffroy d'un ton cassant.

— Il faut croire que Louis l'a convoqué sciemment.

Geoffroy prit la bride des mains du valet et dit :

— Aussi sciemment que je m'en vais galoper à présent, répliqua-t-il. Laissons-les mariner dans leur jus. Nous sommes venus négocier, non perdre la main. Qu'ils en profitent pour retirer Bernard le saint. Quant à nous, nous savons à quoi nous en tenir.

Les Angevins père et fils étaient revenus de leur chevauchée. Aliénor dissimula son exaspération et afficha un calme tout de façade pendant que ses suivantes terminaient de l'habiller. Le vêtement et les apparences étaient des auxiliaires importants de la diplomatie, surtout si l'entrevue se déroulait avec le comte d'Anjou. Elle n'avait encore jamais rencontré son fils, le jeune et parvenu duc de Normandie. Aussi sa curiosité était-elle piquée.

Ils étaient arrivés un peu plus tôt dans la journée, mais un esclandre avait déjà eu lieu. Sans les avoir encore reçus personnellement, elle savait que le père et son fils avaient brusquement quitté les négociations au terme d'un vif échange avec Bernard de Clairvaux. Aliénor n'y avait accordé que peu d'attention. De tels gestes théâtraux étaient des stratagèmes courants lors des concertations politiques. Aux dires de tous, l'abbé s'était retiré en prière, emmenant le seigneur de Montreuil, après lui avoir fait retirer ses fers. De retour de promenade, les Angevins avaient conversé avec le roi.

Marchisa présenta un miroir d'étain à Aliénor. Le beau visage d'une jeune femme posée s'y refléta, auquel la reine ajouta l'ébauche d'un sourire séduisant. Elle était passée maîtresse dans l'art de porter des masques ; à tel point qu'il lui était parfois difficile de savoir qui elle était, sous ces couches superposées. Où était passée l'enfant rieuse de Poitiers promise à un avenir doré et innocent, rayonnant de possibilités ?

— Eh bien, lança-t-elle à Marchisa, en avant !

Son sourire avait à présent le dur éclat du verre.

Les négociations étaient interrompues pour la journée. Les deux partis restaient sur la défensive, en attendant que se dissipe l'impression laissée par l'accès de colère de la matinée. Mais ils étaient satisfaits des progrès effectués. Tandis que les courtisans discutaient entre eux des affaires en cours, on annonça en grande pompe l'arrivée de la reine. Le cœur de Henri se mit à battre la chamade, malgré un calme apparent. *Peu importe son physique et son âge*, se dit-il. *Elle n'est qu'un instrument pour parvenir à mes fins. Je pourrai toujours garder mes maîtresses. Le tout sera de ne pas en faire étalage.*

Elle était grande et élancée. Le flottement de sa robe quand elle se mouvait laissait deviner deux longues jambes galbées. Ses chaussures attirèrent son regard, car elles étaient de brocart fleuri et très raffinées. Lorsqu'elle passa près de lui, il s'inclina, et ses narines s'emplirent d'une délicieuse fragrance aussi fraîche et enivrante qu'un jardin sous l'averse. Ses craintes qu'elle ne fût une vieille sorcière s'évanouirent comme par enchantement. *Ma foi,* pensa-t-il, *c'est bien volontiers que je la mettrais dans mon lit.*

Elle fléchit le genou devant Louis de manière protocolaire, faisant de l'hommage rendu à sa royauté une pure obligation. Puis elle se redressa et se tourna vers Geoffroy pour lui souhaiter la bienvenue en lui tendant une main gracile ornée d'une seule et unique bague surmontée d'un énorme saphir. Son geste imprima un ample mouvement à sa manche et exposa un peu de son poignet, ravivant les délicieux effluves de son parfum.

— C'est un réel plaisir de vous revoir, messire, salua-t-elle en le gratifiant d'un sourire chaleureux mais souverain. Vous êtes le bienvenu.

— C'est toujours un plaisir d'être en présence de tant de dignité et de beauté, répondit Geoffroy en se fendant d'une révérence de Cour.

Désignant Henri du regard, il ajouta :

— Vous ne connaissez pas encore mon fils, Majesté. Puis-je vous présenter Henri, duc de Normandie, fils de Mathilde l'Emperesse, petit-fils du roi de Jérusalem et futur roi d'Angleterre.

Elle gratifia Henri d'un sourire légèrement moins chaleureux que celui qu'elle avait réservé à son père, mais sincère.

— Votre père fait grand cas de vous, dit-elle. Je suis ravie de vous accueillir à Paris.

Henri s'inclina.

— J'espère pouvoir justifier la foi qu'il met en moi, lança le jeune homme.

— Je suis certaine que vous le pourrez, assura Aliénor.

— Il s'en acquitte en ce moment même, intervint Geoffroy. Retenez ce que je vous dis : il est destiné à de grandes choses.

Elle sourit de nouveau et haussa légèrement les sourcils afin de signifier qu'elle comprenait la fierté d'un père, sans toutefois s'en laisser conter par les superlatifs.

— Je saurai m'en souvenir, messire, mais, comme vous le savez, je me fais toujours ma propre idée.

Se tournant derechef vers Henri, elle dit :

— Vous devez profiter de l'occasion pour vous rendre à Saint-Denis. Je suis sûre que l'église et la collection de joyaux et de reliques du regretté abbé vous intéresseront.

— C'est en effet mon intention, Majesté, répondit Henri en s'inclinant, ainsi que le voulait l'usage.

De près, elle était encore plus belle. Sa peau avait la fraîcheur et l'éclat de la rosée matinale. Tant pis si elle n'était plus vierge ! Tout, chez elle, était de bon goût et relevait d'une exquise perfection. Il se demanda combien coûterait l'entretien d'une femme accoutumée à son mode de vie, alors même que cet entretien serait payé par les revenus de la dame en question.

Il se sentit jaugé par elle, bien que différemment de la manière dont il la jaugeait. Se demandant comment réagirait son corps sous le sien et si elle avait beaucoup d'expérience, il baissa les yeux afin qu'elle n'y décelât pas son impertinente curiosité. Il avait reçu des instructions très strictes de son père. Il ne devait rien faire qui compromît leurs chances d'obtenir l'Aquitaine. Il devait prendre garde à entrer dans les bonnes grâces d'Aliénor et à ne pas trahir, ne serait-ce que par un regard ou un mot déplacé, leurs intentions au-delà de la négociation d'une trêve.

Elle alla s'entretenir avec d'autres courtisans, jouant son rôle avec une aisance parfaite, sachant quoi dire et quelle attitude adopter envers chacun, bien qu'il fût évident que Louis et elle s'évitaient en dehors de tout échange officiel.

Henri admira son maintien, mais se tint sur ses gardes. Une femme d'une trempe aussi éblouissante était, certes, un atout pour son avenir ; mais elle risquait également de compliquer les choses, si elle se révélait dotée d'un caractère ardent. D'après la rumeur, Louis n'avait pas exactement réussi à l'apprivoiser. Il se devait donc de réfléchir mûrement à la question.

— Votre pied vous fait souffrir, à ce que je vois, fit remarquer Aliénor, tandis que Geoffroy et elle partageaient une danse après le banquet.

Il s'appuyait sur son pied gauche pour compenser, mais Aliénor voyait bien, à son visage, qu'il était perclus de douleur.

— Ce n'est rien, répondit Geoffroy en écartant la gravité de son mal d'un geste de la main. Une vieille blessure causée par une lance. Dans un moment la douleur aura disparu, comme toujours. Mais s'il vous agrée de vous asseoir quelques instants avec moi, votre compagnie me réconfortera.

Aliénor envoya des serviteurs chercher un siège, des coussins et un repose-pied. Puis elle fit placer sa propre chaise à côté de celle de Geoffroy.

— Que diriez-vous d'une partie d'échecs ? suggéra ce dernier.

Aliénor posa sur lui un regard rusé. Le vieux renard avait une idée en tête. Il était, certes, handicapé par son pied, mais il avait néanmoins habilement orienté la situation.

— Si cela vous fait plaisir, messire, répondit-elle. (Elle ordonna qu'on apporte un échiquier et des pièces.) Je me suis laissé dire que les discussions se déroulaient au mieux à présent, ajouta-t-elle.

Geoffroy esquissa un semblant de sourire.

— En effet, maintenant que nous avons défini quelques règles fondamentales et que nous avons mis un terme aux interférences du cadavre ambulant de Clairvaux. Je ne doute pas que nous parvenions à une solution satisfaisante pour tout le monde.

Aliénor lui rendit son demi-sourire. Tout ce qui pouvait gêner les manœuvres de Bernard la réjouissait. Elle se demanda si Geoffroy avait l'intention de lui demander d'intercéder, en tant que reine et servante de la paix, sur quelque point des négociations. Geoffroy remua sur sa chaise, à la recherche d'une position plus commode pour son pied.

— Mon fils est bon danseur, n'est-ce pas ? lança-t-il en désignant Henri d'un signe de tête.

Le jeune homme s'était lancé dans une deuxième danse avec énergie et grâce. Son beau visage lisse irradiait de lumière. Il semblait éblouir toutes ses partenaires par son seul sourire.

— Je suis sûre qu'il s'acquitte avec brio de tout ce qu'il entreprend, messire, répondit Aliénor sans se départir de sa réserve.

On apporta le jeu d'échecs, et elle s'employa à installer les pièces.

— Vous pensez sans doute que ma remarque est typique d'un père entiché de son fils. Dans une certaine mesure, cela est fort juste. Quel père ne souhaiterait pas que son fils fasse sa fierté et avoir l'assurance qu'il perpétuera son lignage en y insufflant un sang nouveau. Mais je pense également à l'homme qu'il deviendra. Il gouverne déjà la Normandie avec maestria.

— Avec votre aide et celle de sa mère, rappela Aliénor.

Geoffroy marqua un instant d'hésitation, semblant prêt à la contredire, mais il se contenta de hausser les épaules.

— Henri est plus que compétent, et il apprend très vite, effectivement.

— Pourquoi me dire cela à moi ? s'enquit Aliénor. Vous nous avez déjà proposé un mariage entre votre fils et ma fille avant notre départ pour Jérusalem. Or, Louis a refusé. Il n'a sûrement pas l'intention de changer d'avis.

Geoffroy examina l'échiquier et prit un pion entre son pouce et son index.

— Ce n'était pas à votre fille que je pensais, rectifia-t-il en plantant sur elle son regard perçant et froid comme le cristal.

Aliénor fut décontenancée mais refusa d'en laisser rien paraître.

— Voilà qui est fort intéressant…, répliqua-t-elle en résistant à une forte envie de regarder dans la direction de Henri. Ce serait une bonne stratégie pour l'Anjou, mais qu'y gagnerais-je ?

— Vous deviendriez duchesse de Normandie et porteriez la couronne d'Angleterre.

— Vous allez trop vite en besogne, messire. La Normandie, sans doute ; mais l'Angleterre ne vous est pas encore acquise. Et puis, pourquoi souhaiterais-je devenir reine d'une terre que je ne connais pas, non plus que son peuple ?

— Parce que ce serait un nouveau départ auprès de sujets qui ne vous jugeront pas, répondit Geoffroy d'un ton enjôleur. Mais ne vous y trompez pas, Henri sera roi. Il en a toute la noblesse. Vous ne diminueriez pas à vos propres yeux si vous acceptiez de l'épouser.

— Peut-être. Mais je vous répète que je n'ai rien à y gagner non plus.

Elle déplaça à son tour un pion et se renversa en arrière.

— L'archevêque de Bordeaux m'a dit un jour que vous cherchiez déjà à marier votre fils avec moi à l'époque où il était encore dans les langes, ajouta-t-elle.

Geoffroy fit la moue.

— Il n'est plus dans les langes désormais.

Avec un regard appuyé, il ajouta :

— Dès que la nullité de votre mariage sera rendue publique, vous deviendrez une proie aisément contraignable. Les loups rôdent… Et, me semble-t-il, vous gagneriez à vivre parmi ceux de votre connaissance qui vous traitent avec respect. Vous pensez probablement être à même d'assurer votre propre protection, mais vous aurez grand besoin d'un homme puissant pour surveiller vos arrières. Or, un mercenaire ou un simple vassal ne suffira pas, vous fût-il entièrement dévoué. Même ma mégère de femme vous le dirait.

— Vous ne manquez pas d'audace, de me faire une telle proposition.

— L'avenir sourit aux audacieux. Et puis, j'ai bien réfléchi à la question. Ainsi que Henri. Tout ce que nous vous demandons est d'y réfléchir à votre tour.

— Je ne me prononcerai pas aujourd'hui, répondit Aliénor.

Puis elle s'appliqua à le battre aux échecs.

Lorsque ce fut fait, il accepta sa défaite avec un sourire contrit.

— Peut-être aimeriez-vous faire une partie avec Henri ?

— Vous bat-il souvent ? s'enquit-elle en suivant des yeux le garçon qui abandonnait les danses pour venir les rejoindre sur un signe de son père.

— Disons que nous sommes à forces égales.

— Alors, je pense que je gagnerai encore une fois.

Geoffroy parut s'amuser de la remarque.

— Parfois, les prévisions échouent, répliqua-t-il avant de laisser sa chaise à Henri.

Il s'éloigna en boitant pour s'entretenir avec un baron français qui possédait des terres à la frontière avec l'Anjou.

Aliénor jugea Henri avec un regard neuf et s'efforça d'imaginer comment serait la vie, si elle devenait l'épouse de ce jeune homme prétendument talentueux et qui s'était révélé, jusque-là, un modèle de politesse et de modestie. Elle n'avait que neuf ans de plus que lui, ce qui pouvait représenter un gouffre comme rien du tout. En matière d'expérience, cependant, il ne pouvait espérer rivaliser avec elle. Il était semblable à une feuille vierge. Il serait, de par sa jeunesse même, manipulable à volonté. Elle devrait en apprendre davantage sur son compte avant d'envisager seulement de faire un tel saut.

Il avait le regard vif, intelligent, et maîtrisait déjà l'art de dissimuler sa pensée. Sa bouche avait encore une moue adolescente mais était bien dessinée. Il avait le menton volontaire. Comment serait-ce de partager sa couche, de donner naissance, qui sait, à des fils et des filles roux aux yeux gris ? Quel beau-père serait Geoffroy d'Anjou ? Cette dernière perspective lui eût presque répugné. Comment serait-ce de porter la couronne d'un royaume du nord, à supposer que l'ambition et la chance réussissent à faire asseoir Henri sur le trône d'Angleterre ? Elle ignorait presque tout de ce pays brumeux, verdoyant et froid, qui avait toujours été à la limite de sa vision politique. Elle qui se sentait en exil à Paris, que serait-ce en Angleterre !

D'un geste engageant et un sourire radieux aux lèvres, Henri l'invita à ouvrir la partie.

— Je vous en prie, madame, lança-t-il. Il vous revient de commencer.

— Eh bien, commença Geoffroy, lorsqu'il se retira pour la nuit avec son fils en leurs appartements, ce n'était pas si difficile, n'est-ce pas ?

Henri confirma en secouant la tête d'un air contrit. Il s'était armé de courage en vue de sa rencontre avec une femme qu'il imaginait sur le déclin, mais il avait découvert une jeune et belle duchesse pleine de dignité et de charisme qui ferait une excellente épouse pour un souverain. Il avait l'habitude des femmes à forte personnalité, ne serait-ce que par sa mère. Mais tandis que celle-ci était rêche dans ses jugements et se montrait aussi inflexible que l'acier, Aliénor avait la souplesse de l'or liquide. Certes, elle n'était plus la jeune vierge innocente qu'il eût pu entièrement dominer, mais ce n'était pas rédhibitoire.

— Elle est très belle, admit-il.

Ils s'étaient mis en position de pat lors de leur partie d'échecs. Henri était persuadé qu'il aurait pu gagner, si, par diplomatie, il n'avait pas jugé bon de s'en abstenir. Cependant, il la soupçonnait d'avoir agi de la même manière envers lui.

— Louis est un âne de la laisser partir, ainsi que l'Aquitaine, mais c'est là son problème, non le nôtre, rappela Geoffroy. La duchesse est de ces femmes qui se déterminent par elles-mêmes et agissent à leur guise. Et c'est tant mieux, car nous n'aurons pas toute une armée de conseillers à convaincre. D'ailleurs, je doute qu'elle mette qui que ce soit dans la confidence.

— De sorte que la réussite de notre projet ne tient qu'à elle ?

— Exactement, répondit Geoffroy. Tu as fait ce qu'il fallait aujourd'hui. Je pense que tu lui as fait bonne impression, sans toutefois te mettre en avant au point de paraître hardi, et sans non plus attirer sur toi l'attention de Louis et de ses courtisans. J'ai la conviction que personne n'a la moindre idée de ce qu'il se trame. Ils n'ont qu'une chose à la bouche : Giraud de Berlai !

Henri alla jeter un coup d'œil à la fenêtre.

— Elle consentira à m'épouser, dit-il à voix basse, à lui-même plus qu'à son père, tandis qu'il songeait aux énormes richesses de l'Aquitaine et à son avenir comme duc consort.

En quelques heures, il était passé de la réticence à l'engouement.

Geoffroy versa du vin dans deux timbales en cristal de roche et lui en offrit une dans l'embrasure de la fenêtre.

— À notre réussite ! s'exclama-t-il.

Henri prit la coupe et la fit tinter contre celle de son père.

— À notre dynastie ! s'exclama-t-il à son tour.

Aliénor était assise dans son lit, jambes repliées sous le pli cacheté arrivé de Poitiers à la tombée du soir. Elle enroula une boucle de ses cheveux défaits autour de son index. Malgré sa réputation de tentatrice, un seul homme l'avait vue ainsi dans l'alcôve : Louis. Contemplant la mèche, elle imagina la réaction du jeune Angevin, si elle acceptait sa proposition et décidait de lui accorder le privilège qu'on accorde à l'époux. L'offre ne manquait pas d'attrait ni d'intérêt, mais elle avait besoin d'y réfléchir avec minutie, car, cette fois, le choix serait sien, même s'il était déterminé par son nom et son rang.

Elle retira son doigt de la boucle, qui retrouva tout son ressort, puis elle défroissa la missive sur ses genoux relevés et se mordit la lèvre inférieure. Son cœur et son désir étaient tournés vers Taillebourg, où vivait celui qui avait dicté cette lettre. Cependant, les exigences de la politique et la sauvegarde de l'Aquitaine rendaient leur union impossible. À l'âge de treize ans, tout lui avait semblé envisageable, mais, avec le temps, la sagesse lui était venue et avait modéré sa témérité. Son père et ses conseillers avaient eu raison. Eût-elle épousé Geoffroy qu'aussitôt l'Aquitaine eût basculé dans le chaos sous le feu des factions rivales.

En Terre sainte, elle avait rêvé d'obtenir la reconnaissance de la nullité de son mariage afin de pouvoir vivre comme elle l'entendait. Mais ce n'avait été, une fois encore, guère plus qu'un rêve enfiévré. Ses relations avec Geoffroy de Rancon devraient rester sous le coup du secret et de la prudence. Son devoir le plus sacré était de protéger l'Aquitaine et d'accroître son prestige. Épouser Henri, duc de Normandie, l'y aiderait-il ? À voir… Leur partie d'échecs ne lui avait rien appris sur lui, excepté qu'il était d'une intelligence redoutable, et désireux de lui être agréable sans verser dans l'obséquiosité. À certains égards, il lui rappelait les écuyers de son entourage dont elle avait su s'assurer le dévouement. Si elle parvenait à gagner celui de Henri, alors tout se passerait bien.

Elle poussa un soupir et brisa le sceau du pli de Geoffroy. L'encre se mit à briller sous le halo de la lampe à huile, qui ne parvint pourtant pas à dissiper le flou des mots. En apparence, il s'agissait d'un rapport portant sur la situation présente de l'Aquitaine. Les châtelains de Louis étaient sur le départ, et l'on s'apprêtait à procéder à l'inventaire avant la reconnaissance de la nullité du mariage. En réalité, ces lignes contenaient un message personnel, codé au moyen de certaines lettres plus grandes ou plus petites que nécessaire. Geoffroy s'y languissait de son retour. Il avait été indisposé à cause de quelque maladie rapportée de Terre sainte, mais se remettait, ne doutant pas que la revoir serait son plus sûr remède.

— Dieu te garde, mon amour, susurra-t-elle.

Puis elle déposa un baiser sur son doigt, qu'elle appliqua sur le parchemin avant de le ranger dans son coffret de correspondance.

— Nous serons bientôt réunis.

Chapitre 40

Anjou, 4 septembre 1151

En ce début de septembre, le soleil dardait ses rayons dorés sur le cortège de cavaliers du comte d'Anjou et du jeune duc de Normandie, récemment confirmé dans son titre par le roi Louis. Baissant l'encolure, la robe luisante et assombrie par la sueur, les chevaux peinaient dans la poussière de la route sous un ciel décoloré. Les oriflammes étaient en berne en l'absence du moindre souffle de vent pour agiter leur soie. Les chevaliers avaient déposé l'armure, confié le haubert et la tunique matelassée aux animaux de bât. On vit surgir des chapeaux de paille à larges bords et les hommes s'éponger le visage et la nuque avec des mouchoirs imbibés d'eau des gourdes.

Henri, qui était roux et avait la peau blanche, souffrait, mais de manière stoïque. Le séjour à Paris avait été des plus satisfaisants. En échange d'une bande de territoire et de quelques marques de respect, Louis l'avait officiellement reconnu comme duc de Normandie. Grâce à la trêve, ils pourraient poursuivre leur projet de s'emparer de l'Angleterre. Quant à l'obligation d'épouser la duchesse d'Aquitaine, eh bien, ce n'était plus complètement une obligation ; et puis, ce mariage lui apporterait abondance de richesses et de prestige. Il pourrait toujours garder ses maîtresses. Il songea aux terres qui deviendraient siennes comme à autant de pierres précieuses sur un collier et sourit.

La veille, ils avaient fait halte au Mans ; ce soir-là, ils passeraient la nuit au Lude avant de pousser jusqu'à Angers pour s'y s'entretenir avec leurs barons.

— Dieu qu'il fait chaud ! s'exclama son père. C'est intenable !

Henri lui jeta un regard impassible. Ils chevauchaient en silence depuis un long moment, chacun à ses propres pensées. Geoffroy avait le visage congestionné et les yeux larmoyants.

— Je connais un bon endroit pour se baigner, tout près d'ici. Nous pourrions nous arrêter pour nous restaurer et nous rafraîchir, suggéra Henri.

Le père acquiesça d'un hochement de tête.

— Je n'ai pas faim, mais quelques instants de repos seront les bienvenus.

Henri avait une faim de loup. Même la chaleur étouffante n'avait pu avoir raison de son appétit d'ogre. Cela faisait des heures qu'il rêvait de pain et de fromage.

Ils parvinrent à une rive sablonneuse où la rivière formait un bassin peu profond aux eaux vert et bleu à l'ombre des saules. C'était l'endroit idéal pour un pique-nique. Henri se déshabilla et, ne gardant que ses braies, traversa en courant l'étendue de sable chaud pour se jeter à l'eau en poussant un cri de joie. Après un été passé sur les chemins, il avait le visage et les mains recouverts d'un bronzage acajou, mais le reste de son corps était, par effet de contraste, blanc comme le lait. L'eau était agréablement fraîche à mi-cuisse ; aussi se renversa-t-il en arrière pour faire la planche, jambes écartées et bras en croix. Son père le rejoignit, également en braies, mais lorsque Henri fit mine de le chahuter et de le faire couler, Geoffroy le repoussa et grommela qu'il n'aspirait qu'à se rafraîchir en paix.

Déçu, Henri le laissa tranquille et alla jeter son dévolu sur Hamelin.

Finalement, Geoffroy sortit de l'eau en claquant des dents et refusa la nourriture pliée dans une serviette que lui proposa son écuyer.

— Bonté divine ! s'exclama-t-il. Vous croyez que je vais manger cela ? Votre pitance sent les braies !

Quelqu'un fit une boutade au sujet d'une grosse saucisse, ce qui provoqua l'hilarité générale, hilarité à laquelle Geoffroy ne prit nulle part, préférant aller se réfugier à l'écart sous une couverture, avec une coupe de vin qu'il toucha à peine.

— Qu'a-t-il donc ? s'enquit Hamelin.

Henri fit signe qu'il ne savait pas.

— Le soleil lui a probablement tapé sur la tête. Son pied n'a pas cessé de le faire souffrir ces derniers jours. Et tu sais combien la douleur le rend grincheux. Laissons-le tranquille, il aura bientôt fini de bouder.

Fraîche et dispose, la troupe se rhabilla et se remit en route. Geoffroy eut quelque difficulté à remonter en selle. Il grelottait toujours. Un moment plus tard, il s'arrêtait pour vomir du haut de sa monture.

— Père ?

Désemparé, Henri fit halte. Geoffroy avait le visage écarlate et les yeux voilés.

— Ne me regarde pas comme cela ! tempêta ce dernier. Ce n'est rien. Pressons, sinon nous n'arriverons pas au Lude avant la tombée de la nuit.

Henri et Hamelin se regardèrent sans rien dire, hormis l'ordre donné aux hommes d'accélérer le pas.

Ils arrivèrent au coucher du soleil. Le ciel ressemblait à une rose sanglante à l'occident. Les gardes ouvrirent les portes pour les faire entrer dans la cour avec leurs chevaux. Geoffroy resta juché pendant quelques instants sur son étalon, rassemblant ses forces. Il avait vomi encore à deux reprises en chemin et tremblait à présent de tout son corps. Lorsqu'il entreprit enfin de mettre pied à terre, ses jambes l'abandonnèrent, et il parvient à ne pas tomber que grâce à la poigne de Henri et de Hamelin qui se tenaient tout près. Comprenant que la fièvre échauffait le sang de son père, Henri commença à redouter le pire.

Pendant les trois jours qui suivirent, l'état de santé de Geoffroy se détériora. Ses poumons furent encombrés et son corps fut le siège d'une brusque éruption de boutons. Le comte d'Anjou avait manifestement contracté la *rougeole** à Paris. Le médecin secoua la tête en signe d'impuissance, et l'aumônier reçut sa confession. Incrédule, Henri faisait les cent pas comme un lion en cage dans la chambre de malade de son père. Celui-ci avait toujours été là pour lui, l'assurant de sa présence indéfectible, d'un soutien de tous les instants, y compris lorsque Henri pouvait se débrouiller seul. Ils s'étaient souvent mutuellement agacés, leurs constantes frictions relevant de leur rivalité de mâles. Pourtant, un lien solide et affectueux, réciproque, les unissait, par le sang et d'homme à homme. Henri avait souvent souhaité l'indépendance, non d'être orphelin de père.

— Tu vas finir par faire un trou dans le plancher, prévint Geoffroy d'une voix exaspérée, bien qu'affaiblie.

Il était assis dans son lit contre d'innombrables polochons et oreillers. La fièvre avait baissé durant les dernières heures, mais il respirait avec difficulté, et ses pieds et ses mains étaient bleutés.

Henri s'approcha de son chevet et lui prit la main.

— Il n'est rien d'autre que je puisse faire, déplora-t-il.

— Bah ! Tu n'as jamais su tenir en place, rectifia Geoffroy. C'est une leçon que tu pourrais apprendre de Hamelin.

Le comte fit un signe de tête à son bâtard, qui était assis près du feu, le visage enfoui dans les mains, au comble de la désolation.

— J'aurai tout le temps d'être tranquille quand je serai mort.

Geoffroy émit un grognement à la fois lugubre et amusé.

— Tu es d'un grand réconfort pour moi.

— Vous ne voudriez pas que je sois immobile.

— Tu gagnerais parfois à l'être. Assieds-toi. Je veux te parler, tant qu'il me reste un souffle de vie et une once de raison.

Henri obéit malgré lui. C'était son devoir que de veiller sur le mourant, bien qu'il n'eût qu'une envie : enfourcher son cheval et filer comme le vent, afin de mettre le plus de distance possible entre lui et la mort.

Geoffroy rassembla ses dernières forces et parla, s'interrompant à intervalles réguliers pour respirer par la bouche.

— Tu es mon héritier. L'Anjou sera bientôt tien, de même que la Normandie.

Henri rougit. Tant pis pour son cadet qui n'avait de cesse de réclamer l'Anjou. Il se réjouit que son père partageât son point de vue sur la question.

— Je les gouvernerai et les servirai de mon mieux, promit-il.

— Veilles-y. Ne me trahis pas sur ce point.

Geoffroy se tut et ferma les yeux avant de trouver enfin la force de poursuivre :

— Cependant, tes frères ne doivent pas rester sans héritage. Je laisse celui de Guillaume à ta discrétion, mais j'entends que tu accordes à Geoffroy son dû.

Henri se raidit. Ce testament n'était pas de son goût. Tout ce que méritait Geoffroy était un coup de pied au derrière.

— « Son dû », Sire ?

— Les châteaux de Chinon, Loudun et Mirebeau doivent lui revenir. Ils sont l'héritage traditionnel des cadets.

Henri fit la moue. Il n'avait aucunement l'intention de laisser à son jeune frère la maîtrise de ces places fortes. Elles avaient par trop d'importance stratégique. Il savait pertinemment que le petit ambitieux avait des vues sur l'Anjou tout entier et qu'il ne se satisferait pas d'un lot de consolation, dont il userait d'ailleurs pour fomenter la révolte.

— M'entends-tu ? s'écria Geoffroy d'une voix éraillée.

— Oui, père, marmonna Henri.

— Alors jure-moi que tu le feras.

Henri déglutit et dit entre ses dents :

— Je vous le jure.

Aucun témoin religieux ne l'avait entendu prononcer ce serment. D'ailleurs, n'était-ce pas inconvenant qu'un mourant essayât d'imposer ses volontés aux vivants ?

— Tu es lié par ton serment, sous peine d'être maudit par moi, déclara Geoffroy, le souffle coupé, en montrant les dents. Tu veilleras également sur Hamelin et pourvoiras à sa carrière dans le monde. Il est comme ta main droite, et tu es issu de la même graine que lui. Je compte sur toi pour ne jamais l'oublier. Il sera ton plus grand allié.

Henri acquiesça plus promptement que précédemment.

— Je veillerai sur Hamelin, mon seigneur, promit-il en jetant un coup d'œil à son demi-frère par-dessus son épaule. Quand l'Angleterre sera mienne, je lui trouverai une héritière digne de lui, et des terres de prestige.

— Quant à Emma, ta demi-sœur qui vit à Fontevraud, veille également à ce qu'elle ne manque de rien.

— Oui, père. Je ferai tout le nécessaire.

— Bien.

Geoffroy se tut à nouveau pour reprendre des forces. Henri crut pendant un instant qu'il s'était endormi, mais, tandis qu'il commençait à retirer sa main, le mourant resserra son emprise.

— Pour ce qui est de ton mariage, poursuivit le comte, en regardant fixement Henri de ses yeux injectés de sang, agis de manière à assurer ton union avec la duchesse d'Aquitaine.

— Comptez sur moi, mon seigneur.

— Les femmes sont inconstantes et mènent les hommes à leur perte, si on les laisse faire. Fais en sorte d'avoir toujours le dessus sur ta femme, au sens propre comme au figuré. Sinon, c'est elle qui portera la culotte, conformément à leur tendance dominatrice.

L'allusion eût presque fait sourire Henri, s'il n'avait perçu le morne sérieux de son père.

— Méfie-toi des femmes. Leurs armes ne sont ni l'épée ni le poing, mais le regard, les mots doux prononcés dans l'alcôve, et le mensonge. Place des hommes à toi dans son entourage chaque fois que possible, et surveille-la de près. Si tu y manques, tu ne seras pas maître chez toi.

La poitrine de Geoffroy se souleva tandis qu'il peinait à poursuivre :

— Fais-lui enfant après enfant, et veille à ce que ta semence prédomine sur la sienne, afin qu'elle te donne des fils. Sinon, ce sera pour toi une piètre épouse. C'est à toi qu'il revient de gouverner, et à elle de te fournir les sujets de ton gouvernement.

Dans un soudain regain d'énergie, il serra la main de Henri encore plus fort.

— Dieu a voulu qu'il en soit ainsi, ajouta-t-il. Ne l'oublie pas, mon fils. Je te laisse en partage ce qu'on me laissa à moi-même.

Henri comprit que c'étaient là les dernières paroles de sagesse et les derniers conseils de son père. Il ne bénéficierait plus, désormais, de ses sages et solides préceptes. Ce fut donc avec un surcroît d'attention qu'il leur prêta l'oreille.

— Je ne manquerai pas à votre mémoire, je vous en fais la promesse, père.

— Je le sais. Tu es un bon fils. Tu n'as cessé de faire ma joie depuis le jour de ta naissance. Souviens-toi de moi, lorsque tu deviendras père à ton tour, et nomme un de tes fils du nom de Geoffroy.

— Ce sera un honneur, mon père.

Le comte laissa échapper un soupir qui ébranla tout son corps.

— Je suis très fatigué, murmura-t-il. Je vais dormir à présent.

L'irrépressible besoin qu'avait eu Henri de faire les cent pas et de s'activer avait disparu pendant que son père lui livrait à grand-peine ses dernières volontés. Suivit une phase de grande tension avant le silence final, chaque nouvelle respiration semblant encore plus laborieuse que la précédente. La patience n'avait jamais été le fort de Henri. Le monde, ce fruit mûr, juteux à souhait, qui n'attendait que d'être dévoré, était trop riche de possibilités et de promesses pour qu'on fût patient. Et pourtant, que pouvait-il donner à son père à présent, sinon sa parole et son temps ?

Hamelin s'approcha du chevet.

— J'ai entendu ce qu'il a dit, annonça-t-il en posant un regard pénétrant sur Henri. Ainsi que tes propres paroles. Tout.

— J'étais sincère, lorsque j'ai évoqué pour toi une héritière et des terres, assura Henri. Mais seulement si tu jures fidélité à moi seul.

Les mâchoires de Hamelin se contractèrent.

— Je ne te jurerai pas fidélité tant que notre père vivra ; mais lorsque tu deviendras comte d'Anjou, tu auras mon serment d'allégeance. Je ne t'aime pas ; parfois même je te déteste, mais cela ne m'empêchera pas de me placer sous ta protection et de te jurer fidélité en échange de ce que tu as à m'offrir.

— Je ne t'aime pas non plus, rétorqua Henri. Mais je remettrais néanmoins ma vie entre tes mains, et je saurai te récompenser généreusement de tes services.

Les deux frères échangèrent un regard de connivence. Puis ils s'agenouillèrent, coude à coude, et veillèrent le mourant.

Chapitre 41

Paris, automne 1151

Raoul de Vermandois avait passé une fort bonne soirée à jouer aux dés avec Robert de Dreux et quelques autres courtisans. D'aucuns, dont Louis, étaient allés se coucher de bonne heure, car le lendemain matin, aux premières lueurs de l'aube, la Cour devrait se mettre en route pour l'Aquitaine. Les chariots étaient apprêtés, les chargements attendaient, empilés dans un coin près de la porte de la grande salle des banquets, sous la surveillance d'un huissier qui gardait cet amas tel un dragon son trésor. Ce voyage était le début de la fin pour le mariage de Louis et d'Aliénor. Une fois la tournée d'inspection terminée, Louis se retirerait sur ses terres. Ne resterait plus qu'à attendre les décrets officiels et le sceau de l'Église.

— Toi aussi, tu redeviendras un homme libre, cousin, lança Robert à Raoul. Tu seras enfin débarrassé de la sœur folle furieuse de la reine.

Il avait le visage rubicond d'un homme qui a trop bu.

— Je suis sûr que tu regrettes de l'avoir seulement croisée, ajouta-t-il.

— Non, je regrette seulement ce qui est arrivé ensuite, rectifia Raoul en empochant ses gains.

— Reconnais-le, tu l'as séduite parce qu'elle était la sœur de la reine et que tu pensais ainsi exercer davantage d'influence depuis l'oreiller.

Raoul haussa les épaules.

— Si c'était vrai, je ne ferais pas exception à la Cour.

Sur ces mots, il se dressa sur ses jambes et fit tomber quelques pièces dans le corsage de la courtisane qui s'était levée en même temps que lui. Passer la nuit seul ne le tentait guère. Félicie était gironde et débonnaire. C'était exactement ce dont il avait besoin.

— Je vais me coucher, annonça-t-il.

— C'est ce que je vois, repartit Robert en haussant les sourcils, et avec un beau matelas bien moelleux !

— Comme tu vois, c'est dans ce matelas que je cache mes richesses, répliqua Raoul en plongeant le doigt entre les seins de la courtisane, pour le plus grand plaisir de celle-ci.

Il quitta la table de jeu et emmena la fille dans sa chambre sans cesser de l'embrasser et de la caresser en chemin. Il avait un appétit sexuel des plus voraces, bien que moins vorace que celui de Pétronille, ces derniers temps. Aux yeux de sa femme, l'acte sexuel confirmait l'attrait qu'elle exerçait sur lui. Par ce moyen, elle acquérait la conviction d'être aimée. Mais sa certitude était toujours de courte durée, et plus Raoul donnait, plus elle réclamait, sans jamais être rassasiée. S'il se refusait à elle, elle se mettait en colère et l'accusait de gaspiller ses forces viriles avec d'autres femmes. Eh bien, pour l'heure, elle avait raison, excepté que ce n'était pas du gaspillage, mais une source de plaisir. Savoir que Pétronille retournerait s'installer en Aquitaine avec Aliénor lui donnait le sentiment d'avoir été soudain libéré d'un piège.

Il ouvrit en grand la porte de sa chambre et entraîna Félicie à sa suite. Elle gloussa lorsqu'il la plaqua contre le mur pour l'embrasser dans le cou tout en lui caressant l'entrejambe.

Mais, soudain, elle poussa un cri et se mit à le repousser, les yeux emplis d'effroi. Raoul se retourna et vit Pétronille, qui s'avançait vers eux en brandissant son propre couteau de chasse, prête à lui porter le coup fatal.

L'instinct de survie toujours en alerte de cet homme rompu au combat le sauva d'une mort certaine. Il esquiva le coup et saisit Pétronille par le poignet, le tordant jusqu'à ce qu'elle laisse tomber la dague, qu'il écarta avec le pied.

— Espèce de fils de catin ! hurla-t-elle. Espèce d'engeance de putain ! Je savais que c'était vrai ! Tout le monde me disait que c'était mon imagination, mais je savais bien que non !

Elle essaya de se dégager, s'efforçant de lui planter ses griffes dans les chairs.

— Vous me rejetez pour une prostituée ! Je vaux moins à vos yeux qu'une traînée !

— Va chercher mon chambellan, cria Raoul à Félicie tandis qu'il s'efforçait de maîtriser Pétronille. Va réveiller mes écuyers et envoie Jean chercher la reine.

Félicie ne demanda pas son reste.

— Je vous hais, je vous hais ! sanglota Pétronille en battant des pieds et des mains.

— C'est pourquoi il nous faut nous séparer, repartit-il en haletant, le visage grimaçant sous l'effort et l'émotion. Vous êtes possédée par la passion de tout détruire. Vous m'auriez assassiné sans vergogne.

— Oui, répliqua-t-elle en lui montrant les dents, et j'aurais dansé pieds nus dans votre sang !

Pendant un court instant, Raoul sentit monter en lui les prémices d'une sombre excitation sexuelle. Mais lui donner suite eût été vil ; c'eût été une sorte d'agression mutuelle. Sa propre réaction l'écœura.

— Vous n'avez plus les idées claires, lança-t-il en resserrant son emprise tout en la tenant à bonne distance. Je n'entrerai pas dans votre jeu. Vous avez besoin de soins dispensés par des gens plus qualifiés que moi.

Le chambellan et les écuyers accoururent, suivis de peu par Aliénor. Pétronille se transforma alors en furie, redoublant d'efforts dans le but de frapper Raoul. Puis, soudain, comme si elle succombait, toute rage l'abandonna, et elle s'effondra mollement comme une biche qu'on abat.

— Portez-la jusqu'à ma chambre, ordonna abruptement Aliénor. Marchisa s'occupera d'elle.

Raoul la souleva dans ses bras et emboîta le pas à Aliénor dans l'escalier à vis. Des écuyers ouvraient la marche avec des torches. Une fois Pétronille couchée, Marchisa se précipita à son chevet.

— Elle a essayé de me tuer, déclara Raoul dans un mélange de pitié et d'aversion. Elle m'attendait avec un couteau.

Aliénor lui jeta un regard plein de mépris.

— Vous étiez avec une prostituée, n'est-ce pas ?

— Et quand bien même ! répliqua Raoul en écartant les bras. Cela fait longtemps que nos relations sont devenues invivables. Je n'ose dormir à son côté par crainte pour ma vie, tant je la crois capable de dissimuler un couteau sous son oreiller avec le dessein de me le planter dans le cœur. Elle m'accuse en permanence de coucher avec d'autres femmes alors que je reste chaste.

Une grimace insolente aux lèvres, il ajouta :

— C'est pourquoi je me suis dit : quitte à être condamné pour un crime, autant l'avoir commis !

— Vous saviez dès le début que son caractère était instable.

— Je voyais en elle un petit diable plein de vie, mais par Dieu, pas une furie.

— Vous saviez également qu'elle était sœur de la reine, et que cela valait la peine de courir le risque. Vous avez cueilli le fruit puis en avez apprécié la saveur, et, à présent vous prétendez qu'il est empoisonné.

— Parce qu'il l'est. Il est impossible de raisonner avec elle.

Faisant un geste ample avec le bras, il ajouta :

— Il ne reste plus que ses humeurs noires et son désespoir. Elle ne fait plus la différence entre ce qu'elle imagine et la réalité.

— Je me chargerai d'elle. Retirez-vous. Votre présence ici m'est insupportable.

— À votre place, je m'assurerais qu'elle n'ait accès à aucune arme d'aucune sorte.

— Disparaissez, Raoul, insista Aliénor en fermant les yeux.

— Je prierai pour elle, mais c'est terminé.

Sur ces mots, il quitta la pièce d'un pas lourd, le dos courbé.

Félicie l'attendait sans sa chambre, nue dans la fourrure de Raoul. Mais il la renvoya. Il n'était plus d'humeur.

À genoux devant le petit autel qui trônait dans un coin de sa chambre, il alluma un cierge et s'abîma en prière. Lorsqu'il eut terminé, ses genoux étaient si raides qu'ils semblaient pétrifiés. De son œil unique s'écoulaient des larmes en abondance.

Aliénor considéra sa sœur en se mordant la lèvre inférieure. Pétronille venait de se tourner face au mur et faisait semblant de dormir.

— Je ne peux rien faire, avoua Marchisa. Son sort est entre les mains de Dieu, madame.

— Elle est confrontée à trop d'agitation à la Cour, admit Aliénor. Mais dès qu'elle se retire sur les terres de Raoul, elle ne fait que broyer du noir, et son état empire. Je me demande si ce ne serait pas une bonne idée que de l'envoyer à Saintes, auprès de ma tante Agnès. Certes, la vie du couvent ne lui serait d'aucun réconfort, mais les religieuses veilleraient sur elle et la protégeraient.

— Je crois en effet, madame, qu'une vie régulière, rythmée par les prières, l'aiderait considérablement, convint Marchisa.

Aliénor soupira.

— Je vais consulter Raoul et écrire à ma tante afin de m'assurer qu'elle peut effectivement lui donner asile. Nous lui faisions de fréquentes visites lorsque nous étions enfants.

L'expression de son visage devint triste tandis qu'elle se souvenait de leurs courses effrénées dans les cloîtres ensoleillés, chaque fois que leur père se rendait à Saintes. Leurs gloussements et leurs fous rires s'enroulaient autour des colonnettes avant de se rejoindre en une liesse commune, tandis qu'elles caracolaient, jupes relevées jusqu'aux genoux et nattes brunes et blondes volant au vent dans un arc-en-ciel de rubans. À l'église, lorsqu'elles priaient, ce n'était entre elles qu'échanges de regards espiègles. Peut-être, à Saintes, Dieu enlèverait-il ce voile de ténèbres qui obscurcissait l'âme de Pétronille et en chasserait-il les démons.

— Oh, Perrine, susurra-t-elle en caressant les cheveux emmêlés de sa sœur d'un geste aimant et plein de sollicitude.

Debout dans les jardins du palais, Aliénor regardait jouer les enfants dans la lumière dorée d'une matinée de septembre. Tous les âges étaient représentés, du bambin qui trottinait à peine aux adolescents aux membres effilés, bientôt pubères. Parmi eux se trouvaient les trois petits de Pétronille : Élisabeth, Raoul et une petite Aliénor. L'absence de Pétronille nécessiterait de leur part un peu d'acclimatation, mais, dans la mesure où celle-ci s'était montrée, ces derniers temps, incapable de s'occuper d'eux, la séparation serait moins difficile. On leur avait dit que leur mère était souffrante et qu'elle allait au couvent de Saintes afin d'y prendre du repos et guérir.

Absorbée dans son ouvrage, une petite fille blonde comme les blés cousait, assise à côté de sa nourrice. De fines mèches dorées dépassaient de ses nattes et formaient un halo de lumière autour de sa tête. Elle était toute à sa tâche et mordillait sa lèvre inférieure. Une autre nourrice tenait une toute petite fille, pareillement blonde, par la main, l'aidant à garder l'équilibre tandis qu'elle faisait ses premiers pas sur l'herbe avec maladresse et détermination.

Aliénor ne bougea pas, se sentant mise de côté, exclue. Elle avait fait ses adieux à ses filles la veille au soir et n'avait éprouvé qu'une vague tristesse teintée de regret en les embrassant sur leurs joues fraîches et douces comme des pétales de rose. Ses propres enfants étaient pour elle des étrangères. Leur plus grande intimité avait commencé avec ses grossesses et cessé avec la rupture du cordon ombilical. Selon toute vraisemblance, elle ne les reverrait plus jamais.

Aliénor regarda une dernière fois longuement ses petites afin de fixer leurs traits dans sa mémoire, puis elle se détourna pour aller rejoindre ses gens qui s'activaient aux préparatifs de départ pour le Poitou.

Le troisième jour de voyage, Aliénor et Louis passèrent la nuit au château de Beaugency, à mi-chemin entre Paris et Poitiers. Assis l'un à côté de l'autre, conformément au protocole, ils firent honneur au banquet offert par Eudes de Sully, seigneur de Beaugency. Tout en faisant front commun en tant que roi et reine de France, ils ne purent dissimuler le gouffre immense qui les séparait sans pour autant apaiser leurs tensions. Ils avaient hâte d'être débarrassés l'un de l'autre, eux que plus rien n'unissait, hormis les liens formels de la loi. Aux yeux de Louis, la faute en revenait à Aliénor. Elle était responsable du fait que Dieu les ait punis en leur refusant un fils. La responsabilité était celle de sa femme, mais lui seul en faisait les frais. Il mastiqua sa nourriture dans un silence maussade et réagit aux diverses remarques qu'on lui fit par des monosyllabes prononcés d'une voix sèche.

Aliénor gardait également le silence, consacrant ses forces à surmonter l'épreuve. Chaque jour qui passait la rapprochait de la liberté et l'éloignait de cette parodie de mariage. Pourtant, la nullité de celui-ci, une fois prononcée, ne manquerait pas d'apporter son lot de problèmes. Levant sa coupe pour boire, elle remarqua la présence d'un messager qui se frayait un passage vers eux. Elle fut immédiatement inquiète, car seuls les messagers porteurs de nouvelles de la plus haute importance pouvaient ainsi faire irruption en plein repas officiel. Le messager retira son chapeau, mit un genou à terre et tendit à l'huissier un parchemin cacheté. L'huissier le prit et le remit à Louis.

— Des nouvelles d'Anjou, lança Louis en brisant le sceau.

Tandis qu'il lisait, son visage s'assombrit.

— Geoffroy d'Anjou, dit le Bel, est mort, annonça-t-il.

Passant la missive à Aliénor, il entreprit de questionner le messager.

Aliénor lut à son tour. La lettre avait été rédigée sous la dictée de Henri. Malgré le ton courtois, elle était avare de détails. Le messager résuma l'essentiel : Geoffroy était tombé malade sur le chemin du retour après un bain dans le Loir. Les funérailles auraient lieu à la cathédrale du Mans.

— J'ai peine à le croire, lança Aliénor en secouant la tête. Je sais qu'il n'était pas au mieux à Paris, mais de là à penser qu'il était gravement atteint !

Elle fut la proie d'un profond chagrin, et ses yeux s'emplirent de larmes. Geoffroy et elle avaient été des rivaux autant que des alliés. Elle avait eu plaisir à rivaliser de présence d'esprit avec lui et avait savouré l'admiration qu'il lui portait. Badiner avec le comte d'Anjou avait été un de ses plaisirs favoris. En outre, il avait été très bel homme, ce qui ne gâchait rien.

— Le monde sera moins intéressant sans lui, déclara-t-elle en retenant ses larmes. Dieu ait son âme.

Louis renvoya le messager et marmonna les platitudes de circonstance, mais une lueur de joie brillait dans ses yeux.

— Ma foi, poursuivit-il, nous verrons bien si la force de caractère du jeune comte d'Anjou sera à la hauteur de ses nouvelles responsabilités. Je l'ai trouvé plutôt ordinaire, lorsqu'il est venu à la Cour avec son père.

Aliénor ne dit rien, en partie parce qu'elle s'efforçait encore d'assimiler le choc brutal causé par la nouvelle, et en partie parce que ce décès bouleversait complètement la donne. Henri se révélerait-il aussi indigent que Louis une fois au pouvoir ?

— Ce ne peut qu'être une bonne chose pour le royaume, que d'avoir en face de soi un jeunot sans expérience, ajouta Louis.

— Il aimait tendrement son père, rappela Aliénor. Cela m'a paru évident lors de leur séjour à Paris. Il doit le pleurer amèrement.

— Grand bien lui fasse ! s'exclama Louis avant de se tourner vers ses nobles.

Aliénor prit congé et se retira dans sa chambre. S'étant fait apporter le nécessaire, elle s'assit pour écrire à Henri afin de lui assurer qu'elle partageait sa peine et lui dire qu'elle prierait pour son père. Elle loua sa force d'âme et lui fit part de son espoir d'être bientôt en mesure de lui exprimer ses condoléances en personne. Le ton de sa lettre était poli et ne contenait rien qui pût être interprété comme déplacé, même par des gens comme Thierry de Galeran, lequel ne manquerait pas, c'était certain, de lire sa correspondance si elle venait à lui tomber entre les mains. Elle cacheta le pli et donna l'ordre à son chambellan de le remettre au messager venu d'Anjou. Se versant une coupe de vin, elle s'assit devant l'âtre et contempla les braises rougeoyantes en songeant que si elle épousait effectivement Henri, Louis deviendrait son adversaire direct sur l'échiquier politique. Elle aurait alors obligation de faire preuve d'une très grande habileté, si elle voulait mettre toutes les chances de son côté pour survivre.

Aliénor entra dans Poitiers sur le dos d'un palefroi à la robe mouchetée gris clair. Juchée sur son poignet recouvert d'un gantelet, La Reina luisait de tous les feux de son blanc plumage. Le ciel était bleu comme une enluminure, et le soleil, malgré l'empiètement de l'automne, brillait suffisamment pour réchauffer la terre. Tandis que ses vassaux se pressaient en masse pour l'accueillir, Aliénor se sentit merveilleusement libre à la pensée qu'elle rentrait enfin chez elle. Elle ne vit d'abord aucun signe de Geoffroy de Rancon, mais aperçut plusieurs barons de Taillebourg et de Gençay parmi l'assemblée. Enfin, elle reconnut dans la foule sa noire chevelure ondulée et sa haute taille au maintien altier. Il se retourna, et soudain son enthousiasme flétrit : ce n'était pas du tout Geoffroy, mais un noble bien plus jeune, presque un adolescent.

Le garçon s'approcha d'elle et se prosterna.

— Madame, commença-t-il. Mon seigneur et père vous présente ses excuses pour son absence et espère vous rencontrer bientôt. Une légère indisposition l'empêche de venir vous saluer. Je suis donc venu à sa place et en son nom.

Aliénor savait que Geoffroy ne se serait pas laissé retenir par « une légère indisposition ». Seule une catastrophe avait pu causer l'ajournement de leurs retrouvailles. Elle en conçut une vive anxiété. Cependant, pour l'heure, elle ne pouvait agir.

Il lui fallait d'abord répondre publiquement à ce jeune homme qui ignorait tout de la profondeur du lien qui l'unissait à son père.

— Je lui souhaite un prompt rétablissement, et j'espère également le voir bientôt, répondit-elle en lui ordonnant de se relever.

Tandis qu'il s'inclinait, elle décela une lueur de doute dans ses yeux. Ce n'était là qu'échange de banalités, et ils en étaient tous deux conscients.

Aliénor réunit à nouveau la Cour dans la grande salle d'apparat de Poitiers. On avait tendu un ciel de soie constellé d'étoiles d'or au-dessus des trônes. Posée sur son grand perchoir, à la gauche d'Aliénor, La Reina symbolisait l'autorité de la duchesse. Aliénor n'était pas revenue à Poitiers depuis leur départ pour Jérusalem. La grande salle, malgré un abondant décor, avait besoin d'une remise à neuf. Le mortier donnait, par endroits, des signes de vieillissement. Après les merveilles de Constantinople et de Jérusalem, son palais semblait à Aliénor petit et étriqué. Elle se jura qu'une fois sa liberté recouvrée, elle en ferait construire un autre, afin de redorer le prestige de l'Aquitaine auprès des Cours du monde.

Louis se retira de bonne heure pour aller faire ses dévotions. Il était d'humeur aigrie. Aliénor soupçonna que c'était à cause de l'accueil enthousiaste qu'elle avait reçu, tandis qu'il était traité avec indifférence. La joie avec laquelle était accueillie ici la reconnaissance prochaine de la nullité de leur mariage était un coup porté à son royal orgueil. Mais sa jalousie ne faisait que le rendre plus ridicule et méprisable aux yeux d'Aliénor. Pendant ce temps, elle prenait un plaisir tout particulier à réunir sa Cour. Plus Louis se renfrognait, plus elle badinait et faisait preuve de présence d'esprit dans l'exercice de son pouvoir. Elle savait que ses vassaux s'interrogeaient sur les suites de leur séparation. Déjà l'on rivalisait pour obtenir le commandement des forteresses laissées vacantes par les garnisons de Louis. Aliénor reçut avec amusement les demandes de différents barons désireux d'avoir leur part du gâteau. Mais elle se garda bien de lâcher le moindre sous-entendu et la moindre promesse qu'elle ne fût pas disposée à tenir. La prudence était de règle. Si Geoffroy était effectivement indisposé, elle ne pourrait pas compter sur lui, ainsi qu'elle l'avait prévu. Elle décida donc de se rendre à Taillebourg dès que possible.

Aliénor et Louis arrivèrent à Taillebourg par une matinée humide de début octobre. L'immense forteresse qui protégeait le gué sur la Charente resplendissait d'un éclat métallique. La rivière était une feuille d'acier martelé où se reflétait un ciel lourd. Une pluie fine se mit à tomber tel un voile humide sur le visage d'Aliénor lorsqu'ils passèrent sous la herse et pénétrèrent dans la cour. Le fils de Geoffroy les avait devancés d'une journée afin de veiller aux préparatifs de réception. Il accourut pour leur souhaiter la bienvenue et les prier d'entrer se mettre à l'abri. Ses sœurs, Burgundia et Berthe, ainsi que leurs maris, faisaient également partie du comité d'accueil. Burgundia, à l'instar de son père, était grande et avait hérité de ses yeux marron foncé. Berthe était bien en chair et enjouée. Deux fossettes perçaient ses joues. Sa gaieté coutumière fut néanmoins atténuée par le protocole.

La grande salle des banquets était belle et entretenue. Un feu très vif brûlait dans l'âtre. Les nattes de joncs dégageaient un doux arôme de propreté. Des chandelles neuves brillaient dans les appliques, en appui à la faible lumière grise du dehors. Aliénor balaya la pièce du regard et fut assaillie par une horde de souvenirs qui ne demandaient qu'à être explorés. Elle avait autrefois joué aux échecs avec Geoffroy dans cette salle même ; elle y avait pris plaisir à la musique et aux danses en sa compagnie et en celle de sa famille. Elle avait connu ses enfants lorsqu'ils étaient encore au berceau et avait versé des larmes pour eux tous lorsque Geoffroy avait perdu sa femme en couches. Plus tard, elle avait posé sur lui le regard d'une jeune femme au printemps de sa vie. De son côté, il lui avait pris la main et ne l'avait plus lâchée. Puis son père était mort à Compostelle, et son univers s'était effondré. Sa dernière visite à Taillebourg remontait au lendemain de son mariage avec Louis.

On donna à Aliénor et à Louis des chambres séparées. Il ne leur vint d'ailleurs pas à l'esprit d'afficher une unité de façade. Aliénor fut soulagée de constater que sa chambre n'était pas celle de sa nuit de noces, mais une autre, plus modeste, aux chaleureuses tentures rouges. Un brasero la protégerait du froid humide qui montait de la rivière. La faible lueur des lampes conférait à la pièce une atmosphère intime. Un assortiment de livres était rangé sur un banc-coffre à charnière à l'endroit le plus lumineux de la pièce, afin de favoriser sa lecture si l'envie lui en prenait. Tandis que Marchisa l'aidait à ôter sa cape, la fille aînée de Geoffroy, Burgundia, apporta une cuvette en cuivre remplie d'eau parfumée pour la toilette.

— Je suis désolée d'apprendre que votre père est souffrant, lança Aliénor. Oserai-je espérer qu'il va un peu mieux ?

Burgundia baissa les yeux, s'appliquant à ne rien renverser du contenu de la cuvette.

— Votre visite lui mettra du baume au cœur, répondit-elle. Il en parle sans cesse et elle lui donne du courage.

Aliénor se lava le visage et les mains, puis elle apporta grand soin à sa tenue. Elle enfila une sous-robe rehaussée de délicates broderies sur laquelle elle passa une robe de soie verte aux manches tombantes ornées de perles et d'émeraudes. Puis elle mit autour de sa taille une ceinture d'or assortie.

Marchisa enroula sa chevelure dans les mailles d'un filet d'or et lui oignit l'intérieur des poignets, la gorge et les tempes d'une huile parfumée offerte par Mélisende à Jérusalem. Enfin, elle ferma son corsage avec la fibule à motif d'aigle que Geoffroy lui avait envoyée. Lorsqu'elle fut prête, elle prit une grande inspiration, contrôla ses nerfs et alla le voir dans ses appartements.

Son fils était présent dans la chambre, en plus de quelques officiers de la garde rapprochée de Geoffroy. Ce dernier était assis sur une chaise dans la clarté de la fenêtre. Il s'était, lui aussi, habillé pour l'occasion et portait une belle tunique de laine d'un rouge profond. Lorsque Aliénor entra, il posa les mains sur les accoudoirs et se hissa sur ses jambes.

Elle s'efforça de dissimuler sa stupéfaction à la vue de cet homme au teint jaunâtre qui n'avait plus que la peau sur les os. Il tremblait de tout son corps dans un effort constant pour se tenir debout.

— Madame, la salua-t-il d'une voix faible. Veuillez me pardonner de ne pouvoir vous rendre mes hommages à genoux.

Aliénor lui tendit une main.

— Il n'est pas question de pardon entre nous, assura-t-elle. Nous sommes de trop vieux amis pour que cela soit nécessaire. De grâce, rasseyez-vous.

Se tenant fermement à la table, Geoffroy se rassit doucement en haletant. Son fils apporta une chaise rembourrée pour Aliénor, qu'il plaça face à son père.

— Pourquoi ne m'avez-vous pas écrit que vous étiez si malade ? s'enquit Aliénor.

Geoffroy fit un geste apathique de la main.

— Parce que j'espérais aller mieux. Je l'espère toujours, avec l'aide de Dieu, car vient un temps où seul l'espoir demeure, que ce soit pour la guérison ou pour le salut de notre âme. Si l'espoir s'en va, que reste-t-il, sinon le vide ? Je savais que vous viendriez, et j'ai prié pour bénéficier de la grâce de vous revoir.

Aliénor eut la gorge serrée. C'était plus qu'elle n'en pouvait supporter. Elle aurait voulu le prendre dans ses bras, mais ne le pouvait, car ils n'étaient pas seuls.

— Je suis là, à présent, dit-elle en recouvrant sa main avec la sienne, d'un geste qui parut, aux témoins, le fruit de la sollicitude et de la compassion, mais qui, en réalité, signifiait bien davantage.

— Mon fils vous servira bien. Je l'y prépare depuis mon retour d'Antioche, et c'est un élève doué et appliqué.

Aliénor tourna ses yeux vers le jeune homme, qui s'inclina en rougissant.

— Je suis sûre que vous ferez honneur à votre père et à l'Aquitaine, dit-elle.

Puis, revenant à Geoffroy, elle ajouta un ton plus bas :

— J'ai des choses personnelles à vous dire.

— Laisse-nous, ordonna Geoffroy à son fils en lui faisant signe de s'éloigner. Je te ferai mander si nécessaire.

Parce que les audiences étaient publiques durant le jour, l'ordre n'impliquait pas de quitter la pièce mais simplement de se retirer à l'écart, de manière à ne pas entendre la conversation.

— Je suis à court de mots, commença-t-elle en ajustant la hauteur de sa voix, craignant comme la peste les oreilles indiscrètes. C'est pour moi une grande tristesse. J'espérais vous garder auprès de moi pendant de nombreuses années encore.

Geoffroy esquissa un pâle sourire.

— Vous m'aurez toujours à vos côtés, assura-t-il. Rien n'a changé. Nous avons toujours passé plus de temps loin de l'autre qu'ensemble, non ?

— Ce n'était pas par choix.

— Ainsi va la vie.

Elle remarqua qu'il avait les mains glacées et fournissait un effort surhumain pour respirer.

— Cela ne rend pas la chose plus aisément acceptable.

Elle baissa les yeux et se mordit la lèvre inférieure avant d'ajouter :

— J'ai reçu une proposition de remariage en prévision de la reconnaissance de la nullité de l'actuel.

Elle marqua une pause afin de se calmer, puis elle releva la tête et poursuivit :

— Henri, duc de Normandie, m'a demandé de l'accepter pour époux.

Geoffroy la dévisagea avec des yeux jaunâtres sans manifester la moindre émotion.

— Et qu'avez-vous répondu ?

— Je n'ai pas encore donné ma réponse. Je voulais en parler avec vous, mais il me semble que vous avez besoin de repos.

Geoffroy rassembla ses forces et répliqua avec dignité :

— Il me reste assez de vigueur pour m'entretenir avec vous, même si la lumière diminue en moi.

Puis il se laissa retomber contre le dossier de sa chaise et ajouta :

— Il est bien plus jeune que vous.

— Oui, répondit-elle. C'est un tout jeune homme, bien que déjà au cœur de la mêlée. Il est venu à Paris avec son père.

Ce dernier étant dans la tombe depuis peu, le spectre de la mort n'en plana que plus pesamment au-dessus de leurs têtes.

— Je n'ai su que penser de lui, expliqua-t-elle. Il s'est montré, la plupart du temps, circonspect et discret. Mais je pense que c'était un subterfuge. Ce comportement ne s'accorde pas avec ce qu'on me dit de lui, notamment qu'il agit avec précipitation et assurance en toutes choses. Il ne m'inspire pas entièrement confiance, et c'est la raison pour laquelle j'hésite.

Et je comptais sur vous pour me conseiller, ce qui, à l'évidence, ne se fera pas, ajouta-t-elle en pensée.

— Son père avait manifestement hâte de voir se conclure votre union, mais n'a-t-il pas toujours voulu réunir l'Anjou et l'Aquitaine ? Cependant, il lui a fallu redoubler de prudence, comme vous l'imaginez. Si Louis avait le moins du monde soupçonné leurs manigances, il les aurait fait écorcher vifs.

Geoffroy inspira à grand-peine.

— Si vous épousez ce jeune homme, Louis ne vous le pardonnera jamais, ni à l'un, ni à l'autre.

Aliénor releva le menton.

— Je me fiche de ce que pense Louis en l'occurrence. En tant qu'épouse, j'ai souvent vécu dans la crainte à cause de ses sautes d'humeur et de sa façon de me traiter, qui ne m'inspire que dégoût. Mais en tant qu'adversaire politique, il ne me fait pas peur. Il n'est pas à la hauteur.

— C'est certain ! approuva Geoffroy avec un sourire ironique. Vous avez le temps de réfléchir à la question et d'observer les progrès que fait le duc.

Elle acquiesça. Mais le mot « temps » la ramenait tristement à la précarité des choses.

— De toute façon, il vous faudra prendre un mari, rappela-t-il. Et peu de prétendants jouissent d'un statut digne du vôtre.

Elle déglutit.

— Vous connaissez ma position sur le sujet.

— En effet, je la connais ; mais nous savons tous les deux que ce ne serait pas une solution pour l'Aquitaine. D'ailleurs, la question ne se pose plus désormais.

Soudain, il laissa retomber sa tête, comme si elle était trop lourde pour lui, et son visage cireux prit une teinte grisâtre.

— Je veillerai à ce que votre fils reçoive l'attention et le soutien nécessaires, promit-elle d'une voix dont elle s'efforçait de maîtriser les tremblements. Je ferai de mon mieux pour l'aider, de même que je suis certaine qu'il fera de son mieux pour me servir et honorer son père.

Elle retira doucement sa main et dit :

— À présent, vous devriez vous reposer un peu.

Geoffroy releva la tête dans un ultime effort.

— Reviendrez-vous me voir avant de partir ?

— Bien sûr, cela va sans dire.

Elle se leva et toucha délicatement sa joue dans un geste qui, pour les autres, pouvait passer pour la manière dont une duchesse manifeste son affection envers un fidèle vassal aux prises avec la maladie. Mais elle souffrait terriblement au plus profond d'elle-même. Les circonstances étaient mal choisies pour des adieux.

Il lui prit la main et la retint un court instant.

— Si je pouvais retrouver un seul printemps de ma jeunesse et vous y conduire à jamais, je le ferais, susurra-t-il d'une voix rauque.

— Ne dites pas cela…, dit-elle d'une voix mal assurée.

— Je voudrais que vous vous raccrochiez à cette pensée jusqu'à ce qu'elle se transforme en souvenir. Cela ne fut jamais mais sera toujours.

Le cœur d'Aliénor saignait pour de bon à présent.

— Oui, toujours, renchérit-elle.

— Allez ! s'exclama Geoffroy après avoir repris son souffle. Je vous rejoindrai bientôt. Je me sens mieux maintenant que je vous ai vue.

Sur ces mots, il lui lâcha la main. Aliénor sortit en affectant une attitude dégagée, mais, une fois sur le palier, elle s'appuya contre le mur et laissa couler ses larmes. Elles brûlaient comme l'acide.

Geoffroy, pour sa part, n'eut pas la force de dissimuler son propre chagrin tandis qu'il la regardait s'éloigner. Il lui semblait que son cœur n'était relié que par un fil à celui d'Aliénor. Que lui importait qu'on le vît pleurer ? Les observateurs ne verraient là que le trouble d'un vassal privé par la maladie de la possibilité de servir sa dame et l'Aquitaine. Il emporterait la vérité avec lui dans la tombe. Elle serait sa secrète consolation.

Chapitre 42

Beaugency, mars 1152

Aliénor agrippa les accoudoirs de sa chaise et inspira profondément en projetant le menton en avant. Elle était de retour à Beaugency, attendant sous le dais de la salle d'apparat que l'assemblée des évêques déclare son mariage nul et non avenu. Le document stipulant la nullité de l'union était prêt. Dès que l'encre de la dernière page aurait séché, on y apposerait le cachet de cire.

Elle était arrivée la veille de Poitiers afin d'entendre le verdict de l'Église et de se voir remettre le décret. Elle vivait ses dernières heures comme reine de France et assistait à la fin de quinze ans de mariage, mariage qui n'eût jamais dû exister. Elle était flanquée de Louis, lui-même assis sur son trône, le visage impavide. Le timide jeune homme aux cheveux blond-blanc s'était transformé en un homme irascible de trente-deux ans, obsédé par Dieu, qui affichait une constante désapprobation à l'égard de tout. Pourtant, il était encore agréable à regarder, surtout dans la pénombre et en position d'autorité. Aliénor n'ignorait pas que des nobles ayant des filles à marier jetteraient leur dévolu sur lui dans leur désir avide de grimper les échelons du pouvoir. Dieu vienne en aide à la pauvre fille qui remporterait le gros lot !

L'évêque de Langres se leva au milieu de l'assemblée des ecclésiastiques qu'il présidait. Il bombait le torse comme un paon, et ses yeux avaient le tranchant d'une lame de rasoir. Il tenait en main une feuille de parchemin au bas de laquelle pendait une cordelette tressée retenue par un cachet de cire. Aliénor supposa qu'il s'agissait simplement de son rapport, mais qu'il souhaitait que chacun crût à un document d'une extrême importance.

— Je me demande, commença-t-il, s'il ne serait pas opportun de soulever la question de l'infidélité de la reine.

Il leva la tête pour s'assurer de l'effet de ses paroles sur l'assistance et poursuivit :

— Cette infidélité a fait l'objet de plusieurs procès-verbaux et nous disposons de témoins qui peuvent l'attester.

Un silence chargé d'appréhension tomba. Aliénor fut médusée, mais s'appliqua à conserver un masque inexpressif, malgré la confusion qui régnait dans son esprit. Que savait-il ? Que s'apprêtait-il à révéler ?

L'évêque se tourna vers la table et brandit un des anneaux en or dont Aliénor se servait pour fermer ses manches au poignet.

— On a retrouvé cet objet dans la chambre de l'oncle de la reine à Antioche ! Que dis-je, dans sa chambre, dans son lit !

Haussant les sourcils pour donner davantage de poids à ses dires, il ajouta :

— J'ai ici pour le prouver la déposition de plusieurs témoins !

Le masque d'Aliénor tomba pour être remplacé par le plus vif dégoût. Elle avait offert personnellement cette boucle à l'épouse de Raymond. Quel prodige, par conséquent, qu'on l'ait retrouvée dans la chambre de celui-ci ! Quant à la précision stipulant que l'objet avait été trouvé dans le lit même de son oncle, c'était tout simplement inepte, parce qu'il ne serait jamais venu à l'idée de quelqu'un de garder un tel bijou pour faire l'amour. Et quand bien même le couple l'eût-il gardé, il ne l'aurait pas laissé traîner dans les draps une fois leur plaisir consommé. Si cet avocat du diable parvenait à l'accuser d'adultère en étayant suffisamment son accusation, elle risquait de tout perdre.

Geoffroi du Louroux, archevêque de Bordeaux, se dressa sur ses jambes et se racla ostensiblement la gorge.

— Monseigneur, le cas de nullité est examiné en ces lieux pour cause de consanguinité et à aucun autre titre. Vous le savez.

Langres se tourna vers Geoffroi et lança :

— Je sais aussi que nous devons établir la vérité, que celle-ci ne doit pas rester cachée par connivence et détournement de l'attention.

— « Connivence » ? répéta Geoffroi en se dressant de toute sa hauteur. Cette dame fait l'objet de calomnies, tonna-t-il avec indignation.

Il fit un geste ample de la main en direction d'Aliénor, qui baissa aussitôt la tête en signe d'humilité, mains jointes sur son chapelet.

— Il lui a fallu essuyer l'affront de ces affirmations aussi ridicules que dénuées de fondement, et dont on ne saurait faire la preuve, malgré vos tentatives de mystification. Vous avez devant vous une dame pieuse respectueuse de la loi divine et des traditions de l'Église. Je suis son ami et précepteur depuis sa plus tendre enfance, et je réponds de sa vertu, louange pour calomnie. Voir un prétendu homme de Dieu la vilipender ainsi est non seulement une injustice, c'est une apostasie[1] ! La vérité apparaîtra au grand jour. Elle sera dévoilée au Jugement dernier, lorsque nous comparaîtrons tous et devrons répondre en conscience de nos actes, car qui peut, en vérité, jeter la première pierre ? Nous ne sommes pas en position de juger

1. L'apostasie est le fait de renier sa propre foi en contexte chrétien (*NdT*)

en cette matière. Contentons-nous, par conséquent, de régler la question du jour qui, seule, est de notre ressort. La consanguinité de l'union du roi et de la reine est le seul et unique sujet du jour. Je n'en connais pas d'autre.

Grondant comme le tonnerre, il lança enfin :

— Ce n'est pas le procès de cette dame qui se tient ici !

Derrière lui montèrent des murmures approbateurs. Aliénor sécha subrepticement une larme. Elle n'eut pas besoin de faire semblant.

Louis choisit ce moment pour prendre la parole :

— Vous parlez avec éloquence, messire l'archevêque, lança-t-il en levant une main. Décidons du sujet du jour, comme vous dites.

Sur ces mots, il se tourna vers Aliénor et la gratifia d'un hochement de tête approbateur.

Il n'y avait aucune bienveillance dans son regard ; d'ailleurs, elle n'en attendait aucune. Elle lui rendit sa salutation. Il n'était pas dans l'intérêt de Louis qu'on sortît les cadavres grouillants d'asticots du placard d'Antioche ; certains épisodes eussent pu nuire à la réputation du roi.

Assise dans l'embrasure de sa fenêtre, Aliénor tendit un paquet de lettres au jeune Geoffroy de Rancon. Le nouveau seigneur de Taillebourg et de Gençay assistait aux délibérés de Beaugency en tant que membre de son entourage. Il avait pour charge de la ramener saine et sauve à Poitiers une fois les sessions terminées.

— Voulez-vous bien les remettre à Saldebreuil ? Il saura par quel messager les faire transporter.

— Bien, madame.

Le jeune homme s'inclina, se redressa et, avec un grand sérieux, dit :

— Je n'ai pas cru un mot de ce qu'a dit l'évêque de Langres.

— Je l'espère bien !

Il devint rouge comme une pivoine et se confondit en excuses incompréhensibles.

Prenant le pauvre garçon en pitié, elle le tira enfin d'embarras.

— Il était inévitable que l'évêque de Langres s'exprimât. L'accusation d'adultère est tout à fait dans son style. Il ne me connaît pas personnellement, mais dès qu'il peut me nuire, il ne s'en prive pas. Peu importe. Bientôt, il disparaîtra complètement de ma vie.

Le jeune homme s'inclina de nouveau et s'enfuit à toutes jambes. Aliénor esquissa un sourire plein de tristesse en le regardant s'éloigner. Sa manière de se tenir et ses mimiques lui rappelaient tant son vieil amour. Mais un monde séparait les deux Geoffroy. Il n'était encore qu'un jeune garçon faisant ses premiers pas sur les traces de son aîné. Quoi qu'il en fût, sa présence avait été pour elle un soutien lors du décès de son père. Avec Berthe et Burgundia, ils étaient tout ce qui lui restait de son défunt amant. L'aide qu'elle leur apportait dans la vie lui rendait son chagrin un peu plus supportable.

Peu de temps après le départ du jeune Rancon, l'archevêque de Bordeaux arriva. Il était en tenue épiscopale mais avait remplacé sa mitre par une modeste calotte. Son grand corps se voûtait sous le poids des ans, et ses bajoues retombaient de lassitude.

Aliénor baisa son anneau. Il la bénit en posant une main sur son crâne. Elle donna l'ordre à un écuyer de lui servir du vin, puis elle l'invita à venir s'asseoir devant un repas composé d'un juteux saumon poché et de pain frais. L'archevêque lui lança un regard plein de reconnaissance et s'assit. Après qu'il se fut lavé les mains dans un rince-doigts que lui présentait un autre écuyer, il bénit les plats et commença à manger avec appétit.

Au bout d'un moment, jugé diplomatiquement suffisamment long par Aliénor, elle tourna vers son invité un regard plein d'espoir.

— La procédure avance bien, ainsi que je le prévoyais, déclara l'archevêque, avant de s'interrompre pour faire descendre son saumon avec une gorgée de vin. Les Français ont essayé aujourd'hui de garder la mainmise sur l'Aquitaine en misant sur l'évêque de Langres et ses tours de passe-passe. Mais c'est peine perdue.

— Comment a-t-il pu ne serait-ce qu'insinuer que j'aurais eu une relation adultère avec mon oncle ? lança-t-elle d'un ton de colère et de mépris. Nous sommes arrivés à Antioche au terme d'une traversée tumultueuse, et nous y sommes restés moins de deux semaines. J'ai cherché à me placer sous la protection de Raymond parce que, comme vous le savez, j'envisageais déjà à cette époque d'entamer une procédure.

Avec une moue de dégoût, elle ajouta :

— J'entends également courir de vilaines rumeurs qui font de moi la maîtresse de feu le comte d'Anjou. Est-ce vraisemblable ? Tout cela n'est que ragots de caniveau dans le but de me déposséder de mes terres en noircissant ma réputation.

— Il y aura toujours des hommes pour tremper leurs plumes dans le venin, expliqua du Louroux. Soyez tranquille, l'évêque de Langres n'aura pas gain de cause. Il a lui-même très mauvaise réputation. Il ne doit sa position qu'à Bernard de Clairvaux. On l'aura convaincu de faire porter le discrédit sur la partie adverse. La reconnaissance de la nullité de ce mariage repose sur sa consanguinité, un point c'est tout.

— Espérons que d'autres que vous le verront, lança Aliénor en frémissant. Si je devais rester mariée à Louis, je jure que ce n'est plus d'adultère qu'on m'accusera mais de meurtre !

Geoffroi du Louroux esquissa un sourire aigre.

— Je ne pense pas qu'il sera nécessaire d'en venir là. La procédure est bien trop engagée à présent pour que tout retombe comme un soufflé. Louis souhaite, tout comme vous, obtenir le décret de nullité.

Lorsqu'il eut terminé de manger, il se rinça de nouveau les doigts dans l'eau de rose.

Aliénor remplit leurs coupes de vin.

— Je veux vous entretenir d'une affaire qui engage l'avenir de l'Aquitaine et d'une décision qu'il me faut prendre.

L'archevêque de Bordeaux se sécha les mains et posa sur elle son regard bleu impassible. Face à sa vigilance sévère, quoique bienveillante, elle se sentit redevenir son élève.

— Je n'ignore pas que je ne peux rester sans mari, commença-t-elle en jouant avec le pied de sa coupe. Mon premier devoir envers le duché est de gouverner et d'engendrer des héritiers qui me succéderont.

— En effet, ma fille, c'est votre premier devoir, acquiesça prudemment Geoffroi du Louroux.

— Il faut que vous sachiez que j'ai reçu une proposition de mariage, de la part de Henri, duc de Normandie.

— Quand cela ? s'enquit l'archevêque avec étonnement.

— Lorsque son père et lui sont venus à Paris pour négocier la trêve. Sa proposition mérite examen, selon moi.

— Le duc Henri vous a-t-il fait lui-même cette proposition ?

Elle secoua la tête.

— Son père. C'est à peine si j'ai échangé quelques mots avec le jeune duc ; en outre, il marchait sur des œufs, vu la situation. L'Aquitaine représente une grosse prise pour lui, mais en est-il digne à mes yeux ? Vous comprendrez ma défiance.

L'archevêque prit une gorgée de vin pour se donner le temps de réfléchir. Il serait malavisé de la part d'Aliénor de choisir son futur mari parmi ses propres barons. Mieux valait épouser un homme qui n'était pas d'Aquitaine. Henri Plantagenêt correspondait assurément à ce critère. Quinze ans plus tôt, il lui avait lui-même enjoint d'épouser le roi de France. Il se souvint de la jeune fille apeurée qu'elle était à l'époque et compara son souvenir à la jeune femme accomplie qui se tenait devant lui. Il en eut le cœur serré. Elle lui faisait entièrement confiance, et il désirait l'aider de son mieux, ainsi que l'Aquitaine.

— Je ne connais pas le jeune homme en question, mais sa réputation grandit de jour en jour, et ses ancêtres sont illustres. Il paraît raisonnable que vous épousiez un homme susceptible de devenir roi.

— C'est ce que je pense aussi, confirma Aliénor. Mais j'hésite à franchir le pas. Il est jeune, et sans doute parviendrais-je à l'influencer, mais, tout comme Louis, il sera également sensible à d'autres influences que la mienne. J'ai dû lutter contre la mère de Louis au début de notre mariage. De l'avis général, Mathilde l'Emperesse, la mère de Henri, est une femme redoutable que son fils écoute. Comment m'en sortirais-je face à elle ?

Geoffroi du Louroux se caressa la barbe.

— Vous avez raison de vous montrer prudente, mais je ne crois pas que vous rencontreriez les mêmes difficultés. Vous êtes désormais une femme adulte en pleine fleur de l'âge. Mathilde vieillit et réside à l'abbaye du Bec. Elle gouverne, certes, la Normandie, mais elle ne bougera pas le petit doigt pour étendre son pouvoir. Par ailleurs, Henri n'a pas été élevé pour devenir moine, même s'il a reçu toute l'éducation nécessaire, de sorte que, sur ce plan-là aussi, il se pourrait que ce soit plus facile pour vous.

— Vous exprimez mes propres pensées, convint Aliénor.

La tension accumulée par cette dernière retomba face au soutien de l'archevêque. Mais un voile pensif, presque triste, assombrit ses traits.

— Mais si j'accepte sa proposition, il paraîtra, à bien des égards, que ce choix est fils de la nécessité, fit-elle remarquer.

Ils furent interrompus par l'arrivée de Saldebreuil de Sanzay.

— Madame, salua-t-il.

Il approcha de la table en haletant d'avoir monté l'escalier en courant, et fléchit le genou.

Aliénor lui fit signe de se redresser.

— Quelles sont les nouvelles ?

Il grimaça dans un rebond de boucles brunes contre son menton.

— J'ai appris que d'aucuns se préparent à vous enlever dès que vous quitterez les lieux, nantie du décret de nullité.

— M'enlever ?

Un grand froid l'envahit soudain.

— Mais qui veut m'enlever ?

— Mes informateurs me disent que vous devriez vous méfier de Thibaut de Blois. Il faudra vous tenir sur vos gardes, lorsque vous traverserez ses terres, et décliner toute invitation à passer la nuit dans un de ses châteaux.

Aliénor se sentit oppressée. Ils étaient donc déjà sur le pied de guerre. La chasse avait commencé. On la forcerait au mariage au moyen de l'emprisonnement et du viol. Ainsi, son ravisseur pourrait s'approprier ses terres. Il la féconderait et ferait en sorte que sa progéniture, si c'était un mâle, revendiquât l'Aquitaine en toute légalité. Thibaut, comte de Blois et de Chartres, était plus vieux que Henri, mais de si peu que cela ne faisait aucune différence. Ce n'était qu'un jeune braconnier de plus, pour qui la fin justifiait tous les moyens.

— Par conséquent, nous prendrons les mesures qui s'imposent, dit-elle enfin. Saldebreuil, je vous fais garant de ma sécurité et vous donne carte blanche. Si un « prétendant » s'est déjà déclaré, d'autres suivront. Assurez-vous que nos chevaux soient correctement ferrés et rapides, et que toutes les armes soient affilées. Et n'oubliez pas de payer grassement votre informateur.

— Madame…

Il s'inclina et prit congé. L'archevêque en profita pour se retirer à son tour.

— Vous voyez quelle prise je représente ! s'exclama Aliénor d'un air sombre. Le décret de nullité n'est pas encore scellé et déposé auprès des autorités ecclésiastiques que de jeunes ambitieux s'occupent déjà de mon avenir.

Du Louroux l'embrassa sur le front.

— Dieu vous garde et vous protège, dit-il.

— Avec l'aide d'un connétable aux aguets et d'espions grassement rétribués pour ouvrir l'œil et les oreilles ! répliqua-t-elle d'un ton acerbe. Aide-toi, le ciel t'aidera…

Chapitre 43

Beaugency, avril 1152

Le décret était publié. Aliénor était libre. Mais jusqu'à quel point ? Geoffroi du Louroux avait prononcé la nullité du mariage, et désormais elle avait toute latitude pour retourner à Poitiers. Debout devant la fenêtre ouverte de la chambre qu'elle avait occupée le temps des délibérations, elle attacha sa cape et embrassa du regard le paysage, par cette fraîche matinée d'avril.

De son poste d'observation, elle assista au départ des participants à la conférence : divers évêques et leurs suites avec leurs convois d'intendance. Bernard de Clairvaux voyageait à dos de mule blanche ; ses possessions grossièrement empaquetées étaient arrimées à la croupe de sa monture. Aliénor frémit. Du moins n'aurait-elle plus à subir sa fréquentation. Elle le soupçonnait fortement d'avoir été derrière l'attaque menée par l'évêque de Langres. Pour un homme qui prêchait l'amour de Dieu, il transpirait la haine et la suffisance.

Elle se sentait démunie plutôt que transportée de joie, à cause de toutes les années perdues, dont il ne restait qu'aigreur et déconvenue. Du moins l'affaire était-elle terminée. Elle avait été tranchée, telle une pièce d'étoffe qu'on retire du métier à tisser. Il ne restait plus qu'à oublier toutes ces déceptions.

— Madame, les chevaux sont sellés, annonça le jeune Geoffroy de Rancon en passant la tête par l'entrebâillement de la porte. Si nous partons sans tarder, nous pourrons contourner Blois à la tombée de la nuit.

Aliénor se retourna.

— Je suis prête, dit-elle. Rentrons chez nous.

Elle attendait dans la cour qu'on lui amenât son palefroi lorsque Louis fit son apparition. Il était en tenue de voyage, s'apprêtant à rentrer à Paris. À la vue d'Aliénor, il se figea.

— C'est terminé, lança cette dernière avec détachement, afin de faire retomber la gêne. Je vous souhaite de faire bonne route, Sire.

— À vous de même, répondit-il avec raideur.

— Nous ne nous reverrons pas, poursuivit-elle.

Elle y veillerait. Durant leur mariage, elle l'avait parfois aimé, mais plus souvent méprisé et haï. Mais au moment des adieux, elle était indifférente. Le passé n'était que poussière. Elle s'en irait sans se retourner.

Au même moment, Thierry de Galeran sortit de la grande salle d'apparat, la main à l'épée. Il considéra Aliénor comme on scrute une tache sur un vêtement. Elle lui rendit son regard avec une égale répulsion. Sans cet homme pour empoisonner la vie et le lit de Louis, sans Bernard de Clairvaux et ses sermons néfastes, sans tous les hommes d'Église et d'État mesquins et avides de pouvoir qui s'entredéchiraient pour exercer leur influence sur le roi, leur mariage eût peut-être pu durer.

— Madame, salua Galeran en lui faisant une révérence à la fois exagérément courtoise et des plus railleuses.

Saldebreuil arriva avec le palefroi d'Aliénor. C'était un hongre alezan à la démarche fluide qui couvrirait sans peine le trajet. L'équidé n'était que légèrement chargé, et le brillant de sa robe attestait de son excellente santé. La déférence de

Saldebreuil, lorsqu'il l'aida à monter en selle, effaça l'attitude insultante de Galeran. En raison du long voyage qui les attendait, Aliénor monterait à califourchon, comme lors des chasses, plutôt qu'en amazone. Ses jupes étaient longues et amples, afin de préserver sa dignité. En dessous, elle portait un collant de cuir planté dans de solides bottes d'équitation. Le geste de Saldebreuil n'était en rien indécent ; pourtant, elle sentit sur eux le regard désapprobateur de Louis, et l'irritation la gagna. Sa future femme devrait être une nonne pour plaire à son cœur.

Le jeune Geoffroy de Rancon déroula l'oriflamme à figure d'aigle. La brise matinale s'y engouffra, et la soie ondula hardiment. Elle donna du talon dans les flancs du hongre, fit claquer sa langue et s'éloigna de Beaugency au trot. Un peu moins de quarante lieues la séparaient de Poitiers, soit plus de trois jours de chevauchée ininterrompue. Ordinairement, un tel trajet eût pris près d'une semaine, mais Aliénor souhaitait retrouver la sécurité de son palais aussi vite que possible, car à la fin de ce voyage-ci, un autre l'attendait.

L'alezan avança à bonne allure. Vers midi, Aliénor et ses troupes firent halte en bord de route. Sur une nappe blanche posée à même le sol herbu, ils prirent un repas simple composé de pain et de bœuf séché arrosés d'un vin rouge légèrement piquant. Puis ils se remirent en route, chevauchant sans s'arrêter jusqu'au crépuscule, moment où les eaux de la Loire ondoyaient telle une écharpe de soie gris foncé dans le vent du soir. Des nuages couvraient l'horizon au nord, et il se mit à bruiner. Aliénor remonta sa capuche sur sa tête tout en savourant les senteurs d'herbe fraîche ranimées par l'humidité. Un merle siffla à pleins poumons et ses congénères lui répondirent, chacun revendiquant son territoire avant que le soleil ne se couche. Les gouttes se firent de plus en plus grosses, créant des rides à la surface du fleuve.

— Écoutez ! s'exclama brusquement Saldebreuil.

Aliénor tendit l'oreille. Au chant des oiseaux avaient succédé des éclats de voix donnant l'alerte. Quatre cavaliers surgis de l'ombre venaient à leur rencontre. Ils portaient des tenues ordinaires, mais leurs montures étaient robustes et bien soignées.

Les hommes d'Aliénor se préparèrent au combat, tandis qu'elle-même s'apprêtait à fuir. Ce fut alors que le cavalier de tête leva une main et abaissa sa capuche, exposant une tignasse mordorée tout ébouriffée.

— Que la paix soit sur vous tous. Je ne vous veux aucun mal, lança-t-il. Je suis venu en allié. Mon nom est Hamelin d'Anjou. Je suis le demi-frère de Henri, duc de Normandie et comte d'Anjou. Je suis venu vous aider à contourner Blois sans encombre.

Aliénor le dévisagea avec stupéfaction. Il était bel homme et ressemblait à Henri, malgré son teint plus clair. Mais leurs bouches suivaient le même dessin longiligne, et ils partageaient la même carrure.

— C'est très louable à vous, répondit-elle. Mais pourquoi devrais-je vous faire confiance ?

Il écarta les bras d'impuissance.

— Nous ne sommes que quatre. Aucune chance que vous tombiez entre nos mains. En outre, il n'est pas de notre intérêt de vous faire tomber dans un piège tendu par le comte de Blois. Je suis au service de mon frère et lui suis dévoué.

Sur ces paroles, il mit pied à terre et s'inclina très bas devant Aliénor, sans toutefois se prosterner.

— Un comité d'accueil vous attend à Blois. Je suppose que vous ne souhaitez pas être de la fête ? Ils ont également lancé des patrouilles à vos trousses. Vous ne l'emporterez pas sur eux. Leur intention est de vous enlever et de vous faire épouser de force le comte Thibaut ce soir même.

Aliénor ne mit pas en doute l'exactitude du renseignement. Mais elle ne baissa pas pour autant sa garde.

— Qu'allez-vous faire ? Nous mener par un autre chemin à la faveur de la nuit ?

Désignant les hommes de Hamelin, elle ajouta :

— Vous n'êtes guère équipés pour le combat.

— Non par la route, madame, rectifia vivement le jeune homme, mais par le fleuve, jusqu'à Tours. J'ai deux bateliers qui attendent. Ils ne savent pas qui vous êtes. Vous devrez vous déguiser, madame, ou bien vous faire le plus discrète possible. Il est préférable qu'ils ne vous reconnaissent pas.

Jetant un coup d'œil alentour, il lança :

— Nous devons nous hâter !

— Que ferons-nous des chevaux ? s'enquit Aliénor.

— Quelques hommes peuvent être désignés pour les acheminer par un autre itinéraire jusqu'à Tours, où nous les retrouverons.

— Vous voulez séparer les troupes ? s'interposa Saldebreuil en secouant la tête.

Hamelin acquiesça.

— C'est le meilleur moyen.

Aliénor examina les quatre cavaliers. D'instinct, elle eut confiance en Hamelin, parce qu'il n'avait rien à gagner et tout à perdre s'il la livrait à Blois. Ayant pris sa décision, elle se tourna vers Saldebreuil.

— Prêtez-moi une tunique et votre veste de rechange, ordonna-t-elle.

Saldebreuil haussa les sourcils.

— Et si c'était un piège ? murmura-t-il dans sa barbe.

Aliénor fit un geste de dénégation.

— Le demi-frère de Henri d'Anjou n'a aucun intérêt à nous tromper. En tant que bâtard, il ne dispose ni des alliés ni des moyens nécessaires pour mener la guerre qu'il déclencherait. Vous prendrez avec vous l'essentiel des troupes et ferez office de leurre. Si Thibaut de Blois nous poursuit, alors autant qu'il soit sur vos talons plutôt que sur les miens !

Malgré ses doutes, Saldebreuil obtempéra et remit bientôt à Aliénor les vêtements requis.

Elle descendit de cheval, et son escorte fit cercle autour d'elle en lui tournant le dos. Elle ôta sa robe et, avec l'aide de Marchisa, enfila la tunique et la veste, la double épaisseur de ce vêtement dissimulant parfaitement ses formes. Un ceinturon de cuir, une dague dans son fourreau et une courte cape grise avec capuchon de laine grise pour cacher cheveux et visage complétèrent le déguisement. Elle retira ses bagues et les remisa dans une bourse qu'elle portait à la ceinture, puis elle s'accroupit pour se frotter les mains avec de la terre. Enfin, quelqu'un enveloppa sa robe dans un baluchon grossier accroché à un manche de lance.

— Cela fera l'affaire de loin, dit-elle en faisant la moue, mais je doute que quiconque s'y laisse prendre de près.

— Cela sera suffisant. Et puis, il fait noir…, répliqua Hamelin.

La majeure partie des soldats et les suivantes s'apprêtèrent à suivre Saldebreuil. Celui-ci n'était pas content mais tint sa langue. Il escorta Aliénor tandis que Hamelin les conduisait le long d'un sentier boueux qui descendait vers la berge, où deux bateaux à fond plat étaient amarrés. Les dernières lueurs du jour tombaient sur leurs virures humides et luisantes, ainsi que sur les mariniers qui attendaient les passagers. Pour ne pas éveiller les soupçons, Aliénor aida à embarquer une partie des malles tout en veillant à rester dos au batelier et à garder son visage dans l'ombre de sa capuche. Elle entendit

Hamelin s'entretenir à voix basse avec les mariniers, faisant allusion à une mission secrète diligentée par le roi ; puis des pièces d'argent tintèrent dans la nuit.

Elle s'installa dans la première barge sur un empilement de peaux de moutons, blottie dans sa cape, les genoux ramenés sous le menton. L'équipage leva les rames et tira vers le fleuve. Saldebreuil, de son côté, s'élança en direction de Tours à la tête de ses hommes, des chevaux sans cavaliers et des suivantes, afin de servir d'appât. Aliénor baissa la tête et s'efforça de chasser sa peur. Elle fut bientôt rejointe par Hamelin. Il s'assit sur un tas de sacs en poussant un grand soupir.

— Je vous ramènerai saine et sauve chez vous, madame, promit-il à voix basse, presque à son oreille, afin qu'elle soit seule à l'entendre. Mon frère a une grande estime pour vous.

— Votre frère a une grande estime pour l'Aquitaine, rectifia vertement Aliénor avant de se radoucir. Il faut également qu'il ait beaucoup d'estime pour vous, pour vous envoyer ainsi à notre secours.

Hamelin haussa ses larges épaules.

— Nous nous détestons cordialement, mais nous sommes pragmatiques. Il sait qu'il peut compter sur mes forces, et je sais que, des trois fils légitimes de mon père, il est le seul qui vaille d'être suivi.

— Pourquoi donc ?

— Parce qu'il a l'esprit vif, alors que c'est à peine si les autres voient plus loin que le bout de leur nez. Je suis, moi aussi, vif d'esprit ; et je sais que si je lui reste fidèle, ma prospérité est assurée.

— Au moins, vous êtes franc, fit remarquer Aliénor.

— Un bâtard n'a que peu d'atouts en main, rappela Hamelin avec réalisme et un petit sourire en coin.

L'équipage hissa une grand-voile qui vint seconder leurs efforts. Le vent en poupe, les barges filaient rapidement malgré leur chargement, en traçant un sillage argenté.

Quelques instants plus tard, des cris, accompagnés du bruit mat des sabots et du cliquetis des harnachements, leur parvinrent depuis la berge. Aliénor se fit toute petite contre le bordage et tira son capuchon sur ses yeux, le cœur battant à tout rompre. Mais les cavaliers ne prêtèrent aucune attention aux embarcations et les dépassèrent dans un balancement de lanternes.

— Ils sont sûrement sur les traces de vos troupes, expliqua Hamelin. L'idée ne leur viendra pas de fouiller le fleuve. Même s'ils finissaient par percer notre stratagème, nous serions déjà loin.

Aliénor tendit l'oreille en quête du tumulte d'un affrontement, mais le galop des chevaux disparut dans le lointain. Puis ce fut le silence. Saldebreuil avait certainement eu la présence d'esprit de faire galoper ses compagnons ventre à terre dans le but de conserver leur avance. Aliénor ferma les yeux et frissonna. Mais elle ne se laissa pas pour autant submerger par l'angoisse, l'évacuant au contraire en riant.

Hamelin lui jeta un regard de biais.

— Hier encore j'étais reine de France et siégeais en grande pompe dans la salle d'apparat de Beaugency. Aujourd'hui, je remonte la Loire sous la pluie au beau milieu de la nuit, vêtue de la tunique de mon sénéchal, le visage couvert de boue et pourchassée comme une félonne.

— Laquelle de ces deux situations remporte votre préférence, madame ? s'enquit Hamelin, un tic nerveux au coin des lèvres.

— Il me semble que la réponse va de soi, répondit-elle sans plus s'étendre.

La pluie continua de tomber et de lui fouetter le visage sous des rafales de vent glacé. Elle dénicha une autre peau de mouton pour s'abriter et somnola ainsi, recroquevillée sur elle-même.

Ils atteignirent Tours à l'aube. Là, ils retrouvèrent Saldebreuil et les autres. Aliénor était transie après une nuit passée sur la Loire sans pratiquement fermer l'œil. Néanmoins, elle se sentait pousser des ailes. Pour plus de commodité, elle avait décidé de garder son costume d'homme jusqu'à ce qu'elle soit de nouveau sur ses terres. Officiellement, ils emmenaient Marchisa et Mamile à un couvent. Respectable veuve, Marchisa était censée y prendre le voile et s'y retirer avec sa servante.

— Dieu merci, vous êtes saine et sauve, madame, marmonna Saldebreuil, tandis que chacun se restaurait et se reposait – chevaux inclus – à une auberge de pèlerins, avant de se remettre en route.

— Le froid et la pluie étaient du voyage, mais nous n'avons pas rencontré d'obstacle, répondit-elle. En revanche, je me suis inquiétée pour vous. Nous avons aperçu une patrouille qui galopait sur vos traces.

Saldebreuil esquissa un sourire sinistre.

— Il faudrait davantage que ces imbéciles de la cité de Blois pour me doubler, madame. Ils nous ont poursuivis pendant une partie de la nuit, mais ils ont finalement renoncé.

— Je respirerai mieux lorsque nous serons à Poitiers, dit-elle en frissonnant. Tout ce que je demande, c'est de dormir en sécurité dans mon propre lit et de vivre comme je l'entends.

Ils arrivèrent, peu après midi, en vue du gué sur la Creuse situé à Port-de-Piles. Aliénor était sur ses gardes, car le passage était l'endroit idéal pour tendre une embuscade à quiconque faisait route vers le sud en direction du Poitou. Un groupe d'éclaireurs, comprenant Hamelin, était parti en reconnaissance pendant que le reste des troupes trompait sa faim avec un peu de pain et de fromage.

On vit bientôt revenir les éclaireurs au trot enlevé.

— Nous avions raison de nous méfier, madame, déclara le jeune Geoffroy d'un ton maussade. Des hommes sont stationnés près du gué. Dès qu'ils nous verront, ils fondront sur nous.

Au même moment, un des soldats d'Aliénor les héla, leur indiquant un endroit sur la route. Deux autres éclaireurs faisaient demi-tour ; puis ils s'élancèrent au galop en direction du gué, afin d'attirer sur eux les poursuivants.

— Retournez en arrière, madame ! s'exclama Saldebreuil en jurant. Prenez à gauche à la fourche !

Et il donna une grande claque sur la croupe de sa monture.

Aliénor se cramponna tandis que l'alezan partait au galop. Seigneur Dieu ! N'y aurait-il donc pas de fin à cette poursuite ? À quelques lieues de son fief, elle n'était toujours pas à l'abri.

Aliénor et ses troupes ne ménagèrent pas leurs forces pendant les heures qui suivirent, alternant trot et galop. Elle surveillait sans cesse ses arrières. Même lorsqu'il n'y avait pas âme qui vive, elle imaginait que ses poursuivants se tenaient, la lance à la main, en embuscade dans les fourrés, ou bien qu'ils ne tarderaient pas à les rattraper, grâce à leurs montures increvables et deux fois plus rapides que son hongre.

— Qui sont-ils ? s'enquit-elle en frissonnant au cours d'une pause, tandis qu'ils faisaient aller leurs chevaux à l'amble.

— Je l'ignore, madame, répondit Saldebreuil en secouant la tête.

— Moi, je vais vous le dire, intervint sombrement Hamelin. Ils ont à leur tête mon demi-frère Geoffroy. Nous sommes à moins d'une journée de cheval de Chinon, dont il a hérité à la mort de notre père. Henri avait deviné qu'il tenterait un mauvais coup.

— Les jeunes seigneurs voient peut-être en moi l'aboutissement de leurs ambitions, fit remarquer Aliénor avec une moue de mépris, mais je vaux davantage qu'un tremplin à leur ascension dans le monde. C'est une honte infamante, que je ne puisse circuler en sécurité sur les terres de mon suzerain.

Ces tentatives d'enlèvement achevèrent de la convaincre qu'elle ne pouvait rester sans mari. Chaque fois qu'elle s'aventurerait hors d'un de ses bastions, une armée de prétendants serait à l'affût, chacun déterminé à s'emparer d'elle pour la faire passer devant un prêtre. Il fallait bien reconnaître qu'on ne lui laissait pas le choix.

Chapitre 44

Poitiers, avril 1152

Aliénor s'empara du paquet cacheté. Si elle souhaitait changer d'avis, c'était le moment ou jamais. Elle attendait près de la fenêtre la venue du messager. Une magnifique journée de printemps s'annonçait. Tout n'était que jeunes pousses, bourgeons et fleurs épanouies. C'était quelques jours seulement après la date anniversaire de la mort de son père, aussi occupait-il presque toutes ses pensées, ainsi que Geoffroy de Rancon, bien que celui-ci ait été mis en terre par une morne journée d'automne. Il ne lui restait plus de ces deux êtres que des souvenirs poignants. Mais vivre ne consistait-il pas à affronter la réalité, plutôt qu'à vivre dans les rêves ? En vérité, l'heure était venue, pour elle, de prendre un nouveau départ ; et quel meilleur départ que d'épouser un jeune homme dans la fraîcheur de l'âge ?

Son chambellan annonça l'arrivée du messager. Elle se détourna de la fenêtre en soupirant. L'homme, qui répondait au nom de Sancho, retira son béret et se prosterna à ses pieds. Elle l'avait choisi pour délivrer ce message, car il était fiable, discret et intelligent. La missive était rédigée de telle sorte que si, par malheur, elle était interceptée, son secret ne serait pas trahi. Seul Henri pourrait la déchiffrer. Après une dernière hésitation, elle ordonna à Sancho de se relever et lui remit le paquet.

— Remettez cette lettre à Henri, comte d'Anjou, et veillez à la lui remettre en main propre, ordonna-t-elle.

— Bien, madame, répondit le messager en s'inclinant.

— Et remettez-lui également ceci, ajouta-t-elle en lui tendant un gantelet de fauconnerie en daim. Dites-lui que j'espère de tout cœur qu'il aura l'occasion de s'en servir dans un avenir proche. Voici pour vos frais de voyage. Hâtez-vous, mais ne prenez aucun risque. Allez, à présent.

Elle le regarda depuis la fenêtre monter en selle avec agilité et partir au galop sur un fougueux coursier bai. Il changerait de cheval en cours de route et ne s'arrêterait pour dormir que lorsqu'il ne pourrait plus faire autrement. Selon l'endroit où se trouverait Henri, elle estimait que la lettre lui parviendrait dans les dix jours au plus tard, ce qui signifiait qu'il lui restait un peu moins de trois semaines pour vaquer aux préparatifs de mariage.

Henri était à Lisieux où il supervisait d'autres préparatifs, ceux de son débarquement en Angleterre. Le bruit des haches sur les rondins de bois et l'odeur de résine emplissaient l'air en cette matinée printanière. Navires, soldats et vivres étaient réunis en vue d'une campagne estivale sur la Manche.

Henri avait deux ans à la mort de son grand-père, Henri Ier, roi d'Angleterre. À son décès, Étienne de Blois avait usurpé le trône. Âgé à présent de dix-neuf ans et nanti des titres de duc de Normandie et de comte d'Anjou, il était prêt à se battre. Il savait qu'au terme de dix-sept années de troubles, ses partisans anglais étaient prêts à tout. Mais il n'ignorait pas non plus qu'Étienne prenait de l'âge, et que les barons de l'usurpateur commençaient à envisager l'avenir. Plusieurs avaient déjà pris discrètement contact avec Henri, qu'ils regardaient comme successeur potentiel en lieu et place du fils d'Étienne, Eustache – homme fort impopulaire. Henri était disposé à faire tout ce qui était en son pouvoir pour achever de rallier ces hommes-là à sa cause.

Il leva le nez d'un registre, où étaient consignés les derniers arrivages de chevaux, et vit approcher son chambellan suivi d'un messager. Le visage de ce dernier était buriné par les éléments et la fatigue, mais une lueur brillait dans son regard.

— Sire, commença Sancho dans un accent du Poitou avant de mettre un genou à terre. Ma maîtresse, la duchesse d'Aquitaine, vous salue bien.

— Et vous êtes ? s'enquit Henri, qui aimait à mettre un nom sur les visages.

— Sancho de Poitiers, Sire.

Henri lui fit signe de se relever.

— Eh bien, Sancho, je suppose que vous êtes venu m'apporter davantage que les salutations de votre maîtresse ?

L'homme sortit un pli et un gantelet de fauconnerie de sa besace usée.

— Messire le duc, la duchesse me charge de vous dire que s'il vous agrée de lui rendre visite à la Pentecôte, elle se fera un plaisir de vous emmener chasser afin de s'entretenir avec vous de certaines affaires communes.

Henri lança un vif coup d'œil au messager avant de poser les yeux sur le cordon de soie retenu prisonnier sous le cachet de cire qui fermait le pli. Le sceau portait l'empreinte d'une femme gracile en robe à larges manches. Un faucon était juché sur son poignet gauche ; elle tenait une fleur de lys dans la main droite.

Henri lut la missive puis releva la tête et parcourut du regard le cantonnement avec ses allées et venues. Leur mariage retarderait la mise à exécution de ses plans pour l'Angleterre. Cependant, cette union était une priorité. Les sentiments n'entraient pas en ligne de compte ; seuls l'intérêt dynastique et le pouvoir importaient. Une deuxième lecture lui apporta une touche de satisfaction. Il avait eu la quasi-certitude que la demande viendrait d'elle ; un doute persistant, cependant, à cause de la versatilité proverbiale des femmes. Hamelin lui avait rapporté par le menu la stupide et lamentable tentative de Geoffroy pour enlever Aliénor avant qu'elle n'atteigne Poitiers. Le temps de régler en personne quelques affaires urgentes, et il s'occuperait de remettre son cadet à sa place.

Il n'était nul besoin d'interrompre les préparatifs de débarquement. Il pouvait aller épouser Aliénor pendant que ses officiers poursuivraient la tâche. L'air songeur, il enfila le gantelet de fauconnerie et l'ajusta à sa main en ouvrant et refermant successivement le poing. L'odeur puissante et légèrement épicée du cuir neuf lui chatouilla les narines. Curieusement, cela lui donna faim, une faim de loup !

Il envoya quérir Hamelin, qui se trouvait quelque part dans le cantonnement où il dirigeait les essais d'un nouvel engin de siège. Lorsque son frère arriva, Henri lui dit de se tenir prêt à se rendre à Poitiers.

— Je me marie ! Et j'ai besoin d'un témoin, annonça-t-il.

— Et l'Angleterre ? s'enquit Hamelin en croisant les bras.

— Le soutien financier de l'Aquitaine nous garantira un succès encore plus certain. L'Angleterre ne peut qu'y gagner.

— Cela ne sera pas du goût de Louis, fit remarquer Hamelin.

Henri fit un geste de la main comme s'il écrasait une mouche.

— Louis n'est pas un problème. Il n'est pas de taille.

— Comme il est ton suzerain, le droit exige que tu lui demandes la permission d'épouser Aliénor, insista son cadet.

— Tu veux rire ! s'exclama Henri en poussant son demi-frère avec son poing ganté. Louis s'inclinera devant le *fait accompli**. Il faudrait être fou pour lui demander l'autorisation. Une occasion n'est profitable que si l'on a un coup d'avance.

Vérifiant la position du soleil, il ajouta :

— Il est trop tard pour se mettre en route aujourd'hui, mais préparons-nous à lever le camp aux premières lueurs de l'aube et à chevaucher un long moment.

Le soir même, tandis qu'il se trouvait dans sa chambre, Henri vérifia une dernière fois son modeste paquetage. Il leur fallait faire vite et voyager léger, mais il avait toutefois trouvé de la place pour une tenue de cérémonie et un présent pour sa future femme. Il examina les deux fermoirs de manchettes qui brillaient dans leur écrin de cuir. Sertis de saphirs, d'émeraude et de cristal de roche, ils provenaient du trésor germanique de sa mère. Elle lui en avait fait don pour financer sa campagne, mais il estimait qu'ils seraient mieux employés s'il en faisait cadeau à sa future épouse.

Aelburgh, sa maîtresse, entra. Elle avait ramené son épaisse chevelure blond cendré en arrière et l'avait attachée avec un ruban de soie rouge. Elle portait un petit bébé dans ses bras, qu'elle berçait en marchant. Elle s'assit sur un tabouret, déboutonna sa robe et sa camisole et donna le sein au nouveau-né.

Henri dévora du regard la rondeur laiteuse de son sein avec son téton brun rosé. Puis l'enfant absorba l'aréole entre ses lèvres et se mit à téter énergiquement.

— Cet enfant a tout le temps soif, fit-il remarquer sur le ton de la plaisanterie et dans un élan de tendresse, car c'était là son aîné et la preuve que sa semence était suffisamment vigoureuse pour engendrer de petits mâles en bonne santé.

Le bébé, baptisé Geoffroy, avait sept semaines. L'Église enseignait qu'il ne fallait pas connaître bibliquement une femme qui allaitait, mais Henri n'avait cure de ces règles tatillonnes qu'il considérait comme n'émanant pas de Dieu mais de prêtres réprimant leur propre désir. C'était pourquoi il avait amené avec lui Aelburgh et le petit, à la fois pour son propre réconfort et pour lui tenir compagnie.

Aelburgh sourit. Elle avait de très jolies dents blanches et des lèvres sensuelles.

— Il n'en a jamais assez, comme tous les hommes ! rétorqua-t-elle.

Puis, baissant les yeux sur son fils, elle caressa tendrement ses cheveux blond-roux.

— Je dois reconnaître que je me sens particulièrement avide en ce moment, s'esclaffa Henri. Mais d'une tout autre nourriture, cependant.

Dès que Aelburgh eut terminé d'allaiter l'enfant et qu'elle l'eut posé dans son berceau, Henri la fit allonger sur le lit et enfouit son visage dans son exceptionnelle chevelure. La frénésie de leurs ébats et la violence de la jouissance firent baisser son surcroît d'énergie et le rassérénèrent temporairement. Il prit plaisir à rester étendu à côté de son amante, les mains jointes sous la nuque. Au bout d'un moment, Aelburgh posa la main sur le ventre de Henri et tira doucement sur la bande bouclée qui courait de son nombril à son entrejambe.

— Je vais devoir t'abandonner pendant quelque temps, annonça-t-il. Mais je veux que tu gardes notre lit au chaud en mon absence.

Aelburgh releva la tête.

— Je croyais que je venais avec vous ?

— Ma douce, je ne parle pas de l'Angleterre. Je dois me rendre d'abord à Poitiers. Je viendrai vous voir, l'enfant et toi, dès que je le pourrai, mais il te faudra être patiente. Quoi qu'il en soit, vous ne manquerez de rien en mon absence.

— Mais je croyais…, commença-t-elle avant de s'interrompre en se redressant pour mieux le regarder de ses grands yeux gris.

— Je me marie, ma chérie, révéla enfin Henri sur le ton de la dérision. Avec l'ancienne reine de France et actuelle duchesse d'Aquitaine. Quand une dame de son rang vous demande en mariage, on ne peut pas refuser.

— Vous vous mariez ? répéta Aelburgh, consternée et soudain sur ses gardes.

Henri fit une moue gênée. Il ne comprenait pas pourquoi les femmes faisaient un tel cas de cet événement, et cela l'impatientait.

— Je t'ai dit que je veillerais sur toi. Ne sois pas inquiète.

Aelburgh se mordit la lèvre inférieure et détourna le regard.

— Est-elle belle ? s'enquit-elle.

Il haussa les épaules.

— Son apparence a peu d'importance. C'est son rang et ses terres qui me la rendent intéressante. Toi, je t'ai choisie pour toi-même.

Il y avait du vrai dans cette remarque, même si elle avait pour but d'apaiser les craintes d'Aelburgh.

À présent que son appétit sexuel était rassasié, il se voyait déjà sur la route de Poitiers. Il avait de l'affection pour elle, et il aimait leur enfant, mais ils n'occupaient qu'une place marginale en regard de ses ambitions politiques.

— Dors, maintenant, susurra-t-il, en posant une main sur sa hanche. Certes, je prends femme, mais tu ne dois pas confondre la diplomatie et le plaisir.

— Et, d'ailleurs, je suis la mère de votre aîné, rappela-t-elle avec un orgueil jaloux.

— Oui, c'est exact.

Il lui caressa les cheveux, mais son esprit volait vers le pays de cocagne d'un avenir radieux aux côtés de la duchesse.

— Alors ? s'enquit Aliénor en se tournant vers Marchisa, bras écartés, afin de lui montrer sa somptueuse robe damassée rouge ornée d'un aigle brodé d'or.

Elle venait d'apprendre la nouvelle : Henri était arrivé avec une suite restreinte sur de rapides destriers. On l'avait conduit à la chambre qu'il occuperait pendant son séjour.

Marchisa fit une révérence.

— Vous n'êtes peut-être plus reine de France, mais reine, vous l'êtes assurément par la noblesse de toute votre personne.

Aliénor esquissa un sourire.

— Et peut-être un jour d'Angleterre ! précisa-t-elle. Allons voir ce que mon futur mari a à m'offrir pour se recommander à moi.

Vassaux et serviteurs d'Aliénor se prosternèrent à genoux lorsqu'elle fit son entrée. Raoul de Faye et Hugues de Châtellerault l'escortèrent jusqu'à son trône, sur l'estrade où Gilbert, le vieil évêque de Poitiers, et l'archevêque de Bordeaux, Geoffroi du Louroux, la rejoignirent. Une fois tout le monde présent, elle donna l'ordre de faire annoncer et d'introduire Henri et sa suite dans la grande salle d'apparat.

Henri avait la peau du visage toute rouge d'avoir trop frotté pendant sa toilette. Il s'était lavé les cheveux, et ceux-ci, encore humides, paraissaient presque brunâtres, comme la cannelle. Il portait une tunique de laine bleu foncé à liseré pourpre orné de pierres précieuses. Aliénor reconnut Hamelin, tout près de lui. Il avait passé une tenue de courtisan pour l'occasion.

Henri s'approcha et, s'agenouillant, inclina la tête.

— Madame, salua-t-il. Je suis venu aussi vite que j'ai pu.

— Et je vous en sais gré, dit Aliénor d'un ton protocolaire. Soyez le bienvenu à Poitiers, messire.

Il lui lança un regard par en dessous, et Aliénor le regarda dans les yeux pour la première fois en plein jour. Au fond de son iris brillait un verdoyant éclat plein de ferveur et d'intelligence. Ses cils étaient semblables à de fines paillettes d'or. Aucune ride ne creusait sa peau claire. Son menton carré était recouvert d'une barbe soyeuse aux reflets d'écarlate et d'or. Sa beauté était celle de la jeunesse ; et bien que n'étant plus un enfant, il était encore si jeune qu'Aliénor en fut quelque peu effrayée.

— J'espère vous faire, non seulement duchesse de Normandie et comtesse d'Anjou, mais aussi, le moment venu, reine d'Angleterre, déclara Henri avec hardiesse.

Aliénor leva les sourcils.

— J'ai la ferme intention, repartit-elle, de vous faire duc consort d'Aquitaine.

Ils se jaugèrent mutuellement. Toujours prosterné, Henri lui prit la main et la porta à ses lèvres ; tandis qu'il la tenait ainsi captive, il enfila à ses poignets les bracelets constellés de pierres précieuses qu'il avait apportés en cadeau.

— C'est le premier des nombreux cadeaux que je compte vous offrir, non seulement en or et en joyaux, mais aussi sous forme de pouvoir et de prestige, précisa-t-il en haussant la voix afin d'être entendu de tous.

Aliénor écouta la rumeur approbatrice de ses vassaux. C'était exactement ce qu'ils souhaitaient entendre. Elle était satisfaite, mais également sur ses gardes. Elle ne voulait pas d'un mari qui s'emparât du domaine d'Aquitaine ; néanmoins, il fallait que son conjoint soit suffisamment puissant et homme de parole autant que d'action. Elle refusait également d'épouser un de ces petits fanfarons qui promettaient tout et ne faisaient rien. Mais Henri ne semblait pas ainsi. Son regard laissait paraître une lucidité et une ténacité rares pour son âge.

Elle examina les fermoirs. Bijoux dignes d'une reine ou bien nouveau carcan pour la femme qu'elle était ? se demanda-t-elle. Se penchant en avant, elle lui donna le baiser de paix.

— Nous verrons si vous tenez votre promesse, répliqua-t-elle.

Puis elle l'invita à se redresser sous les cris de joie de l'assistance.

Le reste de la journée se passa en réjouissances officielles. Aliénor ne put que remarquer que Henri ne tenait pas en place, comme si son corps était trop petit pour la somme de vitalité qu'il abritait. Cependant, il parvint à se montrer charmant et courtois. Il trouvait le mot juste avec tout le monde tout en assimilant les détails de son nouvel environnement. Il ressemblait à un habile tisserand qui tire son fil de la laine brute. Se pouvait-il qu'il n'ait que dix-neuf ans ? Elle examina ses mains tandis qu'il rompait du pain. Sa main gauche arborait un magnifique saphir. Le dos de la droite était traversé de part en part par une longue éraflure. Il avait un pinçon à l'ongle, souvenir d'un coup reçu. C'étaient les mains d'un homme habitué à tenir les rênes et à mener sa monture où bon lui semblait.

— Vous étiez beaucoup plus réservé à Paris, en présence de votre père, fit remarquer Aliénor.

Henri prit sa coupe avant de répondre :

— J'avais de bonnes raisons de l'être. Je ne voulais pas éveiller les soupçons, car nous étions venus négocier la trêve. Et la tâche était suffisamment ardue sans que Louis flaire quoi que ce soit.

— Vous étiez un loup déguisé en agneau, alors ?

— Disons plutôt un lion.

La repartie fit rire Aliénor. Malgré son jeune âge, il avait le sens de l'à-propos, talent qui avait toujours fait défaut à Louis.

Henri se renversa sur chaise, sa coupe reposant sur la boucle en or de son ceinturon.

— Mon seul regret est de ne pouvoir rester à Poitiers comme un jeune marié digne de ce nom devrait le faire.

J'ai encore des affaires urgentes à régler en Normandie et un trône à reprendre en Angleterre.

—C'est effectivement regrettable, convint Aliénor, tout en songeant qu'elle serait ainsi maîtresse dans son propre fief tout en jouissant de la sécurité d'une femme mariée.

Enfin libre! s'exclama-t-elle intérieurement.

—Je reviendrai dès que je me serai acquitté de ces obligations. Alors nous pourrons faire mieux connaissance.

Tout sourires, il ajouta:

—Il était hors de question que je remette nos noces à plus tard.

—Si vous n'étiez pas venu, il n'y aurait pas eu de seconde chance, lança-t-elle sèchement.

—J'en ai conscience, assura-t-il.

Il posa sur elle son beau regard lumineux.

—C'est pourquoi j'ai répondu à votre appel. Que notre union soit décisive pour tous les deux ne fait aucun doute à mes yeux.

Plus tard, l'heure était à la danse; et lorsque Aliénor et Henri se tinrent par la main, ils ressentirent une joie partagée. Henri était un danseur plein d'allant et de souplesse. Il était plus grand qu'elle, mais pas de beaucoup; aussi évoluaient-ils de façon harmonieuse. Ils se regardaient avec des étoiles dans les yeux; ce qui ne faisait qu'exacerber leur désir et leur appréhension.

Les vassaux d'Aliénor, qui étaient bien imbibés de vin à présent, firent une démonstration des danses les plus viriles du pays. Henri en apprit rapidement les différents pas et les exécuta avec adresse et agilité. Aliénor le regarda prendre plaisir aux mouvements dans un abandon total. Il savait rire de lui-même lorsqu'il s'emmêlait les pieds et faisait d'amples révérences lorsque ses tentatives réussies suscitaient des applaudissements. Louis n'eût pas même essayé. Son plaisir était contagieux. Aliénor rit à s'en tenir les côtes. Cela faisait si longtemps qu'elle ne s'était pas autant amusée qu'elle en fut émue aux larmes. Lorsque la danse prit fin, elle décida de se retirer.

Henri s'inclina.

— À demain matin, madame, salua-t-il, une lueur espiègle dans les yeux. Et demain, il ne nous sera pas nécessaire de nous souhaiter bonne nuit.

Aliénor eut soudain une bouffée de chaleur.

— Non, en effet, confirma-t-elle avant de prendre congé avec ses suivantes, le rouge aux joues.

Le contact avec Henri l'avait excitée plus qu'elle ne l'aurait cru. Mais, au demeurant, cela faisait bien longtemps qu'elle passait ses nuits seule. En outre, le galant semblait s'intéresser sincèrement à sa future femme, indépendamment de la nécessité de forger une alliance politique. S'il ne se révélait pas être un parfait malotru dans l'alcôve, il ne serait pas difficile de transformer leur nuit de noces en une nuit de plaisir.

Pendant que ses servantes défaisaient le lit et libéraient les rideaux du baldaquin de leurs crochets, elle s'agenouilla devant son petit autel et pria dans l'espoir d'avoir fait ce qu'il fallait pour plaire à Dieu et servir au mieux l'Aquitaine. Elle désirait établir avec Henri une collaboration sans subordination, à la faveur de laquelle les deux partis pourraient unir leurs forces et leurs capacités. Elle aspirait à fonder un foyer uni et au soutien de son mari. Elle voulait également des enfants : des fils et des filles, qui lui succéderaient un jour.

Avant de se relever, elle fit le vœu de mettre toute sa bonne volonté au service de cette union et d'en faire une réussite.

Henri, qui ne dormait que très peu, ne se retira que bien plus tard. Il continua de faire connaissance avec les barons poitevins, trouvant des terrains d'entente, évaluant mentalement ceux à qui il pourrait se fier et ceux qu'il devrait garder à l'œil, les séduisant tous intentionnellement par sa personnalité et lançant des signaux d'avertissement signifiant qu'ils auraient, tous autant qu'ils étaient, intérêt à ne pas le traiter à la légère, malgré son âge.

Lorsqu'il se retira enfin, ses prières furent brèves, bien que sincères. Il remercia Dieu d'avoir eu la bonté de faire tomber ce beau fruit dans ses mains. Aliénor était séduisante malgré les neuf années qui les séparaient ; de plus, elle piquait sa curiosité. Elle était très différente de Aelburgh. Autant qu'une épouse peut l'être d'une maîtresse. Leurs relations se situaient également sur un autre plan.

En repensant à sa réticence initiale à l'égard de la duchesse, il sourit d'un air contrit. Il n'était pas impossible, en effet, qu'être son mari et devenir duc d'Aquitaine se révélât tout simplement très gratifiant, à tous points de vue.

Chapitre 45

Poitiers, mai 1152

L'union d'Aliénor et Henri fut célébrée à la cathédrale Saint-Pierre de Poitiers. On avait enroulé des guirlandes de fleurs printanières autour des piliers de la nef. Lys, roses et chèvrefeuille – les fleurs emblématiques du pays d'oc en cette saison – mêlaient leurs arômes délicats au parfum de l'encens, dont les volutes diaphanes s'élevaient jusqu'au ciel. Pour la deuxième fois, Aliénor se vit mettre un anneau à l'annulaire gauche ; pour la deuxième fois, elle fit vœux d'obéissance et de fidélité. Pour le meilleur et pour le pire.

À la sortie de la cathédrale, Henri se tourna vers elle, lui prit les mains et les porta à ses lèvres.

– Ma femme, commença-t-il, nous avons à présent un empire à gouverner et une dynastie à fonder.

Il eût été tentant de considérer qu'il s'agissait là des vantardises d'un garçon immature, mais c'eût été faire erreur. C'était, au contraire, une déclaration d'intention pleine de gravité, et Aliénor en éprouva un frisson d'excitation. Sur le parvis de la cathédrale, en cet instant, tout semblait possible.

Elle fit signe à un serviteur d'approcher. Il obtempéra, et Aliénor fut bientôt équipée de son gantelet de fauconnerie. Aussitôt, son maître fauconnier lui apporta l'un des faucons blancs comme neige de Talmont.

— Avez-vous votre gant ? s'enquit-elle auprès de Henri.

Henri enfila son gant, et Aliénor fit passer avec précaution le rapace sur son poignet.

— Je vous présente Isabella, dit-elle. Je vous en fais le présent en symbole de notre union. Seuls les princes d'Aquitaine ont droit de chasse avec ces oiseaux-là.

Henri caressa doucement avec l'index la poitrine immaculée du volatile.

— Isabella…, répéta-t-il, ravi et sous le charme, en contemplant son présent.

Puis il posa ce même regard sur Aliénor.

— Les femelles de leur espèce sont plus fortes que les mâles, fit-elle remarquer, sans lui montrer à quel point elle était émue par son attention.

— Vraiment ? Alors, je me réjouis de savoir m'y prendre avec ces nobles créatures, répliqua-t-il avec un petit sourire.

— Je suis curieuse de voir cela, assura-t-elle en haussant les sourcils.

— J'espère que je ne vous décevrai pas, madame, répondit-il en s'inclinant.

— Je l'espère aussi, repartit-elle en penchant la tête de côté.

Henri n'eut d'yeux que pour Aliénor pendant tout le repas. Partageant son tranchoir[1] avec elle, il se révéla expert dans l'art de découper la viande tout en ayant des manières irréprochables. Il n'était que sourires et amabilité envers tous, mais sans jamais se départir de la dignité qui sied à un grand de ce monde. Il buvait également avec modération, ce qui rassura Aliénor. Elle avait été témoin des ravages de l'alcool chez les jeunes chevaliers, et elle n'avait pas envie de passer sa nuit de noces avec un homme soûl.

1. Les tranchoirs étaient des planches de bois sur lesquelles on servait les aliments. (*NdT*)

— À quoi ressemble l'Angleterre ? s'enquit-elle. Je l'ai toujours imaginée glaciale et dans le brouillard.

— C'est parfois le cas, répondit-il. Lorsque la brume marine – le *haar*, comme ils l'appellent – pénètre jusqu'à l'intérieur des terres, on se croirait au bout du monde ; mais toute cette humidité et toute cette pluie en font une île verdoyante et belle.

— Et cela est censé me la rendre sympathique ?

Il partit d'un grand rire.

— C'est également le pays du roi Arthur, rappela-t-il en reprenant son sérieux. Une légende veut que le Christ lui-même se soit rendu en Angleterre à pied dans sa prime jeunesse. Grâce à la mer qui n'est jamais loin, on y respire un air toujours frais. Le peuple y est endurci, mais il n'y fait pas plus froid en hiver que chez nous. Les Anglais disposent d'une administration et d'un système judiciaire bien organisés. En outre, c'est un pays riche en laine. Du temps où mon grand-père Henri en était roi, c'était une société prospère. Étienne de Blois a tout dilapidé, mais l'agriculture y a été florissante ; et elle pourrait le redevenir.

Ses traits se durcirent lorsqu'il ajouta :

— Mes parents ont lutté pendant toute mon enfance afin d'assurer ma légitimité sur l'Angleterre et sur la Normandie. Je n'ai pas l'intention d'anéantir leurs précieux efforts. C'est pourquoi je l'emporterai sur cet usurpateur.

Aliénor ne l'avait jamais vu aussi véhément. Jusque-là, il avait su maîtriser ses émotions ; aussi cette brusque révélation l'inquiéta-t-elle.

— C'est une vaste entreprise, dit-elle.

— En effet.

Il recula, renouant avec le ton du courtisan.

— C'est pourquoi j'ai besoin d'une épouse hors du commun pour me soutenir et mettre mes fils au monde, afin qu'ils perpétuent la dynastie.

— Je n'ai donné à Louis que des filles.

Il secoua la tête.

— C'est sa faute. Moi, je vous ferai des fils, n'en doutez pas ; et notre empire s'étendra des frontières de l'Écosse jusqu'aux Pyrénées. Mais notre pouvoir rayonnera bien au-delà, car des princes de mon sang occupent déjà de nombreux trônes étrangers, dont celui de Jérusalem.

Aliénor prit note de son arrogance, sans néanmoins douter de ses dires. Elle était prise d'une douce ivresse.

La cérémonie de la chambre fut digne et protocolaire, sans tumulte ni facétie. N'était-ce pas, après tout, le duc et la duchesse que l'on escortait jusqu'à leur lit ? Ce fut donc essentiellement une affaire dynastique et politique, avec toute la gravité que cela suppose. Deux ou trois convives éméchés firent un peu de tapage, mais ils furent rapidement maîtrisés par les autres. De clairs pétales de rose parsemaient les draps, et des guirlandes vertes couraient sur les montants du lit à baldaquin. Du vin et des rafraîchissements légers attendaient près du chevet sur une petite table recouverte d'une nappe. La chambre était inondée de lumière, grâce aux chandelles et aux lampes, dans lesquelles brûlait une huile parfumée.

Aliénor et Henri furent déshabillés derrière des paravents par leurs serviteurs avant d'être mis en présence l'un de l'autre en tenue de nuit. L'évêque noua de nouveau une étole autour de leurs mains jointes, ainsi qu'il l'avait fait à l'église, afin de symboliser leur union. Puis il leur donna sa bénédiction et les signa sur le front avec de l'eau bénite dont il se servit également pour asperger le lit avant d'y faire étendre les époux. Enfin, la noce se retira, les laissant seuls.

Henri se tourna vers Aliénor, et effleura ses cheveux.

— Ils ont la couleur de l'or, fit-il remarquer en humant d'abondance leur parfum. Et la fragrance des fleurs, mêlée à celle des épices. J'ai attendu tout le jour de pouvoir les toucher, de pouvoir les sentir.

Aliénor se rapprocha de lui.

— Vous ne trouverez ce parfum nulle part ailleurs, chuchota-t-elle. Il vient de Jérusalem.

Leurs lèvres se touchaient presque. Il fit glisser sa main de sa chevelure à sa gorge.

— Il m'enivre, fit-il remarquer. Vous êtes si belle.

Ses paroles galvanisèrent Aliénor. Elle entreprit de délacer lentement la chemise de son mari.

— Et vous êtes un jeune lion, répliqua-t-elle à voix très basse.

Il recula pour l'aider à l'enlever, et Aliénor vit pour la première fois son corps nu. Il alliait la force du guerrier et du meneur d'hommes à la perfection de la jeunesse. Pas de doute, c'était un jeune lion à crinière d'or, aux épaules puissantes et au corps musculeux. Un vaporeux pêle-mêle de boucles blond-roux dessinait une croix sur sa poitrine, dont la verticale courait le long de son abdomen – raie soyeuse qui disparaissait sous la ceinture retroussée de ses braies. Soudain, Aliénor eut la bouche sèche, tandis que le désir – le pur désir, non encore l'amour – déposait en elle sa rosée. Cela était indépendant du fait que leur union était sanctifiée par l'Église et devait, à ce titre, être consommée, pleinement consommée.

Il prit son visage entre ses mains calleuses et l'embrassa. Sa barbe était douce et sa bouche l'était encore davantage. Elle lui rendit son baiser et passa les bras autour de son cou. Il saisit la chemise d'Aliénor par l'ourlet et la lui retira. Elle sentit contre elle toute la brûlure et toute la violence de son excitation.

Lasse de la passivité à laquelle l'avait condamnée Louis, elle prit les devants. Elle déposa une constellation de baisers sur la gorge de Henri, mordilla l'extrémité durcie de son téton. Henri gémit et se cambra contre elle, à travers la fine épaisseur du tissu, dans un mouvement de bassin extrêmement suggestif. Elle passa à l'autre téton, puis revint à sa gorge. Il l'embrassa de nouveau, avec plus d'ardeur et d'assurance cette fois. Elle chercha le cordon de ses braies, le dénoua et les fit descendre sur ses hanches. Là, elle eut le souffle coupé ; il était royal et se dressait fièrement. Rien à voir avec la demi-mesure de Louis.

Il gémit lorsqu'elle le prit en elle. Elle le sentit trembler dans ses bras. Il se redressa sur son avant-bras et se tint immobile, puis il la renversa et couvrit son visage, son menton et son cou de baisers. Pendant ce temps, elle caressait ses flancs, ses hanches et la naissance de ses fesses fermes et rebondies.

Il entama une série de mouvements de va-et-vient. Aliénor s'attendait à ce qu'il ait bientôt joui, mais il fit montre de retenue et d'endurance. Enfin, il s'empara de sa bouche et la prit avec force et ardeur, l'emmenant à l'orée du bonheur, tandis qu'elle s'agrippait à lui, toutes griffes enfoncées dans sa chair, jambes en étau autour de sa taille.

Haletant, il se retira et l'embrassa tendrement.

— Je ne crois pas que nous rencontrions de problèmes dans ce domaine-là, fit-il remarquer en gloussant.

Se dressant sur son coude, elle lui embrassa l'épaule.

— Non, convint-elle.

Il usait de son corps avec aisance et sensualité – tout le contraire de Louis ! Ses ébats avec Henri lui redonnaient le sentiment d'être femme. Mais mieux valait ne pas trop y penser, car déjà des larmes d'émotion perlaient à ses yeux. Or, les futures reines ne pleuraient pas devant leurs maris ! Qu'à cela ne tienne, elle saurait se montrer à la hauteur.

Henri descendit du lit et se mit à rôder dans la chambre tel un lion explorant un nouveau territoire. Ses cheveux brillaient à la lueur des chandelles. Il prit une datte fourrée sur un plateau d'argent et la mangea tout en examinant une tenture murale où était représentée une scène de fauconnerie.

— Cette chambre fut celle de ma grand-mère, expliqua Aliénor en s'étirant. Je me souviens qu'elle y réunissait sa Cour lorsque j'étais petite.

— J'ai entendu parler d'elle et de votre grand-père.

Il se retourna et, une lueur espiègle dans le regard, ajouta :

— S'appelait-elle réellement Dangereuse ?

— Qui n'a pas entendu parler d'eux ? fit remarquer Aliénor avec un haussement d'épaules. Le scandale les suivait comme leur ombre. Elle a quitté son mari pour mon grand-père paternel. Ils n'ont vécu que pour leur amour. Mais celui-ci était si fort que c'en était presque une maladie.

Elle passa une couverture sur ses épaules et alla verser du vin dans une coupe. L'évocation de sa grand-mère lui fit penser à Pétronille, qui ressemblait tant à Dangereuse. Ce n'était pas une bonne chose de penser jour et nuit à la même chose.

— C'est le nom que mon grand-père lui avait donné. Elle se faisait appeler ainsi à l'époque où je l'ai connue. Mais son vrai nom était Amauberge.

— Pourquoi ce surnom ?

— Parce qu'elle était imprévisible et débridée. Mon grand père et elle s'aimaient passionnément, à la folie. Je crois que c'était obsessionnel. Mais, enfants, nous raffolions de la musique et des danses qu'elle faisait donner dans ses appartements. Quand elle était d'humeur, nous l'écoutions, fascinées, nous raconter des histoires qui lui étaient arrivées. Mais nous la craignions aussi, à cause de sa part d'ombre.

Henri parut songeur mais ne dit rien.

—Mon grand-père a fait construire cette tour pour y installer les quartiers privés, mais elle a toujours occupé cette chambre. Mon autre grand-mère s'est retirée à l'abbaye de Fontevraud.

—Ma tante y est abbesse, dit Henri. C'est la sœur de mon père, Mathilde. Et ma sœur Emma y vit, au couvent séculier de femmes.

—Votre « sœur » ?

—Demi-sœur. Hamelin et elle ont la même mère ; Emma a surtout été élevée par ma tante.

—Envisage-t-elle d'entrer en religion ?

Henri secoua de la tête.

—Non, à moins qu'elle n'ait eu à mon insu une révélation subite de sa vocation. Je vous demanderai de vous rendre à Fontevraud à ma place pendant que je serai en Angleterre.

—Bien sûr.

—Et je vous demanderai également de réfléchir à la possibilité de prendre Emma à votre service parmi vos suivantes. Elle est serviable et ses travaux d'aiguille sont superbes. Je pense que vous devriez vous entendre.

—Comme il vous plaira, répondit Aliénor, dont la curiosité était piquée.

Il serait intéressant de rencontrer la tante et la demi-sœur de Henri. C'était d'ailleurs son devoir d'épouse d'entretenir des liens avec la famille de son mari et d'en promouvoir les membres aux places appropriées.

—Je vous remercie.

Il but le vin, prit une autre datte et la lui donna à la bouche. Elle la mangea et lécha le sucre sur ses doigts d'un geste langoureux. Il glissa ses doigts dans sa chevelure et l'embrassa, prêt à faire de nouveau l'amour. La soulevant dans ses bras, il la ramena sur le lit. Leurs seconds ébats furent plus lents que les premiers, mais aussi plus intenses. Henri sanglotait presque lorsqu'il atteignit l'orgasme ; quant à Aliénor, elle s'agrippait à lui comme si sa vie en dépendait, tandis qu'il lui semblait se fondre dans le néant. Lorsqu'ils eurent terminé, il la tint tout près de lui en l'entourant de ses bras. Quelques instants plus tard, il dormait.

Dans la chaleur du corps de Henri et l'étreinte musclée de ses bras, Aliénor se sentit en sécurité et protégée. C'était la première fois que cela lui arrivait depuis l'enfance. Louis, au début, l'avait étreinte presque par plaisir égoïste ; quant à Geoffroy, eh bien, elle n'avait jamais eu la chance de partager avec lui semblable intimité. Henri, lui, était sûr de ses capacités physiques. Ils étaient mari et femme. Elle n'avait plus rien à craindre.

Henri se réveilla ravi et le cœur comblé tôt le lendemain matin. Les volets étaient ouverts, et une blanche lumière méridionale entrait à flots par la fenêtre. Les rideaux de lit étaient également ouverts comme la veille au soir. Le jour le trouva blotti tout contre sa femme. Elle respirait doucement, sa chevelure dorée déployée sur l'oreiller. Il se hissa sur un coude pour mieux la regarder. Le sort était scellé. L'Aquitaine était sienne, ainsi que sa rayonnante duchesse. Leur nuit de noces s'était mieux passée qu'il ne l'aurait cru. Elle avait su lui procurer du plaisir, et en avait pris beaucoup elle-même. Bien qu'elle ne fût plus vierge, il n'avait guère senti la différence. Quant à la douceur de sa peau et à la fraîcheur de ses longs doigts graciles… Il était particulièrement sensible à la pâleur de son cou, là, juste sous le lobe de l'oreille ; mais également à son front plein d'intelligence, au dessin impeccable de ses pommettes et de son menton. Elle était parfaite. Il fit glisser très légèrement ses doigts le long de son bras, depuis l'épaule jusqu'à la main, tout en admirant la blancheur soyeuse de sa peau. C'est alors qu'il se souvint de ce que son père lui avait dit au sujet d'Aliénor, qu'il devrait s'en méfier et toujours faire en sorte d'avoir la haute main sur elle. Qu'à cela ne tienne! Il mettrait tous les moyens en œuvre en vue de s'assurer de sa loyauté et de sa pleine et entière collaboration.

Aliénor ouvrit des yeux encore pleins de sommeil et lui sourit. Henri s'écarta, comme un voleur pris sur le fait. Malgré leur première nuit d'amour, ils étaient encore des étrangers. Or, Aliénor n'était pas l'une de ses conquêtes de campagne qu'il pouvait se permettre de taquiner avant de les culbuter en plein jour. S'asseyant sur le lit, il commença à s'habiller.

Elle le regarda faire tout en ramenant ses cheveux en un écheveau d'or sur son épaule.

— Nous n'avons aucune urgence aujourd'hui, lança-t-elle.

Henri hocha plusieurs fois la tête.

— J'ai des détails à voir avec mes hommes et tant d'autres choses à faire… Nous nous verrons tout à l'heure pour nous promener à cheval.

Sur ces mots, il l'embrassa sur la bouche et sur la joue, puis il partit.

L'air renfrogné, Aliénor se renversa en arrière contre les oreillers. Henri n'était manifestement pas du genre à traîner au lit pour discuter. Dès le réveil, il lui fallait s'activer. Elle devrait s'y habituer, tâche plus aisée que de l'éduquer à la paresse. Elle admirait sa grande vigueur et son énergie tout en regrettant qu'il ne se fût pas attardé. Au cours d'un moment d'éveil durant dans la nuit, elle avait savouré sa forte et noble présence à ses côtés. Il ne leur restait plus qu'à s'apprivoiser l'un l'autre. Mais elle savait qu'ils ne commenceraient pas à faire vraiment connaissance tant qu'il n'aurait pas réglé l'affaire de la succession au trône d'Angleterre.

Plus tard dans la journée, ils allèrent se promener à cheval, ainsi qu'il l'avait promis. Isabella, le nouveau faucon de Henri, était juchée sur son bras. Aliénor laissa La Reina dans sa volière, afin que Henri puisse être tout à son plaisir. Il se révéla bon dresseur, et l'oiseau l'en récompensa en exécutant des vols d'une puissance et d'une beauté qui n'avaient d'égale que leur férocité. Il riait en voyant le rapace monter dans le ciel et fondre sur sa proie. Isabella attrapa plusieurs pigeons puis un faisan. Tout sourires, Henri arracha une plume à la queue de cet oiseau et en orna son chapeau. Aliénor fut profondément émue de le voir ainsi heureux. Il débordait de vie et de confiance en soi, réellement, non par suffisance.

Ils firent halte pour pique-niquer près d'un cours d'eau. Henri confia Isabella à un valet, qui l'attacha à un perchoir.

Aliénor tendit à son jeune époux une coupe de vin pour faire descendre le pain et le fromage qu'il dévorait avec appétit.

— Comme nous nous sommes mariés sans l'accord de Louis, qu'allons-nous faire ? lança-t-elle.

Henri avala une gorgée de vin et posa sur elle deux yeux gris interrogatifs.

— Pourquoi devrions-nous faire quelque chose ? s'enquit-il pour toute réponse.

— En tant que grands vassaux, nous étions tenus de lui demander sa permission avant de nous marier.

— Aucune chance ! pouffa-t-il.

— Certes, mais, désormais, le droit l'autorise à exercer des représailles contre nous – représailles militaires, qui sait ?

Henri haussa les épaules.

— S'il s'y avise, il ne pourra pas me prendre par surprise, car je ne dors jamais que d'un œil.

— Mais vous ne pouvez être en même temps ici, dans vos domaines et en Angleterre.

— C'est ce que vous croyez ! répliqua-t-il sur le ton de la plaisanterie. Un stratège romain du nom de Végèce disait que le courage vaut plus que le nombre, et la rapidité plus que le courage. Mon armée est cantonnée à Barfleur, mais je peux mobiliser des hommes rapidement, si nécessaire, et permuter mes priorités. Je suis mieux entouré que Louis, et je contrôle mes hommes. Chez moi, c'est le cavalier qui monte le cheval, non l'inverse. Je savais quel risque je prenais, précisa-t-il. Et je l'ai pris en connaissance de cause, car il en valait la peine.

Il lui lança un regard ardent de prédateur.

— N'êtes-vous pas d'accord avec moi, madame ? ajouta-t-il.

— Je n'ai pas encore tranché la question, répondit-elle en levant sa coupe à sa santé.

Henri posa la sienne et attira Aliénor à lui, faisant mine de l'embrasser.

— Mais vous n'êtes pas contre un peu de persuasion ? répliqua-t-il.

— Jamais.

C'était l'aube, et Henri était sur le départ. Dans la cour, sa suite l'attendait sous un ciel de nacre. Il noua sa cape et la rejeta par-dessus son épaule avec vivacité, geste qu'Aliénor connaissait bien à présent.

— Faites bon voyage, mon époux, salua-t-elle. Je prierai pour votre victoire et votre prompt retour.

— Moi de même, assura Henri, le sourire aux lèvres. Je me fais l'effet de celui qu'on invite à goûter à l'entrée avant de le mettre à la porte du banquet.

— Cela vous gardera en appétit, rétorqua Aliénor.

— Aucun doute là-dessus.

Il la serra dans ses bras avec un brin de possessivité. En seulement deux jours, il avait pris beaucoup d'assurance. Toutefois, cette affirmation de sa masculinité lui plut. Comme c'était plaisant de se sentir désirable plutôt que d'être vilipendée comme tentatrice !

Aliénor le regarda enfourcher sa monture avec agilité. Celle-ci venait tout droit des écuries d'Aquitaine. Fourbu, le bai de Henri récupérait encore. Ce cheval-ci était gris pommelé, avec la crinière et la queue noir corbeau. Tous les chevaux de l'entourage de son mari avaient, de même, été fournis par Aliénor.

Henri fit faire un quart de tour à l'animal et s'approcha de sa femme.

— Jusqu'à ce que je revienne vers vous avec une couronne !

Il fit se cabrer sa monture, qui salua la duchesse en agitant les jambes en l'air, puis s'élança au grand galop dans un nuage de poussière dès que le cheval toucha de nouveau terre.

Aliénor ressentit un grand vide lorsqu'il fut hors de vue et se retira dans sa chambre. Les servantes n'avaient encore rien rangé, ni fait le lit. L'oreiller de Henri portait encore la marque de sa tête. Quelques cheveux blond-roux posés là brillaient d'un vif éclat. Elle retint brusquement son souffle. La chemise de Henri et ses braies de la veille gisaient roulées en boule sur le sol comme autant de signes de sa présence dans sa vie. Une chose était certaine : il n'était pas maniaque comme Louis. Elle se baissa pour ramasser les vêtements et en huma l'âcre odeur masculine.

Au bout d'un moment, elle se réprimanda de se comporter comme une jouvencelle et mit les braies et la chemise avec le linge qui devait être emporté par la blanchisseuse.

Chapitre 46

Paris, été 1152

Louis considéra sa fille aînée âgée de sept ans qui était agenouillée en prière, yeux fermés, paupières crispées. Ses nattes étaient blondes comme les blés, exactement comme les cheveux de son père. Tête baissée dans sa robe bleue, on eût dit un ange. Remarquant dans son profil un air de ressemblance avec sa mère, il éprouva un mélange de regret et de malaise.

Ce n'était pas de l'amour qu'il avait pour cette enfant, mais une sorte d'affection tiède. Marie était une petite fille sage qui disait ses prières, exécutait des coutures remarquables et ne parlait que lorsqu'on s'adressait à elle. Cependant, il ne lui prêtait guère attention. Chaque fois qu'il lui rendait visite à la nurserie, la petite lui rappelait malgré elle qu'Aliénor avait échoué à lui donner un fils. Ainsi ses deux filles étaient-elles devenues les preuves tangibles de la défaveur dans laquelle le tenait Dieu. Mais en attendant des jours meilleurs, elles restaient les héritières de l'Aquitaine et les garantes de son droit sur ce duché.

—Amen, conclut Marie.

Elle fit le signe de croix et se leva, gardant les yeux baissés. À son côté se tenait Henri, comte de Champagne, à qui l'on venait de la fiancer. Son frère Thibaut, qui avait fait une tentative ratée d'enlèvement sur la personne d'Aliénor lors de son retour à Poitiers, avait été, pour sa part, fiancé à la petite Alix. Celle-ci commençait seulement à marcher et à émettre des injonctions sous forme de monosyllabes. Pour l'occasion, sa nourrice l'avait portée dans ses bras jusque devant l'autel.

Le cortège royal quitta Notre-Dame et retourna en grande pompe au palais, où un banquet officiel était donné en l'honneur des doubles fiançailles. Henri traita Marie avec gentillesse, l'embrassant sur la joue, lui recommandant d'être bien sage et de grandir promptement afin qu'il puisse la faire entrer dans sa famille au titre de comtesse de Champagne. Après cela, on raccompagna les deux sœurs à la nurserie. Dans la grande salle d'apparat, Henri et Thibaut se détendirent et savourèrent leur chance d'être fiancés à des princesses du sang, ce qui plaçait l'Aquitaine dans l'orbe de leur avidité.

— Mes filles partiront tôt demain matin pour le couvent d'Aveney, annonça Louis à ses futurs gendres. Elles y recevront l'éducation qui convient à leur rang, loin des tentations du monde, afin de devenir des épouses dignes de ce nom.

Ces sages paroles furent accueillies par de non moins sages hochements de tête. Les couvents étaient des endroits sûrs et adéquats pour l'éducation des filles de bonne famille que l'on entendait garder vierges de corps et d'esprit.

— Comment se porte messire de Vermandois ? s'enquit Henri de Champagne. J'ai été peiné d'apprendre qu'il était malade.

— Il se remet, répondit laconiquement Louis. Je ne doute pas que nous le reverrons bientôt à la Cour.

Raoul souffrait d'un affaiblissement général depuis la reconnaissance de la nullité de son mariage avec Pétronille, à l'automne précédent, et son prompt remariage avec Laurette, la sœur du comte de Flandre. Beaucoup de commentaires scabreux avaient circulé au sujet de sa nouvelle épouse, censée épuiser son vieux mari. Naturellement, Louis ne s'appesantissait pas sur ce genre de détail.

Un huissier se glissa discrètement à quelques pas de lui, un rouleau de parchemin à la main. Louis, non sans appréhension, lui fit signe d'approcher. Un message que l'on remettait à table contenait toujours des nouvelles importantes, souvent mauvaises. Il prit la missive, en brisa le cachet de cire et devint blême à la découverte du contenu.

— Qu'y a-t-il ? s'enquit Robert de Dreux en se penchant avec sollicitude vers le roi.

Louis fit une étrange grimace.

— Mon ancienne femme a épousé Henri d'Anjou.

Un silence tendu tomba sur la table d'honneur.

— Mais il est en Normandie ! s'exclama Robert en postillonnant. Il est à Barfleur !

— Pas si j'en crois cette lettre, repartit Louis en déglutissant avec angoisse. Il est à Poitiers, avec ma femme – mon ancienne femme –, qui l'a épousé.

— Dieu du ciel ! s'exclama quelqu'un.

Louis n'en revenait pas. Le souvenir du jeune homme qui avait séjourné à sa Cour lui causa un vif malaise. Ses yeux baissés, sa déférence circonspecte mais respectueuse, tout cela n'avait été qu'une façade, tandis qu'il menait de secrètes négociations. L'idée qu'Aliénor couchait avec ce jeune chien roux le révulsa. Comment pouvait-elle, deux mois à peine après l'officialisation de leur séparation ? Avec un jeune homme de dix-neuf ans de surcroît ! Et derrière son dos ! *La chienne ! La catin !*

— Ils n'ont pas le droit ! tempêta Robert de Dreux. En tant que grands vassaux, ils doivent obtenir ta permission pour se marier. Puisque ni l'un ni l'autre ne l'a demandée, il faut exiger des comptes !

Henri de Champagne et son frère acquiescèrent avec force, car cette nouvelle tournure représentait une menace considérable pour leurs ambitions aquitaines.

— Je les sommerai de venir répondre de cet acte, renchérit Louis.

— Pensez-vous qu'ils viendront ? s'enquit Robert en gloussant d'un air dubitatif. Il vous faudra prendre des mesures plus radicales. Leur union est consanguine. Vous devez écrire à Rome et faire en sorte que s'abatte sur eux l'impitoyable couperet de la loi.

Louis, toujours abasourdi, hocha la tête. Pourquoi avait-elle fait cela ? Par lubricité ? Parce que c'était une femme perverse ? Parce qu'elle croyait pouvoir manipuler un jeune homme de dix-neuf ans comme elle l'avait, jadis, lui-même manipulé ? Henri d'Anjou avait, tout comme elle, la folie des grandeurs.

— S'ils ne répondent pas à la convocation, je prendrai les mesures qui s'imposent.

— Tu peux me croire, ils n'y répondront pas, insista Robert. Agis sans attendre.

— J'agirai quand je l'aurai décidé, rétorqua sèchement Louis.

Puis il sortit d'un pas lourd pour aller ruminer seul sa colère et son humiliation, que lui causaient les cabrioles incongrues d'Aliénor avec le comte d'Anjou. Sa seule consolation était que si elle n'avait pu lui donner des fils, elle ne pourrait pas davantage en donner à Henri, parce que Dieu punirait leur union en la rendant stérile. Sa propre situation en matière de succession était entièrement la faute d'Aliénor.

Il faisait ses dévotions à son petit autel portatif posé près de son lit lorsque son chambellan insista pour être reçu.

— Quoi encore ? lança Louis d'un ton furieux. N'avais-je pas ordonné qu'on ne me dérange pas ?

— Sire, pardonnez mon intrusion, mais nous venons d'apprendre que messire de Vermandois est mort, annonça le chambellan en lui tendant une lettre.

Toute la Cour s'y attendait. Néanmoins, ce fut un autre coup rude pour Louis. Raoul avait toujours été à ses côtés. Il avait été là dès le jour où on l'avait retiré du cloître pour en faire un roi. Il n'était alors qu'un enfant timoré. Les deux hommes avaient connu de nombreux désaccords ; mais, dans l'ensemble, Raoul s'était révélé un serviteur efficace. Il s'était montré aussi loyal en politique qu'infidèle en amour et incapable de maîtriser ses pulsions. Il laissait trois enfants, tous en bas âge, qui deviendraient pupilles de la Cour. Il était impensable qu'ils aillent vivre auprès de leur mère dérangée. Louis déciderait donc de leur sort.

Il donna congé à son chambellan et se remit à prier, pour le salut du mort cette fois. Il ferait dire des messes pour Raoul dès le lendemain et ferait sonner le glas pour lui. Il se sentait comme un arbre dont on abat un à un tous les congénères. Comme cet arbre, il perdait peu à peu soutien, abri et camouflage et restait seul face à la violence des éléments.

— Dans quelles circonstances Vermandois est-il mort ? s'enquit la tante d'Aliénor, Agnès, abbesse de Notre-Dame de Saintes, en posant sur sa nièce un regard plein de compassion et de curiosité.

Ses yeux, marron clair, avaient de pâles reflets d'or. Rien ne leur échappait.

On avait servi à Aliénor une coupe de vin et un plateau de délicieuses châtaignes confites dans le miel à l'abbaye. Elle en était ordinairement friande. Pourtant, ce jour-là, elle n'avait pas le cœur aux confiseries. Elle était venue voir Pétronille, s'occuper de sa tante et leur parler de son remariage.

— Il était souffrant depuis quelque temps et s'était retiré de la Cour. Une attaque l'a terrassé tandis qu'il était au lit avec sa femme. Les médecins lui avaient pourtant recommandé de rester chaste, expliqua Aliénor en faisant la moue. Il s'est toujours laissé mener par son plaisir, même si Pétronille, sous l'emprise de la jalousie, lui prêtait davantage de conquêtes qu'il n'en faisait en réalité.

— Que Dieu ait pitié de son âme, lança Agnès en secouant la tête.

— Il n'est pas nécessaire que ma sœur sache dans quelles circonstances sa mort est survenue, précisa Aliénor à voix basse.

— Bien sûr, convint Agnès. L'apprendre lui ferait plus de mal que de bien.

— Comment va-t-elle ?

Agnès prit le temps de la réflexion avant de répondre :

— Sa tête va beaucoup mieux. La régularité des services religieux et l'office divin lui font grand bien. Je n'irai pas jusqu'à dire qu'elle est heureuse, mais elle n'est plus éperdue de chagrin. Cependant, je ne crois pas qu'elle soit prête à retourner dans le monde – il se peut qu'elle ne le soit jamais –, mais je ne pense pas non plus qu'elle entre jamais en religion. Je te conduirai jusqu'à elle tout à l'heure.

Aliénor savait sur quoi allait porter à présent la conversation. Agnès voudrait tout savoir au sujet de son mariage avec Henri, en juste rétribution des soins dispensés à Pétronille. Elle fit donc un récit écourté, quoique véridique, de l'aventure.

— Et es-tu satisfaite ?

Aliénor lissa sa robe à hauteur des genoux et considéra son alliance.

— Je n'ai pas à me plaindre, mais il est vrai que je le connais à peine. Il est parti pour la Normandie presque immédiatement après les noces.

— À ce qu'on me dit, il est intelligent et bien instruit.

Aliénor sourit.

— En matière de connaissances, c'est une véritable éponge. Il est insatiable. Il ne tient pas en place, sauf quand il dort; alors, c'est à peine si on l'entend respirer.

Aliénor s'attendrit. Dans son sommeil, Henri paraissait si jeune et vulnérable qu'elle en éprouvait une immense tendresse, en partie maternelle, en partie amoureuse.

— Vous avez moult choses à accomplir tous les deux. Vous jouez gros jeu.

— Gros, certes, mais tellement passionnant! Il a les capacités nécessaires pour régner sur un empire.

Le menton en l'air, elle ajouta:

— Moi aussi!

— Oh, oui, ma nièce, c'est fort juste. Je l'ai toujours pensé, depuis ta prime enfance. Petite, déjà, tu nous faisais marcher sur la tête.

Le vin et les châtaignes engloutis, Agnès conduisit Aliénor jusqu'à un cloître baigné de lumière et de silence où Pétronille et une nonne étaient assises à leur ouvrage de broderie. La sœur d'Aliénor était vêtue d'une robe bleu foncé et coiffée d'une simple cornette blanche.

— Perrine? lança Aliénor en s'approchant d'elle les bras tendus.

Pétronille leva la tête et regarda sa sœur approcher. Ses traits fins étaient tirés, mais son regard était lumineux et complice.

— Comme je suis heureuse de te voir! s'exclama Aliénor en l'embrassant sur les deux joues tout en l'enlaçant affectueusement. Tante Agnès m'a dit que tu t'en sortais bien.

Pétronille lui rendit son étreinte.

— C'est aussi ce qu'elles me disent, dit-elle en tournant les yeux vers l'abbesse et la religieuse.

Elles se séparèrent, et Pétronille ajouta :

— Avec toute cette lumière, difficile de broyer du noir ! Et lorsque la mélancolie se fait sentir, je prie la Sainte Vierge, et elle m'aide.

— J'en suis ravie.

Pétronille reprit son ouvrage et se remit au travail, œuvrant avec constance et précision.

— Je ne voulais pas venir ici, se souvint-elle. Mais, maintenant, je sais que tu avais raison. Si je rentrais à la Cour, tout s'écroulerait à nouveau. Ici, je suis en sécurité.

Agnès et la nonne se retirèrent, laissant les deux sœurs à leurs retrouvailles. Après un moment d'hésitation, Aliénor se lança enfin :

— J'ai tant de choses à te dire que je ne sais par où commencer. Voici deux semaines, j'ai épousé Henri, comte d'Anjou.

Pétronille s'arrêta net et tourna vers sa sœur ce regard entendu dont elle avait le secret.

— Tu avais tout prévu, n'est-ce pas ? Depuis leur venue à Paris. Je le savais ! J'étais sûre que tu préparais quelque chose.

— Cela me trottait dans la tête, mais je n'ai pris ma décision qu'après la reconnaissance officielle de la nullité de mon mariage avec Louis, expliqua Aliénor en guise de défense. Politiquement, c'est une sage décision. De toute façon, je n'avais pas le choix et devais me remarier, car j'étais devenue une proie facile pour tous les ambitieux encore sans femme.

Pétronille se remit à coudre.

— Oui, en effet, convint-elle. Je ne pense pas que le couvent serait une solution pour toi, fit-elle remarquer avec une note de reproche dans la voix.

— Je n'aurais été en sécurité dans aucun cloître. Quelque bouffon avide aurait fini par m'enlever et m'épouser de force. Que serait-il advenu de l'Aquitaine ? Peut-être un jour trouverai-je la paix dans une abbaye, mais le moment n'est pas encore venu.

Elle se mordit la lèvre inférieure et ajouta :

— Perrine… j'ai une nouvelle à t'annoncer qui concerne Raoul.

Pétronille crispa les mâchoires.

— Je refuse de l'entendre, objecta-t-elle. Je l'ai expulsé de mon cœur comme un démon. C'est à cause de lui que je suis tombée aussi bas. Je l'ai aimé et haï plus que tout au monde. Désormais il n'est plus rien pour moi.

— Perrine, il… enfin, je… il est mort. Il était malade depuis quelque temps.

Aliénor regarda sa sœur avec appréhension.

C'est alors que Pétronille se piqua avec son aiguille. Une goutte de sang rouge vif perla à la pulpe de son doigt et macula le fin tissu blanc. Elle regarda la tache s'étendre.

— Tu viens toujours m'annoncer la mort des gens, pesta-t-elle d'une voix tremblante. D'abord notre père, et maintenant mon mari. Je devrais partir en courant quand je te vois.

Aliénor ressentit une peine immense pour sa sœur.

— Je regrette d'apporter ces nouvelles, mais il fallait que tu le saches, et c'est à moi qu'il revient de te le dire. J'aurais pu t'écrire et demander à Agnès de te lire la lettre, mais cela aurait été une façon de fuir mes responsabilités.

Pétronille fixa un point à l'autre bout du cloître.

— Tout cela m'importe peu, tempêta-t-elle.

Puis elle posa les yeux sur son doigt meurtri.

— C'est la dernière fois qu'il me fait saigner.

Posant son ouvrage, elle se dressa sur ses jambes et fit quelques pas avant de s'effondrer par terre et de frapper le sol avec ses poings en hurlant. Aliénor se précipita pour la relever tandis que leur tante et la religieuse accouraient depuis le flanc opposé du cloître.

— Oui, confirma Aliénor en berçant Pétronille dans ses bras, c'est la dernière fois qu'il te fait du mal. Ne pleure plus, ma sœur, sèche tes larmes. Sois en paix maintenant.

Une semaine plus tard, Aliénor arriva à l'abbaye de Fontevraud pour y rencontrer la tante de Henri et passer prendre sa nouvelle camériste.

Fontevraud était en territoire angevin, non loin de la frontière poitevine. L'abbaye avait été fondée sur des terres dont son grand-père paternel, Guillaume IX d'Aquitaine, avait fait donation. Ses deux épouses répudiées s'y étaient retirées au couvent séculier. La grand-mère d'Aliénor, Philippa de Toulouse, y avait vécu ses derniers instants, bien avant la naissance d'Aliénor. L'abbaye suivait la règle de saint Benoît et accueillait des moines et des moniales dans des bâtiments séparés les uns des autres. Ils vivaient sous la direction d'une abbesse générale, qui était alors la tante de Henri, Mathilde.

Cette dernière était une belle femme entre deux âges au teint clair et juvénile. Ses yeux étaient verts et perçants, comme ceux de son neveu. Cils et sourcils étaient blond-roux, ce qui laissait supposer que, sous sa cornette, ses cheveux eussent été du même or, s'ils n'avaient été tondus trois fois l'an. Mathilde était entrée à Fontevraud à la mort prématurée de son mari lors du naufrage de la *Blanche-Nef*, plus de trente ans auparavant.

— C'est un plaisir de vous recevoir et une joie de vous féliciter pour votre mariage avec mon neveu, salua Mathilde avec une cordiale solennité.

Aliénor fit sa révérence.

— Quant à moi, madame, je suis heureuse de vous appeler ma tante, salua-t-elle à son tour.

Attirée par les jeux de lumière sur la pierre crayeuse, elle ajouta :

— Cet endroit est vraiment magnifique.

— Je vous le concède, répliqua Mathilde. Il y règne une sérénité toute particulière, dont j'espère que tous, entre ces murs, bénéficient. Ce fut assurément mon cas, lorsque, jeune veuve, j'entrai ici.

Elle conduisit Aliénor jusqu'à l'église. Entre les piliers blancs de la nef, la duchesse d'Aquitaine s'émerveilla de la beauté des lieux et de la rectitude morale qui en émanait. Les hautes fenêtres, embrasées par le soleil de ce début d'été, déversaient leur lumière sur le tombeau du fondateur de l'abbaye, Robert d'Arbrissel. C'était une telle splendeur qu'on eût cru l'antichambre du paradis. Les murs étaient ornés de fresques représentant des scènes de la vie de la Vierge. Loin de distraire l'œil de la clarté ambiante, elles la confirmaient et en sublimaient l'éclat. Ce n'était pas une église reliquaire comme l'était Saint-Denis, mais un vivant sanctuaire de pure gloire. Aliénor eut le sentiment qu'il lui suffirait de se tenir dans le chœur en une attitude d'accueil pour sentir l'amour de Dieu l'inonder comme un soleil. Emplissant ses poumons d'air, elle huma un reste d'effluve d'encens. Ce geste s'accompagna d'un profond sentiment de sérénité et d'enracinement spirituel.

— Vous comprenez, à présent, pourquoi ce lieu nourrit mon âme au quotidien ? s'enquit Mathilde avec un sourire approbateur.

De là, l'abbesse emmena Aliénor à l'auberge réservée aux femmes qui n'avaient pas vocation à entrer dans les ordres, mais qui, pour une raison ou une autre, avaient besoin d'un havre de paix en retrait du monde. Nombre d'entre elles étaient veuves et coulaient là une vieillesse paisible. Mais des femmes plus jeunes y vivaient également, envoyées à

Fontevraud par leurs familles en vue d'y être instruites sous bonne garde.

— Emma ? héla doucement Mathilde à l'intention de l'une de ses protégées qui cousait près d'une fenêtre.

Emma, qui attendait visiblement leur visite, ne se fit pas prier pour poser son ouvrage et les rejoindre.

— Madame ma tante, salua-t-elle en s'adressant à la mère abbesse, réservant à Aliénor un simple mais digne « Madame », qu'elle accompagna d'une révérence.

Mathilde fit les présentations. Emma était élancée mais plus petite qu'Aliénor. C'était un joli brin de femme. Son visage était de même forme que celui de son père, Geoffroy d'Anjou. Elle tenait également de lui la grâce de son maintien. On devinait, sous la gaze de son voile, les reflets roux de sa chevelure mordorée. Ses yeux étaient deux adorables noisettes.

— Votre frère désire que vous rejoigniez mon entourage au titre de suivante, l'informa Aliénor. À présent qu'il est marié, une place digne de votre rang vous attend auprès de sa femme, hors du cloître, s'il vous agrée de le quitter, naturellement. C'est à vous d'en décider.

Emma lui glissa un regard qu'Aliénor prit pour de la timidité, mais qui, en fait, signifiait que sa belle-sœur la jaugeait au moins autant qu'elle-même la jaugeait.

— Je suis sincère, insista Aliénor. Avoir le choix vaut plus que l'or. Vous n'êtes pas obligée de me donner votre réponse maintenant.

— Madame, je serais ravie de vous servir, déclara soudain Emma d'une voix posée mais ferme. Je suis heureuse, ici, mais je le serai également de servir les miens. Et je vous remercie de m'avoir laissé le choix ; mon frère, lui, m'en aurait intimé l'ordre.

La réponse d'Emma plut à Aliénor. Emma d'Anjou ne manquait ni de grâce, ni de cran.

— Certes, vous êtes la sœur de mon mari et lui devez donc obéissance, expliqua Aliénor, mais ce n'est pas ma manière de choisir mes suivantes. Je gage que nous apprendrons rapidement à nous connaître et que nous deviendrons très vite amies, acheva-t-elle avec un sourire de conspiratrice qu'Emma lui rendit.

L'abbesse Mathilde emmena ensuite Aliénor au cimetière des religieuses à l'arrière de l'église et lui montra une pierre tombale très sobre. L'herbe qui l'entourait était rase. La délicate fragrance d'un églantier tout proche embaumait l'air.

— C'est ici que repose la comtesse Philippa, votre grand-mère, indiqua l'abbesse. Elle avait rendu l'âme avant mon arrivée, mais certaines sœurs encore en vie l'ont bien connue et vous en parleront.

Aliénor pria à genoux devant la tombe, les mains posées à plat sur la dalle chauffée par le soleil.

— Je suis contente qu'elle repose en paix ici, dit Aliénor.

De fait, tout à Fontevraud respirait la tranquillité. Les oiseaux chantaient, et les rayons du soleil étaient un baume sur sa nuque. *Un jour…*, pensa-t-elle. *Mais pas encore.*

Elle dîna d'un simple plat de truite et de pain en compagnie d'Emma et de Mathilde dans les appartements de cette dernière.

— La dernière fois que j'ai vu Henri, c'était à l'enterrement de son père, se souvint Mathilde. Que Dieu ait son âme. (Elle fit le signe de croix.) Je l'ai trouvé si mûr que j'ai eu peine à reconnaître le petit polisson que j'avais quitté. Mais il faut dire qu'on ne lui a pas laissé le choix. Tant d'espoirs et de responsabilités pèsent sur ses épaules !

— C'est indéniable, confirma Aliénor à mi-voix.

Emma ne renchérit pas et garda les yeux baissés, ce qui intrigua Aliénor quant à la nature de leurs relations.

— Il ne tient toujours pas en place, cela dit, commenta Mathilde afin d'égayer le propos. Il remue tout le temps, même à l'église.

Aliénor s'esclaffa et en convint volontiers.

— Quel dommage qu'il ne s'active pas au fuseau, parce qu'il aurait tôt fait de transformer une quenouille de laine en assez de fil pour tisser dix tuniques, fit-elle remarquer.

Puis, soudain pensive, elle ajouta :

— Mais il ne relâche jamais son attention. Il est comme un soleil qui rayonne dans toutes les directions et fait fleurir tout ce qu'il touche. Je le crois capable de régir tout ce qui lui tombe sous la main.

— Vous dites vrai, confirma Mathilde. Mon neveu est quelqu'un de précieux, c'est certain, même si je dois avouer ma partialité. Je le considère comme mon fils, confia-t-elle en serrant le poignet d'Emma. Quant à toi, je te considère comme ma fille. Mais il est temps que tu prennes ton envol, même si tu me manqueras.

La conversation fut interrompue par l'irruption de la chambellane, sœur Marguerite. Elle apportait un message pour Aliénor. Elle lui remit un rouleau qui avait souffert du transport.

Aliénor brisa le cachet de cire et s'empressa de lire le document.

— Des ennuis, ma chère ? s'enquit Mathilde d'un ton soucieux.

— Les Français ont frappé la Normandie, répondit Aliénor en relevant la tête. Ils ont attaqué et pris Neufmarché. Louis, Robert de Dreux, ainsi que Thibaut de Blois et Henri de Champagne, se sont coalisés. Henri n'a pu arriver à temps de Barfleur.

Elle se mordit la lèvre inférieure avant de poursuivre :

— Eustache de Boulogne et le propre frère de Henri, Geoffroy, leur ont prêté main-forte.

L'univers entier semblait s'être ligué contre eux dans le but de les écraser avant qu'ils ne deviennent trop puissants. Elle éprouva d'abord de la peur, mais la colère et le mépris l'emportèrent.

— Il était fatal que ces vermines lancent l'assaut ! Je ne m'en étonne guère. Et je sais que Henri n'en sera pas non plus surpris.

Mathilde parut atterrée. Elle gardait cependant courage.

— Je suis désolée de l'apprendre, mais je m'y attendais aussi.

Aliénor roula le parchemin.

— Voilà qui met fin à mon séjour ici et m'oblige à rentrer à Poitiers pour y attendre Henri, comme prévu. Il faut voir dans ce coup d'éclat une invitation à nous tenir sur nos gardes, non à nous alarmer, car nos ennemis sont ineptes, et Henri est sage.

Malgré ces audacieuses paroles, elle espérait que son jeune époux n'avait pas eu les yeux plus gros que le ventre.

— Ils essaieront de causer sa perte, car s'ils n'y parviennent pas dès à présent, ce sera peine perdue ensuite, fit remarquer Mathilde avec une lueur de partialité dans le regard. Quant à celui qui n'a de frère que le nom, c'est un vaniteux et un sot. Il complotera tant que Henri ne l'aura pas fait comte. Or, cela n'arrivera jamais, dusse-t-il mettre la terre à feu et à sang.

Secouant tristement la tête, elle ajouta :

— Les Angevins ne sont pas doués pour le partage. Mon propre frère, Élie d'Anjou, passa le plus clair de son temps en geôle pour rébellion à cause de son entêtement à refuser le sort qui lui était échu. Ils ont ça dans le sang, ma chère, ainsi que vous aurez sûrement l'occasion de vous en apercevoir lorsque vous aurez mis au monde les fils de mon neveu.

Aliénor fit la moue, ce qui lui valut un sourire résigné de la part de Mathilde.

— Une femme avertie en vaut deux ! conclut l'abbesse. Vous êtes assez forts tous les deux pour assumer les responsabilités qui sont les vôtres.

Voilà qui n'est guère rassurant, pensa Aliénor.

— La soirée est trop avancée pour reprendre la route maintenant, dit-elle. Attendre quelques heures de plus ne fera aucune différence.

Du moins Henri ne s'était-il pas encore embarqué pour l'Angleterre et disposait-il de troupes prêtes au combat.

Cette nuit-là, elle rêva de sombres roses pourpres qui dégouttaient de sang et s'aperçut au réveil que ses menstruations avaient commencé. La semence de Henri n'avait pas encore germé. Elle ne s'attendait pas à un miracle après une seule nuit d'amour, mais cela accrut tout de même son anxiété. Avant de faire ses adieux à Fontevraud, elle alla prier une dernière fois à l'abbatiale et reçut, à genoux, la bénédiction de Mathilde. Puis elle rejoignit le reste de son entourage en compagnie d'Emma et prit la direction du sud et de son havre : l'Aquitaine.

Chapitre 47

Poitiers, août 1152

Aliénor avait passé la matinée à administrer son duché. Une animation de tous les instants régnait dans la grande salle d'apparat et dans la cour du palais de Poitiers. Messagers, solliciteurs, copistes et serviteurs allaient et venaient en tous sens. Des nouvelles de Henri lui étaient parvenues depuis le champ de bataille. Il avait renoncé à une attaque frontale, préférant prendre l'ennemi à revers aux endroits vulnérables où il ne l'attendait pas. Il avait fondu sur la coalition avec une extrême rapidité, provoquant sa déroute et semant le doute dans les rangs. Aliénor avait fait en sorte que ses propres frontières fussent bien gardées, parce que le frère rebelle de Henri, Geoffroy, contrôlait plusieurs châteaux à une trop grande proximité du Poitou pour ne pas craindre une percée.

Elle considéra le nouveau sceau d'argent posé à sa droite. Elle l'avait fait ciseler après leur mariage. L'inscription circulaire sculptée en ronde bosse sur le pourtour était libellée ainsi : « Aliénor, comtesse de Poitou, duchesse des Normands et comtesse des Angevins. » Ces titres étaient siens. Ils incarnaient son pouvoir. Jamais elle ne les laisserait tomber aux mains des usurpateurs. Tout document émanant de sa Cour portait ce sceau. Elle en concevait une grande fierté et une profonde satisfaction.

Décidée à s'aérer un peu l'esprit avant de passer à table, elle fit seller son cheval. C'était une belle journée de fin d'été, et son palefroi était impatient de se dégourdir les jambes. Aliénor lui laissa donc la bride sur le cou. L'équidé passa aussitôt du trot au petit galop, puis du petit galop au grand galop. Elle se détendit à mesure que sa monture prenait de la vitesse, se grisant de la sensation de liberté ainsi procurée et de l'illusion d'avoir mis de la distance entre elle-même et ses préoccupations. D'aucuns de ses courtisans la jugeaient téméraire, mais sa chevauchée n'avait rien de téméraire. Elle connaissait parfaitement la différence entre témérité et risque calculé.

Aliénor ramena enfin le hongre au pas et lui flatta l'encolure. Il était en sueur. Elle était parvenue jusqu'à la statue couverte de lichen. Le soldat romain n'avait guère changé depuis sa dernière visite, quinze ans plus tôt, en compagnie de l'archevêque de Bordeaux, Geoffroi du Louroux. C'était à cet endroit qu'il lui avait annoncé son futur mariage avec Louis, roi de France. Les grands yeux aveugles et blancs du légionnaire scrutaient toujours l'indicible. Seul, peut-être, son vêtement végétal s'était-il quelque peu étoffé. Elle le gratifia d'un petit sourire ironique en signe de reconnaissance. Elle-même serait redevenue poussière depuis longtemps qu'il serait encore là.

Relevant la tête, elle s'avisa de l'arrivée d'un cavalier au petit galop, une poignée de compagnons sur ses talons. Environ trois cents pieds les séparaient. Les hommes d'Aliénor mirent la main à l'épée, mais elle leur fit signe de rester tranquilles.

— C'est messire mon mari, lança-t-elle.

Soudain, son cœur se mit à battre la chamade. Quelle urgence l'amenait ? Un désastre militaire s'était-il produit ? Se repliait-il en vue de défendre Poitiers ?

Henri ralentit et fit halte devant elle. Son coursier noir était à bout de souffle. L'ourlet de ses narines avait la couleur de la pourpre. Ses flancs étaient ruisselants, ainsi que le front de son cavalier. Il avait le visage écarlate, et ses yeux, tels deux diamants bruts, brillaient d'un farouche et violent éclat.

— Ma dame, salua-t-il en faisant une ample révérence depuis son destrier. Je vous ai quittée en hâte, et c'est en hâte que je vous reviens.

Son sourire était éblouissant. Sa barbe était plus fournie que le jour de leur mariage, et une bonne coupe de cheveux ne lui aurait pas fait de mal. Aliénor fut folle de joie de le revoir, surtout avec le sourire. Cependant, son inquiétude demeurait.

— Je me réjouis de constater que vous êtes vivant et indemne de toute blessure, répondit-elle. Et votre empressement me flatte. Mais où est le reste de vos troupes ?

— Il arrive. Je suis parti devant, expliqua-t-il d'un ton enjoué.

— Pour quelque raison particulière ?

— Aucune, hormis qu'il était trop lent et que j'étais pressé de vous revoir.

Prenant un air de chien battu, il ajouta :

— À présent, je meurs de soif. Il me faut prendre un bain, me changer et me restaurer.

— Tout cela en même temps ? s'enquit Aliénor, l'œil taquin.

— Pourquoi perdre du temps ? repartit-il.

Aliénor fit faire demi-tour à son palefroi, et ils prirent ensemble la direction de la citadelle de Poitiers à la tête de leurs suites respectives.

— Si je comprends bien, vous n'apportez pas de mauvaises nouvelles ?

— Ma foi, pas pour nous, répliqua Henri avec une étincelle dans le regard. En revanche, Louis s'est replié vers Paris à bride abattue en prétextant un retour de fièvre. Les Blois ont battu en retraite avec lui, expliqua-t-il, un brin triomphaliste. Je vous l'avais dit : la rapidité vaut plus que courage et nombre !

Chemin faisant, Aliénor apprit que Louis avait essayé de prendre Pacy, mais que Henri, chevauchant de nuit et crevant plusieurs chevaux, l'avait pris de vitesse, atteignant certains points stratégiques et déjouant l'attente de l'ennemi de près de deux jours. Il avait repoussé les Français en incendiant le Vexin, puis en s'emparant de Bonsmoulins et en les harcelant partout comme un démon.

— Ils n'ont pu tenir, face à mon allure et à ma fureur, fit-il remarquer, un sourire suffisant et indomptable aux lèvres. Ils s'attendaient à trouver un petit impudent ayant outrepassé ses droits, mais, à la place, ils ont trouvé à qui parler.

Aliénor donna des ordres afin qu'on s'occupât des compagnons de Henri et fit préparer un bain pour son jeune époux dans ses appartements privés. Un serviteur posa du pain frais et du poulet sur une planche en travers du baquet, afin que le duc pût manger et se baigner en même temps.

— Qu'est-il advenu de votre frère ? s'enquit Aliénor.

— Geoffroy ?

Henri tiqua.

— Il a toujours convoité ce qui me revient et ferait n'importe quoi pour s'en saisir, y compris intriguer avec les Français. Que cela lui serve de leçon, à cet insensé ! Comme il m'avait fermé l'accès à ses forteresses, j'ai dû les lui prendre. Il ne sait pas s'entourer d'hommes loyaux. Quant à guerroyer, il n'en a ni la science, ni le talent. Je l'ai assiégé à Montsoreau, si l'on peut appeler cela un siège, car il n'a pas tenu. Il est également dépourvu du moindre cran.

— Qu'avez-vous fait de lui ?

— Pour l'heure, j'ai accepté son obédience et placé mes hommes à la tête de ses châteaux. Ensuite, je l'ai envoyé auprès de ma mère à Rouen. J'aurais pu le garder auprès de moi, mais je ne souhaite pas me laisser gâcher le plaisir par sa mine renfrognée.

Il s'interrompit pour boire un peu de vin et mordre dans le pain et le poulet.

— Votre tante Mathilde m'a dit que vous vous détestiez.

— Ah ! Elle dit vrai. Geoffroy est un enfant gâté qui a toujours été jaloux de moi.

— Et votre autre frère ? Est-il, lui aussi, un enfant gâté ?

— Guillaume ?

Henri avala une bouchée avant de poursuivre :

— C'est un sale gosse lui aussi. Petit, il passait son temps à geindre et raconter des mensonges. Il a conservé ce travers, mais il ne représente aucune menace. Il se contente par bêtise des miettes que fait tomber Geoffroy. Comme Hamelin, il faut savoir le prendre.

Tout en mastiquant, il commença sa toilette. L'eau du bain était passée de limpide à un gris laiteux. La vue de ses boucles cuivrées et humides sur la peau blanche de sa nuque emplit Aliénor d'un tendre désir.

— Que pensent vos frères de vous ?

Il pouffa.

— Hamelin aimerait me voir tomber, mais il sait, par ailleurs, que j'ai beaucoup à lui offrir, que son intérêt est de me servir fidèlement, et de ne pas mordre la main qui le nourrit. Il a encore moins d'estime pour Geoffroy et Guillaume, car ils n'ont que des miettes à lui donner. Geoffroy, pour sa part, souhaite ma mort, un point c'est tout. Si mon père ne m'avait pas fait jurer sur ma vie de ne pas lui faire de mal, ce souhait serait réciproque. Quant à Guillaume, il gagne en indépendance et refuse de marcher avec Geoffroy pour les mêmes raisons que Hamelin. N'étant pas sûr de gagner à tous les coups, il me tient pour un démon.

Aliénor fit une moue songeuse.

— Ainsi, l'amour fraternel n'entre pas en ligne de compte ?

— Dieu du ciel, non !

Aliénor retira la planche du baquet, et Henri se leva. Des serviteurs le rincèrent en déversant sur lui des jarres d'eau tiède ; puis il sortit du bain et posa le pied sur un tapis en peau de mouton où ils le séchèrent avant de lui enfiler des vêtements propres et moelleux.

— J'ai compris depuis longtemps, reprit-il, que pour obtenir le meilleur de toute chose, il faut en connaître parfaitement les rouages, qu'il s'agisse d'un moulin à aubes, d'un navire, d'un cheval ou d'un homme.

Aliénor lui lança un regard provocateur.

— Et qu'en est-il de moi ?

Henri haussa un sourcil.

— Je me ferai un plaisir de les découvrir !

Elle renvoya les serviteurs d'un geste et s'assit sur le lit.

— Cela vous prendra la vie entière. Moulins à aubes, chevaux, hommes sont d'un fonctionnement simple à comprendre, et d'un maniement relativement aisé ; mais il se pourrait que la tâche relève de la gageure en ce qui me concerne.

— Ah, ainsi vous pensez que les hommes sont d'un maniement facile ?

L'ambiance était lourde de sous-entendus érotiques. Aliénor se caressa la gorge, descendit le long de ses nattes et s'arrêta à la taille, la main dirigée vers le bas.

— Les hommes se laissent gouverner par leurs appétits, fit-elle remarquer.

— De même que les femmes, rétorqua-t-il. L'Église ne nous enseigne-t-elle pas que les femmes sont insatiables ?

— L'Église est dirigée par des hommes gouvernés par leur propre soif de pouvoir. Croyez-vous tout ce qu'enseigne l'Église ?

Il la rejoignit sur le lit en riant.

— Je ne suis pas naïf.

Il détacha son voile et défit ses cheveux, glissant les doigts dans ses mèches et humant leur parfum.

— Mais si je suis gouverné par mes désirs, et si vous êtes insatiable, il se pourrait que nous ne ressortions plus jamais de cette chambre.

Elle partit d'un grand rire.

— Mon grand-père a écrit un poème sur ce sujet.

— Où il est question de deux femmes, d'un chat roux et d'un chevalier errant ?

— Vous le connaissez ?

— Hé, hé ! Je l'ai entendu réciter plus d'une fois autour d'un feu de camp. Ils firent l'amour cent quatre-vingt-dix-neuf fois en huit jours, est-ce bien cela ?

Il dégrafa la fibule qui fermait sa robe.

— Votre grand-père était enclin à l'exagération poétique, poursuivit-il. Je n'ai pas l'intention de mourir en essayant de prendre exemple sur son imagination. Je dis toujours que la qualité est préférable à la quantité.

Aliénor se pencha au-dessus de Henri. Il était encore essoufflé à cause de leurs récents ébats. Un sourire béat éclairait son visage.

— Eh bien, messire, commença-t-elle, je pense que vous essayez finalement de battre le record inscrit dans le poème de mon grand-père.

Henri gloussa.

— Qui me jetterait la pierre, si tel était effectivement le cas ? Reste-t-il du vin ? Je meurs de soif !

Aliénor descendit du lit et alla chercher du vin. Henri se redressa, s'épongea avec sa chemise et prit la coupe qu'elle lui tendait.

— Pourquoi souriez-vous ? s'enquit-il après avoir bu.

— Je songeais que la dernière fois que nous nous sommes trouvés dans le même lit, vous n'aviez qu'une hâte, en sortir et vous en aller.

Henri esquissa un sourire crispé.

— C'était le matin, et j'avais des choses à faire. Je n'avais plus sommeil ; en outre, nous avions satisfait avec bonheur aux exigences du devoir et du plaisir.

Il reprit son sérieux et dit :

— Ne comptez pas sur moi pour me tenir à un horaire strict !

— Je n'y compte pas, mais j'aimerais cependant savoir combien de temps vous resterez cette fois. Ne me dites pas que vous devez retourner précipitamment à Barfleur ?

Henri fit « non » de la tête.

— J'ai décidé d'attendre que Noël soit passé. Je ne manquerai pas d'occupation ici.

Le regard enjoué, il ajouta :

— Je ne connais presque rien de l'Aquitaine et du Poitou, hormis qu'ils renferment des terres extrêmement fertiles aux paysages variés. Je veux les voir. Je veux apprendre à les connaître ; ainsi que vous-même et vos vassaux. Et puis, vous n'êtes jamais venue en Normandie. Vous devez également vous familiariser avec ces terres-là et faire la connaissance… de ma mère.

Le cœur d'Aliénor se serra à l'idée de se trouver en présence de la redoutable Mathilde l'Emperesse. Par mesure de précaution, elle souhaitait en apprendre le plus possible sur son compte avant la rencontre. Elle avait pu se faire les dents sur le père de Henri, mais une femme de l'expérience et du tempérament de l'Emperesse était une tout autre affaire. Aliénor portait toujours les cicatrices de ses heurts avec la mère de Louis, qui s'y était entendue pour lui rendre la vie impossible au début de leur mariage. Restait à savoir dans quelle mesure Henri était la créature de sa mère.

— Certainement, répondit-elle enfin, sur ses gardes.

— Si nous voulons engendrer des héritiers, il nous faut passer du temps ensemble. Je désire avoir des fils et des filles et j'espère qu'il en va de même pour vous.

— Nous faisons assurément de notre mieux pour y parvenir, rappela Aliénor, tout sourires.

Mais ces considérations la firent réfléchir. Elle devrait se prémunir contre lui au cas où il se montrerait un peu trop entreprenant envers le peuple d'Aquitaine. Quand bien même Henri serait-il son bras armé en cas de révolte.

Il vida sa coupe, l'embrassa de nouveau et quitta le lit pour s'habiller.

— Votre sœur se révèle une aide précieuse parmi mes suivantes, fit remarquer Aliénor. Elle n'est pas manchote avec une aiguille, ainsi que vous me l'aviez dit, et sa compagnie m'est agréable.

— Parfait, acquiesça Henri. Mon père tenait à ce que je m'assure de son avenir. Elle est plus utile ici qu'à broder des nappes d'autel à Fontevraud.

Aliénor le mesura du regard.

— J'aurais cru, dit-elle, que vous éprouveriez davantage de tendresse envers votre unique sœur.

Il haussa les épaules.

— Nous jouions parfois ensemble, lorsque nous étions enfants, et elle venait toujours à la Cour de mon père pour assister aux grandes festivités annuelles, mais, dans l'ensemble, nos vies divergeaient. Elle est ma sœur, et je reconnais mes obligations envers elle. Je ne doute pas que nous apprenions à mieux nous connaître, à présent qu'elle est à votre service.

Levant les yeux vers sa femme, il ajouta :

— Qu'en est-il de votre propre sœur ? Est-elle encore assez jeune pour quitter le couvent et se remarier ? Ne souhaiteriez-vous pas la prendre parmi vos suivantes ?

Aliénor secoua la tête.

— Je ne pense pas que ce serait sage, répondit-elle, avec un pincement au cœur à l'évocation de Pétronille.

Henri la considéra d'un air interrogateur.

— Elle est…

Elle s'interrompit.

Le scandale qui avait entouré sa sœur était de notoriété publique, mais son instabilité mentale était moins connue hors de la Cour du royaume. Il n'était pas indispensable que Henri fût au courant.

— Il est préférable qu'elle y demeure pour l'instant, répondit-elle. La vie à la Cour lui serait pénible. En outre, elle ne souhaite pas se remarier, et je ne l'y forcerai pas.

— Comme il vous plaira, repartit Henri avec un haussement d'épaules, considérant manifestement que cela n'avait guère d'importance au regard de ses propres préoccupations.

Il s'assit près du feu et entreprit de lire une pile de lettres posée sur une table.

— Par où commencerons-nous ? lança-t-il. Talmont ?

Une étincelle dans le regard, il ajouta :

— Je brûle de chasser un peu.

Aliénor esquissa un sourire un peu forcé. Penser à sa sœur l'attristait toujours.

— Moi aussi, assura-t-elle.

Puis, enfilant sa chemise de nuit, elle le rejoignit autour de la table.

Chapitre 48

Rouen, Noël 1152

Une lumière vive et austère jouait avec les vitraux de l'abbaye du Bec. L'air était froid et sec, presque glacial. Or et pierres précieuses étincelaient sur les crucifix. Le chœur entonna un *Te Deum* tandis qu'Aliénor se prosternait au pied de l'estrade dressée dans la nef. Assise en surplomb sur une cathèdre de marbre munie d'un coussin trônait la mère de Henri, Mathilde l'Emperesse. La robe qu'elle portait sous sa cape doublée d'hermine scintillait du sombre éclat de ses joyaux. Un diadème en or, qui n'eût pas dépareillé à Constantinople, brillait de tous ses feux sur sa tête. Aux yeux d'Aliénor, l'Emperesse disparaissait presque entièrement sous les ornements. Son visage portait la marque des années passées à se battre pour son héritage, mais elle était d'une constitution ferme et solide, et toisait son monde d'un air impérieux. Après avoir salué Henri, elle le fit asseoir à sa droite.

Tête baissée, Aliénor gravit les marches et se prosterna une deuxième fois afin d'offrir à sa belle-mère un reliquaire en or en forme de sceptre incrusté de rubis et de saphirs. Il renfermait, à l'abri d'une petite porte en cristal de roche, un éclat d'os du doigt de saint Martial.

— Madame, commença Aliénor d'un ton respectueux mais sans obséquiosité. Mère, ma souveraine et Emperesse, mes hommages.

L'Emperesse accepta le présent de bonne grâce sans cacher son plaisir, ni son approbation. Elle prit Aliénor par les mains et l'embrassa avant de faire, à son tour, une déclaration officielle.

— Ma fille, vous voilà mienne, dit-elle, et je ferai tout mon possible pour vous garder, vous et vos biens en titre, sous ma protection.

Puis elle la fit asseoir à sa gauche, et la messe reprit.

Henri lança à Aliénor un regard rieur plein de fierté. Aliénor le lui rendit, se sentant soutenue et heureuse.

Lors du repas officiel qui fut donné en l'honneur de la duchesse d'Aquitaine, les deux femmes continuèrent à se jauger mutuellement. Aliénor jugea sa belle-mère rigide et cérémonieuse, mais ce n'était pas la harpie intraitable qu'elle s'était préparée à rencontrer. L'Emperesse était visiblement très fière de son fils. Une lueur particulière s'allumait dans ses yeux chaque fois qu'elle le regardait, mais elle n'essayait pas d'évincer Aliénor. Au contraire, elle semblait voir en elle l'épouse qui convenait à Henri.

— Le monde est cruel avec les femmes nées pour gouverner de vastes empires, fit remarquer Mathilde à sa belle-fille, tandis qu'ils dînaient de bœuf tendre mariné dans une sauce au poivre et au cumin. Vous vous en serez rendu compte, ajouta-t-elle.

— Pour le moins, madame, répondit Aliénor avec ironie.

Les rides qui cernaient la bouche de Mathilde se creusèrent.

— Je me suis battue de toutes mes forces pour faire valoir ma légitimité sur l'Angleterre et sur la Normandie. Désormais, il revient à Henri de poursuivre le combat et de se saisir de la couronne qui lui revient de droit, de même qu'elle m'était échue de droit.

Jetant un regard insistant à son fils, elle ajouta :

— Et il est de notre devoir de l'y aider.

Aliénor ne se laissa pas impressionner par les manières d'autocrate de l'Emperesse. Tant que Mathilde ne s'immiscerait pas dans les affaires de l'Aquitaine, ni entre elle et son mari, elle serait disposée à entretenir le statu quo avec sa belle-mère.

— Je lui apporterai toute l'aide nécessaire, répliqua-t-elle.

Après le repas, la famille se retira dans les appartements privés de l'Emperesse pour une réunion moins protocolaire. Aliénor eût cru pénétrer dans les appartements de Louis à Paris, car ne se trouvaient là qu'un crucifix, des psautiers et autres objets religieux. Manifestement, sa belle-mère était pieuse et ne se contentait pas de servir Dieu du bout des lèvres.

Aliénor aperçut les frères de Henri dans un coin. Geoffroy avait fait amende honorable, et chacun fit preuve de courtoisie. Toutefois, Aliénor ne lui avait pas pardonné d'avoir tenté de l'enlever ; aussi n'était-elle pas dans les meilleures dispositions à son égard. Si un chien vous mordait une fois, on ne tendait pas deux fois la main. Personne ne fit allusion à l'affaire, mais son souvenir, présent dans tous les esprits, fut cause d'une certaine tension. En outre, l'hostilité affleurait entre Henri et Geoffroy. Guillaume, le cadet des frères, se montra plutôt agréable avec elle, mais le charisme et la vitalité de Henri eurent tôt fait de l'éclipser. L'aîné semblait avoir hérité de toute l'intelligence des deux parents puisqu'il était, de loin, le plus vif des trois ; les autres n'en ayant reçu que les ultimes lueurs et étincelles.

— Vous disiez que vous n'aviez pas passé beaucoup de temps avec vos demi-frères ? s'enquit Aliénor auprès d'Emma, qu'elle affectionnait de plus en plus.

Sous une apparence tranquille, Emma avait un côté espiègle et perspicace.

Elle confirma d'un signe de la tête.

— Seulement de temps à autre, lors des réunions familiales de Pâques et de Noël. Mais, dans l'ensemble, ils ne s'intéressaient pas à moi ; dans le cas contraire, je faisais tout pour les éviter.

Aliénor se montra étonnée.

— J'étais l'unique fille de mon père, et, bien qu'enfant illégitime, il m'accordait une attention que mes frères me jalousaient. Ils me tiraient les cheveux et me narguaient dès que notre père avait le dos tourné.

Esquissant un petit sourire de satisfaction, elle ajouta :

— Excepté que, parfois, il avait des yeux dans le dos ; alors il les réprimandait, et je devais me tenir encore plus à l'écart d'eux.

— S'ils vous provoquent, ce sera à leurs risques et périls, à présent que vous êtes à mon service, déclara Aliénor avec fermeté.

Emma rougit.

— Je ne voudrais pas que vous pensiez que je suis geignarde ou menteuse, ni que je suis incapable de me défendre.

— Je ne pense rien de tout cela. Votre compagnie m'est agréable, et je protège ceux qui me servent.

— Je ne veux en aucun cas semer la discorde entre vous et mon frère, s'empressa d'indiquer Emma. Il s'est montré aussi gentil que méchant à mon égard.

— L'un ne rachète pas l'autre, répliqua Aliénor avec un sourire qui se voulait rassurant. Vous ne causez aucune discorde. Je connais parfaitement les mœurs des hommes, même si je n'ai pas de frères.

— « Les mœurs des hommes » ? répéta Henri en se glissant tout près de sa femme et en lui effleurant le bras. De quoi parlez-vous ?

Le ton était jovial, bien qu'une certaine méfiance se devinât dans ses yeux.

— Je demandais à votre sœur son sentiment en tant que seule fille au milieu d'une kyrielle de frères.

— Rien que des avantages, avec tout ce que cela suppose, déclara-t-il, tout sourires.

— Tu me tirais les cheveux ! rappela Emma. Et tu me jetais des grenouilles au visage.

— Je t'emmenais aussi en ballade sur mon poney et te faisais faire le tour des étals à Angers pour t'acheter des rubans et des pâtisseries.

— C'est exact, admit Emma. Ainsi que je le disais à madame la duchesse, tu te montrais parfois gentil avec moi.

— Et comme je le disais à Emma, renchérit Aliénor, à présent qu'elle est à mon service, elle n'aura plus que le bon côté et n'aura plus à craindre les brimades.

Henri lui lança un regard rieur.

— Dois-je me tenir pour prévenu ?

— Je vous laisse en décider, mon cher mari, répondit Aliénor en haussant les sourcils.

Il fit mine de répliquer, mais au même moment un homme d'âge mûr aux traits tirés entra dans son champ de vision. Un huissier l'introduisait. Sa pelisse ruisselait de pluie.

— Qui est-ce ? s'enquit Aliénor.

— Mon oncle Réginald de Cornouailles.

La bonne humeur de Henri disparut sur-le-champ, et, tel un chien aux aguets, il se tint désormais sur le qui-vive.

— Que peut-il bien faire ici ? pensa-t-il à voix haute.

Aliénor se souvenait que son mari avait eu des paroles affectueuses au sujet de son oncle, qui était un de ses principaux soutiens en Angleterre et l'un des bâtards que le vieux roi Henri avait eus avec ses nombreuses concubines. C'était un fervent défenseur de la cause de l'Emperesse. Le temps étant exécrable, le comte devait avoir eu de bonnes raisons d'entreprendre la périlleuse traversée.

Réginald alla directement se prosterner devant sa demi-sœur l'Emperesse. Leur forte ressemblance – accusée par leurs yeux gris perçants et leur menton en saillie – sauta aux yeux d'Aliénor.

Mathilde l'embrassa et l'aida à se relever. Il se tourna alors vers Henri et Aliénor avant de les saluer à leur tour. Sa barbe râpa la joue d'Aliénor lorsqu'il l'embrassa, conformément au protocole. Il avait les lèvres glacées !

— Qu'est-il arrivé ? s'enquit Henri sans ambages.

Prenant une coupe de vin épicé que lui tendait un serviteur, Réginald se réfugia près du feu.

— Les défenseurs de Wallingford sont aux abois. Si tu ne viens pas maintenant, nous perdrons pied en Angleterre. Nous ne pouvons plus rien. Si tu remets le débarquement au printemps, il sera trop tard. Même des piliers comme John the Marshal éprouvent des difficultés à tenir. La victoire est à portée de main, mais nous risquons de perdre tout ce pour quoi nous nous battons. Étienne est isolé et vulnérable à cause de la mort de sa femme, sur qui tout reposait. Mais depuis son décès, il se démène comme un diable pour nous abattre. Nous avons besoin de toi. Je n'aurais pas pris la mer à cette période de l'année si la situation n'était pas des plus urgentes. Tu sais à quel point j'ai horreur de l'eau !

Sans hésiter une seule seconde, Henri donna son accord.

— Je viendrai, promit-il. Je vais engager les préparatifs sur-le-champ et prendrai la mer dès que possible.

Une lueur de fierté traversa le regard d'Aliénor. Dès qu'un obstacle se présentait à lui, son jeune époux l'affrontait sans détour. Elle remarqua également la manière dont ses aînés s'en remettaient à son autorité. Il avait leur confiance. Or, il ne la devait pas à une posture, mais à ses actes.

Réginald se décrispa à mesure que son visage reprenait des couleurs.

— Le comte de Leicester a hâte de s'entretenir avec toi, car il pourrait être amené à se tenir à l'écart du conflit ou à changer d'allégeance. Idem pour Arundel. Mais ils ne bougeront pas tant que tu ne seras pas présent sur place. On se préoccupe beaucoup de savoir s'il faut admettre l'accession de l'héritier d'Étienne.

— Cela n'a rien d'étonnant, admit Henri en faisant la moue.

— Tu dois leur montrer une bonne fois pour toutes qu'il n'y a pas de solution en dehors de toi, insista son oncle. C'est la clé de ton succès ou de ton échec.

— Je n'ai pas encore dit mon dernier mot, répliqua le jeune duc. Et je n'en ai pas l'intention. L'échec n'entre pas dans les projets que je forme pour ma dynastie.

Henri resta éveillé tard à élaborer une stratégie avec ses chevaliers et ses seigneurs. Aliénor, quant à elle, alla se coucher de bonne heure. Elle sombra aussitôt dans un sommeil lourd et ne s'éveilla que lorsqu'il vint la rejoindre aux petites heures du jour. Elle fut prise de nausées dès le réveil et dut courir aux latrines.

En chemise et en braies, Henri accourut auprès d'elle et lui écarta les cheveux du visage.

— Vous êtes souffrante ? s'enquit-il. Dois-je aller quérir vos servantes ?

— Non, je ne suis pas souffrante, répondit Aliénor en haletant, lorsqu'elle put enfin parler. Au contraire, j'ai dans l'idée que tout va pour le mieux !

L'estomac agité, elle parvint néanmoins à se tenir debout.

— Voulez-vous bien m'apporter une coupe de vin ?

Il s'exécuta à la lueur d'une unique lampe, se servant une coupe au passage. Aliénor but lentement, prenant tout son temps. Henri la considérait d'un air inquiet, attendant qu'elle s'explique, à moins qu'Aliénor n'estimât qu'il connaissait déjà le fin mot de l'histoire.

— Il est encore un peu tôt, mais il me semble que j'attends un enfant, annonça-t-elle. Cela fait deux cycles que j'attends mes saignements, et je me sens faible depuis quelques jours. Il semblerait qu'à la veille de votre départ nos prières aient été entendues. Je serais étonnée que ces nausées aient une autre cause.

Henri posa sa coupe, prit celle d'Aliénor et la posa également ; puis il enlaça tendrement sa femme.

— C'est une nouvelle merveilleuse ! Savez-vous quand vous accoucherez ?

— Fin de l'été, début de l'automne, je n'en suis pas tout à fait sûre.

— Vous me rendez fier !

Sur ces mots, il l'embrassa amoureusement.

— Vous avez bien fait de me l'annoncer aujourd'hui.

— Je ne voulais pas attendre que vous soyez en Angleterre.

— C'est un cadeau inestimable que vous me faites.

Le visage radieux, il ajouta :

— Cela me donne une raison de plus de remporter la victoire pour mon futur fils !

Aliénor se mordit la lèvre inférieure. On ne faisait pas des fils systématiquement, même si tout homme attendait de sa femme qu'elle lui en donnât.

— Est-il quelque chose que nous puissions faire pour réduire les nausées ?

— Manger, répondit-elle. Une nourriture simple. Un peu de pain sec et du miel.

Henri alla en quelques enjambées jusqu'à la porte et cria pour qu'on apportât le nécessaire. Un écuyer vaseux s'éloigna en chancelant. Il revint avec une miche et une cruche de miel posées sur un plateau. Henri le lui arracha des mains et l'apporta à sa femme. Assis en tailleur sur le lit, il lui donna à manger, tout heureux de la voir se restaurer. Et, l'appétit venant en mangeant, Aliénor ne laissa bientôt que des miettes.

— Allongez-vous, ordonna Henri en tapotant sur le matelas avec un air de comploteur.

Aliénor lui jeta un regard de biais mais s'exécuta quand même.

Il défit la croix d'or qui pendait au bout d'une chaîne à son cou et l'agita entre le pouce et l'index au-dessus du ventre d'Aliénor.

— La branche verticale indique un garçon, la branche horizontale une fille, expliqua-t-il.

— D'où tenez-vous de telles pratiques de bonne femme ? s'esclaffa-t-elle.

— De ma mère, lorsqu'elle attendait Guillaume. J'étais tout petit lorsqu'elle m'enseigna ce geste, bien qu'elle fût enceinte depuis beaucoup plus longtemps que vous.

— Cela a-t-il donné des résultats ? s'enquit-elle en considérant le bijou qui brillait dans sa main.

— Oui, répondit-il avec un sourire contrit. J'eusse préféré que mes deux frères soient des filles, bien sûr, mais cette pratique ne fait que prédire, elle n'influe pas sur le sexe de l'enfant.

Soudain, la chaîne se mit à osciller lentement en un ample mouvement pendulaire de plus en plus rapide.

— Un garçon, déclara Henri avec un rire satisfait. Un garçon vigoureux et en bonne santé. Je n'en ai pas douté un seul instant.

— Ah oui, vraiment ? lâcha Aliénor en haussant les sourcils.

Henri confirma d'un geste de la tête.

— Louis n'avait pas ce qu'il fallait pour vous faire des fils, mais moi, oui. Je vous en ferai toute une dynastie !

— Et si la croix avait oscillé dans l'autre sens ? s'enquit-elle. Si elle avait indiqué une fille ?

Il haussa les épaules.

— Ce ne serait qu'une question de temps pour que nous engendrions un garçon. Les filles ne sont pas sans valeur. Seul un homme peu confiant dans sa propre virilité se rongerait les sangs à ce sujet.

Sur ces paroles, il passa la croix autour du cou d'Aliénor.

— Gardez-la sur vous et pensez à moi, suggéra-t-il.

Puis il s'allongea à côté d'elle, remonta les couvertures sur eux et s'apprêta à se rendormir, une main protectrice, et possessive, sur le ventre d'Aliénor.

Cette dernière resta éveillée encore un peu, caressant le bras de son mari et songeant à la famille qu'ils étaient sur le point de fonder. Puis elle toucha la croix qui pendait à son cou et sourit.

Chapitre 49

Poitiers, août 1153

Un brûlant soleil d'août décolorait l'azur du ciel et tenait la ville sous l'emprise d'une violente vague de chaleur. La chambre de confinement d'Aliénor au sommet de la tour Maubergeon était protégée par une épaisse muraille. Les rideaux faisaient un peu d'ombre tout en laissant entrer l'air. Les cris d'un bébé succédèrent aux exhortations de la maman tandis que celle-ci poussait dans un dernier effort.

Les cheveux trempés de sueur, la chemise de nuit retroussée jusqu'à la taille, elle se redressa sur les coudes afin de regarder l'enfant qu'on soulevait d'entre ses cuisses maculées de sang. Le petit corps était marbré de sang et de mucosités. Le cordon ombilical, qui palpitait encore, masquait ses parties génitales, de sorte qu'Aliénor ne put savoir son sexe. C'est alors que la sage-femme écarta le cordon et, le visage rayonnant de joie, annonça :

— C'est un fils, madame. Vous avez un beau garçon. Dieu soit loué ! Dieu soit loué !

Les cris du nouveau-né se transformèrent en puissants hurlements sous la rapide toilette que lui infligea la sage-femme avant de le placer sur le ventre de sa mère. Il fit la grimace et battit des pieds et des mains, mais ne tarda pas à se calmer au contact de la chaleur maternelle. Il vivait, gigotait – c'était une vraie perle !

La sage-femme le reprit doucement dans ses bras et coupa le cordon avec une petite lame bien aiguisée en récitant une prière ; puis elle le posa sur une table où attendait une cuvette d'eau parfumée en prévision de son premier bain.

— Ne le langez pas, ordonna Aliénor. Je veux d'abord le voir.

La sage-femme lava délicatement les membres du bébé puis le rendit à sa mère, enveloppé d'un linge. Aliénor le tint contre son sein. Elle vérifia ses doigts et ses orteils, ses petites oreilles, les plis de son visage. Ses cheveux luisaient comme l'or pur, ainsi que l'extrémité de ses cils. Il serait roux comme son père. Entre ses jambes pendait la preuve évidente de sa masculinité. Aliénor déglutit. Elle avait la gorge serrée et s'attendait à verser un flot de larmes, de joie et de chagrin mêlés, mais aussi de soulagement. Elle serra le petit contre sa poitrine et couvrit sa petite frimousse de baisers.

— Nous l'appellerons Guillaume, déclara-t-elle. En hommage aux ducs d'Aquitaine et de Normandie, ainsi qu'au Conquérant, qui devint roi d'Angleterre.

Les cloches de Saint-Pierre sonnèrent à la volée pour annoncer la venue au monde d'un héritier au duché d'Aquitaine. Puis tous les clochers de Poitiers reprirent la joyeuse nouvelle, qui se répandit ainsi de ville en ville et de village en village. Les copistes la recopièrent avec frénésie, et des messagers furent dépêchés aux quatre coins du pays.

Assise dans son lit, Aliénor, un sourire triomphal aux lèvres, sirotait une coupe de vin en regardant son bébé dormir. Tant pis pour Louis, qui l'avait tenue pour uniquement bonne à engendrer des filles ! Son mariage avec Henri avait décidément reçu les faveurs de Dieu, pour qu'elle donnât un fils dès la première grossesse. Dommage qu'il ne fût pas présent pour vivre l'heureux événement en sa compagnie ; mais il serait bientôt au courant. D'ailleurs, même en son absence, sa joie était à son comble.

Henri examina l'étalon blanc récemment acquis pour lui par son valet. Le cheval était davantage destiné à l'apparat qu'à un usage quotidien. Débordant lui-même d'énergie, Henri ne ménageait pas toujours ses montures et les épuisait rapidement. Quoi qu'il en fût, celle-ci serait dorlotée en vue des grandes occasions.

— Il boite ! s'exclama-t-il avec irritation. J'ai payé cinq livres d'argent pour un cheval boiteux qui ne fait qu'encombrer mes écuries. En quoi est-ce une bonne acquisition ?

Le valet s'empourpra.

— Il ne boitait pas lorsque je l'ai acheté, messire.

— Ah, ah, ah ! Naturellement ! Tu te seras laissé duper, voilà tout !

Henri fit de nouveau le tour de l'animal, observant les tremblotements de ses flancs, scrutant le blanc de ses yeux.

— Inutile pour la reproduction. Tout juste bon pour nourrir les chiens. Emporte-le hors de ma vue.

Ainsi renvoya-t-il monture et valet avec une impatience rageuse. Il attendait comme allant de soi qu'on le serve parfaitement dans tous les domaines de la vie, et lorsque ses attentes étaient déçues, il se mettait en colère.

Présent en Angleterre depuis l'hiver, il avait mené deux campagnes d'envergure. Toutes deux s'étaient soldées par une impasse, car les barons des deux camps avaient refusé de monter à l'assaut. Tous étaient las de la guerre, tous voulaient la paix. Ils se livraient à des escarmouches en se donnant des airs tout en menant des négociations secrètes. Tout cela avait pris du temps et de l'énergie, et Henri avait dû s'astreindre à la patience, laquelle lui faisait largement défaut. Sa contrariété ne fit que s'exacerber du fait qu'il ne pouvait s'en remettre à son valet pour la simple acquisition d'un palefroi en bonne santé.

Il rentra au donjon de Wallingford pour y lire les messages du jour et distribuer quelques ordres supplémentaires. Un éclaireur lui fit son rapport : Étienne était dans le Norfolk, où il s'efforçait de mettre le baron Hugues Bigot à sa botte. Henri n'avait aucune intention de l'y poursuivre. En fait, d'une certaine manière, c'était tant mieux qu'Étienne fît la guerre à Bigot. Henri voyait dans ce dernier un allié utile, mais cela ne signifiait pas qu'il lui faisait confiance, ni qu'il l'estimait. Ce baron-là s'était révélé être un fourbe au service de ses propres intérêts.

Tandis qu'il ruminait tout cela, son regard se porta par hasard de l'autre côté de la pièce, où se trouvaient Aelburgh et le petit Geoffroy. Il regarda sa maîtresse jouer avec son enfant – il commençait tout juste à marcher – et se réjouit de l'opiniâtreté que mettait le bambin à cet apprentissage. C'était un réconfort appréciable que d'être entouré de sa seconde famille en pleine campagne militaire, réconfort qui ne requérait de sa part que peu d'attention, à moins qu'il ne fût disposé à davantage.

Il prenait une coupe de vin apportée par un serviteur lorsque Hamelin introduisit en toute hâte un messager au visage rayonnant d'un enthousiasme contenu.

— Dis au duc ce que tu viens de me dire, ordonna son demi-frère.

— Messire, salua l'homme en se prosternant. Eustache, comte de Boulogne, est mort.

Henri posa sa coupe et regarda fixement le messager, puis Hamelin lui-même.

— Quoi ?

— Messire, il s'est étouffé en mangeant tandis qu'il profitait de l'hospitalité de l'abbaye de Bury St Edmunds.

On raconte que c'est la colère du saint qui l'a foudroyé, parce qu'il avait fait un raid sur les terres du monastère. On le transporte en ce moment même à Faversham pour y être enterré.

Henri se renversa contre le dossier de sa chaise et assimila la nouvelle. Ainsi l'avait voulu Dieu ! C'était bien là sa façon de dégager une voie longtemps obstruée. Eustache avait constitué un obstacle de taille sur le chemin de la paix, et voilà que, soudain, il n'était plus. Désormais, tout allait s'effilocher dans le camp d'Étienne. Même ses plus fidèles compagnons se mettraient en quête de nouvelles allégeances ; or, désormais, une seule était envisageable pour eux. Henri possédait toute la jeunesse et toute la vigueur dont manquait Étienne. Tout ce qu'il avait à faire était de continuer à miner le socle de son rival, jusqu'à ce que celui-ci basculât. Avec la mort de son héritier, l'assise de son pouvoir devenait en effet précaire. Brusquement, l'affaire de l'étalon boiteux devint une broutille.

— Dieu ait son âme, et Dieu bénisse saint Edmund, conclut Henri, le visage grave et le regard insouciant.

— Eustache n'était pas le seul fils d'Étienne, rappela Hamelin. Il lui reste Guillaume.

— Certes, mais il ne se mettra pas en travers de ma route, comme l'a fait son frère, fit valoir Henri. Il est malléable, ce dont nous lui sommes tous reconnaissants. Je doute franchement qu'il nous mette des bâtons dans les roues. Et quand bien même le ferait-il…

Il n'acheva pas sa phrase, préférant exprimer le fond de sa pensée par un haussement d'épaules.

Une semaine plus tard, un autre messager se présenta auprès de Henri sur un cheval écumant. Il arrivait d'Aquitaine avec la nouvelle suivante : Aliénor avait accouché sans encombre d'un beau petit garçon en bonne santé baptisé Guillaume, ainsi qu'ils en étaient convenus avant le départ de son père pour l'Angleterre.

Henri, qui était déjà aux anges, atteignit le septième ciel. Il avait toujours su que sa femme lui donnerait un fils. Mais la certitude que constituait cette lettre confirma à ses yeux que Dieu le tenait dans ses bonnes grâces, d'autant que son héritier était né le jour même de la mort d'Eustache. Peut-être avait-il pris sa première bouffée d'air à l'instant où l'autre rendait son dernier souffle en s'étouffant ? S'il n'y avait pas la main de Dieu dans tout cela, alors c'était à n'y rien comprendre.

Louis brisa le cachet de cire de la lettre envoyée par Henri, duc de Normandie et comte d'Anjou. Il le fit avec des gestes lents en balayant machinalement la pièce du regard afin de s'aviser desquels parmi ses courtisans le regardaient. C'était une de ces journées où il se sentait aigri et souffrant. Son médecin avait décelé un accès de mélancolie et l'avait saigné dans l'espoir de réguler ses humeurs. Mais il n'avait récolté que des douleurs au bras et des maux de tête. La nouvelle de la mort d'Eustache de Boulogne n'avait rien fait pour améliorer son état d'esprit morose. Cette mort signifiait qu'un autre obstacle avait été levé sur le chemin qui menait Henri d'Anjou au trône d'Angleterre. Autre conséquence, sa sœur Constance se retrouvait veuve ; il devrait donc soutirer un douaire[1] à Étienne avant de lui trouver un nouveau mari.

Avec des gestes lents, un léger poids sur l'estomac, il déroula le parchemin et lut les habituelles formules de politesse. Henri se faisait une joie d'informer son suzerain que Dieu, dans sa grande miséricorde, avait jugé bon de leur accorder, à lui

1. Le douaire constituait les biens dont héritait l'épouse à la mort de son mari, sous forme de terres et de revenus. (*NdT*)

et à la duchesse d'Aquitaine, un fils robuste et en bonne santé. Tandis que Louis, immobile, regardait fixement les mots tracés sur le parchemin, la nouvelle lui fit l'effet d'un fer chauffé à blanc à l'intérieur du crâne. Comment était-ce possible ? Pourquoi Dieu ne lui avait-il pas accordé cette grâce plutôt qu'à cet ambitieux d'Angevin ? Qu'avait-il fait pour que le Seigneur se détournât ainsi de lui ?

— Mauvaise nouvelle ? s'enquit son frère Robert de Dreux en haussant les sourcils et en tendant la main vers la lettre.

Louis recula et, après l'avoir roulée, la fourra dans sa manche. La nouvelle se répandrait assez tôt. En attendant, personne n'avait besoin de connaître sa douloureuse disgrâce.

— Je t'en parlerai plus tard, répondit-il. Cela ne te concerne guère.

Robert lui jeta un regard de biais.

— C'est entre Dieu et moi, assura Louis.

Puis il quitta la pièce.

Il regrettait que le messager ne fût pas tombé dans un marais en venant. Cela l'eût dispensé d'avoir cette lettre dans sa manche et cette maudite nouvelle sur le cœur.

Une fois dans sa chambre, il congédia tout son monde et s'allongea sur son lit. Là, il regretta le fils qu'il n'avait pas eu, celui qui était mort-né. Cela faisait si longtemps déjà ! Leur mariage en était alors à ses débuts. Puis il se lamenta qu'elle ait donné un héritier à Henri, alors qu'elle ne lui avait donné que des filles. Se sentant affligé, délaissé, il se couvrit la tête avec un oreiller dans un accès d'apitoiement et pleura, déplorant d'avoir un jour quitté le monastère pour devenir roi.

Chapitre 50

Angers, mars 1154

— Madame, le duc votre mari est là, annonça le chambellan.

Aliénor le regarda, épouvantée.

— Comment, déjà ?

— Oui, madame, répondit-il avec un petit sourire en coin.

— Mais je ne l'attendais pas avant… Bah, peu importe. Retenez-le le plus possible.

Il lui lança un regard dubitatif mais obtempéra néanmoins.

— Oh, l'impatient ! s'écria-t-elle, entre joie et exaspération.

Ses messagers étaient venus le matin même lui annoncer son arrivée vers le coucher du soleil. Pourtant, il faisait encore grand jour, et le soleil ne se coucherait pas avant plusieurs heures.

— Il disparaît pendant plus d'un an et reparaît alors que je ne suis pas prête !

— Vous le serez dans une seconde, assura Marchisa, joignant, comme à son habitude, l'optimisme au pragmatisme. Votre Sire sera attentif à votre beauté, mais il ne comptera pas le nombre de tresses à vos cheveux.

— Mais moi si ! protesta Aliénor par pure forme.

En vérité, cela lui importait peu.

— Dépêchez-vous alors, ordonna-t-elle. Ils ne vont pas pouvoir le retenir encore longtemps.

Ses servantes enroulèrent ses nattes sous un filet d'or et serrèrent les lacets de son corsage de soie fauve, afin de souligner sa silhouette redevenue gracile. La nourrice s'occupa du bébé Guillaume qui, à sept mois, était déjà un petit paquet de nerfs ayant quitté les langes pour une tenue de brocart blanc. La nourrice le coiffa d'un béret, et Aliénor lui demanda de faire sortir un toupet de cheveux, afin que son père remarquât leur flamboyante rousseur dorée.

Pas entièrement satisfaite mais résignée à faire contre mauvaise fortune bon cœur, Aliénor gagna la grande salle des banquets en toute hâte et prit place sur le trône ducal, son bébé sur les genoux. Emma et Marchisa ajustèrent ses jupes en une torsade élégante, puis Aliénor prit une grande inspiration.

Quelques instants plus tard, elle entendit retentir la voix de son mari. Non, il n'avait pas besoin de changer de vêtements ; et, non, il ne voulait pas mettre sa couronne ducale, ni prendre un rafraîchissement, ni peigner ses cheveux, ni quoi que ce fût d'autre qu'on inventât pour l'empêcher d'entrer. Il ouvrit enfin la porte en grand et pénétra dans la salle d'un pas rapide et raide, sa cape volant au vent telle une oriflamme. Il avait le visage tout rouge. Dans son regard luisait un éclat proche de la colère. Soudain, il s'arrêta net et considéra Aliénor. Il était manifestement sous le coup d'une vive émotion.

Elle croisa son regard avec fierté, ne laissant rien paraître de son agitation intérieure. Puis elle désigna leur fils des yeux. Guillaume ne demandait qu'à se dresser et à bondir.

— Voici ton papa, dit-elle à l'enfant en parlant suffisamment fort pour que Henri puisse l'entendre. Ton papa est rentré à la maison pour te voir.

Puis elle regarda triomphalement Henri dans les yeux.

Il inspira profondément et s'avança. Il n'était plus en colère. Il débordait de joie, et d'une ardente impatience.

— Vous ressemblez à une madone, fit-il remarquer d'une voix rauque.

Aliénor esquissa un sourire.

— Je vous présente votre fils, dit-elle. Guillaume, comte de Poitiers, futur duc de Normandie et futur roi d'Angleterre.

Henri prit l'enfant dans ses bras pour mieux le regarder. Il le souleva en l'air, et le petit Guillaume rit aux éclats en bavant sur son père.

— Ma foi, voilà qui commence bien : mon héritier bave sur moi ! s'esclaffa Henri en faisant glisser son fils sur son bras gauche avant de se tamponner le front avec le poignet droit de sa tunique.

— Il a vos yeux et vos cheveux, fit remarquer Aliénor dans un débordement de bonheur et d'affection.

Louis n'avait jamais fait la moindre tentative pour jouer ou interagir avec ses filles, mais Henri tenait son fils sans crainte et avec naturel.

— Mais il a votre visage, assura Henri. Quel beau petit bonhomme !

Le bébé se tortilla dans ses bras et saisit la fibule qui fermait la cape de son père et attisait sa curiosité. Henri retira les petits doigts potelés de l'enfant de l'objet piquant et le tendit à sa nourrice.

— Comme vous, il ne tient pas en place, fit remarquer Aliénor. Il sait déjà imposer sa volonté à tous. Et gare à celui qui ne lui obéit pas !

— C'est tout le portrait de son père, alors, répliqua Henri en haussant les sourcils d'un air amusé.

Après les présentations, Aliénor se leva pour le saluer officiellement d'une révérence.

Mais il l'intercepta à mi-chemin et l'embrassa.

— Vous m'avez manqué, confia-t-il.

Ils se redressèrent ensemble. Henri posa une main sur la hanche de sa femme.

— Vous m'avez manqué aussi, renchérit-elle. Votre absence a été longue.

Le contact de sa main la troubla.

— Nous avons beaucoup à nous dire, ajouta-t-elle. Les lettres sont pratiques, certes, mais elles ne peuvent remplacer la présence en chair et en os.

— En effet, c'est d'autant plus dommage. Vous m'avez maintes fois écrit que vous vous portiez à merveille, et je me réjouis de constater que c'était la vérité.

Aliénor songea qu'il avait de quoi se réjouir, car si elle était morte en couches, il aurait perdu les importants revenus de l'Aquitaine et n'aurait pu maintenir ses prétentions au trône d'Angleterre. Vu que leur fils était déjà âgé de sept mois, elle le soupçonna de s'enquérir de sa santé dans l'idée de lui faire concevoir un autre enfant.

— Oui, répondit-elle, tout sourires, je suis en parfaite santé.

Les formalités achevées, Aliénor et Henri se retirèrent dans l'intimité de la chambre seigneuriale. Les écuyers de Henri y avaient déposé ses affaires. Du vin et des victuailles attendaient sur des tréteaux.

Aliénor considéra les deux sacs et le grand étui de cuir roulé ; c'était là tout ce que Henri avait pu transporter sur son cheval. Le reste arriverait plus tard par chariots.

Il s'avisa de sa curiosité.

— Je ne rentre pas les mains vides, fit-il remarquer. Je vous apporte des présents dignes d'une reine.

— J'espère bien, après une si longue séparation.

Désignant le bébé dans les bras de sa nounou, elle ajouta :

— Quant à moi, mon cadeau est bien entendu notre fils.

Henri rougit d'émotion.

— Mon cadeau pour vous deux est un royaume, répliqua-t-il. Ainsi que je vous l'ai promis lors de notre mariage.

Aliénor en eut le souffle coupé. Elle avait bien reçu des nouvelles d'Angleterre, mais celles-ci étaient peu fiables et tronquées.

— « Un royaume » ? répéta-t-elle.

Henri fit sortir les derniers serviteurs d'un geste bref du poignet qui incluait la nourrice et le petit Guillaume.

— Étienne a accepté de me transmettre la couronne à sa mort. Pour cela, j'ai dû me plier aux formalités qui ont fait de moi son fils adoptif et son héritier. De sorte que j'ai désormais trois pères, fit-il remarquer, non sans ironie : mon géniteur, mon Père dans les cieux et Étienne l'usurpateur. Le ciel me protège ! C'était la seule issue. Chacun me considère comme l'héritier au trône, mais tous rechignent à poursuivre la lutte armée pour m'y faire asseoir. Les vassaux d'Étienne prennent acte de ma légitimité mais refusent que je sois couronné du vivant de leur suzerain. Quant à mes propres barons, ils ne se risqueront pas sur le champ de bataille quand ils apprendront que mon accession n'est plus qu'une question de temps. Il aura fallu des heures de négociations, mais c'est fait ! Me voilà l'héritier d'Étienne, reconnu officiellement comme tel, et tous les barons ont prêté serment de soutenir mon avènement.

Il la prit par la taille et l'attira vers lui, enfouissant sa barbe dans son cou.

— Cela signifie, poursuivit-il, que je peux me consacrer pleinement à nos domaines d'Aquitaine et passer du temps avec vous et notre fils.

D'un geste adroit, il délaça le flanc de sa robe et glissa une main à l'intérieur. Celle-ci trouva directement le chemin de son sein, qu'il cueillit sans lui retirer sa camisole.

Aliénor eut un frisson de plaisir. Cela faisait si longtemps… Elle avait tant de questions à lui poser, mais elles pouvaient attendre. Elle n'obtiendrait aucune réponse si elle l'interrogeait en cet instant. Les mouvements suggestifs de son bassin contre elle, le contact de ses mains sur son corps, son odeur et sa caresse, tout contribuait à exacerber son désir. Les mains d'Aliénor ne restèrent pas non plus inactives, arrachant bientôt un gémissement de plaisir à Henri. Les braies sur les genoux, il la hissa sur le lit.

— À présent, commença-t-il en haletant au-dessus d'elle, prêt à passer à l'action, parlez, si vous n'êtes pas de nouveau prête à concevoir un autre enfant, car je ne suis pas certain de pouvoir me contenir !

— Est-ce là un autre de vos présents ? s'esclaffa Aliénor.

— Oh, oui, répondit-il les dents serrées, en se cambrant en arrière. Y aurait-il cadeau plus approprié ?

Il entra en elle de toute sa vigueur, et elle referma l'étau de ses jambes autour de ses reins, se délectant de sa virilité et de sa puissance. La spontanéité de son désir la changeait agréablement de Louis. Quel bonheur, également, qu'il appréciât qu'elle fasse écho à ses caresses et n'attende pas d'elle qu'elle se montrât passive. Elle aimait son jeune lion. Elle était sa lionne et son égale.

Henri effleura le ventre d'Aliénor après l'amour.

— Je pourrais vous prendre sans discontinuer pour le seul plaisir de vous faire des enfants ! s'exclama-t-il. Nous fonderions ainsi une longue dynastie de fils et de filles.

Aliénor lui fit face à l'intérieur de ses bras.

— Votre rôle dans l'affaire est succinct, fit-elle remarquer. Vous trouveriez la besogne moins plaisante, si vous deviez les porter.

— Je vous l'accorde, mais chacun son rôle et chacun ses devoirs.

Aliénor haussa les sourcils.

— Certes, mais le fait que je porte nos héritiers ne signifie pas que je cesse d'être duchesse. Je ne suis pas une simple jument poulinière, je vous préviens.

Il parut quelque peu déconcerté.

— Bien sûr, cela va de soi.

— Tant que vous ne me considérez pas comme un dû, répliquat-elle, résolue à bien se faire comprendre, je pourrai porter et mettre au monde nos enfants, mais j'entends, moi aussi, recevoir mon dû à tous égards.

Il l'embrassa de nouveau.

— Vous jouirez du respect qui vous revient de droit. Je vous le promets.

Aliénor lui rendit son baiser, mais le ton de sa voix souleva le doute en elle. Elle avait tôt fait de s'apercevoir que son jeune époux était une force de la nature qui soulevait des montagnes. Les volontés se devaient de plier devant la sienne, jamais l'inverse. S'il tenait parole, c'était toujours parce que tel était son intérêt. Elle devrait donc se rendre indispensable en tout point auprès de lui, non seulement en tant que clé lui ouvrant les portes de l'Aquitaine mais comme génitrice de ses héritiers.

— Pas de promesses à la légère, le mit-elle en garde, parce que je vous en tiendrai redevable tant que durera notre mariage.

— Je ne demande que cela, car je ne manquerai pas à ma parole, assura-t-il.

Il resta blotti contre elle à l'embrasser. Il avait été sur le point de lui parler d'Aelburgh et du petit Geoffroy, mais, puisque ceux-ci étaient loin, en Angleterre, il décida de remettre à plus tard.

Puis ils refirent l'amour, Aliénor à califourchon sur lui, maîtresse de la situation.

— Alors, scellons votre promesse, suggéra-t-elle en ondulant doucement sur lui, tout en effleurant la poitrine et le ventre de Henri de la pointe de ses cheveux. Je suis votre femme, votre amante et la mère de vos enfants.

Elle rejeta la tête en arrière puis se souleva et introduisit son membre viril en elle. Elle remarqua qu'il agrippait les draps dans ses poings.

— Je suis une duchesse dotée de terres et de vassaux, poursuivitelle. Je suis issue d'une très ancienne lignée. Je fus reine. Je le serai à nouveau. Et j'obtiendrai tout ce qui me revient de droit.

Henri déglutit et serra les dents.

— Seigneur Jésus ! Femme…

— Jurez-le ! ordonna-t-elle en esquissant un mouvement vertical avec le bassin.

— Je vous l'ai déjà promis, rappela-t-il en haletant. Mais je vous le jure encore.

— Et vous devez jurer encore, insista-t-elle, parce que jurer par trois fois engage.

Elle se pencha en avant et mordilla ses deux tétons avec assez de force pour provoquer en lui une vive et exquise sensation où se mêlaient le plaisir et la douleur.

— Je le jure ! s'exclama-t-il en faisant la grimace.

Puis il la prit par les hanches et la tint immobile, reprenant l'initiative avec force et précision. Henri jouit encore plus violemment que jamais. Aliénor jouit de le voir jouir. Elle était grisée de pouvoir.

— Que dira votre mère de votre adoption par Étienne ? s'enquit-elle autour d'une coupe de vin et de tourtes au fromage frais, lorsqu'ils se furent remis de leurs émotions.

Henri émit un grognement amusé.

— Elle sera furieuse. Je n'en doute pas. Que j'aie Geoffroy d'Anjou pour géniteur était déjà une calamité à ses yeux, mais me savoir devenu le fils adoptif de celui qui lui a volé sa couronne achèvera de la dépiter.

Il haussa les épaules et mordit dans la tourte que lui présentait Aliénor.

— Il faudra bien qu'elle l'accepte, cependant, ajouta-t-il la bouche pleine. Elle est pragmatique et comprendra qu'elle n'a pas le choix. Je m'abstiendrai simplement d'appeler Étienne « beau-père » en sa présence.

— Et qu'en est-il de l'autre fils d'Étienne ? Que pense-t-il de cette adoption qui le prive de son héritage ?

— Il n'était pas très content au début, mais il ne s'y est pas opposé. Personne ne le soutiendrait d'ailleurs, à commencer par son propre père. Nous avons eu une longue discussion sur la tombe de mon grand-père à Reading, à l'issue de laquelle Guillaume a accepté de se retirer. Ceux qui ont débuté la lutte vieillissent et ne souhaitent pas voir leurs propres fils s'empêtrer dans un conflit alors qu'ils ont sous leur nez une solution raisonnable.

Henri alla chercher le long étui de cuir rapporté dans ses coffres de voyage.

— Nous devrons organiser une cérémonie de présentation afin que tous voient ceci, lança-t-il d'un air énigmatique.

À l'intérieur de l'étui se trouvait, enroulée dans de la soie violette, une épée dans un fourreau de cuir gaufré muni d'une forme en bois. Le pommeau, de très belle facture, était ciselé dans le style nordique. La fusée était entourée d'un cordon de soie rouge, et les quillons de la garde représentaient des animaux fantastiques aux gueules béantes.

— C'est l'épée de mon arrière-arrière-grand-père, le duc Robert de Normandie, expliqua Henri. Il la légua à son fils Guillaume, qui s'en servit lors de la conquête de l'Angleterre.

Elle ornait depuis près de vingt ans le tombeau de mon grand-père à l'abbaye de Reading. Elle est mienne à présent. Guillaume de Boulogne ne me contestera pas le droit de m'en servir. Elle me fut remise en gage de ma future royauté, avec le consentement de tous les barons d'Angleterre.

Ses yeux luisaient comme l'acier du fort de la lame et perçaient comme sa pointe.

— Étienne finira ses jours sur le trône et, à sa mort, la couronne me reviendra.

Aliénor fut très sensible au pouvoir qui émanait de lui et son cœur s'emplit de fierté et d'allégresse, mais pas au point de l'aveugler quant aux aspects pratiques.

— Et qu'advient-il de vos ennemis, ceux qui se sont fait construire de petits châteaux forts et se sont taillé de petits royaumes à la faveur de cette guerre ?

— Des instructions ont d'ores et déjà été données en vue du démantèlement de tous les châteaux illégitimes et du rétablissement de l'ordre qui régnait du vivant de mon grand-père. Cette épée symbolise la restauration prochaine de la paix et de la justice. Telle est ma priorité.

Aliénor hocha la tête en signe d'approbation. C'était là une vision pragmatique de l'avenir qui ne reposait pas sur de doux rêves. C'était là une entreprise ferme et solide, faite pour durer, qui valait la peine qu'on s'y dévouât. Mais, pour l'heure, ils avaient la Normandie, l'Anjou et l'Aquitaine à gouverner, et beaucoup de plaisir à rattraper.

Chapitre 51

Abbaye de Fontevraud, mai 1154

Freinant sa monture, Henri contempla les murs de Fontevraud et esquissa un sourire.

— Cela me fait plaisir de revenir ici, lança-t-il. Mon père nous y amenait souvent, mes frères et moi, rendre visite à notre tante Mathilde. Parfois, même, il nous laissait à sa garde pour aller vaquer à ses occupations.

— J'imagine que vous troubliez la vie des nonnes ? s'enquit Aliénor avec espièglerie.

— On ne nous le permettait pas, notre tante y veillait. Mais ces dames du prieuré Sainte-Marie-*Madeleine, qui n'avaient pas prononcé de vœux,* cédaient à tous nos caprices.

Une ombre de nostalgie passa sur son visage.

— S'il est un lieu où je me sens chez moi, confia-t-il, c'est ici.

Ces paroles plongèrent Aliénor dans la réflexion. Ainsi, Fontevraud était un endroit cher à son cœur. Non Rouen, ni Angers, ni même Le Mans, mais Fontevraud ! Et la cause en était sûrement ses souvenirs d'enfance.

L'abbesse Mathilde les accueillit sans aucune formalité. Elle serra Henri contre son sein avec toute l'affection d'une tante pour son neveu préféré.

— Cela fait si longtemps ! s'exclama-t-elle. Te voilà devenu un homme !

Puis elle se détourna de lui, qui souriait aux anges, pour serrer affectueusement Aliénor dans ses bras.

— Et voici ta merveilleuse femme ! Soyez les bienvenus, soyez les bienvenus. Et où est mon petit-neveu ? Montrez-le-moi !

Aliénor prit le petit Guillaume des bras de sa nourrice et le tendit à Mathilde.

— Tout le portrait de son père à son âge ! s'exclama-t-elle. Regardez-moi ces cheveux ! C'est un Angevin digne de ce nom.

Sur ces mots, elle fit claquer un baiser sur la joue du petit.

— Je veux, madame ma tante ! rétorqua Henri. Les lions perpétuent la race !

Elle les conduisit à leurs appartements situés à l'auberge, où elle fit apporter des rafraîchissements. Puis elle s'assit près de l'âtre pour faire sauter le bébé sur ses genoux.

— Ainsi, commença-t-elle en se tournant vers Henri, te voilà officiellement l'héritier du trône d'Angleterre.

— Ainsi l'a voulu Dieu, confirma modestement le futur roi.

— « Le noble roi Charles, roi des Francs, avait passé monts et torrents... », chantonna Mathilde, et l'enfant rit aux éclats. C'est étrange de songer que si mon mari n'était pas mort en mer, je serais reine d'Angleterre et mon fils héritier du trône, fit-elle remarquer.

Elle embrassa son petit-neveu sur sa joue aussi douce qu'une pêche.

— Mon destin n'était pas d'enfanter, ajouta-t-elle. Mais mes nièces et mes neveux, ainsi que ma besogne en l'abbaye, ont fait ma joie. Mon contentement n'aurait pas eu son pareil dans le monde. Tout ce qui arrive a sa raison d'être.

Pendant un instant, Aliénor envia Mathilde.

— Le pouvoir et le bonheur sont rarement donnés en même temps, c'est certain, pensa-t-elle à voix haute.

— Oui, et ils sont chèrement acquis, renchérit Mathilde avec l'œil averti de l'expérience. Lorsque je suis arrivée à Fontevraud, j'avais le cœur plein de chagrin et d'amertume. Il m'a fallu des années de prière et de quête pour enfin découvrir la joie qui se cachait derrière la peine et accepter les faits au lieu de vitupérer contre mon sort. Ici, j'ai trouvé l'apaisement qui m'a permis de recouvrer ma joie de vivre. Sans Fontevraud et sans Dieu, j'errerais encore comme une âme en peine.

Pendant leur séjour à l'abbaye, Aliénor découvrit un aspect de Henri qu'elle ne connaissait pas. Certes, il débordait toujours d'énergie et était en perpétuelle ébullition, mais, à l'église, il faisait preuve d'assez de patience pour faire silence. Ses facettes les plus acerbes s'aplanissaient, son caractère gagnait en souplesse. Il dormait plus longtemps et ne décampait plus à toute allure au saut du lit. La spiritualité en vigueur à Fontevraud était sensée et convenait bien à sa personnalité. En plus du fait que l'abbaye était, pour lui, une sorte de refuge depuis l'enfance.

— Je souhaite qu'on m'enterre ici lorsque je prendrai congé de ce monde, annonça-t-il lors d'une promenade aux aurores, main dans la main avec Aliénor dans l'herbe fraîche et humide du cimetière.

— Non à Angers, ni au Mans ? s'enquit-elle.

Il secoua la tête.

— Ni à Reading, ni à Westminster. Tous ces lieux s'ouvriront devant moi dans un avenir proche et je pourrai m'y rendre à loisir. Mais ici…

Il lui lança un regard indécis, comme s'il s'apprêtait à commettre une indiscrétion qui exposerait sa vulnérabilité.

— Cet endroit, poursuivit-il enfin, je l'emporte avec moi dans mon cœur telle une relique en son reliquaire. Même si je n'y viens pas, je sais qu'il m'attend.

Aliénor eut la gorge et le cœur serrés.

— C'est merveilleux d'avoir une telle foi chevillée au cœur.

— Oui, parce qu'elle ne me quitte jamais, sans toutefois dévier mon attention des nécessités de l'action.

Sagesse éminemment pratique, songea Aliénor. Cette forme de sagesse s'accordait parfaitement avec le tempérament de son mari. Vivre dans le monde et s'y mouvoir avec force et énergie tout en ayant, quelque part, un lieu à soi où trouver le repos et la tranquillité une fois le devoir accompli.

Elle sentit l'emprise de sa main se resserrer et la caresse glaciale de l'herbe sous ses pieds – témoignages concrets et tactiles d'une réalité qui tissait, en cet instant, la trame de souvenirs qu'elle chérirait jusque dans la tombe, où que fût celle-ci – pourquoi pas ici, à ses côtés ?

Mathilde l'Emperesse tenait son remuant petit-fils dans ses bras.

— Vous avez bien travaillé, ma fille ! s'exclama-t-elle. Voici un beau petit garçon en bonne santé qui perpétuera notre lignée. Et d'autres suivront, le moment venu, j'espère.

— Si Dieu le veut, madame, répondit avec courtoisie Aliénor.

De Fontevraud, ils s'étaient rendus en Normandie et avaient passé les trois dernières semaines à Rouen en compagnie de l'Emperesse. Aliénor était lasse de devoir se montrer, en toute occasion, polie et déférente envers sa belle-mère.

Les conseils de l'Emperesse n'étaient pas malveillants, mais Aliénor n'était pas toujours d'accord avec elle et était souvent excédée par ses airs condescendants. L'Emperesse était d'avis que sa bru avait beaucoup à apprendre d'elle. Elle ne se faisait donc pas faute de lui transmettre les fruits de son expérience. Aliénor ne fut pas longue à comprendre pourquoi Geoffroy d'Anjou avait essentiellement choisi de vivre loin de sa femme. Même à l'égard de Henri, qui était pourtant son préféré, l'aîné qui avait atteint tous les buts, elle ne se montrait pas tendre. Sans doute jugeait-elle plus judicieux de faire bénéficier son précieux fils de son immense trésor de sagesse que de lui témoigner de l'affection.

— Quand tu seras roi, il ne faudra pas te montrer trop familier avec tes sujets, le sermonna-t-elle au coin du feu. Tu devras bien leur faire sentir toute la dignité et toute la distance qui vous séparent.

Henri hocha la tête. Il jouait aux échecs avec son chevalier, Manasser Bisset.

— Mais j'ai aussi besoin d'apprendre à les connaître, nuança Henri. Un roi distant est un roi que l'on peut aisément duper ou prendre par surprise, parce qu'il ne voit pas le coup venir.

— Il existe des moyens de connaître leurs intentions. Ne sois jamais trop familier, c'est tout ce que je te dis.

— Vous êtes sage, mère, répliqua-t-il sans lever les yeux du jeu.

— Exige le respect, et tu obtiendras le respect ! Ne laisse pas tes conseillers te mener par le bout du nez. Ce n'est pas ainsi que gouverne un vrai roi.

S'enflammant, elle ajouta :

C'est toi, au contraire, qui dois les mener à ta guise, non l'inverse. Ils sont comme des enfants querelleurs. Divise-les, sur eux tu régneras. Et ensuite, assure-toi qu'ils restent divisés. Promets beaucoup et donne peu. Veille à ce qu'ils aient toujours la faim au ventre, comme tu le fais avec tes faucons. Telle est la voie d'un prince accompli. Ne laisse pas tes sujets prendre leurs aises à ta table avec leurs bottes crottées de boue.

Aliénor se mordit la langue pour ne pas l'interrompre. Sa belle-mère était passée à côté de son unique chance d'être couronnée reine d'Angleterre, précisément à cause de son comportement hautain. Elle avait rendu furieux les habitants de Londres. Ceux-ci l'avaient prise à partie pendant la fête précédant la cérémonie du couronnement, l'obligeant à déguerpir. Elle s'était montrée extrêmement autoritaire et insultante envers certains nobles venus lui prêter allégeance, se faisant ainsi un nombre record d'ennemis. Étienne, grâce à sa nature volubile et accommodante, régnait depuis dix-neuf ans. Même sur le déclin, ses barons refusaient de l'abandonner. Il finirait sa vie sur le trône d'Angleterre. Cela aussi était riche d'enseignements, non ?

— Mère, soyez tranquille, je méditerai vos conseils pour le jour où j'aurai à traiter avec les barons anglais, assura Henri avec douceur. Vous savez que je prise vos avis au plus haut point, n'est-ce pas ?

L'Emperesse lui jeta un regard dur et un tantinet soupçonneux.

— Je suis ravie de te l'entendre dire, dit-elle.

— Votre mère est une femme de grande expérience et de grande sagesse, fit remarquer ce soir-là Aliénor tandis qu'ils se retiraient pour la nuit. Mais a-t-elle raison concernant l'Angleterre ?

Elle examina un crucifix attaché à une chaîne que l'Emperesse lui avait offert. C'était un bijou ostentatoire et assez affreux incrusté d'innombrables pierreries de formes et de tailles diverses et variées. Aliénor n'ignorait pas que sa belle-mère s'attendait à ce qu'elle le porte. Elle s'était montrée très insistante lorsqu'elle l'avait obligée à l'accepter, lui assurant qu'elle la considérait comme la fille qu'elle aurait souhaité avoir.

— J'écoute toujours les conseils de ma mère, dit Henri, mais cela ne signifie pas que je les applique.

Il dépouillait des lettres, debout dans la lumière d'une chandelle neuve.

— Son point de vue est souvent utile, mais cela fait six ans qu'elle a quitté l'Angleterre, et beaucoup de choses ont changé. Par ailleurs, elle n'a aucun talent pour les concessions. Elle préfère casser que plier.

Aliénor rangea le pendentif dans son coffret et referma le couvercle pour ne plus le voir.

— Oui, c'est également mon impression, confirma-t-elle d'un ton neutre.

Elle avait beaucoup de respect pour sa belle-mère, même si celle-ci l'amenait à bout de patience. En outre, elle était encore circonspecte quant aux réactions de Henri relativement à sa mère. Jusqu'où allait l'affection du fils pour sa mère ? Jusqu'où s'étendait l'influence de la mère sur son fils ?

— Elle a entretenu la flamme, et ses contacts avec l'Église et le Saint Empire romain germanique sont inestimables, rappela Henri.

Il planta son regard pénétrant dans celui de sa femme, semblant lire dans ses pensées.

— Certes, elle est ma mère, mais je ne me laisse pas dicter ma conduite par elle pour autant.

— C'est bon à savoir, repartit Aliénor posément.

Sans mot dire, il prit la lettre suivante et la lut. Soudain ses traits se tendirent, et il ouvrit de grands yeux.

— Qu'est-ce ?

— Oh, oh ! Votre ancien mari souhaite une rencontre afin de préparer l'avenir dans un esprit de paix et de bonne entente.

Aliénor lui prit la lettre des mains. Elle était rédigée dans le langage administratif des copistes, mais disait exactement ce que Henri avait résumé. Louis souhaitait régler le litige avec l'Aquitaine et paraissait disposé à renoncer à son droit.

— Nous n'avons cessé de lui en faire la demande depuis la naissance de Guillaume, mais il avait toujours refusé, rappela Aliénor. Pourquoi accepter maintenant ?

— Il dit désirer se rendre à Compostelle pour y prier sur le tombeau de saint Jacques et prétend qu'il a besoin de la trêve pour ce faire.

— Cela lui ressemble bien, fit remarquer Aliénor avec une moue dédaigneuse. S'il le pouvait, il passerait son temps à jouer au roi pèlerin en allant de sanctuaire en sanctuaire. Suger n'a cessé de le rappeler, lorsque nous étions en Anatolie, mais il a refusé de l'écouter, jusqu'à ce qu'il n'ait plus le choix, tant il était occupé à ajouter tombeaux et sanctuaires miraculeux à son tableau de chasse.

Henri haussa les épaules.

— Je ne doute pas que Dieu lui sache gré de toutes ses pieuses déambulations. En attendant, son obsession ne nous nuit en rien. Elle pourrait même se révéler être à notre avantage.

Aliénor parut dubitative.

— Restons prudents, lança-t-elle. Louis est certes insignifiant, mais il est sournois.

— Je sais l'être aussi, rétorqua Henri, une étincelle dans le regard.

Henri et Louis se rencontrèrent à Vernon, entre Paris et Rouen, sous l'auvent d'un pavillon de toile peinte, à l'abri d'un torride soleil d'août.

Indisposée depuis plusieurs jours, Aliénor pressentait qu'elle était à nouveau enceinte. Elle s'en était ouverte à Henri la veille, tandis qu'ils approchaient du lieu de rendez-vous. Il s'était montré extrêmement ravi. C'était non seulement une preuve de plus de sa virilité, mais également une banderille avec laquelle il pourrait asticoter son rival, le roi de France. Ils avaient toutefois laissé leur enfant à Rouen auprès de sa grand-mère. C'eût été trop de sarcasme que de l'emmener. En outre, une réunion politique n'était pas un endroit pour un nourrisson. Afin de ne pas peser sur la rencontre, Aliénor n'assista pas au face-à-face mais se tint à proximité afin de ratifier les documents et d'y apposer son sceau.

Parmi les courtisans du royaume figurait la sœur de Louis, Constance, veuve d'Eustache, le fils du roi Étienne. Elle fit une visite à Aliénor pendant que les hommes menaient les négociations. Cette femme accomplie avait tout le profil et le maintien de sa mère. Ses cheveux avaient la même couleur claire et son long nez fin le même dessin que ceux de Louis. Elle salua Aliénor avec une courtoisie teintée de prudence.

— Je fus désolée d'apprendre la mort de votre mère, dit Aliénor. C'était une femme racée pleine de détermination. Qu'elle repose en paix.

— J'espère lui faire honneur, dit Constance, d'un ton calme quoique inflexible.

Trait qu'elle tenait également d'Adélaïde.

— Vous lui faites honneur, assura Aliénor d'une voix qui se voulait sincère.

Constance pencha la tête de côté, agréant ainsi le compliment.

— Je vais bientôt me remarier, annonça-t-elle.

Le sens politique d'Aliénor fut immédiatement aux aguets, sachant que le futur époux pèserait dans la balance des intérêts des Français.

— Toutes mes félicitations. Puis-je vous demander avec qui ?

Constance considéra la duchesse d'un œil calculateur.

—Avec le comte de Toulouse.

Aliénor se figea. Voilà qui expliquait la soudaine volonté de négocier de Louis. Il renonçait tranquillement à son droit sur l'Aquitaine, mais en s'alliant au comte de Toulouse, il exerçait des pressions aux frontières des deux côtés et conservait son influence au sud de la Loire. Il savait pertinemment que le but d'Aliénor était d'ajouter Toulouse à ses possessions. En faisant épouser le comte à sa sœur, il assurait la présence de sa descendance dans ces contrées-là, pourvu que Constance enfantât, bien sûr.

—Je vous souhaite d'être heureuse, dit Aliénor d'un ton neutre.

De fait, elle ne voulait aucun mal à Constance, car celle-ci n'était qu'un pion dans le jeu de son frère, et elle-même avait suffisamment souffert d'être le jouet d'autrui. Elle en fut tout de même quelque peu démoralisée.

—Toulouse revient à l'Aquitaine, déclara-t-elle à Henri lorsqu'ils se retrouvèrent seuls sous la tente.

Un ciel bas annonçant la fin du jour meurtrissait l'horizon de lueurs violettes et bleues. Elle écrasa du plat de la main un moustique qui bourdonnait à son oreille.

—Je ne laisserai pas Louis mettre la main sur le comté de Toulouse par l'intermédiaire de sa sœur, assura-t-elle.

—Vous ne pouvez empêcher le mariage, fit remarquer Henri. C'est agaçant, j'en conviens, mais c'est son devoir de souverain que d'essayer de compenser la perte de l'Aquitaine.

Aliénor prit un air renfrogné. C'était la vérité, mais une vérité indigeste.

Henri s'étendit les mains derrière sa nuque sur leur lit de camp.

— Il ne fait pas ce prétendu pèlerinage à Compostelle dans le seul but d'aller prier sur la tombe de saint Jacques et de marier Constance. Il projette également de s'allier à la maison de Castille en épousant lui-même la fille aînée du roi Alphonse, expliqua Henri.

Aliénor le dévisagea, incrédule.

— Il vous a dit cela ?

— Le sourire aux lèvres, répondit Henri. La future mariée a treize ans. Il aura de la chance si elle lui donne un enfant viable à son âge. Quoi qu'il en soit, ce n'est pas demain qu'il aura un héritier. Et même s'il parvenait à procréer un enfant qui survive, quelles chances a-t-il d'être un garçon ?

— Et Constance ?

— Le temps joue en notre faveur sur ce plan-là aussi, repartit Henri dans un haussement d'épaules. Nous pourrons toujours unir notre dynastie à leur lignée et nous emparer de Toulouse par un jeu d'alliances dès la prochaine génération.

Aliénor se demanda si Henri prenait la chose à la légère. Elle dut laisser paraître son trouble, car il ajouta aussitôt :

— Je ne pense pas seulement à demain, mais à toutes les années à venir. Je conviens que nous serions bien avisés de garder l'œil sur leurs manigances, mais, pour l'heure, l'important est que Louis ait renoncé à son droit sur l'Aquitaine. En ce qui concerne Toulouse, je vais réfléchir à une campagne à mener dans un avenir proche.

Sur ces mots, il esquissa un sourire ensommeillé et changea de sujet.

— Je lui ai dit que vous attendiez un deuxième enfant. Je n'avais jamais vu si aigre sourire !

Il tapota le matelas afin qu'Aliénor vînt le rejoindre.

— Quels que soient ses plans, nous gardons une longueur d'avance, mon amour. Et il n'a guère d'atout dans son jeu.

— Faisons en sorte que cela dure, lança-t-elle en le rejoignant. Louis va de malchance en malchance, mais il s'en sort toujours.

— Je connais mon homme, assura Henri d'un ton convaincu. N'ayez crainte. Il ne sait pas de quoi je suis capable.

Il défit la chaîne qui pendait à son cou et tint la croix en suspens au-dessus du ventre plat d'Aliénor. Ensemble, ils la regardèrent se balancer doucement d'avant en arrière puis prendre de la vitesse.

— Un autre garçon ! déclara-t-il, tout sourires.

Le soir de leur retour à Rouen, Henri se montra plus silencieux que d'habitude et paraissait léthargique lorsqu'ils rendirent visite à sa mère à l'abbaye du Bec, afin de lui narrer l'entretien de Vernon et lui annoncer qu'ils attendaient un deuxième enfant. Aliénor, elle-même fatiguée par la longue chevauchée, n'attachait guère d'importance à cette formalité. L'Emperesse combla tous les vides de la conversation et pérora à tout propos, depuis la bonne façon de porter le manteau d'hermine jusqu'à son sujet de prédilection : l'incompétence du roi Étienne. Elle se plaignit également de Henri, empereur du Saint Empire, qui lui avait demandé de restituer les reliques, bijoux et tenues d'apparat qu'elle avait apportés en Normandie à son veuvage.

— Ces objets m'appartiennent, s'insurgea-t-elle, l'œil étincelant de colère. Et mes fils en hériteront.

Se tournant vers Henri, elle ajouta :

— Il réclame même la couronne que tu porteras à ton couronnement, mais il ne l'aura pas. Il n'aura pas une once d'or, ni une seule pierre de ce joyau.

— Assurément pas, répliqua Henri.

Il manquait à son regard l'étincelle d'ironie et à ses paroles la saveur particulière dont il était coutumier.

Puis il se dressa sur ses jambes et se pencha pour embrasser sa mère.

— Mère, nous converserons plus amplement demain.

Elle parut surprise, puis inquiète.

— Quelque chose ne va pas ?

— Non, mère, répondit Henri avec un geste dédaigneux de la main, comme s'il chassait une mouche. Je vous l'ai dit, je suis fatigué, voilà tout. Même votre fils éprouve, parfois, le besoin de dormir.

Ces paroles dessinèrent un sourire austère sur les lèvres de l'Emperesse, sans toutefois faire disparaître l'inquiétude de son regard.

— Repose-toi bien, en ce cas, répliqua-t-elle. Et que Dieu veille sur ton sommeil.

— Êtes-vous sûr que ça va ? s'enquit Aliénor tandis qu'ils arrivaient au palais.

— Bien sûr que ça va, répondit-il d'un ton sec. Par tous les saints du ciel, pourquoi les femmes font-elles toujours tant d'histoires pour rien ? Je suis fatigué, c'est tout. Et puis, ma mère pourrait exaspérer un saint. N'allez pas l'imiter !

Aliénor releva le menton.

— Si les femmes font des histoires, c'est parce que ce sont elles, et nul autre, qui ramassent les pots cassés et recollent les morceaux. Mais vous vous êtes bien fait comprendre. Je ne vous poserai plus la question.

Ils se couchèrent tous deux agacés. Henri s'endormit presque aussitôt, mais d'un sommeil agité qui le fit gémir et se tourner et retourner comme un démon.

Aux petites heures du jour, il se réveilla en se plaignant de maux de gorge et d'être gelé, malgré son front brûlant. La chandelle s'était entièrement consumée, et Aliénor dut enfiler sa chemise et aller appeler les serviteurs dans le noir. Ce faisant, elle entendit que Henri vomissait.

— Le duc est malade, héla-t-elle. Qu'on apporte des draps propres et de l'eau tiède.

Elle s'habilla à la hâte tandis que l'on défaisait le lit souillé. Pendant ce temps, Henri se recroquevillait devant le feu moribond, une cape sur ses épaules grelottantes. Aliénor s'accroupit près de lui, lui prit les mains et sentit son pouls fiévreux battre contre le sien. Malgré la pénombre que dissipait mal la lueur des bougies, elle vit qu'il avait le regard vitreux.

— Vous savez maintenant pourquoi les femmes font tant d'histoires !

— Ce n'est rien, répliqua-t-il, la voix pâteuse et éraillée. Un simple coup de froid. Cela ira mieux demain matin.

Mais le lendemain matin, il se mit à délirer et respirait à grand-peine. Sa gorge était si enflée et à vif qu'il parvenait difficilement à ingérer les potions des médecins. Ceux-ci le saignèrent dans le but de faire tomber la fièvre, mais ce fut sans succès.

Assise à son chevet, Aliénor insista pour lui faire elle-même la toilette et lui faire couler un peu d'eau mélangée à du miel dans la bouche. On le soutint avec des oreillers afin de faciliter sa respiration, mais chaque inspiration et chaque expiration l'exténuait. Aliénor regardait sa poitrine se soulever et se creuser alternativement, trouvant qu'il ressemblait à un Christ en croix.

L'Emperesse arriva du Bec comme une tornade peu après l'aube. Le temps était automnal, et lorsqu'elle entra dans la chambre, elle y apporta l'odeur de pluie et de feu de bois qui imprégnait ses vêtements.

— Henri, héla-t-elle en se précipitant à son chevet.

S'avisant de la mine creusée de son aîné, son visage s'emplit d'effroi.

— Comment est-ce possible ? Comment est-ce arrivé ? s'enquitelle en jetant un regard presque accusateur à Aliénor.

— Il a dû prendre froid à la Cour des Français, répondit cette dernière avec angoisse.

Autrefois, l'atmosphère de cette Cour n'avait pas non plus réussi au père de Henri. Elle était terrifiée à l'idée de le perdre. En outre, sa mort entraînerait encore plus de conflits et de guerres, qui la plongeraient, et ses enfants avec elle, au cœur de la tourmente. Elle serait contrainte de se marier une nouvelle fois pour ne pas redevenir la cible de prétendants sans scrupule.

— Pas mon fils chéri, gémit l'Emperesse. Pas après tous ces efforts.

Elle passa en revue les serviteurs, notant qui était présent. Puis elle s'enquit des moyens mis en œuvre pour soulager Henri.

— Il ne mourra pas, décréta-t-elle enfin.

Elle écarta un serviteur qui se trouvait en travers de son chemin et posa une main sur le front de son fils. Il gémit et la retira.

— Il a une fièvre de cheval, conclut-elle. Il faut le purger et rafraîchir son sang.

— Cela a déjà été fait, madame ma mère, intervint Aliénor.

— Alors recommencez jusqu'à ce qu'on obtienne des résultats. Il faut lui faire boire de l'eau de source bien fraîche et lui faire manger du gruau. Et donnez-en d'abord à un goûteur, ordonna-t-elle en faisant claquer sa langue devant tant d'incompétence généralisée.

Aliénor prit sur elle, se souvenant que l'Emperesse était son alliée dans cette épreuve. Une dispute les eût affaiblies toutes deux au moment même où elles avaient besoin d'unir leurs forces.

L'Emperesse passa l'heure suivante à distribuer des ordres en trépignant, tenant sans discernement les uns et les autres pour responsables. En somme, elle fut à la hauteur de sa réputation de mégère. Puis, soudain, elle s'immobilisa et sécha ses larmes d'une main tremblante. Le ressentiment d'Aliénor se dissipa lorsque, sous la tempête et l'emportement, elle reconnut la violence du chagrin d'une mère.

Aliénor et l'Emperesse se relayèrent au chevet de Henri, épongeant son corps trempé de sueur, lui changeant sa chemise et ses draps, lui faisant absorber divers liquides à la cuillère. La fièvre lui laissa la peau sur les os. On aurait presque pu voir battre son cœur sous ses côtes amaigries. Chapelains et prêtres se succédèrent avant de rester à disposition dans les parages. On fit dire des prières dans tout Rouen pour le jeune duc gravement malade. Lorsque l'Emperesse n'était pas auprès de lui, on la trouvait en prière devant l'autel du Bec, où elle suppliait Dieu d'épargner la vie de son fils. Ses genoux se talèrent sur les implacables dalles de pierre, mais elle ne s'en rendit même pas compte ; de toute façon, elle s'en fichait.

Au soir du troisième jour, Aliénor était de garde au chevet de Henri. Il vivait encore, mais pour combien de temps, en l'absence d'amélioration ? Elle prit sa main bronzée par le soleil d'été. La peau était blanche au-dessus du poignet et constellée de claires taches de rousseur recouvertes d'une fine toison de poils dorés.

— Comment bâtirez-vous votre empire et laisserez-vous votre empreinte sur le monde si vous restez couché ainsi dans ce lit ? s'enquit-elle. Comment verrez-vous vos fils devenir des hommes grands et forts ? Comment engendrerez-vous des filles, si vous nous quittez maintenant ?

Elle n'aurait su dire s'il l'avait entendue, mais sa poitrine fut secouée d'un spasme.

— Vous serez celui qui faillit être roi ! poursuivit-elle d'un ton amer. Cela est pire que de ne pas hériter du tout. Même Étienne a fait mieux que cela. Même Louis…, acheva-t-elle d'une voix tremblante.

Au bout d'un moment, elle laissa retomber doucement la main de son mari et alla jusqu'au coffre situé au pied du lit. Elle le déverrouilla et en sortit le coupon de soie violette rapporté d'Angleterre. Elle déroula délicatement la fine étoffe, prit le fourreau dans sa main et tira l'épée qui avait appartenu à l'arrière-arrière-grand-père de Henri. L'acier brillait d'un éclat mat et froid comme une matinée d'hiver. Elle retourna auprès de son mari et la lui mit dans la main, l'aidant à refermer ses doigts sur la soie de la poignée.

— Cette épée est vôtre, rappela-t-elle. Saisissez-vous-en. Il est temps de vous mettre à l'œuvre. Si vous n'en faites rien, elle rouillera entre des mains moins méritoires.

S'emparant de son autre main, elle la posa sur son ventre de femme enceinte. Puis elle pencha la tête en avant et pria.

S'étant endormie sa chaise, elle fut réveillée quelques heures plus tard par les premiers rayons du jour qui filtraient à travers les volets, la lumière grise de l'aube tombant sur l'épée et projetant un éclat glacé sur toute la longueur de la lame. Elle avait la gorge en feu et les yeux brûlants et collants. La main de Henri était froide, et, pendant quelques secondes, elle crut à son plus grand effroi qu'il avait expiré pendant la nuit. Mais il la regardait fixement, les yeux grands ouverts.

— « Celui qui faillit être roi » ! s'exclama-t-il d'une voix rauque. Quelle calomnie !

Aliénor poussa un cri de frayeur et en eut le souffle coupé, croyant, pour le coup, rendre l'âme. Elle lui toucha la joue. Celle-ci était d'une douce tiédeur sous sa main.

— La pire qui soit, répondit-elle d'une voix tremblante lorsqu'elle put de nouveau respirer. J'espère ne jamais devoir vous en faire porter le discrédit.

Approchant une coupe de vin rallongé d'eau des lèvres de Henri, elle ajouta :

— Boirez-vous un peu ?

Pataud, il prit une gorgée et renversa une partie du breuvage sur son torse. Elle l'épongea à l'aide d'une serviette. Son cœur battait normalement à présent, et son front et ses mains étaient frais. Elle remonta les couvertures sur lui.

— Par le Christ ! s'exclama-t-il en manifestant encore quelque difficulté à respirer. J'ai l'impression d'avoir la poitrine remplie de clous rouillés.

— Vous nous avez fait une peur bleue, dit-elle. Nous avons bien cru vous perdre.

— J'ai rêvé que je me noyais dans une mer de feu, répliqua-t-il. Puis j'ai fait un autre rêve : un aigle nourrissait sa progéniture de mes entrailles, mais ces aiglons-là étaient également mes propres petits.

Il but encore, cette fois de manière plus soutenue. Puis il considéra l'épée qui gisait à sa droite et demanda :

— Que fait-elle dans mon lit ?

— Je vous l'ai apportée hier soir afin qu'elle vous soutienne dans votre combat contre la fièvre, car tout autre recours semblait impuissant, malgré toutes nos prières, toutes nos demandes et toutes nos supplications. Je vous voyais glisser lentement vers la mort et ne voulais pas vous perdre. C'est l'épée qui vous a sauvé.

Ses lèvres se mirent à trembler lorsqu'elle ajouta :

— Vous étiez à deux doigts de mourir, mon amour. Vous l'ignoriez, mais ceux qui veillaient sur vous le savaient.

Cependant, Aliénor n'ignorait pas que le combat n'était pas terminé. Un moment de lucidité ne signifiait pas la guérison. Ils devraient redoubler de vigilance dans les jours à venir, car elle augurait qu'il ne serait pas un convalescent docile.

Henri s'était rendormi lorsque l'Emperesse arriva. Aliénor lui rapporta qu'il avait mangé quelques morceaux de pain trempés dans du lait et que sa fière avait diminué. Entre-temps, l'épée avait retrouvé le coffre et le lit avait été refait.

— Dieu soit loué ! s'exclama l'Emperesse en faisant le signe de croix, avant de s'asseoir mollement sur un tabouret au chevet de son fils.

— J'ai prié la Vierge Marie pendant toute la nuit afin qu'elle fasse tomber sa fièvre. Elle aura eu pitié des adjurations d'une mère.

Aliénor demeura impassible et ne souffla mot au sujet de l'épée.

— Que nous sommes peu de chose ! constata l'Empresse en séchant ses larmes du revers de sa longue manche.

Puis elle se redressa et se reprit, recouvrant sa fierté de despote.

— Je le veillerai. Allez dormir, ma fille.

Aliénor considéra les yeux cernés et les lèvres exsangues et sèches de sa belle-mère.

— Vous n'avez pas dormi non plus, fit-elle remarquer.

— Peu importe. Il m'est souvent arrivé au cours de ma vie de passer des jours sans dormir. Vous attendez un bébé, et vous devez prendre soin de vous deux. Je prends le relais à présent.

Aliénor accompagna la convalescence de Henri d'une attention de chaque instant. Cet homme ordinairement bouillonnant et débordant d'énergie se contenta de laisser le temps et le repos accomplir leur œuvre salvatrice. Elle lui donnait ses repas au lit, aiguisant son appétit par de savoureux morceaux de viande à la broche, de petites tourtes à la courge et des crèmes renversées. Elle lui racontait des anecdotes plaisantes et le faisait distraire par des musiciens, notamment par sa harpiste préférée. Elle lui fit la lecture de toutes sortes d'ouvrages, tels de mornes grimoires traitant de droit et de justice, mais aussi des livres d'histoire et de mythologie. Étant très instruit, il en connaissait déjà un certain nombre. Néanmoins, il prit plaisir à les redécouvrir, arguant qu'il aimait le son de sa voix et le délicieux accent du Poitou avec lequel elle prononçait la langue normande. Ils jouaient aux échecs et remportaient autant de victoires l'un que l'autre. Elle le tenait au courant des dernières nouvelles de la Cour. Ils discutèrent d'une éventuelle campagne contre Toulouse, élaborant des stratégies comme autant de développements de leurs parties d'échecs.

L'état de Henri s'améliorait de jour en jour. L'appétit lui revint et il recommença à travailler, convoquant ses barons et ses chevaliers dans sa chambre, où il les retenait autant que ses forces le lui permettaient. Un beau matin, Aliénor trouva le lit vide à son arrivée. Des serviteurs étaient occupés à changer les draps et à nettoyer les miettes d'un repas pris dans l'embrasure de la fenêtre.

— Messire le duc a dit qu'il sortait faire une promenade à cheval, l'informa le chambellan de son mari. Et qu'au cas où vous le demanderiez, il vous verrait, ainsi que l'Emperesse, à l'heure du dîner.

Elle sut, dès lors, que tout était rentré dans l'ordre. Ce fut pour Aliénor un immense soulagement et une très grande joie que de savoir son mari entièrement tiré d'affaire. Pourtant, au fond de son cœur, elle avait déjà la nostalgie des moments d'intimité partagés pendant ces quelques jours. Henri ne tarderait pas à plonger de nouveau tête baissée dans cette vie qu'il avait bien failli perdre. Aurait-il seulement, alors, encore le loisir de passer du temps avec sa femme ?

Chapitre 52

Rouen, octobre 1154

Par une froide matinée d'octobre, Aliénor, tout en se laissant habiller d'une robe de saison par ses suivantes, buvait à petites gorgées la tisane au gingembre préparée pour elle par Marchisa. C'était la première fois depuis plusieurs mois qu'elle n'avait pas vomi au réveil. Son ventre, encore plat une semaine auparavant, commençait à s'arrondir doucement. Afin d'accentuer quelque peu ses rondeurs, sa nouvelle robe de laine brun clair était ramenée sur le devant et serrée à la taille par une ceinture en cuir tressée.

Henri l'avait rejointe au lit tard dans la nuit et s'était levé tôt. Il était si énergique qu'on avait peine à croire qu'il avait frôlé la mort encore six semaines auparavant. Ce jour-là, il prenait la route pour aller mater la révolte d'un vassal à Torigny. Malgré son désir de le garder auprès d'elle pendant au moins une semaine encore, Aliénor savait que c'était impossible.

Elle envoya Emma quérir le petit Guillaume et sa nourrice. Mais cette dernière se présenta sans l'enfant.

— Madame, le duc a emmené le petit, expliqua-t-elle. Il a parlé des écuries.

Aliénor se fit donner son manteau et descendit dans la cour où elle trouva Henri. Il faisait trotter son palefroi, Grisel. Guillaume était juché devant lui. Les cris de joie du bambin tandis qu'il s'agrippait aux rênes se mêlaient aux rires joyeux et fiers du père. Henri était en tenue de voyage. Il portait sur sa tunique le gilet matelassé qu'il mettait d'ordinaire sous sa cotte de mailles. Ce vêtement le protégerait du vent vif. Le petit Guillaume était enveloppé dans la cape de son père. Voyant Aliénor, Henri fit faire un quart de tour à sa monture et s'avança vers elle.

— Je donnais à notre héritier sa première leçon d'équitation, lança-t-il. Il apprend vite.

— Je n'en suis pas étonnée, assura Aliénor. Vous le trouverez sur son propre destrier à votre retour. À moins que vous ne souhaitiez l'emmener ?

— Pas avant qu'il sache s'habiller tout seul, dresser une tente et apprendre à faire silence au moment opportun, gloussa Henri en tendant le bébé à sa mère.

Guillaume se mit aussitôt à crier et à se cabrer vers son père. Aliénor l'embrassa et s'empressa de le remettre à sa nourrice.

Henri descendit de cheval et prit Aliénor par la main.

— J'espère être de retour à Rouen avant la Saint-Martin, annonça-t-il.

— Veillez bien sur votre santé, conseilla-t-elle en lui caressant le dos de la main.

Celui-ci portait encore la marque de sa malencontreuse rencontre avec un buisson d'épineux lors d'une chasse deux jours plus tôt.

— Je vous garderai dans mes prières, ajouta-t-elle.

— Et je vous garderai, ainsi que nos fils, dans les miennes.

Il toucha le ventre de sa femme, puis, prenant son visage dans ses mains, l'embrassa.

Le geste était sincère, mais Aliénor devina que son esprit, absent, s'élançait déjà sur les routes du pays.

C'était davantage par devoir que par plaisir de passer du temps en compagnie de sa belle-mère qu'Aliénor rendait régulièrement visite à L'Emperesse à l'abbaye du Bec. Mais, ce jour-là, elle s'était montrée relativement aimable. Le petit Guillaume avait récemment fait ses premiers pas, et l'Emperesse l'encourageait dans cette entreprise avec une fierté débordante tandis qu'il circulait entre les deux femmes en titubant.

Aliénor prenait un bain de pieds apaisant dans un mélange d'eau, de plantes aromatiques et d'huiles parfumées. Guillaume, lui, n'avait qu'une envie, éclabousser son monde ; mais l'Emperesse sut le détourner de ce projet grâce à une tartine de miel.

— Le bébé vit déjà au même rythme que son père, fit remarquer avec ironie Aliénor en posant une main sur son ventre. Je trouvais Guillaume remuant, mais celui-ci ne s'arrête jamais.

L'Emperesse sourit et prit son petit-fils sur ses genoux afin de lui faire manger sa tartine.

— Lorsque vous avez épousé mon fils, je me suis demandé s'il avait raison, avoua-t-elle. Votre réputation, faite de ragots injustifiés, vous précédait et vous n'aviez eu que deux filles en quinze ans de mariage. Mais vous vous êtes bien rattrapée depuis.

Aliénor sentit monter en elle une brûlante colère. L'Emperesse n'était pas à une contradiction près. Suffisamment attentionnée pour lui offrir le soulagement d'un bain de pieds relaxant, elle n'hésitait pas à tout gâcher en lui assenant de condescendantes platitudes.

— Je me suis demandé, moi aussi, si cela valait la peine, rétorqua la duchesse. Avais-je face à moi un petit garçon dans des vêtements trop grands pour lui ? Mais, grâce à Dieu, mes doutes se sont dissipés, tout comme les vôtres.

L'Emperesse fit mine de s'offusquer, mais une lueur espiègle radoucit ses traits.

— Il semblerait que nous soyons parvenues à nous entendre, ma fille, résuma-t-elle.

S'entendre ne signifie pas s'estimer, pensa Aliénor. *Mais cela devrait suffire.*

Soudain, un remue-ménage de tous les diables retentit à la porte qu'Emma venait d'ouvrir sur un messager à bout de souffle. Il était porteur de nouvelles de la plus haute importance.

Aliénor et l'Emperesse échangèrent des regards inquiets. Celleci donna son petit-fils à sa nourrice tandis que la mère de l'enfant s'empressait de se sécher les pieds et de passer une paire de chaussons. *Seigneur Dieu! Faites que Henri ne soit pas de nouveau tombé malade!* Avait-il été blessé, voire pire?

Le messager, ébouriffé et couvert de boue, s'avança et salua les deux femmes un genou à terre.

— Mesdames, commença-t-il. Messire l'archevêque de Cantorbéry me charge d'une nouvelle.

Il déglutit et se reprit avant de poursuivre:

— Le roi Étienne a succombé à une dysenterie à Douvres, voici quatre jours...

Sur ces mots, il leur tendit un pli portant le sceau de Thibaut de Cantorbéry.

L'Emperesse le lui arracha des mains et brisa le cachet de cire. Elle lut en tremblant.

— Cela fait si longtemps que j'attends cette heure, admit-elle en mettant une main devant sa bouche. Très longtemps! Je savais que le jour viendrait, mais...

Elle s'interrompit sous le coup de l'émotion.

— Henri n'était guère plus âgé que mon petit-fils lorsque j'ai entamé la lutte, reprit-elle. Pendant toutes ces années... Toutes ces longues années...

Elle se tut et pleura en silence.

Aliénor était abasourdie. Elle s'était attendue à ce que Étienne vive encore plusieurs années, ce qui leur aurait laissé le temps de régler l'affaire de Toulouse et d'élever leurs enfants dans la chaleur et la félicité du pays d'oc. Au lieu de quoi, elle devait réviser ses plans et envisager un tout autre avenir. Elle ne connaissait pas les Anglais, ni leurs mœurs, ni leur langue, au-delà de quelques mots. Elle avait envisagé de s'y rendre lorsqu'elle aurait atteint l'âge de l'Emperesse. Ce qui lui eût laissé tout le temps de se préparer. Elle ravala sa déception et serra les dents. Dans son ventre, le bébé s'impatienta, se tourna et se retourna.

Elle ordonna au messager, toujours à genoux, de se relever.

— Messire le duc est-il au courant ? s'enquit-elle. A-t-on dépêché des messagers auprès de lui ?

— Oui, madame, en même temps que pour vous.

— Allez donc vous restaurer et vous rafraîchir. Prenez un peu de repos et tenez-vous sur le départ.

— Madame..., salua-t-il en s'inclinant avant de prendre congé.

Les deux femmes se regardèrent longuement, conscientes de vivre un moment décisif où la vie bascule irrévocablement. Les larmes de l'Emperesse n'étaient pas encore sèches et soulignaient sa couperose, ainsi que les autres ravages du temps sur son visage.

— Cela fait si longtemps que j'œuvre en vue de cet événement, répéta-t-elle. C'est un peu comme pousser une charrette enlisée qui sort brusquement de l'ornière. On finit les quatre fers en l'air !

Sur ces mots, elle alla à la fenêtre et ouvrit les volets en grand sur la lumière grise de cet après-midi d'octobre.

— Mon fils est roi ! s'exclama-t-elle. Enfin, il portera la couronne qui nous fut ravie lorsqu'il n'avait que deux ans.

Aliénor s'efforça d'assimiler cette nouvelle d'envergure. Elle serait bientôt de nouveau reine. Lors de leur nuit de noces, ils avaient évoqué d'hypothétiques empires, mais avec l'accession de Henri, tout cela prenait un tour très concret.

Aliénor se joignit à l'Emperesse pour aller rendre grâces à Dieu à la cathédrale de Rouen. La couronne royale rapportée par sa belle-mère de la Cour du Saint Empire près de trente ans auparavant brillait de tous ses feux sur l'autel. C'était un objet massif en or poli incrusté d'une mosaïque de gemmes de différentes couleurs et dimensions. Il y avait des émeraudes pas plus grosses qu'un ongle de nouveau-né et des saphirs gros comme un poing d'enfant.

— Je devais la porter à mon propre couronnement, rappela l'Emperesse. Mais, à présent, elle revient à mon fils ; puis elle reviendra à Guillaume, le moment venu.

Il émanait de cette couronne une telle aura d'autorité et une telle puissance qu'Aliénor en eut froid dans le dos. Il faudrait un homme fort pour la porter, et une femme encore plus forte à ses côtés.

À la sortie de la cathédrale, les cloches se mirent à sonner, et tous les carillons de toutes les églises de Rouen leur firent écho. On eût dit que le ciel lui-même se réjouissait.

Chapitre 53

Barfleur, 7 décembre 1154

Au sec dans une cabane de pêcheur du port, Aliénor se serra dans sa pelisse et scruta au loin la mer gris mat. Il soufflait un vent de grésil, et les vagues, poussées par la marée, étaient coiffées de crêtes blanches. La petite flotte de Henri tirait à l'ancre, indifférente aux chaînes humaines qui, sur les passerelles, embarquaient barriques et caisses, coffres et sacs de marine. Un bâtiment plus long que les autres – une *esnecca* – et doté de soixante rames battait pavillon d'écarlate et d'or. Des ouvriers mettaient la dernière main à un abri pour la traversée. Aliénor observait Henri tandis qu'il s'activait sur le pont, vérifiant ceci, donnant un coup de main à cela, s'assurant de la bonne exécution de ses ordres.

Cela faisait six semaines que des vents contraires et les tempêtes d'hiver, qui rendaient la navigation périlleuse, le retenaient en rade à Barfleur. Livrée à elle-même, l'Angleterre courait un danger moins grand qu'un marin sur ces eaux tumultueuses. Mais le vent avait fini par tourner, et la houle, bien que toujours forte, n'interdisait plus qu'on prît la mer. S'ils voulaient partir à marée haute, ils n'avaient plus que quelques heures devant eux.

Sur le quai, un branle-bas de combat annonça l'arrivée de l'Emperesse. Elle avait revêtu tous ses royaux atours, comme si elle se rendait à son propre couronnement. Face à la mer déchaînée, le résultat était à la fois sublime et incongru. Le vent faisait claquer son voile et plaquait sa robe ornée de pierreries contre son corps raide et sec.

— Madame, salua Aliénor en lui faisant sa révérence.

L'Emperesse pencha la tête de côté.

— Bien, l'heure du départ est enfin venue, lança-t-elle sans desserrer les dents.

Aliénor hocha la tête mais ne dit rien. Au cours des longues semaines d'attente, sa belle-mère avait à l'envi clairement fait savoir qu'elle ne remettrait plus jamais les pieds en Angleterre. Ce pays lui rappelait trop d'âpres et amers souvenirs.

« Vous êtes vierge de l'Angleterre, avait-elle fait remarquer à Aliénor. C'est à votre tour de prendre la relève et d'y faire votre propre expérience. Puisse l'aventure vous réussir. Les Anglais ont besoin d'un roi jeune au regard neuf et d'une reine capable d'engendrer des fils. Ce peuple attend le renouveau. Dans ma sagesse, je lui envoie mes enfants et les bénis. Mais je ne leur ferai pas l'honneur de ma présence.

Henri revint du bateau en s'époussetant les mains. Le vent soufflait en rafales dans ses boucles cuivrées. Il marchait yeux mi-clos face au grésil. Sur son visage, des rides d'expression préfiguraient déjà celles de l'âge. Il émanait de lui une force et une énergie comparables à celles de l'océan. Son heure était venue, et il était parfaitement exact au rendez-vous.

— Êtes-vous prête ? s'enquit-il en s'adressant à Aliénor. La marée n'attendra pas davantage.

— Oui, répondit-elle en regardant droit devant elle. Je suis prête.

Henri se tourna vers l'Emperesse et mit un genou à terre.

— Madame ma mère…, salua-t-il en s'inclinant.

Elle posa une main pleine de tendresse sur ses boucles en bataille et se pencha en avant pour l'embrasser sur les deux joues avant de l'aider à se redresser.

— Va, tu as ma bénédiction, lança-t-elle. Et reviens-moi oint du Seigneur.

Aliénor se prosterna à son tour et fut également bénie.

— Dieu soit avec vous et avec l'enfant que vous portez en votre sein, dit l'Emperesse.

Le baiser qu'elle donna à Aliénor fut chaleureux et maternel.

Henri et sa femme embarquèrent sur l'*esnecca*, Henri passant en premier sur la passerelle afin d'aider sa femme à poser le pied sur le pont. La bonne odeur iodée de la mer emplit les narines d'Aliénor tandis que le roulis faisait tanguer l'embarcation et rendait l'équilibre instable. L'horizon était voilé par la brume.

À terre, l'archevêque de Rouen, Hugues de Boves, se tenait au côté de l'Emperesse. Il bénit le navire des deux mains, ainsi que l'entreprise de ses passagers. Puis on largua la dernière amarre. Les rameurs prirent les avirons. Le vent gonfla les voiles. Bientôt, la terre s'éloigna, révélant une eau grise et agitée. Puis l'écart se creusa…

Aliénor émit un long soupir. Les côtes de Normandie diminuaient à vue d'œil. La silhouette de l'Emperesse ne fut bientôt plus qu'un trait d'ombre au loin.

Henri attira sa femme contre lui.

— Vous sentez-vous bien ? s'enquit-il en caressant son ventre rond de femme enceinte de six mois.

— Oui, répondit-elle avec un sourire rassurant. Les traversées ne me font pas peur.

— Pourtant, quelque chose vous trouble ?

Elle recula pour mieux le regarder.

— Lorsque vous poserez le pied sur le sol d'Angleterre, ce sera en tant que souverain légitime. Telle est votre destinée. Vous connaissez le pays, vous connaissez son peuple. Vous y avez vécu et combattu pour faire valoir votre droit.

L'Angleterre n'est mienne que parce qu'elle est vôtre. Je devrai donc la faire mienne selon mon cœur.

Elle balaya l'horizon du regard. Le port n'était plus qu'un souvenir. Une mer grise et agitée s'étendait à perte de vue de tous côtés.

— En attendant, j'avance dans l'inconnu, reprit-elle. Parce que j'ai foi en vous, et pour nos enfants, présents et à venir.

Il la considéra longuement. Ses yeux étaient du même gris que les flots. Aliénor sentit qu'il lui communiquait son énergie trépidante avec la violence d'une vague qui s'abat contre la proue d'un navire.

— Je ne trahirai pas cette foi que vous mettez en moi, assura-t-il. Je vous en fais serment. L'inconnu est ce qu'il nous reste à écrire, et Dieu a voulu que nous soyons les auteurs de notre propre destinée.

Sur ces paroles, il l'embrassa. Ses lèvres fraîches avaient un goût salé. Aliénor sentit ses mains se refermer sur son ventre. Il avait raison. L'inconnu était ce qu'il leur restait à écrire. Ensemble, ils écriraient l'Histoire.

Note de l'autrice

Aliénor d'Aquitaine compte parmi les reines les plus célèbres de l'histoire européenne. Sa vie a donné lieu à une multitude de biographies, de pièces de théâtre et de romans historiques. Plus de huit siècles après sa mort, elle continue de fasciner les jeunes générations. Et sa flamme n'est pas près de s'éteindre !

J'aspirais depuis longtemps à écrire mon propre roman sur Aliénor, car j'avais le sentiment qu'il restait beaucoup à découvrir et à dire à son sujet. Chaque époque réinvente *son* Aliénor, et chacune de ces versions est captivante. Un article de l'historien RáGena C. DeAragon, intitulé « Savons-nous de quoi nous parlons lorsque nous parlons d'Aliénor d'Aquitaine ? » a particulièrement retenu mon attention. Cet article est accessible sur le Net sous le titre : « Do We Know What We Think We Know ? Making Assumptions About Eleanor of Aquitaine ». L'auteur part du principe qu'en dépit des milliers de pages qui lui ont été consacrées, nous n'avons que très peu de renseignements sur elle et inventons en conséquence. Cette critique vise également les historiens.

Pendant que j'écrivais *L'Été d'une reine*, j'entendais dire de tous côtés qu'« Aliénor était en avance sur son temps ». Mais, selon moi, c'était une femme ancrée dans son époque qui faisait de son mieux à l'intérieur des cadres de la société de son temps. Toute tentative pour sortir de ces cadres était aussitôt, et parfois brutalement, réprimée. Toutefois, une chose est certaine : Aliénor avait un caractère bien trempé.

La tradition la fait naître en 1122, mais les historiens s'accordent généralement sur 1124. Son mariage avec Louis VII eut lieu lorsqu'elle avait treize ans, la majorité sexuelle étant à l'époque fixée à douze ans pour les filles. Je pense que son père savait qu'il ne reviendrait pas de son pèlerinage à Compostelle, et que c'est la raison pour laquelle il avait pris des mesures en vue d'assurer – pensait-il – l'avenir de sa fille et celui de l'Aquitaine. Aliénor agit sur l'échiquier politique dès cette période-là de sa vie, mais il est avéré que le pouvoir reposait alors entièrement entre les mains des grands barons et des clergés de France et d'Aquitaine. Ils étaient les grands commis de l'État.

Nous savons que le père d'Aliénor a mené campagne aux côtés de Geoffroy d'Anjou l'année précédant sa mort. La question se pose (pure spéculation de ma part) de savoir si les deux hommes ont abordé la question des éventuelles fiançailles d'Aliénor et de Henri, alors bébé.

Les archives nous apprennent que les comtes d'Anjou cherchaient depuis longtemps à unir leurs terres à celles de l'Aquitaine. Plus tard, Geoffroy, désireux de voir se réaliser cette ambition, essaya de fiancer le petit Henri à la fille d'Aliénor, Marie. L'opportunité de cette union fut pendant quelque temps envisagée avant d'être exclue pour cause de consanguinité, clause de sortie multi-usages au XIIe siècle. Toutefois, Geoffroy ne désespérait pas de voir un jour l'Anjou et l'Aquitaine réunis. Je suis convaincu que c'est à l'instigation de ce chef dynastique qu'eurent lieu, en 1151 à Paris, les tractations en vue du mariage d'Aliénor et de Henri, désormais âgé de dix-huit ans. Quel dommage que le père de ce dernier n'ait pas vécu assez longtemps pour voir ses efforts récompensés ! La dynamique dynastique eût été tout autre.

Je n'ai pas l'habitude de compter ma peine en matière de recherche historique et veille toujours à ne pas calomnier les morts. Je m'efforce également de dépeindre mes personnages dans les limites de la vraisemblance historique et de rester fidèle à leurs traits de caractère, pour autant que nous les connaissions grâce aux sources primaires. Cependant, cette exigence une fois posée, l'écriture d'un roman historique confère une certaine latitude à son auteur, latitude qui lui permet d'explorer des pistes sur lesquelles les historiens, souvent par choix, ne s'aventurent pas.

Une des grandes questions au sujet d'Aliénor est la suivante : a-t-elle, oui ou non, commis l'adultère et l'inceste avec son oncle Raymond pendant son séjour à Antioche lors de la deuxième croisade ? Plusieurs chroniqueurs lui attribuent un comportement indécent au cours du voyage, et l'on trouve ici et là de sombres allusions ayant trait à certains événements survenus à Antioche. Toutefois, elle n'est accusée d'avoir eu des relations sexuelles avec son oncle dans aucun des textes portés à ma connaissance. Certains biographes ont saisi le mors à pleines dents et ont affirmé qu'elle avait, malgré tout, probablement eu une liaison avec Raymond. À mes yeux, les preuves sont insuffisantes. Aliénor et Raymond étaient deux fins stratèges rompus au jeu politique. Ils passèrent environ neuf jours ensemble. Et même si je ne doute pas qu'intrigues et manipulations allèrent bon train entre eux, je ne me les imagine pas faisant des fredaines et se prenant inopinément d'une passion sexuelle, d'autant que Raymond avait la réputation d'être un mari dévoué et fidèle. Tout cela sonne faux.

En revanche, je soupçonne Aliénor – sans pouvoir en apporter la preuve historique – d'avoir entretenu une liaison avec son vassal, Geoffroy de Rancon. Les archives sont peu éloquentes au sujet de Geoffroy. On trouve de nombreuses généalogies qui diffèrent et se contredisent entre elles, sans parler de quelques mentions d'une improbable longévité figurant dans des biographies d'Aliénor qui situent ce même Geoffroy autour du règne de Richard Cœur de Lion, en en faisant presque un centenaire ! Le Geoffroy de Rancon qui vécut sous le règne de Richard était manifestement un fils ou un petit-fils du vassal d'Aliénor.

Walter Map – chroniqueur des moins fiables doté d'une mentalité de journaliste de presse à scandale – laisse entendre qu'Aliénor avait eu une liaison avec Geoffroy d'Anjou lorsqu'il était sénéchal du Poitou. Mais il est douteux que Geoffroy d'Anjou ait exercé cette fonction. Quant à savoir s'il aurait eu le loisir, le lieu et assez de bravade suicidaire pour folâtrer avec la femme de son suzerain, rien n'est moins sûr.

Au cours de mes recherches, j'eus une soudaine révélation en lisant l'article de Sidney Painter « Castellans of the Plains of Poitou in the Eleventh and Twelth Centuries » (« Châtelains des plaines du Poitou aux XIe et XIIe siècles »), paru dans *Speculum* en 1956. L'auteur y traite des carrières de divers Rancon à la Cour des ducs. J'ai acquis de cette lecture la quasi-certitude que les chroniqueurs ont attribué le scandale de l'adultère au mauvais Geoffroy et que les bruits qui ont couru à Antioche étaient dus à la proximité d'Aliénor avec Rancon. Cela me paraît infiniment plus vraisemblable que d'imaginer Aliénor et son oncle se livrer à des frasques.

Geoffroy de Rancon avait été jusque-là un pilier de l'armée croisée. Mais, à Antioche, on le renvoya dans ses foyers. Les historiens se sont donc demandé s'il était tombé en disgrâce après avoir manqué de causer la mort du roi lors du passage du mont Cadmos (au nord de l'actuelle Turquie). À moins qu'il n'ait tout bonnement été rappelé en Aquitaine au terme de son engagement. Une autre raison, qui nous est inconnue, est peut-être la clé. La question n'est toujours pas tranchée, de même que celle de la relation d'Aliénor avec son oncle.

Les données historiques, le raisonnement et l'imagination m'amènent, pour ma part, à envisager la possibilité d'une liaison clandestine entre la duchesse et son vassal. Cette liaison, dont il n'est pas fait état dans les livres d'histoire, se laisserait assez facilement déduire des commentaires de certains chroniqueurs. Aliénor et Raymond d'Antioche passaient, certes, beaucoup de temps ensemble. Mais, selon moi, ces rencontres avaient pour but d'élaborer une tactique, voire de comploter contre Louis, non de faire l'amour. Nous savons avec certitude qu'Aliénor demanda la reconnaissance de la nullité de son mariage, et que Louis s'en inquiéta au point de quitter Antioche de nuit, enlevant de force sa femme lorsqu'elle refusa de le suivre.

La sœur d'Aliénor, Pétronille, se révéla une énigme pour moi. Les archives la connaissent sous le nom d'Aelith et de Pétronille. J'ai retenu ce dernier prénom parce qu'il est originaire du pays d'oc et renvoie peut-être au nom de la cathédrale Saint-Pierre de Bordeaux. Il est avéré que Pétronille épousa un homme beaucoup plus âgé qu'elle et que ce fut, au début du moins, un mariage d'amour. Le chroniqueur Jean de Salisbury nous apprend qu'elle mourut en 1151. Mais elle réapparaît en lien avec Aliénor dans un registre plus tardif, sous Henri II.

Dans le roman, j'ai choisi un moyen terme pour rendre compte de sa disparition de la scène. Je suppose qu'elle ressemblait beaucoup à sa grand-mère maternelle, Dangereuse, *Dangarosa* en occitan. On tremble à l'idée de ce qui avait pu valoir un tel surnom à la maîtresse de Guillaume IX d'Aquitaine !

Les lecteurs ne trouveront pas trace dans les archives de la maîtresse de Henri, Aelburgh. Cependant, il eut effectivement une maîtresse, qui s'appelait Hikenai. Les chroniqueurs sont peu flatteurs à son égard. Elle était probablement la mère de leur fils Geoffroy. Il semblerait que le nom Hikenai corresponde à la prononciation approximative et péjorative de *haquenée*, jument dotée d'un caractère doux montée par les dames. J'ai préféré lui donner un nom fictif porteur d'une signification personnelle.

Dans le roman, Aliénor a les cheveux blonds et les yeux bleus. Cette attribution repose sur une méthode de recherche alternative dont je me sers pour combler les vides et explorer le passé d'un point de vue psychique. On trouvera de plus amples renseignements sur la question en consultant mon site Internet. Les sources historiques ne nous renseignent pas sur l'apparence d'Aliénor. Un historien contemporain assure qu'elle était brune, qu'elle avait le teint olivâtre et une silhouette plantureuse, mais qu'elle ne devint pas bouffie en vieillissant ! Quoi qu'il en soit, rien ne le prouve ; et c'est là, je crois, prendre ses désirs pour des réalités. Un autre historien lui attribue « des yeux noirs pétillants ». Encore une fois, c'est là pure invention. On a pu émettre l'hypothèse qu'une fresque de la chapelle Sainte-Radegonde à Chinon représenterait Aliénor. Le personnage, couronné, a les cheveux auburn et monte un cheval bai. Mais les spécialistes actuels doutent qu'il s'agisse de la duchesse d'Aquitaine. La fresque représenterait plus probablement les enfants de Henri, dont Henri le Jeune (le personnage à la couronne). Quoi qu'il en soit, nous savons qu'Aliénor avait des ancêtres blonds, puisque l'un des ducs d'Aquitaine avait reçu le surnom de Guillaume Tête d'Étoupe, ce qui laisse entendre qu'il avait une chevelure couleur paille.

Ce fut une longue aventure que d'étudier les jeunes années d'Aliénor, de 1137 à 1154, puis de la faire revivre. Ce fut tour à tour une source de fascination, de frustration, d'apprentissage et d'exaltation. J'ai appris à admirer Aliénor pour son courage, sa dignité, son endurance à traverser des épreuves où il eût été plus simple de céder au désespoir. Parfois, je fus prise de colère en son nom, à cause de la façon dont elle fut traitée et de tous les mensonges qu'on a pu colporter sur son compte au long des siècles. Néanmoins, ce travail compte parmi les plus gratifiants de toute ma carrière d'écrivain.

Certes, c'était une femme de son temps ; mais quelle femme !

J'ai hâte, à présent, de poursuivre l'aventure par son mariage avec Henri II et son épopée en tant que reine d'Angleterre…

Remerciements

Aucun auteur n'est une île.

J'ai bénéficié de l'assistance de nombreuses personnes lorsque j'écrivais *L'Été d'une reine.*

Merci à tous ceux qui m'ont aidée à concrétiser le projet, depuis sa conception jusqu'à son achèvement.

Je tiens à remercier l'équipe de Little, Brown UK, notamment mon éditrice Rebecca Saunders, qui est toujours là pour moi et partage mon « enthousiasme ». Merci à mes relectrices Richenda Todd et Hannah Green. Leurs yeux de lynx et leurs conseils m'ont été d'un grand secours. Toute erreur qui subsisterait serait mienne.

Merci à mon agent Carole Blake et à toute l'équipe de Blake Friedmann. Vous êtes incomparables ! J'ai le meilleur agent au monde, c'est officiel !

Un grand merci à Thea Vincent de chez Pheonix Web Designs pour mon site épatant qui n'en finit pas d'évoluer.

Toute ma reconnaissance aux lecteurs et lectrices de Facebook et Twitter qui alimentent régulièrement les fils de discussion sur des points d'histoire médiévale. Je tiens à remercier du fond du cœur la famille Marshal ! Je ne peux pas citer tout le monde, mais vous savez que je vous porte tous dans mon cœur. Un clin d'œil tout particulier à mon fan-club australien. Mille mercis pour le tee-shirt !

Enfin, merci à mon amie, l'écrivaine Sharon Kay Penman, qui est un modèle pour tous les auteurs de romans historiques. Je n'aurais pas pu, non plus, écrire *L'Été d'une reine* sans la perspicacité et le talent rare de ma très bonne amie et collègue, Alison King.

Enfin, un immense merci à mon mari, Roger, à qui l'on devrait décerner la médaille du mérite pour services rendus à sa femme, avec une citation spéciale pour le remplissage constant de ma tasse à thé et mon approvisionnement régulier en biscuits.

Découvrez la nouvelle trilogie d'Elizabeth Chadwick consacrée à Guillaume le Maréchal.

1167, duché de Normandie. Jeune chevalier désargenté et sans perspective de gloire, Guillaume le Maréchal sort de l'anonymat en sauvant la reine Aliénor d'Aquitaine des mains de ses assaillants. En récompense, elle le charge de l'éducation guerrière et de la protection de son fils Henri, l'héritier du trône d'Angleterre occupé par son père, Henri II Plantagenêt. Mais la position de favori de la famille royale ne vaut pas à Guillaume que renom et gratifications, et il ne tardera pas à faire les frais de la jalousie et de la rivalité des autres chevaliers. Certains courtisans n'hésiteront pas à comploter dans l'espoir de causer sa perte alors qu'il est promis à la plus belle femme du royaume…

Vérité historique et romanesque s'entremêlent à la perfection sous la plume d'Elizabeth Chadwick. Ainsi, elle contribue à la redécouverte de celui qui fut considéré, de son vivant, comme « le meilleur chevalier du monde ».

Disponible dans toutes les bonnes librairies et en numérique.

Achevé d'imprimer en août 2021
Par CPI Brodard & Taupin à La Flèche
N° d'impression : 3044582
Dépôt légal : septembre 2021
Imprimé en France
38122183-1